文學研究叢書・現代文學叢刊

現代文學百年回望

張堂錡　著

目　次

自序
逐漸清晰的世界

　　現代文學在走過百年曲折道路的歷史進程中，誕生了眾多出色的作家以及無數優美的作品，為這個豐富而多變的時代留下了生動且深刻的紀錄，不論是從反映現實還是藝術審美的角度來看，百年現代文學已經是一部具有歷史重量與藝術質量的巨大經典，讓人不能不仰望、讚嘆。和悠久浩瀚的古典文學相比，它是充滿活力與各種可能性的年輕學科，但即使年輕，在經過百年的洗禮與積澱後，它也逐漸顯現出穩定而成熟的學術性格與研究格局。可以說，現代文學是一門還在發展中的學科，同時它又是在發展中日漸型塑出許多文學典律與歷史規律的學科。對現代文學而言，發展只能是進行式，而不會是完成式。

　　正因為現代文學還在發展中，所以必然存在許多複雜難解的現象與有待釐清的問題，這些現象與問題挑戰著學者的耐心、細心與信心，不論是作家作品討論、文學思潮研究，還是社團流派考辨，都有待更多的研究者前仆後繼地將重重迷霧撥開，還原現代文學的清晰面貌。從一九九一年出版《黃遵憲及其詩研究》開始，我踏入現代文學這個迷人的學術領域，一路跋涉至今，也已經二十年了。我試圖找出許多現代文學史的罅隙與空白，進行補強或開拓的工作。但這是多

麼寂寞又艱難的歷程啊！我發現問題，呈現問題，同時也嘗試解決問題，卻經常在解決問題的過程中，發現更大的問題，遇到更大的障礙，困惑著我，也魅惑著我。這或許可以解釋，何以我一頭栽入這個領域就難以自拔，無從脫身吧。二十年來，除了創作與編選的書籍不算，學術專著有近十本，坦白說，這樣的成績是讓人有些羞赧的，但至少對我而言，這些一篇篇的文章，讓我逐漸接近現代文學的諸多真相，在我面前，現代文學確實已然是個逐漸清晰的世界。

有一段不算短的時期，我因為對學術市場的瞭解而對書籍的出版感到灰心，和創作相比，學術研究實在是小眾中的小眾，出一本書，到最後只對自己有點意義，要論對社會、人心、學術界產生影響，大概近乎痴人說夢。於是，我出版了幾本書，都要求出版社少量印刷即可（當然這也得拜POD印刷技術的配合），甚至連送朋友一本都覺得意興闌珊，因為實在不想給朋友們增添負擔。這樣說，並不意味我對研究寫作有所遲疑，只是對出書不再有早期的勁頭罷了。然而，有些學界同行、朋友或研究生，明知我出了新書，卻無法購得，不得不「鼓起勇氣」來向我詢問或索閱，通常我都會如遇知音般寄贈或告知購買管道──儘管這樣的次數也不是很多，但總能讓我心灰意冷的平靜生活激起幾分波瀾。

或許就是那幾分波瀾的刺激，在回顧過往二十年辛苦耕耘的成果時，遂有了出這本書的念頭。從過去出版過的單篇論文集中，挑選一些自己覺得還行的部分作品成書，讓一些對我研究的議題感興趣的同行、朋友、研究生們有比較容易閱讀的機會，動機真的僅僅如此。

這本書分成近代文學、現代文學、大陸當代文學與臺灣文學四個領域，共二十二篇論文，三十餘萬字。其中觸及了散文、新詩、小說、報導文學與武俠小說等不同文類，也針對白馬湖作家群、東吳女作家群、立達文人群等邊緣文人群體進行前人少有的探討。從晚清到

當代，從中國到臺灣，我的學術興趣與關注範疇從書中應該可以略窺一二。

　　書名中的「百年」，主要是時間的意義，真要計算，近現當代的歷史早已超過百年，這裡只是取一概數而已。「百年」的另一個意義是空間，是指我在政大教書十餘年來，主要的研究室在文學院的「百年樓」，這棟以紀念故校長陳大齊（陳百年）為名的建築，是我這些年活動的重心，誇張的說，是我另一個「家」。在百年樓回望百年文學史，這實在是個巧合，而且是個美麗的巧合。

　　儘管學術論文不是文學創作，但它仍是一種寫作，而且也是有個性的寫作，在嚴謹的史料基礎和學術規範下，它仍需要作者本身主觀的感受、分析、體驗、判斷和價值追問。我認為，學術論文和文學創作在某些部分是相通的，至少，它們的作者都應該是一個有價值信念的人，有思想厚度的人，有人情溫度的人，是一個能與世界對話、與生命交鋒的在場者——理想的研究與創作者都應該如此不是嗎？他們都在走向美學的途中，而且是一個永遠的孤獨者。

　　但願在現代文學研究的路途上，我能努力前進一點點，讓現代文學的世界比以前清晰一點點。孤獨既然不可免，那就讓我們正視孤獨的生長，聆聽孤獨的聲音，我相信在那安靜的時刻，也將挾帶著閃電與風暴——當然，這也只有自己聽得見。

張堂錡

寫於二〇一二年七月百年樓

輯一
近代文學

論黃遵憲與胡適的詩歌改革態度

一

　　胡適是中國新詩的開山始祖。早在一九一五年，他便經常和任叔永、梅覲莊等人為此事爭辯不休，最後引起了對新詩的嘗試。胡適的主張用白話作詩，遭到不少人的反對，從一九一六年七月到一九一七年九月這段期間，新詩的實驗室裡只有胡適一人[1]，而他的實驗成果，則是誕生了中國第一本新詩集《嘗試集》。

　　這部《嘗試集》的誕生，乃是白話文運動下的產物，而白話文運動的發生，照胡適的說法，是由於歷史的「偶然」所致。胡適於一九五二年十二月八日，在臺北對「中國文藝協會」發表的一次演講中，談〈提倡白話文的起因〉，就不斷地強調這個運動初起時的「偶然性」，他說：

> 白話文學運動的發起，完全是一件偶然的事件。[2]

而且，他還進一步解釋，一九一五年夏天，他和幾個留學生一起去遊凱約嘉湖，因為天氣忽變，在登岸時有幾人的衣服被暴風雨打濕了。他指出：

---

[1]　胡適在一九一六年八月二十一日的留學日記中說：「我主張用白話作詩，友朋中很多反對的。」並在寫給朱經農的信中說：「白話乃是我一人所要辦的實地試驗。」見《胡適留學日記》（臺北市：遠流出版公司，1986）第4冊，頁96。

[2]　見《胡適演講集（一）》，《胡適作品集二十四》（臺北市：遠流出版公司），頁227。

　　　　這是一件小事，偶然的事，卻是中國文學革命、文字改革、提
　　　　倡白話文字運動的來源。[3]

然後，他並將白話文運動的起因歸結到「五個偶然」。

　　假如，顧炎武在《日知錄・詩體代降》中所言：「三百篇之不能
不降而楚辭，楚辭之不能不降而漢魏，漢魏之不能不降而六朝，六朝
之不能不降而唐者，勢也。」這「勢」指的是文學史發展的「必然」
規律，則胡適提倡之白話文運動，其「偶然性」恐怕是超過其「必然
性」的。用白話文取代文言，用長短、格律不拘的白話新詩取代五七
言的絕句律詩，這是與中國千年以來的主流文學傳統的一刀兩斷。胡
適在一九一九年十月寫的〈談新詩〉中說：

　　　　中國近年的新詩運動可算得是一種「詩體的大解放」。[4]

　　一九三五年，胡適在寫《中國新文學大系》的〈導言〉中更再三
強調：

　　　　從文學史的趨勢上承認白話文學為「正宗」，這就是正式否認
　　　　駢文古文律詩古詩是「正宗」。這是推翻向來的正統，重新建
　　　　立中國文學史上的正統

這種新／舊、活／死、白話／文言的刻意對立，正說明了胡適對自己
「偶然的嘗試」是深具信心，認為這才是文學史發展的「必然之勢」。
　　胡適不僅強調偶然性，還認為個人可以在歷史發展中扮演積極的

3　前揭書，頁228。
4　見《文學改良芻議》，《胡適作品集三》（臺北市：遠流出版公司），頁181。
5　見趙家璧主編：《建設理論集》，《中國新文學大系》（臺北市：業強出版社，1990
　　重印本），頁20。

角色，由於個人的努力，甚至可以改變歷史的發展。他曾引陸象山的
話：「且道天地間有個朱元晦、陸子靜，便添得些子。無了後，便減
得些子。」來對自己的「開山有功」下註腳說：

> 白話文的局面，若沒有「胡適之、陳獨秀一班人」，至少也得
> 遲出現二、三十年。這是我們可以自信的。

這說明了他肯定個人在歷史發展中可以扮演積極的角色。換言之，
「時勢」固可造「英雄」，「英雄」也一樣可以造「時勢」。在這一點
上，胡適對自己偶然的嘗試，所造成風起雲湧、影響深遠的「運動」
與「革命」，可以說，是有著「前無古人」的自得與「替後代開條
路」[8]的意興風發。

　　然而，或因自己對文學史發展規律的清楚認識，或因開山之初所
遇橫逆險阻的力量實在太大，胡適在強調「偶然」與「個人」的同
時，也不得不說，歷史的發展是有「大潮流」、「大方向」的[9]。他在
提倡白話文運動時的小偶然之所以能發生大作用，正是因為小偶然的
方向暗合於大潮流[10]。這種態度又顯示出，他所提倡的運動雖是偶然
而興，卻非突然而生，它是「前有古人」的，是有其傳統的。

　　一九二八年出版的《白話文學史》，正是胡適有意與傳統相接，
尋找古人以為今用的著作。在這部書的〈引子〉中，他開宗明義就指

6　這句話見於胡適演講〈提倡白話文的起因〉中，他自言：「開山有功而創作毫無成
　　績」。同註2，頁233。

7　同註5，頁17。

8　同註2，頁232。

9　胡適在一九四七年寫〈眼前世界文化的趨向〉一文，指出：「我們可以不必因為中
　　間起了這一個三十年的逆流，抹煞那三百年的民主大潮流、大方向。」見於《我們
　　必須選擇我們的方向》（臺北市：自由中國出版社，1950），頁11。

10　見周質平：〈胡適與馮友蘭〉，《胡適叢論》（臺北市：三民書局，1992），頁117。

出：

> 我為什麼要講白話文學史呢？第一，我要大家知道白話文學不
> 是這三、四年來幾個人憑空捏造出來的；我要大家知道白話文
> 學是有歷史的，是有很長又很光榮的歷史的。……我們現在研
> 究這一、二千年的白話文學史，正是要我們明白這個歷史進化
> 的趨勢。我們懂得了這段歷史，便可以知道我們現在參加的運
> 動已經有了無數的前輩，無數的先鋒了。便可以知道我們現在
> 的責任是要繼續那無數開路先鋒沒有做完的事業，要替他們修
> 殘補闕，要替他們發揮光大。[11]

從這段自白中，胡適是希望自己能成為那「無數開路先鋒」之一，他
的「開山」事業，只是替前人發揮光大而已。白話文學傳統其來有
自，他不能與此傳統一刀兩斷，反而要繼續發揚。

緣於這一體認，他計畫從《詩經》中的〈國風〉開始，一路寫到
民國的國語文學運動，以實際作家、作品的介紹，來宣揚其「白話文
學史即是中國文學史」的理念。他把白話文學提升至文學史的主流地
位，其目的其實是想為其理念尋找強而有力的靠山，陶潛、王梵志、
寒山、杜甫、白居易，一一都在他的筆下成為白話運動的開路先鋒。

可惜的是，這部《白話文學史》只寫到唐朝，並未如其計畫完
成。唐之後的白話文學，我們無法詳細得知，只有簡略的大綱可供尋
思而已。不過，胡適在一九二二年為上海《申報》五十週年紀念所寫
的〈五十年來中國之文學〉，倒可稍稍彌補此一遺憾。從清末到民初
的文學發展概況與他個人的見解，在此文中都有清楚的描述。他除了

---

[11] 見胡適：《白話文學史》，《胡適作品集十九》（臺北市：遠流出版公司）上卷，第1
　　編（唐以前），頁13、14。

一再指陳古文的由「強弩之末」到必然衰亡，是這五十年的一個很明顯的趨勢外，自然不會忘記在其中再找出一些「開路先鋒」來強化其論證——黃遵憲的詩，梁啟超的散文，李伯元、吳趼人、劉鶚的小說，在他的心目中，是這五十年中國文學中最有價值的作品。

我們知道，胡適的「白話文」運動，起初並不是針對「文」而來，而是幾個留學生為了白話是否可以作「詩」的辯論而來，新詩集《嘗試集》便是因此而誕生。而胡適在文學方面，最具影響力的還是白話新詩的創作。作為中國第一本新詩集，胡適的嘗試的確是「自古無」，他在新詩上的開山地位也的確是前無古人。

但是，仔細閱讀這部詩集，我們得說，除了少數幾首在形式上完全突破舊詩詞的限制，可算是卓然成立的新詩外，絕大部分還是半新不舊，未能完全脫盡舊詩詞的影響，不論是文字、詩題、技巧，在在都彷彿有古人在。這一點，以今日對新詩藝術的理解來看，不能不說是《嘗試集》的一大缺點；但以文學史發展的過程來看，我們恐怕得承認，這項缺點在某種程度上，幫了新詩運動推展的大忙。因為，這正顯示出，胡適的新詩是與舊的文學傳統相承接的，它沒有一刀兩斷，而是藕斷絲連。

胡適本人對此也知之甚深。他以「前無古人」來自許，卻又以「前有古人」來自衛，這種現象的確值得玩味。就以揭開白話文運動序幕的新詩來說，胡適除了在《白話文學史》中提到許多曾做過白話詩的作家外，他於《嘗試集》出版（一九二〇年三月）後的第二年所寫的〈五十年來中國之文學〉中，特別推崇清末詩人黃遵憲在新派詩上的鼓吹與嘗試，就格外具有深意，且用心良苦了。

---

12 見胡適〈嘗試篇〉中引陸放翁「嘗試成功自古無」句，《嘗試集》，《胡適作品集二十七》（臺北市：遠流出版公司）第1編，頁55。

二

　　胡適對黃遵憲設專節來加以介紹，並語多推崇，如前所述，並非偶然，而是有意的安排，照胡適自己的說法是：

> 黃遵憲是一個有意作新詩的，故我們單舉他來代表這一個時
> 期。[13]

黃遵憲的「有意作新詩」，正好為同樣「有意作新詩」的胡適提供了一個去今未遠的正面典型。他肯花許多篇幅來一再說明黃詩的好處，說明了這位清末「詩界革命」的核心人物，其對詩歌改革的態度，是被胡適「引為同道」的。

　　我們知道，中國舊詩到了晚清，已經走到窮途末路，正如臧克家所言：「從中再也找不到古典優秀詩歌裡所具有的時代精神和人民性」，雖然還有幾個苦心摹擬古人，專講聲調格律的詩人，其腐朽的內容，早和時代的要求脫離太遠，因此，夏曾佑、譚嗣同等人遂有「詩界革命」的志願，只不過，他們所作的「新詩」，只是「撏撦新名詞以自表異」，在胡適看來，這種革命是失敗的。只有黃遵憲走得比較前面，他一面主張用俗話作詩──所謂「我手寫我口」，一面試用新思想和新材料──所謂「古人未有之物，未闢之境」入詩[16]。黃

---

[13] 胡適：〈五十年來中國之文學〉，《五十年來中國之文學》，《胡適作品集八》（臺北市：遠流出版公司），頁94。

[14] 臧克家：〈導言〉，《中國新詩選》（北京市：中國青年出版社，1956），頁2。

[15] 梁啟超：《飲冰室詩話》（北京市：人民文學出版社，1982），頁49。

[16] 胡適：〈五十年來中國之文學〉，《五十年來中國之文學》，頁96～100。

氏之嘗試，胡適認為「在詩界上放一點新光彩」[17]。正由於這一點新光彩，清末的「詩界革命」運動，雖然在某種意義上只能算作是新詩革命之前的一個短暫過渡，但對於一九一八年的新詩運動，在觀念上，卻給予了一定的影響。

胡適舉了九首詩來說明黃遵憲詩的平民性、時代性，並藉此推崇黃氏作品是符合白話潮流的上品。例如黃遵憲〈山歌〉九首，他認為都是白話的，而且也都是民歌的上品。胡適也舉了〈都踊歌〉來肯定黃遵憲能賞識民間的白話文學，並推想其早年必受了家鄉山歌的感化。此外，胡適還認為，〈拜曾祖母李太夫人墓〉一詩，是黃氏《人境廬詩草》中最好的詩，因為這首詩確實能實行他的「我手寫我口，古豈能拘牽」的主張。在這些推崇中，事實上也正表現出胡適個人的文學觀與力求改革、宣揚白話的企圖心。

值得一提的是，黃遵憲雖然並未提出「白話文」一詞，但在近代文學史上，他應該算是較早的白話文理論先驅。黃遵憲在駐日期間，認真考察日本的語言文字，發現日本假名文字的優點，在於能夠讓語言與文字相結合，使一般人民易於吸收文化知識，而中國的語言與文字相差太遠，漢字難認難寫，人民學文化受教育較困難，因此，他認為必須要改革中國的文體和文字才行[18]。

黃遵憲在《日本國志・學術志2》的「文學總論」中指出，文、言的分合，會直接影響到社會的進步、文學的發展，因為「語言文字離，則通文者少；語言文字合，則通文者多」，使語言文字相合，才

---

[17] 胡適：〈五十年來中國之文學〉，《五十年來中國之文學》，頁94。

[18] （清）黃遵憲：〈學術志二〉，《日本國志》第33卷中提到：「考日本方言，不出四十七字中，此四十七字雖一字一音，又有音有字而無義，然以數字聯屬而成語，則一切方言統攝於是，而義自在其中。蓋語言文字合而為一，絕無障礙，是以用之便而行之廣也。」又言：「泰西論者，謂五部洲中，以中國文字為最古，學中國文字為最難，亦謂語言文字之不相合也。」（臺北縣：文海出版社，1981），頁813、815。

能有力地促使社會進步與文學發展。因此,他提議要創造一種「明白曉暢,務其達意」、「適用於今,通行於俗」的新文體,以便「令天下之農工商賈婦女幼稚,皆能通文字之用」,這可以說是黃遵憲對文字革新建立系統化理論的起步。[19]

到光緒二十八年(1902),黃遵憲在給嚴復的一封信中,明確地提出他自己設想的具體政革方案:「第一為造新字」,其方法有假借、附會、謎語、還音、兩合等;「第二為變文體」,其方法有跳行、托孤、最數、夾註、倒裝語、自問自答、附表附圖等[20]。其名為「變文體」,但在方法上只是符號變化、修辭運用而已,實際上範圍仍嫌狹隘,並未觸及到根本文體改變的核心。然而,不可否認的,黃遵憲這一思想的萌芽,對後來胡適等人的白話文運動是有一些幫助的。

從黃遵憲與嚴復、梁啟超等人的書信往來情形,不免令人聯想到不久後的胡適與梅覲莊、任叔永、陳獨秀書信往來的情形。胡適的提倡白話文,雖不能說是直接受到黃遵憲等人的影響,但黃氏的言論,在整個文學的改革的潮流中,是起了一些推波助瀾的作用。他們都重視文體、文字的改革,也都以詩歌(不論舊詩、新詩)表達了他們的看法及示範,而這些看法,仔細探討,也確實有其神似之處。

三

有關黃遵憲的詩歌主張,主要見於〈人境廬詩草自序〉(以下簡稱〈自序〉)、〈與周朗山論詩書〉、〈雜感〉、〈感懷〉詩,光緒年間

---

[19] 張堂錡:《黃遵憲及其詩研究》(臺北市:文史哲出版社,1991),頁74。

[20] 見〈黃公度先生年譜〉光緒二十八年,收於錢仲聯:〈附錄〉,《人境廬詩草箋注》。

給梁啟超、邱菽園的一些書信，和《黃遵憲與日本友人筆談遺稿》中的〈己卯筆話〉、〈庚辰筆話〉、〈山歌〉題記，以及散見於潘飛聲《在山泉詩話》、黃遵楷《人境廬詩草跋》中的語錄等等。其中以光緒十七年（1891）發表的〈自序〉一文最重要：

> ……雖然，僕嘗以為詩之外有事，詩之中有人；今之世異於古，今之人亦何必與古人同。嘗於胸中設一詩境：一曰，復古人比興之體；一曰，以單行之神，運排偶之體；一曰，取離騷樂府之神理而不襲其貌；一曰，用古文家伸縮離合之法以入詩。其取材也，自群經三史，逮於周、秦諸子之書，許、鄭諸家之注，凡事名物名切於今者，皆採取而假借之。其述事也，舉今日之官書會典方言俗諺，以及古人未有之物，未闢之境，耳目所歷，皆筆而書之。其鍊格也，自曹、鮑、陶、謝、李、杜、韓、蘇訖於晚近小家，不名一格，不專一體，要不失乎為我之詩。誠如是，未必遽躋古人，其亦足以自立矣了。……

這篇〈自序〉可以說是黃遵憲詩歌創作經驗的總結報告書，其中有其個人推陳出新的一套詩歌理論與創作指導方針。

　　至於胡適的詩歌主張，除了見於他的〈五十年來中國之文學〉，《嘗試集》之〈自序〉、〈再版自序〉、〈四版自序〉，〈談新詩〉，〈談談「胡適之體」的詩〉，以及他替一些白話詩集寫的序言外，最重要的，恐怕還是他的〈文學改良芻議〉、〈建設的文學革命論〉等專論文學改革的篇章，這些篇章雖然非專為新詩而發，但其理論卻是新詩創作的指導原則，而新文學運動的展開是從新詩開始，因此從中可以看出胡適對詩歌的態度。尤其在〈文學改良芻議〉中所提出的「八不主義」，更是其作詩作文的基本主張：

一曰，須言之有物，二曰，不摹倣古人。三曰，須講求文法。四曰，不作無病之呻吟。五曰，務去爛調套語。六曰，不用典。七曰，不講對仗。八曰，不避俗字俗語。

　　黃、胡對詩歌的態度有其相同之處，亦有其根本的差異。以下首先分析兩人的相同看法，略歸成四點依序論述：

（一）文學進化，反對摹古

　　〈自序〉中言：「今之世異於古，今之人亦何必與古人同」、「古人未有之物、未闢之境，耳目所歷，皆筆而書之。」證明黃遵憲論詩，深明文學進化之理。一時代有一時代的詩歌，反對墨守成規，一味規襲古人。這種文學進化論，事實上早在他二十一歲（同治七年，1868）時就已產生，他寫的〈雜感〉詩中云：

> 俗儒好尊古，日日故紙研。六經字所無，不敢入詩篇。古人棄糟粕，見之口流涎。沿習甘剿盜，妄造叢罪愆。黃土同摶人，今古何愚賢？即今忽已古，斷自何代前？……我手寫我口，古豈能拘牽。即今流俗語，我若登簡編，五千年後人，驚為古斕斑。

黃遵憲的此一主張，正是「晚明公安文學主張的再現」[21]，他繼承了此一反擬古反形式主義的文學思潮，尖銳地嘲笑只知承古人唾餘，在古人詩集夾縫裡找出路的詩歌，提出古今語言變遷和古今詩歌發展的

---

[21] 簡恩定〈學古與創新——黃遵憲《人境廬詩草》評議〉一文中，曾舉袁宏道〈雪濤閣集序〉及袁宗道〈論文上〉為例，指出黃遵憲所說的文學代變、古不必優於今的觀念並非創見，而是「晚明公安文學主張的再現」（臺北縣：淡江大學第二屆「社會與文化」學術研討會上發表論文）。

觀點，並且正面揭示「我手寫我口」的主張，也就是要建立自己的獨特風格，抒發自己的真實情感。這首詩的主旨和〈自序〉所言是一脈相承的。

在〈與周朗山論詩書〉中，黃遵憲再次強調了此一主張，他說：

> 苟能即身之所遇、目之所見、耳之所聞，而筆之於詩，何必古人？我自有我之詩者在矣。……我已亡我，而吾心聲皆他人之聲，又烏有所謂詩者在耶²²？

黃遵憲認為，詩之所以為詩，就在於它能反映「我」的「身之所遇、目之所見、耳之所聞」，也就是說，詩必須反映廣闊的社會生活，同時能夠真實地體現「我」的「心聲」，即體現「我」的思想、情感和願望。否則「我已亡我」，詩也就不成其為詩了。

胡適在〈文學改良芻議〉中，對「不摹倣古人」一條有如下的解說：

> 文學者，隨時代而變遷者也。一時代有一時代之文學：周秦有周秦之文學，漢魏有漢魏之文學，唐宋元明有唐宋元明之文學。此非吾一人之私言，乃文明進化之公理也。……唐人不當作商周之詩，宋人不當作相如、子雲之賦──即令作之，亦必不工。逆天背時，違進化之跡，故不能工也。

因此，胡適反對「古勝於今」之說，認為只有「實寫今日社會之情狀，故能成真正文學。其他學這個、學那個之詩古文家，皆無文學之價值也。」

胡適後來把「八不主義」改成肯定語氣的四條，「不摹倣古人」

---

²² 見《嶺南學報》第2卷第2期。

一條改成了「要說我自己的話，別說別人的話」[23]。從黃遵憲的「我手我寫口」，到胡適的「不摹倣古人」，再到「要說我自己的話」，正表現出他們對文學發展現象的相同態度，即主張進化，反對摹古。

（二）言之有物，不無病呻吟

胡適認為「近世文學之大病，在於言之無物。」因此，他主張文學必須言之有物，他所謂「物」，包含了情感、思想二事[24]。他對有些文人斤斤於聲調字句之間，既無高遠之思想，又無真摯之情感，表示了強烈的不滿，而主張用「情」、「思」二者來補救。此外，他也反對傷春悲秋的無病呻吟，認為會導致讀者「短其志氣」，不思奮發有為。在面對國患時，他寧願文學家作瑪志尼，也不要作屈原、賈生，這裡面傳達出他對詩的時代性非常重視，也表現出他的樂觀主義。

胡適在作詩時，有意的想表現出較明朗樂觀的格調，甚至於經常藉詩作來宣傳他的一些主張，他在詩中真正要傳達的，其實是他的思想，而不是感情[25]。朱自清曾對此評論說：

> 樂觀主義，舊詩中極罕見；胡適也許受了外來影響，但總算是

---

[23] 胡適：〈建設的文學革命論〉，《文學改良芻議》（臺北市：遠流出版公司），頁57。

[24] 前揭書，頁6。

[25] 周質平〈讀胡適的《嘗試集》——新詩的回顧與展望〉文中指出：「胡適詩中一樣有『霜濃欺日薄』、『淚向心頭落』這一類消極悲觀的喟嘆；但我們可以很明顯的看出，他是有意的要避免這類感情，而把他的詩導向一個較為明朗樂觀的方向。他在民國八年所作的〈樂觀〉與〈上山〉兩首，就是這種心境最佳的剖白。這種詩一方面固然有一種激揚奮勵的正面意義；但在另一方面卻也讓我們感到：胡適連作詩的時候都不放過宣傳主義的機會。他在詩中所要表達的，往往是他的思想，而不是感情。」見《胡適與魯迅》（臺北市：時報出版公司，1988），頁107～108。

新境界；同調的卻只有康白情一人。[26]

當然，情、思二者，並不能截然分開。例如他的〈夢與詩〉中的一段：

醉過才知酒濃，

愛過才知情重：

你不能做我的詩，

正如我不能做你的夢。[27]

表面上看來是一首描繪愛情的無奈之作，其實真正的主題卻是在談「詩的經驗主義」。

又如〈人力車夫〉一詩，在技巧上沒有什麼特殊表現，只是平實地記錄下乘客與車夫的問答，但在平凡的語言下，卻是滿盈的同情與強烈的人道精神。尤其在詩的前言中寫道：「警察法令，十八歲以下，五〇歲以上，皆不得為人力車夫。」更直接揭發了此一悲慘的社會現實。

胡適的態度非常明顯，不論情、思，都必須要有感而發，而不可無病呻吟，只有緊扣現實，反映時代，才是言之有物。這一點，黃遵憲比起胡適是猶有過之而無不及。

黃遵憲在〈自序〉中有言：「詩之外有事，詩之中有人。」這「事」，指的是現實的社會情狀；而「人」，是指作者有自己的思想、情感，有自己的批判觀點，不流於人云亦云。黃詩的特色與成就，主要即在於其時代性。他自中年以後，詩作多述外邦山川政俗或華僑社會史事，至晚歲的感事傷時作，有關中日甲午戰爭、戊戌政變及庚子

---

[26] 朱自清：〈詩集導言〉，見趙家璧主編《中國新文學大系》第8冊，頁1。

[27] 胡適：《嘗試集》（臺北市：遠流出版公司），頁150～151。

辛丑義和團與聯軍諸役，尤多描繪，隱然為晚清一代詩史[28]。甲午前後政治社會上的種種實情，都收在他的詩裡。如〈悲平壤〉、〈東溝行〉、〈哀旅順〉、〈馬關紀事〉、〈降將軍歌〉、〈台灣行〉等作，都是歷史的詩，字裡行間，洋溢著愛國的思想情感，而具有真實的歷史內容。

　　黃遵憲的理論與創作，可以說完全符合了胡適的要求——要有話說，方才說話；有什麼話，說什麼話。既不無病呻吟，又能言之有物，黃遵憲的詩正好提供了胡適主張的一個正面典型。

（三）不講對仗，作詩如作文

　　胡適於一九一五年寄給任叔永等人的詩中，曾明白說到：「詩國革命何自始，要須作詩如作文。」[29]他說這是「詩界革命的方法」。所謂「作詩如作文」，它的精義還在一個「通」字。因為要「通」，所以他主張作詩要「明白清楚」，凡是好詩沒有不是明白清楚的。李義山的詩「苦恨無人作鄭箋」，在他看來，都不是好詩，只是笨謎而已。他說：

> 一首詩儘可以有寄託，但除了寄託之外，還需要成一首明白清楚的詩。意旨不嫌深遠，而言語必須明白清楚。……「胡適之體」的第一條戒律是要人看得懂。[30]

因為要求通，就必須「話怎麼說，就怎麼說」，對於那些枉費有用之

---

[28] 如梁啟超《飲冰室詩話》稱他：「公度之詩，詩史也。」錢仲聯《夢苕盦詩話》說：「編詩之起訖如此，蓋隱以詩史自居。」

[29] 胡適：〈自序〉，《嘗試集》（臺北市：遠流出版公司），頁21。

[30] 胡適：〈談談「胡適之體」的詩〉，《嘗試集》（臺北市：遠流出版公司），頁69。

精力於「微細纖巧之末」——排偶、對仗等的「文學末流」，他不以為然，認為「駢文律詩乃真小道耳」[31]。

胡適的此一主張，在後來寫〈五十年來中國之文學〉中有更清楚的說明。他用來詮釋此一主張的例子，正是黃遵憲的詩作。他稱讚黃氏的作品：

> 如他的〈降將軍歌〉、〈度遼將軍歌〉、〈轟將軍歌〉、〈逐客篇〉、〈番客篇〉……都是用做文章的法子來做的。這種詩的長處在於條理清楚，敘述分明。作詩與作文都應該從這一點下手：先做到一個「通」字，然後可希望做到一個「好」字。古來的大家，沒有一個不是這樣的；古來絕沒有一首不通的好詩，也沒有一首看不懂的好詩。金和與黃遵憲的詩的好處就在他們都是先求「通」，先求達意，先求懂得。[32]

因此，胡適認為黃遵憲在「以古文家抑揚變化之法作古詩」的方面，成績最大。[33]

黃遵憲在〈自序〉中特別指出「用古文家伸縮離合之法以入詩」一法，足見其重視程度及刻意取法。這種寫作方法的被強調，當與其時代複雜有關，由於他所處的時代，現實生活的內容已較過去大為豐富，為了應付層出不窮的題材變化，他採取了作文之「伸縮離合」法來應變。雖然這種寫作方法不是他的創見，但歷來像他這樣有意且大量運用者，並不多見。所以近人錢仲聯稱揚他：

---

[31] 胡適：《文學改良芻議》，頁16。

[32] 胡適：〈五十年來中國之文學〉，《五十年來中國之文學》（臺北市：遠流出版公司），頁100。

[33] 前揭書，頁99。

從《史記》到周、秦、諸子和歷代散文的寫作技巧，他盡量取精用宏地移植到詩歌中來，這就大大擴展了詩歌表達的功能，有利於反映當時比較複雜的現實內容。[34]

在《嘗試集·自序》中，胡適說：「若要做真正的白話詩，若要充分採用白話的字，白話的文法，和白話的自然音節，非做長短不一的白話詩不可。這種主張，可叫做『詩體的大解放』。」這裡的「長短不一」，正是要把從前一切束縛自由的枷鎖鐐銬，一起打破。而不講對仗、作詩如作文，正是打破束縛的方法之一。

從黃遵憲到胡適，「作詩如作文」的程度更為深化，而排偶、駢律、對仗等束縛，也得到了更進一步的解放。我們固難以說明胡適的態度受了黃遵憲的影響，但二人的「所見略同」應是不容否認的。

（四）重視白話，不避俗語

胡適的重視白話，在他的《白話文學史》之〈引子〉中有極清楚的表白，他認為：

> 白話文學史就是中國文學史的中心部分。中國文學史若去掉了白話文學的進化史，就不成中國文學史了，只可叫做「古文傳統史」罷了。……「古文傳統史」乃是模倣的文學史，乃是死文學的歷史；我們講的白話文學史乃是創造的文學史，乃是活文學的歷史。[35]

正因為他認為白話文學是中國文學的正宗，是活文學，因此，他在

---

[34] 錢仲聯：〈前言〉，《人境廬詩草箋註》。

[35] 胡適：《白話文學史》（臺北市：遠流出版公司），頁14。

「八不主義」中才有「不避俗語俗字」一條，主張「是什麼時代的人，說什麼時代的話」。他明確地要求：

> 吾主張今日作文作詩，宜採用俗語俗字。與其用三千年前之死字，不如用20世紀之活字；與其作不能行遠不能普及之秦漢六朝文字，不如作家喻戶曉之《水滸》、《西遊》文字也。[36]

這種不避俗語的態度，正好與黃遵憲相同。黃遵憲在二十一歲時寫的〈雜感〉詩，胡適認為是「詩界革命的一種宣言」[37]，尤其是詩的末六句：「我手寫我口，古豈能拘牽？如今流俗語，我若登簡編，五千年後人，驚為古斕斑。」胡適認為這正是「主張用俗語作詩」。也因此，他對黃遵憲在提出「我手寫我口」的第二年所寫的九首〈山歌〉，表示了極大的欣賞，認為這全是白話的，全是民歌的上品。

黃遵憲的這種態度並非一時興之所致，因為直到他四十四歲在倫敦時，還續寫了六首。尤其是他在其後的題記中說：

> 十五國風妙絕古今，正以婦人女子矢口而成，使學士大夫操筆為之，反不能爾，以人籟易為，天籟難學也。余離家日久，鄉音漸忘，輯錄此歌謠，往往搜索枯腸，半日不成一字，因念彼岡頭溪尾，肩挑一擔，竟日往復，歌聲不歇者，何其才之大也。[38]

他把山歌與中國偉大的文學作品相提並論，這種不避俗語的大膽表現，正如胡適以施耐庵、曹雪芹、吳趼人為文學正宗一般，是有其獨

---

[36] 胡適：《文學改良芻議》（臺北市：遠流出版公司），頁17～18。

[37] 胡適：〈五十年來中國之文學〉，《五十年來中國之文學》（臺北市：遠流出版公司），頁96。

[38] 羅香林藏、黃遵憲手寫本〈山歌〉，詩後有題記五則，此為第一則。

特的文學見解的。

　　黃遵憲不僅熱愛其家鄉梅縣的山歌，也喜愛日本的民歌，所以他在擔任駐日使館參贊時便寫了〈都踊歌〉一類清新樸質的作品。胡適對他「能賞識民間的白話文學」[39]，給予肯定，因為這些民間文學，就是不避流俗的最佳白話文學。

　　當然，如果純就文學史的角度來看，黃遵憲這種重視民間文學的主張並非創見，但是若從晚清詩歌改良的意義上看，他的主張是難能可貴的。由於黃遵憲及當時一些有志之士在這方面的加以鼓吹與創作，蔚成一股隱然躍動的氣勢，相信這種環境的醞釀，對於胡適的提倡「白話詩」，應有很大的鼓勵[40]。

　　從以上的敘述中，我們不難瞭解黃遵憲在中國文學發展史上的過渡性角色，胡適在這些「開路先鋒」所奠定的基礎上，「有意的加上了一鞭」[41]，使得新詩提早誕生，讓文學史的潮流步上了白話文學的汪洋大海中。這一鞭，使胡適站上了文學改革的潮頭，但是，我們也不能忘了在詩歌改革的態度上和他「神似」、發揮推波助瀾作用的黃遵憲。

四

　　作為傳統士紳的黃遵憲，和接受西方教育的「新青年」胡適，雖然在詩歌態度上有這些暗合之處，甚至於——有趣的是，黃遵憲曾任駐美國舊金山總領事，而胡適也擔任過駐美大使。但不容否認的，兩

---

[39] 胡適：〈五十年來中國之文學〉，《五十年來中國之文學》（臺北市：遠流出版公司），頁99。

[40] 張堂錡：《黃遵憲及其詩研究》，頁98。

[41] 胡適：《白話文學史》（臺北市：遠流出版公司），頁16。

人由於時代的侷限性與思想的著力點不同，而在「神似」之外，也存在著許多根本的差異。

最根本的差異，是在詩歌形式的改革上所造成的新／舊對比。換言之，黃遵憲的「體制內改革」，固然對胡適的「體制改革」起了鼓舞、催化作用，但同時也顯現出兩種不同態度所衍生的文學看法歧異。一為改良，一為革命，兩人雖可並肩共行一段路程，但終究不能殊途同歸。胡適終究比黃遵憲更進一步，觸及到了詩體解放的根本核心。

黃遵憲和梁啟超一樣，都是改良主義者，他們對詩界「革命」的定義，只是「革其精神，非革其形式」[42]。黃遵憲之所以備受梁氏推崇，是因他的詩「能鎔鑄新理想以入舊風格」[43]。所謂「新理想」，是指題材、語言及意境三者的融合創新，而「舊風格」，則是指傳統詩歌格律、形式的繼承遵循[44]。換言之，黃梁等人所主張的，是要通過舊形式來表現新的生活內容和新的思想情感。基本上，這是一場不徹底的詩歌改良運動。我們可以說，黃遵憲是「舊瓶裝新酒」的實踐者，而非「新瓶裝新酒」的提倡者。

胡適、陳獨秀等人則不同，他們的文學改革是要徹底地與「古文傳統」割裂，是以用白話寫詩來顛覆過去二千年「沒有價值的死文

---

[42] 梁啟超：《飲冰室詩話》（北京市：人民文學出版社，1982），頁51。

[43] 前揭書，頁2。

[44] 關於「新理想」、「舊風格」的解釋，梁啟超在〈夏威夷遊記〉中曾云：「欲為詩界之哥倫布、瑪賽郎，不可不備三長：第一要新意境，第二要新語句，而又須以古人之風格入之，然後成其為詩。」葉朗在《中國美學的巨擘》第五章〈梁啟超的美學〉中說：「所謂『舊風格』，是指用中國古典詩詞的體裁格律；所謂『新意境』，是指表現改良主義與愛國主義的思想內容。」此外，李瑞騰在《晚清文學思想論》第一三七頁中也指出：「『新理想』係指內容題材的處理上特具一種合乎時代需求的創新意圖……而所謂『舊風格』當然是指過去舊有的詩之形式──五七言的古近體。」以上三說均可參閱。

學」，是文體、文學的根本政變，因此，與辛亥革命的推翻滿清舊政
體一樣，胡適在他的〈談新詩〉中，把文學革命運動以來出現的詩體
的解放，白話新詩的登上文壇，看作是「辛亥大革命以來的一件大
事」[45]。

　　有趣的是，黃遵憲所提倡的「詩界革命」，雖名曰「革命」，實
則只是改良；而胡適的〈文學改良芻議〉，雖名為「改良」，其實已
是革命。這一前一後的延續推衍，把中國文學的發展推向了一個新的
境界。和胡適相比，黃遵憲的「革命」目標未免狹窄，成果也相對有
限，但不可否認的，他雖未全面地打破具有長遠傳統的古典詩厚殼，
但卻已為未來的白話詩準備了出生的土壤。胡適等人在因緣際會的
「偶然」下，有意識地在前人的基礎上，向前再邁進了一大步，因而
獲致了重大的成果。

　　由於兩人在文體形式看法上的根本差異，自然在一些枝節的表現
上也會有所出入。以胡適大力鼓吹的「不用典」來說，黃遵憲雖然也
對清末數典摹古的詩風不滿，但是，仔細檢視一部《人境廬詩草》，
像〈五禽言〉那樣明白易曉、不用典的詩篇並不多。針對此點，鄭子
瑜先生曾指出：

> 這是因為積習已久，未能盡除，黃遵憲也難免有此毛病。⋯⋯
> 再如胡適提倡白話文，但他那篇〈文學改良芻議〉仍是用文言
> 文寫的。[46]

黃遵憲在典故的選取運用上頗費心機，尤其是與丘逢甲的往復八次步
韻唱和，更陷入了用典屬對、咬文嚼字的窠臼。黃氏在晚年寫給新加

---

[45] 胡適：《文學改良芻議》（臺北市：遠流出版公司），頁180。

[46] 鄭子瑜：〈五四新文化運動的先驅者黃遵憲〉，收於李錚、蔣忠新主編：《季羨林教
　　授八十華誕紀念論文集》（南昌市：江西人民出版社，1991），頁502。

坡詩人丘菽園的信中也承認說：「少日喜為詩，謬有別創詩界之論，然才力薄弱，終不克自踐其言。」[47]就這一點而言，恐怕算是他詩界革新努力上一點小小的缺陷。

以「不用典」來說，胡適在《嘗試集》、《嘗試後集》的作品大致上做到了這一要求。然而，在《嘗試集》中，胡適有不少新詩是從舊詩詞中脫胎而來，胡適自己並不喜歡這些作品，認為是「刷洗過的舊詩」，「脫不了詞曲的氣味與聲調」[48]。在詩的句法上，他使用的仍舊是五七言的句法，在音節上同樣也受到舊詩聲韻的影響。雖然他後來也發現到這點，並且有所修正，但其在新／舊詩交替的過程中所扮演的過渡性角色，於此亦可窺見。

胡適與黃遵憲除了在詩歌的形式上採取不同的態度外，如果我們檢視其作品，當會發現他們兩人在詩的內容表現上也大異其趣。

《嘗試集》中除了少部分有積極反映社會現實，刻畫時代動盪之外，大部分作品仍偏向個人生活的感懷，「多是一些個人的小感觸、小志趣、小悲哀、小歡喜。」[49]例如以表現遊山玩水之閒情逸致的〈中秋〉、〈江上〉、〈百字令〉、〈西湖〉、〈八月四夜〉、〈蔚藍的天上〉等；如以愛情、閨情為主的〈如夢令〉、〈別離〉、〈應該〉、〈一念〉等；如描寫自然風物的〈鴿子〉、〈一顆星兒〉、〈湖上〉、〈看花〉、〈夜坐〉等。這些題材皆平凡無奇，往往容易流於個人情緒的抒發，雖然透過這些作品，我們可以看到胡適比較生活化的一面，但在那動盪的時代中，這類作品恐怕與其自我期許的「不無病呻吟」有著些許的距離。

---

[47] 同註20。

[48] 胡適：〈再版自序〉，《嘗試集》（臺北市：遠流出版公司），頁35。

[49] 周曉明：〈重新評價胡適《嘗試集》〉，收於陳金淦：《胡適研究資料》（北京市：十月文藝出版社，1989），頁492。

尤其令人不解的，是他留美七年的漫長生活中，竟沒有一篇作品反映了當時華僑在美的血淚辛酸，那些華工的悲慘境遇，在他的留美生涯中，似乎沒有留下一鱗半爪的痕跡。和胡適的七年相比，黃遵憲在美國擔任舊金山總領事的三年半時間，則透過其一些詩作，反映了華人所受的無理虐待，抨擊了美國之無理背信以及清政府的懦弱無能，例如長詩〈逐客篇〉、〈紀事〉等即是。

當然，在《嘗試集》中也有如〈贈朱經農〉、〈沁園春〉等讚美俄國革命和為辛亥革命犧牲的人物的詩作，但和黃遵憲「上感國變，中傷種族，下哀民生」[50]的詩風相比，兩人在題材選取與內容呈現上，確實有其殊異之處。胡適作過不少情詩，如〈病中得冬秀書〉、〈如夢令〉、〈新婚雜詩〉等，而黃遵憲在《人境廬詩草》中，除了〈又寄內子〉、〈九姓漁船曲〉這少數幾首描寫男女之情外，他是絕少提筆創作此類詩篇。

胡適在詩中之所以不像黃遵憲那麼積極反映時局世事，主要的原因是：他把文字的這份功能保留給了散文，在胡適的心中，詩、文的功用是有別的，他雖然極力推崇白居易的新樂府，但胡適自己是不作新樂府的，而黃遵憲則走上了《白氏長慶集》新樂府的道路。

換言之，胡適雖一再提倡「作詩如作文」，這只是就形式而言，這在他早年《競業旬報》上的文字尤其明顯，「文」是寫給「老百姓」看的，要起「教化」的作用，而詩則是為「我輩」所寫，言情抒感足矣。就這一點「詩」、「文」有別而言，胡適毋寧比黃遵憲還更保守。[51]翻開胡適的留學日記，有關美國政治、世界局勢，或者是中國政情的記載極多，他對時局世事的關心並不下於黃遵憲，但是以詩

---

[50] 康有為：〈人境廬詩草序〉，收於錢仲聯：《人境廬詩草箋註》。
[51] 這一段意見，主要是依據周質平教授對筆者論文批閱時的眉批。

為媒介的《嘗試集》卻甚少有這方面的反映，這一點也是胡、黃二人在詩歌態度上的不同處。

此外，同為詩歌改革的鼓吹者，兩人不免都有一些論述文學的詩作，以闡釋或發揮自己的文學觀。黃遵憲的〈雜感〉、〈感懷〉即屬此類作品。而胡適在這方面的作品較多，例如〈嘗試篇〉、〈文學篇〉、〈藝術〉等，都反映了胡適的某些文學觀點，連〈夢與詩〉都是他「詩的經驗主義」的自剖，足見他是有意且大量地在這方面著力表現。從改良到革命，這些討論文學詩篇的增加，正好提供了一個觀察文學發展的線索。

五

從以上的敘述中，我們可以對胡適與黃遵憲的詩歌態度得到以下的幾點結論：

首先，胡適的白話詩運動雖然「開風氣之先」，但並不是石破天驚的突然之舉，在「前有古人」的基礎上，他透過有意的創作與理論的鼓吹，使他成為整個新文學運動的中心人物。由於他的努力，白話詩才能耀眼地登上新文學的舞臺。雖然，在前人的作品中──例如黃遵憲，也可看出與其理論神似的影子，但從其造成的深遠影響與他在這場運動中所發揮的巨大作用而言，他的成就是超越古人的。

黃遵憲身處清末俗儒擬古摹古的風潮下，能意識到作者個性的重要與對白話俗語的重視，亦可看出他在文學思想上進步的一面。他與胡適都有意對詩歌加以革新，也都嘗試藉創作來印證自己的想法，只不過，客觀條件的侷限，使黃遵憲走到「改良」一途，即嘎然而止，未再向前，而胡適則在對舊形式的質疑下，步上了「革命」之路。

不過，在胡適「革命性」的主張之下，作為第一部白話詩集的

《嘗試集》，仍只是表現出其「過渡性」的色彩，正如胡適自言：

> 我現在回頭看我這五年來的詩，很像一個纏過腳後來放大了的
> 婦人回頭看她一年一年的放腳鞋樣，雖然一年放大一年，年年
> 的鞋樣上總還帶著纏腳時代的血腥氣。[52]

《嘗試集》確實存在著這個缺陷，「有提倡之功，而無創作之力」等
就成了最常見的批評。然而，作為歷史上第一個敢放腳的女人，作為
現代文學史上第一部新詩集，胡適的努力與《嘗試集》的價值是應該
被肯定的。以今之文學批評標準來衡估六、七十年前的作品，其不盡
人意，自屬必然，但誠如陳子展所言：「《嘗試集》的真價值，不在
建立新詩的軌範，不在與人以陶醉於其欣賞裡的快感，而在與人以放
膽創造的勇氣。」[53]從文學發展的角度來看，胡適那些粗淺的詩卻正
是一個新紀元的里程碑。

　　黃遵憲與胡適，雖然由於時代的侷限與個人客觀條件的差異，而
在詩歌的內容、題材上各有所偏，對於詩歌改革幅度的看法也不相
同，但我們可以看出，他們二人在重視白話，不避流俗，反對摹古，
不無病呻吟，以文作詩，力求詩歌表現有更大空間的努力上，是所見
略同的。

　　胡適一再說他的提倡白話文學是「偶然」，但是，看看從晚明公
安派到晚清的黃遵憲、梁啟超，再到胡適、陳獨秀這一條不絕如縷的
文學發展道路，以及其中環環相扣，推波助瀾的複雜文學現象，我們
不得不說，這豈是一句「偶然」了得！

---

52 胡適：〈自序〉，《嘗試集》（臺北市：遠流出版公司），頁47。
53 陳子展：《最近三十年中國文學史》，頁227。

黃遵憲晚期詩歌態度改變問題之探討

一

在近代中國的文學發展史上，黃遵憲的詩作以其反映現實、記錄歷史，而被稱為「詩史」，加上他在語言上不避流俗，強調「我手寫我口，古豈能拘牽」，又以新名詞入詩，甚至創作山歌，長久以來，他的文學地位一直受到高度的肯定。如劉大杰《中國文學發展史》即認為「真能反映當代政治社會面貌而可作為新派詩的代表的是黃遵憲」，將他與鄭珍、金和視為晚清詩歌的代表；梁啟超《飲冰室詩話》則說：「公度之詩，獨闢境界，卓然自立於二十世紀詩界中，群推為大家，公論不容誣也。」南社詩人高旭的《願無盡廬詩話》也稱讚他：「黃公度詩獨闢異境，不愧中國詩界之哥倫布矣。近世洵無第二人。」提倡白話詩的胡適在其《五十年來中國之文學》中，對黃遵憲依然予以肯定，他說：「在韻文方面……確曾有幾個人在詩界上放一點新光彩，黃遵憲與康有為兩個人的成績最大。但這兩個人之中，黃遵憲是一個有意作新詩的，故我們單舉他來代表這個時期。」可見黃遵憲的詩歌表現與主張，不論在當時或後來，都得到甚高的評價。

黃遵憲的詩歌主張，除了見於〈與周朗山論詩書〉、〈雜感〉、〈感懷〉詩，以及光緒年間給梁啟超、邱菽園的信件等外，最主要的

還是他於光緒十七年（1891）所寫的《人境廬詩草‧自序》（以下
簡稱〈自序〉）。這篇〈自序〉可以說是他詩歌創作經驗的總結報告
書，其中提到了幾項他對詩歌的看法，例如說：「今之世異於古，今
之人亦何必與古人同」、「古人未有之物，未闢之境，耳目所歷，皆
筆而書之」，證明黃遵憲論詩，深明文學進化之理，反對墨守成規，
一味規襲古人；又如他說：「詩之外有事，詩之中有人」，這「事」
指的是現實的社會情狀，這「人」指的是作者有自己的批判觀點，不
流於人云亦云。黃遵憲認為，詩之所以為詩，就在於它能反映「我」
的「身之所遇、目之所見、耳之所聞」，否則「我已亡我，而吾心聲
皆他人之聲」，詩也就不成其為詩了。

　　正因為在文學上主張進化，所以他才會對晚清復古、擬古的風氣
大加撻伐，但是，他雖然反對擬古、復古，卻認為學古仍有其必要，
因為學古是創新的重要門徑。因此，他在序中提到了幾項作詩之法，
如復古人比興之體、以單行之神運排偶之體、取離騷樂府之神理而不
襲其貌、用古文家伸縮離合之法以入詩等，這都是他對古人長處的有
所選擇，而他在詩歌創作中也的確能予以實踐。正因為他能洞悉文學
進化的藝術規律，且擷取古人長處，求新求變，所以他的詩才能在晚
清瀰漫復古雲霧的詩壇上獨樹一幟，大放異彩。他的詩之所以能在文
學史上佔一席之地，除了在內容上能正視社會現實、反映歷史及時代
面貌外，他有理論、方法，而且能以作品做適切詮釋的文學表現也是
原因之一。

二

　　按理說，黃遵憲的詩歌主張既如此明確，則將他的作品與其文學
態度相印證，應可得出一致的結論才對。事實上也的確如此。上述幾

項革新詩境之法，他都落實到他的詩歌創作中。少年主張的「我手寫我口」也都有具體的作品來彰顯。因此，後世研究者大多對其〈自序〉中的自白抱持肯定態度，認為他的作品是在這種思想指導下的產物，如吳天任、鄭子瑜、李小松、曹旭、錢仲聯等均是，而且大都對其富實驗性的文學表現，以及在文學向前發展的階段性成就、過渡性角色給予肯定。然而，也有一些人對其詩歌主張不以為然，認為黃遵憲的諸多看法其實皆屬舊法，乃同光體之蹊徑，而非黃遵憲之創說，後人以其〈自序〉所言加以論譽，實乃大謬，如龔鵬程在《近代思想史散論・論晚清詩》（東大圖書公司，1991）即抱持這種態度。他說：

> 若伸縮離合等，概為語言形式及名物度數，言詩而津津以此為務，寧非捨本而逐末？如散原海藏，甚至湘綺一叟之為詩，未嘗不用此等法，然其勃鬱情深之情，芬芳馨雅之懷，又豈僅所謂運單行於排偶、用伸縮離合之法，寫眼前名物耶？公度以此言詩，適可以見其尚不知詩，而世乃據此以論譽之，謬哉！（頁198）

龔氏之說，若僅以〈自序〉中這一段所言來作此論斷，大致不差。但問題在於，黃氏的〈自序〉中對詩歌主張的意見並不僅此，這只是他在追求「詩境」時所採用的一些寫作技巧而已，誠如龔氏所言，是「形式」罷了，若以此來概括黃遵憲的詩歌表現，確是謬矣。事實上，黃氏說「復」古人比興之體，用「古文家」伸縮離合之法以入詩等，俱已自言是「學古」而非「創新」，正如上述所言，他對古人的長處是有選擇地學習。除此之外，在〈自序〉中，黃氏還有以下許多不是「形式」上的看法，他說：

> 其取材也，自群經三史，逮於周、秦諸子之書，許、鄭諸家之
> 注，凡事名物名切於今者，皆採取而假借之。其述事也，舉今
> 日之官書會典方言俗諺，以及古人未有之物，未闢之境，耳目
> 所歷，皆筆而書之。其鍊格也，自曹、鮑、陶、謝、李、杜、
> 韓、蘇，迄於晚近小家，不名一格，不專一體，要不失乎為我
> 之詩。

由此可知，他對詩的內容、文體、風格等，都有其一定的認知，而且
以此自勉。當然，正如龔氏所言，這並非他「自闢詩界之創說」，然
若僅斷章取義而指其「不知詩」，恐怕也有待商榷。

　　龔氏在得此結論之前，有一更重要的前提，他認為〈自序〉乃
「光緒十七年辛卯六月，四十四歲時之說，後並不載於集中，蓋宗旨
已變也。吳雨僧搜求而得，錄於《學衡雜誌》中，世遂據此以論黃氏
之自創詩界。」換言之，他認為黃遵憲晚年編定《人境廬詩草》時，
對這篇寫於倫敦的序言已不認同，而刻意不將它收於詩集中，這「集
中未見」，正是他「宗旨已變」的最佳證據。我們今天看到的《人境
廬詩草》中收有〈自序〉一篇，是吳宓「搜求而得」，並刊於其主編
的《學衡雜誌》中，後之編者再加入，遂有今貌。也就是說，最初在
日本刊行的版本《人境廬詩草》中沒有黃遵憲的〈自序〉，是黃氏自
己刪去所致。事實是否如此？恐怕也不盡然。黃遵憲的孫子黃延纘於
一九八七年發表的〈與《人境廬詩草》研究有關的黃遵憲家族部分史
實述評〉一文，對此關鍵性的問題提供了清楚而可靠的資料，或可對
這一問題有澄清的作用。

　　黃遵憲有子四人，長子冕，字伯元。次子鼎崇，字仲雍。仲雍有
子四人，延纘為其幼子。身為公度之後人，他對這段秘辛有一定程度
的瞭解。他在文中提到，黃遵憲出使英國一年、新加坡三年，至一八

九五年回國主持江寧洋務局辦理五省教案，仲雍一直隨同在側，受其教導。即使是戊戌政變作，黃遵憲在上海被上海道蔡和甫（鈞）派兵二百圍守時，仲雍也在身邊。因此，多年獲黃遵憲身教的仲雍，對其父生前手訂各詩稿、文稿正副鈔本均知其詳。黃延纘說：

> 黃遵憲去世（長子伯元亦同年去世）後，《人境廬詩草》定稿正副鈔本一直為仲雍保管。一九〇九年仲雍因所患風濕性心臟病（在家管理銀溪樹山區時一次遇大雨三天，因在山區患上的）病情轉惡，遵醫囑離開山區至澳門養病，無法親自從事有關黃遵憲詩稿等出版事宜。
>
> 一九一一年仲雍便以黃遵憲生前手訂詩稿、文稿、〈自序〉等正鈔本交由甫（黃遵憲從弟，名遵庚，字由甫）赴日給梁啟超主持出版。當時在日本神戶當領事的黃遵楷（黃遵憲五弟）將《人境廬詩草》黃遵憲的〈自序〉抽去，不讓梁啟超知道，而後又塞進他的一篇〈跋〉……
>
> 至於「次序則首遺像，次墓志，目」，並無提及黃遵憲的〈自序〉（可知梁未見），梁啟超把他的〈墓志〉擺上去，但來不及〈跋〉，於是乎遵楷為之（遵楷的〈跋〉，梁亦不知）。多年後出現的康有為一九〇八年寫的〈康序〉，也無疑當時梁不得見而截留在黃遵楷手上，現已真相大白，就是〈康序〉原稿由遵楷家屬作「墨寶」出示。直至一九二六年仲雍長子黃延凱將祖父黃遵憲定稿副本中的〈自序〉交吳宓登於《學衡雜誌》六十期，那〈自序〉才面世。

從以上黃延纘的說明，有關《人境廬詩草・自序》一文不見集中的原因始末應已得到合理的解釋。這整件事的關鍵人物是黃遵楷，是他而非黃遵憲將〈自序〉抽去，也就是說，以〈自序〉不載集中而認為

黃遵憲「宗旨已變」的推論是不正確的,其真正的原因是出在黃氏家族的私心自用上。從這段說明中,也可知〈自序〉的面世並非吳雨僧「搜求而得」,而是黃延凱從「副本」中檢出交給吳雨僧的。

黃延纘還特別提到,黃遵憲除了詩稿外,還有不少的文稿,但經黃由甫帶往日本後卻未見出版。他指出這是「由甫據為己有」所致,其證據是一九七九年八月出版楊天石的《黃遵憲》(上海人民出版社),書末附有〈黃遵憲文目初編〉,其中黃遵憲的各種文稿有二十一篇注明是「黃遵庚供稿」,而且楊氏在後記中也特別表示:「在寫作過程中,承黃遵庚先生惠寄資料多種。」凡此皆可看出黃氏家族成員在黃遵憲作品出版上私下所做的更動或刪改。若不是他們加以揭露,則不正確的揣測將無法得到釐清。

吳宓在《學衡雜誌》刊出這篇〈自序〉時,曾特地寫了一篇跋,文中提到:

> 歲丙寅,編者始因李君滄萍得識先生之文孫延凱,遂獲見先生晚年所手定之詩稿鈔本,其中並有當時知交名士詩人手寫之眉批旁注,商榷評贊,朱墨重重,而卷首有先生所撰〈自序〉一篇,尤可珍貴。擬之西土作者,其重要殆不下於威至威斯之〈詩集再版自序〉。不知當日《人境廬詩》刊印之時,此序何未列入?序中雖云有志未逮,然先生之作此序,實在其逝世之前十五年,序中既明言作詩之方法及旨趣,其詩自必遵造茲所言者作成。是詩與序,實相得而益彰。故亟請於延凱,刊登本誌。

吳宓之疑問至此已獲解答,而我們之疑問從吳文中也可看出一些端倪。他明言看到黃遵憲晚年手定之詩稿鈔本有〈自序〉一文,只不知在刊印時為何會遺漏,可見黃氏對其序中所言仍有所堅持,否則若真

是看法改變，他有很多機會為文說明，甚至重寫新序，但他沒有，也不見他有這方面意見的表達或記載，可知他並沒有「改弦更張」。

三

〈自序〉問題的解決，說明了黃遵憲晚期詩觀改變的說法並不正確。不過，他晚期的作品用典艱澀，欲言又止，詩意稍嫌隱晦，則是事實。也許有人會以為他晚期詩風之改變，是他詩觀改變的另一證據。對這一點，雖不見黃氏有任何相關的說法，但筆者並不完全否定其可能性，只是想提出另一個不同的思考角度，或可有助於對此問題的進一步探討。

光緒二十四年（1898）戊戌政變作，原本奉光緒帝命以三品京堂充出使日本大臣的黃遵憲，因病未驟就道，在上海幾受羅織，後被放歸。這段時期，他的詩作並未減少，在《人境廬詩草》的第九、十卷即屬這一時期心境的紀錄，如〈紀事〉、〈仰天〉、〈雁〉、〈己亥雜詩〉、〈續己亥雜詩〉、〈杜鵑〉、〈五禽言〉、〈久旱雨霽邱仲閼過訪飲人境廬〉八首、〈三哀詩〉、〈和平里行和丘仲閼〉等均是。或以為這些詩的詞意隱晦，用典深奧，和他昔日強調「我手寫我口」的主張背道而馳，因而論斷他晚期詩風已改。其實這是不瞭解黃遵憲當時的心理所致。當慈禧太后下令訓政，囚光緒帝，大捕新黨，廢一切新政，殺害「戊戌六君子」，並通緝康、梁時，有人奏稱康梁二人尚匿於黃遵憲處，太后於是密電兩江總督查看，上海道蔡鈞派兵圍守，黃幾遭不測，後因外人營救，加上康有為已在香港出現，才在九死一生中得旨放歸，免除一切職務，黯然啟程南歸。宛如「驚弦之雁」的黃遵憲回鄉後，修葺「人境廬」，在家講學，從此閉門不預政事，直到去世。因此，晚年的黃遵憲可說是生活在清廷追捕新黨的「白色恐怖」

中，尤其幾遭不測的瀕死經驗，不免對其詩歌的表現有所影響，惟恐以文字罹禍，也就不得不隱晦，不得不假借典故來保護自己。這是現實生命的掙扎，不是文學生命的新選擇。以此說他詩風改變恐怕是不符事實的。這一點，只要讀讀他寫的〈放歸〉、〈雁〉詩即可體會，他寫道：「佛前影怖棲枝鴿，海外波驚涸轍魚。」自述驚恐之狀，完全是實情。〈雁〉詩寫道：「汝亦驚弦者，來歸過我廬。可能滄海外，代寄故人書。四面猶張網，孤飛未定居。匆匆還不暇，他莫問何如。」全詩以驚弓之雁為喻，通過對雁的設問，表達了自己內心的哀痛、失群的孤寂和無奈的心情。在這彌天的政治羅網下，很多心情也只能用迂迴、曲折的方式來呈現，所以他晚年的詩才會較艱澀難讀。當然，我必須說明，這只是合理的推測之一，還可以再深入地探討。

在晚清詩壇中，黃遵憲慨然有改革詩體之志，且身體力行，以一部《人境廬詩草》為他的詩歌主張作具體的實踐，雖然其成就未能符其所期，然其為一時鉅手應無疑問。而他在〈自序〉中自道作詩之法與革新詩境的意見，雖仍屬「舊瓶裝新酒」，但其企圖「鎔鑄新理想以入舊風格」（梁啟超《飲冰室詩話》）的努力與成就應該還是值得肯定的。正如吳宓所言，其詩與序是「相得益彰」的，他對詩歌改革的態度與門徑也沒有前後矛盾之處。黃遵憲詩作的最大價值本不在作詩功力之深淺，而在於他詩中所呈現的時代性與現實性，他的詩本就是以當時社會、政治的歷史發展為素材，尤其是對政局多所憂心、關懷，因此，在政治迫害的巨大陰影下，他做一些「掩護」與「偽裝」，是可以理解的無奈選擇。甚至我們可以說，正因清廷的文網嚴密，而他又是有「前科」的政治人物，他仍勇敢地針對時局抒發己見，語多激憤，這種知識分子的理想色彩與耿介風骨，是令人敬佩的。

在他五十八年的生命中，我們清楚地看到他的詩風與人格緊密地

結合在一起，而且一本初衷地在詩界革命的道路上摸索、前進。直到晚年，他仍不時與梁啟超書信往返，討論文學改革，議論政局時勢，理想不減，壯心猶存。一部《人境廬詩草》，不僅是他個人詩歌理想的實踐，也是近代中國歷史風雲的縮影。誠如黃遵憲在〈自序〉中所言：「詩之外有事，詩之中有人」，這人與事的相輔相成，正是黃遵憲詩歌的可貴之處。雖然他在〈自序〉中又引詩經所言「雖不能至，心嚮往之」來自勉，但我們不得不說，他在〈自序〉中表明的努力方向，已在往後的歲月中，得到了具體的印證，也獲致了不可忽視的成績。

戊戌之後

——梁啟超、黃遵憲的生命同調與思想歧路

一

　　以康有為的「公車上書」為先導，發生於十九世紀末的「百日維新」變法，是中國近代維新運動史上最富象徵意義的一次行動。它既是同光年間以李鴻章為中心的自強運動（洋務運動）的延續，也是後來以國父　孫中山先生為主導之革命運動的轉捩點。自強運動在甲午一役遭到重創，百日維新則在戊戌政變後銷聲匿跡，正因為自強、維新的思想啟蒙與知識積累，才有畢其功於一役的辛亥革命。因此，維新變法的歷史地位與作用是不容忽視的。

　　假如說，整個維新運動是從「公車上書」揭開序幕，而以「百日維新」後的戊戌政變黯然落幕，則此一運動過程中，真正將維新理念與行動具體落實且積效卓著，進而促成百日維新者，則非湖南新政莫屬。在湖南巡撫陳寶箴的支持下，維新派人士如黃遵憲、譚嗣同、梁啟超等人先後入湘，使維新變法思想獲得一次實際操兵的機會，且在中國十八行省推行新政中，締造了最具規模與成效的局面。康有為在《人境廬詩草·序》中即指出「中國變法，自行省之湖南起」；學者鄭海麟也認為「真正賦予維新運動以實踐意義的，應是湖南新政」[1]。

---

[1] 鄭海麟：《黃遵憲與近代中國》（北京市：三聯書店，1988），頁396。

雖然，陳寶箴自光緒二十一年（1895）被任命為湖南巡撫起，便積極
推行維新變法主張，但光緒二十三年六月，黃遵憲被派任湖南長寶鹽
法道，兼署理湖南按察史，不久，譚嗣同好友徐仁鑄接任湖南學政，
這三人的組合，才使維新運動在湖南轟轟烈烈展開，而在政治、經
濟、文化、教育、軍事等各方面，都繳出了漂亮的成績單。

毫無疑問的，發生於戊戌變法前一年的湖南新政，「不僅於時間
上早在百日維新之先，實且直接為百日維新的前導」[2]。正因為如此，
戊戌政變作，凡與湖南新政有關者均受到波連，如梁啟超逃亡海外，
譚嗣同遇害，陳寶箴、江標、徐仁鑄、熊希齡等人皆革職永不敍用，
黃遵憲則罷官放歸原籍。可見，湖南新政的成功，確實為北京新政打
了一劑強心針。而湖南新政的成功，黃遵憲可謂居功厥偉。梁啟超曾
說：「凡湖南一切新政，皆賴其力」[3]；正先更認為黃遵憲「不啻陳右
銘中丞之靈魂」[4]。事實上，在來到湖南之前，黃遵憲早已是出使過日
本、美國、英國、新加坡的資深外交官；也曾受張之洞之命，主持江
寧洋務局，辦理五省堆積之教案，為人稱道；也以《日本國志》得到
翁同龢賞識；李鴻章更以「霸才」稱許之。不論資望、閱歷、學識、
才幹，黃遵憲都在湖南維新派諸人之上。他受陳寶箴之倚重，使湖南
新政大刀闊斧改革有成，自不令人意外。

不僅如此，光緒二十四年（1898）的戊戌變法，當康、梁等人在
北京熱烈推行之際，光緒帝曾向翁同龢索閱《日本國志》，後更命黃
遵憲以三品京堂充出使日本大臣，連續下詔傳令迅速來京。正先〈黃
公度──戊戌維新運動的領袖〉一文，對此有一種說法：

---

2 見王德昭：〈黃遵憲與梁啟超〉，收於張灝等著：《晚清思想》（臺北市：時報出版
　公司，1980），頁639。

3 梁啟超：《戊戌政變記》（臺北市：臺灣中華書局，1979），頁90。

4 正先：〈黃公度──戊戌維新運動的領袖〉，《逸經》1936年第10期，頁18。

光緒早有重用公度之意。戊戌年間，陳寶箴、公度等在湘推行
新政已有成效，梁任公、譚嗣同等由湘趕程入京活動，以待公
度之來。光緒已以譚嗣同、楊銳、劉光第等為章京，軍機大臣
之職則擬以公度任之。俾得總領中樞，實施新政。復慮公度官
銜不高，不足以當軍機大臣之任，特簡公度出使日本所以提高
其資格，兼使在外作外交上之聯絡，預計公度留日本半載所辦
之事已有頭緒，即調之返京也。[5]

此一說法或非虛語，王德昭即引其他資料而贊同正先之說云：「康、
梁和楊、劉、譚、林諸人，於當時政局究屬新進，不如遵憲雖亦屬
維新人物，然為皇帝所特知，而又資望閱歷足以膺大拜之故」[6]。只可
惜，黃遵憲因病耽擱赴京，而不久京變已作，康、梁出走海外，黃遵
憲則免官放歸。

戊戌變法失敗原因甚多，這不在本文討論之列。值得注意的是，
黃遵憲在整個維新變法運動中，實居一重要地位。在湖南，他幾乎一
手擘劃新政；在北京，他雖未親身參與，但對光緒帝、康、梁等人推
行新政的決心有強化之作用，卻是無庸置疑的。也是在這一場為時不
長的運動中，黃遵憲與梁啟超建立起了革命情誼，成為思想上的夥
伴。如前所述，黃遵憲在當時的地位、聲望均在梁氏之上，而且黃遵
憲長梁啟超二十五歲，二人卻能成為忘年之交，在戊戌之後，仍透過
書信往返，流露出道義之交的惺惺相惜，實為維新運動史上的一頁佳
話。黃遵憲卒前一年有書致梁啟超曰：「國中知君者無若我，知我者
無若君。」而且生前即吩咐其弟黃遵庚請梁啟超寫墓誌銘，足見其對
梁氏愛重之殷；在墓誌銘中，梁啟超則謂：「以弱齡得侍先生，惟道

[5] 同前註，頁19。

[6] 同註2，頁637。

惟義，以誨以教。獲罪而後，交親相棄，亦惟先生咻噢振厲，拳拳懇
懇，有同疇昔。」在《飲冰室詩話》中，他也引「平生風義兼師友，
不敢同君哭寢門」來表達他對黃遵憲的敬重與哀悼之意。正是這種深
刻理解的生命同調，使他們攜手投入維新大業中，也是這種生命同
調，兩人見解頗多略同，即使有些歧異、論辯，也不曾動搖過兩人自
湖南新政以來所建立的互信互敬之深刻情誼。

二

　　光緒二十二年（1896）三月，年近五十的黃遵憲，邀請二十四
歲的梁啟超至上海擔任《時務報》主筆，從此開始二人的情誼。梁
啟超在其《三十自述》中對此有所記載：「京師之開強學會也，上海
亦踵起。京師會禁，上海會亦廢。而黃公度倡議續其餘緒，開一報
館，以書見招。三月，去京師，至上海，始交公度。」然而，當年九
月，黃遵憲奉旨入覲，離滬赴京。梁啟超則透過《時務報》，嶄露頭
角，開始他一生輝煌筆政生涯。胡思敬《戊戌履霜錄》卷四〈徐仁鑄
傳〉中說：「當《時務報》盛行，啟超名重一時，士大夫愛其語言筆
札之妙，爭禮下之，自通都大邑，下至僻壤窮陬，無不知有新會梁氏
者。」這一點，不能不說是黃遵憲有識人之明。次年六月，黃遵憲回
到湖南。十月，梁啟超又在黃遵憲的舉薦下，到湖南擔任時務學堂講
席，一起參與湖南新政。但是，兩人短暫相處後，光緒二十四年初，
梁啟超赴北京參與百日維新，從此兩人即未曾再見過面。戊戌政變
後，梁啟超流亡海外，至辛亥革命後才返國；黃遵憲則罷官歸里，於
光緒三十一年（1905）病逝。換言之，兩人自始交至黃謝世，不過十
年，而實際共事相處，不過十月，但是，如此短暫的時間，卻絲毫不
曾影響兩人知音相惜的忘年交誼。

　　平心而論，梁、黃二人論交，黃氏主動居多，且黃氏愛才之情亦溢於言表。例如上海初識後，黃遵憲有〈贈梁任父同年〉六絕句，末章詩云：「青者皇穹黑劫灰，上憂天墜下山隤。三千六百釣鼇客，先看任公出手來。」對年輕的改革家梁啟超寄予厚望；《人境廬詩草》最後一首〈病中紀夢述寄梁任父〉中云：「與子平生願，終難償所期」，「何時睡君榻，同話夢境迷？」既有抱恨之志，也有勉勵梁啟超之情。當黃遵憲讀到梁啟超之〈保教非所以尊孔論〉時，立刻去信表示贊同，且說：「僕之於公，亦猶耶之保羅，釋之迦葉，回之士丹而已。」當梁啟超在日本創辦《新小說報》，黃遵憲也去信說：「努力為之，空前絕構之評，必受之無愧也。」[7] 對梁啟超之高度期許始終未變，而且從早期的以國政世局為主，到晚年的擴大到文化、教育、學術等各方面，可以說，黃氏晚年真正的知交當屬梁啟超為最。也因此，黃遵憲晚年想寫《演孔》一書，寫信和梁討論，提到：「今年倘能脫稿，必先馳乞公教，再佈於世。」由於兩人對時局有許多共同看法，書信往返不免多有傷時過激之語，黃遵憲也不忘提醒道：「蓋書中多對公語，非對普天下人語」，推心置腹之意，不言可喻。

　　至於梁啟超，對黃遵憲則是介於師友之間，執禮甚恭。這一方面是因為年齡差距，一方面梁也確實敬服黃遵憲的學識、見解。據吳天任編著《清黃公度先生遵憲年譜》中云：「任公每欲拜之為師，先生素鄙換帖拜師俗習，婉言辭之，謂彼此作忘年交可耳」[8]。這是兩人在上海合作編《時務報》時之事。同年十一月，梁啟超為《日本國志》撰後序，說讀了此書後，「乃今知日本之所以強」，「乃今知中國

---

[7] 黃遵憲與梁啟超於光緒二十八年通信頻繁，部分刊於梁啟超主辦之《清議報》、《新民叢報》，好事者彙而存之，稱為《壬寅論學牋》。此引自吳天任著：《黃公度先生傳稿》（香港：香港中文大學，1972），頁280。

[8] 吳天任編著：《清黃公度先生遵憲年譜》（臺北市：臺灣商務印書館，1985），頁100。

之所以弱」，「於日本之政事、人民、土地及維新變政之由，若入其
閫闥而數米鹽，別白黑而誦昭穆」，認為「有王者起，必來取法斯書
乎」，對《日本國志》真有相見恨晚之慨。而且透過此書，他對黃遵
憲的學養大加稱許說：「不肯苟焉附古人以自見，上自道術，中及國
政，下逮文辭，冥冥乎入於淵微」[9]。當梁啟超欲動筆寫《曾國藩傳》
時，也事先請黃遵憲提供意見。至於兩人在《壬寅論學牋》中鴻雁往
返、長篇大論的表現，也可看出梁啟超對黃遵憲諸多看法的重視與肯
定。甚至於，梁啟超的許多見解與作為，都可以看到黃遵憲影子。由
此可以看出兩人彼此間相知相重的師友風義。而兩人自上海論交到湖
南共事，同為維新事業奮鬥，又在戊戌政變後同遭黨禍，歷生死之患
難，兩人建立在生命同調上的革命情感，同樣不言可喻。

　　作為晚清一名憂心國是的知識分子，擁有十餘年外交折衝生涯的
珍貴經歷，黃遵憲的政治理念與維新思想，對戊戌變法及維新派人士
都產生過深刻的影響。其中，受其影響最深的就是梁啟超。戊戌之
後，與黃遵憲詩文唱和最多的是丘逢甲，而書牘最頻關切最深的是梁
啟超。透過十餘萬字的書信，兩人在思想上或相啟發，或相論辯，或
相鼓舞，或相規勸。張朋園《梁啟超與清季革命》中言：「公度有如
任公的海上明燈，荒漠中的甘泉，困惑時求指引則得指引，氣餒時飲
甘泉則鼓舞重振」[10]。梁、黃二人在精神意志上的感通，不僅不隨歲
月而磨滅，反而益增其深厚之誼。黃遵憲識見高遠，處事精密；梁啟
超才華橫逸，年輕有為。兩人彼此欣賞，相互敬重，這說明了兩人在
人格態度、人生思想及生命情調上，確實有著強烈的認同感、極大的
相似性與共同一致的理想追求。

9　梁啟超：〈日本國志後序〉，收於（清）黃遵憲著：《日本國志》（臺北縣：文海出
　　版社，1981），頁1004。

10　引自吳天任編著：《黃公度先生傳稿》，頁596。

三

　　梁、黃二人的生命同調，不僅表現在彼此生活關懷的真切上，更重要的是所見略同的相知相惜，與著述砥礪的互勉互助上。例如兩人對「合群之道」的看法就很一致。梁啟超在《新民說》第五節「論公德」中主張：「吾輩生於此群之今日，當發明一種新道德，求所以固吾群，善吾群，進吾群之道。未可以前王先哲所罕言，遂自畫而不敢進也」，「是故公德者，諸德之源也。有益於群者為善，無益於群者為惡。此理放諸四海而準，俟諸百世而不惑者也」。在私德與公德之間，他強調要提倡公德、群學，認為我國人不群的原因有四：一為缺乏公共觀念；二為界說不明確；三為無規則；四為忌妒心使然。黃遵憲於光緒二十八年（1902）十一月致梁信中，對此甚表贊同，認為是「至哉言乎」，並進一步提出他個人對合群之道的主張：「族群相維相繫之情，會黨相友相助之法，參以西人群學以及倫理學之公理，生計學之兩利，政治學之自治，使群治明而民智開，民氣昌，然後可進以民權之說。」黃遵憲提出切實可行之道，與梁啟超的理論恰可互補，對時弊人心之評確是一針見血。黃遵憲對《新民說》極表推許，在信中難掩驚喜地說：「公所草新民說，若權利，若自由，若自治，若進步，若合群，皆吾腹之中所欲言，舌底筆下之所不能言」，「罄吾心之所欲言，吾口之所不能言，公盡取而發揮之，公誠代僕設身此地，其驚喜為何如矣！」此驚此喜，說明了兩人生命同調之深刻。

　　在對基礎教育的重視與編寫教科書方面，兩人也是同心協力。當然，這主要是黃遵憲主動提出，而梁啟超則欣然應和。戊戌之後，黃遵憲家居講學，因為日本經驗，他特別重視改革教育，主張通才教育，在《壬寅論學牋》中，他再三強調德智體群各育發展，呼籲

重視蒙學小學中學與普通學，以樹立教育基礎為要。本此宗旨，他
力勸梁啟超編寫教科書。光緒三十年七月信中，他就替梁氏規劃了
今後可以努力的方向：「僕為公熟思而審處之，誠不如編教科書之為
愈也」，因為「僕近者見日本以愛國心團結力摧克大敵也」，而日本
「專以普及教育為目的」。再加上梁啟超文筆「有大吸力」，可左右讀
者思想，因此，在三十一年元月信中，他再度表示「望公降心抑志，
編定小學教科書，以惠我中國，脯我小民也。」對此鼓勵，梁啟超果
然就編寫了《國史稿》二十萬言，「以供學校科外講讀之一用」。接
著又寫了《中國之武士道》一書，「為學校教科發揚武德之助」。這
顯然是受到黃遵憲的指引所致。而黃遵憲自己也創作過〈幼稚園上學
歌〉、〈小學校學生相和歌〉等，被梁啟超在《飲冰室詩話》中譽為
「一代妙文」。這些作品，都是兩人「所見略同」下的產物。

　　黃遵憲雖無創作小說，但對文學大眾化的推動卻是倡導甚力，
對小說的作用與價值，兩人也都持高度肯定的態度。早在光緒四年
（1878）出使日本，與日本友人筆談時，黃遵憲就曾對石川鴻齋說：
「紅樓夢乃開天闢地，從古到今第一部好小說，當與日月爭光，……
論其文章，宜與左國史漢並妙」[11]。因此，當梁啟超在日創辦《新小
說報》，他聽聞後立刻馳函表示讚許：「公乃竟有千手千眼運此廣長
舌於中國學海中哉！具此本領，真可以造華嚴界矣。」不久得閱，又
去信表示：「《新小說報》初八日已見之，果然大佳，其感人處竟越
《新民報》而上之矣。」同時對梁啟超〈論小說與群治之關係〉一文
深致欣賞，對《新中國未來記》、《東歐女豪傑》、《新羅馬傳奇》等
小說，更是讚不絕口地說：「吾當率普天下才人感謝公」，並勉勵梁

---

[11] 見鄭子瑜、實藤惠秀編校：《黃遵憲與日本友人筆談遺稿》（臺北縣：文海出版社，
　　1968），頁 183。

啟超「努力為之，空前絕構之評，必受之無愧也。」兩人在對小說的
諸多看法上，事實上極為相近，見解也都極為新穎。黃遵憲的激賞，
完全顯現出對後輩不吝提攜的真性情。

　　黃遵憲對梁啟超小說的稱許，一如梁啟超對黃遵憲詩歌的肯定。
《飲冰室詩話》云：「近世詩人，能鎔鑄新理想以入舊風格者，當推
黃公度」；「昔嘗推黃公度、夏穗卿、蔣觀雲為近世詩界三傑」；「要
之公度之詩，獨闢境界，卓然自立於二十世紀詩界中，群推為大家，
公論不容誣也。」凡此均可看出梁啟超對黃詩評價之高。事實上，
梁、黃二人是晚清「詩界革命」運動中的主將。這場運動是伴隨著政
治維新的大趨勢，而被維新派人士提出。對小說社會功能的重視，
使他們喊出「小說界革命」；對詩歌新意境的講求，則喊出「詩界革
命」。梁啟超在《新民叢報》連載其《飲冰室詩話》，以其帶情感的
文字，提倡有別於傳統的詩歌新嘗試，而黃遵憲則以其《人境廬詩
草》中的佳作，成為梁氏心目中「詩界革命」的代表作家之一。《飲
冰室詩話》說：「生平論詩，最傾倒黃公度」，「有詩如此，中國文
學界足以豪矣。因亟錄之，以餉詩界革命軍之青年。」當讀到〈今
別離〉四章，梁啟超說可以「生詩界天國」；讀到〈以蓮菊桃雜供一
瓶作歌〉，他又說「實足為詩界開一新壁壘」。黃遵憲自己也以「新
派詩」人自居，在〈酬曾重伯編修〉詩中說：「廢君一月官書力，讀
我連篇新派詩」[12]。梁啟超正是對此有深刻理解，才會說黃遵憲是一
「銳意欲造新國」[13]的人物，並且推崇不已。

　　「詩界革命」、「小說界革命」等主張，實開五四時代新文學的先

---

[12] 見黃遵憲：《人境廬詩草》第8卷。
[13] 梁啟超：〈夏威夷遊記〉，收於《新大陸遊記節錄》（臺北市：臺灣中華書局，1957）
　　附錄1，頁153。

河。梁啟超與黃遵憲的許多看法,對胡適想必是有所啟發的[14]。梁、黃二人詩歌主張的接近,魏仲佑曾有所析論:

> 「詩界革命」時期梁氏的文學思想大體上已開了「五四」時代
> 文學思想的先聲。然而梁氏的文學思想早有黃遵憲開其先河,
> 以梁氏主張民歌俗語可入詩,而黃則云:「即今流俗語,我若
> 登簡編,五千年後人,驚為古斕斑。」梁氏主張不可崇古人,
> 黃則云:「黃土同摶人,今古何愚賢。」梁氏主張「詩外常有
> 人」,黃則主「要不失乎為我之詩。」[15]

梁、黃二人都是維新思潮下的改良主義者,他們對詩界「革命」的定義,只是如《飲冰室詩話》說的「革其精神,非革其形式」。黃遵憲之所以備受梁氏推崇,是因他的詩「能融鑄新理想以入舊風格」。所謂「新理想」,是指題材、語言及意境三者的融合創新,而「舊風格」,則是指傳統詩歌格律、形式的繼承遵循。換言之,他們所主張的,是要通過舊形式來表現新的生活內容和新的思想情感,由於並未觸及到詩體解放的根本核心,因此,他們兩人都只能算是「舊瓶裝新酒」的實踐者,而非「新瓶裝新酒」的提倡者。不過,他們的主張與嘗試,確實在晚清盛行宋詩的風氣下,擴大了詩歌表現的領域,突破了舊體詩的束縛,賦予詩歌活潑的生命力。這種對詩歌看法的一致,也印證了兩人在生命情調、學術眼光上的有志一同。

除了以上所提,在對「新民說」、重視基礎教育、編寫教科書、主張「詩界革命」、「小說界革命」等方面的見解一致外,兩人對黃

---

[14] 張堂錡:〈論黃遵憲與胡適的詩歌改革態度〉,《從黃遵憲到白馬湖——近現代文學散論》(臺北市:正中書局,1996)。

[15] 魏仲佑:《黃遵憲與清末「詩界革命」》(臺北市:國立編譯館,1994),頁277。

宗羲《明夷待訪錄》同樣激賞。梁啟超在《中國近三百年學術史》第
五章說：「我自己的政治運動，可以說是受這部書的影響最早而最
深」；而黃遵憲則在給梁啟超信中稱譽此書有「卓絕過人之識」。又
如對「天演論」的進化思想，兩人也同樣接受、信服。梁啟超《新
民說》的基礎就是「天演物競之理，民族之不適應於時勢者，則不
能自存」的看法[16]；而黃遵憲在光緒二十八年致嚴復信中曾說：「《天
演論》供養案頭，今三年矣」，致梁啟超書中則表示：「近方擬《演
孔》一書，凡十六篇，約萬數千言」，其參考書目，有培根、達爾
文之書[17]。以上這些都足以說明兩人對時局，對文化，對學術，對教
育，對文學等多方面，實有著極大的相似性。這些見解的一致，正是
兩人敢於冒著戊戌之後，情勢仍肅殺緊繃的危險，不斷透過書信交換
意見、互相鼓舞的心理基礎。就某個層面來說，兩人相見恨晚，在黃
遵憲晚年的頻繁交往，是因為彼此找到了可真心討論的對象，許多議
題，只有向對方傾吐才不致「對牛彈琴」，一些計畫，也只有向對方
尋求支持，才有更大的勇氣或決心來付諸實踐，這不就是難得的知音
共賞、生命同調嗎？

四

　　梁啟超與黃遵憲的生命同調，已如上述，但是，兩人之間畢竟仍
有許多不同之處。以性格言，黃遵憲穩重、幹練，謀定而後動，思慮
精密，且觀察細微；梁啟超則滿腹才情，靈思多變，謀慮雜複，情緒
相對波動較大。黃遵憲就曾在信中多次指出梁在性格上的缺失，如

---

[16] 梁啟超：《新民議・敘論》，《飲冰室文集》之七（臺北市：臺灣中華書局），頁106。
[17] 同註4，頁20。

「公之咎,在出言輕而視事易耳」、「公之所倡,未為不善,然往往逞
口舌之爭,造極端之論,使一時風靡而不可收拾,此則公聰明太高,
才名太盛之誤也」等,這都是中肯的論,既可見二人交誼,也可知黃
遵憲識人之明。梁啟超的一些看法,黃遵憲若不同意,會馳函直言,
以理規勸。而事實上,梁啟超正因為有此一諍友,而在思想發展上多
次轉折、收斂,免於太過。在一些關鍵問題,特別是政治與學術見解
上,梁與黃初始異而後轉同的歷程,可見出黃對此一「保守性與進取
性常交戰於胸中,隨感情而發,所執往往前後相矛盾」[18]的朋友,確
實是產生過極深刻的影響。

　　以梁啟超與康有為因保教尊孔主張不同導致師徒在思想事業上分
道揚鑣一事為例,黃遵憲在其中即扮演了重要角色。當維新運動起,
康有為大力提倡尊孔保教,要托古改制,立孔教為國教,立孔子為教
主,梁啟超從其師說,也有保教主張,在湖南任教習時,即「間引師
說」,後「經其鄉人鹽法道黃遵憲規之,謂何乃以康之短自蔽,嗣是
乃漸知去取」[19]。黃遵憲勸梁啟超說:「南海見二百年前天主教之盛,
以為泰西富強由於行教,遂欲尊我孔子以敵之。不知崇教之說,久成
糟粕,近日歐洲如德,如義,如法,……於教徒侵政之權,皆力加裁
抑。居今日而襲人之唾餘,以張我教,此實誤矣。」他認為「孔子為
人極,為師表,而非教主」、「大哉孔子!包綜萬流,有黨無仇,無
所謂保衛也。」不設教規,也無教敵,更不會樹幟自尊,強人從之,
因此,他強調「今憂教之滅,而倡保教,猶之憂天之墜,地之陷,而
欲維持之,亦賢知之過矣」[20]。黃遵憲的見解對梁啟超影響甚大,使

---

[18] 梁啟超:《清代學術概論》二十六(臺北市:臺灣商務印書館,1966),頁88。

[19] 原為湖南巡撫陳寶箴上奏朝廷,請旨銷毀《孔子改制考》一書之內容,見《覺迷要
　　錄》卷四,頁22,轉引自王德昭〈黃遵憲與梁啟超〉一文。

[20] 這是黃遵憲於光緒二十八年致梁啟超信中,回憶昔年在湘時一次演講的內容。因為

他「漸知去取」，雖然「依違未定」，但態度已有所轉變。

　　光緒二十八年（1902），梁啟超在《新民叢報》上發表〈保教非所以尊孔論〉一文，提出「孔子人也，先聖也，先師也，非天也，非鬼也，非神也」、「教非人力所能保」、「保教之說束縛國民思想」、「孔教無可亡之理」等觀點，公開否定康有為的尊孔保教說。從昔日「保教黨之驍將」，成為「保教黨之大敵」[21]，其思想主張已與黃遵憲趨於一致。因此，當黃遵憲讀了梁啟超這篇文章後，忍不住寫信給梁說，弟侄輩「近見叢報第二篇，乃驚喜相告，謂西海東海，心同理同，有如此者！」這說明了兩人在這方面的見解已經「心同理同」，而梁啟超與其師康有為在思想上則是步上分途。梁啟超自謂：「三十以後，已絕口不談偽經，亦不甚談改制，而其師康有為大倡設孔教會，定國教、祀天配孔諸議，國中附和不乏，啟超不以為然，屢起而駁之。……持論既屢與其師不合，康梁學派遂分」[22]。康、梁在思想上的背道而馳，黃遵憲在湖南「南學會」的言論，以及對他的規勸，必然產生了一定的作用。

　　梁啟超一度主張國粹主義，甚至想倡辦《國學報》，因為他鑒於日本近年來「保存國粹之議起」，對中國來說，「國粹說在今日固大善」[23]。他將創辦《國學報》的計畫及宗旨與黃遵憲商量，黃遵憲並不附和，寫信規勸梁啟超說：

　　光緒二十七年，梁撰《南海康先生傳》，其第五章為「宗教家之康南海」，謂康有為「以孔教復原為第一著手」，欲尊孔子為教主，以敵佛耶回諸教。黃遵憲於二十八年四月與啟超信中論及此事，提起昔日在湘時的一些觀點。見吳天任：《黃公度先生傳稿》，頁256～259。

[21] 梁啟超：《飲冰室文集》之九，頁59。

[22] 同註18，頁88～91。

[23] 見丁文江編：《梁任公先生年譜長編初稿》（臺北市：世界書局）光緒二十八年條，頁153。

持中國與日本校，規模稍有不同，日本無日本學，中古之慕隋
唐，舉國趨而東；近世之拜歐美，舉國又趨而西。當其東奔西
逐，神影並馳，如醉如夢，及立足稍穩，乃自覺己身在無何有
之鄉，於是乎國粹之說起。若中國舊習，病在尊大，病在固
敝，非病在不能保守也。今且大開門戶，容納新學，以中國固
有之學，互相比較，互相競爭，而舊學之真精神乃愈真，道理
乃益明，屆時而發揮之，彼新學者，或棄或取，或招或拒，或
調和，或並行，固在我不在人也。[24]

因此，他建議「公之所志，略遲數年再為之，未為不可。」希望
梁啟超努力介紹西學，而非急著保國粹，只有使中西之學相互競爭，
才能真正促進中國學術文化向前發展。他的論點精闢，情理兼融，甚
具說服力，梁啟超終於放棄創辦《國學報》的計畫。這是又一次兩人
思想初始歧異後趨一致的經驗。

光緒二十八年是梁啟超思想轉變起伏最大的一年。三十歲的他正
處於新舊思想交替之關鍵，而這一年也正是他與黃遵憲書信最頻密之
年，其受黃之影響可想而知。康、梁分途後，梁之思想轉趨激進，一
連發表了〈論進取冒險〉、〈論自由〉、〈論進步〉等文，鼓吹破壞主
義，提倡冒險進取精神，認為「中國如能為無血之破壞乎？我馨香而
祝之；中國如不得不為有血之破壞乎？吾衰経而哀之」[25]。黃遵憲對
此不表同意，但不像康有為疊函嚴責，而是以理服之。黃遵憲在光緒
二十八年十一月致啟超書中表示，對《新民說》甚表讚許，但「讀至
冒險進取破壞主義，竊以為中國之民，不可無此理想，然未可見諸行

---

[24] 見黃遵憲於光緒二十八年八月復梁啟超書，引自《黃公度先生傳稿》，頁255。
[25] 梁啟超：《新民說·論進步》，《飲冰室全集》之二（臺北市：文光圖書公司，
1959），頁14。

事也。」原因有二:一是列強環伺,國家面臨瓜分之危,「革命破壞」
之說將加速滅亡。他說:「誠知今日之勢,在外患不在內憂也。……
而愛國之士,乃反唱革命分治之說,授之隙而予之柄,計亦左矣。」
他不主張在此時遽行革命破壞,而強調進步必須積漸以成,「僕以為
由野蠻而文明,世界之進步,必積漸而至,實不能躐等而進,一蹴而
幾也。」第二個原因是「民智未開」,「以如此無權利思想,無政治思
想,無國家思想之民,而率之以冒險進取,聳之以破壞主義,譬之八
九歲幼童,授以利刃,其不致引刃自戕者幾希!」基於這些現實原
因,他反對梁主張之革命破壞說。

　　黃遵憲認為,目前應「或尊主權以導民權,或倡民權以爭官
權,一致而百慮,殊途而同歸」,「因勢而利導之,分民以權,授民
以事,以養成地方自治之精神。」他也再度鼓勵梁啟超在民智未開之
時,「願公教導之,誘掖之,勸勉之,以底於成;不欲公以非常可駭
之義,破腐儒之膽汁,授民賊以口實也。」經過一番懇切的勸說,梁
啟超「日倡革命、排滿、共和之論」的激昂情緒,應該得到一定的消
解作用。

　　在這封信中,黃遵憲也再度申論他對中國政體的主張,認為「二
十世紀之中國,必改而為立憲政體」,而理想中的立憲政體,是要師
法英國。他對梁啟超說:「公言中國政體,徵之前此之歷史,考之今
日之程度,必以英吉利為師,是我輩所見略同矣。」在信末,他作一
結論道:「然而中國之進步,必先以民族主義,繼之以立憲政體,可
斷言也。」換言之,黃遵憲是主張君主立憲的。同年五月間,他還曾
有一信給梁啟超,書中自述其一生政治主張的變化,從初抵日本,讀
了盧梭、孟德斯鳩之說,「以為太平世必在民主」,及遊美洲,「見其
官吏之貪詐,政治之穢濁,政黨之橫肆,……則又爽然自失,以為文
明大國尚如此,況民智未開者乎?」再經過三、四年,「復往英倫,

乃以為政體當法英」。他在信中強調,雖然近來革命、分治等主張囂
然塵上,但他「仍欲奉主權以開民智,分官權以保民生,及其成功,
則君權民權,兩得其平,僕終守此說不變」。從醉心民主共和到以君
主立憲為依歸,黃遵憲的政治思想從學日、學美到學英,也經過一番
探索與掙扎。

　　有趣的是,同年十月,梁啟超在其創辦的《新小說報》上發表小
說《新中國未來記》,闡述自己的政治見解,對以往主張之「革命破
壞」說已有所修正。在小說第三回〈論時局兩名士舌戰〉中,主張革
命、排滿、破壞的李去病和主張實行君主立憲、開民智的黃毅伯兩人
辯論救國之道,最後勝利的是黃毅伯。這說明了梁、黃二人在政見上
又已經轉趨相近。也因此,在同年十一月信中,黃遵憲才會高興地
說:「《新中國未來記》表明政見,與我同者十之六七。」

　　光緒二十九年元月至十月,梁啟超應美洲保皇會之邀,遠遊新大
陸,對美國的共和政體和舊金山的華人社會做了一番考察。他目擊
「美國爭總統之弊」,有「種種黑暗情狀」,遂「深嘆共和政體,實
不如君主立憲者之流弊少而運用靈也」[26];而觀察了舊金山華人社會
後,他發現華人因為缺少政治思想、自治能力,即使在美國這種文明
程度較國內華人高的環境下,尚不能達文明之境,形成一有秩序的華
人社會,因此,在我同胞未具有「共和國民應有之資格」的情形下,
他認為,共和政體不合我國情,如欲強行之,「乃將不得幸福而得亂
亡……不得自由而得專制」,「一言以蔽之,則今日中國國民,只可
以受專制,不可以享自由。」他甚至於說:「吾自美國來,而夢俄羅
斯者也」[27]。此後一直到辛亥革命,梁啟超的政治主張都在君主立憲

---

26 梁啟超:《新大陸遊記節錄》,頁65。
27 梁啟超:〈政治學大家伯倫知理之學說〉,《飲冰室文集》之十三,頁86。

上了。從保皇、革命破壞到君主立憲，梁啟超也經過了一番思考與掙扎，這種心路歷程的轉變，通過同樣對日、美政情多所留意的黃遵憲幾次書信勸說及鼓勵，想必發揮了一定的影響作用。這是又一次梁、黃二人在思想歧路上轉趨一致的經驗。

類此經驗不止一端。如兩人對曾國藩的看法，原本明顯不同，但在書信討論之後，梁又做了一些修正。在《新民說‧論私德》中，梁啟超毫不掩飾他對曾國藩的崇拜：「曾文正者，近日排滿家所最唾罵者也！而吾則愈更事而愈崇拜其人。吾以為使曾文正生今日而猶壯年，則中國必由其手而獲救矣。」因為曾國藩「能率屬群賢，以共圖事業之成，有所以孚於人，且善導人者在也。吾黨不欲澄清天下則已，苟有此志，則吾謂《曾文正集》，不可不日三復也。」為此，他還發願欲替曾國藩作傳。當他把這一計畫向黃遵憲表明，並請黃評曾之為人，黃遵憲在光緒二十八年十一月信中卻有不同的意見，他認為，曾國藩「其學能兼綜考據詞章義理三種之長，然此皆破碎陳腐迂疏無用之學，於今日泰西之科學、之哲學未夢見也。」對其學問表示質疑；接著又評論其功業雖然比漢之皇甫嵩、唐之郭子儀、李光弼為甚，「然彼視洪、楊之徒，張（總愚）、陳（玉成）之輩，猶僭竊盜賊，而忘其為赤子，為吾民也。」又說：「此其所盡忠以報國者，在上則朝廷之命，在下則疆吏之職耳。於現在民族之強弱，將來世界之治亂，未一措意也」；在外交上，曾國藩「務以保守為義」，對「歐美之政體，英法之學術，其所以富強之由，曾未考求」。最後，他下一結論道：「曾文正者，論其立品，兩廡之先賢牌位中，應增其木主。其他亦事事足敬，然事事皆不可師。而今而後，苟學其人，非特誤國，且不得成名。」可見黃遵憲對曾國藩的評價大致是貶多於褒的。

黃遵憲並非完全否定曾國藩的人品、事功與地位，他也持平地認為曾國藩為一名儒、名臣，對曾「遣留學生百人於美國，期之於二、

三十年前，歸為國用」之舉，表示贊同。如此實事求是、客觀理性的
批判，顯然影響了梁啟超，因而打消了寫《曾國藩傳》的念頭。梁
啟超還曾於光緒二十七年，李鴻章死後，為作一傳《李鴻章》（又名
《中國四十年來大事記》），書中對李鴻章有極高的評價：「吾敬李鴻
章之才」、「吾惜李鴻章之識」、「吾悲李鴻章之遇」，認為其一生功
業，已躋歷史名臣霍光、諸葛亮、郭子儀之列。但是黃遵憲顯然對曾
國藩、李鴻章等洋務派大臣均無好感，當李鴻章死時，他作〈李肅毅
侯輓詩〉四首，其中有云：「老來失計親豺虎，卻道支持二十年」，
對李鴻章締結《中俄密約》，出賣國家、開門揖盜的作法深表不滿。
不過，對此梁啟超在傳中也同感憤慨，認為是「鑄大錯」，且「吾於
此舉，不能為李鴻章恕焉矣！」在這一點上，梁、黃二人看法一致。
但對李鴻章的整體評價，黃遵憲則不表贊同。有學者認為黃遵憲致梁
啟超言及曾國藩傳一信，是「一篇黃遵憲與洋務派最後劃清界線的聲
明書，是對洋務派思想進擊的錚錚檄文」[28]，此說大致不差。

　　以上所述，梁、黃二人在一些看法上的初始歧異，經過書信討
論之後，梁啟超大多能接受黃遵憲的規勸，或改弦易轍（如保教尊
孔說、革命破壞說），或中止計畫（如創辦《國學報》、撰《曾國藩
傳》），或改變立場（如接受君主立憲主張）等。由此可以看出，黃
遵憲對年輕的梁啟超在思想上確實產生過不小的影響。

五

　　不過，有些見解，梁、黃二人確實是走在歧異的兩條道路上。當
梁啟超接受君主立憲說後，黃遵憲的思想卻已經明顯地具有同情排滿

---

[28] 盛邦和：《黃遵憲史學研究》（揚州市：江蘇古籍出版社，1987），頁163。

革命、追慕民主共和的傾向，這主要見於他臨終前一月、即光緒三十一年元月十八日致梁啟超之信，這是其絕筆信，應可視為其最後之主張，信中指出：「若論及吾黨方針，將來大局，渠意（按指熊希齡）蓋頗以革命為不然者。然今日當道實既絕望，吾輩終不能視死不救，吾以為當避其名而行其實，其宗旨，曰陰謀，曰柔道；其方法曰潛移，曰緩進，曰蠶食；其權術曰得寸則寸，曰避首擊尾，曰遠交近攻。」而黃遵憲《人境廬詩草》最後一首〈病中紀夢述寄梁任父〉中也提到：「人言廿世紀，無復容帝制。舉世趨大同，度勢有必至」，可見黃遵憲此時已對廢除帝制、民主共和的主張有所接受。雖然他所提出的潛移、緩進諸法，仍不脫維新改良的思維模式，但其思想確實已經有所改變。

　　黃遵憲這個思想上的轉變，在他光緒二十八年十一月一日致梁啟超信中已可看出一點端倪，他說：「棄而不可留者年也，流而不知所屆者勢也，再閱數年，嘉富洱變為瑪志尼，吾亦不敢知也。」從溫和緩進的嘉富洱，變為激進革命的瑪志尼，晚年見國是蜩螗而壯心不減的黃遵憲，很難說在他心中沒有這樣的想法。即使在最後致梁啟超詩中有「我慚嘉富洱，子慕瑪志尼。與子平生願，終難償所期」的感慨，但他從溫和轉向積極，不排斥革命的思想，恰好又與梁啟超放棄革命轉向君主立憲的立場分道而馳，從這一點看，兩人對政體主張已逐漸走向思想歧路了。只可惜，黃遵憲尚未完成由改良到革命的轉變即過世，也就在黃過世的光緒三十一年，梁啟超開始與清政府中的憲政派人士交往，而《新民叢報》與《民報》的立憲與革命之戰，也即將展開。對梁啟超而言，革命已遠，但對黃遵憲來說，革命或許才正要開始。

　　作為清末尋找救國良方的知識分子，梁、黃二人不管其選擇、主張，是否符合後來歷史發展的軌跡，他們汲汲追求的意志，不畏艱危

的勇氣，還是值得肯定的。思想轉變，常常是因為外在條件、形勢的改變所致，面對清末這三千年來未有之變局，這些知識分子都企求能摸索出一條救國治國的大道，梁、黃二人在思想上的相互影響，相互滲透，歧異的只是不同階段的方法策略，相同的則是淑世懷抱，知己情義。這一點，兩人顯然是體會甚深，也彼此珍惜。對梁啟超思想言論常前後矛盾的現象，作為知友，黃遵憲會不客氣地批評說：「言屢易端，難於見信，人苟不信，曷貴多言！」（光緒三十年七月致啟超書）但對梁啟超在思想道路上的猶豫、掙扎與艱辛，黃遵憲也不吝給予真誠的鼓舞：「公今年甫三十有三，年來磨折，苟深識老謀，精心毅力，隨而增長，未始非福。公學識之高，事理之明，並世無敵；若論處事，則閱歷尚淺，襄助又乏人，公齡甫三十有三，歐美名家由報館而躍居政府者所時有，公勉之矣！公勉之矣！」（光緒三十一年一月致啟超書）稱許梁啟超才學「並世無敵」，憂其「襄助乏人」，情真意切。梁啟超何其幸也，得黃遵憲一知己，而黃遵憲晚年對此一後輩的提攜鼓勵，其實也寄寓著自己許多難言之志、未竟之業。一個月後，黃遵憲即病逝，或許正因自己行將辭世，才有憂梁「襄助乏人」之語。這種知己論交的生命同調，確實令人感動。

從上海初識，湖南共事，到戊戌歷難，再到壬寅論學，黃遵憲晚年將希望寄託於梁啟超身上，而梁啟超也時相請益，對黃之教誨，感之在心，並因此有許多思想上的改變。雖然仍不免有時會沿著兩條不同的軌跡前進，但在戊戌維新事業上，兩條軌跡曾並行不悖地疾馳，在對文學、教育、學術、政治的一些主張上，更曾經重疊或合併。但是，在梁三十三歲之齡，黃遵憲辭世，此後的人生道路，梁肯定是寂寞許多，因為，他失去了一位良師、益友、同志與同道。「國中知君者無若我，知我者無若君」，梁、黃二人生命同調的言論與革命情感，不能不說是清末維新運動史上值得書寫的一頁佳話，而其二人在

思想歧路上跋涉的身影，同樣是觀察晚清知識分子感時憂國襟抱的一個生動縮影。

《南社叢刻》研究
——從文學編輯、傳播角度的觀察

一 前言

　　南社是中國近代一個以文章相砥礪、以氣節相標榜、以詩歌相酬唱的革命文學團體，由陳去病、高旭及柳亞子等人於光緒三十三年（1907）發起於上海，宣統元年（1909）正式成立於蘇州，停止活動於民國十二年（1923）。辛亥革命前有社員二百餘人，辛亥革命後曾發展至一千一百人以上。在橫跨民國建立前後的十幾年中，南社成員一方面旗幟鮮明地提倡革命文學，勇於批判過去的文學傳統，在承接舊文學餘緒與為新文學開闢道路上，扮演了過渡而重要的角色；一方面則或藉慷慨激昂的文字，或以實際參加行動的方式，在推翻滿清、建立民國，以及民國以後的反袁運動、主張北伐等政治活動上，發生過積極的影響。

　　南社的成立，雖不免有其政治上的色彩，柳亞子說：「我們發起的南社，是想和同盟會做掎角的」[1]；在南社成立時，十七位社員中具同盟會籍者即有十四人，高旭還是同盟會江蘇分會的會長。隨著社務的發展，于右任、宋教仁、黃興、鄒魯、汪兆銘、陳英士等人都陸續

---

[1] 柳亞子：〈新南社成立布告〉，《南社紀略》（上海市：上海人民出版社，1983），頁100。

加入，強化了政治色彩。但是，南社終究不是政治團體，它的成立本質仍屬文藝社團，社中同仁除利用詩文來鼓吹愛國及革命思想外，尚有其獨特的、共同的文學取向，並且定期舉行文人雅集活動，發行社刊《南社叢刻》，會員行止以規章相約範，會員需繳一定的會費，擔任社務者由會員共同選舉產生等，這些特質，使南社具備了現代學會社團的屬性。南社成員原本即有意號召繼承明末復社、幾社文人的傳統[2]，雖然其組織更為嚴密，活動更為積極，但繼承明末文人詩文酬唱、議政得失的精神傳統並無二致。在這種以詩文鼓動風潮的精神凝聚下，加上政治情勢的巨大變動，南社這個以「研究文學，提倡氣節」為宗旨的文人集團，就因緣際會地躍上了中國近代文學史的舞臺。

中國近代文學的發展，是一個明顯具備過渡色彩的階段。舊傳統的包袱依舊，新文學的羽翼未豐，因此而有著繁複多變的面貌。尤其是中西頻繁交流的催化，使中國的文化、思想、社會、經濟、政治等方面都產生極大的變化，而這些變化被強而有力地反映在文學作品中。南社的活動歷經清末民初關鍵的十餘年，成員又密切關懷政治，因此，作為這個文學社團的機關刊物《南社叢刻》中大量的詩文，便成為近代文學發展重要見證的一部分。在民初古今文學的論爭對抗中，大眾傳播媒體的大量出現與積極運用，是近代文學發展上迥異以往的一個重要特色。由於文學傳播管道、方式的進步，不論在政治理念的鼓吹、文化思潮的推動，或是文學主張的宣揚，都較以往容易產

---

[2] 一九〇七年，陳去病、吳梅、劉三等十一人在上海愚園集會，成立神交社，堪稱南社成立的先聲。柳亞子曾做〈神交社雅集圖記〉，號召社員們繼承復社的傳統；高旭在〈海上神交社集，以事不得往，陳佩忍書來索詩，且約再遊吳門，書此代簡〉一詩中也提到：「彈箏把劍又今時，幾復風流賴總持。」同樣要求繼承幾社、復社的遺風。至於神交社，柳亞子在《南社紀略》中已明言它「是南社的楔子」。正因為標榜此一遺風，南社特別強調對社員在民族氣節方面的要求。

生「風起雲湧」的傳播效果，這一點，南社的主要成員顯然是有所認識，因此，南社成立後，即著手編輯《南社叢刻》，凝聚社員力量，反映、記錄當時種種變化的軌跡，提倡宣導其各項主張；另一方面則積極吸收報刊媒體的記者、編輯入社。由於對傳播媒體的掌握，南社的知名度迅速爬升，影響力日益增強，社員人數也急遽膨脹。可惜，後來因政治奮鬥目標的模糊（反清、反袁之後，社員的凝聚力很快鬆散），文學的主張無法趕上新文化運動所帶來的快速轉變（部分成員因反對白話文而在論戰中敗下陣來），更大的致命傷，則是社團主其事者彼此間的內鬨不已，最後導致這個曾被譽為「武有黃埔，文有南社」的文學社團走上停頓、解散的命運。

對於南社在政治、文學、文化各方面的態度，以及社員彼此間的往來酬應，乃至於這個社團的興衰起伏，《南社叢刻》正好提供了一個客觀的史料存在。而在功能上，它積極扮演了對外發言的重要角色，以集中火力的方式向封建勢力開火，反映輿論，製造輿論，甚至企圖主導輿論。透過社員在政治上的地位與積極活動，加上掌控眾多大眾傳媒的優勢，《南社叢刻》所談論的話題、掀起的戰火，大多能在傳播的過程中獲得呼應或重視。因此，對這份刊物加以研究，可以瞭解中國近代知識分子在對應時代變動時出處進退的思考態度。也由於南社的最後瓦解涉及幾位主其事者對這份刊物編輯型態、方針的主導權爭奪，因此，若從文學傳播、編輯的角度對這份刊物加以考察，應能掌握這個革命文學社團在文學、歷史兩個面向的時代意義。也就是說，南社的思想、主張，如何透過這份刊物的編輯設計（包括內容與形式）加以傳播？傳播的效果如何？他們透過這份刊物表現出何種集體性，以及面對社會劇烈變化下產生什麼互動？這是本文所試圖探討的。

二 《南社叢刻》的外在傳播條件與型態

　　掌握媒體，才能掌握發言權。這是中國近代知識分子面對政治社會變動的一項觀念上的強烈認知。近代報刊雜誌的出現如雨後春筍，蔚為大觀，也正說明了媒介是宣傳觀念的利器，是鼓動人心的工具，知識分子在其中結合、交鋒，展現書生報國的論政傳統。梁啟超的《新民叢報》與孫中山的《民報》系統一連串的思想論戰即是一例。在觀念透過媒介對外傳輸的效果上，毫無疑問的，報紙以其普及性、新聞性的特色，自然成為輿論爭奪的主戰場，相形之下，雜誌所扮演的角色則較不易在時效上達到相同的宣傳效果。但是，雜誌往往可以因其同仁的道義情感結合，宗旨的明確闡揚，而在深度的耕耘上獲致較報紙更明顯的效果。這一點，《南社叢刻》也不例外。然而，它的特殊之處在於這份刊物的「筆隊伍」，同時也是操控當時主要報紙媒體的「記者群」、「編輯群」，這使它在傳播上佔了較大的優勢。

　　其實，《南社叢刻》本質上只不過是一文藝社團之同仁刊物而已，因此在文章發表上不免以詩詞文等文學作品為限，而且社員唱和酬對的傾向明顯，使刊物流傳自然集中於社員與社友之間，為一典型的小眾傳媒。但是，透過編輯人力的流通，這份刊物的影響力大增。舉例來說，南社在一九一三年初，成員約有四百餘人，但僅以當時的全國文化中心上海來看，主持筆政者即大多為南社社員，如《民國日報》有邵力子、成舍我、聞野鶴；《民權報》有蔣箸超、戴季陶；《民立報》有宋教仁、于右任、范鴻仙、葉楚傖、陳英士、徐血兒等；《神州日報》有黃賓虹、王無生：《大共和報》有汪東；《時報》有包天笑；《天鐸報》有鄒亞雲、陳布雷、李叔同；《太平洋報》有姚雨平、陳陶遺、柳亞子、蘇曼殊、胡樸安、胡寄塵、陳蛻安、

姚鴛雛等；《民聲日報》有寧太一、汪蘭皋、黃侃等；《申報》有王
鈍根、陳蝶仙、周瘦鵑等。其他多種雜誌，也大多是南社社友的地
盤，可謂盛極一時。這種緊密的聯絡網路，使南社的思想主張可以迅
速而大量地傳播給廣大讀者。成舍我後來曾回憶道：「當時在上海，
若不是南社的成員，不大能夠進報館當編輯。」[3]而柳亞子更得意地
說：「請看今日之域中，竟是南社的天下。」這是《南社叢刻》作為
一份小眾的同仁刊物，卻能在外在條件上擁有強大傳播力量的主要原
因。

　　由於與報刊媒體／編輯人有如此密切的關係，《南社叢刻》一創
刊，即以上海太平洋報館為發行所；第四集後代為發行的增為九處，
有上海民立報社、上海秋星社、北京帝國日報社、杭州全浙公報社、
汕頭中華新報社、桂林南風報社、檳榔嶼光華日報社等；至第十集起
更增加到十三處，發行網路日益健全，且以報紙為發行主體。而刊物
之稿件徵集，也以報社為聯絡點，如民立報館的朱少屏，鐵筆報館
的柳亞子等。至於《南社叢刻》的撰稿群，也絕大多數是各報的記
者、編輯等新聞工件者[4]。不過，這裡有兩點必須說明：第一、《南社
叢刻》的內容性質以文學為主，在一九〇九年十月二十七日南社成立
前夕，曾發表〈南社條例十八條〉，規定「社員須不時寄稿本社，以
待刊刻」，「寄稿限於文學一部，不得出文學之外」[5]：正式成立時所制

3　見成舍我口述、張堂錡整理：〈南社因我而內鬨〉一文，刊於《中央日報》，1989年11
　月13日，後收於張堂錡：《生命風景》（臺北市：文史哲出版社，1994增訂版）一書。

4　事實上，在辛亥革命前夕，南社成員主要即以報刊編輯、記者、中小學教員及學
　生、藝人等為主；到了一九一六年底出版的姓氏錄上，在八二五位社員中，有
　三一八人載明其職業，其中教育界佔百分之三十，新聞界佔百分之二十二，工商、
　法政各佔百分之二十，編輯、文藝界佔百分之七，可見共成員之組成特色。社刊之
　撰稿者自然亦呈現出此一特性。

5　楊天石、劉彥成：《南社》（北京市：中華書局，1980），頁16。

訂並通過的〈條例〉更明分詩、文、詞三類，因此，許多社員所寫鼓
吹反清革命的文章，遂發表在其他報刊上，這使《南社叢刻》保存了
較高的文學藝術性，這是文人同仁刊物的特色，也是其與報紙在傳播
型態上的不同；第二、南社成員雖有「義務」供稿，但這終究不具有
必然的約束力，因此，二十二集的社刊，撰稿者的廣泛性不足是無可
避免的現象，因為在這同時，其他眾多的報紙媒體已經提供了更為寬
廣的發表園地，所以，即使《南社叢刻》與大眾傳媒有良好的合作關
係，仍不宜過度膨脹其功能，畢竟，它的屬性還在於是一份文學社團
的小型同仁刊物。

　　雖然如此，但誠如前述所言，南社的誕生、崛起，與時代風潮、
政治情勢有非常密切的互動關係，尤其在反清、反袁這兩項「革命大
業」上，南社成員以其宣傳革命思想與行動並重的方式，的確在當時
發揮了激奮人心、凝聚共識的作用，而《南社叢刻》以其機關刊物的
角色，更適時地以文學為政治敲邊鼓。如果說，辛亥革命以前的《南
社叢刻》是「反清專號」，而辛亥革命以後幾年是「反袁專號」，就
其傳播的思想意識而言，應屬恰當。當然，「革命大業」是必須「共
襄盛舉」才能「風起雲湧」的，在思想傳播方面，正是透過如前所述
之媒體互動、呼應，大家以筆上陣，以文攻堅，才能達成目標。

三　《南社叢刻》的內在編輯組織與策略

　　在說明《南社叢刻》的外在傳播條件及其立場之後，我們可以細
部地來對這份刊物的編輯組織、人力及其策略加以分析，因為這是這
份刊物思想傳播的力量基礎。而在探討這份刊物之前，有必要對南社
組織力量的另一表現型態──「春秋雅集」略作說明。

　　南社經常性的活動包括舉行雅集與出版《南社叢刻》。雅集在

先,出刊在後。南社自成立到解體,一共舉行十八次正式雅集、四次臨時雅集。原本雅集時間應該在每年春秋佳日,但事實上卻多有變動[6]。因為雅集活動往往牽繫社刊編輯組織的異動,因此,在或因柳亞子退社、復社事件,或因政治情勢演變,或因社團內部人事爭鬥等大小因素影響下,連帶使得社刊的出版時間隨之變動,例如一九一六年四月至九月,因反袁成功,袁氏病故,南社成員欣喜快慰,不僅舉行四次雅集,是年社刊也一口氣出了五集。而在內鬨其間,卻是二到四年才出版一冊。不過,一共出版二十二集的《南社叢刻》,恰好與南社前後共舉行二十二次雅集的次數相等,除了巧合外,也說明二者之間的聯繫關係。

南社雅集時的活動包括會餐、收集雅費、攝影、報告、補收入社書入社金以及談話,其中又以餐宴及賦詩論詞為重頭戲,而詩詞酬唱的內容往往附錄於社刊之後,以為活動之實錄[7]。除此之外,雅集活動還附帶有一項極重要的工作,即制定或修政〈條例〉,這可說是整個社團的活動綱領及組織規章。南社一共曾進行六次條例的修改。據柳亞子《南社紀略》所言,蘇州虎丘成立大會上所制定及第二次雅集修訂之條例均已佚失,因此目前所見最早的條例是宣統二年(1910)

---

6 民國元年(1912),柳亞子因編輯委員的編制問題而宣布脫社,而後經過數次修改條例,改變編制,柳才在一九一四年重行入社,為表對其歡迎及選舉主任之事宜,在一九一四年的三月至十月間,即舉行了四次雅集;又如一九一六年四月至九月,因袁世凱稱帝美夢破碎,且於一九一六年六月六日發疾而故,南社久被壓抑之悶氣得以抒發,柳亞子欣喜地發出「共和回復,文教再興」之言,遂較密集地舉行了四次雅集;但在一九一七年因社員內鬨,舉行了第十六次雅集後,經過兩年才舉行第十七次雅集。

7 例如第九集即附錄由陳匪石筆述的〈南社第十次雅集紀事〉;第十集後附錄〈夏五社集愚園雲起樓即事分韻〉,前有陳匪石所作小識;第十二集的附錄一〈畿輔先哲祠分韻〉,詠詩的有二十一人,前有高旭的小引,說明宴集地點及相敘情形;第十九集的附錄三有長沙南社雅集分韻詩二十首,由王競錄存等。

七月第三次雅集時的〈南社第三次修改條例〉，其中與《南社叢刻》
有關的規定如下：

> 一、社友須不時寄稿本社，以待彙刊；所刊之稿，即名為《南
>   社叢刻》。
> 二、社稿歲刊兩集，以季夏季冬月朔出版，先兩月集稿付印。
> 三、社中公推編輯員二人，會計、書記各一人，庶務二人。
> 四、社稿以百頁為度，分詩、文、詞錄三種；詩、文錄各四十
>   頁，詞二十頁。
> 五、選事由編輯員分任。
> 六、社稿出版後，分贈社友每人一冊，其餘作賣品。

　　最後，規定條例每半年於雅集時修改。這份柳亞子口中的〈南社
大憲章〉[8]一共十三條，有關社刊部分即佔一半，足見南社對社刊的重
視。

　　條例中明定這是一份以詩文詞為主的半年刊，這三類文稿各由一
位「編輯員」擔任審稿工作，而且在各類文稿的篇幅上也作了明確的
安排，已大致對這份刊物的組織人力及運作方式作了規範。比較特別
的是，並未對刊物的宗旨提出說明，即使在以後第四、五、六次的條
例修改中，依然不曾對此有任何意見提出，也許，這個宗旨說明是
有意讓《南社叢刻》自行以其他方式來呈現。這裡所謂的「其他方
式」，是指文稿的選用。透過編輯人的理念，編選文稿，藉其中內容
的大體主流，來凸顯這份刊物的立場與宗旨。在一九一四年三月第十
次雅集時所修訂的最後一次〈南社條例〉中，南社才明訂宗旨為「研
究文學，提倡氣節」，雖然，社團宗旨的明文訂定如此之遲，不過，

8　柳亞子：〈我和南社的關係〉，《南社紀略》，頁23。

其社團精神宗旨的實踐倒是自始即然，而且一以貫之。這一點，可以從《南社叢刻》的內容得到印證。

在《南社叢刻》第一集中首列陳去病所撰的一篇〈南社敘〉，應可視為發刊詞，此文在第九集又把它重行刊布，並加編者案語：「……今時勢且一再變遷矣，雖滄海桑田，盛衰靡定，而愚公精衛，信誓未忘。」可見其所具之代表性。在這篇發刊詞中，陳去病指出南社之成立有三「不得已」[9]：南社成員或如屈原賈傅之傷時憂國；或如見廈屋殘灰、銅駝荊棘，充滿易代興亡之感；或是感於蘇李情殷，思念同志，哀悼殉難故人。基於這三點，他殷殷叮嚀社員的作品必須有感而發，「語長心重，本非無疾以呻吟；興往情來，畢竟傷時而涕泣。」這番話將南社成立之本意及其目標做了簡要的提示，充分結合了一個政治色彩濃厚的文學團體之性質與使命。這個性質，在以後各集文章的編排上得到淋漓盡致的闡釋，而其使命，也在社員實際參加政治活動中得到發揮。

以此宗旨為核心，整部《南社叢刻》從文章內容到編集形式的安排，都直接、明確且火力集中地向讀者傳播其訴求目標，前述之「反清專號」、「反袁專號」，正是透過編輯設計之後的主題呈現。我們可以從民國成立前夕、反清最烈時出版之第四集，與一九一六年討袁最烈時出版之第十六集為例說明。

第四集是宣統三年六月一日出刊，內收文三十四篇、詩三七一首、詞一二四首。編者為柳亞子、俞劍華。以文為例，羅天覺的〈書

9　陳去病〈南社敘〉指出：「湘水沈吟，比三閭分自溺；江南愁嘆，等賈傅而煩冤。此不得已者一也。抑或攬髦丘之葛，重慨式微；采首山之薇，將歸曷適。竹石俱碎，淒淒朱鳥之珠；陵闕何依，黯黯冬青之樹。吊故家於喬木，廈屋山丘；尋浩劫於殘灰，銅駝荊棘。此不得已者又其一也。而且乘車戴笠，交重金蘭；異苔同岑，誼托肺腑。攜手作河梁之別，蘇李情殷；聚星應奎斗之芒，荀陳契合。或月明千里，引兩地相思；或鄰笛山陽，悵九京之永逝。此不得已者又其一也。」

岳女士麟書〉，藉悼社員岳麟書之死，痛陳「國家顛危，將陷於腥風
血雨」；王鍾麒〈憫秋篇〉以悲慟之筆，追思秋瑾殉難，並疾呼「今
者文武之道將窮，人神之禍攸酷，庶幾我民，抗彼夷族。我既為鷹
隼之擊，彼將類蟄蟲之宿」，對清朝的敗亡直言不諱；陳去病所撰
之〈秋社啟〉，亦哀秋瑾之死，認為「叔世亂離，僭偽相襲。四海倒
懸，士女激憤。爰有秋子，觝觸禁網。獄狀未具，遽嬰顯戮。萇弘
碧血，如何可泯。悲悼悵側，曷云能已」，強烈控訴了清廷的殘暴；
在〈越社敘〉中，更以激昂的語氣提醒國人「晚近以來，中國之變亦
既亟矣。上無道術以速其亡，下亦無所補救以視其亡，而天下因益加
危」，因此，他勉勵道：「孰謂天定勝人，而人定不可以勝天哉？蓋
亦視乎人而已矣！」在集中詩詞裡，也有不少以伸張民族正氣，闡明
民族大義，鼓吹書生報國為主旨的作品，如陳去病的〈惻惻〉一詩
吟道：「圖南此去舒長翮，逐北何年奏凱歌，愧殺鬚眉遜巾幗，要將
兒女屬嫦娥」，表現出反清排滿的心志；張光厚的〈金縷曲〉詞，自
抒懷抱，「血滴滴，心肝一付，欲向神州橫灑失。奈窮途，總把廚頭
誤，天不管，向誰訴。」充滿書生報國的悲涼情懷；又如葉葉的〈念
奴嬌〉詞：「水天一色，有鯨波百丈，奔騰而出，一匹鮫綃新世界，
容我憑欄。」展現出作者對新時代的熱烈冀盼。這些文集中處處可見
的熱血之作，對人心的鼓舞、刺激，應能發揮其一定作用，因此，
宋教仁才在《民立報》上為文稱之：「其間感慨淋漓，可誦之篇不鮮
也。」[10]

　　第十六集則是出版於一九一六年四月。內收文一一七篇，詩八四
二首，詞一三三首，編者為柳亞子。在《南社叢刻》二十二集中，此
集刊載文章數量次多，足見以直抒己見、暢快議論為特色的散文體，

---

[10] 柳亞子：《南社紀略》，頁31。

為亟欲抨擊時政的南社諸子所喜用，且能盡情揮灑。在這一點上，柳亞子確實將其政治理念與編輯策略緊密結合，提供充分的篇幅，並且文集中呈現對袁世凱的喪權辱國、稱帝野心，都有尖銳的批判。例如文集中丁以布的〈祭宋遯初先生文〉，藉追思「英靈不泯」的宋教仁，暗指袁氏為梟賊；而張光厚則毫不容情地對袁氏的稱帝醜劇予以辛辣的諷刺，他在〈詠史四首〉詩中寫道：「暗裡黃袍已上身，眼前猶欲託公民。紛紛請願真多事，個個元勳肯讓人。民選竟能容指定，天從何必假因循。楊家家法真堪噱，百代兒孫服莽新。」痛責袁氏明明是帝制自為，卻又要假託民意。第二首更進一步對「籌安會」、「公民團」、「全國請願聯合會」之類的組織加以揭穿陰謀：「來許加官去送金，奸雄操縱未深沈。袁公路有當塗讖，石敬塘真賣國人。篡位豈能逃史筆，虛文偏欲騙民心。尋常一個籌安會，產出新朝怪至尊。」全詩義正詞嚴，心雄氣盛，堪稱記錄袁氏稱帝醜劇的史詩；又如易象的〈哭周平子〉詩，也是直斥袁氏「懦斯竊鈎強竊國」。這些詩文的主題明確，焦點集中，在對袁氏的口誅筆伐上確實是產生了效果。

在此，我們必須指出，《南社叢刻》在這些立場的表明、內容的呈現上，和這份刊物的「主編」、同時也是這個社團「主任」的「靈魂人物」柳亞子有著不可分的關係。透過他的鼓吹、結合，刊物的風格得以凸顯，從選文、廣告、圖片安排等編輯工作的設計，我們也可看出他的政治態度與思想傾向。如果陳去病的發刊詞是一種道義理想的揭櫫，則柳亞子是自始至終透過編輯手段將這份理想對內落實、向外傳播的主要人物。即使不談編輯理念，僅從編輯行政角度來看，說他是《南社叢刻》的支柱，亦屬公允。在二十二集社刊中，所選出的編輯員往往名不副實，被推選出者多因他務而無暇出任，導致除了一、二、八、二十一、二十二集外均為柳亞子一人所編。據鄭逸梅

《南社叢談》書中透露，由於社費的收繳並未嚴格執行，而刊印社刊所需紙張印工甚多，這些款項，大多由他墊付。此外，亡故社友遺集的輯刊，也往往是他一人出錢出力，所以，為了南社，柳亞子私人斥資達「萬金之巨」。不僅如此，連所有來稿的抄寫發排，也都是由柳亞子擔任[11]，因此，要談《南社叢刻》的組織、編務、行政等大小事項，都與柳氏脫離不了關係。

基本上，柳亞子懂得編輯技巧，也具有靈活的編輯能力，這一點，從《南社叢刻》初期編排方式的演變可以看出。依照〈條例〉規定，社刊由三人擔任文、詩、詞三類的「編輯員」，第一次也推出了陳去病、高旭、龐檗子三人，但實際上是由高旭一人主編，在內容編排的次序上如下：〈南社詩文詞選敘〉（即陳去病〈南社敘〉）、文選五篇、《磨劍室文初集》一卷、《願無盡廬詩話》一卷、詩錄五十九首、《未濟廬詩集》一卷、《蜚景集詩》一卷、《有奇堂詩集》一卷、《寄塵詩稿》一卷、詞選十三首、《鈍劍詞》一卷、《蜚景集詞》一卷、《寄塵詞稿》一卷。可以看出編輯功夫的馬虎，次序雜亂無章，各人專集佔去太多篇幅，且與一般用稿間雜交替，文少詩多，都顯示了高旭在編輯上的缺乏概念。出第二集時，因陳去病在杭州高等學校教書，由他負責編輯並在杭州出版。這一集的內容編排已有改進，次序如下：文選三篇、詩錄九十七首、詞選十四首、《巢南雜著》一卷、《磨劍室詩集》二卷、《未寄廬詩集》一卷、《更山齋詩》一卷、《王席門先生雜記》一卷。將文、詩、詞選集中編排，而各家專集列

---

11 鄭氏回憶道：「那時社友寄來的詩詞文稿，有的行書，有的草書，很不一律，且有寫在花箋上，字跡娟秀，鈐著印章，成為一個橫幅，或一個手卷，這樣交給手民，弄髒了未免可惜。亞子就把這些稿子統體謄寫一遍，然後發給排字房。這樣成為慣例。以後這個抄胥工作，往往由亞子擔任。」見鄭逸梅：《南社叢談》（上海市：上海人民出版社，1981），頁11～13。

在後面，使刊物的編排醒目有重點。然而，詩文的分配仍嫌懸殊，且在排列次序上無特殊意義，既非按作者姓氏筆劃，也非依籍貫省份，加上校對不嚴，錯字不少，使本集的出版仍令人不甚滿意。文集中《王席門先生雜記》與南社毫不相干，席門，明代人，姚石子鈔得其文五篇，做為鄉邦文獻，因其同為金山遺民，刊載於此實屬不妥。類此現象，柳氏頗覺不滿，尤其認為專集佔去太多篇幅，致使社員的作品不能普遍發表，將來社員一多，更成問題，於是，透過一場設計過的改選策略，他取得了編輯主導權[12]，從第三集起，他取消固定的個人專欄，重新編排，將內容分成三大部門，一為文選，二為詩選，三為詞選，成為這份刊物的固定模式，直至二十二集結束，始終未變。這種僅分文類，對社員作品充分開放園地的作法，使刊物的稿源大增，也強化了社員對刊物及社團的向心力，這一點編輯上的改變，是柳亞子與俞劍華合力所為，顯然柳氏對此安排是滿意的，他認為這是「革命以後的第一聲」[13]。

除了在內容編排上做了改變外，自第三集起，封面顏色由粉紅改成瓷青，較為大方古雅；並且在卷首刊出女社員岳麟書的遺像，由朱少屏撰寫行述，這個編輯方式成為《南社叢刻》的一大特色，一方面是紀念死者，一方面也發揮了激揚生者革命情感的作用。例如第六集有為革命犧牲的烈士周實丹遺像；第九集有宋教仁遺像，並附葉楚傖追悼的短文〈不盡餘哀錄〉。隨著革命情勢的加速演變，南社社員犧牲的人數也增多，於是第十集一次列了七人遺像，後附略歷；第十三

---

[12] 這一段「奪權」經過，在柳亞子《南社紀略》的「張家花園雅集」部分有詳細的描述。由於在雅集時推選寧太一任文選編輯、景耀月任詩選編輯、王無生任詞選編輯，使得一、二集主編高旭、陳去病很不高興。推舉的三位編輯，寧、景二人均未出席，辭謝不肯就職；王無生雖在上海，以事忙不克分身也不參加，在無人負責的情況下，柳亞子拉了俞劍華幫忙，由柳抄寫，俞主持選政，才促使第三集出版。

[13] 柳亞子：《南社紀略》，頁25。

集多達八人，第十九集則有陳英士、黃興等七人；第二十集更多達十一人。這種安排，不僅可凝聚社員革命情感，即使是對非社員，也可迅速傳達刊物的立場，具備直接、強烈的傳播效果。此外，自第九集起，南社雅集活動的攝影照片開始出現，此後也成了刊物的一大特色，並且一一註明參加者，為社團活動留下珍貴的史料，這也是同仁刊物經常具有的編輯方式。

自第八集起，《南社叢刻》在刊物末頁開始出現廣告，主要是售書廣告，有陳去病《笠澤詞徵》、柳亞子《春航集》、王漁洋《阮亭詩餘》、胡寄塵《虞初近志》、《弱女飄零記》、夏綺秋《中國民國國歌》等，均註明書名、編撰者、刊行者、冊數、定價、發行處。接著還有介紹國學叢選、分贈流霞書屋遺集、索閱阮烈士遺集的啟事。這個型態一直維持到停刊為止。第十集起，部分廣告移至刊物前，如「馬君武詩集已出版」的消息、介紹「中華實業叢報之四大特色」的促銷報紙廣告，安排在雅集活動照片之後。而末頁的「售書告白表」中，除了刊登其他書的廣告外，也開始注意到社刊的促銷，因此而有「南社第九集」的廣告，標明定價四角，由上海文明書局發行，但這並未形成慣例，除了第十一集又做了一次社刊廣告外，並未再出現。這應與社員本身的著作甚多，篇幅有限有關。廣告自從在刊物面前出現後，其樣式與內容也隨之豐富起來，以第十三集為例，即有中國留美學生月報的訂報啟事、《科學雜誌》第一至三期的出版通告及各期目錄、《公言雜誌》第三期出版啟事，以及《馬君武詩集》、《章氏叢書》、《潘力田先生遺詩》、吳石華《桐花閣詞鈔》、《國學叢選》、《池北偶談》、劉向《新序》、《文始》、《雅言》、《世德堂六子》等書或雜誌的出版廣告。此外，還有余天遂代書堂區、楹聯、市招等字的「顛公書約」。從廣告量的增加，可以說明《南社叢刻》的讀者群及銷售量應有增加，這和它的發行所（經銷處）的增加，一樣可視為傳

播力量的擴大。當然，在廣告的內容上不免會以社員作品為主，這仍是同仁刊物的普遍現象，不足為奇。

在文章的選用刊登上，並無一明文的「選稿標準」，而是聽任各類主編的裁決。基本上，只要符合是社員身分、文體為文言文、文類為詩文詞、主題不違背南社宗旨等條件，大概都能入選。綜觀二十二集正式出版的《南社叢刻》，其呈現的內容確實豐富而廣泛，有的記述社團活動，有的表達社團態度，有的反映社友之間的交往、遊踪、志趣、見解，有的抒發生活感懷，有的對政治、社會作直接的抨擊，可說是林林總總，樣貌不一。但正如前面對第四集、第十六集的分析，其宗旨的掌握仍是清楚的，大致立場也是維持的。至於在文類的刊登上，詩共刊一二一一六首，文共一四一六篇，詞共二八〇五首，以詩的數量明顯佔上風，這也說明南社的代表性文學創作是詩。在《南社叢刻》中，雖可見到一些有關小說的討論，也刊登小說的序言，但始終不曾刊載過小說，而南社成員中善寫小說者不少，為彌補此一缺憾，另行出版《南社小說集》，原意是作為《南社叢刻》的輔佐刊物，可惜只出一期，沒有續刊。其排印格式一如《南社叢刻》，內容上也以「開通風氣，棒喝社會」為主，收有周瘦鵑的〈自由〉、成舍我的〈鬼醫生〉、貢少芹的〈哀川民〉等。

透過以上的說明，我們可以瞭解，在以柳亞子為核心的編輯組織運作下，這份刊物以其明確的政治立場為號召，積極扮演南社機關刊物的功能，自內容的選編、圖片的設計到廣告的安排，都能有清楚的目的：一來傳播社團理念；二來聯繫社員情誼。這兩項目的，在以文學為媒介的策略下得到了一定的效果，不論從文學或歷史的角度來檢驗，《南社叢刻》都有其不容忽視的重要價值。

四　從《南社叢刻》之編輯、傳播角度看南社的歷史發展

　　以上分析了《南社叢刻》所對應的外在社會環境，及其以一文學媒體角色與當時報刊媒體之間的互動與聯繫。其次，也對這份刊物的內在編輯組織、運作，及刊物的內容、特色做了探討，並且對其在文學、歷史方面的價值也給予肯定。事實上，南社的崛起、壯大、停頓到解體，《南社叢刻》作為其機關刊物，正好成為這個歷史發展規律的縮影。我們透過這份刊物，看到社員間惺惺相惜的革命情感，也看到英雄主義在社員間掀起的風雨波瀾。在帶領南社走向更高發展的過程中，《南社叢刻》適時發揮了推波助瀾的功能；在導致南社步向分崩離析、最後解體的過程中，《南社叢刻》一樣扮演了不可或缺的關鍵角色。而不論是壯大或停頓的過程，都與前面所論之編輯與傳播的運用有關，因此，以下的論述便以這兩個角度切入，來探討《南社叢刻》由盛而衰的主因，當然，它也同時解釋了這個文學團體在歷史發展上不得不然的解體宿命。

　　誠如前面所言，要談南社與《南社叢刻》，就離不開柳亞子。沒有柳亞子，這個社團的影響力將大打折扣，同樣的，沒有柳亞子，《南社叢刻》能否持續出刊都成問題。這也就是當年柳亞子何以會說出「沒有柳亞子，就不會有南社」這句話[14]，柳亞子之所以能成為這個社團與刊物的「靈魂人物」，並且在整個社團的發展歷史中扮演舉足輕重的角色，和他長期掌控社刊的編務有絕對的關係。從他在第三次雅集與俞劍華聯手讓陳去病、高旭落選，進而負責社刊編務的「張

---

14 見鄭逸梅：《南社叢談》，頁11。

家花園革命」（柳亞子自語）開始，就已表現出他在這方面的強烈企圖心。其實，柳亞子雖為南社三位創始人之一，但他初期在社中的地位並不高，這可以從下面三點看出：第一、代表社刊的〈南社敘〉由陳去病執筆；第二、在第一次會議中，柳亞子僅被選為書記員而已；第三、高旭未出席也被推舉為詩選編輯員。對一份文學刊物來說，負責文稿的編選才是重要而有實權的工作，但直到第六次雅集為止，柳都只擔任書記員或會計員的職務，這對他而言，不能不說是一種缺憾，畢竟，社刊的編輯工作，由於被選的編輯員多因故而未真正投入，反而是柳亞子一直負責實際編務，結果每次的選舉都未如他意。因此，第七次的雅集活動上，才會爆發柳亞子要求的修改條例之爭，因而根本改變了《南社叢刻》的編輯組織。

這次的爭論，主要是柳亞子提議將編輯員三人制改成一人制，也就是所謂的「三頭制」與「一頭制」之爭，而且他還毛遂自薦要當這「一人」。他說：「我覺得南社的編輯事情，老實說，除了我之外，是找不出相當的人來擔任的了。一個人就不容易找，何況要三個人呢？所以我的主張，是改三頭制為一頭制，人選則我來做自薦的毛遂，這是為了南社的前途，我認為用不著避免大權獨攬的嫌疑的。」[15]然而，也許是「張家花園革命」所造成的芥蒂吧，他的建議遭到高旭的強烈反對。大多數與會者也覺得「眾擎易舉，獨力難成」，投票結果，反對票多於贊成票，他的提議被否決。第二天，柳亞子在《民立報》上登出廣告，宣佈脫社。這個風波最後在南社其他成員的讓步下得到解決，第十次雅集時產生了〈第六次修改條例〉，由於有「革命的涵義」，遂稱為〈南社條例〉，其中規定「本社設主任一人，總攬社務，並主持選政，由社友全體投票公舉」、「連選者得連任，會計、

---

[15] 柳亞子：《南社紀略》，頁51。

書記、幹事,隨主任為進退」。由此可見,主任確已獨攬大權,從組織人事的安排、編輯行政、刊物選稿等大小事項均有決定權,這已徹底改變了社刊的運作型態,而柳亞子也在以後的多次票選中連選連任,造成他與社團密不可分的關係,而《南社叢刻》的編務也因此確實有了較制度化的靈活發展。

其實,所謂的「三頭制」也就是編輯委員制,而「一頭制」也就是主編制,類似總編輯的功能,這兩種制度都只與社刊的編務有關而已。「主任制」卻不僅如此,它類似社長一職,可以綜攬社務,包括社刊在內。柳亞子說:「我這時候的主張,以為對於南社,非用絕對的集權制,是無法把滿盤散沙般的多數文人,組織起來的。我就想進一步的改革,要把編輯員制改為主任制」[16]。平心而論,南社的成員文人名士的氣息頗重,組織難免鬆散,而社刊的編務推動也一直不上軌道,柳亞子的提議可以收到鞏固組織、強化領導的效果,只不過由於協商過程的意氣之爭,導致橫生波折。至於編委制與主編制,其實可以並行不悖,由各類文稿主編與總編輯彼此間尋找出合理的運作模式,但當時柳亞子等人尚缺乏這種認識。爭論的結果,柳亞子如願出任「主任」一職,在一九一四年五月復社後,脫期已久的《南社叢刻》在柳亞子重新投入、加強編務後,一年內密集出版了第九、十、十一、十二、十三、十四等六集,雅集活動也如期舉行,社務推動逐漸上軌道。

這次的編輯權之爭,對南社的整體發展有著重要的影響,由於事權的統一,南社力量逐漸壯大,並在隨後的反袁運動中展現了火力集中的輿論影響力,《南社叢刻》成為結合反袁力量的文字基地。對於因反袁而遭殺害的社員如寧太一、陳英士、范鴻仙、仇亮、姚勇忱、

---

[16] 柳亞子:《南社紀略》,頁60。

楊性恂、吳虎頭、周仲穆等,《南社叢刻》上都發表其遺像、哀詩、
挽詩,以示哀悼;此外,社團也積極搜集他們的文稿、詩稿,為他們
作傳,編輯遺稿,以表彰其革命精神。可以說,在柳亞子的銳意推動
下,整個社務,包括社刊的編輯,都表現出旺盛的活力,而這必須歸
因於「主任制」的實施。

　　但是,也正因為社務及社刊的推動,是繫於金字塔式的編輯型態
與組織結構,在後來發生的唐宋詩大辯論中,柳亞子濫用了主任一職
所賦予的職權,而展開了一場牽扯多家媒體的文學主張傳播戰,這場
論戰使大多數社員都捲了進去,最後並導致南社的沒落。論戰的中心
是關於同光體的爭辯。南社成員中有姚錫鈞、胡先驌、聞野鶴、朱鴛
雛等人是同光體的崇拜者,他們經常發表詩文讚美同光體,推崇鄭孝
胥、陳衍、陳三立等人,他們對詩的看法恰與陳去病、柳亞子等人的
文學主張背道而馳。陳、柳等人藉指責江西詩派來反駁同光派,認為
「政治壞於北洋派,詩學壞於西江派。欲中華民國之政治上軌道,非
掃盡北洋派不可;欲中華民國之詩學有價值,非掃盡西江派不可。」[17]
這就正式點燃了兩派的戰火。其實,這場文學論戰的背後,代表的是
政治立場的對抗。同光體的代表詩人在辛亥革命後以遺老自居,敵視
共和,當張勳擁廢帝溥儀復辟,同光體詩人紛紛出場。對此,柳亞子
深惡痛絕[18],因此,柳亞子在《南社叢刻》第二十集中答胡先驌的詩
中說:「分寧茶客黃山谷,能解詩家三昧無。千古知言馮定遠,比他
嫠婦與驢夫。」並且開始在《民國日報》的文藝欄上大打筆戰,柳亞

---

[17] 見《民國日報》,1917年6月29日。引自楊天石、劉彥成:《南社》,頁132。

[18] 柳亞子在〈我和朱鴛雛的公案〉文中說:「我呢,對於宋詩本身,本來沒有什麼仇
　　怨,我就是不滿意於滿清的一切,尤其是一般亡國大夫的遺老們……既不能從黃忠
　　浩、陸鍾琦於地下,又偏要以遺老孤忠自命,這就覺得是進退失據了。」見《南社
　　紀略》,頁149。

子與聞野鶴、朱鴛雛你來我往，互不相讓，將《南社叢刻》上的戰火轉移到南社成員主筆政的報紙媒體上。這個現象也是必然，因為《南社叢刻》的編政操在柳亞子手上，自然不可能有反柳的文章出現，所以，另闢戰場便成為聞、朱等人最好的選擇。《民國日報》由於是南社作者的主要陣地，加上經理邵力子、總編輯葉楚傖、副刊編輯成舍我均為南社成員，於是成為這場論爭的主戰場，並且在隨後日益升高的「戰爭」中，戰火波及其他報紙，成為一場大眾傳媒的爭奪戰。

這場原本是文學主張的論戰，由於傳播媒體功能的發揮，編輯角色的關鍵影響，使其成為中國近代多次思想傳播論戰中的一個例證。這之間扮演重要角色的是成舍我，他在編發雙方論爭稿的同時，偏好宋體詩的他一邊又不斷刊載朱、聞的大量詩作，這就很明顯地表明了編輯抑柳揚宋的態度。柳亞子深知此點，寫信給葉楚傖提出批評，葉以總編輯身分要求副刊編輯成舍我暫時停發朱、聞等人的宋詩，成舍我因此捲入這場論戰。幾天後，成舍我將未刊之稿轉給《中華新報》總編輯吳稚暉，吳將這些稿件大登特登，再度引起柳之不滿，要求制止，朱鴛雛因此而在《中華新報》上發表了〈論詩斥柳亞子〉詩詞六首，除了繼續捧鄭孝胥、陳三立外，還做人身攻擊地罵柳是「一盲」、「豎兒」、「螳螂」、「廉恥喪」、「狗聲嗥」、「區區蟪蜒」等，盛怒之下的柳亞子，以其南社主任的身分，立即擬了一份開除朱鴛雛南社社籍的廣告，通過葉楚傖在《民國日報》上刊出，與此同時，柳亞子還在一九一七年七月出版的《南社叢刻》第二十集中以「南社緊急布告」的方式刊出啟事「布告天下，咸使聞知」，並有「附斥朱璽

一則」，痛罵了宋詩派與朱鴛雛[19]。柳亞子在《民國日報》上刊出的廣告，成舍我是經辦人之一，於是他也草擬了一份啟事自費刊出，抨擊柳氏沒有資格驅逐社員出社，要求「似此專橫恣肆之主任，自應急謀抵制」[20]。他認為至此已無「新聞自由」可言，遂宣佈未正式驅逐柳亞子之前，與「現在的南社」斷絕關係。這一啟事一出，柳亞子便如法炮製，仿處置朱鴛雛之法，將成舍我逐出南社。柳亞子回憶說：「不過這事情的發生，已在《南社》二十集出版以後，來不及登到社集上面去，只印了一張單張的東西，夾在社集裡面來分送，後來這單張大家都丟掉了，所以人家只知道鴛雛的公案，而不曉得還有驅逐成舍我的連台好戲呢。」[21]由柳的這些動作看來，意氣之爭確已讓他濫用了「主任」一職的「特權」[22]，《南社叢刻》以其社刊的地位，也成為柳運作的基地。事發後，引起支持朱、柳兩派人馬接連不斷的表態、攻訐，如田桐、葉楚傖、胡樸安等三十四人在《民國日報》發表啟事，支持柳之處置；以蔡守為首的「南社廣東分社」則指責柳亞子，

---

[19] 「南社緊急布告」如下：「茲有附名本社之松江人朱璽，號鴛雛，又號蕚兒者，妄肆雌黃，腥聞昭著，業已驅逐出社，特此布告天下，咸使聞知。一九一七年八月一日，南社主任柳棄疾白。」由《南社叢刻》出刊日期為七月看來，這則布告是臨時加上的。「附斥朱璽一則」較長，佔滿一頁，內容有：「七月三十一日，中華新報有署名朱鴛雛所謂論詩斥柳亞子者，詞既惡俗，旨尤鄙倍……陳三立、鄭孝胥之門徒，乃下劣至此，亦閩派將衰之兆也……」對朱鴛雛也展開人身攻擊式的批評。

[20] 見「南社社員公鑒」，《中華新報》，1917 年 8 月 8 日。內容大意是：柳亞子因論詩與聞、朱不和，一論唐詩，一論宋詩，於是竟不准《民國日報》刊登，又不許《中華新報》登，如此一來，哪有新聞自由可言？南社是個完全平等的文學社團，柳亞子不過是個書記，不是社長，怎能驅逐他人出社！如此專橫恣肆之主任，自應急謀抵制。有關這段公案經過，參看柳之〈我和朱鴛雛的公案〉及成舍我之〈南社因我而內閧〉二文，即可知其梗概。

[21] 柳亞子：《南社紀略》，頁 152。

[22] 對於這段「失控」的演變，柳亞子事後非常後悔，在〈我和朱鴛雛的公案〉一文中，他明白表示：「這是我平生所很追悔而苦於懺贖無從的事情。」

鼓動改選，南社瀕於分裂。從一九一七年八月十四日至九月十五日，先後有南社社員八批、二百餘人次在《民國日報》發表啟事，繼續這場論戰，導致媒體上充斥了南社內鬨鬥爭的聲音，如此一來，南社元氣大傷，柳也覺得灰心短氣，怏怏然辭去了南社主任的職務，由姚石子接任，南社也因此沒落，最後停頓。

回顧這場前後持續年餘的紛擾，《南社叢刻》上的詩論實為癥結，成舍我編輯角色的扮演則為關鍵，最後回到社刊上的驅逐啟事則是引爆點。不可否認的，唐宋詩之爭在當時也有革命派與遺老派在政治上的對壘意味，但根本衝突仍是文學主張的殊異，而傳播媒體編輯人的介入與園地的爭奪，是使這場論爭擴大的外因。《南社叢刻》從最初扮演向封建勢力開火的前進基地角色，一變為爭奪文學主張發言權的角力場，再變為大眾傳媒體系中的爭權陣地，這種演變，同時忠實反映了該文學社團崛起、壯大到沒落的歷史發展。從組織內部的編輯權之爭，到外在傳播媒體的利用、互動，《南社叢刻》提供了一個觀察與解釋的角度。其實，同光體與南社的爭戰，如從傳播媒介上看，同光體作家的作品雖然有很大一部分發表在報刊上，但兩者之間並無必然的聯繫。

南社則不同，其成員大部分直接主辦報刊，也善於利用此一新的媒介形式，因此，在傳播戰上，結構鬆散的同光體很難與之抗衡，只不過，情勢的發展最後演變成南社成員自己的內鬨，在一定程度上模糊了原本詩論歧異的焦點[23]。

---

[23] 在陳伯海、袁進主編的《上海近代文學史》（上海市：上海人民出版社，1992）一書中，認為如果將二者加以比較，似乎過去的文學史都是對同光體作家持批判態度，對南社比較肯定其進步作用，但是，在實際上，兩者都同樣走向衰亡的一路。而且在兩者之間，南社相對衰亡得更快，經過這場論戰後，南社活動停頓，其文學主張也不再具有強烈的影響力，但同光體在舊詩領域仍一直保持著相對程度的影響力。就這一點來說，南社社員彼此間的內鬨確實對此一團體造成極大的傷害。

　　《南社叢刻》在柳亞子撒手不管後，姚石子自費請傅熊湘、陳去病、余十眉等人編輯出版了第二十一、二十二集，此後南社活動就停止了。然而，也許是柳亞子在社中地位的深受肯定吧，自他辭去主任職務後，稿件仍源源不斷寄到他那裡。基於對南社無法割捨的情感，他將來稿精心整理，請人謄寫，又親自校勘，加上標題，編成《南社叢刻》第二十三、二十四集未刊稿，一直沒有印行，直到一九九四年四月才在列入國際南社學會發行的南社叢書中出版[24]。其作大約成於一九一八年前後，在內容上有不少關於革命史料的文章，如二十三集後之附錄一，有〈癸丑後陳英士先生之革命計畫及事略〉、〈肇和戰役實紀〉、〈追悼陳英士先生及癸丑以後殉國諸烈士大會記〉三篇；附錄二則是追悼犧牲社員寧太一、吳虎頭、鄒子良等八人的文章；附錄三是〈雲南舉義實錄〉，堪稱第一手的革命文獻。和前二十二集相比，在內容上並無太大不同，依然保有其抨擊時政、追悼烈士的特色，倒是在形式上這兩集都只有文錄、詩錄兩類，詞錄一欄從缺，不知何故。這兩集的未刊稿，是柳亞子未了的心願，如今得由其哲嗣柳無忌先生推動成立的國際南社學會編印出版，算是完成先人遺志，而《南社叢刻》至此也應該真正完整地走入歷史，成為近代文學史上的一項豐富遺產，留待後人挖掘、研究了。

五　結語

　　南社在鼎盛時期，曾出現許多分支機構，如浙江的越社、瀋陽的遼社、廣州的廣南社、廣東分社（粵社），及湖南的長沙分社、上海

---

[24] 國際南社學會成立於一九八九年五月四日，秘書處設於香港，除發行《通訊》外，也出版南社叢書，每套十種，目前出到第二套。這本由馬以君點校的《南社叢刻第二十三集第二十四集未刊稿》是由北京社會科學文獻出版社一九九四年出版。

的又雲社、鷗社、南京的淮南社及國學商兌會等，結合了不小的革命力量，透過各分社的活動、宣傳，南社的影響力也日增。這些分社的創社宣言都在《南社叢刻》上發表，如陳去病的〈越社敘〉刊於第四集，姚石子的〈淮南社敘〉刊於第五集，陶牧的〈遼社發刊詞〉、謝華國的〈南社粵支部敘〉等也都在社刊上發表過。這些或隸屬南社，或由南社社友組織的平行團體，都在一定程度上增強了南社的對外傳播力量，而他們所創辦的一些刊物，如《越社叢刻》、《國學叢選》、《南社湘集》等，也在形式上模仿《南社叢刻》，可視為《南社叢刻》的姊妹刊物。

由於《南社叢刻》印數不多，沒有多久即無處購求，成為絕版刊物。胡樸安為了彌補此一缺憾，便於一九二四年春編刊了一套十二冊的《南社叢選》，編排和《南社叢刻》同一格式，由上海國學社刊印。胡樸安因自己所藏的《南社叢刻》缺第一、二集，所以他所編的《叢選》是從第三集起，實不無遺憾。其內容也是分文選、詩選、詞選三類。較別出心裁的，是在每一作者的姓名下都附有小傳，這是《南社叢刻》所沒有的。這套書的出版，使《南社叢刻》得以持續其影響力，不因絕版而消失，因此，傅熊湘在書前的序言中說：「是南社得柳而大，得胡而長也。」[25]另外，柳亞子也將《南社叢刻》重新編選，出版了《南社詩集》六冊、《南社詞集》二冊，於一九三〇年由上海開華書局出版，但《南社文選》則一直沒有刊行。這些重編的選集都以作家為主，將其作品合攏在一起，對《南社叢刻》而言，確有其內容系統化、編排清晰的優點，更重要的，是《南社叢刻》的生命因此而得以流傳下來。

---

[25] 胡樸安編《南社叢選》，收於沈雲龍主編：《近代中國史料叢刊》（臺北縣：文海出版社）第3輯。全書分三冊印行，傅序收於第一冊頁8。

　　南社的活動力在一九二三、一九二四年時突然消退，固然與上述之社員內鬨有必然的關係，其實，還有另一重要的原因，即新文化運動的風起雲湧，白話文的書寫成為時代不可倒流的大勢所趨，而南社諸人在思想前進的過程中相對落伍，造成其難以阻擋的沒落命運。對這一點，柳亞子事後也承認：「追求南社沒落的原因，一方面果然由於這一次的內鬨，一方面實在是時代已在五四風潮以後，青年的思想早已突飛猛進，而南社還是抱殘守缺，弄他的調調兒，抓不到青年的心理。」[26]至於文言白話之爭，以柳亞子為例，最初也「熱烈的反對過」，後來才漸漸「傾向到白話文一方面來」，而且，促使他轉變的因素中，人的因素要大於文學因素，而南社社員中反對新文化的仍居大多數[27]，這一點恐怕才是終結南社命運的最主要原因。也因此，柳亞子等人成立新南社，在發行的《新南社社刊》中完全用白話文，與《南社叢刻》形成強烈的對比。從《南社叢刻》到《新南社社刊》，除了代表一個文學社團的歷史演變外，也說明了他們所對應的文學社會與時勢所趨。

　　一共二十二集的《南社叢刻》，不論是其中的文學內容或革命史料都極豐富，值得探討的議題尚多，本文僅從其與外在文學傳播媒體的互動，以及其內部的編輯型態來討論，一方面藉此觀察這份刊物的形式與內容，一方面也藉以呈現這個文學社團的歷史發展。在中國近

---

[26] 柳亞子：《南社紀略》，頁153。

[27] 見柳亞子〈新南社成立布告〉：「新文化運動發現之初，文言白話的論爭，盛極一時。我最初抱著中國文學界傳統的觀念，對於白話文，也熱烈的反對過：中間抱持放任主義，想置之不論不議之列；最後覺得做白話文的人，所懷抱的主張，都和我相合，而做文言文去攻擊白話文的人，卻和我主張太遠了，於是我就漸漸地傾向到白話文一方面來……但舊南社的舊朋友，除了少數先我覺悟的外，其餘抱著十八世紀遺老式的頭腦，反對新文化的，竟居大多數。那麼，我們就不能不和他們分家，另行組織。」見《南社紀略》，頁101。

代文學發展史上，南社有其一席之地，可惜過去相關研究不多，直到
國際南社學會成立，「南學」的研究才稍受重視，期待會有更多的研
究人力投入此一行列。

從《近代俠義英雄傳》看平江不肖生的民族精神與文化反思

一 前言

原名向愷然的武俠小說名家平江不肖生（1890～1957），湖南平江人。平江地處湘鄂贛三省交界的山區，歷來為兵家必爭之地，形成平江人剛毅俠義性格與尚武強身以保家衛國的地域傳統，而這個地域特點顯然深深影響了在平江成長的向愷然。他自幼就讀私塾，勤學四書五經，同時又從武術名家王潤生（志群）學藝，習得一手精深的南拳功夫，文武兼修的厚實根柢，使他後來寫起武俠小說時既能符合武術規範，又能發揮細膩豐富的文學想像，造就了他成為一代武俠小說宗師的地位。一九二三年一月，以湖南平江、瀏陽兩縣居民爭地武鬥為故事梗概所創作的《江湖奇俠傳》，連載於上海《紅雜誌》週刊（一九二四年更名為《紅玫瑰》）上，後由上海世界書局分集出版單行本，一共出了九集，約百萬多字，受到讀者熱烈歡迎，每集印數多達數十萬冊，暢銷一時。這部向愷然的成名之作，被稱為「中國第一部長篇武俠小說」，他也被稱為「現代武俠文壇鼻祖」[1]。一九二八

---

[1] 王佩良：〈武俠鼻祖向愷然〉，《文史博覽》2009年第1期，頁15。

年，上海明星電影公司將《江湖奇俠傳》中的〈火燒紅蓮寺〉一節改
編拍攝為十八集電影，是為中國第一部武俠電影，立刻轟動全國，甚
至還興起了一陣「火燒片」的拍攝熱潮，「出現了《火燒青龍寺》、
《火燒白雀寺》、《火燒七星樓》、《火燒劍峰寨》、《火燒刁家莊》、
《火燒平陽城》等影片」[2]。向愷然的名氣和作品的銷量更因此水漲船
高[3]。這是一次小說文本與影視圖像相互結合的成功嘗試，從而開啟
了商業電影迅猛發展的新契機。在當時南北兩派不下百人的武俠小說
家中，向愷然以共十四種武俠作品而聲名大噪，脫穎而出，獲得「北
有趙煥亭，南有不肖生」的稱譽[4]。

　　當《江湖奇俠傳》於一九二三年連載之際，潛心於武俠小說創作
的向愷然，又於同年六月在上海《偵探世界》半月刊發表《近代俠
義英雄傳》，同樣由上海世界書局出版，一時洛陽紙貴，「平江不肖
生」之名遂傳遍大江南北。這部小說以霍元甲為中心人物，以其「三
打外國大力士」的愛國事蹟為主軸，旁及王五、譚嗣同、農勁蓀、李
存義、秦鶴歧、柳惕安、黃石屏等一代武林義士、江湖奇人，透過武
術救國、堅持民族正氣的傳奇軼聞，為這批清末民初英雄豪傑樹碑立
傳，進而彰顯民族大義、愛國強種之精神氣節。故事以大刀王五和維
新派譚嗣同為引子，最後以霍元甲之死為結束，全書共八十四回，一
百多萬字，實為早期武俠作品中的長篇巨作。據作者自述，這部小說

2　同上註。

3　上海明星公司因為《火燒紅蓮寺》大賣，為感謝向愷然，曾經「以現金二萬元、小
　　轎車一輛和紅木傢俱一房作為酬謝」。見〈《江湖奇俠傳》作者向愷然〉，引自《書
　　城》1996年第4期，頁45。該文未署著作者，注明「據《上海灘》文章編寫」。

4　趙煥亭原名紱章（1877～1951），河北玉田人，一九二〇年代初即開始撰寫武俠小
　　說，以《奇俠精忠傳》馳名，與平江不肖生齊名於當世，另有「南向北趙」之稱。
　　參見劉蔭柏：〈舊派與新派武俠小說〉，《百科知識》1997年第3期，頁32。

「是為近二十年來的俠義英雄寫照」（第1回）[5]，所敘述的故事時限大抵以光緒二十四年（1898）「戊戌六君子」因維新變法失敗而殉難為基準點，前後各推十年左右，而且「所述者殆為真人真事」，因此被視為「近代武俠傳記文學」[6]，和《江湖奇俠傳》中以鄉野傳奇、神怪飛劍、俠客術士為特色的「虛擬江湖」明顯不同，而是具有史實性、社會性的「現實江湖」[7]。以娛樂效應與知名度來看，《江湖奇俠傳》略勝一籌，但以小說藝術、思想內涵與現實意義來看，《近代俠義英雄傳》方為向氏一生武學思想的力作。

　　本文將以小說中呈現的武術理念修為、強身救國精神與對民族文化的省思為切入點，檢視作者對西方的批判、對東洋的仇視，以及對自身民族性務實理性的思索，分析這部被稱為「民國武俠小說中的扛鼎之作」[8]的時代價值與深刻寓意。

5　本文所引《近代俠義英雄傳》的文字均出自湖南岳麓書社於二〇〇九年八月出版之《俠義英雄傳》，需要說明引文出處時直接在文末標明回次，而不另行加注，以簡省篇幅。岳麓書社的版本有所刪節，全書共七十五回，而非八十四回，如霍元甲為保護無辜教民而與義和團衝突對峙，這共有五回的精彩情節就被刪除了。

6　葉洪生：〈近代武壇第一「推手」〉，《武俠小說談藝錄——葉洪生論劍》（臺北市：聯經出版公司，1994），頁115。

7　蘇州大學出版社的徐斯年先生研究武俠小說多年，他認為《近代俠義英雄傳》雖稱「無一字無來歷」，但其實遵循的仍是「嗜奇求怪」這一敘述綱領，其理由有：一、寫的固然是近人近事，但其主題仍是通過「奇人奇事」表現出來；二、它的「真」並不「忠實」，只要對照一下《拳術見聞錄》就可發現，霍元甲與秦鶴岐、黃石屏等許多拳術家的關係均屬「妄言」；三、作品中不乏法術、道術、巫術之類十分虛誕的內容。見其發表於「二〇一〇平江不肖生國際學術研討會」論文〈「現代傳奇話語」的生成及其特徵——向愷然作品的互文性考察〉，二〇一〇年十月二十九日。不過，和神怪小說《江湖奇俠傳》相比，《近代俠義英雄傳》的寫實、現實主義傾向還是比較突出的。

8　范伯群：〈武俠小說開山祖——平江不肖生〉，《武俠鼻祖——向愷然》（臺北市：業強出版社，1993），頁4。

二　強身強種、救國愛國的武學思想

　　武俠小說，顧名思義當以武術、武藝、武學的表現為主體，不論人物故事是虛擬附會，還是真實演繹，都必須立足於足夠的武術修養與創新功法，方能寫來具說服力與可讀性。在《近代俠義英雄傳》中，向愷然塑造了霍元甲的英雄形象，除了流露出作者對其人格理想的追慕之外，多少也有作者自身的影子與志向寓含其中。向愷然既愛江湖，又愛江山，表面上是小說文本的「紙上江湖」，實際上是他民族意識的「指點江山」。以霍元甲在上海擺擂臺一事，向愷然能將細節寫得生動詳細，精準描繪臺上臺下熱鬧緊張的氣氛，給人如在眼前之感，應該和他曾經在長沙主辦全國武術擂臺大賽的經驗有關；霍元甲與農勁蓀等人為提倡拳術，創辦「精武體育會」，也不禁讓人聯想及一九三三年時，向愷然應湖南省主席何鍵之邀，返湘籌辦「國術訓練所」一事；至於對日本侵略野心的痛恨，作者更是藉霍元甲大加撻伐，在小說後半部借題發揮，表現出和小說人物同樣強烈的愛國精神與民族立場；小說第七十五回，霍元甲計畫將其「二十多年來的心得，編成講義，傳授會員」，這和向愷然一生多次編寫拳術講義以發揚武學的抱負如出一轍。由此可見，霍元甲的英雄形象與愛國節操，實際上是當時眾多俠義之士的集合體，而其中自然也包括向愷然在內。三度挑戰外國大力士，力圖洗刷「東亞病夫」的汙名，正是當時國人共同的心聲，霍元甲無疑的也就成為無數華人理想的替身。向愷然以小說家言，試圖為自己，也為國人打出一條自立自強、提振國威的大道，這個理想可以說完全寄託在以霍元甲為核心的俠義英雄群體上。

（一）武術修爲與武學理論

　　向愷然早歲習武，二十二歲（1912）時即與武術名家王潤生於長沙共創國技會，以推廣武術為號召，其對中國武術的博大精深有深刻的體驗，且潛心鑽研，二十二歲完成處女作《拳術講義》，其後還有《拳術見聞錄》、《拳術傳薪錄》、《拳師言行錄》、《太極經中經》、《國術大觀》等專著，足見其對拳術的專精與癡迷，以及深厚的武術理論基礎。一九五七年因病辭世之際，他正計畫撰寫《中國武術史話》一書。最初與最後的著作，都以武術為核心，非熟諳此道者不會（也不能）有此志向與把握。

　　歷來的武俠小說作家多為不懂武術的文人，習武知武的向愷然可說是開了武術名家寫武俠小說的先河。他精湛的武術修為，使他的武俠作品在虛實之間有很好的調和，許多武打場面的描寫、奇人異士的獨門絕活，在他筆下都有了具理論說服力的描繪與介紹，特別是許多思想、觀念的提出，對武俠小說的整體意境提振產生一定的推進作用，如他的小說中經常出現有關武功的「內家」、「外家」之說，即今日常用的「內功」與「外功」。霍元甲之死，固然有農勁蓀提出日本醫生秋野「不免有下毒的嫌疑」，只是「得不著證據，不敢隨口亂說」（第75回），但這畢竟是猜測，向愷然從內外家武術修為的不同所提出的死因，比較合理，小說中為此多次鋪陳暗示，如第四十三回瞿鐵老傳授吳振楚功夫時就提到：「你以前所做，是後天的工夫，後天工夫到你這樣子，也算是可觀的了。不過一遇到我這種先天的工夫，就一點兒用處也沒有了。」這裏的先天／後天之說，即內家／外家的不同修練；到了第四十九回，秦鶴岐就以此觀點對彭庶白分析霍元甲武藝的缺失：「他的毛病，就在他的武藝，手上的成功的太快，

內部相差太遠。他右手一手之力，實在千斤以上，而細察他內部，恐怕還不夠四百斤，餘下來的六七百斤氣力，你看拿什麼東西去承受，這不是大毛病嗎？……他不和人動手則已，一遇勁敵，立刻就要吃虧，所吃的虧，並不是敵人的，是他自己的。」秦鶴岐因此推測霍元甲應該已有了肺病而不自知。劉震聲轉述這個說法給他的師父霍元甲聽，霍氏雖能虛心聆聽，但「限於外家工夫的知識，心中並不甚相信自己內部工夫與手腳上的工夫相差懸遠，更不知要補偏救弊，應如何著手。」（第50回）後因事情太多，也就沒把這番話放在心上。向愷然在此埋下伏筆，對照霍氏日後的病發症狀，於理相合，如果遭日人毒害是近因，那麼內家工夫的修練不足則是遠因了。類此的見解，實為作者長期武術修練所得到的體悟，也正是這些不著空言的思想觀念，使他的武俠之作增添了他人不及的武術解析與生動細節，甚至於影響到後來的武俠作品，如王佩良就指出：「新派武俠小說大師金庸在《倚天屠龍記》中闡述的謝遜『七傷拳』傷人先傷己理論，就是繼承了向愷然的『內外功』說。」[9]

除了內外家理論外，小說中也多處表達了作者的武術觀念，雖然談不上體大慮周，系統完備，但總以強身報國為旨歸，以正派俠義為路徑，以道德修養為根基。如第二十二回強調得名師指點、走正確

---

[9] 同註1。此外，上海藝術研究所學者周錫山也指出，《江湖奇俠傳》第六十八回中有一段對方紹德的描寫：「方紹德不禁忿怒起來，將死豹、死鹿往山下一摜，兩手仍向空一指，從食指尖上發出兩道劍光來。只是劍光在空中繚繞，並不見兩鷹所在，無可擊刺。方紹德滿腔忿怒，無處發洩，兩手忽東忽西的亂指了幾下，那兩道劍光，便如遊龍繞空，橫掃過來，豎掃過去，將山頂上所有樹木，都攔腰斬斷了，才將劍光收斂，也懶得尋覓兩鷹的去向，忿然移步下山。」周錫山認為，這就是《天龍八部》中段譽的「六脈神劍」所模仿和繼承的來源。見其發表於「二〇一〇年平江不肖生國際學術研討會」論文〈《江湖奇俠傳》的內功描寫研究〉，二〇一〇年十月三十一日。由此可見，向愷然對後世武俠小說家寫作上的啟發與影響。

路子的重要：「武藝一途，最要緊的是得名師指點。沒有名師，不論這人如何肯下苦功，終是費力不討好，甚至走錯了道路，一輩子也練不出什麼了不得的能為來。」第二十三回藉老尼姑收李梓清為徒的訓誨，提醒習武與習德同樣重要的觀念：「為人處世，全賴禮節，敬老尊賢，是處世禮節中最要緊的。沒有禮節，便是自取羞辱，……你從此拜我為師以後，不問對什麼人，不准再使出這種無禮的樣子來。……你要知道，我們出家人練習武藝，不是為要打人的。儒家戒鬥，釋家戒嗔，戒尚且怕戒不了，豈有更練武藝，助長嗔怒的道理麼？」類似的見解還有第三十六回廣惠和尚對徒弟齊四的叮囑：「你有了這點兒本領，以後能時時向正途上行事，保你充足有餘，若仗著這點兒本領去為非作歹，將來就必至死無葬身之地。」對於霍家的迷蹤拳，作者一語道破其訣竅：「至於我這迷蹤拳，看來似慢，實際極快，只是我之所謂快，不是兩手的屈伸快，也不是兩腳的進退快，全在一雙眼睛瞧人的破綻要快。」（第64回）這道理若非武學素養深厚者不能洞悉。而越是武藝超群者，其待人處世也越柔軟謙遜，霍元甲在聲望越隆、武藝越進之際，有了強中自有強中手的領悟，遂言：「人說藝高人膽大，我此刻覺得這話說反了。我這回在上海所見各省好手甚多，於我自己的工夫有極大的長進，工夫越是有長進，膽量就跟著越發小了，到現在才知道二十年來沒有遇到對手，是出於僥倖，可以說對手沒有來，來的不是對手。」（第74回）這樣的體悟在「武人相輕」的江湖中實為不易。霍元甲雖天不假年而英年猝逝，但其集武術與武德於一身，從而建立起「一代宗師」的地位，至今仍有一定的啟示意義。

（二）不懼外侮、救國愛國的民族精神

　　向愷然本身深諳武藝之道，兼有行俠仗義的江湖性格，面對日本欺凌而激發的民族愛國意識也特別強烈，他筆下的俠義英雄們，其實都有他真實性格與生平懷抱的部分投射。在現實世界裏，向愷然和他筆下的豪俠人物相同，都有打抱不平、見義勇為的事蹟。例如三〇年代初期，湖南省主席何鍵請向愷然擔任省國術館館長，在一次名為「掄才大典」的武術比賽中，見一素行不良的柳某，也來參加比賽，當他打贏對手之後，卻將被打倒的人繼續飽以老拳，引起全場公憤，向愷然是當時的評判委員，立刻走下主席臺，制止柳某，並和他在臺上較技，借機將柳某飽打一頓，全場人心大快。從此，柳某知所收斂，未幾即離開了長沙。面對日本人有侮辱中國人的場合，他更是挺身而出，絕不袖手旁觀。曾任湖南《通俗日報》副刊編輯的錢劍夫，因約稿關係，和向愷然熟識，他就曾提到：「有一天幾個日本人侮辱中國人，愷然即憤然出擊，將幾個日本人打倒，圍觀者莫不稱快。並曾和日本的柔道高手比賽，也得到全勝。在《留東外史》二十二回裏，也有和日本人擊劍的比賽，亦以全勝告終。」[10]從這段描述裏，我們彷彿看到了霍元甲與外國人一爭高下的身影與氣概，其愛國的赤忱、民族的自信心與武術救國的信念，根本就是向愷然現實世界裏理想人物的藝術形象塑造。

　　在近代列強入侵、國家積弱不振的宏大背景下，霍元甲不畏強勢、敢於挑戰的勇氣，是這部作品最動人之處，尤其對手是外國人，民族精神遂成為情節敘述的重心與文學價值之所繫。這是有趣且饒富意義的現象。有論者即指出：「昔日的武俠小說固守於效忠朝廷的雄

---

[10] 錢劍夫：〈《江湖奇俠傳》與平江不肖生〉，《世紀》2000年第1期，頁46。

心壯志,而新派武俠小說卻強調抵禦外侮,反抗侵略,保國保種,自立自強,大力張揚草根市民或者引車賣漿者流的愛國主義與英雄主義,而將皇帝朝廷視為懦弱無能逢迎列強的代名詞。」這種置換「正體現了二〇世紀時代潮流的本質特色」[11],而向愷然的創新寫作恰恰提供了新派武俠小說作為一種文化類型轉變的成功例證。

　　這部小說彰顯武術救國的民族主義色彩,「為近代武俠說部所罕見」[12],讀此書固然可以沈浸於高潮迭起、精彩紛呈的曲折情節中,但更吸引人的是描述「三打大力士」過程中處處流露的愛國意識。第十四回中,霍氏好友農勁蓀即說過:「霍先生的性情,從來是愛國若命的。輕視他個人,他倒不在意。他一遇見這樣輕視中國的外國人,他的性命可以不要,非得這外國人伏罪不休。」於是,當俄國大力士大言不慚地當眾誇口說:「中國是東方的病夫國,全國的人都和病夫一樣,沒有注重體育的。」霍元甲氣得要找那位大力士挑戰比武,結果逼得對手離開天津,不敢再進入中國大放厥詞。第四十七回原本安排與非洲大力士孟康較量,不料其經紀人卻提出「不許用拳,不許用腳,不許用頭,不許用肩,肘也是用不得的,指頭更不能伸直戳人」等種種不合理的限制,霍元甲只能憤然作罷。第六十二回霍元甲與英國大力士奧比音訂約在上海擺擂臺競技,霍元甲在報紙上刊登啟事,解釋此舉的動機為「提倡吾國武術,一洗西洋人譏誚吾國為東方病夫

---

[11] 謝南斗:〈湖湘文化與新派武俠小說——論向愷然對湖湘文化的開拓姿態〉,《中國文學研究》2008年第4期,頁37。在此文中,作者也推崇向愷然在敘事策略與敘事技巧上的探索與創新,並認為對後世武俠小說產生了不可逆轉的影響,他說:「向愷然卻從日本帶來了最新的西洋敘事技巧和敘事思維,他的新派武俠小說完成了由故事到人物的轉換,由單一敘事到多元敘事的轉換,由外在行為描寫到內在心理描寫的轉換,這對於中國文學從舊文學向新文學的轉型顯然具有不可低估的意義和價值。」見頁39。

[12] 葉洪生:〈近代武壇第一「推手」〉,《武俠小說談藝錄——葉洪生論劍》,頁113。

國之奇辱」。幾經折騰，奧比音的經紀人用種種手段試探霍氏功夫，知道不可能打贏霍氏，便連夜不辭而別了。這三次挑戰外國大力士，都是未戰即讓對手屈服，也就是說，這「三打」其實都沒打，作者只是借著三打的情節表現霍氏武藝之深，以及中華民族不是東亞病夫、不容歧視欺侮的民族精神。

另一主角大刀王五之死，在向愷然筆下也是帶有民族義憤與愛國激情。第三十九回寫道，八國聯軍攻入北京，王五不聽郭成暫避風頭之勸，依然坐鎮在會友鏢局，但局勢越來越混亂，「聯軍在北京的威風極大，凡百舉動，在略有心肝的中國人看了，沒一件不使人傷心慘目。八國之中，尤以俄、德兩國的兵為最殘酷，不講人道。」於是，他不願出門，「免得看在眼裏，痛在心裏，終日把局門緊緊的關著，坐在局裏。想起這回肇禍的原因，不由得不痛恨那拉氏的無識，因此就聯想到譚嗣同之死，更恨那拉氏刺骨。每想到傷心的時候，獨自仰天大哭大笑，卻是一點兒眼淚也沒有。」眼見時局不可為，王五縱有救國抱負、絕世武藝也只能徒呼奈何。他最終死在德國士兵的亂槍之下。向愷然對這段故事的描述稍嫌簡單草率，葉洪生認為實在可惜，因為「據霍元甲之孫霍文亭記其先祖遺事說，王五在『八國聯軍』攻陷北京時，為救慘遭淫辱之婦女而遭亂兵開槍打死，其後並被梟首示眾。霍元甲得訊，悲慟欲絕，乃與王五家近鄰好友劉鶚（即《老殘遊記》作者），設法將其頭連夜盜出，合體掩埋。此一事實有血有淚，正可大書特書；惜作者未能據此發揮，令人遺憾之至。」[13] 如果能補上這些情節，不僅對王五壯烈犧牲的合理性大大提高，而不會如小說中所言：「就這麼不明不白的，為德國暴亂之兵所算了。」而且借此再帶出霍元甲，脈絡條理自然而流暢，結構上也顯得較為緊密嚴謹。

---

13 前揭書，頁147。

譚嗣同為政治改革理念而慷慨就義，王五為救聯軍暴行下的無辜百姓而送命，霍元甲為實踐武術救國而犧牲，甚至可能遭日人毒害致死。這三位近代俠義之士，都是不懼外侮、捨身救國的典範，向愷然藉此頌揚民族氣節，表彰俠義精神，其感時憂國之心與五四以來的新文學傳統可謂殊途而同歸。

三　對西方的理性批判

面對清末鴉片戰爭以來，西方勢力的大舉入侵，許多洋人的思想、觀念、作風與行為，在這部作品中都有直接的描述與批判，向愷然的民族立場與愛國精神也往往在對西方文化的批判中得到張揚與確立。雖然從民族本位出發，向愷然在描述過程中卻能做到實事求是，理性分析，不會盲目與自大，這種「非義和團」式的持平態度，使小說提及西方時不論批評或肯定都具有一定的說服力。正如范伯群教授所指出的：「不肖生的《近代俠義英雄傳》以愛國深情與民族正氣為魂魄，將這兩者與武俠情節達到水乳交融的地步。不肖生對西方帝國主義的文化、『武化』侵略持堅決抗擊的態度，但書中對於建立在實證科學基礎上的西方文明，包括醫學、體育、技擊方面的科學成就，則予以肯定；作品反帝而不排外，肯定西學而不媚外。」[14]在懼外、排外、仇外情緒高漲的清末民初，向愷然能保持清醒、理性的態度思考華洋關係，同時堅守民族立場，對不合理的現象當頭棒喝，帶給讀者極大的閱讀樂趣，以及壓抑情緒的宣洩。

---

[14] 范伯群：《中國現代通俗文學史》（北京市：北京大學出版社，2007插圖本），頁301～302。

（一）反對白人至上的種族歧視

　　白種人的民族優越感，使他們對黑人、黃種人有著強烈的種族歧視。在第四十五回中，作者借白人與黑人兩位大力士在張園比武做了客觀的描述與批評。當白力士占上風時，「看客中的西洋人，全是白種，看了這情形，莫不眉飛色舞，有鼓掌的，有高聲狂吼的。」一旦黑力士將白力士打倒，「西洋人就怒髮衝冠了」，因為「西洋的習慣，白人從來不把黑人當人類看待，是世界上人都知道的。」於是，「在場的白人怎得不以為奇恥大辱，有橫眉怒目、對黑力士嘰咕嘰咕咒罵的，有咬牙切齒、舉著拳頭對黑力士一伸一縮的，有自覺面上太沒有光彩，坐不住，提腳就走的。種種舉動，種種情形，無非表示痛恨黑力士，不應忘了他自己的奴隸身份，公然敢侮辱主人的意思。」還有第四十八回，寫黑力士孟康自知不敵霍元甲，便用許多不合理的規則讓霍元甲氣憤罷賽，從而給自己找到下臺階，接著奧比音的經紀人沃林二度來信商談比武細節，霍元甲推測又和黑力士孟康一樣，只是虛幌一招，並無誠意，農勁蓀遂安慰他說：「白人的性質，與黑人不同。白人的性質多驕蹇自大，尤其是瞧不起黃色人。黑人受白人欺負慣了，就是對黃色人，也沒有白人那種驕矜的氣焰。」對白種人的自傲自大提出了嚴厲的批評。

　　倒是小說中出現的德國醫院院長，對中醫師黃石屏出神入化的針灸治療技術深感佩服，欲拜其為師，表現出難得的謙虛與尊重。德國醫學在世界上本是首屈一指，但這位深具科學精神的洋醫師，卻能虛心接受並研究中醫，發表了許多對中醫之術頗為中肯讚賞的看法，迥異於其他帶有種族歧視心態的白人。在第六十六回中他說：「我們不可因現在中國下等社會的人，沒有知識，不知道衛生，便對於中國的

一切學術,概行抹煞。中國是一個開化最早、進化最遲的國家,所以政治學術都是古時最好,便是一切應用的器物,也是古時製造的最精工。」在第六十七回中,這位德國醫師又再度對黃石屏表示中國醫學的進步與推崇:「中國的醫學,發明在四千多年以前,便是成就的時期,也在二千多年以前,豈是僅有一百多年歷史的西醫所能比擬!我這話不是因為要向你學針法,故意毀謗西醫,推崇中醫。我是德國人,又是學西醫的,斷沒有無端毀謗西醫名譽之理。我所說的是事實,凡是知道中國文化的外國人,無不承認我這種議論,倒是中國青年在西洋學醫回國的,大約是因為不曾多讀中國書的關係,對中國醫學詆毀不遺餘力。」透過洋醫師對中國醫學的肯定,說明了西洋醫學仍有其不足之處,而中國醫師實不必妄自菲薄。這段描述與白人歧視中國人的妄為自大形成了鮮明對比,向愷然亟欲提振國人自信心與自尊心的用意於此可見。

(二)痛斥洋人不守信義的行徑

講信重義是這部小說極力標榜的社會價值與生命意義,也是作者判斷民族性優劣的側重點,由此出發,小說中多次觸及洋人在這方面的表現,並有直接的針砭。在第四十回中,霍元甲初次和英國大力士奧比音的經紀人沃林商談比武事宜,沃林提出「雙方都得延律師和保證人,議妥了條件,把合同訂好,方能為憑。」霍元甲聽了甚不以為然,聲色俱厲地說:「我平生不知道什麼叫法律,只知道信義是人類交接的根本。……我不以小人待他,他安敢以小人待我!」農勁蓀聽了笑說:「外國人若是肯講信義的,也不至專對中國行侵略政策了。」霍元甲因此對洋人的「守信」有一針見血的剖析:「我不曾和外國辦過交涉,也沒有認識的外國人,只聽說外國人做事,都是說一不到二

的，原來要是這麼處處用法律提防著，這也就可見得外國人的信用，不是由於自重自愛的，是由於處處有所謂的法律手續預為之防的。」換言之，中國人講信用是發自內心，對自身人格的自重自愛，而外國人講信用是出於法律的約束與恐懼。前者主動，後者被動，兩者並不相同。

當沃林發覺可能會在比武時輸給霍元甲，因而有損英國名譽，於是即使有律師、店家保證，加上五百兩銀子作為保證金，最後還是落荒而逃，農勁蓀對霍元甲報告說：「你還不知道，他那一方面的律師和保證人都已跑了呢！我今天出外，就是去找那律師和電器公司的平福，誰知那律師回國去了，電器公司已於前幾天停止營業了。沃林家裏人說，沃林到南洋群島去了。你看這一班不講信義的東西，可笑不可笑！」（第68回）對洋人的狡猾無信做了直接且尖銳的抨擊。

向愷然在痛斥洋人不守信義的同時，安排了許多我俠義之士信守承諾、大義凜然的表現，做了強烈的對比。如第二回寫御史安維峻「看不過李鴻章的舉動，大膽參了一摺子，大罵李鴻章和日本小鬼訂立《馬關條約》如何喪權辱國。這本參折上去，大觸了慈禧太后之怒，立時把安維峻發口。」發口就是充軍。安維峻家境貧寒，妻室兒女眾多，正在抱頭痛哭訣別之際，王五冒死仗義拿出銀票安其家室，又親身護送到發配地點，安置妥當才回。王五的義行從此不僅名聞江湖，甚至名動公卿；第六回寫劉震聲拜霍元甲為師，說道：「我願伺候四爺一生到老，無論什麼時候，不離開四爺半步。」果然，劉震聲從此就跟著霍元甲，「半步也不離開左右」，直到霍元甲死後，「安葬已畢，才去自謀生活」，表現了深厚的師徒之情，以及信守諾言的義氣；又如第十三回寫李富東的徒弟摩霸與霍元甲徒弟劉震聲相約打賭各自師傅的武藝高下，摩霸輸了，因一時還不出賭資，不能守信履約，竟懸樑自盡。類此重然諾、守信義的舉止，是中國儒家傳統文化

精神教化所致，洋人的毀信失約，在這些俠義之士的眼中自然是瞧不起的。

（三）洞悉西方武術的不足與弊病

對於西方武術，作者也透過霍元甲直陳其弊，不認為西方武術有多高明，他說：「外國武藝，在沒見過的，必以為外國這麼強盛，種種學問都比中國的好，武藝自然比中國的高強。其實不然，外國的武藝可以說是笨拙異常，完全練力氣的居多，越練越笨，結果力量是可以練得不小，但是得著一身死力，動手的方法都很平常。」（第55回）由於外國大力士瞧不起中國「病夫」，霍元甲特別針對「力」加以分析，指出西方武術的缺失：「外國拳術家的力，與大力士的力，及普通人所有的力，都是一樣，力雖有大小不同，然力的成分是無分別的。至於中國拳術家則不然，拳術上所用的力，與普通人所有的力，完全兩樣。外國拳術家大力士及普通人的力，都是直力，中國拳術家是彈力，四肢百骸都是力的發射器具。譬如打人用手，實在不是用手，不過將手做力的發射管，傳達這力到敵人身上而已。這種力其快如電，只要一著敵人皮膚，便全部傳達過去了。平日拳術家所練慣的，就是要把這氣力發射管，練得十分靈活，不使有一點兒阻滯。」（第65回）這樣的分析是令人信服的，作者在此也表現出他一定的武學素養。

對中西發展的差異，霍元甲的觀察在當時是具有一定代表性的，他指出：「論機器、槍炮，我們中國本來趕不上外國，不能與他爭強鬥勝，至於講到武藝兩個字，我國古聖先賢創出多少方法，給後人練習，在百十年前槍炮不曾發明的時候，中國其所以能雄視萬國，外國不能不奉中國為天朝的，就賴這些武藝的方法，比外國的巧妙。」

（第55回）各有所長，平等尊重，本是各民族和平相處之道，霍元甲
若不是因為洋人的挑釁與歧視，本不會挺身而出，與洋人比武，他解
釋自己的動機說：「殊不知我中國是幾千年的古國，從來是比外國強
盛的，直到近幾十年來，外國有些什麼科學發達了，中國才弄他們不
過。除了那些什麼科學之外，我中國哪一樣趕他們不上？我中國人越
是氣餒，他外國人越是好欺負。……我的意思並不在打勝了一個外國
人，好借此得些名譽，只在要打給一般怕外國人的中國人看看，使大
家知道外國人並不是神仙，用不著樣樣怕他。」（第51回）在近代國
事蜩螗、國勢不振的背景下，霍元甲以其一身武藝力圖為國增光，打
破國人懼外媚外的心態，洗刷「東亞病夫」的汙名，這是霍元甲基於
民族立場的義舉，雖然最終未能實現正式比武的願望，但其俠義氣節
已得到時人敬重。

四　對東洋的仇視

　　雖然日本與中國同為東方國家，但在中國近代史上，日本對中國
的欺壓凌辱更甚於西方國家，因此自清末以來，國人普遍有仇視日本
的心理。向愷然自幼即有強烈的民族意識，後為謀救國之道，曾兩度
赴日求學，先後進入華僑中學及法政大學，對日本社會民情與富強之
道認識頗深。他的《留東外史》就是留日時期所見所聞的文學紀錄，
出版後甚受讀者歡迎，即使因書中不厭其煩地描寫如何勾引日本女
子，而蒙上「嫖界指南」的惡名，但其中隱含的民族意識與俠義精神
使這部小說有了另一層深刻意涵。小說中的主人公黃文漢雖然好色，
但卻又任俠仗義，多次以中國功夫對抗日本人的欺侮，不論是拳腳功
夫、劍術、射箭等，都能大獲全勝，捍衛中國人的尊嚴。從某個角度
說，黃文漢幾乎是民族英雄了。這當然是作者民族意識的投射與發

洩，將「征服日本女子」的性描寫，與「拳打日人」的比武情節，巧妙結合在一起，使這部小說有了時代現實意義，正如研究者李東芳所分析：

> 我們看到男權意識型態中男性之於女性的支配關係，個體的武勇戰勝另一個男性個體的武力競技關係，都和積弱的中國與空前強大起來的日本之間的關係劃上了同構的等號，似乎挑逗、玩弄日本女子（包括妓女）為快的「嫖界」故事，似乎男性個體勝利於擂臺上的打擂臺故事，都使得在甲午戰爭中戰敗，在日本人面前抬不起頭來的中國男子（無論是主人公、作者，還是男性為主的讀者），在文本的想像性空間內獲得了寫作快感和閱讀快感，彷彿日本之於中國在現實中的強勢關係一下子為此顛覆。[15]

越是壓抑不平，就越加強調凸顯，這種矛盾複雜的心理，被作者以保種強國的情節予以遮掩與神聖化，迎合了廣大的市民趣味，也獲得了菁英文化的認可。

　　和《留東外史》相比，《近代俠義英雄傳》的仇日立場獲得了更大的正當性。由於撰寫後半部時，正值日本大肆侵華之際，向愷然「借題發揮，大張撻伐」，「其民族主義色彩之強烈，為近代武俠說部所罕見」[16]。書中多處痛斥日本，如農勁蓀所言：「日本人氣度狹小，不僅這秋野一人，普通一般日本人，氣度無不狹小的。而且普通一般日本人，說話做事，都只知道顧自己的利益，不知道什麼叫信義，什

---

[15] 李東芳：〈《留東外史》的「武俠小說」敘事語法——論平江不肖生武俠小說創作的轉型〉，《西南師範大學學報》（人文社會科學版）第32卷第6期，2006年11月，頁34。

[16] 葉洪生：〈近代武壇第一「推手」〉，《武俠小說談藝錄——葉洪生論劍》，頁113。

麼叫做道德。」（第70回）還有與《留東外史》相同的觀點：「我聽
人說過，東洋的女人最不規矩，世界上都稱東洋為賣淫國。」（第76
回）這樣的批評有些以偏蓋全的情緒，但處在國族對峙的立場，卻能
夠宣洩國人心中的不滿，小說中日本秋野醫師就曾直接對霍元甲說：
「我知道霍先生為人，是一個排外性最激烈的，隨時隨地都表現出一
種愛國及排斥外國的思想。」（第70回）秋野醫師在小說末尾扮演了
關鍵性的角色，雖然他曾表現出中日親善的言行，強調「日本和中
國是同文同種的國家」，「霍先生排斥歐美各國的人，蓄意和他們作
對，我極端贊成，若是把我日本人也當作西洋人一律看待，不承認日
本人是朋友，我便敢武斷的說一句，先生這種思想錯誤了。」（第70
回）然而最終霍元甲的性命卻是葬送在秋野手中，且不論下毒之說，
他明知霍元甲的病體不宜動武，卻介紹安排幾位日本柔道名家來訪，
逼得霍元甲出手，因而病情急轉直下，他後來對劉震聲說：「我此刻
十分後悔，不應該勉強歡迎貴老師到講道館去，如今弄得貴老師的
病，發生了絕大的變化，非常危險。」（第75回）其中真假虛實，已
難論斷，但向愷然在此應該已經表明立場，霍元甲之死，與日本人脫
離不了關係[17]。

　　不過，若從鑽研武術的角度，向愷然則能持公允的觀點，既批評
日本武術的缺失，也肯定其長處。在第七十回中，霍元甲說：「日本
人最好學，最喜邀集許多同好的人，在一塊兒專研究一種學問。有多
少學問是從中國傳過去的，現在研究得比中國更好。」第六十九回也
寫道：「他們日本人有些地方實在令人佩服，無論求一種什麼學問，

---

[17]「霍元甲之死」有幾種不同的說法，平江不肖生或許是為了凸顯其民族色彩，寫成
　　被日本醫生毒死，事實上他的死因應該是「早年的喀血症復發」。參見劉洪耀、馮
　　知明發表於「二〇一〇年平江不肖生國際學術研討會」論文〈武俠小說中的革命家
　　——平江不肖生印象〉，二〇一〇年十月三十日。

都異常認真，絕不致因粗心錯過了機會。」對日本人的好學精神表示欽佩。同時，也對日本以科學方式傳授學問的態度給予讚揚，在第六十九回中，霍元甲對彭庶白有感而發地說：「日本人提倡柔道，是用科學的方式提倡，是團體的，不是個人的。無論何種學問，要想提倡普遍，就得變成科學方式，有一定的教材，有一定的教程，方可免得智者過之、愚者不及的大缺點。我們中國有名的拳教師收徒弟，一生也有多到數千人的，然能學成與老師同等的，至多也不過數人，甚至一個也沒有。這不關於中國拳術難學，也不是學的不肯用功，或教的不肯努力，就是因為沒有按著科學方式教授。便是學的人天分極高，因教的沒有一定的教程，每每不到相當時期，無論如何也領悟不到，愚蠢的是更不用說了。」由此看來，向愷然確實熟稔日本國情與民族性，所論均能切中肯綮，而非盲目排外、仇外的非理性言論，與日本對照，他對中國人的一盤散沙則隱隱流露出強烈的焦慮與無奈。

五　對自身文化的深刻省思

　　作為一部充滿俠義色彩與民族精神的武俠小說，《近代俠義英雄傳》在提供娛樂性、趣味性之外，又能具有時代的諷刺性與現實性，挖掘諸多民族陋習，批評落後的民族文化，藉以激勵人心，提振士氣，甚至發出強國保種的呼籲，宣揚抵禦外侮的情操，這和五四時期菁英文化所追求的思想主題可說是如出一轍。只不過，它畢竟是以迎向市民趣味為導向，以市場大眾為訴求對象，因此它沒有像魯迅、郁達夫等五四菁英作家們以啟蒙、救亡思想為主軸，感時憂國的題材選擇與主題傾向也不是主要的特徵。《近代俠義英雄傳》終究未能脫離消遣、娛樂的寫作模式，但其中寓含了一些對民族文化黑暗面與落後面的批判，還是值得一提。這些包裝在曲折情節與動人故事中的「微

言大義」，使這部小說有了較高的文化價值。

（一）批判官場文化的流弊

　　這部小說的開場人物是王五，除了武藝超群，王五能名動公卿，被稱為「關東大俠」，主要是不畏當道、護送安維峻的義舉。藉由此事，作者在第二回中對朝廷官官相護的陋習有生動的描述：「那時合肥李鴻章用事，慈禧太后極是親信他。滿朝文武官員，不論大小，沒一個不畏李鴻章的威勢，也沒一個不仰李鴻章的鼻息。」當安維峻上摺子參奏李鴻章後，「連婦人孺子都恭維安維峻是一個有膽有識的御史，是一個有骨氣的御史。」然而，朝廷官員卻不做此想，「滿朝的官員，見慈禧太后正在盛怒之下，安維峻參奏的又是滿朝畏懼的李鴻章，竟沒有一個人敢睬理安維峻。一個個都怕連累，恨不得各人都上一本表明心跡的摺子，辯白得連安維峻這個人都不認識才好，誰還敢踏進安維峻的門，去慰問慰問他呢？就是平日和安維峻很要好的同僚，見安維峻犯了這種彌天大罪，就像安家害了瘟疫症，一去他家便要傳染似的，也都不敢來瞧一瞧了。」正因為官員們個個怕事，才凸顯出王五之舉的義行可風。

　　明哲保身本是官場生存之道，難以苛責，但第五十四回寫道美國女子卜姐麗嫁給中國人余伯華的華洋婚姻，卻因余伯華無意間得罪了直隸總督的方大公子，就遭到誣陷入獄，最後家毀人亡的橫禍，其中顯現的官場黑暗則令人氣憤不已。一位陰毒的清客對方大公子分析說：「晚生因為常見老師每遇與外國人有關連的案子，總是兢兢業業的，唯恐外國人不肯甘休，寧可使自己人受些委屈，只求外國人不來吵鬧。余家這小子，本人有什麼來頭，大爺便是要弄死他，也和捏死隻蒼蠅相似，真是胖子的褲帶，全不打緊，不過他老婆卜姐麗是個

美國人，又有數百萬財產，那東西是不大好惹的。」這種藉權勢欺壓
自己人的嘴臉於官場中處處可見。方大公子遂與審判此案的張知縣串
通，陰謀拆散這樁婚姻，余伯華被蒙在鼓裏全然不知，還稱許張知
縣：「官場本不是講道學的所在，張公能不受非義之財，當今之世已
是絕無僅有的了。」這裏恰好反映出收賄弄權在官場是司空見慣的。
霍元甲聞悉此事，氣憤難平道：「他們為民父母的人，尚敢在光天化
日之下，明目張膽的陷害無辜良善，我們為民除敗類，為國除奸臣，
可算得是替天行道，怕什麼！」但農勁蓀卻說：「奸臣敗類，隨處滿
眼皆是，如何能除得盡？」這一席話可謂道盡了平民百姓的無奈與痛
苦。即使是打擊不法、主持正義的巡捕房，也是黑影幢幢，與幫派掛
鉤，包庇罪惡，如第六十二回盛紹先所言：「對付上海的流氓，唯一
的好方法，就是打他們一個落花流水；若自揣沒有這力量，便只好
忍氣，一切不與他們計較。和他們到巡捕房裏打官司，是萬萬使不得
的。上海的巡捕，除了印度、安南兩種人外，絕少不是青紅幫的。紅
幫在上海的勢力還小，青幫的勢力，簡直大得駭人，就說上海一埠
的安寧，全仗青幫維持，也不為過。」正是有這樣藏汙納垢的官場文
化，百姓才有渴望俠客英雄主持正義、掃蕩敗類的心理。類似《近代
俠客英雄傳》這樣的情節與人物越是受到歡迎，越說明了現實世界的
黑暗與無助。

（二）抨擊落後的民族性

對民族性、國民性的探討，本是五四新文學在思想主題上的鮮明
標誌，但在都市通俗小說中實也多所觸及，向愷然本是留學日本的
「新青年」，作品中不乏這類的描寫與省思也是自然的，雖然全書不
以此為主調，但對現實的呼應與批評仍有一定的力道，不容忽視。

　　在第六十二回中，柳惕安應邀去參觀霍元甲擂臺開幕，對群眾缺乏禮節的表現即深有不滿：「柳惕安看三方面座位上，東、西洋人很多，不但沒有在場中吃點心水果的，交頭接耳說話的都沒有，說笑爭鬧的聲音，全在中國人坐得多的地方發出來，不由得暗自歎道：你霍元甲一個人要替中國人爭氣，中國人自不爭氣，只怕你就把性命拚掉，這口氣也爭不轉來。」還有第六十五回農勁蓀所言：「我平時每每說中國人遭外國人輕視，多由中國人自己行為不檢，或因語言不通所致，不應怪外國人。」這些都是對我落後民族性鞭辟入裏的觀察。氣量狹小、自私自利的心態，也是這部小說著力剖析的，在第六十九回中，霍元甲感慨說：「若是在中國提倡拳術，我近來時常推測，但願提倡得沒有效力才好，一有效力，必有起來攻擊排擠，另創派別的。」小說中還提到胡鴻美雖收了大鵬兄弟為徒，但不願傾囊相授，原因就是出在私心：「這是從前當拳師的一種最壞的私心，唯恐徒弟的聲名本領，高出己上。」如此一來，要做到青出於藍便不容易，對武學的精進也自然有所阻礙。霍元甲在勸張文達不要比武時說：「定要當著許多外國人，顯出我們中國人勇於私鬥的惡根性，你就把我打輸了，究竟於你有什麼好處？」（第75回）這番話可說是將我民族的劣根性赤裸裸地呈現出來。

　　一般民眾的愚昧，固需痛加針砭，對於知識分子的病態言行，向愷然也不留情予以譴責，如崇洋媚外的洋奴，他就批評說：「那時中國人能說英國話的，不及現在十分之一的多，而說得來英國話的中國人，十九帶著幾成洋奴根性，並多是對於中國文字一竅不通，甚至連自己的姓名都不認得，都寫不出，能知道顧全國家的體面和自己的人格的，一百人之中大約也難找出二、三個。」（第14回）甚至於留學生，小說中也借神醫黃石屏諷刺道：「可惜國家費多少錢，送留學生到東、西洋去學醫，能治病的好方法一點兒也沒學得，不僅對於醫學

不能有所發明，古人早經發明的方法，連看也看不出一個道理來，膽量倒學得比一般中國人都小。」（第66回）接著又借德國醫院院長之口指出：「中國青年在西洋學醫回國的，大約是因為不曾多讀中國書的關係，對中國醫學詆毀不遺餘力。」（第67回）這些愚昧與媚外的行徑，向愷然從民族立場出發，大多直接予以抨擊，並不掩飾。讓官場劣跡敗行——「現形」，讓清末民初二〇年目睹之社會「神怪現狀」生動再現，向愷然在此扮演了既是「目睹者」、「記錄者」，同時又是「代言者」與「自剖者」的角色。

六　結語

　　這部從譚嗣同、王五之死寫到霍元甲之死的名著，雖然被推崇為「武俠小說中的扛鼎之作」，但其缺失也是顯而易見的，如劉蔭柏所言：「他的另一部名著《近代俠義英雄傳》，描寫的是大刀王五，他有一身驚人武功，竟死於槍彈之下，讀之令人索然乏味。」[18]范伯群教授則對其章法結構的鬆散隨性有所批評：「《近代俠義英雄傳》的結構雖優於《江湖奇俠傳》，但還是免不掉『雖云長篇，頗同短制』的『儒林』章法，傳統痼疾。所謂一人帶出一人的『劈竹剝筍』之法，往往用之不當，故事缺乏內在聯繫，而成為可長可短可繁可簡的任意填充法。例如第二十回〈全祿堂試騎千里馬，羅大鶴來報十年仇〉以王五為虛架的引線，引出了一長串相關或毫不相關的故事，形同碎錦。直到四十一回才拍榫合縫，但僅用了二千字草率地結束了二十一回之前設下的『大關節』，讀來雖然過癮，但在結構藝術上不能不算

---

[18] 劉蔭柏：〈舊派與新派武俠小說〉，《百科知識》1997年第3期，頁32。

是一個缺陷。」[19]不論內容或形式，這部小說確實存在上述不足，只不過，作為以娛樂價值為主要取向、以長篇連載為寫作模式的武俠小說文體，類似缺失其實也存在於其他名家作品之中。

大體而言，在眾多民初通俗武俠小說中，這部結合史實撰寫的《近代俠義英雄傳》，其文學價值與對武術文化的宣揚還是值得肯定的，特別是其中寓含的救國愛國、強種強身的思想主題，深具時代性與民族性。對這部作品給予極高評價的武俠小說研究者葉洪生曾指出其具有四大特點：一、強調民族氣節，表彰俠烈精神；二、縷述中國武術門派，歷歷如數家珍；三、緊扣住時代脈動，將當時的新名詞、外來語與社會習尚寫進小說，讀來親切自然；四、能反映出當時「排外」、「媚外」種種人心向背實況。因此，他認為此書「雖偶有小疵亦瑕不掩瑜。以『平話』來看，可謂民初以來最佳武俠巨構，不作第二人想」[20]。雖小說，亦有可觀者焉。所謂「最佳武俠巨構」，恐有過譽之嫌，但說這是近代武俠小說中的經典之作，殆無疑義。平江不肖生也因為這部小說得到菁英文化與市民趣味的雙重認可，而站穩了近代武俠南派小說的盟主地位。

江湖已老，英雄不死。霍元甲成了不懼外侮的民族英雄的象徵符碼，自近代以來，這個象徵符碼曾經更換為黃飛鴻、葉問、陳真、李小龍（也許將來會加上平江不肖生）。唯一不變的是，他們相繼以一場場暢快淋漓的比武打鬥，扛起了振興中華的獵獵大旗，滿足了一般民眾抑鬱積蓄的民族心理，同時，也以對武學精神的不斷參悟，將武俠世界迷人的魅力與特殊的文化傳承至今。

---

[19] 范伯群：〈武俠小說開山祖──平江不肖生〉，《武俠鼻祖──向愷然》，頁5。
[20] 葉洪生：〈中國武俠小說史論〉，《武俠小說談藝錄──葉洪生論劍》，頁33～34。

輯二
現代文學

湖畔詩社研究若干問題考辨

前言

　　湖畔詩社是中國現代文學史上繼「中國新詩社」後成立的第二個新詩團體[1]，由四個志趣相近、性情相契的年輕人發起組成，他們才二十歲左右，分別是同時就讀於浙江第一師範學校的汪靜之（1902～1996）、潘漠華（1902～1934）、馮雪峰（1903～1976），以及上海棉業銀行的職員應修人（1900～1933），在「五四」新文學運動的思潮激盪下，於一九二二年四月在杭州西子湖畔成立，曾先後出版過《湖畔》、《蕙的風》、《春的歌集》等詩集，在當時產生過很大的影響，受到青年讀者的熱烈歡迎、喜愛，一度引起文壇的矚目。尤其是汪靜

[1] 中國新詩社是「五四」時期新文學運動中出現的第一個鬆散的新詩團體，一九二二年初在上海成立，發起人有朱自清、葉紹鈞、俞平伯、劉延陵等。以該社名義編輯出版以新詩創作為主的《詩》月刊，是新文學史上的第一個詩刊。自第一卷第四期起，《詩》同時作為文學研究會定期出版的刊物之一，直到一九二三年五月停刊，中國新詩社也隨之結束活動。汪靜之在許多地方都強調湖畔詩社是中國第一個新詩社團，如寫於一九九三年的〈沒有被忘卻的欣慰〉中說湖畔詩社是「中國第一個新詩社」；寫於一九八一年的〈對青年作者的談話〉中也說：「是中國最早的新詩社」，見飛白、方素平編：《汪靜之文集·沒有被忘卻的欣慰》（南昌市：西泠印社出版社，2006），頁57、39。《汪靜之文集》的編者在介紹汪靜之時遂寫道：「中國第一個新詩社團湖畔詩社的主要代表」。這個說法顯然有誤。

之的個人詩集《蕙的風》，在很短時間內印行六次，銷售二萬餘冊，這在新文學發展的初期階段是不多見的。

對於湖畔詩社的關注與研究，最集中且熱烈的階段是二〇年代，曾為文談論湖畔詩社整體風格與成就，或者是個別詩人表現與特質的就有魯迅、周作人、朱自清、馮文炳（廢名）、宗白華、劉延陵等，這些知名學者及作家，為這一小小社團、幾位年輕人相繼發言，使得湖畔詩社的地位大幅提升。湖畔詩社的受到矚目，和汪靜之詩集《蕙的風》出版有關，幾首大膽表露渴望愛情的詩，被胡夢華等保守衛道者抨擊為「挑撥肉欲」、「提倡淫業」、「有不道德的嫌疑」[2]，引起一場「文藝與道德」的激烈論戰。一九二二年下半年，也就是論戰前後的湖畔詩社，應該是其發展的高峰期。一九二五年「五卅」事件發生，迅速對這幾位年輕詩人產生強烈衝擊，應修人、潘漠華、馮雪峰先後加入共產黨，投身於政治漩渦與戰鬥行列中，放下詩歌寫作的純美嚮往，轉而追逐革命的宏大理想。汪靜之雖未入黨，但他也體認並決定：「不再寫愛情詩，不再歌唱個人的悲歡，準備學寫革命詩。」[3]要「以詩為武器，為革命盡一分力。」[4]如此一來，湖畔詩社就因停止活動而無形中解散了。

從一九二五年至一九四九年間，由於戰火無日或歇，革命情勢瞬息萬變，時代風雨使這些詩人拋棄過去愛與美的追求，帶有明顯政治傾向的戰鬥詩篇，成為他們主要的文學表現，個人的聲音匯入了大時代的合唱中，他們的湖畔特色也就不復存在。和湖畔時期創作的熱情

---

[2] 以上對胡夢華文句的引用均出自其〈讀了《蕙的風》以後〉一文，原載1922年10月24日《時事新報・學燈》，收入王訓昭選編：《湖畔詩社評論資料選》（上海市：華東師範大學出版社，1986年），見頁107、108、112。

[3] 汪靜之：〈《蕙的風》（1957年版）自序〉，《湖畔詩社評論資料選》，頁283。

[4] 汪靜之：〈回憶湖畔詩社〉，《汪靜之文集・沒有被忘卻的欣慰》，頁38。

相比，一九二五年以後的作品大幅減少，這就使得相關的討論難有「五四」時期的盛況。二十多年的時間，僅有朱自清、趙景深、朱湘的零星短評，篇幅稍長的也只有沈從文的〈論汪靜之的《蕙的風》〉和馮文炳的〈湖畔〉。這段時期可以說是湖畔詩社研究的衰退期。一九四九年以後，政治局勢有了新的變化，至一九七六年「文革」結束為止，整個五、六〇年代，由於革命鬥爭的情緒高昂，接二連三的政治運動，使人們幾乎忘了「愛情」在文藝中的存在與必要，以「愛情詩」為招牌的湖畔詩社自然受到打壓和遺忘，相關的研究除了王瑤在一九五三年由新文藝出版社出版的《中國新文學史稿》中有不到二百字的評論外，可謂乏人問津。「文革」十年，湖畔詩人的愛情詩自然屬於小資產階級情調，難逃被禁的命運。這段時期可以視為湖畔詩社研究的停滯期。

「文革」結束，進入新時期以後，湖畔詩社的研究終於迎來了又一次的高峰，堪稱為復甦期。這個階段最重要的成果應該是由錢谷融主編的《中國新文學社團流派叢書》中所收錄的《湖畔詩社資料集》、《湖畔詩社評論資料選》二書，於一九八六年出版，其內容的豐富，已為後人的研究提供了彌足珍貴的第一手材料。書中的研究性、追憶性文章，比起以往顯得多元而廣泛，正如謝冕在一九八一年為王家新等人編選的《中國現代愛情詩選》所寫的序〈不會衰老的戀歌〉一樣，愛情永遠是令人著迷的文學主題，它的聲音儘管溫柔而纖弱，但它的力量卻是足以穿透時空、深入人心，湖畔詩人的愛情詩因此而有了新生的意義。九〇年代以後，相關的研究進入了深化期，賀聖謨於一九九八年出版的《論湖畔詩社》與二〇〇六年由飛白、方素平編的六冊《汪靜之文集》是指標性的著作。《論湖畔詩社》是第一本研究專著，對史料的考訂格外用心，序者駱寒超指出：「這部書分兩大部分：第一部分是『湖畔詩社評述』，第二部分是『湖畔詩人分

論』。我覺得兩者的比例不夠勻稱。第一部分『評述』得雖扼要而中肯，但顯得簡略了一點。主體實際上是第二部分。這部分對幾位湖畔詩人的論述頗呈異彩。」[5]也許是作者和汪氏有一段長逾十年的交往，書中對汪靜之的論述較深入全面，且迭見新意。至於《汪靜之文集》的問世，不僅提供了有關汪氏個人和作品的豐富材料，對湖畔詩社的史料與研究也有許多比對參照的可貴線索。

從二〇年代的高峰，到三、四〇年代的衰退，再到五、六〇年代的停滯，以至七〇年代末期到九〇年代的復甦，九〇年代以後的深化，湖畔詩社的研究經歷了一個曲折而艱難的過程。進入二十一世紀後，相關的研究雖然不能說是學術的熱點，但已漸漸浮出歷史地表，深化與突破的工作正在緩慢的進行中，湖畔詩社成為中國現代文學史上雖不耀眼、卻也不容忽視的一頁，誠如《中國現代文學社團流派史》一書所下的結論：「湖畔詩社這些專心致志地寫情詩的同人，在他們的詩歌中構造了一座多麼絢麗、清新的藝術花園。這座花園在整個中國現代文學的藝術世界裡不僅昨天，而且今天也仍散發著濃郁的芬芳，具有無可爭議的歷史價值與美學價值。這正是這一社團流派的生命力之所在。」[6]

雖然關於湖畔詩社的研究已有八十多年歷史，但正如上述，許多非學術的干擾使得相關的研究無法充分開展，至今仍有很大的探索空間，許多問題也仍待釐清與深究，包括研究方法與觀念的更新、史料的挖掘與考證、視野的擴大與多面等，都有待研究者有所突破與超越。本文將提出幾個關鍵史料上的疑義，進行思考和解釋，並對既有

5　駱寒超：〈序〉，收於賀聖謨：《論湖畔詩社》（杭州市：杭州大學出版社，1998），頁3。

6　見陳安湖主編：《中國現代文學社團流派史》（武漢市：華中師範大學出版社，1997），頁161。

的史料加以爬梳考訂，希望能讓相關的研究更加完善、深入。

一 「湖畔詩社」的定位

「湖畔詩社」的定位，似乎從一開始就不夠明確。主要成員之一的馮雪峰在一九五七年為《應修人潘漠華選集》所寫的序言中說，湖畔詩社「實際上是不能算作一個有組織的文學團體的。只可以說是當時幾個愛好文學的青年的一種友愛結合。」因為應修人編好了四個人的詩集《湖畔》，想找一家書店出版，「但沒有書店肯出版，於是即由應修人出資自印，於四月間出版了，『湖畔詩社』的名義就是為了自印出版而用上去的，當時並沒有要結成一個詩社的意思。」[7]這樣的說法，似乎認為湖畔詩社不是一個有組織、有計畫、有宗旨的文學社團，而只是一個自然形成的文人群體。然而，另一名成員汪靜之在〈沒有被忘卻的欣慰——湖畔詩社七十一周年紀念〉中則明言：「中國第一個新詩社湖畔詩社一九二二年四月四日成立於西泠印社四照閣，創始人是應修人、潘漠華、馮雪峰、汪靜之。湖畔詩社得到『五四』新文壇最著名的三大名家魯迅、胡適、周作人的精心培養、讚賞愛護。當時請三大名家為湖畔詩社導師，請葉聖陶、朱自清、劉延陵三位老師為湖畔詩社顧問。」[8]看來又似乎頗有計畫，也有一定的組織。這兩種說法的存在，使得至今許多研究文章對此一作家群體或以社團稱之，或以流派視之，產生了一些困惑。

在眾多的社團流派辭典或社團流派史的敘述中，湖畔詩社幾乎都會被提及，但都是在含混的「社團、流派」之下，只有少數明確標

7　馮雪峰：《應修人潘漠華選集・序》，《湖畔詩社評論資料選》，頁185。
8　汪靜之：〈沒有被忘卻的欣慰〉，《汪靜之文集・沒有被忘卻的欣慰》，頁57。

舉「社團」者如章紹嗣主編的《中國現代社團辭典1919－1949》，清
楚地列入「湖畔詩社」辭條，將其定位為社團，該辭條一開始就寫
道：「中國現代文學史上較早的新詩社團之一。一九二二年四月四日
在杭州西子湖畔成立。」接著又提到：「以獨具藝術特色的作品，成
為有一定影響的『湖畔詩派』。」[9]將社團與流派作清楚的區隔。這樣
的定位方式，我認為是比較符合文學史實的。儘管成立之時沒有大張
旗鼓，也沒有公開和正式的宣言，但這並不妨礙其為一個「社團」的
事實。曉東寫於一九八二年的文章〈「湖畔詩社」始末〉中有一段敘
述：

> 「湖畔詩社」在西子湖畔成立的時候，應修人提出：我們四人
> 是好朋友，以後只有詩寫得好而又是好朋友才吸收入社；不是
> 好朋友，即使詩寫得好，不要加入，而詩寫得不好，即使是好
> 朋友，也不要加入。這一提議得到大家的贊同，成了不成文的
> 「以文會友」的入社條件。為此，當時「晨光社」的社友魏金
> 枝、趙平復因沒有加入「湖畔詩社」而不高興……。[10]

　　雖然入社的條件是「不成文」，但有基本的要求：作品與交情，
他們排除魏、趙二人的加入，說明了確有執行「入社」的審核機制，
其為一文學社團應無疑義。一直要到一九二四年冬天，為了以「湖畔
詩社」名義出版詩集，好友魏金枝（1900～1972）、謝旦如（晚年改
名澹如，1904～1962）才終於正式入社。一九二五年二月，應修人還
在上海主持創辦了文藝刊物《支那二月》，以「湖畔詩社」名義每月

9　見章紹嗣：《中國現代社團辭典1919－1949》（武漢市：湖北人民出版社，1994），
　　頁729。

10　曉東：〈「湖畔詩社」始末〉，原載《西湖》1982年第4期，文章末尾有附註，說明
　　「本文寫作時得到汪靜之先生的指教」。見《湖畔詩社評論資料選》，頁65。

出版一期，但只出了四期就停刊。這些都說明了「湖畔詩社」是一個
文藝組織，是一個有正式名義在文壇活動的新詩社團。他們經常聚
會，出版的新詩集也以《湖畔詩集》為系列名稱，這些都是構成這個
小型文學社團的基礎條件。正因為其為正式社團，汪靜之才會在晚年
多方奔走，促成「湖畔詩社」於一九八一年初恢復，因而有「後期湖
畔詩社」、「新的湖畔詩社」之說。

　　應修人於一九二二年寫給潘漠華、馮雪峰的信中曾提到一些資料
也可做為佐證，他在信中提到要退出「明天社」，汪靜之在為此信注
解中對此事做了說明：「一九二二年《湖畔》詩集出版之後，《蕙的
風》出版之前，在北京的幾個人發起組織一個文學團體『明天社』，
寄了宣言和章程給我（按：指汪靜之），要我徵求我們湖畔詩社和晨
光社的幾個人加入明天社作為發起人。」[11]但後來明天社沒有什麼活動
就很快解散了。顯然，湖畔詩社的成立是為外所知的，而且是將其與
正式社團「晨光社」等同看待，二者的社團屬性可說是完全相同的。

　　成立社團並不難，「五四」時期的社團林立，據統計，從一九二
一年到一九二三年，短短三年時間全國出現的大小文學社團有四十多
個，而到一九二五年，更激增到一百多個[12]，然而，要成為一個文學
流派並不容易，必須有足夠的作家、作品，而且在審美共性與藝術特
質上有接近或一致的表現才行。湖畔詩社雖然人數不多，卻能以其鮮
明、大膽、熱烈的愛情詩在新文學史上脫穎而出，站穩一席之地，形
成了令當時青年喜愛、後人嚮往的「湖畔詩派」。仔細推敲馮雪峰的說
法，他說詩社不是「一個有組織的文學團體」，意在強調詩社成立的
自然、寬鬆與偶然，不像文學研究會或創造社的組織嚴密，意圖結合

---

[11] 此信收錄於《湖畔詩社評論資料選》，頁311。

[12] 見錢理群等著：《中國現代文學三十年》（北京市：北京大學出版社，1998修訂
本），頁16。

一批人力，透過機關刊物來宣揚共同主張。至於「當時並沒有要結成一個詩社的意思」，恰好說明了「後來卻成了一個詩社」。我們認為，湖畔詩社有社有派，由社而派，這應該是符合文學史實的學術觀點。

二 湖畔詩社的成立時間與成員

關於湖畔詩社成立時間的說法不一，有的說是三月[13]；有的說是三月底[14]，大部分的學術論文或回憶文章則說是四月，汪靜之本人則明確地說是四月四日，如寫於一九八六年的〈恢復湖畔詩社的經過〉：「湖畔詩社由應修人、潘漠華、馮雪峰和我創立於一九二二年四月四日」[15]，或是寫於一九九三年的〈汪靜之小傳〉：「一九二二年四月四日我和應修人、潘漠華、馮雪峰成立了『湖畔詩社』，是中國『五四』新文壇第一個新詩社。」[16]至於成立的經過，曉東的〈「湖畔詩社」始末〉有清楚的描述：

> 一九二二年三月，應修人為了會晤詩友，請假一週，前來西湖春遊。……三月三十日，應修人來到杭州，住入湖濱清華旅館11號房間。……三十一日，汪靜之帶了潘、馮兩人去見應修人，他們一見如故，也成了好朋友，一起同遊西湖。……四月一日，詩友們又歡聚在一起，……他們在互相看了詩稿之

---

13 如王瑞在〈「湖畔詩社」創作淺論〉一文中說：「『湖畔詩社』成立於一九二二年三月。」收於《開封教育學院學報》第21卷第1期，頁15。

14 如葉英英在〈試論應修人的詩〉一文中說：「湖畔詩社，成立於三月底。」收於《寧波大學學報》（人文科學版）第8卷第4期，頁31。楊里昂：《中國新詩史話》（長沙市：湖南文藝出版社，1992）也寫道：「湖畔詩社於一九二二年三月底在杭州成立」，見頁65。

15 汪靜之：〈恢復湖畔詩社的經過〉，《汪靜之文集・沒有被忘卻的欣慰》，頁51。

16 汪靜之：〈汪靜之小傳〉，前揭書，頁6。

後，由於汪靜之已有詩集要出版，應修人提議將自己的詩和潘
漠華、馮雪峰的詩也合成一集，爭取出版，得到了潘、馮的贊
同。晚上，應修人回到旅館後，挑選詩作，準備編集。四月
三日，應修人選好了詩稿，編成了一冊三人合集，題名《湖
畔》。應修人難得的春假即將屆滿，四月四日，詩人們又在一
起研究《湖畔》詩集的出版事宜。由於出版詩集要有名義，在
應修人的倡議下，成立了一個「湖畔詩社」。……應修人以在
杭「總欠多聚幾天」的依依惜別心情，於四月六日離杭回滬
了。杭州的三位詩人此時才想到，和修人歡聚了幾天，卻忘了
一起合影留念，很感遺憾。為了補救，他們在「湖畔詩社」成
立後的第四天──四月八日到湖畔一起攝影，以誌記念[17]。

這段敘述將詩社成立的始末作了詳盡的勾勒，很明確地指出成立
時間是四月四日。

但是，在孫琴安的《雪之歌──馮雪峰傳》中敘述到這一段時，
則是明確地寫道，四月四日這一天雖然下雨，但四人仍冒雨去遊玩，
回到旅館後，應修人表示，幾人的詩都看了，西湖的主要景點也都玩
遍，決定明天不出去，在旅館裡大家商量詩，於是四月五日這一天，
大家聚在清華旅館十一號房，有了成立詩社的討論和決定[18]。這本傳
記在細節的描寫上當然免不了想像的成分，但對成立的時間是明確主
張四月五日的。《馮雪峰傳》出版於二○○五年，估計作者是受到賀
聖謨於一九九八年出版的《論湖畔詩社》一書的影響。在這部專論
中，賀聖謨根據上海魯迅博物館藏的《應修人日記·一九二二》的記

---

17 曉東：〈「湖畔詩社」始末〉，《湖畔詩社評論資料選》，頁62、63。
18 見孫琴安：《雪之歌──馮雪峰傳》（杭州市：浙江人民出版社，2005），頁15、
　　16。

載，認為應該是四月五日，因為當天四個人沒有去遊西湖，應修人編好《湖畔》詩集準備要出版，於是倡議成立湖畔詩社，大家一致同意。但是，對於四月四日之說，他並未指出汪靜之記錯，只是他採用應修人的說法，而這個說法與「汪靜之晚年的回憶中所說的日期略有出入」。

　　有趣的是，這個推論和同一段文章開頭的敘述：「七十多年後，當滿頭銀髮的汪靜之老人在他的光線昏暗的客廳裡對筆者追述這段遙遠的往事時，他仍清楚地記得這次標誌著青春時代的輝煌的會見，以及其後詩友們交往中的種種細節。」[19] 顯得有些矛盾。如果汪靜之連遊玩的細節都記得很清楚，何以會對更為重要的詩社成立日期反而記錯呢？問題應該是出在汪、應兩人對成立時間「認知」的差異上。在由汪靜之的女兒汪晴所整理的〈汪靜之年表〉中對此有一段值得參考的推論：「三月三十一日至四月六日修人從上海到杭州，與靜之、漠華、雪峰四人同遊西湖，成立湖畔詩社並編成《湖畔》詩集。成立湖畔詩社的時間和地點，據靜之說是四月四日在孤山的西泠印社四照閣；據修人日記則是四月五日因天雨未出遊，在湖濱的清華旅館成立的。估計是四日先有成立湖畔詩社之議，五日正式開始討論和編輯詩集。」也就是說，四日的聚會中已有詩社之議，五日經討論後正式定案。汪靜之認為四日既已提議，自然就是詩社成立的時間，而應修人則認為五日的討論決定才算是。兩種說法都有其根據，但以四月四日之說較為普遍。筆者主張應氏的四月五日說，因為六日應修人就要返回上海，在返回之前將此事正式定下來的推論，應該是合乎常理的，而且因為討論《湖畔》詩集的編輯事宜是在五日，將詩社命名為「湖畔詩社」，並將《湖畔》作為《湖畔詩集》的第一集，比較可能是這

---

[19] 賀聖謨：《論湖畔詩社》，頁1、2。

一天討論的結果。應修人是主要發起人，也是整個社團的靈魂人物，正如汪靜之所說：「『湖畔詩社』是修人首先建議的，如沒有修人，絕不會有『湖畔詩社』。」[20]應修人對詩社的工作做得最多，也最投入，因此他的說法比較值得採信，而且日記的記載應該比汪氏多年後的回憶要來得可靠。

作為一個文學社團，湖畔詩社的規模極小，發起成立的僅四人。歷史有時真的是偶然，當時應修人來杭州，汪靜之約了同班同學潘漠華和低一年級的馮雪峰一起去見應修人，之所以是四個人的原因竟然是遊湖的小舟只有四個座位，「人多了坐不下，人少了坐不穩——湖畔詩人的人數就這樣由小遊船的座位數決定了。」[21]第二個偶然是，原本只是討論出版詩集，卻由此成立了一個社團。更大的偶然則是，他們發自內心的自由歌唱，對美的嚮往，對愛的激情，竟然與時代同流合拍，獲得超乎意料的迴響，為自己寫進了文學史冊。

湖畔詩社的成員一開始是四人，但在一九二四年底，魏金枝、謝旦如入社，詩社的隊伍增加為六人。謝旦如的詩集《苜蓿花》如願以湖畔詩社名義列為《湖畔詩集》系列第四集於一九二五年三月自費出版，成了名副其實的湖畔詩人，這也是賀聖謨的專書《論湖畔詩社》要在最後列一章節專論謝旦如的緣故。

至於魏金枝，賀聖謨在《論湖畔詩社》的〈後記〉中說：「魏金枝曾擬以湖畔詩集名義出版《過客》，但這本詩集終於沒有問世。研究歷史只能以既定的材料為依據，對於不曾出版的詩集當作出版過一樣對待，我以為不妥。」[22]魏金枝和謝旦如一樣，加入詩社的目的是要出版詩集，他的詩集已經編妥，原列為《湖畔詩集》的第三集，最終

---

[20] 汪靜之：〈「湖畔詩社」的今昔〉，《湖畔詩社評論資料選》，頁289。

[21] 賀聖謨：《論湖畔詩社》，頁2。

[22] 前揭書，頁269。

卻因缺乏經費而沒有問世,但他確實是加入詩社的,既已加入,就是詩社的成員,因此在論湖畔詩人時應該把他列入,才符合史實。和魏金枝交往四十年的歐陽翠,曾提及此事:「他(按:指魏金枝)與湖畔詩社的發起人之一汪靜之交往密切。一九二四年,他和謝旦如一起,加入了湖畔詩社,並創作不少詩篇,編成了詩集《過客》,原定作為湖畔詩社的第三個集子出版,後來因為印刷費不足而不再排印,但是詩社的第四個集子──謝旦如的《苜蓿花》,卻在第二年三月自費出版了。」並不無感慨地說:「如果魏金枝的《過客》能在當時出版,一定也會在文學界產生反響,而使魏金枝以詩人的姿態走上文壇。」[23]

魏金枝的詩歌創作集中於一九二〇年至一九二五年,多發表於《詩》月刊、上海《民國日報》副刊《覺悟》、《責任周刊》、《支那二月》等刊物,根據魏德平、楊敏生〈論魏金枝早期的詩歌創作〉的分析,魏金枝的詩有「強烈的時代感和鮮明的革命性」,「在一些寫愛情、寫友情、寫母親的詩裡,也都貫穿著對現實的批判和對理想的追求。」[24]如〈死〉、〈不愛了〉、〈不怕死的人〉、〈母親的悲哀〉等,都有對現實不滿的強烈呼聲。《過客》這部詩集雖然無緣面世,但若能將其散佚在當時報刊的詩作加以蒐羅整理,對湖畔詩社研究的完整性與豐富性將大有助益。

湖畔詩社雖有六人,但核心成員還是眾所熟知的四人。有人要將湖畔詩社成立之前的「晨光社」的成員如趙平復(柔石)、周輔仁,或者是應修人後來創辦《支那二月》時在刊物上發表作品的樓適夷(建南)、何植三等,都列入湖畔詩人的隊伍中,如此「虛張聲勢」,

---

[23] 歐陽翠:〈回憶魏金枝〉,《新文學史料》1994 年第 2 期,頁 142。

[24] 魏德平、楊敏生:〈論魏金枝早期的詩歌創作〉,原載《浙江學刊》1982 年第 4 期,引自《湖畔詩社評論資料選》頁 264、265。

實無必要。汪靜之在一九八六年寫的〈恢復湖畔詩社的經過〉中提到:「後來加入詩社的有魏金枝、謝旦如,並追認詩友柔石為社員。」柔石和汪靜之、潘漠華、馮雪峰、魏金枝是浙江第一師範學校同學,也同為「晨光社」的成員,友誼深厚,但既然當時未准其入社,多年後再「追認」為社員,不管動機為何,都說明了二○年代柔石並非社員,只是詩友,因此也不宜將柔石列為當年湖畔詩人之一。

　　湖畔詩社的作品數量並不多,以詩社名義出版的《湖畔詩集》系列僅有第一集的《湖畔》,第二集的《春的歌集》,以及第四集的謝旦如《苜蓿花》。此外還有汪靜之的個人詩集《蕙的風》、《寂寞的國》(一九二七年九月)等。《寂寞的國》雖然是在「五卅」之後才出版,但作品的寫成是在一九二二至一九二五年間,仍可視為是湖畔時期作品。整體來說,這是一個「小而美」的新詩社團,成員與作品數量十分單薄,這和它在當時產生的熱烈迴響有些不成比例。因為它的「小」,在短短幾年後就湮沒在時代的洪流裡,但也因為它的「美」,多年後終於又再度重見天日。

三　湖畔詩社、晨光社與明天社

　　由於湖畔詩人同時也列名為晨光社、明天社的社員,使得長久以來對這三個社團之間的關係有些混淆不清,董校昌的〈晨光社與「湖畔」詩派〉一文就提到這樣的現象:

> 魏金枝在一篇文章中說:「及至『湖畔』詩社擴大基礎,朱先生(按:指朱自清)便起而成為盟主」,曹聚仁也講到過,湖畔詩社由朱先生所領導。這裡由於湖畔詩社的影響比晨光社大,印象深刻,所以在幾十年以後回憶時,他們都把晨光社與

　　湖畔詩社混為一談了。[25]

　　事實上，晨光社與湖畔詩社之間關係確實密切，可謂「本是同根生」，這「根」就是浙江第一師範學校。晨光社是浙江最早的新文學團體，而且是以青年學生為主體的社團，成立於一九二一年的十月十日，由就讀於浙一師的學生潘漠華首先倡議，得到同學汪靜之的贊同，約請魏金枝、趙平復作為發起人，再聯絡蕙蘭中學、安定中學和女師的文學愛好者二十餘人[26]，在西湖畔成立，並通過潘漠華起草的〈晨光社簡章〉。從這份簡章可以看出這是一個有組織、有計畫、有理想的社團，共有定名、宗旨、社員、職員、經費、事業等六條，已經是現代社團的基本架構與特徵，是名副其實的文學社團。雖然潘漠華在給茅盾的信中提到：「社內實無特別的繁複的組織，也無將來的預計的步驟，只不過是自由的集合而已。」[27]但其與稍早成立的文學研究會、創造社一樣，完全是符合現代定義下的文學社團。

　　雖然晨光社還邀約了浙一師以外的青年學生入社，但其發起與活動的重心始終是在浙一師，誠如董校昌的研究分析：「晨光社的基本力量在一師，會員佔全社的百分之三十，除有學生十六人參加外，尚有朱自清、葉聖陶、劉延陵三位先生。他們既是會員，又是文學顧問，特別是朱自清，可以說是晨光社的實際領導者。」[28]湖畔詩社的汪靜之、潘漠華、馮雪峰、魏金枝也都是浙一師的學生，所以這兩個同

---

[25] 董校昌：〈晨光社與「湖畔」詩派〉，收於賈植芳主編：《中國現代文學社團流派》（南京市：江蘇教育出版社，1989）下冊，頁758。

[26] 從社員名錄看來，後來入社的成員共有三十三人。參見〈杭州晨光社會員錄〉，前揭書，頁784。

[27] 見〈潘訓致沈雁冰書簡〉，原刊《小說月報》第13卷第12號「來件」欄，引自前揭書，頁783。

[28] 同註25。

樣成立於西湖畔的文學社團，說是同出一源實不為過。不過，這裡有
個時間先後的問題。冬雪一九七九年的文章〈訪「湖畔詩人」汪靜
之〉寫道：「汪靜之先生告訴我們，『湖畔詩社』成立後……他們覺
得人數太少，就發起成立了『晨光文學社』，邀請一師及女子師範的
一些同學參加。」易新鼎一九八一年撰文〈關於湖畔詩社、晨光文學
社的兩種說法〉支持冬雪之說，甚至做出推論：「群眾團體由小到大
發展，是一般的規律。在較多人數的『晨光文學社』裡再分出一個四
人組成的『湖畔詩社』，在事實上大抵不可能。更何況潘、馮是『晨
光社』的負責人。」[29]冬雪之作是訪問稿，汪氏不是口誤就是記憶有
誤，因為一九八一年〈對青年作者的談話〉一文中，汪靜之說：「一
九二一年我和潘漠華、魏金枝、趙平復（柔石）、馮雪峰等組織晨光
文學社，是浙江最早的新文學團體。一九二二年我和應修人、潘漠
華、馮雪峰組織湖畔詩社，是中國最早的新詩社。魏金枝、趙平復等
人以學寫小說為主，所以沒有邀請他們參加湖畔詩社。」[30]接著，一九
八二年汪靜之發表〈「湖畔詩社」的今昔〉，也明確寫道：「一九二一
年十月十日成立的『晨光社』可以說是『湖畔詩社』的預備階段。」
再加上馮雪峰寫於一九五七年的《應修人潘漠華選集‧序》提到：
「晨光社是有章程的，成立於一九二一年下半年。……這社的存在大
約有一年的時間，在一九二二年下半年就無形渙散了。」[31]足見晨光社
的成立確實在湖畔詩社之前。

　　晨光社的主要發起人為潘漠華，湖畔詩社的主要發起人則是應修
人，應修人不是浙一師學生，而是上海的銀行職員，他的身分似不宜
加入以學校師生為主體的社團，而且他們四人的聚遊暢談以詩為主，

---

[29] 冬雪之作見《西湖》1979年第5期；易新鼎之作則見《新文學史料》1981年第1期。
[30] 見《汪靜之文集‧沒有被忘卻的欣慰》，頁39。
[31] 汪靜之、馮雪峰文章見於《湖畔詩社評論資料選》，頁289、186。

應修人提議編印詩集，遂有結社之議，實屬正常，何況連原是晨光社
成員的魏金枝、趙平復都無法加入，可見湖畔詩社在形式上是完全獨
立於晨光社之外的文學團體，不可混為一談。當然，在藝術追求與審
美風貌上，兩個社團確實存在著相應與相承的關係，對此，朱壽桐的
說法就比較客觀而周延，他認為：「湖畔詩社是晨光社的成熟型態，
也是向詩歌這一單項上『純化』的結晶。」[32]正因為一個是涵蓋小說、
詩歌與散文的「文學社」，一個是專門寫詩的「詩社」，說明了這是
兩個定位與追求各有所偏的團體，純粹以群眾團體由小到大的發展規
律來解釋，從而判定湖畔詩社成立時間比晨光社早，顯然過於牽強與
簡單化。至於潘漠華、馮雪峰身為晨光社的負責人，是否就一定不能
另創他社？答案也是顯而易見的。魯迅在二〇年代中期，既領導莽原
社，又發起組織未名社，即使兩社的成員和活動上不免有所交叉重
疊，但不能否認這是兩個社團。

　　另一個文學團體「明天社」，成立於一九二二年六月十日，晚於
晨光社與湖畔詩社。一九二二年六月十九日在《民國日報》副刊《覺
悟》上以「文藝界消息」欄刊登了「明天社宣言」，強調「明天社是
專門研究文學的團體，他出版的明天是專門研究文學的刊物」，並提
出「我們要求文學界的成長的明天，光明的明天，繁榮的明天！」可
惜宣言發出之後，卻沒有任何活動就在文壇銷聲匿跡了，直到一九二
四年三月二十五日，在《晨報》副刊第六十四號的「通信」欄中，才
又出現以「明天社」名義發表的一則啟事〈今天的明天社〉，解釋明
天社成立兩年來因為種種原因沒有作出任何成果，十分慚愧，但預告
在一九二四年將會出版五本書，似有重起爐灶之態，但卻僅出了兩本
即無疾而終，此後報刊上再也未見明天社的任何報導，悄無聲息地

---

[32] 朱壽桐：《中國現代社團文學史》（北京市：人民文學出版社，2004），頁181。

消失了[33]。在成立宣言的末尾列出了十八位發起人名單，由汪靜之領銜，湖畔詩社的馮雪峰、潘漠華、應修人也都名列其中，這就引起了一場小小的風波，汪靜之對此有詳細的描述：

> 一九二二年《湖畔》詩集出版之後，《蕙的風》出版之前，在北京的幾個人發起組織一個文學團體「明天社」，寄了宣言和章程給我，要我徵求我們湖畔詩社和晨光社的幾個人加入明天社作為發起人。我把宣言和章程轉交給各位，大家同意加入。不料在北京的幾個人沒有徵求我們同意就把宣言在上海《民國日報》副刊《覺悟》上發表了，而且發起人名單上用我的名字領銜。人家見了，恐怕要當作是我組織起來的。什麼事都沒有做就登報發宣言，這種作法我是不喜歡的，我當時曾寫信責怪北京方面的幾個人不該過早地在報上發表宣言。修人也不贊成先發宣言的作法，遲疑了好久，才決定去信退社了。我和漠華雪峰及晨光社的幾個人覺得既已答應加入，退社也不好意思，只好算了。後來明天社什麼事也沒有做就無形消散了，發宣言成了放空炮，我當時覺得很羞愧。明天社完全是在北京的幾個人包辦的，要我為首負放空炮的名，真冤呀！[34]

---

[33] 關於「明天社」的介紹，見嚴恩圖：〈「五四」時期皖籍作家與新文學團體「明天社」〉，《阜陽師範學院學報》2003年第6期，頁23、24。雖然文中有些錯誤，但在相關研究甚少的情況下，仍屬難得，其中引用的宣言、發起人名錄等史料，值得參考。文中提到原本計畫要出的五本書是：胡思永作《思永遺詩》、韋素園譯《梭羅古勃詩選》、章洪熙作《情書一束》、《牧師的兒子》、程仰之作《悲哀的死》。但明確出版的僅兩本：一九二四年十月由上海亞東圖書館印行的《思永遺詩》（書名改為《胡思永的遺詩》），扉頁上標明為「明天社叢書之一」；一九二五年六月由北新書局發行的《情書一束》。其餘則未見出版發行。《情書一束》也並未如預告所言是在一九二四年出版。

[34] 見應修人致潘漠華、馮雪峰信，由汪靜之加註，引自《湖畔詩社評論資料選》頁

　　可見湖畔詩人與明天社之間，除了列名風波外，談不上有任何互
動交集。有關湖畔詩社與明天社的關係，有論者弄錯成立時間先後，
竟寫道：「作為明天社發起人中的許多人，在加入他種文學團體後，
仍是在新文學戰線上努力著，並做出了一定的貢獻。」[35]接著舉例中首
先提到的就是湖畔四詩人。這正是時間順序錯誤下的錯誤推論。至於
將明天社說成是「繼文學研究會和創造社之後而成立的第三個新文學
社團」[36]，也是不符史實，應該是晨光社。或許是這三個社團成立的
時間接近，規模都不大，成立的時間也不長，加上幾位核心成員的重
複，遂導致以上模糊不清的錯誤印象產生。

四　湖畔詩社「反封建」形象的思考

　　一九二二年五月，《湖畔》詩集出版不久，潘漠華給應修人的信
中曾說：「我們且自由作我們的詩，我們相攜手做個純粹的詩人。」[37]
汪靜之說：「這『我們』二字指的是『湖畔詩社』四個詩友，這一句
話等於『湖畔詩社』的宣言。」[38]在沒有成為革命戰士之前，他們就只
是一群愛與美的歌者，流連在湖畔，做著純粹詩人的美夢，吟唱著笑
中帶淚、淚中也帶笑的個人聲音。這四位年輕詩人各自有著不同程
度與形式的愛情經歷，受到「五四」婚姻自主、戀愛自由的思潮洗

311。這裡說的北京的幾個人，指章洪熙（章衣萍）、章鐵民、臺靜農、王忘我（魯
　　彥）、張肇基、陸鼎藩、黨家斌等七人，其中又以章洪熙、臺靜農為主。

[35] 嚴恩圖：〈「五四」時期皖籍作家與新文學團體「明天社」〉，《阜陽師範學院學報》
　　2003 年第 6 期，頁 24。

[36] 前揭文，頁 23。

[37] 應修人：〈修人書簡〉第 15 封，《新文學史料》1981 年第 2 期，頁 228。

[38] 汪靜之：〈最早歌頌黨的一首詩——〈天亮之前〉的寫作經過〉，《汪靜之文集・沒
　　有被忘卻的欣慰》，頁 29。

禮，他們勇敢地踏出個人覺醒的一小步，以詩歌寫出個人酸甜苦澀的心曲，沒有想到的是，這一小步，卻產生了極大的震撼效果，理由很簡單，因為這些詩「幾乎首首都是青年人感於性的苦悶，要想發抒而不敢發抒的呼聲」[39]。換言之，寫作的動機很單純，是愛的渴念，美的嚮往，是靈魂的騷動不安，但在那特殊的年代，卻被賦予了「反封建」、「反禮教」的意義，甚至於，這個意義幾乎成了湖畔詩社的價值，在許多的介紹或討論裡，反抗傳統禮教成了被突出的焦點，例如王瑤《中國新文學史稿》對湖畔詩社的評論：「以健康的愛情為詩的題材，在當時就含有反封建的意義；這些青年為『五四』的浪潮所喚醒了，正過著甜美的生活和做著浪漫蒂克的夢，用熱情的彩筆把這些生活和夢塗下來的，就是他們的詩集。」[40]謝冕在〈不會衰老的戀歌——序《中國現代愛情詩選》〉一文中對湖畔詩社有一段評論，他也強調「愛情詩不曾脫離它的時代，它自然地加入了並成為那一時代爭取進步活動的有力的一個側翼」，他認為「歌唱自由戀愛與婚姻的詩篇是與對於黑暗社會的抗爭，對於被壓迫者的同情的代表了民主主義傾向的詩篇一道出現的。它們同屬於進步的思想解放的營壘。」[41]

不能否認，這樣的詮釋不完全是「誤讀」，但實在不是詩人創作的初衷。汪靜之很誠實地坦承：「我寫詩時根本沒有想到反封建問題，我只是情動於中而形於言，完全是盲目的，不自覺的。」[42]甚至

---

[39] 這幾句話是朱自清對《蕙的風》的評論，他說：「他的新詩集《蕙的風》中，發表了幾乎首首都是青年人感於性的苦悶，要想發抒而不敢發抒的呼聲，向舊社會道德投下了一顆猛烈無比的炸彈。」引自《汪靜之文集‧總序》，頁3。

[40] 王瑤：《中國新文學史稿》（上海市：上海文藝出版社，1982修訂本）上冊，頁74。此書最早為一九五三年七月由新文藝出版社出版。

[41] 謝冕：〈不會衰老的戀歌〉，收入王家新等人選編：《中國現代愛情詩選》（武漢市：長江文藝出版社，1981）。

[42] 汪靜之：〈回憶湖畔詩社〉，《汪靜之文集‧沒有被忘卻的欣慰》，頁38。

於，他起初還大力反對寫詩帶有「反封建」等目的的功能性：「當時多數新詩好像政治論文，用詩宣傳反帝反封建的道理，喊革命口號，有的用詩談哲理，有的用詩做格言，有的是單純寫無情之景。這類詩沒有詩味，讀一遍就厭了。」[43] 所以他才會表示：「以詩論詩，《蕙的風》不過一顆小石子，絕當不起『炸彈』的誇獎。」[44] 事實上，《湖畔》與《蕙的風》出版時，不論是周作人、朱自清對《湖畔》的評論，還是胡適、朱自清、劉延陵為《蕙的風》寫的序，著眼的都在詩的新鮮風味、天真氣象，以及在愛情與自然描寫上的藝術特色與審美個性，以詩論詩，並未觸及「反封建」的議題。

　　「反封建」的特色被誇大和凸顯，是在胡夢華對《蕙的風》提出「不道德」的批判之後。胡夢華當時是東南大學學生，他對《蕙的風》中的詩句如「梅花姊妹們呵，／怎還不開放自由花，／懦怯怕誰呢？」（〈西湖小詩·七〉）「嬌豔的春色映進靈隱寺，／和尚們壓死了的愛情／於今壓不住而沸著了：／悔煞不該出家呵！」（〈西湖小詩·十一〉）「一步一回頭地瞟我意中人」（〈過伊家門外〉）等深不以為然，認為這些句子「做的有多麼輕薄，多麼墮落！是有意的挑撥人們的肉欲呀？還是自己獸性的衝動之表現呀？」對於《蕙的風》的言情之作，他指責說：「不可以一定說他是替淫業的廣告，但卻有故意公布自己獸性衝動和挑撥人們不道德行為之嫌疑。……這些詩雖不是明顯的淫業廣告，墮落二字，許是的評。」既然這些詩「不止現醜」，而且「使讀者也醜化了」，所以「這是應當嚴格取締的呵」！[45] 這篇文章在《時事新報》的《學燈》副刊上發表後，引來了正反兩

---

[43] 前揭書，頁36。

[44] 汪靜之：〈《蕙的風》（1957年版）自序〉，《湖畔詩社評論資料選》，頁283。

[45] 以上引用胡夢華的文句，俱出自〈讀了《蕙的風》以後〉一文，《湖畔詩社評論資料選》，頁107、108、110。

極的爭議，贊成胡夢華對《蕙的風》非難與攻擊觀點的守舊派固然有之，但反對胡夢華偽善嘴臉與保守心態者更多，魯迅、周作人等均撰文為汪靜之辯誣，這場「文藝與道德」的論爭，參與的文章有十多篇，大多發表在《時事新報・學燈》、《民國日報・覺悟》、《晨報副刊》等具影響力的媒體，一時間成為文化界關注的焦點。

胡文討論的重點分成文學與道德兩方面，平心而論，從文學審美的角度，他的批評不無道理，例如「我以為《蕙的風》之失敗，在未有良好的訓練與模仿；在未能真欣賞，真領略到美麗的自然；在求量多而未計及質精。」[46]確實值得年輕的作者思索。汪靜之本身也清楚：「這本詩當時在青年中讀者很多，因為是一個青年的呼聲，青年人容易引起共鳴，寫得太糟這一點，也就被原諒了。」[47]然而，在道德方面的抨擊，卻顯出自己頑固與守舊的封建心態，於是儘管他在後來又寫了〈讀了《蕙的風》以後〉之辯護（一）（二）（三），但在新舊兩種道德觀念碰撞的時代，思想解放顯然是佔了上風，這些略顯幼稚的愛情詩，成了新道德的象徵，「不道德的嫌疑」恰好道出湖畔詩人純真的愛情詩表現出了「五四」時期爭取個性解放、婚戀自主的時代精神。

在湖畔詩人的作品中，有一些對封建傳統桎梏人心的反抗呼聲，以及在不自由的環境下對美好愛情毫不保留的渴望與追求，這些作品構成了湖畔詩社的「反封建」形象，除了胡夢華所指摘汪靜之的〈過伊家門外〉、〈西湖小詩〉外，在汪靜之《蕙的風》中還有幾首也是直指封建禮教的罪惡，例如〈窗外一瞥〉：

　　沈寂的閨房裡，

---

46 前揭書，頁112。
47 汪靜之：〈《蕙的風》（1957年版）自序〉，《湖畔詩社評論資料選》，頁283。

　　　　小姐無聊地弄著七巧圖。

　　　　伊偶然隨意向窗外瞥了瞥，

　　　　一個失意的青年正踽踽走過，——

　　　　正是幼時和伊相識過的他——

　　　　伊底魂跳出窗外偕他去了。

　　　　伊漸漸低頭尋思，

　　　　想到不自由的自己底身子：

　　　　慘白的面上掛著淒切的淚了。

這首詩描寫女子不自由的處境與心情，「伊底魂」的跳出窗外，是多麼大膽而坦率的告白，但身體的桎梏與禮教的壓抑，使這名愛慕青梅竹馬的女子最終只能在短暫一瞥的震動後暗自垂淚，面對漫長的沈寂。又如〈遊寧波途中雜詩·二〉：「許多石牌坊——／貞女坊，節婦坊，烈德坊——／愁恨樣站著；／含怨樣訴苦著；／像通告人們，／伊們是被禮教欺騙了。」以貞節牌坊為象徵，對中國傳統女性為禮教所束縛的悲慘命運提出了沈痛的質疑與不平。面對愛情與禮教的對立，汪靜之〈在相思裡·五〉寫著：「那怕禮教的圈怎樣套得緊，／不羈的愛情總不會規規矩矩呀。」潘漠華〈若迦夜歌·三月六晚〉也有類似的吶喊：「妹妹，我們當知道，／在他們底面前，／是不許我們年少的結合；／我們當知道，／他們是可破壞的，他們是可破壞的！」表現出企圖衝破封建禮教和傳統束縛的決心與勇氣。

　　不過，這類「反封建」色彩比較鮮明直接的作品，在湖畔詩人整體詩作中其實並不多，或者說，湖畔詩人當時寫作的動機與用意並不在此，他們真正傾心歌詠抒發的是愛情與自然，這類有真情、愛意、美感的作品才是這些少經世事的年輕詩人所用心追求的，這一點，只要翻看《湖畔》和《春的歌集》即可明白。當然，作為詮釋者，可以

說這些愛與美的作品是在不自由、醜惡環境下的反抗姿態，但不管如何解讀，我們應該同意，讓愛自由，讓美作主，才是汪靜之等湖畔詩人內心所欲鉤描的美好願景，也是他們大部分詩篇所要傳達的真正呼求。

朱自清就是從愛情的角度而不從反封建的角度來看待湖畔四詩人的作品，他在《中國新文學大系‧詩集導言》中評論道：「中國缺少情詩，有的只是『憶內』、『寄內』，或曲喻隱指之作；坦率的告白戀愛者絕少，為愛情而歌詠愛情的更是沒有」，「真正專心致志做情詩的，是『湖畔』的四個年輕人。」[48] 言下之意，他們是中國現代愛情詩的開創者，是「五四」新詩初期情詩領域的拓荒者，他們以稚樸的文字、浪漫的想像、詩意的氛圍與細膩的感受力，營造出一個充滿美學力量和清新魅力的詩歌世界。

在《春的歌集》的扉頁上印有兩行字：「樹林裡有曉陽／村野裡有姑娘」，真是大膽的剖白，曉陽是自然之美，姑娘是青春之愛，可以看出，愛與美正是湖畔詩人銳意追尋的詩境。汪靜之曾說：「愛情詩、女性讚美詩最能使人得到美的享受，美的享受是詩的最主要的功效。」他甚至認為：「愛情詩是經國之大業」[49]。因為愛，所以覺得美；因為美，所以值得愛。這些詩作讓人著迷的敘述就在於瀰漫在字裡行間的希望、天真、美好、自由的氣息。愛與美，是湖畔詩人的精神家園，也是湖畔詩歌的靈魂歸宿。至於「反封建」或「反禮教」，應該說是無心插柳的意外，或者說是個人的偶然與時代的必然交會下的結果。

---

[48] 朱自清：〈詩集導言〉，《中國新文學大系》（臺北市：業強出版社，1990重印本），頁4。

[49] 汪靜之：〈自序〉，《汪靜之文集‧六美緣》，頁8、12。

結語

　　有關湖畔詩社的研究，還存在著一些史料上的錯誤值得一提。汪靜之寫於一九七九年的〈回憶湖畔詩社〉一文中，對新詩出版的歷史有以下的敘述：

> 「五四」第二年才出版了三本新詩集。……新詩壇第四本新詩集——郭沫若的《女神》（1921年夏天出版），是異軍突起。……新詩壇第五本新詩集是《湖畔》，第六本新詩集是《蕙的風》。[50]

這顯然是違背新詩出版史實的。首先，胡適的《嘗試集》一九二〇年三月出版，是現代文學史上新詩的開山之作。第二本是郭沫若的《女神》，一九二一年八月出版。第三、四本是康白情《草兒》、俞平伯《冬夜》，同為一九二二年三月出版。換言之，「五四」第二年出版的新詩集僅有一部《嘗試集》，哪來的三本之說？至於將《女神》說成是第四本詩集，更是明顯有誤。至於第五本新詩集是不是《湖畔》？以個人詩集來說，一九二二年八月出版的《蕙的風》才是第五本，但如果加上新詩合集的話，一九二二年四月的《湖畔》是第五本，一九二二年六月的《雪朝》是第六本，《蕙的風》要算是第七本了。汪靜之的文章寫於一九七九年，按理不該出現這樣的錯誤，可能是憑印象記憶為文，而有此誤。同樣是對新詩集出版時間的敘述，沈從文發表於一九三〇年的〈論汪靜之的《蕙的風》〉也有個小錯誤，他說：「《蕙的風》出版於十一年八月，較俞平伯《西還》遲至五月，較康

---

[50] 汪靜之：〈回憶湖畔詩社〉，《汪靜之文集・沒有被忘卻的欣慰》，頁36。

白情《草兒》約遲一年，較《嘗試集》同《女神》則更遲了。」[51]俞平伯的《西還》是一九二四年四月出版，《冬夜》才是一九二二年三月出版，所以《西還》應是《冬夜》之誤。康白情的《草兒》也是一九二二年三月出版，沈從文說「約遲一年」也不正確。

　　有關湖畔詩社的研究，在大陸或臺灣均未受到太多的關注，經查「中國期刊網」自一九九九年至今的「中國優秀碩士學位論文全文數據庫」、「中國博士學位論文全文數據庫」，均無有關湖畔詩社的資料；臺灣「國家圖書館」的「全國博碩士論文資訊網」也是空白。看來，這群詩人當年在湖畔跋涉過的青春身影，確實被人們冷落或淡忘了。然而，細細品味湖畔詩人們在新詩草創期的年輕詩作，可以發現，處處有著愛與美的動人情懷，至今依然閃耀著動人的神采。那是四顆年輕的心靈在湖光山色裡對人世真實的素描，對內在情感心理的深刻挖掘，在腐朽封建的窒息氛圍裡，他們的詩之所以受到歡迎和喜愛的原因，除了源自於純愛、純美意識下的題材選擇與主題呈現外，他們具有個性化的寫作，契合了「五四」時期個性解放、追求自我的時代潮流，加上他們不失童心、帶著天真稚氣的口吻與詩風，從某個意義上說，又是新生、年輕、希望的表徵。這個性化與青春化的特質，正是湖畔詩社出現在現代文學史上因緣際會的深層背景。

　　郁達夫說：「五四運動的最大的成功，第一個要算『個人』的發現。」[52]這「個人」的發現，在二〇年代的詩壇，湖畔詩社的作品可以說是最具代表性與說服力的詮釋之一。這些融入在詩歌中的「自我」，可以說是當時無數青年的縮影，他們所放情歌唱的也是當時無

---

[51] 沈從文：〈論汪靜之的《蕙的風》〉，原載南京《文藝月報》第1卷第4號，1930年12月。引自《湖畔詩社評論資料選》，頁163。

[52] 郁達夫：〈導言〉，《中國新文學大系‧散文二集》（臺北市：業強出版社，1990重印本），頁5。

數青年共同的心聲，個人抒情的聲音，迴盪在時代的舞臺上，看似微弱，實則具有穿透人心的力量。

尋找施濟美
——鉤沉現代文學史上的「東吳女作家群」

一　前言：命題的提出與問題意識

　　隨著文學史研究方法的不斷突破與觀念的鬆動、視野的拓展，過去很多在現代文學史上被壓抑、遮蔽的思潮、流派、作家作品，已經逐漸「浮出歷史地表」，成為近年來文學史「知識考古」工作上的重大收穫，邊緣／中心的辨證關係在現代文學史的研究視閾中也產生了微妙的傾斜變化。以四○年代具有代表性的海派女作家之一的施濟美為例，已經漸漸為文學史研究者所注意，在上海淪陷區文學研究和海派文學研究這兩大文學區塊中，以施濟美為代表的「東吳女作家群」[1]也不再被中心論述所淹沒、遺忘。事實上，這批活躍於四○年代上海文壇的年輕女作家，以她們初出茅廬的銳氣和女性特有的才思，寫下

---

[1] 作家胡山源在《文壇管窺》（上海市：上海古籍出版社，1997）一書中曾提到四○年代上海有「東吳派女作家群」的存在，其中又以施濟美最受青年學生歡迎。此外，大陸作家、學者左懷建、張曦、梁永、王琳、陳青生、湯哲聲等人在其文章、書籍中也曾提到此一女作家群，或稱「東吳派女作家群」，或稱「東吳女作家」，或稱「東吳系」。由柯靈主編的《民國女作家小說經典》（1997）中收列施濟美小說集《鳳儀園》，則明確指出施濟美是當時人們稱為「東吳女作家」中的首要成員。筆者以為稱「派」與「系」會讓人誤以為這一群體的存在是有計畫、有組織的行為，其實不然，因此筆者以「東吳女作家群」一詞指涉這群女作家。

了一批具有新鮮氣息、並能受到讀者歡迎的作品,對上海淪陷時期文壇的活絡和文學的繁榮都有一定的促進作用。

過去的文學史論述,多以正式社團或主流流派為主,對類似「東吳女作家群」的注意十分薄弱,這使得文學史著作雖有多種版本,卻在結構框架和審美視角上不免陷入過於一致性的單調陳套中,這種現象對現代文學史學科的整體發展自是一種缺憾。當然,此一文學群體的構成鬆散,文學成就參差不齊,談不上理念一致,更沒有旗號主張,不能視為一嚴謹的流派,只是特定時空文學史發展的一個特殊現象而已,因此其被忽略並不令人意外。然而,它畢竟是歷史真實的存在。

這群女作家在戰亂烽火的四〇年代,執著於文學創作,以其才華洋溢的小說、散文為上海文壇增添一道秀麗的風景線,也為二〇世紀的女性文學提供了特定時期別具特色的精彩文本與作家型態。然而可惜的是,不論作為一個文學群體,還是作家個體,她們長期以來一直被各種文學史忽略。張愛玲、蘇青、施濟美是四〇年代上海文壇最引人注目的女作家,如今張、蘇已廣為人知,而施濟美則始終少人聞問,遑論其他幾位了。

本文是學界首次直接針對此一群體,以獨立議題進行有系統的研究[2],也是在關於施濟美有限的研究成果上更進一層的探索,希望能

---

2 截至目前為止,大陸上並未有相關專書問世,而根據復旦大學中國優秀博碩士學位論文全文數據庫網搜尋的結果,也無相關的學位論文資料,但在網路上曾查詢到一筆資料,即紹興文理學院有一碩士論文為丁宇慶《施濟美研究》,預計於二〇〇四年完成,不知完成否,因未見到故無法確定。至於期刊文章方面,二〇〇二年以前多為史料回憶性的短文,二〇〇二年開始,學術性的研究(相對來說)逐漸多了起來,其中較受到學界重視且相關研究較多者是施濟美,四〇年代的代表作《鳳儀園》已有兩種新版問世,商丘師範學院中文系左懷建教授對施濟美持續進行了較深入的研究,發表了四篇相關評論文章;此外尚有幾篇關於施濟美的文章,但多為

鉤沉出這群在現代文學史上被遺忘的女作家的生活面貌與文學成就，為現代文學史料填補空白，也為女性文學研究提供另一個藝術審美樣式。在資料有限的客觀條件限制下，本文不免要帶有「尋找」、「鉤沉」的性質，希望至少先做到將相關的材料盡可能搜羅，再進一步對其解讀、分析與論述。可以說，這個課題的研究具有一定的開創性，但其挑戰性與困難度也是可想而知的。

二　瞬間的輝煌：東吳女作家群的出現及其時代背景

　　回顧二〇世紀的中國歷史，四〇年代可說是最激烈動盪的十年，中國大地無一日不處於硝煙烽火中，也無一日不面臨生死存亡的危急關頭。戰爭，成為這一時期人們最習慣也最恐懼的生存狀態。肩負反映社會現實使命的文學，遂充滿了苦亂流離的血淚控訴和戰鬥宣傳的救亡氣息。然而，在烽火連天、經濟蕭條的衝擊下，上海依然是當時中國文化產業最興盛的城市，印刷業、出版業、新聞業、娛樂業的規模在全國堪稱首屈一指，市民的消費力高、閱讀需求大，加上大批作家在此居留、聚集、活動，使上海在那特殊的戰爭年代依然維持著活躍、熱鬧的創作榮景，不論是作家陣容、文學活動，還是創作實績、文化影響，上海都當之無愧可以被稱為文學的中心[3]。

　　一般性的介紹；有些專書（如陳青生著：《年輪：四十年代後半期的上海文學》，2002）或是單篇文章（如梁永：〈東吳派與女作家施濟美〉）對此一群體曾進行介紹或論述，但多僅為全文中的一小部分而已，直接而全面的研究可說是一片空白。

[3] 抗戰初期，上海文化產業曾遭受戰火的重創，但孤島時期已得到恢復，報紙雜誌相繼復刊，據不完全統計，孤島時期的上海，先後出版的各種報紙有四、五十種，各種期刊雜誌有二、三百種，大小不等的電影院、歌舞廳等娛樂場所有近百處，各種類型的劇團有五、六十個，重新成為中國最繁榮的文化都市。一九四一年十二月孤島時期結束，上海全部淪陷，初期的文學表現相對低落蕭條，但進入一九四三年以

　　以戰爭形勢的發展變化來觀察，四〇年代的上海文學可以分成
三個階段：一、後孤島時期（1940～1941年12月）；二、淪陷時期
（1941年12月～1945）；三、國共內戰時期（1945～1949），這三個時
期是互相銜接，彼此影響的。當一九四一年底太平洋戰爭爆發，上海
全部淪陷，「孤島」時期結束，許多作家被捕，刊物也被查禁，但上
海文壇並未因此沉寂蕭條，根據統計，淪陷時期的上海，先後共出
版了二十多種以文學為主或專載文學作品的刊物，如《萬象》、《春
秋》、《紫羅蘭》、《幸福》等，他們以迂迴曲折的作品流露出對侵略
者的不滿、追求自由的渴望和期待光明的到來。施濟美、程育真、湯
雪華等一批年輕女作家有不少作品就發表在以上這些刊物，因而在那
淪陷、戰亂的黑暗時期躍上文壇，嶄露頭角，並受到讀者的歡迎，由
於這群女作家都出身於東吳大學或東吳附中，有論者便以「東吳女作
家」稱之。

　　東吳大學是教會學校，原址蘇州，抗戰期間因日軍佔領和迫害，
一度遷至上海租界避難，直到一九四五年抗戰勝利後陸續遷回蘇州校
園。由於東吳大學當時沒有文學系，因此她們主要讀的是法律、政
治、經濟、教育等科系[4]。她們活躍於四〇年代上海文壇，特別是一

後又開始繁榮。抗戰勝利後，國民政府遷都南京，早先遷至內地的文化機構、文化
人士紛紛匯聚上海，致使當時輿論有「上海又成為中國文化中心」之說。以上敘述
參考自陳青生著：《抗戰時期的上海文學》（上海市：上海人民出版社，1995），頁
72～73、194～198，以及陳青生著：《年輪：四十年代後期的上海文學》（上海
市：上海人民出版社，2002），頁6～7。

4　東吳大學在一九三〇年時有文、理、法三個學院十二個系科，其中文學院有文學
系、經濟系、政治系、社會系、教育系。一九三七年日軍侵略上海後，情勢危急，
決定將大學部遷到湖州，中學部避難南京。一九三八年在上海復校，一九四二年又
停辦。在校董聯合會（紐約）協助下，法學院前往重慶，文理學院則前往廣東曲江
辦學。一九四四年校董會決定暫時停辦（曲江）文理學院，直到抗戰勝利後才陸續
恢復。由於戰時教育的特殊性，應用科學教育較受重視，在學校遷徙避難的過程

九四一年十二月上海淪陷至一九四五年八月日本投降為止的三年八個月期間，被視為當時文壇新秀。主要有施濟美、程育真、湯雪華、俞昭明、楊琇珍、鄭家瑗、曾慶嘉七人，作品以小說、散文為主，其中施濟美、俞昭明、楊琇珍三人是經濟系同學。施濟美著有小說集《鳳儀園》、《鬼月》、《莫愁巷》及散文多篇；湯雪華有小說集《劫難》、《轉變》；程育真有長篇《偉大的愛》、小說散文合集《天籟》；鄭家瑗有小說集《號角聲裡》；其他則零星發表作品，未見結集。[5]

　　東吳女作家群的出現，有三個主要的形成背景。一是作家胡山源（1897～1988）的鼓勵提攜：胡山源是二〇年代眾多新文學社團之一的「彌灑社」的發起人兼主要成員，四〇年代時，胡山源在東吳大學任教，組織了校內的文學社團「愚社」，施濟美、湯雪華、程育真等人都得到他的指導，他一方面積極鼓勵她們創作，一方面憑藉自己和《紫羅蘭》、《萬象》等刊物的主編周瘦鵑、陳蝶衣的交情，向他們推薦，使得這一批年輕學生在極短時間內成為文壇受到矚目的新秀；二是刊物編輯的成功企劃：上海一批通俗文學刊物如《紫羅蘭》、《萬象》、《春秋》、《幸福》等，對市場走向與讀者口味有著一定的掌握，當看到這群女大學生所寫的關於校園生活、愛情、友情的作品，情感真摯婉柔，文筆清新流利，遂紛紛推出專欄或鄭重予以介紹，如《萬象》推出「女作家特輯」，《小說月報》、《紫羅蘭》以大篇幅刊登她們的作品，因此而牢牢地抓住了當時的新舊讀者市場；三是上海市民情調的需求：這幾位女作家都出身書香門第，家境富裕，曾有「小

中，文學系暫時停辦，因此施濟美等人無法就讀於文學系。至於東吳附中，在上海租界期間規模迅速擴大，一度發展為華東地區規模最大的中學。關於東吳大學在抗戰期間的遷徙情形參見王國平編著：《教會大學在中國：東吳大學》（石家庄市：河北教育出版社，2003），頁109～135。

5　有關東吳女作家群作品出版的情形可參見本文附錄。

姐作家」的稱號,《紫羅蘭》、《萬象》刊出〈小姐作家〉、〈女作家
書簡〉等文字,陶嵐影在《春秋》一九四四年二月號裡更直接以〈閒
話小姐作家〉為題大談這批作家的日常生活,譚正璧在編《當代女
作家小說選》(1944)時也稱她們為「上帝的兒女」和「象牙塔」裡
的一群[6]。這些稱呼不免給人一種夢幻、唯美、單純、理想的詩意聯
想,對市民讀者產生了一種吸引力,加上她們的作品和當時專寫感官
追逐、世俗欲望的市民通俗文學大相逕庭,因而迎合了許多在戰爭陰
影下渴望自由、嚮往美好的市民心理。當然,戰爭的殘酷無情與隨之
而來的悲歡離合,在她們筆下也有婉轉生動的觸及。以上這些個人與
時代的印記在她們的作品中深深烙下,使得她們在四〇年代上海特定
的時空環境裏脫穎而出,蔚成一時風潮。

　　東吳女作家群初登文壇時均為涉世不深卻有文學興趣和創作衝動
的時代新女性,由於她們的寫作題材多為描繪淒婉悱惻的愛情故事,
在當時也被視為是上海市民通俗文學隊伍中的一支「閨秀派」作家。
包括張愛玲、蘇青、施濟美等年輕女作家一時湧現,且成績斐然,擁
有不小的讀者群,尤其是青少年讀者,是淪陷時期上海文壇一個特殊
的現象,甚至有時論以「女作家群崛起」對此表示驚嘆。周瘦鵑曾在
〈寫在《紫羅蘭》前頭〉中得意地說:「近來女作家人才輩出,正不
輸於男作家,她們的一枝妙筆,真會生一朵朵花朵兒來,自大可不必
再去描龍繡鳳了。」[7]可惜的是,東吳女作家群體的文學活動只維持到

6　陶嵐影此文發表於《春秋》第1卷第8期;譚正璧所編《當代女作家小說選》(上
　　海市:太平洋書局,1944)中入選的女作家有「東吳女作家群」中的施濟美、程育
　　真、楊琇珍、湯雪華、俞昭明,以及張愛玲、蘇青、曾文強、邢禾麗、汪麗玲、嚴
　　文娟、陳以淡、吳克勤、周煉霞、張憬、燕雪曼等十六人。
7　引自湯哲聲:〈論四十年代上海「方型刊物」〉,《中國現代文學研究叢刊》2001年第
　　2期,頁120。

一九四九年為止，五〇年代以後就從文壇銷聲匿跡，未見作品發表，如美麗的曇花一現於人們的驚呼聲中，瞬間的輝煌之後，從此成為絕響。

三　園林中的尋夢人：施濟美的文學創作

在這群女作家中，施濟美的作品最多，成就與影響也最大，有「滬上才女」、「東吳才女」之稱。施濟美（1920～1968），曾用名薛采藻，祖籍浙江紹興，生於北京，長於揚州。她的父親是美國哥倫比亞大學留學生，回國後在外交部工作，母親出身名門，熟讀詩詞，從小就激發了她的藝術天賦。施濟美在上海讀培明女中時開始習作，一九三九年入上海東吳大學經濟系就讀，課餘從事小說創作，筆名梅寄詩、方洋等。當時資深作家胡山源在東吳任教，經他指導開始發表作品，從此踏上文壇。

在四〇年代活躍於上海文壇的女作家中，施濟美與張愛玲、蘇青齊名，並稱三大才女，如今，張、蘇二人都已大紅大紫，只有施濟美至今依然少為人知。事實上，施濟美在四〇年代後期上海文壇擁有廣大讀者，作品每一發表都能引起讀者共鳴和讚賞，刊物也會因刊登其作品而銷路大增。一九四六年初，上海一家刊物向青年學生調查「我最愛的一位作家」，施濟美的得票緊隨巴金、鄭振鐸、茅盾之後，名列第四，可見當時上海青年對她的喜愛[8]。一九四七年出版第一本小說集《鳳儀園》，收十二篇作品；第二年再出版《鬼月》，收中短篇小說四篇，同時也在《幸福》連載長篇小說《莫愁巷》，可惜至第九

8　見陳青生：《年輪：四十年代後半期的上海文學》（上海市：上海人民出版社，2002），頁103。

章後連載中斷,似為未完之作。據說五〇年代初曾在香港印行過單行本[9]。

　　和張愛玲、蘇青不同的是,施濟美的生活態度極為嚴肅,對民族氣節也十分重視,服膺於胡山源「愚社」標榜「不當漢奸」、「提倡氣節」的原則,她不在有敵偽嫌疑的刊物上發表作品,也不在日本人或漢奸投資的公司工作。上海淪陷期間,張愛玲與胡蘭成的「亂世之戀」,蘇青經常出入漢奸周佛海、陳公博等人的客廳,都曾引來極大的爭議,但施濟美因結交一批抗日地下工作的朋友而引起日本特務注意,一九四四年五月差點在教書的正中女中被日本憲兵逮捕。她對上海畸形的世俗物欲深表反感,也不認同當時流行的市民通俗文學,這種文學態度和張愛玲、蘇青也有所不同。張愛玲、蘇青對亂世中的上海小市民的世俗生活哲學表示認同,對「道德」、「犧牲」、「理想」常帶一絲刻意的嘲弄,流連於欲望、消費、物質、頹廢的上海都市漩流中,但施濟美卻對紙醉金迷的上海感到難以適應,曾說:「上海似乎永遠只是上海而已,不知究竟屬哪一個國度」[10],她對上海的消費文化和世俗價值始終採取拒絕和反抗的姿態,對堅持知識分子的精神價值有強烈的自我期許,作品中寄寓著對人生理想的讚頌、純潔人性的召喚和聖潔真愛的不懈追求,在當時上海通俗市民文學的主流市場裡,反而因此顯現出一種獨特的面貌、清新的風格,受到讀者的肯定。

　　身為女性作家,施濟美擅長以哀婉的筆觸描寫女性的愛情悲劇,

---

[9] 據《幸福》雜誌主編沈寂表示,五〇年代初,由他經手在香港印行了單行本,但已不易覓得。見陳青生:《年輪:四十年代後半期的上海文學》,頁104。另外,根據謝其章〈《西影》逸話〉一文指出,施濟美曾經為《西影》撰寫影評,見二〇〇五年五月二十六日《光明日報》。《西影》為專談西方電影的雜誌,一九四八年十一月創刊,一九四九年五月停刊,共出七期。

[10] 施濟美:〈郊遊兩題〉,《春秋》第1卷第8期,1944年5月。

尤其在展示人物經歷坎坷愛情的痛苦與反抗的心路歷程方面，她筆端總能投注極大的同情。這些平凡而動人的故事，結局往往都充滿揮之不去的無奈與悵惘，但並不令人感到絕望，反而更顯出主人公的承擔、反抗或執著，就如四〇年代的作家、《幸福》雜誌的主編沈寂所說：「所描寫的人物，只有淡淡的哀愁，沒有媚俗和頹廢，有對世俗的感嘆卻不消沉和絕望。……使讀者在窒息的黑暗環境裡眺望即將來臨的曙光。」[11] 例如〈悲劇與喜劇〉、〈紫色的罌粟花〉、〈鬼月〉、〈三年〉、〈鳳儀園〉等篇都是施濟美這類愛情故事的代表之作。〈悲劇與喜劇〉（原名〈春花秋月何時了〉）中的藍婷為了成全多病的表姐黛華，而和心愛的范爾和分手，不料九年後兩人重逢，黛華已逝，藍婷也嫁給了篤實的周醫生，面對舊情人的百般誘惑，藍婷終能看清其真面目而毅然割捨這段感情，選擇不一定浪漫但卻真實的婚姻，同時，她並沒有因此而失去對感情的信仰和生活的勇氣；〈紫色的罌粟花〉描寫二十二歲的年輕姑娘趙思佳對愛情和友誼的忠貞，她在十七歲時愛上有婦之夫的中學英文老師，引起對方太太的不滿與羞辱，後來這英文老師因從事抗日工作被日本人殺害，她從此生活在對那段愛情永遠的追憶中，拒絕了其他人的追求；〈鬼月〉敘述了一個農村少女海棠為追求真愛，不惜以死反抗封建包辦婚姻的悲慘故事，當兩人的屍體在河中浮起，張老爹說：「他們永遠在一塊兒了」，女性面對卑微命運但又執著不悔的鮮明形象也因此浮現；又如〈三年〉（原名〈聖瓊娜的黃昏〉）中的女主人公藍蝶，當年為反抗家庭的包辦婚姻而離家出走，與心愛的人在一起，但不幸愛人戰死沙場，她迫於生活無奈淪為交際花，後來偶遇酷似初戀情人的柳翔，但在得知柳翔的前戀人黎萼病重時，善良的她決定離開柳翔，把愛情還給黎萼，自己重新踏

---

[11] 沈寂：〈身世淒楚的女作家〉，《新民晚報》，1999 年 1 月 24 日。

上坎坷的漂泊旅程，徒留下一個美麗而憂傷的回憶，但小說結尾，柳翔在漂泊三年尋找不到她的行蹤後又回到舊地，彷彿又有一個未完的可能性在悄悄醞釀著。衝突與矛盾，痛苦與反抗，犧牲與承擔，出走與回憶，施濟美筆下的女性時而柔弱，時而堅強，周旋在男性與命運的漩渦中，形象鮮明且血肉飽滿，令人留下深刻印象，而這些想像豐富、意境幽遠、情真意切的愛情悲劇，也深深打動了當年上海廣大的讀者。

在施濟美創作的愛情悲劇中，最具代表性的應該是中篇小說〈鳳儀園〉。孀居了十三年的馮太太，氣質出眾，年輕而美麗，住在充滿荒敗神秘氣息的鳳儀園中，原本平靜絕望的心，在遇到了應聘做家庭教師的大學生康平之後，重新燃起了對愛情的渴望，而已有未婚妻的康平也愛上了她，在一次堅決求愛之後，兩人都成了背叛者：馮太太背叛了死去的丈夫、十三年的孤獨自守、原來的自我，而康平背叛了她的未婚妻，但馮太太很快就選擇了退出與犧牲，因為她明白康平愛上的不是真正的她，而是在神祕的園林氣息烘托下風華絕代的外表，而且他能對未婚妻不忠，將來也可能會拋棄她這個幾近中年的女人，於是在短暫的希望之後，她又選擇回到「荒蕪的庭院和雜生的青草」、「淒迷而又哀婉」的鳳儀園，從此「留得殘荷聽雨聲」。因道德壓抑了情欲，因成全放棄了幸福，馮太太這個放逐愛情的悲劇女性人物典型，在施濟美充滿詩意的筆觸下顯得寂寞、痛苦，就如康平眼中初見的馮太太，「有一種難以比擬的孤清，清涼的華貴」。鳳儀園的場景寫的是蘇州，但不妨看作是施濟美和她筆下人物精神家園的象徵。不是沒有欲望，而是不隨欲望墮落，寧願痛苦也守住自己的心靈園林，做一個不向世俗情趣靠攏的尋夢人，或許有人會認為她是男性中心主義下的犧牲者，但實際上她堅持的恰恰是女性獨立的主體立場。

　　施濟美筆下這許多遭際淒楚、情思悲艷的愛情故事，雖然是來自她的虛構與想像，但若知道她真實的人生經歷——特別是在愛情上受到的苦難與堅持，就會同意這些故事中其實大多寄託了她深沉的感喟和真實的影子。她本身的切身之痛不比筆下那些悲劇女性來得遜色。施濟美的初戀情人（一說兩人曾訂婚）是中學、大學同學俞昭明的弟弟俞允明，俞允明是愛國的熱血青年，抗戰期間到武漢大學讀書，一邊求學，一邊抗日。武漢淪陷後，武漢大學師生流亡到四川樂山，不久遭到日機轟炸，俞允明不幸遇難。施濟美在滬聞訊，悲痛欲絕，為了對愛情忠貞不渝，便守身如玉，終身不嫁。對其不幸身世與至愛深情知之甚詳的沈寂就說：「悲痛的初戀成為她埋在人生道路上痛苦的種子，在時代風雨中茁長出一朵朵美麗的鮮花，也就是她筆下一篇篇寄託她相思和哀怨的文章。小說裡的人物有她自己的影子，她也通過小說抒發出蘊藏在她心坎裡的隱忍和悵戀。」[12]當我們讀到她的小說〈尋夢人〉中對蘭園女主人林太太的描寫：

> 夕陽常予人以夢幻，黃昏遂最易逗起哀愁。
>
> 當胭脂似的落照映上紫藤架的時候，林太太從月洞門裡緩緩的走了出來。
>
> 她是個豐腴的中年美婦人，一縷玄色的衣裳，走路時也流露出高貴氣息，和端凝文雅的風韻。
>
> 她走到紫藤架底下，夕陽的餘暉從枝葉縫中射上她的臉，她的臉遂也抹上一層胭脂似的淡紅了。[13]

---

[12] 沈寂：〈身世淒楚的女作家〉，《新民晚報》，1999 年 1 月 24 日。

[13] 施濟美：《鳳儀園》（哈爾濱市：黑龍江人民出版社、北方文藝出版社，1998），頁 26。

我們很容易聯想到真實人生中的施濟美，小說中林太太徘徊在「石榴花開得盛極而衰，紛紛凋謝」的園林裡深情追憶自己初戀的情景，完全是作者刻骨銘心的情感投射與反應。有人曾在五〇年代初期見過施濟美，形容她「三十幾歲，身體稍高，樸素清雅，還有些不易察覺的抑鬱；雖然總是默默地微笑著。」[14] 不管是林太太、馮太太，還是藍蝶、藍婷、趙思佳，這些為愛所苦、為情所困的悲劇女性的人物原型，其實正是施濟美本人。

施濟美的小說語調溫柔而纏綿，不刻意講求形式的奇特，而是以一種非常女性化的敘事方式在進行，抒情細膩而強烈，有時整篇小說洋溢著詩的美感，寫得好的能體現出（女性）生命內在的深刻體驗，寫得不好的則容易流於感傷的濫情。例如〈井裡的故事〉中描寫克莊回到父親當年住過的老家：「她明知自己只是初來，但是朦朧的心境卻有一番重遊的愁緒，徘徊又徘徊，惆悵又惆悵。那萬紫千紅，那花團錦簇，那鶯的清歌，燕的軟語，那玉笑珠香的華筵，吟詩弄畫的雅集，釵光鬢影的春宴，呼童喚婢的嬉戲，對酒高歌的豪情，那昔日的美景，良辰，盛況，歡心……」[15] 過度的文字修飾反給人做作之感。施濟美的古典文學素養甚佳，尤其喜愛詩詞，經常在作品中引用，生動處能營造出特殊的氛圍，但有時不免稍嫌賣弄，例如〈暖室裡的薔薇〉描寫一對好友因鬧彆扭而疏遠，最後又恢復友誼的故事，其中寫道：「好容易才考完了畢業考。流水帶去了落花，任憑千萬片榆錢，也買不住殘春。告別言旋的時節終於來臨。」[16] 讀來生硬而不自然。此

---

14 梁永：〈東吳派與女作家施濟美〉，《文藝報》，1990年11月24日。

15 這篇小說原載《生活月刊》1947年第2期。見柯靈主編：《上海四十年代文學作品系列·中篇小說集之一》（上海市：上海書店出版社，2002），頁293。

16 這篇小說原載《萬象》1941年4月號。見柯靈主編：《上海四十年代文學作品系列·短篇小說集之一》，頁180。

外，人物刻畫有時稍嫌平面，題旨也因過於理想化而顯得蒼白，和張
愛玲、蘇青小說的高度、深度比起來，確實顯得稚澀不足，但她充滿
浪漫情調的抒情韻味，女性特有的細膩觀察與柔美文字，使她的作品
具有美和純真的清幽華麗風格。

　　作為東吳女作家群的一員，施濟美在小說中營建了好幾處蘇州園
林式的場景，茜沙窗、月洞門、竹林、池水、假山、石橋、亭閣，充
滿濃厚的姑蘇園林風情，如鳳儀園、藍園、凌園、費公館的花園等。
這些園林多半荒涼、破敗、古老、冷清，與世隔絕，帶點神秘色彩，
甚至瀰漫著一股鬼魅氣息，寂寞孤獨的女主人公在其中躑躅、嘆息、
徘徊、惆悵，或藉此療情傷、憶往事，或藉此與世俗現實、都市潮流
隔離開來，保持純真情感的一方淨土。施濟美在〈尋夢人〉中借人
物的口說出：「只有不幸的故事才最動人」，「因為它將是一個永不被
遺忘的故事」，這也許可以說明她之所以鍾情於悲劇愛情題材的原因
吧。作為一個藝術園林裡的尋夢人，她以不到十年的時間，寫下許多
膾炙人口的小說，為自己找到了心靈棲居的所在，也因其較高的文學
才情與勤於探索的創作態度，使她的成就高於其他幾位東吳女作家，
而成為東吳女作家群的代表人物。

四　上海・女性・新聲音：其他成員的文學創作

　　除了施濟美之外，這群上海女性的新聲音中，較受到矚目的是
程育真（1921～）與湯雪華。程育真是民初偵探小說名家程小青
（1893～1976）之女，受父親影響，曾以「白雪公主」筆名在《偵探
世界》上發表過小說〈我是納粹間諜〉。一九四五年東吳大學經濟系
畢業，曾有一段積極寫作的時期，一九四八年赴美留學，與華僑吳
某結婚，現定居美國，專業寫作。一九三九年五月，程育真為父親

祝壽，特地在《小說月報》上發表文章〈父親〉，在文章中她自承是「生活在富裕安靜的家庭裡的夜明珠」[17]。她是虔誠的天主教徒，同時又受過良好的音樂薰陶，這使她的作品體現了「宗教的信仰，音樂的愛好」（譚正璧語）此一創作特色。一九四七年出版了唯一的一本短篇小說集《天籟》，收有〈白衣天使〉、〈隱情〉、〈音樂家的悲歌〉、〈星星之火〉等。

她的作品題材多為和樂的家庭生活、愉悅的學校生活和真誠美好的人間情愛，肯定人性的善和對純潔愛情的追求。例如〈白衣天使〉，描寫一位有愛心的護士，不顧眾人勸阻，進入鼠疫隔離區救護病人，最後卻染疫而犧牲了年輕的生命，在小說中，她宣揚了自己的理念：「這世界就是由相互間的愛心與犧牲同情幫助建造起來的」；小說〈笑〉裡也有類似的句子：「世界缺少愛，那麼你應該把你的愛獻給世界……因為黑夜已深白晝將至。」體現出一種自我犧牲的道德情操，強調以「愛」來對抗黑暗。她常以教徒為小說中的主人公，藉此歌頌宗教的美好並宣揚博愛的教義，有時也以音樂家為主人公，或以音樂的描寫來渲染故事場景的氣氛。最典型的作品是發表於一九四三年四月《紫羅蘭》第二期上的〈遺憾〉，描寫一位和藹富愛心的老教授，因思念死去的女兒而對女主人公幽蘭特別疼愛和提攜，引導她信教，教她提琴演奏，並為她安排一場音樂會，但就在音樂會成功進行後，她才獲知老教授中風去世的噩耗，老教授臨終時吩咐轉言：「親戚朋友都要離開，唯有耶穌永不遠離。」而她凝視遠天，也獻上祈禱：「主啊！老教授長眠了，求你叫我把一顆專一愛老教授的心去愛著大眾，也叫我能更愛著您。」全篇引用多處聖經的文字，表現出

---

[17] 此文後來收入程育真於一九四七年二月由上海日新出版社出版的小說集《天籟》中，此處轉引自陳青生：《抗戰時期的上海文學》，頁232。

對宗教信仰的虔誠，但以小說技巧而言卻是失敗的。這種對宗教、音樂的偏愛與描繪成了程育真小說的特色之一。

在藝術表現上，程育真以文字清新明麗、故事曲折動人見長，但部分作品不免存在脫離現實、浮泛夢幻的缺失，例如〈新禧〉描寫少女紫棋崇拜年輕畫家章東聲，鼓起勇氣和他見了一面，陷入更深的著迷，卻偶然倚窗望見章東聲和女友坐在三輪車上駛過，一場美夢就此破碎，情節突兀而且凌亂，對少女情懷的刻畫失之浮淺；〈隱情〉也是少女強說愁的作品，寫少女俞楓影因盲腸炎住院，被外科趙醫生從危急中拯救回來，因而心生暗戀，但一直未曾見過面，後來出現一位音樂家柳沙對她展開追求，她卻拒絕了，沒想到這位音樂家就是她愛慕的趙醫生，情節曲折，但欠缺說服力。譚正璧在《當代女作家小說選‧敘言》中對程育真和另一位女作家楊琇珍的創作傾向有精到的觀察，他認為程、楊在「藉文藝來宣揚作者自己所信仰的宗教精神」上和俄國小說家托爾斯泰類似，但托氏作品中「有著濃厚的時代性和社會性」，因為「他有著他所處時代社會的一切人生的體驗」，而程、楊的作品卻只是「隔離時代社會的少女們的理想的憧憬」，甚至有的「完全是超現實的理想的故事」[18]，這個看法是符合事實的。不過，她的一些小說也有反映現實的一面，應該說，這類作品才是程育真小說藝術可貴的部分，例如刊登在《紫羅蘭》第九期的〈自高與自卑〉，描寫女主人公育真在車上偶然結識一位外國女子，應邀到她家中小聚，面對那位洋女子態度高傲的丈夫，在言談中保持了中國人的尊嚴，在一定程度上反映了上海淪陷時期華洋相處的面向，只不過，女主人公以拿出聖經唸出「凡自高的必降為卑，自卑的必升為高」來壓制對方氣燄的方式又陷入她慣用的宗教模式裡了；〈籠羽〉描寫一位

---

[18] 譚正璧的看法引自陳青生：《抗戰時期的上海文學》，頁232。

少女勇於反抗包辦婚姻並最終取得勝利，這和一般描寫青年男女追求愛情自主卻告失敗的作品有所不同，具有另一層深刻的現實意義。

　　大體而言，程育真的作品要比楊琇珍、俞昭明等其他幾位女作家來得豐富而廣泛，但在現實深刻性上不如湯雪華。她在四〇年代後期曾發表長篇小說《偉大的愛》，可惜結構鬆散，評價不如短篇。

　　湯雪華又名湯鍾圓、湯仙華，曾使用筆名中原、張珞。她是胡山源的學生、寄女，「愚社」成員，得到他較多的指導和讚許。她的作品大多寫於淪陷時期，抗戰結束後，曾在松江等地執教。湯雪華的小說後來結集為《劫難》、《轉變》二書。譚正璧在《當代女作家小說選·敘言》中稱許湯雪華的小說「文字不講技巧，而自然平穩；故事不求誇張，而逼真切實，在平淡中見深刻，在樸素中寫美麗，沒有刺激的力而自會予人以深刻的印象。」由於她的小說對黑暗的社會現實有較多的披露，對下層人民的悲慘生活有深具同情的展現，因而譚正璧認為她是當時所有上海女作家中，在反映社會現實方面堪稱「最成功的一個，而且實際上恐怕也僅有她一個。」[19] 這「唯一」與「最成功」是有待商榷的過譽了，但這些評價正說明了湯雪華和施濟美、程育真間的最大不同。例如〈動亂的一角〉寫一位小學教師靠囤貨發了小財，卻引起土匪的覬覦勒索而不得不離家躲逃；〈罪的工價〉寫窮人因飢寒交迫而持刀盜米，被發現後殺了人，最後被捉處死，付出了巨大的代價卻沒有改變原來的困境；其他如〈飢〉、〈生和滅〉、〈牆門裡的一天〉等作品也都以窮人的悲苦遭遇為素材，寫得沉痛，體現了人道主義精神，雖然在表現手法和對題材的深刻掌握上仍不夠純熟，但正如有論者指出的：「儘管這類作品因為缺乏真實感，多借新聞素材寫作，情感稍嫌不夠節制，但，一位象牙塔中的人，能夠有這

---

[19] 前揭書，頁235。

樣一種情懷，卻是難能可貴的。」[20]

　　和這些表現社會黑暗的作品相比，湯雪華在審視她所熟悉的都會女性生活與心理上就顯得駕輕就熟了，她擅長以詼諧的筆調，從日常瑣事出發，寫出女性對婚姻的複雜感受以及浪費生命的悲劇，例如〈一朵純白的蓮花〉中寫道：「女子嫁人，等於斷送了上帝苦心創造的一件美術品，這是人世間的悲劇。」〈薔薇的悲劇〉裡寫道：「高貴的小姐啊！你有滿房漂亮的東西裝扮身體，竟不夠奢侈，還要撕碎了別人的靈魂來裝飾你自己的靈魂！」又如〈煩惱絲〉中的莫太太，一生豐衣足食，無憂無慮，卻為了一頭細細的髮絲，「到現在，還常在惱著，哭著，笑著，嘆著，操心著，忙碌著。」還有〈芝麻小姐〉寫的是一位相貌醜陋的小姐，偏愛賣弄風騷，結果反而遭人取笑的故事；而詼諧中帶有諷刺的〈猶豫〉，周瘦鵑在《紫羅蘭》上發表此文時曾介紹道：「寫一位時代女兒的擇偶，既要誠懇，又要活潑；既要才貌好，又要金錢多，魚與熊掌，勢難兼得，於是徘徊瞻顧，猶豫不決起來。」〈南丁格蘭的像前〉題材比較特殊，寫年輕的護士以愛愛上猶太人醫生其尼斯，從起初的抗拒、逐漸接受到協助他逃亡，寫出了一段戰火下超越國界的愛情，最後以愛被日本憲兵逮捕、用刑，在醫院離開世界的那一夜，其尼斯醫生和他奧國的未婚妻回來了，以愛就這樣「永遠帶著那個未曾破滅的夢」長眠於掛在牆上的南丁格蘭（爾）的像前。小說反映了孤島時期的特殊背景，對女主人公癡情等待的心理也有不錯的刻畫。可以說，湯雪華的小說已走出了寧靜的校園和溫馨的家庭，反映了當時社會上種種的黑暗與複雜現實，對孤島的特殊背景也有所著墨，沒有太多的夢幻囈語，在這群女作家中顯得獨樹一格。

---

[20] 張曦：〈古典的餘韻：「東吳系」女作家〉，《書屋》2002年第9期，頁65。

　　俞昭明在當時曾與施濟美有「絳樹雙聲，一時瑜亮」之稱，周瘦鵑在一九四三年八月出刊的《紫羅蘭》第五期的〈寫在紫羅蘭前頭〉上曾介紹說：「她們倆先頭同在東吳大學唸書，同時畢業，並且同住在一起，又同樣的說得一口流利的北京話，她們的作品，又同樣的散見於各雜誌，不過俞女士因體質較弱，作品比較的少一些。」周瘦鵑並且接著肯定〈望〉這篇小說「情文兼至，意義深長」，寫出了「一位貢獻其良人於祖國的賢妻良母型的好女子」。俞昭明曾主編過上海《今日婦女》（1946），不過僅出一期。她的創作也以小說為主，文筆冷靜樸實，用語生動活潑，結構嚴謹，尤其能將社會敏感的現實問題以小說巧妙地表達，技巧上顯得純熟而老練，在這一點上，她與湯雪華較為接近。例如〈梅家酒店〉中酒店客人黃五爺、黃八少、端老的對話就很簡潔而尖銳，思想性和時代性都極為鮮明：

> 「聽說最近城裡的店鋪被債逼得關掉有二三十家，連最老的鋪子瑞和升綢莊都在內，沒有一個生意買賣人不叫苦連天的。」
> 「這年月連有辦法的都感到束手無策，難怪窮人要跳井投河了！」黃五爺不勝感慨地說。
> 「照我看中國這樣攪下去怕要無救，除非有誰起來能夠推翻民國，把這散亂的局面重新團合起來，那也許還會有點希望。」在端老失望的臉上，因為美麗的想望，也露出了一絲興奮的情緒。
> 「就怕英雄無用武之地。」黃五爺感到民國以來，自己在荷塘灣的勢力削弱了不少，衝口而出說出了這樣一句話。
> 「也許時勢會造英雄。」端老仍舊從好的一方面安慰著自己。
> 「是，中國只要出來一個能降龍伏虎的人，立刻會轉危為安的。」黃八少順著端老的脾胃敷衍著他。[21]

---

21 這篇小說原載《巨型》1947 年第 3 期。見柯靈主編：《上海四十年代文學作品系列·短篇小說集之四》，頁 153。

　　這裡反映出當時民眾對抗戰結束後又爆發國共內戰，以及隨之而來的經濟衰退的普遍不滿，對現實的抨擊強而有力。俞昭明擅長刻畫人物的性格與心理，如〈三朵姑娘〉中描寫三位大學生對校外小飯館店主女兒想入非非的微妙心理，當他們自以為非己莫屬時，三朵姑娘卻宣布已和店裡的夥計訂了婚，三人內心的驚訝、失望與酸溜溜的感受鮮活呈現；又如〈梅家酒店〉的梅三姐，精明幹練，潑辣熱情，也有幾分姿色，卻在感情上所託非人，喜歡上花心的李發，最後證實李發和小桃的曖昧關係，一氣之下關上酒店大門，「再也沒開過」。小說對梅三姐的激烈性子描繪十分生動，例如一次鬧酒後，幾位客人眼看著「三姐熱了起來，將脖鈕解了，露出來裡面一段酥胸，襯托著紅撲撲的鴨臉蛋兒」，「大家都有點神志模糊，心裡晃蕩蕩的，說不出的醉意，可誰也強自鎮定著，望著三姐那紅得像五月裡石榴花似的臉，都暗暗地在心裡警戒著自己：『這是一朵火紅的花，火紅的可以燙手，碰不得。』」對照著梅大爺生前和三姐嘔氣時常指著後院的石榴樹說：「妳那激烈性子，妳那熱火勁兒，就是這火辣辣的石榴花投的胎，哪像個姑娘呀！熱得燙人。」這樣性格的梅三姐，卻陷在盲目的愛情裡不可自拔，小說對其內心的掙扎、不甘、難捨的激烈矛盾心理描寫得入木三分，也表現出她過人的才情，難怪譚正璧會稱讚她：「似很熟識於世情，筆調也很清麗，兼有北方文學的豪放。」和施濟美的「一時瑜亮」之譽，看來並非虛語。

　　鄭家璦童年時代在上海度過，後遷居浙江湖州，抗戰爆發後重回上海，一九四一年入東吳大學，先後修讀過英文系、社會系，最後在教育系畢業，此後長期在中、小學教書，一度主編《學生日報》文學副刊《初苗》。她的主要創作活動集中在抗戰勝利後的幾年間。除一些散文和書評外，主要以小說創作為主，後曾結集為小說集《號角聲裡》於一九四九年出版。她的文辭平實暢達，描寫也還細膩，部分作

品對戰亂的影響有所反映，但題材上相對狹隘，大多偏重於表現男女
青年的情感糾葛和戀愛故事，如〈號角聲裡〉、〈陰暗之窗〉、〈霏微
園的來賓〉等。由於長期任教的經驗，筆下小說大多以校園為背景，
如〈她和她的學生們〉（出書時改題為〈曹老師〉）描寫離婚的曹月
清老師為了生活不得不嫁給一個駝背的醬園店老闆，引起學生的非議
與嘲弄，特別是她最疼愛的學生李湘表現出強烈的不諒解，但在課堂
上一番自我剖白後，學生們終於明白曹老師無奈選擇的心境，當她
對學生感嘆地說：「一個女人，為了生活去結婚，那原是最平凡的悲
劇，也就是現在中國職業婦女最末的一條出路！你們覺得好笑麼？」
在一定程度上揭露了知識女性深沉多舛的命運，不過小說結尾暗示學
生李湘和曹老師之間的母女關係，顯得離奇牽強。大體來說，她對女
性心理（特別是青少年女性）有相當真實的掌握與揭示，這也成為其
小說的一大特色。

　　楊琇珍是一九四三年經濟系畢業，不久便離開上海，作品不多，
據譚正璧指出，其作品與程育真有相近的思想傾向，充滿了脫離時代
的少女夢幻式的憧憬，藉作品來宣揚自己的宗教信仰，如〈廬山之
霧〉寫年輕護士藍薇在濃霧瀰漫的廬山上照顧病人唐瑋，不久兩人間
產生了似有若無的情愫，最後黯然分手，全篇如夢似幻，虛無縹緲，
對話十足的文藝腔，完全是典型的言情小說風格。曾慶嘉儘管作品不
多，且不免觸及男女情愛的題材，但已能將視野從身邊瑣事跳開，關
注社會現實，同時技巧也相對成熟，使她的小說不見初寫者的生澀稚
弱，也無脫離現實的夢囈，而是對社會有較深刻的認識，對女性微妙
的心理也能充分掌握，如〈從夏天到秋天〉寫交際花；〈娼婦〉寫被
迫淪落的妓女；唯一的中篇小說〈女人的故事〉對婚姻、戀愛有所嘲
弄與思索；〈山崗上的故事〉則寫山區貧苦平民的悲慘生活，可以看
出，曾慶嘉的小說具有精巧的藝術構思，以及憎恨黑暗、蔑視庸俗的

思想傾向，在這方面，她表現出和湯雪華、俞昭明一致的創作風格。可惜的是，楊琇珍、曾慶嘉二人的作品均未見結集，難以作較全面而深入的探討。

五　結語：不該被遺忘的存在

　　四〇年代的上海文壇，一方面因為政治、戰爭的複雜對立與鬥爭，一方面因為商業性娛樂化導致的讀者通俗化傾向，呈現出多元、豐富與複雜的文學樣貌，作為一個繁榮、喧囂、主流的文學中心，每一個上海作家，對都市的漩流與政治的風暴都無法置身事外或全身而退，即使是正在大學就讀或初出校門的年輕女作家也不例外。我們可以看到，在她們的小說中，有對孤島生活、日軍侵略、國共內戰的反映，也有對黑暗現實的不滿和對受屈辱人民的同情。然而，在戰爭年代，審美藝術追求趨於一致，控訴吶喊成為時代的最高音時，這群女作家的作品提供了另一種詩意的美感，清新的氣息，使因連年戰亂而對時局失望、無奈、痛苦的人們，有了另一種選擇，可能是逃避，也可能是嚮往。

　　在她們擅長編織的愛情故事裡，或許有蒼白的囈語，不食人間煙火的夢幻，但也有對純潔之愛的勇敢追求，對親情、友誼的謳歌。和當時主流的現實主義作品相比，她們的作品沒有赤裸裸的戰爭殘酷描寫，也沒有宣傳呼籲的八股教條，而和上海大量充斥的描繪感官肉欲的作品相比，她們的作品又顯得清雅脫俗，靈秀純真，給人心靈的撫慰，宛如一座清幽雅緻的園林，讓許許多多尋夢的人有休憩、作夢的角落。這也許就是她們的作品在當時廣受歡迎的原因。在短暫的十年裡，她們的青春才華有了一次光亮的展現，但在主流的文學史論述裡，她們的身影顯得渺小而孤單，不過，她們優雅的存在姿態與純淨

的文學美聲，已經為她們佔有了一個小小的位置，雖然也只能在邊緣。

特殊的時代產生特殊的文學。這群作家在四〇年代上海文壇是一道秀麗的風景線，引人注目，也締造了一定的聲勢，但她們畢竟年輕，缺乏人世較豐富的歷練，也尚不足以形成個人圓熟的藝術風格，這使她們無法成為一代大家，但勇於探索的創作精神與表現，稱她們為有才華的作家應是允當的。她們的作品說明了上海文壇並未因時局的驟變而蕭條沉寂，也豐富了海派文學的多元型態，同時提供了女性文學生動而精緻的文本，對她們的忽視與遺忘將是文學史自身的損失。

在上海淪陷期短暫的平和狀態下，她們躍上文壇，才華迸射，但卻是曇花一現，因著種種原因，一九四九年後紛紛停筆進而消失在文壇，從此，她們的人與作品遂長期湮沒在文學史的視野裡，不見天日。對於程育真，因為父親程小青的緣故，我們至少知道她目前定居美國，一九八三年曾在美國紐約整理了其父詩詞遺作數百首，編訂成《繭廬詩詞遺稿》，分贈海內外親屬友好，用以紀念其父九十周年誕辰。至於為愛守貞、終身不嫁的施濟美，一九四九年後還曾發表數量不多的散文和詩歌，但她的作品被批判為「小資產階級情調」，她因此擱筆，退出文壇，專心投身於教育事業，執教於中學，然而，革命的浪潮終究沒放過她，「文革」風暴一起，她又被誣為「修正主義教育路線」，遭到非人的迫害和侮辱，含冤抱恨，於一九六八年五月八日懸樑自縊身亡，直到十年浩劫過後才得平反昭雪。如今，她的小說有《鳳儀園》兩種不同版本的問世，一如上海古籍出版社《鳳儀園》的編選者盛曉峰所說：「作為一位曾經在中國現代文學史上產生過一定影響的女作家，文學史家們應該對她的存在給予一定的關注。」只是，這群女作家中的其他幾位呢？她們的生平在文學史裡常只是簡單

的「不詳」二字，我們不禁要詢問，她們後來的遭遇為何？還有文學活動嗎？她們的作品何時也可以重印問世，讓讀者重新認識這批曾經在上海享有盛譽的女作家呢？

　　看來，對施濟美和東吳女作家群的尋找與鉤沉，現在只是開始而已，而且是艱難的開始。

附錄：東吳女作家群作品出版目錄

施濟美　鳳儀園　上海大眾出版社　一九四七年四月
　　　　備註：短篇小說集
施濟美　鬼月　上海大地出版社　一九四八年四月
　　　　備註：短篇小說集
施濟美　莫愁巷　在香港出版　五〇年代初
　　　　備註：長篇小說。曾改編成電影
施濟美　鳳儀園　上海古籍出版社　一九九七年十月
　　　　備註：列入「民國女作家小說經典」
施濟美　鳳儀園　黑龍江人民出版社和北方文藝出版社聯合出版
　　　　一九九八年四月
　　　　備註：列入「海派作家作品精選」
湯雪華　劫難
　　　　備註：短篇小說集。署名「中原」
湯雪華　轉變
　　　　備註：短篇小說集。署名「湯仙華」
程育真　天籟　日新出版社　一九四七年二月
　　　　備註：短篇小說和散文合集
俞昭明　未見結集

楊琇珍　未見結集

鄭家瑗　號角聲裡　一九四九年三月

　　　　備註：短篇小說集

曾慶嘉　未見結集

春暉白馬湖，立達開明路

——「白馬湖作家群」命題形成與發展的歷史考察

一　前言

　　自一九八一年楊牧在《中國近代散文選》的〈前言〉中首次提出「白馬湖風格」之說以來，近三十年的時間，從模糊風格概念的「白馬湖風格」，發展到明確文學群體概念的「白馬湖作家群」，此一議題的研究在許多學者作家的心力投注下，不僅已見初步成果，而且其內涵的豐富性與延展性也仍在持續的拓殖與深化中，相關的著作不斷問世，文學史書籍也不能不予以重視，可以說，「白馬湖作家群」已經成為中國現代文學史學科不應忽視的一個學術點，甚至是一個越來越受到關注的學術命題。回顧此一逐漸清晰具體的發展歷程，筆者有幸參與其中，為此一文學群體的「浮出歷史地表」略盡綿薄，心中自是多有感慨。在相關論述與探討日漸增多之際，對此一學術命題由起源到成熟的嬗變軌跡加以考察述介，提供一個輪廓性的歷史參照與檢索，並對既有的成果進行評述，應該有其一定的文學史意義與學術價值。

　　所謂「白馬湖作家群」指的是二〇年代初期，在浙江省上虞縣白馬湖畔春暉中學任教、生活過的一群作家文人，核心成員有夏丏尊、朱自清、豐子愷、朱光潛、劉叔琴、劉薰宇、匡互生以及校長經亨

頤，不論時間的先後長短，他們彼此都曾經朝夕相處，在春暉園中談
文論藝，把酒品茗，共同為教育理想和文學藝術做一些實際的工作。
另外還有一些曾到白馬湖短暫訪友或小住，與這群作家在當時往來密
切的，如葉聖陶、俞平伯、劉大白等，可視為次要作家群，他們也都
留下了一些與白馬湖或這些朋友們有關的作品。至於弘一大師，他的
人格力量與宗教信仰對這群作家有極深的潛移默化作用，尤其是對夏
丏尊、豐子愷更是影響深鉅，也曾多次到白馬湖小住，因此在討論這
群作家時不能不提到他。夏丏尊、匡互生、豐子愷、朱光潛、劉熏宇
等人於一九二四年底離開春暉中學，一九二五年初到上海創辦立達學
園，成立立達學會，並又在一九二六年成立的開明書店中扮演重要角
色，一般研究者遂將立達時期與開明時期視為白馬湖時期的延續、尾
聲。

　　本文擬從學術命名的角度，論述「白馬湖作家群」名稱與概念從
模糊到清晰、從分歧到共識（尚未完全統一）的發展歷程，以及不同
階段的概況、特色與研究實績。既然是文學史角度的觀察與梳理，為
史覽之便，筆者依其發展的先後與成果的呈現，歸納為四個時期：起
源期、開端期、發展期與深化期，以下分述之。

二　起源期（1981～1985）：概念的形成與提出

　　「白馬湖作家群」概念的起源，必須歸因於臺灣知名詩人、同時
又是出色散文家的楊牧，他在一九八一年就能獨具慧眼，將五四以來
的散文分成七類，其中特別拈出以夏丏尊為前驅的「記述」一類，並
作了簡要的描述：「夏丏尊作品不多，但一篇〈白馬湖之冬〉樹立了
白話記述文的模範，清澈通明，樸實無華，不做作矯揉，也不諱言傷
感，是為其特徵；朱自清承其餘緒，稱一代散文大家，其源出於上

虞。郁達夫，俞平伯，方令孺，朱湘，徐訏，琦君，林海音，張拓蕪都可歸入這一派；除外，如林文月，叢甦，許達然，王孝廉等人的作品也多多少少流露出白馬湖風格。」[1]這段話的前半段不斷被後來相關研究者所引用，特別是對其文風的四句註解，堪稱是白馬湖風格的經典詮釋，但其後半段系譜式的說法，論者則大多抱持著審慎的態度，其中只有林文月被視為較明顯的「流露出白馬湖風格」。楊牧之說，是目前所見最早將白馬湖文學風格獨立審視的記載，他並未有文學流派意義上的群體概念，只是文學風格的印象式概括，卻能為此一作家群體日後的學術命名提供了不失準確的觀察點。

　　楊牧之後，雖然陸續有些關於白馬湖的文章，但多集中於白馬湖自然風光的描繪，春暉教育的報導以及經亨頤、豐子愷、夏丏尊等個別文人的介紹，如張科〈白馬湖之春〉（杭州《西湖》雜誌1983年第2期）、顧志坤〈白馬湖畔一枝柳〉（《浙江日報》1984年2月12日《錢塘江》副刊）等。但值得注意的是，韋葦發表於一九八三年第二期《紹興師專學報》上的一篇文章〈夏丏尊、豐子愷、朱自清在白馬湖畔的文學活動〉，文中雖以分述三人的文學活動為主，但全文論述均能以白馬湖為核心，作品舉例具代表性，可說具體而微地勾勒出此一作家群體的主要特徵與風貌，特別是文中提到：「夏丏尊、朱自清和豐子愷三位先生，就是在這種詩意沛然的大好自然和民主科學環境中，進行著他們早期的文學活動，形成了以清雋為特色的散文流派。」[2]顯然地，他已經注意到了白馬湖作家在文學風格上的集體性與

1　楊牧：〈前言〉，《中國近代散文選》（臺北市：洪範書店，1981），頁6。此文後來以〈中國近代散文〉篇名收於楊牧：《文學的源流》（臺北市：洪範書店，1984），頁51～58。

2　韋葦：〈夏丏尊、豐子愷、朱自清在白馬湖畔的文學活動〉，《紹興師專學報》1983年第2期，頁60。在該文的結尾，韋葦還提到：「夏丏尊、豐子愷、朱自清是三位中國散文史上各有自己獨立地位的作家。他們留下的作品裡都記錄了白馬湖的詩

相似性，且以「流派」的角度概括這批作家群體，雖然這個說法在文中並未再深入闡釋，但實已為往後此一作家群體的命名提供了一個初步的概念。

　　一九八五年，在《香港文學》第三期「盧瑋鑾特輯」中，香港中文大學中文系教授黃繼持寫了〈試談小思——以《承教小記》為主〉評論盧瑋鑾（筆名小思）的散文，提到小思的《豐子愷漫畫選繹》和《路上談》二書，認為「即使單以此兩輯文章，小思似已可躋身於當年白馬湖畔散文作家之列」，而且還有一段具體的分析：「二〇年代初，夏丏尊、朱自清、朱光潛、豐子愷等在浙江上虞白馬湖辦春暉中學，其後又在上海辦立達學園、開明書店。他們未必如別一些新文學者捲入社會運動時代漩渦的正中，卻以誠摯務實的態度，從事青少年教育與文字工作。散文多以人生小品及說理文章見長。小思在六、七〇年代之交的香港寫這兩輯文章，她具體的生活經驗，所面對的學生的心態與問題，當然跟四、五十年前頗有不同，但文中所表現出的理想目標、價值取向、人生感興，還有教育信念，連帶而來的大概文風，幾乎可以說得上一脈相承。」[3]他注意到了白馬湖作家的特殊文學風格，對其審美共性也有恰當的掌握，只可惜文章是以評論小思作品為主，未能對白馬湖風格做更進一步的申論，也未能予以學術命名。

　　包括筆者在內，過去均忽略了韋葦一文的重要性，因此多只引楊牧、黃繼持之說，而認為大陸學者對白馬湖作家群的關注與研究，是「受到臺港作家、研究者的啟發」[4]，是「隔海蔓延的文學現象，由海

情，和他們在白馬湖畔結下的美好友誼。尤其是朱自清的散文，曾多次飽和情感地提到白馬湖。」見頁64。這篇論文後來也收錄於中國人民大學編：《中國現代、當代文學研究》，1983年10月。《紹興師專學報》現已更名為《紹興文理學院學報》。

[3] 見《香港文學》1985年第3期，頁28。

[4] 見傅紅英、王嘉良：〈試論「白馬湖文學」的獨特存在意義與價值〉，《中國現代文學研究叢刊》2008年第6期，頁32～33。文中寫道：「受到臺港作家、研究者的啟

外作家傳承的文學（散文）風格的尋根性的回溯，引起了學界對『白馬湖文學現象』的注意。」[5]事實上，應該說是臺、港、大陸都注意到了此一作家群體的審美共性以及在文學史上的特殊性，因而有了近似的見解。這三篇文章或可視為此一學術命題的起源與萌芽。然而，這個階段的概念意識還是模糊、表面的，即使後來有諸如高志林〈經亨頤與春暉中學〉（杭州《學習與思考》1987年第8期）等文章的發表，也僅著眼於個別作家與春暉中學或白馬湖的因緣，真正對此一群體的內涵與命名有較為明確的討論要等到九〇年代以後。

三　開端期（1991～1996）：文本的蒐集與編纂

「白馬湖作家群」的形成與發展歷經三個階段：「春暉」開其端，「立達」承其緒，「開明」收其成。從春暉到開明，這是一條風姿綽約、脈絡相連的文學之路。或許由於立達學園（立達學會）以及開明書店的成立創辦有其明確宗旨，聲勢也較大，故有些研究者將這群文人稱為「立達派」或「開明派」[6]，但無論是從「立達」或「開明」的角度立論，都必須溯源自「白馬湖」，它如一條蜿蜒清澈的河流，有其源頭、匯流和洄瀾，也如一首優美典雅的樂章，有其序曲、

發，大陸學者也開始了對白馬湖作家群的關注與研究。」

[5] 見王建華、王曉初主編：〈前言〉，《「白馬湖文學」研究》（上海市：三聯書店，2007），頁1。此外，在這本書中收錄有姜建的〈「白馬湖」流派辯正〉一文，文中也直指：「大陸學者對白馬湖的關注稍後於臺港。」，見頁50。

[6] 錢理群、溫儒敏、吳福輝所著：《中國現代文學三十年》（北京市：北京大學出版社），在一九八七年八月的初版本將這群作家稱為「立達派」，在一九九八年七月的修訂版中則改稱為「開明派」；另一研究者姜建則在〈一個獨特的文學、文化流派——「開明派」論略〉中持「開明派」的主張，此文收於《江蘇行政學院學報》，2002年第2期。劉增人在《山高水長——葉聖陶傳》（臺北市：業強出版社，1994）中則以「立達學派」稱之，見頁111。

主旋律和尾聲，任何狹隘、斷裂式的描述都是不符合文學史實的。何況，這群文人在文學和教育上的集體風貌與理念，在白馬湖時期即已成型、體現，因此，「白馬湖作家群」一詞應該涵蓋了以上三個階段的文學活動與表現。當然，筆者也不排除「立達派」和「開明派」成為學術研究獨立個案的可能性，事實上，筆者就曾經以「開明派文人」、「立達文人群」為題，申請學術研究經費，也分別撰寫了各約萬餘字的研究報告，並有相關論文發表[7]。

從研究的角度來看，「白馬湖作家群」的界定可以採取廣狹二義，狹義的定義指的是一九二一年至一九二四年白馬湖畔春暉中學階段，廣義的定義則向後延伸至立達時期與開明時期。筆者傾向於廣義的認定，強調「白馬湖」不應該侷限為一個地理名詞，而應該是一種人格與文風的綜合體。當然，它的主要活動與高潮是在白馬湖，對此一命題的探討也應以春暉時期為中心，即使是在立達學園、開明書店階段，這群作家的認定仍以在春暉中學共事者為核心，是這群核心作家的人格與文風構成「白馬湖作家群」的獨特魅力，從而建立起此一學術命題豐饒的內在與藝術存在，過於寬鬆的定義將會有失焦之虞。

九〇年代初期，開始有學者意識到此一作家群體的文學共性與文化魅力，進而為鉤沉這批文人的作品與行跡而投注心力，也為「白馬湖作家群」的命題建構奠定基礎。這個階段主要的成果在於廣泛蒐羅相關文本及編纂文集，這本也是學術發展的自然規律，在名詞的確定

7　筆者分別於二〇〇三年以〈「開明人」與「開明風」——開明派文人的文化理念及其出版實踐〉為題，二〇〇五年以〈從《一般》月刊看「立達文人群」的精神品格與文學風格〉為題，申請通過「國科會」專題研究計畫。並發表相關論文：〈開明風有風——開明派文人的文化理念及其出版實踐〉，《中國現代文學》第 5 期，2005 年 3 月；〈從《立達》、《一般》看「立達文人群」的精神品格與寫作風格〉，《中國現代文學》第 11 期，2007 年 6 月；〈羸疾者的哀歌——「立達文人群」中的薄命詩人白采〉，《勵耘學刊》第 4 期，2007 年 6 月。

與研究的展開之前，文本與史料的積累是最重要的基礎工作。具代表性的有：《白馬湖文集》（夏弘寧主編，浙江省上虞市政協文史資料委員會，1993年10月），《白馬湖散文十三家》（朱惠民選編，上海文藝出版社，1994年5月），《寸草春暉》（嚴祿標主編，春暉中學出版，1996年8月）。他們三人藉著文本的集中呈現，強而有力地說明這一作家群體是值得注意的文學／文化現象，對此一議題的推動與深化，可謂有篳路藍縷之功。

在相關文本的編選方面，夏弘寧應該說是居功厥偉。作為白馬湖中心人物夏丏尊之孫，他不僅主編《夏丏尊紀念文集》（上虞市文學藝術界聯合會，2001年10月），還撰寫《夏丏尊傳》（北京市：中國青年出版社，2002年1月），對夏丏尊的人格與文風做了生動而準確的詮釋與呈現，而且對白馬湖作家群研究的推動也長期不懈地投入，在二〇〇一年由何家煒主編的六冊《白馬湖作家群文叢》（北京市：中國文聯出版社，2001年10月）中，他就負責主編了《白馬湖散文隨筆精選》、《夏丏尊散文譯文精選》二書。《白馬湖文集》分成「湖山擷采」、「湖畔文譚」、「春風化雨」、「故舊情深」、「詩詞述懷」五輯，分別從白馬湖自然山水的刻畫、寫於白馬湖畔春暉中學期間的散文作品、教育理念的陳述、彼此交遊與情誼、舊體詩詞的創作等不同角度編纂，可以說已經充分掌握了這個群體的特色，重要的作品也幾乎盡在於斯，日後主編的《白馬湖散文隨筆精選》，因為以散文創作為主體，所以刪去「春風化雨」、「詩詞述懷」兩輯，但補入了許多校友回憶與後來者對白馬湖的描寫文章。在《白馬湖文集》的〈編後記〉中，夏弘寧使用「白馬湖流派」一詞，並歸納其風格與文采有三：「它樸實無華，自然天成」、「它清新恬淡，不尚浮華」、「它崇尚

自然，源於自然，又高於自然」[8]。可見他其實已經從流派的視角來看
待此一群體，只可惜一語帶過，未能針對名詞的釐清與界定多加著墨。

　　《白馬湖文集》的發行有限，一般讀者比較容易見到的是朱惠民
的《白馬湖散文十三家》，尤其是書末所附逾萬字的編選後記〈紅樹
青山白馬湖〉一文，對此一群體的形成、互動、創作風貌、流派特徵
等做了較為詳細的爬梳與析論，對此一群體在學界的「能見度」有一
定的貢獻。在文中，朱氏試圖從作品風格和社團刊物的角度來論證白
馬湖作家群應該是一正式的文學流派，特別是他將「文學研究會寧波
分會」此一正式文學組織與白馬湖作家群掛鉤，提出他的看法：

> 也許寧波分會作家群當年寫散文的時候，不曾有過要創一個什
> 麼文學流派的想頭，然而從散文的藝術特質、作家的創作思想
> 和審美情趣、生活經歷以及時代、地域、社團、刊物諸多因素
> 綜合考察，二十年代中後期，寧波分會作家群的散文創作，確
> 確實實已構成獨具一格的以清淡為藝術風格的散文流派。由於
> 那些散文文格潔淨，文味清淡得如白馬湖的湖水，加之作家此
> 時都生活在上虞白馬湖畔，我們姑且稱它為「白馬湖派」。這
> 是客觀存在的文學流派，是「人生派」的散文支脈。[9]

　　朱氏之所以將這群作家命名為「白馬湖派」，據其自稱：「提出
散文白馬湖派的緣起，乃是因為偌大一部文學流派紛呈和消長的歷
史畫卷中，竟然沒有該派的一席之地，故爾要為它爭個『席位』。」[10]
朱氏的用心固然可嘉，但有些觀點卻值得商榷。例如將寧波分會視
為「白馬湖派」成立的社團基礎，過於牽強附會，白馬湖作家與寧波

8　夏弘寧：〈編後記〉，《白馬湖文集》，頁301～302。
9　朱惠民：〈紅樹青山白馬湖〉，《白馬湖散文十三家》，頁250。
10　同上註。

分會的互動聯繫並無具體事證，缺乏事實的論述顯然不具說服力；又如將春暉中學的校刊《春暉》半月刊、上海立達學會刊物《一般》、以「我們社」叢書名義出版的《我們的七月》、《我們的六月》等刊物，都列入「寧波分會」所辦的同人刊物，完全不符史實；至於書名標榜的「十三家」也頗可議，因為作者將這些人視為一個文學流派，但王世穎、劉延陵、鄭振鐸、張孟聞、徐蔚南等人與「白馬湖文學」的形成並無多少關聯，這樣生拉硬扯的「招兵買馬」並不能為這群作家壯大聲勢，反而徒惹爭議。問題產生的癥結在於朱氏刻意要營造正式「社團」、「流派」的印象，他的說法引來了賀聖謨為文〈現代散文「白馬湖派」說駁議〉、〈關於文學研究會寧波分會的再審查〉加以駁斥，幾乎推翻了朱氏的主要論點[11]。即使如此，對於朱氏在此一學術議題研究的發展上所產生的推進作用，還是不宜一筆抹煞。他的選編後記〈紅樹青山白馬湖〉一文前身是一九九一年發表於《寧波大學學報》（人文科學版）第四卷第一期的〈現代散文「白馬湖派」研究〉，也就是說，在楊牧提出此一文學集體現象的概念之後，朱氏是

---

11 賀聖謨在〈現代散文「白馬湖派」說駁議〉（《寧波師院學報》〔社會科學版〕，第19卷第1期，1997年2月，頁6～12）一文中，分別從時空條件、作家名單、創作風格以及與寧波分會的關係立論，提出他的質疑，認為根本不存在具有社團性質與刊物基礎的「白馬湖派」，也認為「清淡」不足以概括這群作家的風格特色。尤其是朱氏在文章中寫道：「值得一提的是，〈槳聲燈影裡的秦淮河〉兩篇同題佳作，均揭載於一九二四年七月出版的《我們的七月》中，該刊為文學研究會寧波分會所辦。」明顯有誤，《我們的七月》中根本無此二文，應該是同時發表於1924年1月25日的《東方雜誌》第21卷第2號上，而且《我們》是否為寧波分會所辦也缺乏證據，與事實不符。至於〈關於文學研究會寧波分會的再審查〉（《浙江大學學報》〔人文社會科學版〕，第29卷第5期，1999年10月，頁143～147）一文，則是針對朱惠民發表於一九九二年第五期《浙江學刊》上的文章〈關於文學研究會寧波分會〉提出駁議，認為「該文對寧波分會的研究並未做出實質性的推進，反而製造了一些混亂，產生了以訛傳訛的作用。」賀文再度論證《我們》不是寧波分會的核心刊物，「我們社」也不是寧波分會的核心組織。

首先將這一概念具體發揮擴充，建立起基本論述架構者，即使觀點與論述均有偏頗謬誤之處，但其長期致力於此一命題的開發，又蒐集文本編選倡揚，甚至於還出版《白馬湖文派散論》（香港國際學術文化資訊出版公司，2006年8月）一書，這份執著的熱情還是應該予以肯定。

一九九一年編就、一九九六年增補後正式出版的《寸草春暉》，是為了發揮校史的教育功能，作為春暉學生課外讀物之用。任教於春暉中學的嚴祿標將全書分成「春暉篇」與「寸草篇」，前者「收錄了老一輩教育工作者關於白馬湖、春暉的部分詩文和他們的一些生活鏡頭，由此可以窺見昔日名師碩彥的思想品格、音容笑貌，給今天的人們以可貴的啟示。」篇中有經亨頤、劉大白、何香凝等人的詩作，以及夏丏尊、朱自清、豐子愷、俞平伯等人的散文；後者「則選用了一些近年來學生描寫春暉的習作和在各級各類競賽中獲獎的作文，在一定程度上代表了當今春暉學生的寫作、思想水平。」[12]篇中收了近五十篇作品，僅七篇直接描寫春暉中學或白馬湖，其餘是一般學生習作。書末有附錄〈成立紀念大事〉、〈記春暉校慶〉、〈七秩校慶記勝〉等五篇文章。此書的校史史料功能要大於文學史研究的學術意義。

白馬湖的文學風貌，透過文本的系統呈現後，顯然逐漸受到學界的注意。在一九九三年由范泉主編的《中國現代文學社團流派辭典》中，出現了唯一一則與白馬湖作家群直接相關的辭條「白馬湖散文作家群」，文約五百餘字，提到核心作家夏丏尊、豐子愷、朱自清三人，指出他們「在教學之餘，從事散文創作，大多取材於身邊瑣事，語言樸素，格調清新。離開學校以後，他們繼續從事散文創作，清新

---

[12] 嚴祿標主編：《寸草春暉》（紹興市：春暉中學，1996），頁291。

嚴謹、淡雅淳樸的風格更趨成熟，形成了別具一格的散文流派。」[13]在此，「散文流派」與「作家群」被模糊化地拼湊在一起，這種處理方式有其便利性，但也顯示出不得不然的尷尬與猶疑；一九九五年，商金林在其《朱光潛與中國現代文學》一書中，則呼應朱惠民的觀點，以「白馬湖派」稱呼朱光潛和「白馬湖的朋友們」[14]，他對流派命名沒有作任何解釋，首章即以〈朱光潛與「白馬湖派」〉為題，所論雖以朱光潛為主，但也用不少篇幅介紹此一群體在白馬湖的活動與文學特色，大致不離朱惠民的說法。

　　大體而言，這個階段的成果以文本整理為主，「白馬湖派」、「白馬湖流派」、「白馬湖散文作家群」等名詞的出現，以及對此一流派是否成立的討論與爭議，都說明了這個作家群體的學術命名工作尚在起步，還未獲得較為清晰穩定的學術評價、界定與確認。

四　發展期（1996 ～ 1999）：整體研究與學術探討

　　九〇年代中期，任職於杭州師範學院（今已改制為杭州師範大學）的陳星正式提出「白馬湖作家群」一詞，這個命名既跳脫「派」的爭議，又比較符合文學史實，提出之後，受到許多研究者的認同與採用，逐漸取代原先使用過的諸多名詞。據陳星自言：「一九八六年夏，我曾赴浙江省上虞縣（今上虞市）白馬湖參加紀念夏丏尊逝世四十週年暨誕辰一百周年活動，大概從那時起，我就計畫寫一本有關白馬湖作家群的專著。」[15]可見他很早即有介紹此一作家群體的構想。一九九四年春，他應臺灣幼獅出版公司的約稿，撰寫《白馬湖作

---

[13] 范泉主編：《中國現代文學社團流派辭典》（上海市：上海書店，1993），頁188。
[14] 商金林：《朱光潛與中國現代文學》（合肥市：安徽教育出版社，1995），頁27。
[15] 陳星：《教改先鋒──白馬湖作家群》（臺北市：幼獅出版公司，1996），頁226。

家群》專書，也是在這段時期，他應筆者之邀，自一九九四年起，在
筆者主編的《中央日報‧長河版》上發表了幾篇與白馬湖作家群相關
的短文，其中刊登於一九九四年四月二日的〈令人難忘的「白馬湖作
家群」〉，應該是最早在臺灣媒體上介紹這批文人的文章，雖然在文
章中他說：「是誰首先提出『白馬湖作家群』這個概念的，這個問題
很難詳考。」但明確提出這個名詞者，依筆者所見，應該就是陳星。
這篇文章是他正在撰寫《白馬湖作家群》專書的部分內容，其後他還
在《長河版》上陸續寫了〈經亨頤與寒之友社〉等多篇以這群作家為
主的文章。一九九六年，他終於完成並出版了約十萬字的《教改先鋒
──白馬湖作家群》，這是兩岸有關這群作家的第一本專著，此書的
問世，標誌著此一學術命名工作進入新的階段，開始整體性與系統性
的研究。此書出版之際，正值臺灣大力推動「教育改革」，出版社趕
搭熱潮，以「教改先鋒」為名，導致文學的本質形象無法得到凸顯，
有些可惜。或許因為這個緣故，此書於一九九八年一月由浙江文藝出
版社出版時書名就改為簡單明確的《白馬湖作家群》。陳星對此一文
學群體進行了較為全面而有條理的介紹，全書分九章，從地理環境、
作家交遊、散文創作、教育實踐到立達風格、開明風度，都有要言不
繁的勾勒和描繪，為適應一般讀者，陳星以流暢具可讀性的文筆娓娓
道來，對其文學、歷史、教育諸多面向都做了精彩的敘述。受到楊牧
對白馬湖風格系譜的啟發，他特立一章談「白馬湖的餘韻」，著重在
林文月、小思兩位作家。

　　陳星從廣義、宏觀的角度談論這群作家，全書焦點擺放在春暉時
期，但也不忘敘述「立達」與「開明」的活動事蹟，他認為：「人員
的各奔東西並不意味著他們之間的友情、他們共同或相近的文學主
張、教育理念有何變化，相反地，從『立達』到『開明』，他的隊伍
似乎更加壯大，影響更為深遠。」對於這群作家的研究，他認為「應

該辨析其形成、發展、高潮和餘韻的全過程。他們形成於白馬湖初期，發展和高潮是在白馬湖後期，『立達』和『開明』時期是該群體的延續。」[16]不可否認，陳星的這本專書已經將此一研究的框架作了初步的建構，後來的許多研究大致上並未偏離這樣的思路。

筆者正是在陳星的啟發與協助下，於一九九五年五月十六、十七、十八日在《中央日報・長河版》發表一篇七千字的文章〈清靜的熱鬧——「白馬湖作家群」的散文世界〉，後來則收入拙著《從黃遵憲到白馬湖——近現代文學散論》。許多大陸相關研究者都看到了這篇文章，以致多方引用，並收入編選的相關文集中[17]。接著，筆者開始以「白馬湖作家群研究」為題撰寫了二十餘萬字的博士論文，其後於一九九九年十一月由臺灣東大圖書公司出版《清靜的熱鬧——白馬湖作家群論》一書。此書共分九章，分別探討白馬湖作家群的形成、文人型態、民間性格、崗位意識、教育理念、文學作品，並附有這群作家的文學活動年表、小傳，以及春暉中學校內四種刊物《春暉》半月刊、《春暉的學生》、《白馬嘶》、《春暉學生》的知見篇目等。也許是兩岸交流的不便，大陸學者多未能見到此書，以致未能看到筆者對此一議題更為深入的研究成果與系統的見解。

筆者也以「白馬湖作家群」一詞來指涉這群作家，認為既強調地域特性，又釐定群體屬性，既闡論教育文化的理念及表現，又重視文學（特別是散文）的審美藝術追求與成果，不以流派定義，而視為文藝沙龍性質的群體現象，因為筆者認為，他們「雖然有著相近的思想與藝術追求，也有相近的文學創作風格，然而他們並無『旗號』，也沒有正式立社結派、發行機關刊物、訂定章程等，因此，稱之為

---

[16] 前揭書，頁196、197。

[17] 如朱惠民編著的《白馬湖文派散論》、夏弘寧主編的《白馬湖散文隨筆精選》，均收入了這篇文章。至於研究文章提到此文則有多篇，茲不贅舉。

『派』易生誤解。不過,這些作家既然在文學風格的個性與共性的統一上、在藝術風格的多樣性的統一上,具有自己鮮明的特色,且在特定的時空下,有過緊密的文化互動,因此,稱之為『作家群』應無疑義。」[18]作為一個獨立的學術研究個案,筆者認為「他們在創作時雖然未曾有過要創文學流派的想法,但若從作品的藝術特質、作家的審美情趣、生活經歷以及時代、地域、刊物、社團等諸多因素綜合考量,我們雖不必以一嚴格的文學組織視之,但其所透顯出的群體風格卻不能不予以完整、獨立地加以陳述。」[19]因此本書所探討的作家與作品都盡可能與白馬湖相關,時間斷限則始於一九一九年春暉中學籌備建校之校董事會成立開始,止於一九二九年,因為一九二九年是這群作家在白馬湖畔的最後一次公開活動。經亨頤、夏丏尊、豐子愷為弘一發起興建晚晴山房於白馬湖畔,一九二九年竣工,十月時,豐、夏、弘一等人有一次白馬湖放生的活動,弘一為此還寫了〈白馬湖放生記〉一文,雖然弘一於一九三〇、一九三一年均曾在晚晴山房小住,直到一九三二年赴閩弘法之後才真正離開白馬湖,但筆者著眼的是這群文人的共同活動。

　　「白馬湖作家群」命名的確立,相對完整深入的學術專書出版,應該說已經為現代散文發展史填補了部分空白,為現代散文文類的探研提供了一個集體性的實驗樣本,也為地域與文風關係的研究提供一個典型實例,更為文學流派研究提供了一個非／外主流的參照系。現代文學研究者唐翼明即曾對拙著撰文評論說:「本書不但是白馬湖『作家』群論,也是白馬湖『知識分子』群論,它畫出了在中國社會轉型期中一部分知識分子的群像,而且作了相當深度的分析,作者在

---

[18] 張堂錡:《清靜的熱鬧──白馬湖作家群論》(臺北市:東大圖書公司,1999),頁6。
[19] 前揭書,頁9。

分析中旁徵博引，顯示了廣闊的視野。」[20]陳星與筆者的專書當然有其不完備的缺漏，也有許多看法值得繼續探討，但從此以後，在臺灣和大陸學界，「白馬湖作家群」已然成了普遍且較具共識的稱呼，使用者日漸增多，例如在二○○○年由朱棟霖、丁帆、朱曉進主編的《二十世紀中國文學史》中，就以「白馬湖作家群」稱呼這群作家，指出「這批作家的散文同白馬湖的青山秀水相呼應，樸素清新、淡雅雋永、滿貯溫馨與韻味」，「由於人生追求與藝術旨趣相近，在散文創作中已形成了一個『白馬湖作家群』的散文風格[21]。可以說，此一學術議題命名化的使命在這一階段應該已經基本完成。

五　深化期（2000 ～ 2009）：理論拓展與多元呈現

　　進入二十一世紀後，對這群作家的精神面貌與文學表現持續深掘廣織的工作並未停止，而且有了更為多元、豐富的發展，不論是在史實的考訂、理論的拓展、資料的蒐羅或觀點的討論等方面，都有可喜的進步與成果。尤其是二○○三年以後，相關的學術論文逐漸增多，或談創作風格、文化個性，或論其形成、發展軌跡，或研究其兒童本位觀、出版理念、編輯實踐、國語教學等，在理論格局與知識體系的形成上更為深入，在議題的開拓上更為多元，跳脫了過去群體現狀的概括描述，進入系統學理的梳理與探研，粲然可觀的成果，意味著相關研究已經得到更多的關注，在學術命名完成之後，深化耕耘豐收的

---

[20] 唐翼明：〈讀張堂錡《清靜的熱鬧——白馬湖作家群論》〉，《文訊》，2000 年 8 月號。

[21] 朱棟霖、丁帆、朱曉進主編：《二十世紀中國文學史》（臺北市：文史哲出版社，2000），頁 676。書中也提到這群作家包括夏丏尊、豐子愷、朱自清、朱光潛、劉大白、葉聖陶、俞平伯與李叔同，而夏丏尊是「白馬湖作家群」的代表。

階段已經開始。

　　筆者透過「中國期刊網」以篇名及關鍵詞「白馬湖」對「中國期刊全文數據庫」（1999～2009）、「中國博士學位論文全文數據庫」（1999～2009）、「中國優秀碩士學位論文全文數據庫」（1999～2009）三個資料庫進行檢索，發現有幾個現象值得注意。首先，在學位論文方面，至今仍無一篇以白馬湖作家群為研究對象的論文，只有一篇研究春暉中學教育的碩士論文[22]，以及有幾篇研究豐子愷散文的碩士論文中提及白馬湖作家群，足見學院中的相關學術研究仍有發展的空間；其次，單篇期刊文章雖有八十多筆，但有的重複發表，有的屬於活動報導、文學創作、作品賞析或舊作重刊，真正合乎學術規範的論文有二十一篇[23]，一九九九年至二〇〇三年零篇，二〇〇四年以後開

---

22 劉佳：《春暉中學：現代教育的烏托邦》，（長沙市：湖南師範大學碩士論文，2008）。

23 這八十多筆資料中，有的是農業研究，如董建波〈白馬湖農場關注民生促發展〉；有的是活動報導，如〈二〇〇九中國印象白馬湖藝術節首屆白馬湖創意作品大賽〉；有的是散文創作，如鮑世遠〈白馬湖漫憶〉、郭豔紅〈尋夢白馬湖〉；有的是新詩創作，如童索〈白馬湖〉；有的是旅遊報導，如章瑞華等〈白馬湖的春天〉；有的是作品賞析，如朱文彬〈生活的藝術化──評夏丏尊的《白馬湖之冬》〉；有的是舊作重刊，如朱自清〈白馬湖〉、夏丏尊〈白馬湖之冬〉等。真正合乎學術論文規範的有二十一篇，分別是二〇〇四年三篇：朱曉江：〈溫柔敦厚的仁者情懷：白馬湖作家群文化個性描述〉，《思想戰線》2004 年第 1 期；唐惠華：〈文心至性清淡雋永──論「白馬湖散文作家群」的創作風格〉，《杭州師範學院學報》（自然科學版）2004 年第 6 期；嚴曉蔚：〈試論「白馬湖散文」的吳越腔〉，《四川教育學院學報》2004 年第 9 期。二〇〇五年四篇：姜建：〈「白馬湖」流派辨正〉，《南京審計學院學報》2005 年第 1 期；王曉初：〈「白馬湖文學現象」的淵源與流衍〉，《紹興文理學院學報》（社會科學版）2005 年第 1 期；傅紅英：〈論「白馬湖作家群」的形成和發展軌跡〉，《紹興文理學院學報》（社會科學版）2005 年第 1 期；王曉初：〈論「白馬湖文學現象」〉，《西南師範大學學報》（人文社會科學版）2005 年第 5 期。二〇〇六年二篇：呂曉英：〈白馬湖作家群論〉，《上海師範大學學報》（哲學社會科學版）2006 年第 2 期；孟念珩：〈「白馬湖散文」風格淺析〉，《山東行政學院・山東省經濟管理幹部學院學報》2006 年第 4 期。二〇〇七年六篇：陳星：〈白馬湖作家群溯

始「大量」（相對而言）出現，其中二○○四年三篇，二○○五年四篇，二○○六年二篇，二○○七年六篇，二○○八年三篇，二○○九年二篇。如果加上他處所見論文，以及一九九九年以前的論文，合計約三十篇左右[24]。三十篇論文中，發表於本階段的就有二十六篇，因

源〉，《湖州師範學院學報》2007 年第 3 期；朱曉江：〈文學史視野下的「國語」教學——以「白馬湖作家群」的教育實踐與文學批評為例〉，《社會科學戰線》2007 年第 3 期；陳星：〈從「湖畔」到「江灣」——立達學園、開明書店與白馬湖作家群的關係〉，《浙江海洋學院學報》（人文科學版）2007 年第 2 期；李紅霞：〈白馬湖作家群簡論〉，《中山大學學報論叢》2007 年第 8 期；呂曉英：〈論白馬湖作家群的出版活動〉，《編輯之友》2007 年第 5 期；傅紅英：〈白馬湖作家群的命名及研究範疇論說〉，《浙江學刊》2007 年第 5 期。二○○八年四篇：李紅霞：〈白馬湖作家群面對的三種張力〉，《汕頭大學學報》（人文社會科學）2008 年第 1 期；傅紅英〈論白馬湖作家群形成的文化淵源〉，《江西社會科學》2008 年第 2 期；唐惠華：〈一個值得重視的新文學群體——論白馬湖散文作家群的研究現狀和思考〉，《井岡山學院學報》2008 年第 7 期（此文曾以〈白馬湖散文作家群的研究現狀和思考〉為題，發表於《蘭州教育學院學報》2008 年第 2 期，因內容重複，不予列計）；傅紅英、王嘉良：〈試論「白馬湖文學」的獨特存在意義與價值〉，《中國現代文學研究叢刊》2008 年第 6 期。二○○九年二篇：朱曉江：〈白馬湖作家群的出版理念及其編輯實踐考辨〉，《浙江社會科學》2009 年第 1 期；董曉婭：〈「白馬湖」「兒童本位」觀研究〉，《吉首大學學報》第 30 卷第 2 期，2009 年 3 月。

[24] 如朱惠民至少有三篇發表的論文：〈現代散文「白馬湖派」研究〉，《寧波大學學報》（人文科學版）1991 年第 1 期；〈論現代散文「白馬湖派」〉，《九州學刊》1993 年秋季號；〈現代散文「白馬湖派」再研究〉，《紀念夏丏尊先生誕辰 120 週年逝世 60 週年學術研討會論文匯編》，上海市新聞出版局出版博物館、上海市編輯學會編印，2006 年。另外，他未發表但收錄於專著《白馬湖文派研究》（香港：香港國際學術文化資訊公司，2006）中的〈白馬湖作家與「五四」新詩的創新〉（寫於 2006 年 7 月）、〈白馬湖講演詞考論〉（寫於 2006 年 7 月）二篇文章，也是具有學術性質的文論。王建華、王曉初主編：《「白馬湖文學」研究》（上海市：上海三聯書店，2007）中也收錄有吳蓓：〈白馬湖文化符號精神解讀〉、馬亞娟：〈一方淨土守護下的純真童心——談白馬湖作家群對「兒童本位論」的倡導和推動作用〉二篇學術論文，在《中國期刊網》中沒有資料。更早些的還有陳星：〈白馬湖作家群的教育、教學理念〉，《浙江社會科學》1997 年第 1 期；舒米：〈白馬湖作家群的編輯實踐〉，《杭州師範學院學報》1997 年第 2 期。但舒米之作全文僅一千五百字，學術性質較弱。必

此將本階段視為研究的深化期是符合實際情況的。

在總體現象與史料整理具有一定的成果後，進入微觀、特徵、理論的揭示與比較是必然的趨勢。觀察這二十六篇學術論文，有對白馬湖作家群的本質探討，如流派論、形成論、起源論、範疇論、作家論等，也有談其與立達學園、開明書店關係的歷史論，以及文學藝術風格論、兒童本位論、編輯出版研究等，涵蓋的範圍既深且廣，涉及的面向大幅增加，兼顧了文獻分析與理論闡述，也結合了個案研究與宏觀探討，對此一學術命題的開展可說繳出了可觀的成績。例如馬亞娟、董曉婭兩人不約而同探討了這群作家的「兒童本位」觀，認為在非兒童時代的二〇年代中國社會，這群作家對「兒童本位」的倡導與推動顯得彌足珍貴，以夏丏尊、豐子愷、葉聖陶為代表，他們以理論探索、教育實踐和文學創作，強調對兒童的熱愛與尊重，形成鮮明的「兒童本位」傾向，「憑藉他們當時在文壇的巨大的影響力和號召力，通過他們在理論和創作上的不斷努力，『兒童本位論』得到了充分的肯定和宣揚。」[25] 馬亞娟甚至認為，在二〇年代的許多作家中，「白馬湖作家群對『兒童本位論』的倡導最為全面、系統：既有理論上的深刻闡述，又有創作上的躬身實踐。」[26] 朱曉江從「文化個性」角度對這群作家的描述，也令人耳目一新，他以「溫柔敦厚的仁者情懷」概括這群作家的文化個性，指出：「白馬湖作家群的文化個性從整體上來看是建設性的。和時代『以破為立』的主流思維方式不同，白馬湖作家群的努力方向，並不在於反思、批判文化傳統（或西方文

須說明的是，三十篇只是估計的數字，是在學術論文、以「白馬湖」為題的兩個條件下檢索而成，遺漏自不可免，但可供參考。

[25] 馬亞娟：〈一方淨土守護下的純真童心——談白馬湖作家群對「兒童本位論」的倡導和推動作用〉，收於王建華、王曉初主編：《「白馬湖文學」研究》（上海市：上海三聯書店，2007），頁107。

[26] 同上註，頁101。

化）的好壞得失，而主要通過他們紮實的文化工作，從正面向青年學生灌輸一種新的文化理念與知識。這種建設性的文化個性與他們以人為中心的文化理念緊密相關，並使其在中西方文化的處理問題上，顯示出了兼容並包的風度意氣。」[27]對此一群體的共同特徵可說作了準確的揭示；又如嚴曉蔚探討白馬湖散文風格的成因及其與吳越文化的聯繫，是過去少見的切入點，她提出三個特點：陰柔婉約的格局氛圍、詩性浪漫的自我傳達、輕雋淡遠的神韻風骨，推論出「白馬湖作家群的淡泊心緒的釋放是吳越文化藝術精神在新的歷史條件下的一次精神復歸。」[28]傅紅英對白馬湖作家群形成的文化淵源進行了思考，認為「白馬湖作家群對傳統思想的認知、吸納及其在創作實踐中的表現，明顯可以看出其接受的正是我國傳統文化中的主流和精粹部分。」[29]她提出三個文化思想的接受淵源：積極入世──對儒家思想的身體力行，皈依佛心──對佛家文化的認同，崇尚自然、沉默避世──對道家文化的認同，言之有據，分析深刻，使我們對這群作家的精神個性有了更深入的掌握。這些論文的發表，代表了新的研究人力與觀點的強化，擴大了對「白馬湖作家群」的學術研究格局，也豐富了它的文學審美內涵。

　　深化期另一個明顯的標誌是相關專書的出版。由何家煒主編的六冊《白馬湖作家群文叢》，分別由作家們的後人加以編選[30]，極具特

---

[27] 朱曉江：〈溫柔敦厚的仁者情懷：白馬湖作家群文化個性描述〉，《思想戰線》2004年第1期，頁65。

[28] 嚴曉蔚：〈試論「白馬湖散文」的吳越腔〉，《四川教育學院學報》2004年第9期，頁63。

[29] 傅紅英：〈論白馬湖作家群形成的文化淵源〉，《江西社會科學》2008年第2期，頁121。

[30]《經亨頤詩文書畫精選》由經緯鷹選編；《夏丏尊散文譯文精選》由夏弘寧選編；《朱自清散文精選》由朱喬森選編；《豐子愷散文漫畫精選》由豐一吟選編；《李叔同詩文遺墨精選》由李莉娟選編；《白馬湖散文隨筆精選》由夏弘寧選編。

色與權威性，但因以文本為主，對學術研究並無直接成果的展現，但
這套書的出版，透露出此一學術命題逐步走向經典化的訊息。學術
性較突出的專著有三本：陳星的《人文白馬湖》（北京市：方志出版
社，2004 年 8 月）、朱惠民的《白馬湖文派散論》及王建華、王曉初
主編的《「白馬湖文學」研究》（上海市：三聯書店，2007 年）。陳星
之作為其科研項目的成果，內容記述白馬湖作家群及其他文化名人在
白馬湖畔的蹤跡，從新文化運動及現代教育事業兩個側面來揭示這群
作家在文學、藝術、教育進程中的表現與成就，大體上不脫以前相關
研究的立場與看法。朱惠民之作則為個人多年來所寫關於此一群體的
文章結集，計有十五篇，大類有二：一是研究寧波的文化活動，以朱
自清為主；二是研究白馬湖作家群體。書末另附有商金林〈朱光潛與
「白馬湖派」〉等五篇文章。正如朱氏在〈後記〉所言：「這本集子由
新作與舊論合編而成。……由於原是單篇論文，勒於一冊，前後重
複處可以說所在多有，也都未予處理。」[31]因此書中論白馬湖作家的三
篇主要論文：〈現代散文「白馬湖派」研究〉、〈論現代散文「白馬湖
派」〉、〈紅樹青山白馬湖──《白馬湖散文十三家》選編後記〉，內
容大同小異，許多段落文字完全一樣，讓人有些失望。不過他能針對
幾位作家在白馬湖的講演詞進行研究，又注意到白馬湖作家在新詩創
作上的表現，且對文學研究會寧波分會的組織、活動、刊物與特性進
行一家之見的研究，有其學術上的參考價值。王建華編著則是許多學
者單篇論文的匯集，分六個單元，共二十二篇文章，有對白馬湖文學
現象、文化貢獻、歷史述評的宏觀探索，也有具體文本及豐子愷、夏
丏尊、李叔同、朱光潛等作家個體的微觀研究，書末則附有回憶或追
溯這群作家生前事蹟的五篇文章，堪稱是到目前為止對此一群體研究

---

[31] 朱惠民：《白馬湖文派散論》，頁 307。

成果最集中的一次展示，有其學術上的重要意義。

　　臺灣有關此一群體的研究相對較少，筆者透過「國家圖書館」同樣以「白馬湖」為關鍵詞對「全國博碩士論文資訊網」、「全國圖書書目資訊網」、「中文期刊編目索引」三個資料庫進行檢索，也觀察到幾個現象。第一，在學位論文方面僅有筆者的博士論文《白馬湖作家群研究》（東吳大學 1999 年），其他則在研究豐子愷、林文月散文的碩士論文中簡單提及；第二，出版與白馬湖相關的專書有三部，除了筆者的《清靜的熱鬧——白馬湖作家群論》外，有陳星《白馬湖畔話弘一》（臺北市：東大圖書公司，2002 年 5 月），以及石曉楓《白馬湖畔的輝光——豐子愷散文研究》（臺北市：秀威資訊科技公司，2007 年 1 月），這兩本書都是以個別作家專論為主，陳星之作涉及到白馬湖處較多，而石氏之作係一九九五年六月完成的碩士論文《豐子愷散文研究》修訂而成，其對白馬湖作家群的敘述限於九〇年代相關研究的缺乏，大抵採取的是陳星、朱惠民的看法；第三，學術論文有六篇，分別是陳星二篇，孫中峰二篇，筆者二篇[32]。值得一提的是，孫中峰原本於一九九九年以《豐子愷研究——以文藝思想及散文創作為中心》獲得碩士學位，但二〇〇五年的博士論文卻轉為《莊學之美學義蘊新詮》，未在現代文學的領域上持續耕耘下去。他撰寫的兩篇長文，可以看出用功甚勤，資料掌握與觀點運用都很到位，如〈在藝

---

32 這六篇論文按發表時間先後次序分別是：張堂錡：〈湖水依舊在——「白馬湖作家群」的遺風餘韻〉，《國文天地》1995 年 12 月號；張堂錡：〈劉大白與白馬湖〉，《中國現代文學理論季刊》第 5 期，1996 年 3 月；蘇暹（即陳星）：〈白馬湖作家在春暉中學的「新村運動」〉，《浙江月刊》1996 年 12 月；孫中峰：〈在藝術與群眾之間——重論「白馬湖作家群」〉，《東華中國文學研究》第 2 期，2003 年 6 月；陳星：〈弘一大師在白馬湖〉，《普門學報》第 26 期，2005 年 3 月；孫中峰：〈白馬湖作家的群體性格與藝術取向〉，《中國語文》第 617、618、619 期，2008 年 11 月、12 月、2009 年 1 月。

術與群眾之間──重論「白馬湖作家群」〉就頗有己見，對這群作家的群體屬性，他採取的也是廣義的界定，認為既不是「地域性」的文學群體，也不是一個具有社團組織的文學流派，而是「基於作家文藝性格與文化理想之共同性而形成的作家群體」。他以朱光潛的「靜穆」論述作為這群作家生命與文藝情調的概括，提出自己的觀察：

> 在「靜穆」的精神基調中，白馬湖作家對社會現實的關注，乃是一種深廣的人道情懷，而非激切的階級抗爭意識；同時，在藝術關照距離的調和下，他們對社會民生的同情關懷，亦未呈現為熱情沸揚的吶喊。「靜穆」的生命精神體現在文藝上，形成了「含蓄」、「深沈」的美感追求，亦鮮明締構出這個作家群體創作風格的主調。

對於這群作家的文化定位，他強調介於鼓吹無產階級大眾文藝的左派，以及追求高雅、超逸品味的論語派、新月派等自由主義色彩較濃厚的作家群體之間，「正是在純粹藝術與人民群眾兩者間的調和折衷，融鑄成白馬湖作家特殊的群體性格與文藝風貌，也構劃出他們在中國現代文學中的歷史定位和存在意義。」[33]雖然筆者同樣主張「白馬湖作家群」應該延伸至立達時期與開明時期，但它畢竟應以春暉為中心，本文將此一群體從二〇年代延伸至一九四九年，過度的詮釋給人此一「準流派」在一九四九年以前都存在，而且「獨立」於當時文壇的印象，有待商榷。不過，在有關群體定位論述明顯不足的情況下，孫中峰的努力還是值得肯定的。

---

[33] 以上對孫中峰文章的引用見其〈在藝術與群眾之間──重論「白馬湖作家群」〉，《東華中國文學研究》第 2 期，2003 年 6 月，頁 14、51、52。這些同樣的文字也出現在他的〈白馬湖作家的群體性格與藝術取向〉（下），《中國語文》第 619 期，頁 50～51。

在本階段追求深刻性的同時，上虞作家顧志坤洋洋四十萬言、集小說創作、歷史傳記、人物報導與學術研究於一身的《春暉》（長春市：吉林文史出版社，2008年9月），則體現出多元性意義。全書共分九章，以人物描寫為核心，輔以大量經過細心考證的歷史材料，加上文學創作的想像與情感融入，從捐款興建春暉學校的陳春瀾寫起，一直寫到一九四九年八月，胡玉堂返回母校擔任新時期的校長為止，主要刻畫的人物有經亨頤、夏丏尊、豐子愷、何香凝、范壽康等，以校史的發展為主軸，串連起許多動人的細節、歷史的情境與人物的精神，甚具可讀性。正如胡國樞為此書作序所言：「作者以樸實而有靈氣之筆追溯與探索曾經活躍在春暉校園中那些燦若群星的歷史文化人物、教育大師，並與之作心靈對話與情感交流，使他們一個個重新『復活』，把這所二〇世紀中國名校的自然景觀、人文環境、歷史原貌與她的特色、優勢、價值，再現在讀者面前。」[34]饒富意義的是，這本書的問世，啟示了未來此一課題呈現的多元可能性，小說體、報導文學體，甚至是影視作品，都有可能為這個方興未艾的學術議題增添更多迷人的色彩。

六　結語

長期以來，研究者多把視角集中於白馬湖作家群中的幾位核心人物夏丏尊、朱自清、豐子愷、朱光潛，而且也都做出了耀眼的成績，然而以群體的角度綜論鉤沉，並使這個作家群體的命名得到相對學術上的穩定評價，卻還只是近十幾年的事。即使到目前為止，對於這個群體屬性、定位、範疇、成員、風格的討論也不曾消歇。對其思想個

---

[34] 胡國樞：〈序〉，《春暉》，頁1。

性、審美品格、文化精神的探掘，更還有許多亟待克服的難題，正如王曉初所言：「這一文學流派、或作家群體、或文學風格的內在文化精神、思想與藝術特徵，特別是與同時期的以周作人為代表的『言志派』散文的比較，還有他們的歷史淵源、文化傳統、發展演變、傳承變遷（隔海蔓延）、作家譜系、當代流變，以及教育探索，文化與藝術創造等等諸多迷人的問題都還缺乏深入細緻的研究與探討。」[35]

即使如此，筆者對此一議題的開展與深化是充滿信心的。理由很簡單，從以上列舉的專書、論文來看，一個相對穩定的研究隊伍已經成形，從早期的朱惠民、陳星、夏弘寧，到後來的王曉初、朱曉江、傅紅英、李紅霞、唐惠華、呂曉英，都是有多篇相關研究成果的學者。他們對這群文人的興趣始終不減，研究的能量也不斷釋放。夏弘寧從寫到編，積極支持白馬湖文學的研究，成績有目共睹。朱惠民近年來在新浪網經營「白馬湖文化研究」博客，除了將舊作刊發外，也發表了幾篇短文新作如〈白馬湖：浙東新文學沙龍〉、〈寧波吃·白馬湖·開明酒會〉、〈俞平伯·寧波味·白馬湖〉等，其中一篇〈白馬湖文派研究綜述〉仍持續主張其一貫「白馬湖派」的觀點。另一骨幹人物陳星，自一九九七年十月起在杭州師範學院的支持下成立「弘一大師·豐子愷研究中心」，透過縝密的擘劃邀約，至少擁有十個國家和地區的顧問、特約研究員五十餘人，堪稱一支嚴整的研究隊伍，雖然該中心以弘一和豐子愷為主要研究對象，但因與白馬湖的密切關連，許多研究也不能不涉及到白馬湖和朱自清、葉聖陶等其他幾位作家，這對白馬湖作家群研究的發展產生很大的推進作用。

此外，陳星以《白馬湖作家群的文化實踐與當代中國的文化建設》獲得二〇〇二年度浙江省哲學社會科學規劃課題，完成成果即

---

[35] 王曉初：〈前言〉，《「白馬湖文學」研究》，頁2。

《人文白馬湖》一書，又以《從白馬湖派到開明派演變研究》獲得二
○○六年度國家社會科學基金項目，完成成果為《從「湖畔」到「海
上」──白馬湖作家群的形成與流變》一書。傅紅英則以《白馬湖作
家群與中國新文學》獲得二○○五年度浙江省哲學社會科學規劃課
題。透過一項項計畫性課題的深層次開發，新的研究人力投入，相關
成果的多元豐富已是可以期待的事實。

　　從學術命名的角度來看，包括唐惠華、傅紅英、李紅霞、呂曉
英、馬亞娟、朱曉江、孟念珩、石曉楓、孫中峰等大部分的年輕研究
者已經接受並使用「白馬湖作家群」一詞。它非社團、非計畫組織的
定位，以及和「立達」、「開明」一脈相承的歷史淵源與關係演變，
也已成學界共識。對這群作家在文學、藝術、教育、語言、文化等方
面的特色與存在價值，隨著時間的流逝，不僅沒有被遺忘，反而吸引
更多讀者與研究者的目光。筆者相信，在上述既有的豐碩成果與堅實
基礎上，一個符合客觀學理的「白馬湖學」於焉產生是遲早的事。

　　回顧近三十年來此一學術命題形成、發展到深化的嬗變軌跡，相
關概念的從模糊到清晰，彷如一條湮沒的河水重見天日，從「補寫文
學史」的意義而言，它提供了一個生動的典型示範，成為審視新文學
發展不可迴避的存在。正視與探索這群作家從春暉白馬湖到立達開明
路的人生選擇、文化態度與審美取向，對現代文學的反思與重構，都
將是饒富深意的。

開明夙有風
——開明派文人的文化理念及其出版實踐

前言

　　二〇世紀初期，中國現代編輯出版事業的蓬勃發展，直接促進了中國的現代化進程，尤其是一批由深具理想性的知識分子所主持的出版機構，為現代文明的建構營造了充滿人格理想的文化陣地，也開闢了一條傳承知識分子精神品格的重要途徑。一九二六年八月一日正式成立於上海的開明書店，就是這樣一家始終貫穿著知識分子人文精神的出版機構。一九五三年，開明書店與北京青年出版社合併為中國青年出版社。從成立到合併的二十七年間共出版各類圖書一千五百餘種，其中教科書約二五〇種，此外還編輯發行十六種期刊。這些出版物以其內容新穎、態度嚴謹、裝幀精美而獲得社會好評，被譽為是一個有特色、有貢獻、有影響的出版社。它是由章氏兄弟——章錫琛、章錫珊合辦的，初期不過是五、六人的小書店，資金也只有五千元，卻能在不到十年的迅速發展後，躍升為與商務印書館、中華書局、世界書局等創業已久的大書店齊名的「六大書店」之一，到一九二七年時已有資本三十萬元。它的經營之道，對今天的出版界仍有一定的借鑒意義。它的文化理念和文學理想，至今看來也有值得學習效法之處。

　　所謂「開明派文人」，是指三、四〇年代以開明書店為中心，實際從事文化啟蒙、文學教育、藝術推廣之教材編寫、文藝創作的一批學者、作家和教師，主要核心人物有夏丏尊、葉聖陶、顧均正、趙景深、豐子愷、錢君匋、傅彬然、賈祖璋等人，其中又以夏、葉二氏為骨幹。這批文人多為思想開明，作風樸實，文化涵養深厚，教學經驗豐富，關懷社會現實，不務玄虛空談，但求點滴有成，兼具理想與務實的知識分子。葉聖陶早在抗戰時期為開明書店同仁組織的「明社」寫的社歌中就提到：「開明風，開明風，好處在穩重。處常足有餘，應變有時窮。」[1]後來又在開明書店成立二十週年時賦詩一首云：「書林張一軍，及今二十歲。欣茲初度辰，鑄金聯同輩。開明夙有風，思不出其位。樸實而無華，求進弗欲銳。惟願文教敷，遑顧心力瘁。此風永發揚，厥績宜炳蔚。以是交勉焉，各致功一簣。堂堂開明人，俯仰兩無愧。」[2]此詩具體而微地提到「開明人」願在文教事業上盡心，以穩重、樸實、認真之「開明風」彼此勸勉，以求無愧，堪稱「開明派文人」的最佳註腳。隨著開明書店事業的發展，「開明人」與「開明風」的內涵不斷獲得充實與發展，不僅成為凝聚開明同仁情感與思想共識的力量，也形構出開明書店特殊的經營風格，而開明派文人的精神品格，不論當時或以後，對知識分子的出處進退、人生價值取向的選擇，都具有一定的啟發性。

　　「開明派文人」的形成，不以正式的社團為中心，也不是這批文人有意識的追求，而是因緣際會下，共同以書店為陣地，雜誌刊物為

---

[1] 明社是開明書店內部的一種同仁組織，主辦推動同仁業餘學習和康樂活動的工作，最初只在桂林試行，以後漸次推廣到各地，成為全店性的組織。其宗旨為團結全體同仁，維護書店的事業。社歌的記載見於王知伊：〈開明書店紀事〉，《開明書店紀事》（太原市：書海出版社，1991），頁92。

[2] 此詩為葉聖陶於一九四六年為開明書店二十週年所撰的紀念碑辭，見中國出版工作者協會編：《我與開明》（上海市：中國青年出版社，1985）扉頁。

媒介,發表文章,出版書籍,宣傳理念,擴大影響,從而形成一個在思想藝術上具獨特性的文學社群。過去的文學史論述,多以正式社團或主流流派為主,對類似「開明派文人」的注意十分薄弱,這使得文學史著作雖有多種版本,卻在結構框架和審美視角上陷入過於一致性的單調陳套中,這種現象對現代文學史學科的整體發展自是一種缺憾。本文試圖對其文化理念與出版實踐做一綜合概括與意義探掘,相信對此一文學史邊緣現象的勾勒將有助於現代文學流派研究的深入拓展。

二 開明之人做開明之事:開明派文人的精神品格

「開明人」與「開明風」是葉聖陶首先提出的,這個說法顯然得到文化界、廣大讀者的認同。抗戰勝利後,上海就有報紙把開明書店的編輯、作、譯者稱為「開明派文人」。當呂叔湘到開明書店工作,有一報紙鄭重其事地加以報導云:「開明派文人又添大將」,足見「開明人」這個無形的文人群體,受到社會的矚目。這個鬆散的文人群體,一般認為有夏丏尊、葉聖陶、章錫琛、胡愈之、徐調孚、宋雲彬、傅彬然、丁曉先、王伯祥、朱自清、豐子愷、錢君匋、劉薰宇、白采、顧均正、賈祖璋、周振甫、趙景深等人,此外,朱光潛是開明書店發起人之一,王統照一九四〇年在開明書店工作過,他們也自稱為「開明人」。葉聖陶對開明書店的成立有一生動的描述,他說:「開明書店是一些同志的結合體。這所謂同志,並不是信奉什麼主義,在主義方面的同志,也不是參加什麼黨派,黨派方面的同志。只是說我們這些人在意趣上互相理解,在感情上彼此融洽,大家願意認認真真做點兒事,不求名,不圖利,卻不敢忽略對於社會的貢獻:是

這麼樣的同志。」[3]他於一九三〇年應章錫琛之邀,辭去商務任職,改任開明編輯,「因為開明裡老朋友多,共同做事,興趣好些。」[4]強調的是「興趣」、「意趣」、「感情」的「理解」、「融洽」,說明了「開明派文人」是一個自然形成、組織鬆散的文人集合體,是朋友志趣相投的結合,既不以企業經營為號召,也不以社團流派自居,而主要是一種印象與形象,是他們經過一段時日的努力與成果累積後所獲得的社會認同與品牌信譽。

「開明」一詞,兼有開通明理與「啟蒙」(enlightment)雙重內涵。以文化教育為手段,使國民(特別是青年學生)脫離蒙昧、達到開明的狀態,可以說,開明書店從誕生之初就帶有鮮明的「文化啟蒙主義」色彩。開明書店成立的本身就是一次新舊文化之爭下的產物,準確地說,它是「五四」的產物。長期擔任開明書店編輯的宋雲彬就指出:「沒有『五四』運動就不會有人提出婦女問題來討論,那麼開明書店的創辦人章錫琛先生,就不會因談新性道德和辦《新女性》雜誌被商務印書館解職,他將一輩子在商務當個編輯;而同時在『五四』以前,像開明這樣的新型書店根本辦不起來,即使辦起來了,也不可能發展,更不可能長期存在。」[5]可見「五四」新文化運動思潮所造成的時代氛圍,正是開明書店能夠誕生、發展的思想條件。章錫琛被商務辭退一事,在當時被認為是新舊文化鬥爭下的結果,章錫琛所創辦的《新女性》雜誌和開明書店,遂被視為傳播新文化的陣地,很多讀者或作者之所以支持開明書店,其實是支持它鮮明的新文化、新

---

3 葉聖陶:〈開明書店二十週年〉,《葉聖陶集》(南京市:江蘇教育出版社,1989)
   第7卷,頁224。
4 葉聖陶:〈略敘〉,收於劉增人、馮光廉編:《葉聖陶研究資料》(北京市:北京十
   月文藝出版社,1988),頁121。
5 宋雲彬:〈開明舊事〉,《文史資料選輯》第31輯,1962年7月。

文學的特點和傾向。如女作家陳學昭因為章錫琛主編商務印書館《婦女雜誌》時經常發表有關「婦女解放」、「男女平等」的文章而和章錫琛通信，後來章錫琛被迫離開商務，另起爐灶創辦《新女性》時，「每個人拿出五元，記得大約有四、五十人參加，我也是參加者之一，拿這筆聚攏來的錢作為第一期的印刷費用。而我們這些參加者都要為《新女性》義務寫稿。」[6]湖畔詩社的詩人汪靜之也是從反封建禮教的新文化觀點大力支持開明書店，他說：

> 我是女權運動的擁護者，反封建禮教的積極分子，我的詩集《蕙的風》裡戀愛詩中雙方都是平等相待的，沒有男尊女卑的蠻性的遺留。我對章錫琛提倡女權是讚賞的，對他被辭退是同情的。
>
> 章錫琛自籌資金開了開明書店，資金不足，有不少友人出資入股支援。我就把反封建禮教的小說《耶穌的吩咐》交開明書店出版，隨後又交了詩集《寂寞的國》，兩書都不馬上支稿費，出版後也不取版稅，而把版稅全部入股，算是表示支援。[7]

「五四」運動使中國的文化界分為新舊兩派，影響所及，出版界也分為新舊兩派。舊派出版家多為商人，思想偏於保守，因此在「五四」初期，許多宣揚新思潮的著譯文稿，缺乏印行的管道。作家們不得不想方設法爭取出版的機會，於是由作家自辦書店來出書、發行刊物便成了那時盛行的風氣，如北京大學的新潮社出版部，李小峰創辦的北新書局，俞平伯的樸社出版部，章錫琛的開明書店都是這一類的新型出版機構。開明書店之所以大規模地出版各種新文學作品[8]，又有計

6　陳學昭：〈我和《新女性》〉，《我與開明》，頁11。

7　汪靜之：〈我怎樣從擁護女權當上了股東〉，《我與開明》，頁88。

8　根據葉桐的統計，一九二六年到一九五二年，開明書店出版了千餘種圖書，文學類

畫地透過一系列國文教科書和輔助讀物，系統地介紹各種新文學的理論、主張、技巧、知識，為新文學的傳播做了紮實的奠基工作，體現的就是新文化、新文學建設意識。

　　開明書店與時俱進的文化傾向和支持新文學的獨到眼光，說明了「開明人」的特質與立場。這種特質與立場的形成，與「開明人」的成員背景脫離不了關係。大體而言，「開明人」的主要構成來源有四：立達學會會員、文學研究會會員、商務印書館的一批同事，以及與開明同仁中有種種關係的人，包括同學、同鄉、師生、朋友、親戚等。立達學會是一九二五年三月在上海成立的文人團體，成立的目的是要共同支持符合自己教育理念的「立達學園」，學會以「修養人格，研究學術，發展教育，改造社會」為宗旨，夏丏尊、豐子愷、匡互生、劉薰宇等為主要發起人，成立時有會員葉聖陶、章錫琛、朱光潛、朱自清、王伯祥、周建人等五十一人，開明書店成立後，立達學會會員很多成為開明的成員和撰稿人，學會的同仁刊物《一般》月刊就由該會編輯，交給開明出版，彼此的密切關係不言可知。新文學社團「文學研究會」的機關刊物《文學週報》，也是交由開明出版，其會員葉聖陶、郭紹虞、沈雁冰、耿濟之、孫伏園等都與開明關係深厚，很多會員都將作品交給開明出版，構成開明書店一支重要的作者隊伍。商務印書館中一批倡導新文化的同事，則是支持開明的另一股重要力量，正如葉聖陶所言：「稍後創辦的幾家出版業，如中華、世界、大東、開明，骨幹大多是從商務出來的。」[9]除了創辦人章錫琛，

　　圖書的比例高達三分之一，而在四百餘種各類各體的文學圖書中，新文學的作品就達一八四種，佔文學類的百分之四十二點二，佔圖書總數的百分之十四。一八四種新文學作品中，有中長篇小說三十四部，短篇小說集四十部，散文集七部，詩集十八部，話劇二十五部。參見葉桐：〈新文學傳播中的開明書店〉，《中國現代文學研究叢刊》1999年第1期，頁203。

9　葉聖陶：〈我和商務印書館〉，《葉聖陶集》第7卷，頁261。

先後由商務轉到開明工作的就有葉聖陶、王伯祥、徐調孚、宋雲彬、郭紹虞等，他們的投入與貢獻，使開明事業蒸蒸日上，對「開明人」形象的構成與建立，功不可沒。最後一種來源是與開明同仁有種種關係者，且不說經理部門中不少沾親帶故者，僅編輯部門，如葉聖陶與王伯祥、郭紹虞是蘇州小學時代的同窗好友，夏丏尊與豐子愷、傅彬然、賈祖璋等在浙江第一師範有師生之誼，顧均正是唐錫光的老師等，這樣的關係使這批「開明人」因緣際會地聚在一起，共同為「開明派文人」的發光發熱盡心盡力。儘管「開明人」的成員身分、背景有所不同，但大多為編輯與作者，也是新文學、新文化的支持者，有著相近的出版理念與教育使命感，主張以文學、文化、藝術為媒介，為開啟民智、教育青年貢獻心力，做開明之事。這些書生、作家、學者、教師，後來都成了新文學史上值得記上一筆的人物，他們憑著一股熱誠先後來到開明書店，讓自己成了「開明人」的一個重要組成部分。

　　「開明人」的特點在時人與後人的諸多評價中逐漸凝塑成形，如丁玲說：「負責編輯的先生們是有思想的，對讀者是負責任的。他們不趨時，不務利，只是要為祖國的文化事業貢獻力量」；黃裳稱他們為「典型的中國知識分子」，「他們都是很有學養的人，但沒有誰矜才使氣，又都是那麼踏實、平易，默默地進行著平凡切實的工作，三十年來做出了巨大的成績。」當時也有人在報刊撰文稱許「開明人」：「我所謂『開明人』就是這樣一種人：樸質、篤實、孜孜不倦從事學問的研究，他們研究所得的點點滴滴，都貢獻給社會，替下一代青年開了先鋒。」[10]這些評價從不同面向建構出「開明人」在精神品

---

[10] 上述所引丁玲之說見其〈感謝與祝福〉一文，收於《我與開明》，頁17；黃裳之說見其〈關於開明的回憶〉，收於《我與開明》，頁46；至於當時報刊之文是指寒山子：〈從報社到書街〉，《前線日報》，1946年4月29日，轉引自章士敬：〈章錫琛先

格上的共同特點，那就是：他們都具有一定的文化學養，且都有學校任教經驗，思想開明，平易待人，對工作嚴謹認真，對後輩樂於提攜，不汲汲於追求名利，一心希望在青年教育、文化事業上有所貢獻。為了達到這個目標，他們勤懇著述，一絲不苟，既走著自己文化理想的踏實道路，又不脫離現實，和社會脈動與時代需求緊密結合。正是這樣的人格特質，使他們能聚集到這家小書店裡，默默耕耘出充滿人文氣息、人格風範的一方天地。

這些「開明人」人格特質的敘述也許有些抽象，但以下許多事例將可以使這些形容詞具體而生動起來。一九四五年，教育部指定開明書店編寫《初中本國地理課本》作為全國通用的地理課本，書成後須送請教育部審查後才能出版。但在政治考量下，教育部要求在書中增加一些不屬於地理學科範疇的內容，否則即不予通過。負責審閱的葉聖陶獲悉後氣憤地表示：「教材應當是確實可靠的，我們不能『指鹿為馬』的欺騙學生。『國定課本』這塊金字招牌我們不要，也不能把既無科學根據、又不屬地理範圍的宣傳品硬塞到地理課本裡濫竽充數！」隨後函告教育部另請高明編寫[11]。寧可捨棄「國定課本」這塊可以大賺其錢的招牌，也不肯降低出版物的科學性、正確性，「開明人」實事求是、剛正不阿的氣節於此可見。為了服務當時為數甚多的失學青年，開明書店一度開辦函授學校，為此編寫了一套中學教育程度的函授講義，書店的主要成員都參加這項有意義的工作。他們每月批改學生的練習、作業，答覆各種疑問，熱心而積極，並設有獎學金、貸金，幫助一些優秀青年求學。以民間書店的艱難維持情形，開明書店把教育放在第一位的精神和一般唯利是圖的商業經營是有著明

生傳略〉，《我與開明》，頁177。
[11] 此事詳見田世英：〈飲水思源憶開明〉一文，《我與開明》，頁75。

顯不同的。信譽是出版社的命脈，開明對作者的信譽保證之一，是絕
不拖欠稿費。冰心在一九四四年透過巴金給了開明《關於女人》的書
稿，之前她曾被其他出版社騙說銷路不佳而不付稿費，但自從給了開
明以後，「即使我遠在日本期間，開明書店也照期不誤地給北平的謝
家寄去稿費！」[12]這看似一件小事，但幾十年的堅持就成了一種難得
的風範，正是這樣的信譽，打造了「開明」的金字招牌。

　　和葉聖陶一起負責編輯《中學生》雜誌的傅彬然，也展現了「開
明人」堅持原則的編輯基本方針，例如抗戰時期《中學生》在桂林復
刊，內容政治性較強，反映現實的文章較多，這本是因應抗戰特殊的
時代背景所致，和戰前《中學生》在內容上偏重各種學科知識的介紹
不同，因此當國民黨當局警告《中學生》不要多談政治時，葉、傅兩
人都不予理會。但是，抗戰勝利後，有不少人主張《中學生》應繼續
強化政治性，減少學科輔導性文章時，傅彬然卻認為應該回歸到這份
刊物的宗旨，即教育與文化的使命。《中學生》如此，整個開明書店
的出版方向也是如此，在夏丏尊、葉聖陶、傅彬然等「開明人」的理
想堅持下，以出版中學生課本和課外讀物的出書方針始終不變。文化
即是教育，教育即是生活，而教育與文化主要以青年為對象，這個
一貫的堅持，使開明書店樹立了清新的形象與良好的口碑，而「開明
人」在讀者心目中也建立起崇高的聲譽，歷久不衰。

---

[12] 冰心：〈我和「開明」的一段因緣〉，收於卓如編：《冰心全集》（福州市：海峽文
　　藝出版社，1994）第7卷，頁543。

三 夏丏尊與葉聖陶:「開明風」的奠基者

　　所謂「開明風」,一方面指「開明人」待人處事的氣度與作風,一方面也指開明書店在出版經營上的方針與風格,這種作風與風格,有人稱為「開明氣息」,且歸納出以下三點:第一是不迷信「本本」和「長上」,也就是思想上不受教條主義和個人崇拜的束縛;第二是不務虛名,不隨潮流起鬨,孜孜不倦地從事於一些自己能辦到的有益於群眾的事情;第三是廣結善緣,沒有門戶之見和宗派作風。也因此,「在社會上取得比較廣泛的好感和贊助」[13]。曾在商務、開明工作過的資深編輯張明養則將開明書店的傳統與特點概括為「開明精神」,認為「開明書店的編輯出版方針,的確體現出開明精神」,「開明書店在我的印象中,似乎處於兩者之間,既不是保守的,也不是非常激進的,而是進步的、『開明』的,也可以說是一種『開明』精神。」[14]至於作家柯靈則有一文〈開明風格〉說道:「人有人品,文有文品,書店也應當有品。……開明書店品格鮮明,獨具一格,扼要地說,是謙遜懇切,樸實無華,有所為而有所不為。」[15]不論是「開明精神」、「開明氣息」,還是「開明風格」,他們都描述出開明書店的特點是穩重、從容,守常而又有創造,與時俱進,把圖書出版視為教育事業來辦,嚴肅認真,一絲不苟,力求實事求是,不譁眾取寵,與政治保持適當距離,但面對國家危難,他們也表現出明辨是非的正義感和愛國心。這種精神與氣息,在當時的出版界,確實顯現著自己獨特的風格。

---

[13] 孫起孟:〈開明氣息〉,《我與開明》,頁70。

[14] 張明養:〈從我與開明的關係談到開明精神〉,《我與開明》,頁227。

[15] 柯靈:〈開明風格〉,《柯靈文集》(上海市:文匯出版社,2001)第三卷,頁122。

　　開明精神的建立與發揚，都與夏丏尊、葉聖陶有關。不誇張地說，「開明人」和「開明風」的形成，實質上得歸功於他們兩人。夏、葉二人先後長期擔任開明書店編譯所所長，相關書籍的策劃出版均出自二人之手，並以他們為中心，結合了一批理念相同的作家群，從而使開明書店的聲望日漸提升。當我們說「開明人」時，最佳的代表就是他們二位。當我們說「開明風」時，首先浮現的也是他們二位的形象與風範。夏、葉二人的文學品味、文化品格，和開明書店風格的凝塑有直接而深入的關係，稱他們為「奠基者」並不為過。「開明風」的精神體現主要在以下幾個方面：尊重作者，幫助作者，以誠相待；支持年輕作者，提攜後進；在編校、出版上落實「為讀者」的精神；不求名，不圖利，力求對社會有貢獻。夏、葉二人在主持書店工作的身教與言教上都兢兢業業地予以實踐，數十年如一日。所謂「文如其人」，其實店也如其人，開明書店的風格，正是開明主持人風格的表現。從這個意義上說，開明之風，其實就是夏、葉之風。

　　夏丏尊自一九二六年進入開明書店工作，直到一九四六年病逝，都沒有離開過開明書店，或編或寫，長達二十年。開明書店以青年讀物為出版方向，以語文教育為中心，這個正確而深厚的基礎是他奠定的。他先後主編《一般》月刊、《中學生》雜誌，又擔任《新少年》、《月報》雜誌社社長，同時與劉薰宇合編《文章作法》，與葉聖陶合編《文心》、《文章講話》、《文藝論 ABC》等，均曾風行一時。夏丏尊的個性謙和，待人以誠，具有一種「磁性人格」，號召力強，交游亦廣，開明書店的茁壯成長，夏丏尊投注了不少心力。他在白馬湖畔蓋了「平屋」，這不僅是指簡單的平房（而非樓房），另外也暗寓了平凡、平淡、平實之意。他的《平屋雜文》，筆調質樸，娓娓道來，如老友談心，雋永文風與溫雅人格一致。一邊流淚一邊翻譯的《愛的教育》，更成了很多學校指定的課外書籍，暢銷不輟，十餘年

間印行了一百版左右。

夏丏尊藹然長者的形象是突出的，許多與他接觸過的人都難以忘懷。與他共事過的傅彬然說：「夏先生所以這樣受人崇敬，從根本上說，自然由於夏先生的整個人格的感召。其實，夏先生那種出於衷心，毫無做作的對人關切，處處替人著想的態度，就已經使人深感溫暖，永遠不能忘懷了。」[16]范泉也回憶道，他翻譯日本小田岳夫的《魯迅傳》，交給開明出版，夏丏尊熱情接待，並答應出版，等到最後校讀時，夏丏尊已過世，他說：「當我打開紙包，把我的譯稿一頁一頁地看去，赫然呈現在我面前的，竟是丏翁不止一處地代我修改的手跡！這使我回想到一九四四年第二回看望丏翁時的那次教導。他指出我譯文的毛病，卻為了避免我喪失信心似的，沒有把譯稿退還給我，而是由他自己細心細緻地一一修改。這要花費丏翁的多少時間和精力啊！」這種扶持後輩、認真負責的工作態度，看似平凡，卻格外令人尊敬。

同樣在開明工作長達二十年之久的葉聖陶，他的編輯思想和出版理念成為「開明風」最具體生動的典範。他把出版事業看做是教育事業、良心事業，這就決定了他經營開明的方式與理念，他說：「我們有所為有所不為：有所為，就是出書出刊物，一定要考慮如何有益於讀者；有所不為，明知對讀者沒有好處甚至有害的東西，我們一定不出。這樣做，現在叫做考慮到社會效益。我們絕不為了追求經濟效益而不顧社會效益，我們絕不肯辜負讀者。」為什麼能始終如一地堅持這個信念呢？葉聖陶解釋說：「開明書店的讀者主要是青年和少年，因而我們認為，我們的工作是教育工作的一個組成部分，一個不可缺少的重要的組成部分。我們做的工作就是老師們的工作。我們跟老師

---

[16] 王知伊：〈一個平凡、篤實而又偉大的人〉，《開明書店紀事》，頁52。

一樣，待人接物都得以身作則，我們要誠懇地以平等的態度對待我們的讀者，給他們必要的條件，讓他們成長為有益於社會的人。我們當時的確是用這樣的準則來勉勵我們自己的。」[17]正是這樣的出發點，使他對自己的工作崗位充滿了使命感與責任感，不敢一日懈怠，他的人生態度、工作精神、學養見識、審美追求等，也在一日復一日的勤勉付出中，點滴化為「開明風」的主要內涵，而他也成為「開明人」的最佳詮釋者。劉嵐山的描述就生動地說明這一點：

> 無論是教書或寫作，無論是處理個人生活或主持開明書店的編輯事務，葉聖陶先生都在表示出中國讀書人所特有的樸實，耿直，坦率，負責的氣質與性格。他經年穿著粗布中裝，腳上的布鞋是家裡做的，剃著光頭，老老實實地像個鄉下人，不大歡喜談話。在書店裡和同事們一同工作一同休息，這個世界的繁華好像與他無關一樣；但是，他卻比任何口頭喊著關心別人而實際上只關心自己的人都要關心別人一點，這不要說別的，開明書店之忠實於讀者，從不出版一本很壞的書給讀者，甚至連一本於讀者無益的書也不經售，就是一個很好的證明。[18]

基於出版即教育的理念，葉聖陶在開明主要的工作是編寫國文課本，推廣語文教育，陸續編寫了《開明國語課本》、《初中國文教本》、《開明新編高級國文讀本》、《開明文言讀本》、《兒童國語讀本》等在文化界、教育界影響廣遠的書籍，一起合作的夏丏尊、郭紹虞、朱自清、呂叔湘、覃必陶、周予同等人，都是當時最傑出的語文教育專家，他們在自己多年從事語文教學的經驗基礎上，編寫一系列

---

17 葉聖陶：〈開明書店創辦六十週年紀念會上的講話〉，《葉聖陶集》第7卷，頁329。
18 劉嵐山：〈葉聖陶與開明書店〉，《葉聖陶研究資料》，頁148。

提高語文教學的指導讀物，對語文教學現代化、規範化的貢獻是有目共睹的。劉增人說得好：「葉聖陶的語文教學活動，往往是和夏、朱、呂、周等朋友協同來做，更廣義地看，應該說是開明同仁的群力與共識。集體的智慧，集體的貢獻，是群體化的結晶，使葉聖陶這一系列著述、一系列活動，成為現代文化史、教育史、出版史上高標獨創的模範，既前無古人，更後啟來者，哺育著一代一代語文教師和語文工作者。」[19] 雖然開明書店的成就，葉聖陶居功厥偉，但他始終把這份光耀歸諸於整體「開明人」，他在一九八五年開明書店六十週年的紀念講話中就說：「提到開明，大家都說這個書店辦得還不錯，而且總要提到我，好像辦得不錯都是我的功勞。其實不是這樣。……開明書店還能給讀者留下一點兒印象，是這許多人共同努力的結果。其中有我的一小份，只是一小份而已。」[20] 這正是典型的「開明風」，功成不居，為一致的主張認真嚴肅地埋頭做去，一旦有成，仍虛懷若谷，平常以對。夏、葉二人，開啟一代學風，澤被青年無數，以自己的學養、人格、風範，奠定了為人稱道的開明風度，曾經擔任《中學生》編輯工作、受過葉聖陶直接薰陶的歐陽文彬說：「他的言教身教使我認識到編輯這一行的神聖使命。屈指算來，我在這個崗位上也已經幹了三、四十年。我常把葉老教給我的東西轉授給青年作者們。當我看到這些東西在更多的青年作者身上發生作用的時候，簡直比自己有所長進還要高興。」[21] 從這段話中，我們看到了葉聖陶精神在歐陽文彬身上的傳承，「開明人」的作風與理念，「開明風」的內涵與特質，看來仍將在後來者身上繼續沿襲，不斷充實增長。

---

[19] 劉增人：《山高水長——葉聖陶傳》（臺北市：業強出版社，1994），頁126。

[20] 葉聖陶，〈開明書店創辦六十週年紀念會上的講話〉，《葉聖陶集》第7卷，頁328。

[21] 歐陽文彬：〈打開文藝寶庫的鑰匙——代編後〉，《葉聖陶論創作》（上海市：上海文藝出版社，1982），頁565。

四　樸實無華，惟敷文教：開明派文人的文化品格與出版實踐

　　開明派文人的文化品格具體表現在他們的出版實踐中。所謂「開明風」，最簡潔有力的說明就是出版的圖書與刊物。幾十年的堅持，上千種的圖書，就是「開明風」最直接真實的呈現。柯靈對此欽佩地說：「主持人不但多是名家學者，精通出版業務，而且有一致的目標，共同的理想。開明出版的書，選題有方向，有重點，而豐富多樣，琳瑯滿目；但在篇帙浩繁的目錄中，你休想找出一種隨波逐流、阿世媚俗之作，更不用說什麼烏煙瘴氣的神怪、武俠、偵探小說了。」[22] 他們嚴肅面對出版工作，講究高度、自發的負責態度，趣味低級卻能賣錢的書他們不出，校對不允許有一個錯字，郵購服務信譽良好，這些都是「樸實無華」的「開明風」的具體實踐。開明書店出版的圖書中，粗略的統計，青少年讀物就佔了全數的四分之三左右，可以說，開明書店的迅速崛起，是在千萬青少年的熱烈支持下達成的。其中尤以配合中學各學科學習用的輔導用書籍最受歡迎，開明書店就是以質量俱佳的教科書奠定市場版圖，也以「良師益友」的形象深印在無數讀者的心目中。「惟願文教敷，遑顧心力瘁。此風永發揚，厥績宜炳蔚。」正如葉聖陶所言，開明書店在文教事業上的成果斐然，在文化領域中開創風氣，也產生了一定的潛移默化作用。

　　「開明人」踏實、嚴謹的「開明風」，在具體編輯工作的細節上往往充分顯現。曾經參與創辦開明書店的吳覺農回憶道：「開明書店能夠在讀者中贏得良好信譽，主要是靠主持工作的同志們一貫的認真

---

[22] 柯靈：〈開明風格〉，《柯靈文集》第三卷，頁123。

不苟，穩健踏實，老老實實地為教育和出版事業工作的作風。」他進一步指出：「他們審閱稿件，既對作者也對讀者負責，選稿不是只看作者是否有名望，書名和主題是否入時，而是看內容是否真正有益於讀者。文字要求嚴謹，有不妥之處必一一予以查考訂正，務求保證質量，不容許粗製濫造。」[23]對開明書店頗有研究的王知伊也提到，開明書店出版的書，錯字一向較少，這正是「開明人」嚴謹作風的體現，「且不說在內容上要努力做到不出錯，注意政治上和科學上的正確性，就是在運用標點符號上也不應有舛差。」[24]也因此，葉聖陶、傅彬然等人戴著老花眼鏡親自認真校對的畫面，成為許多開明人深刻的記憶之一。

　　開明人的文化品味在市場的商業大潮中顯得獨樹一幟。一九三二年出版的《辭通》，是朱起鳳花了三十年精力，從古書中搜集可以相通的雙音詞，編纂而成的三百萬字巨著，透過胡適介紹給商務印書館，商務評估此書銷路不大，會虧本，不願出版，令胡適感慨道：「不幸這一部三百萬字的大著在那個時代竟尋不著一個敢冒險的出版者去承印。」最後此書由開明出版，章錫琛強調，即使虧本也要出版學術著作。除了《辭通》，開明還認真編校出版了《十三經索引》、《二十五史》、《二十五史補編》、《六十種曲》等古代經典，顯現出對傳統文化的重視；對當代新文學作家，他們積極約稿，精心編排，為新文學的推廣竭盡心力，如茅盾的《幻滅》、巴金的《滅亡》、丁玲的《夢珂》、戴望舒的《雨巷》等作家的第一部作品，都是在開明書店出版的。由茅盾主編的叢書《新文學選集》第一、二輯，共收朱自清、郁達夫、丁玲、巴金、老舍、田漢、艾青、許地山、聞一多等

---

23 吳覺農：〈我和開明書店的關係〉，《我與開明》，頁84。
24 王知伊：〈記傅彬然的編輯思想〉，《開明書店紀事》，頁36。

二十四位名家的作品，為新文學發展的歷史過程留下一個耀眼的紀錄。透過語文教科書和課外讀物的編寫，中學生有了與新文學接觸的管道，而這些名家名作也在選入課本與不斷誦讀的過程中被「經典化」，「五四」以來白話文創作的實績，在這些教材的代表作中得到文學史的汰洗與考驗，就文學啟蒙與文學革命的意義上說，開明做了大量且重要的工作，有效地推動了新文學的規範化與普及化。這些從大量作品中精選出來的名篇，如魯迅的〈孔乙己〉、〈藥〉、〈秋夜〉，冰心的〈超人〉、〈寄小讀者〉，朱自清的〈背影〉、〈匆匆〉、〈荷塘月色〉，徐志摩的〈再別康橋〉，周作人的〈烏篷船〉，葉聖陶的〈藕與蒓菜〉、〈古代英雄的石像〉，許地山的〈落花生〉，郭沫若的〈天上的街市〉，張天翼的〈華威先生〉等，都是廣為傳誦的佳作，由於被編入教科書，得以產生更深刻而持久的影響，成為新文學的典範之作。

　　透過這些努力，開明作為一個文化人辦的書店，其文化形象日益清晰而巨大。不論傳統或現代，創作或研究，大學或小學，圖書或雜誌，開明兼容並蓄、有為有守的精神，在夏丏尊、葉聖陶、朱自清、郭紹虞等人的用心培育下，有了自己獨特的文化品格。這些人都是在當時或以後執教於大學的學者，同時又多為出色的新文學作家，但他們都願意為中小學語文教育盡一份心，為培養讀者更高的閱讀品味而盡一份力，不譁眾取寵，也不隨市場起舞，走自己的路，從而造成一時的文學風氣，即使是今天看去，仍得說「難能而可貴」。最好的例子還是葉聖陶。一九三二年，他花了一整年的時間編寫《開明小學國語課本》，初小八冊，高小四冊，一共十二冊，四百多篇課文，「這四百來篇課文，形式和內容都很龐雜，大約有一半可以說是創作，另

外一半是有所依據的再創作，總之沒有一篇是現成的，是抄來的。」[25]
為了這些小學課文的編寫，他每天從早上八點忙到下午五點，編寫改
校，幾乎沒有一天休息。這些課文，有他幾十年語文教學寫作的心得
和經驗，更是他文化人格的投射與體現，對此，有論者分析說：「作
為一位已經在文壇久享盛名的作家和在出版機構供職即將十年的編
輯，為小學生寫幾篇課文，似乎是茶餘飯後隨手揮寫的『小兒科』，
但他卻是全副身心在從事，認真投入，一絲不苟。這一事業，高手不
屑為之，功力不足者無能為之，在中國現代文化教育史上，唯有葉聖
陶以名噪文壇的作家而親自為少年兒童撰寫成套的語文課本：這種並
世無兩的選擇，正顯示了他與眾不同的觀念和作風。」[26]此語不虛，葉
聖陶這種作風與態度，即使在往後歷經各種戰亂與流離，也初衷不
改，認真依舊。葉聖陶的文化人格和開明的文化品格，就在這些出版
實踐中，贏得了掌聲，站穩了腳步，又為新文學的創作和新文化的宣
揚鋪墊了厚實的基礎。

五　結語

　　開明書店總管理處於一九五〇年由上海遷到北京，一九五三年四
月和青年出版社合併組成中國青年出版社，從此在現代文學史上佔有
一席之地的開明書店，正式走入歷史[27]，但是，它的許多優良傳統，

---

[25] 葉聖陶：〈我和兒童文學〉，《葉聖陶集》第9卷，頁388。

[26] 劉增人：《山高水長──葉聖陶傳》，頁121。

[27] 一九三七年以前，開明書店即在北京、廣州等地設有分店，抗戰勝利以後，並在福
　　州、臺北新設分店。臺灣開明書店至今仍在，位於臺北市中山北路一段七十七號，
　　規模不大，在車潮擁擠的中山北路上並不顯眼。它的出版物仍以一九四九年以前出
　　版者為主，來臺後出版的新著不多，有姚一葦的《藝術的奧秘》等，其出版方針與
　　經營理念和早期的開明書店並無太大不同，仍以文學、藝術、教育類叢書為主。至

已被中國青年出版社繼承下來。曾任中國青年出版社社長的蔡雲就在
一次紀念開明書店創辦人章錫琛一百週年誕辰的座談會上說道:「開
明書店是一個已經記入史冊的單位,在今天的中國出版社名錄中,已
經找不到她的名字了,但是開明書店的許多優良傳統和作風,仍然在
中國青年出版社的日常工作中發揮著自己的作用。」[28]開明書店雖已消
失,但「開明人」的文化理想和踏實穩健的「開明風」,卻至今仍可
供思考、借鑑和追隨。葉聖陶說:「開明夙有風,思不出其位。」這
「風」是「樸實而無華,求進弗欲銳。」這「位」是「惟願文教敷,
遑顧心力瘁。」在文化教育的位子上,「開明人」穩重向前,步步踏
實,從而讓「開明」在中國現代文化史、文學史、教育史上都有了一
個不容忽視的位置。

於大陸的開明書店,則已走入歷史。

[28] 引自王久安:〈開明書店的成功之路〉,《出版發行研究》1994 年第 2 期,頁 49。

從《立達》、《一般》看「立達文人群」的精神品格與寫作風格

一　前言：命題的提出

從一九二五年到一九二九年，在上海文化界出現了一批以「立達學會」、「立達學園」為中心的文人群體，他們一方面致力於教育理想的實踐，一方面藉創辦刊物來宣揚理念、交流心聲，陸續辦過《立達》半月刊、季刊，特別是一九二六年九月，他們創辦了立達學會的代表性刊物《一般》月刊之後，因為有了共同發聲的園地，自然而然地形成了一個關係密切的同人團體。學會成立之初，會員僅二十餘人，到一九二六年《一般》創刊時增加為五十一人，以後陸續增為五十七人[1]。不論是曾在立達學園任教的匡互生、豐子愷、朱光潛、夏丏尊、劉薰宇、劉叔琴、夏衍、白采，還是應邀加入立達學會的文化名人如茅盾、劉大白、朱自清、胡愈之、陳望道、葉聖陶、鄭振鐸、章克標等，都是一九二〇年代活躍於文壇或教育界的知名人物，這個

---

[1] 見章乃煥：〈中國教育史的光輝篇章──試論立達學園教育改革實驗的思想與精神實質〉，收於北京師範大學出版社編輯組：《匡互生和立達學園教育思想教學實踐研究》（北京市：北京師範大學出版社，1993），頁48。

學術、文化、教育色彩濃厚的文人群體，筆者以「立達文人群」稱
之。

　　「立達文人群」雖然擁有正式成立的「立達學會」，且提出「修
養人格，研究學術，發展教育，改造社會」的宗旨，但不以文學為標
榜，而以學術推廣、教育宣揚為核心理念，因此，它不是文學史上習
見的文學社團，也不是有共同綱領的文學流派，更沒有旗幟鮮明地提
出文學宣言或口號，比較正確的描述應該是：一群社會地位、創作傾
向、人生態度和文化理想、教育理念大致相同的文人，因為興辦教育
的理想而因緣際會地聚合在一起，所形成的一個有特色的文人群體，
就如其中的靈魂人物匡互生所說的：「它是一個純粹的自由組織的團
體，它是一個願貫徹獨立的精神而不受任何束縛的團體。」[2]雖然有些
學者逕以「立達派」稱之[3]，但實際上，當時並無這個稱呼，因此，
筆者主張使用較中性且符合史實的「文人群」一詞。這應該是兩岸學
界首次以此名稱來概括這個文人群體。

　　目前學界對立達文人群中的個別作家如夏丏尊、豐子愷、朱自
清、匡互生、朱光潛等都已有不少研究成果，但從文人群體的共性角

---

[2] 匡互生：〈立達、立達學會、立達季刊、立達中學、立達學園〉，收於北京師範大學
校史資料室編：《匡互生與立達學園》（北京市：北京師範大學出版社，1985），頁
19。

[3] 如景秀明的論文：〈試論「立達」派散文〉（《浙江師大學報》1994年第3期），從散
文的角度稱之為「立達派」，但他也強調，「立達」散文流派「不是我們通常見到
的有以文學社團、報刊、出版物為主要陣地，有共同的綱領和組織的流派，不過是
所處的社會地位、政治立場、創作心態、愛好、情趣大致相同的作家群。」此外，
陳星則從教育的角度在《平凡・文心——夏丏尊》（臺北市：文史哲出版社，2003）
第八十六頁提到：「從此，上海的文化教育界就出現了這樣一批開明的立達派。」較
特別的是，錢理群等編著的《中國現代文學三十年》（北京市：北京大學出版社），
在一九八七年的初版本將這群文人稱為「立達派」，但在一九九八年的修訂本中則
改稱為「開明派」。

度來探討的文章則少見，僅有一篇景秀明的論文〈試論「立達」派散文〉，對其散文的創作傾向、文體特色加以分析討論，但其所論並未集中於立達時期，更未針對這批作家在《一般》發表的作品加以討論，失之過泛。除了這一篇，未見其他相關的學術論文發表；《一般》月刊的研究也是如此，經搜索，目前對《一般》月刊的單篇研究論文未見，遑論專書研究。不過，由於立達學園主要是匡互生奔走籌備而成，因此有關匡互生的研究中多半會提到立達學園和立達學會，以及這批文人活動的情形，如《匡互生與立達學園》（北京師範大學校史室編，北京師範大學出版社，1985）、《匡互生傳》（趙海洲、趙文健著，上海書店出版社，2001），但著墨不多，主要集中於其辦校的理念與艱辛。由於夏丏尊曾主編《一般》，因此在夏丏尊的研究中也略有涉及，如《平凡・文心──夏丏尊》（陳星著，文史哲出版社，2003）中的第十一章「立達學園」等；此外零星有朱光潛〈回憶上海立達學園和開明書店〉、豐子愷〈立達五週年紀念感想〉等幾篇回憶性文章。史料與研究成果的雙重缺乏，這個課題研究的挑戰性與困難度是可想而知的。

二　立達學園・《立達》半月刊：立達文人群的教育實踐及其精神品格

立達文人群的形成與成就主要在教育，故也可以稱之為「教育家群」。一九二五年二月，在軍閥交戰、時局混亂的不利條件下，為了落實民間辦學的教育理想，匡互生、豐子愷、朱光潛等人毅然在上海虹口辦起了一所私立的「立達中學」。三月間，接著發起成立「立達學會」，邀請校內外知名的教育、文化界多人加入。學會的成立，起初是為了支持立達中學的創辦、發展，它有點類似一般私立學校的董

事會，但又不完全相同，這些人不是掛名，而是真正為追求一個共同的教育理想而結合，學會成員不僅成為學校的師資來源，而且負責籌措經費，因此有人說它是「立達的母親與褓姆」[4]。由於辦學認真，校譽蒸蒸日上，學生日增，那年夏天，匡互生提議在江灣自建校舍，並改名為「立達學園」。在匡互生的奔走籌備下，立達學園很快掛牌運作，由於有立達學會的支援，其師資陣容和一般中學相比，顯得格外堅強。但學會成立之後，它所扮演的角色並不侷限於教育事業，而是一個充滿人文色彩的文人群體，特別是一九二六年九月創辦了學會的代表性刊物《一般》，內容涵蓋面廣，有書報評論、文學創作、翻譯，也有學術研究、文化批判和時事介紹等，如此一來，它就成了一個不折不扣的文人群體。透過學會—學園──《立達》半月刊──《一般》月刊的運作，他們對學校教育、社會教育、文化教育的理念得以張揚，理想也得到初步的實踐，並在實踐中形塑出他們可貴的精神品格與文化人格。

「立達學園」之所以取名「立達」，源自《論語》中的「己欲立而立人，己欲達而達人」之意。「立」指立穩腳跟，堅定立場；「達」指通情達理。其所以叫「學園」，而不稱學校，是要與一般學校區別，視教師為園丁，把學生當成幼苗來愛護培育，使他們能正常健康地成長。「立達」二字所傳達出的思想與人格獨立、做事溫和通達合理的涵義，可以視為立達文人群的精神品格特質。此外，朱光潛在匡互生授意下所執筆的〈立達學園旨趣〉，以立達學會的名義公開宣布，可以看出立達文人群共同的教育主張，在該文中提到，他們要「另闢新境，自由自在地去實現教育理想」，而且「堅信學校要有特殊的精神，才可以造就真正的人材」，「對於現時社會有補偏救弊的

---

[4] 同註1。

效用」。至於立達學園的「特殊精神」為何，朱光潛進一步申述，提出五點，分別是互助親愛、誠實誠懇、犧牲、儉樸、獨立思索和科學頭腦，這五點就是學校的「旨趣大綱」[5]。從這些敘述看來，立達學園在「人格感化」教育理念下，希望培養出符合以上五點精神品格的學生，而身為教師，自然是身體力行，以此自勉，事實上，他們的精神品格，透過教育實踐已經充分體現出來。

舉例來說，在立達學園，主要的成員是導師、教師和職員，沒有校長；所有的教員不僅沒有薪資報酬，而且要自付車費和飯錢，然而這一點也沒有減低他們對教育事業的熱忱；對學生操行，注重人格感化，一切形式的獎懲都不採用，幾個月下來，學生居然也沒有發生什麼不道德的違規行為；學生可以自行登記借閱圖書館書籍，一段時間後，圖書館竟然也沒有遺失什麼書籍；在校舍附近空地設置農場工廠，要學生從事勞動，實施農工生產教育；辦平民夜校，教附近農民識字、學習文化等等，都是他們教育理念的具體實踐。為了徹底落實教育的獨立自主，抵制軍閥政府不合理的束縛規範，立達文人們堅持私立辦學，自籌經費，堅守民間立場，不與軍閥政府合流，但同時又從勞動教育、平民教育中培養學生對社會的責任感與奉獻精神，顯現了知識分子堅持學術高於政治、但又力求學術責任與社會責任並行不悖的精神品格。朱光潛在半個世紀後回憶當年立達的情景時寫道：「立達學園的教育自由的思想和作風，在當時北洋軍閥淫威專制令人窒息的情況下，傳播了一股新鮮空氣，所以對進步青年有很大的吸引力，他們都爭先恐後地來就學。」[6]這股「新鮮空氣」，正是立達文人

---

[5] 以上對立達學園教育主張的敘述，見朱光潛：〈立達學園旨趣〉，原發表於《立達半月刊》，轉引自《匡互生和立達學園教育思想教學實踐研究》，頁107～109。

[6] 朱光潛：〈回憶上海立達學園和開明書店〉，原載上海《解放日報》1980年12月2日，轉引自《匡互生與立達學園》，頁120～121。

群精神品格與人文思想最真實而自然的體現。

作為學園的負責人，匡互生的教育理念堪稱這批文人的代表，他說：「教育的真義是『引發』而不是『模造』。教育者的責任，是要使被教育者在能夠自由發展的環境中，為之去害蟲，灌肥料，滋雨露，使他們能夠就他的個性自然發榮滋長。教育者絕不能製好一個模型，叫被教育者都鑄入那個模型中的。教育者對於被教育者，又須注意他的全部的教育，絕不能偏於一枝一葉，這種工作，正和園藝家的培養花木一樣。他們很想把園藝家的方法，應用到教育上來，所以就把學校叫作學園。」[7]劉薰宇也指出：「在我們自己的園地和相信我們的青年自由研究，探索真理，互相以人格砥礪，建樹一個優美的學風，這卻是我們的宏願。」[8]朱自清則曾對「教育的信仰」大聲疾呼道：「教育者須對於教育有信仰心，如宗教徒對於他的上帝一樣；教育者須有健全的人格，尤須有深廣的愛；教育者須能犧牲自己，任勞任怨。我斥責那班以教育為手段的人！我勸勉那班以教育為功利的人！我願我們都努力，努力做到那以教育為信仰的人！」[9]凡此，均可看出立達學園的特色，以及立達文人們辛苦辦學背後所堅持的教育理想，而從這些理念中，我們也可以看到這群文人的精神品格特質。

立達學園的代表性刊物有《立達》半月刊和《立達》季刊[10]，主

7　同註2，頁29。

8　劉薰宇：〈立達中學校——它的創設現狀和未來的計畫〉，原發表於《教育雜誌》第17卷第6號，1925年，轉引自《匡互生和立達學園教育思想教學實踐研究》，頁153。

9　朱自清：〈教育的信仰〉，原發表於《春暉》第34期，1924年10月16日，引自朱喬森編：《朱自清全集》（南京市：江蘇教育出版社，1996）第4卷，頁144。

10　根據《一般》創刊號的附錄〈立達學會及其事業〉中的說明，提到「本會曾於去年六月發刊《立達》季刊第一期，後因各種關係未能繼續，自本年九月起即編輯本月刊，由開明書店印行。」可知《立達》除了半月刊，還有季刊，可惜未見。

要以校內師生為對象，而不像《一般》月刊以社會讀者為對象，因此
不論是內容、編排或裝幀都相對顯得簡陋、單薄。《立達》半月刊創
辦在先，幾期之後另行創辦季刊，但只在一九二五年六月出了一期就
停刊，筆者未見，目前能見到的僅匡互生在其中寫的類似發刊詞的
〈立達、立達學會、立達季刊、立達中學、立達學園〉一文。這是關
於這群文人教育想法與思想態度的重要文獻，文中清楚地闡述了此一
文人群體的立場追求：

> 本刊的編印，是給與各會員以表現自己的機會；是表現會員的
> 個性的一種機關。因此，本刊所搜的材料並不拘於一格，只要
> 是可以表現自己的，不論它是文字，是圖畫，是照相製版；不
> 論它是關於科學，是關於藝術；不論它是介紹學理，是批評時
> 事；不論它是整理舊學，是啟迪新知；不論它是引申他人的見
> 解，是鼓吹自己的主張，無不兼搜並蓄。如果有人要問本刊的
> 宗旨和態度是怎樣的呢，這就是一個答案了。我們相信文化的
> 發達，一定在思想學術都在自由獨立的空氣中。思想學術上的
> 皇帝和臣僕，簡直是文化的敵人。我們為尊重這自由擁護這自
> 由起見，所以本刊，不敢夢想做一思想學術之皇，束縛在一種
> 主張之中；凡是在不違反立達學會的很寬大的宗旨的範圍以內
> 的作品都願意登載；一方面對於上文所謂文化的敵人，也不願
> 受其束縛；我們自己以為該說的話，即使反叛了政治的社會的
> 歷史的學術的種種權威者，我們也有所不顧，大膽的自由的
> 說。這是本刊所願自勉的。[11]

---

[11] 引自匡互生：〈立達、立達學會、立達季刊、立達中學、立達學園〉，《匡互生與立
達學園》，頁21。

由此也可以看出立達文人群堅持思想獨立、主張學術自由、不迷信權威，也不屈從政治勢力的精神品格。這樣的態度和立場，在後來創辦的《一般》月刊中有同樣的堅持與表現。

至於《立達》半月刊究竟出版了幾期，也不易查考。筆者手中擁有一九二五年四月號一期，看來應該在三月立達學會成立時即已出刊，《立達》季刊創辦時也仍存在，估計至少出刊七、八期以上。雖然手中擁有的《立達》半月刊有限，但參考許多零星材料，仍可以大致掌握這份刊物的性質與風貌。刊物的封面是立達學園校徽，這個由豐子愷設計的校徽，形象地傳達出這群文人對教育的理想，圖案是由一個個裸體幼兒擁抱著一顆紅心，紅心正中作綬帶狀「人」字，「人」字的左右分別為「立」字和「達」字，意味著這些新生兒在此接受以「立達」為宗旨的教育。（見附錄圖一，頁226）

封面註明是「上海江灣立達學園編輯」，每份定價三元。沒有花俏的設計，顯得素樸簡約。封面之後是整頁的「立達學園校歌」，接著才是內頁正文。共十二頁的內容分成三部分：「園訊」、「農場要聞」和一般文章。前兩項專欄主要介紹校內的動態、學校附設農場經營概況，約佔兩頁，其餘大多為教師投稿的文章，或評論時事，或介紹新知，或文藝創作，或探討教育問題，因為刊物的對象是學生，所以特別強調思想啟迪與生活修養等問題。

在《立達》半月刊創刊號中，有一篇關於「立達」辦學旨趣的文章，和〈立達學園旨趣〉一樣，是理解這群文人教育理想與實踐目標的重要線索。在文章中，將立達創辦的動機與目的概括為四句話：「修養健全人格，實行互助生活，以改造社會，促進文化。」並闡釋如下：

　　所謂改造社會，促進文化，這是我們的同學將來應當擔負的一

個重大的擔子……要擔負這般重大的擔子，不是容易的，先要問自己力量勝任不勝任，所以第一步工夫在修養健全人格，同時從互助的生活中認識社會生活的重要，並且從裡面發揮個人對於群眾的同情心和責任心。……四句宗旨，如果把各句一比較，修養健全人格，是偏於個人方面，也可說是立己的事；實行互助生活，是偏於社會方面，又可說是立人達人的事；……修養健全人格，實行互助生活，是立達的根基；改造社會，促進文化，是立達的結果。總之這四句宗旨，都是互有關連而且互相聯貫，我們不能把它割裂開來的。總合這幾句話，於是成為一個人；成為一立達的人。[12]

先立己達己，再立人達人；既強調個人的獨立自由，又不忘社會責任；能站穩腳步，堅持立場，又能通情達理，與時俱進。這是他們理想中的「立達的人」，也是他們戮力以赴的人文理想。這份理想，在經營學園、成立學會、創辦雜誌上，都能一以貫之的付諸實行。

三　立達學會《一般》月刊：立達文人群的寫作理念及其藝術傾向

　　假如立達學園和《立達》半月刊的功能和角色主要以教育校園學生為對象，那麼，「以修養人格，研究學術，發展教育，改造社會為宗旨而成立」的立達學會，則在落實教育理念的基礎上，將視野進一步投向廣大的社會，強調對社會文化、青年思想的發展與改造。立達學會的成立，除了有效推動立達學園的校務運作外，它在文學／文化

---

[12] 引自匡互生：〈立達、立達學會、立達季刊、立達中學、立達學園〉，《匡互生與立達學園》，頁25。

史上的意義之一是創辦了《一般》月刊。不同於《立達》半月刊的編
印簡約與篇幅單薄，《一般》月刊不論在編輯、美編、印刷、篇幅及
內容的充實、議題的豐富上，都更能代表立達文人群的文化理念與文
學特色。（見附錄圖二，頁226）

　　《一般》月刊不是純粹的文學刊物，從實際刊載的文章來看，是
一份以學術為主、文學為輔的綜合性月刊，三十二開本，由立達學會
負責編輯，開明書店發行。從一九二六年九月五日創刊，到一九二九
年十二月五日終刊，共出版九卷三十六期，第一、二卷由夏丏尊主
編，第三、四卷由方光燾主編，第五卷起又交由夏丏尊主編。在一九
二六年十月出刊的第二期中刊有一則〈一般雜誌編輯部同人啟事〉，
聲明這份雜誌「雖由立達學會同人負責撰稿，但同時卻為公開的，超
然的，民眾化的出版物。」雖然園地公開，但實際撰稿主力還是立達
學會同人，有夏丏尊、葉聖陶、朱自清、豐子愷、章克標、鄭振鐸、
胡愈之、朱光潛、沈端先、鍾敬文、周建人、劉薰宇、劉叔琴、趙景
深、黎烈文等，他們多為著名的學者、作家，對文化、文學、教育、
時局等問題提出的看法，扣緊現實，言之有物，頗受到當時讀者的歡
迎[13]。

　　刊物叫《一般》，實際上許多作法卻是不隨流俗，自創一格。例
如重視版面的美化，豐子愷為每一期雜誌繪製了大量的扉頁畫、題頭
畫、補白漫畫等，讀來輕鬆而活潑；又如一般雜誌創辦總會有發刊
詞，但它卻以通篇對話的方式呈現《一般》的誕生，顯得別致而新

---

[13] 在一九五〇年二月〈開明書店請求與國家合營呈文〉中，針對開明書店經營出版的
　　情形作了詳細的回顧，其中特別提到開明書店出版的定期發行刊物，先後達二十
　　種，尤以《中學生》、《新少年》、《一般》、《國文月刊》、《英文月刊》等「為讀者
　　所稱頌」。特別提到《一般》，可見這份雜誌是受到讀者歡迎的。參見王知伊：《開
　　明書店紀事》（太原市：書海出版社，1991），頁178。

穎[14]。從發刊詞〈《一般》的誕生〉看來,是「想以一般人的真實生活為出發點,介紹學術,努力於學術的生活化。」「預備給一般人看的,所說的也只是一般的話罷咧。」「我們將來想注重趣味,文學作品不必說,一切都用清新的文體。力避平板的陳套,替雜誌開個新生面。」追求生活化、普及化、大眾化、趣味化,也就成了立達文人們共同追求的文化╱學術理想。

《一般》自創刊起,末尾都附有〈編輯後記〉,自一九二八年二月第四卷第二號起,增列〈一般的話〉專欄,取代了〈編輯後記〉,透過簡短的篇幅,提出一些對時局、文藝、學術或編輯刊物心得、甘苦的看法,起初由劉薰宇、章克標(筆名豈凡)兩人輪流負責撰寫,但不久劉薰宇出國,就由章克標撰寫,直到一九二九年十二月停刊為止。在停刊號的〈一般的話〉中,章克標寫了題為〈再會再會〉的短文,雖然是針對〈一般的話〉這個專欄而發,但可視為這份刊物所抱理想與成就總結性的回顧。他提到,〈一般的話〉之所以獲得許多讀者喜愛,是「因為一般的話的態度,是和日常友朋閒談一般,並不像在論文中的擺出學者批評家思想家的架子,也不用什麼高深難解的理論論理,更沒有什麼特別的術語名詞,是很平民的大眾的,有一般的親密性之故。」正因為「只是很淺薄的自己的感想,直落落不加修

---

[14] 〈《一般》的誕生〉實際上即是發刊詞,全篇都以對話方式進行:「好久不見了,你好!」「你好!」「聽說你們要出雜誌了。真的嗎?」「真的。正在進行中。」……「很好,很好,那麼將來這雜誌叫做什麼名稱呢?」「名稱真取不出好的,什麼『青年』、『解放』、『改造』、『進步』等類的名目,都已被人家用過了,連『新』、『晨』等類的單字,也被如數搜盡了。沒法,就叫做『一般』罷。好在我們無甚特別,只是一般的人,這雜誌又是預備給一般人看的。所說的也只是一般的話罷咧。」「哦,『一般』,新鮮得很!」……文章旁邊由豐子愷繪製了兩位中年人站著閒談的插圖,意味著這些內容是由兩人對話而成;同時,在文章上頭空白處,繪有兩名小孩拉開布幔的插圖,表示從此揭開序幕。這些構想在當時確實有其新意,「新鮮得很」。

飾地寫述出來,所以讀者是很易理會,因而是比高貴的論文,多愛者了。」[15]這段話和發刊詞前後呼應,說明了這群文人本著「一般」的立場與態度,以平民、青年、大眾為對象的編輯方針。從整份刊物看來,他們的理想與實踐是結合一體的,不論是從專欄編排、作品內容、文字表述,都呈現出《一般》堅持的獨特品味與突出的特色。這些品味與特色,大致而言約有以下數端:

(一) 文風平實自然,眞誠表現自我

這是立達文人群在創作上的共同宗旨與審美追求。他們創作的作品,不論是取材自身邊瑣事,還是重大社會問題,都是他們自我性格、情感、思想的真實呈現。他們真誠踏實的人品,與自然平實的文風,為散文「文如其人」的文體特徵做了生動的詮釋。

以朱自清來說,他的散文主張是「真誠」,他強調:「說一句話,不是徒然說話,要掏出真心來說」[16],要「意在表現自己」[17]。由於朱自清認真對待人生、切實感受當下生活的態度,使他對文學創作一貫堅持「我們所要求的文藝,是作者真實的話」,認為作家要有「求誠之心」,不可「模擬」和「撒謊」,只有說自己的話才「親切有味」[18]。在《一般》第一卷第二號《悼白采》專輯中,他寫了〈白采〉一文,娓娓道來他和白采曾有的一個誤會,以及兩人曾有的一次短暫

---

15 豈凡(章克標):〈再會再會〉,《一般》第9卷第4號,頁614~615。原文「多愛者了」,是指多愛讀者,可能漏了「讀」字,也可能是作者的書寫習慣。

16 葉聖陶:〈記佩弦來滬〉,收於葉至善等編:《葉聖陶集》(南京市:江蘇教育出版社,1988)第5卷,頁201。

17 朱自清:〈《背影》序〉,《朱自清全集》第1卷,頁34。

18 朱自清:〈文藝的真實性〉,原載《小說月報》第15卷1號,1924年1月10日,引自《朱自清全集》第4卷,頁92~93。

晤面，字裡行間充滿著對逝去老友的追憶，以及未能深交的遺憾，完全流露真實自我的內心感受；為《一般》撰文並繪製插畫、設計封面的豐子愷，不論散文、漫畫或他的人品，都堪稱是立達文人群的代表，朱光潛在評價其漫畫成就時，就曾經指出「他的畫就像他的人」，具有「平實中寓深永之致」的特色，「他的作品有一點與時下一般畫家不同的，就在他有至性深情的流露。」[19]對豐子愷知之甚深的葉聖陶也說：「讀他的散文真像跟他談心一個樣，其中有些話簡直分不清是他在說還是我在說。像這樣讀者和作者融合為一體的境界，我想不光是我一個人，凡是細心的讀者都能體會到的。」[20]這當然和豐子愷推崇自然純正的文學風格有關，在〈湖畔夜飲〉中，他提到對詩的看法是：「直直落落，明明白白，天真自然，純正樸茂，可愛得很。」[21]豐子愷幾乎每期都有作品發表，一九二六年十月發表於《一般》上的兩篇散文，一是記與弘一法師法緣的〈法味〉，一是記與白采短暫友誼的〈白采〉，都寫得清淡如水，真誠自然。〈法味〉寫他與夏丏尊一起到杭州探望弘一的情形，過程中不斷穿插昔日的種種，情感起伏的波動不小，但寫來冷靜而節制。他與弘一六年不見，見面的場景自可鋪陳發揮，但他只著力描寫弘一掛在臉上的歡顏，筆法老練，情意真樸；〈白采〉一文只有八百字，對同是立達同事的白采的英年早逝，他集中描寫一次白采向他辭行的情景，沒有華麗的辭句，但質樸中見真誠，自然散發出感人的力量。

擔任《一般》主編的夏丏尊，也在刊物中發表了許多作品，有

---

[19] 朱光潛：〈豐子愷先生的人品與畫品〉，原載《中學生》第66期，1943年8月，引自《朱光潛全集》（合肥市：安徽教育出版社，1993），頁154～155。

[20] 葉聖陶：《豐子愷文集·序》，收於豐陳寶等編：《豐子愷文集》（杭州市：浙江文藝出版社，1990）藝術卷1，頁2。

[21] 豐子愷：〈湖畔夜飲〉，《豐子愷文集》文學卷2，頁382。

小說〈長閑〉，散文隨筆〈白采〉、〈文藝隨筆〉、〈知識階級的運命〉、〈藝術與現實〉，以及翻譯日本作家國木田獨步的〈疲勞〉、〈第三者〉，芥川龍之介〈南京的基督〉等。他的散文隨筆並不多，但給人親切一如知己談心的感染力，葉聖陶曾評論夏丏尊的作品說：「他是個非常真誠的人，心裡怎麼想筆下就怎麼寫，剖析自己尤其深刻，從不隱晦自己的弱點，所以讀他的作品就像聽一位密友傾吐他的肺腑之言。」[22]這種平實自然風格的形成，和夏丏尊的文學理念有關，他認為：「文學並非全沒教訓，但是文學所含的教訓乃係訴之於情感。……文學之收教訓的結果，所賴的不是強制力，而是感染力。……文學作品對於讀者發生力量，要以共鳴作用為條件。」[23]從真實的情感出發，真誠地表現自己，即使說的是一般的話，也會引起讀者的共鳴。立達文人群之一的葉聖陶也主張：「我們作文，要寫出誠實的自己的話。」[24]對於寫作者的態度，他明確指出：「一個人過生活，本該認真和踏實，對於自己和他人，都要對得起，都要無愧於心。一般的修養，目標就是如此；要想試作文藝的青年，當然也該向這方面努力。」[25]不論是朱自清的「真誠」，豐子愷的「天真自然」，還是夏丏尊的「情感」，葉聖陶的「誠實」，我們可以看出，這群文人的文學觀是接近的，都主張真誠表現自我，沒有虛偽和掩飾，再加上平實而富有理趣的優美文筆，難怪他們的作品在當時或以後，都能一直深受讀者的歡迎。

---

22 葉聖陶：〈序〉，收於《夏丏尊文集·平屋之輯》（杭州市：浙江人民出版社，1983），頁2。

23 夏丏尊：〈文學的力量〉，收於《夏丏尊文集·平屋之輯》，頁148。

24 葉聖陶：〈誠實的自己的話〉，原載《小說月報》第15卷第1期，1924年1月10日，引自《葉聖陶論創作》（上海市：上海文藝出版社，1982），頁91。

25 葉聖陶：〈愛好與修養〉，《葉聖陶集》第9卷，頁128。

（二）關懷現實、積極為人生的創作傾向

　　立達文人群多為熱心教育的工作者，同時又是對社會現狀、生活現實有見解、有理想的知識分子，因此集體表現出一種關懷現實的入世精神。雖然如豐子愷、夏丏尊對佛家「空跡遁世」的思想有所嚮往，朱自清也曾徬徨煩悶而不知何去何從，但他們面對苦難深重的社會現實，如火如荼的革命浪潮，最終還是選擇了積極的入世態度，關心並參與有益於國家、民族的活動。在教育方面，他們特別重視青年的思想啟迪與生活導引；在社會關懷方面，他們對混亂時局、國事蜩螗，也不忘盡知識分子的言責。如此一來，積極為人生的態度，遂成為這群文人在文學創作上的共同傾向。

　　由於重視青年學子在生活、學習、思想上的成長與啟發，《一般》刊載了大量這方面的文章，充分顯現出這群文人對青年教育、文化啟蒙上的用心與使命感。他們的啟蒙態度不是上對下的「教導」或「訓誡」，而是如老友般娓娓談心，自然而親切，「良師益友」遂成為《一般》留給青年讀者最鮮明的形象。例如發表在第 1 卷第 1 號上劉薰宇的〈青年底生活問題〉，指出當時青年的一種普遍心理：「受過中等教育的青年，因怕社會的冷嘲不願屈就，發生生活的煩悶，幾於自殺，而正想努力增進職業的能力和機會，苦於無路可走。」（頁21）針對這個現象，劉薰宇特別提出能力的培養、責任的承擔，以及正確的人生態度，體認「你必汗流滿面才得糊口，直到你歸了土」（頁26）的真義。他舉了許多生活的現象並互相比較，讓青年們在淺顯易懂的說理中，知道人生的方向；又如朱光潛膾炙人口的《給青年的十二封信》，就是在《一般》上發表的，夏丏尊稱許「最好的收穫第一

要算這十二封信」[26]，信中對青年的殷切叮嚀與發自真心的關懷，只要讀過的人莫不因此感動的，他談的都是以青年們所正在關心或應該關心的事項為話題，包括讀書、升學、作文、愛戀、人生、社會運動、動與靜等，從日常生活取材，不說空話，更不說假話，真實而誠懇的態度，受到廣大青年的歡迎。此外，《一般》中相關的文章還有心如（即劉薰宇）〈教育哲學〉、周為群〈再論青年生活問題〉、〈青年底一種煩悶〉、天行〈中國現代教育雜論〉、章克標〈世界各國數學教育的改造運動〉、傅彬然〈教育的性質與中國目前的教育問題〉等，從不同的角度，分析教育的問題，提出教育的新理念。值得一提的，從第五卷第四號起，一連三期刊出了魏肇基翻譯蘇格蘭小說家、詩人Robert Louis Steveno（1850～1894。魏肇基譯為羅般脫・路易司・司梯文遜，今多譯為羅伯特・路易斯・史蒂文生）的文章〈少男少女須知〉，文中對青少年關心的戀愛與婚姻問題提出了許多精闢的見解，類此文章的刊載，足以看出這份刊物以青年為對象的創辦旨趣。

除了關心青年教育，這群文人對社會現實的關懷也是發自肺腑，見解獨到，整份刊物鮮明的特色之一就是對時事、政治的反映與反省，顯現出一九二〇年代知識分子思想、心態的一個切面。如朱自清〈哪裡走〉、胡愈之〈英俄衝突與二次世界大戰〉、〈我們的時代〉、夏丏尊〈關於濟南事件日本論客的言論二則〉、劉薰宇〈中國的國家秩序與社會秩序〉、豐子愷〈對於全國美術展覽會的希望〉、亦樂〈中國現在有沒有政黨〉、章克標〈評蔣宋結婚的儀式〉等，都充滿強烈的現實色彩，充分表現出知識分子秉持良知、憂心國事的赤忱。《一般》中設有一特殊的專欄〈時事摘要〉，按日列出一個月來的國內外

---

[26] 夏丏尊一九二九年元旦為《給青年的十二封信》所寫的序，收於《朱光潛全集》（合肥市：安徽教育出版社，1987）第1卷，頁77。

大事，除了提供讀者國內外時事的資訊，同時也藉此彰顯出立達文人關懷現實的精神。

立達文人群中的代表作家如朱自清、夏丏尊、葉聖陶、豐子愷等，早在一九二〇年代初期就加入以「為人生」為創作宗旨的「文學研究會」[27]，因此他們的創作傾向多為關懷現實、反映各種社會問題。然而，他們和當時文壇主流的匕首、投槍式的戰鬥散文風格並不相同，基於他們的人生態度和思想傾向，作品中呈現的較多是對時局的不滿、焦慮與不知「哪裡走」的苦悶與痛苦。他們的「革命色彩」不濃，和政治往往保持一定的距離，多從身邊瑣事出發，抒發對人生諸多問題的看法。朱自清發表於一九二八年三月《一般》第四卷第三號的長文〈哪裡走〉，堪稱是一九二〇年代知識分子徬徨、焦慮、不知何去何從的生動縮影，也是立達文人群政治立場的典型宣示。在文中，朱自清直言：「我是要找一條自己好走的路」，「我所徬徨的便是這個。」在「革命」呼聲四起之際，他坦陳道：「我解剖自己，看清我是一個不配革命的人！這小半由於我的性格，大半由於我的素養。」然而，即使是「惶惶然」、「煩悶」，他也並沒有因此墮落、麻痺，而是努力的想找出一條路來走，他最終說：「國學是我的職業，文學是我的娛樂。這便是現在我走著的路。」[28]在政治混亂的氛圍中，朱自清就以腳踏實地投入教育與出版的選擇，為自己鋪陳出一條足以安身立命的道路。

夏丏尊在評論葉聖陶的小說《倪煥之》時曾表示：「文藝徹頭徹

---

27 這幾位加入文學研究會的時間都很早。當文學研究會於一九二一年一月在北京成立時，葉聖陶就是十二位發起人之一；夏丏尊、朱自清都於該年入會，夏丏尊入會號為五十五號，朱自清的入會號為五十九號；豐子愷則於一九二三年入會，入會號為一二五號。

28 朱自清：〈哪裡走〉，收於《朱自清全集》第4卷，頁226～244。

尾是表現的事,最要緊的是時代與空氣的表現。」他反對「千篇一律的戀愛談」,也不贊成「宣傳式的純概念的革命論」,而是認為「誰也無法避免這命定地時代空氣的口味。照理在文藝作品上隨處都能嚐得出這情味來,文藝作品至少也要如此才覺得親切有味。」[29] 對夏丏尊而言,以文藝作品來反映時代,正是他決心要走的人生道路;葉聖陶也持相同的見解,他說:「文藝的目的在表現人生」,「作者持真誠的態度的,他必深信文藝的效用在喚起人們的同情,增進人們的瞭解、安慰和喜悅;又必對於他的時代、他的境地有種種很濃厚的感情。」[30] 其實,豐子愷、朱光潛、匡互生、劉薰宇等立達諸人,對時局都有著徬徨、煩悶的類似感觸,但他們都沒有懷憂喪志,或在出版,或在教育,或在創作,或在翻譯,他們盡力走著一條平實、踏實的自己的路,以自己的方式關懷社會、貢獻一己之力。他們雖以「一般」自居,但實際上卻是難能可貴,走出一條新的人生追求與創作道路。

(三)致力學術的大眾化、生活化

《一般》致力於學術的生活化、普及化,在這方面的作品數量最多,成就也最顯著。《一般》的作者群多為學者、文人、教師,他們努力試圖將許多較專業的知識,以平實的筆調、誠懇的態度,介紹給廣大讀者,這就使得這份刊物有了自己較突出的文化品格。例如喜愛天文的匡互生寫〈趣味豐富的秋的天象〉,專研繪畫音樂的豐子愷寫〈西洋畫的看法〉、〈現代西洋畫諸流派〉、〈音樂的神童莫札爾德及

---

[29] 夏丏尊:〈關於《倪煥之》〉,見《夏丏尊文集·平屋之輯》,頁115。此文寫於1939年8月,

[30] 葉聖陶:〈文藝談〉第4、5則。這一系列文章共四十則,自一九二一年三月五日起在《晨報》副刊連載,到六月五日刊完。見《葉聖陶論創作》(上海市:上海文藝出版社,1982),頁7～9。

其名曲〉等，劉叔琴的〈談談現代的進化論〉，章克標的〈芥川龍之介的死〉，方光燾的〈文學之社會的研究〉，夏丏尊的〈藝術與現實〉等，都是深入淺出的學術性文章，透過這些知識的介紹，希望能將嚴肅枯燥的知識普及到一般大眾，特別是青年學生。這種對學術生活化的鼓吹與實踐，早在立達學會成立之初的宗旨上就已言明：「修養人格，研究學術，發展教育，改造社會」，這些作品使《一般》在知識性、文化性上的定位清晰而突出。

在專欄設計安排上，也可以看出《一般》試圖加強一般民眾知識教育、致力學術推廣的用心。由夏丏尊主編的第一、二卷，每期大多設有〈書報評林〉、〈介紹與批評〉兩個專欄。前者「以糾正出版界的混沌現象，養成一般人的讀書趣味為目的，專載讀書錄及新出版物的介紹及批評，以冀作一般讀書社會的指導。」[31]有較強的文藝批評色彩，如王伯祥〈讀《經今古文學》和《古史辨》〉、周建人〈關於《性史》的幾句話〉、沈本權〈評商務印書館的《學生雜誌》〉、夏丏尊〈讀《中國歷史的上帝觀》〉、鍾敬文〈李金髮底詩〉等；後者「所評述者，以最近國內出版物為限。」純粹是新書出版的推介廣告，具宣傳性質，如第一卷第一號就介紹了《中國倫理學史》等八本新書，以後每期則介紹三至九本不等。這兩個專欄在方光燾接手主編第三卷後就被取消，而夏丏尊再度主編時也並未恢復，不過，在介紹新知、刊載知識性文章的宗旨方面並沒有改變，仍以學術論文或隨筆的刊登為主，文藝創作多為點綴而已。

---

31 這是《一般》月刊〈書報評林〉專欄的說明，刊載在書評文章之前。這兩個專欄通常都置於整本刊物的末尾。

（四）明白曉暢、情理兼具的文體風格

　　前面提到，《一般》月刊不是純文學刊物，不以純文學作品的刊載為重心，雖然陸續也發表過夏丏尊的小說〈長閑〉、〈貓〉，葉聖陶的小說〈遺腹子〉，孫福熙的小說〈不死〉，豐子愷的散文〈子愷隨筆〉、〈漸〉，劉薰宇的遊記〈南遊〉等文學創作，以及翻譯的各國小說，但佔全部的比重不到五分之一，甚至一些小詩還被當作「補白」來處理。換言之，《一般》的文化色彩要濃於文學，學術的推廣要重於文學的創作，知識小品或學術性論文才是這份刊物自覺經營的核心。但正如前所述，他們致力的是將嚴肅的學術作品普及化、大眾化，甚至希望盡量做到趣味化、生活化，試圖以深入淺出的文字表達深刻的學理，並在表達理趣的同時又能兼具情趣。劉叔琴在創刊號所寫的〈一般與特殊〉一文，對此有精到的闡釋：「現代的學問，現代的文化，是千萬年來無量數的人們在地上所建設的伊甸園，所創立的象牙塔，萬萬不應該只由少數人獨佔獨享，須得開放起來給大多數人共住共享。這樣，才見得它是個地上的天國。這個開放的手續便是使特殊的一般化。」他所謂「特殊」指的是學術、文化，而使之易讀、易懂，則是「一般化」，他認為只有這樣，才能「使大多數人生活或文化的提高」，「這是一般的人們所應該努力的目標，當然也是我們《一般》同人此後想要努力的目標，打算猛進的大路。」[32]

　　要達到「深入淺出」、「情理兼具」的境界，靠的是縝密的構思、爐火純青的文字功夫、生動成熟的表現技巧、別具慧眼的選材目光與審美意識，這些對這群文人來說並非難事，因為他們長期從事國文教學工作，又多有語文刊物編輯的經驗，這使他們在寫作文章時，

---

[32] 劉叔琴：〈一般與特殊〉，《一般》第1卷第1號，頁8。

能自覺地在結構、佈局上用心講究，論點明確而有條理，使文章的可讀性得到提升。例如第一卷第一、二號上匡互生的〈趣味豐富的秋的天象〉，雖然介紹的是銀河、隕石、潮汐等天文科學知識，但他運用《詩經》、古詩中描寫天象的詩詞典故，以及牛郎織女等神話傳說，使原本枯燥的材料變得趣味盎然；又如第一卷第三號上西諦（鄭振鐸筆名）的〈中世紀的波斯詩人〉，本是西洋文學史介紹的文章，但作者刻意在文前強調：「中世紀的波斯，在文學上，真是一個黃金時代。雖然她曾被阿剌伯人入侵了一次，接著又被蒙古人所統治，然而她的詩的天才，在這個時代卻發展得登峰造極，無以復加，正有類於同時的我們的中國，那時我們也恰是詩人的黃金時代。」將西洋與中國加以巧妙聯結，拉近讀者的心理距離，提高讀者的閱讀興趣，可謂深諳寫作的技巧；其他如豐子愷發表於第五卷第二號的〈漸〉，談造物主微妙的工夫、人生的法則，雖是說理，卻如老友促膝談心，字裡行間透露出他發自肺腑的思想情感；鍾敬文發表於第三卷第二號的〈廣州風物雜憶〉，回憶廣州的木棉樹、菱角、蕹菜，引經據典，詳加考證，以充滿情感的文字娓娓道來，既有知識又有情趣。這類作品沒有一點說教味，更不是吊書袋，而是一篇篇讀來平易近人、趣味橫生的知識散文、哲理小品。

特別值得一提的是，孟實（朱光潛筆名）應夏丏尊之邀而寫的《給青年的十二封信》，可謂篇篇說理，結構謹嚴，又處處打動人心，堪稱情理兼具的佳構，被夏丏尊視為《一般》最大的收穫。夏丏尊在出版時寫的序言中說：「作者曾在國內擔任中等教師有年，他那篤熱的情感，溫文的態度，豐富的學識，無一不使和他接近的青年感服。……信中首稱『朋友』，末署『你的朋友』，在深知作者的性行的我看來，這稱呼是籠有真實的情感的，絕不只是通常的習用

套語。」[33]以「真實的情感」道出自己的人生觀，和青年討論人生的問題，提供青年自我教育的藍圖，朱光潛如「良師益友」般的解說道理，同時又以清新、懇切的文筆使「真實的情感」自然流露，難怪這本小書在當時或以後，都能歷久彌新地受到廣大青年喜愛。

發刊詞〈一般的誕生〉中所揭櫫的理想：「一切都用清新的文體，力避平板的陳套，替雜誌界開個新生面。」停刊號的〈再會再會〉中自我省視的結語：「我們絕不敢有那麼樣的大膽來自誇〈一般的話〉的文章是明白曉暢，……不過我們的企圖，我們的努力，總是向著那個目標的，……我們已經獲得了許多愛讀者，可以知道我們的方向總不會錯。」這個理想和目標，在主編夏丏尊的努力經營，與立達文人們的共襄盛舉下，大抵得到落實，《一般》在一九二〇年代的文化界，確實已樹立了自己別開生面的清新風格，在雜誌界佔有一席之地，也發揮了一定的影響力。

四　結語：不「一般」的文人典型

立達文人群是一個貫徹獨立精神、自由組織的知識分子群體，以立達學會為核心，主要事業成就有二：一是協助籌辦在江灣新建校舍，成立立達學園；二是創辦《一般》月刊。一在教育，一在文化，二者都有不容忽視的表現與成就，而寄寓其中的理念與實踐，則構成了這個文人群體的精神品格與人文風格。在教育上，他們不以教育為功利，而以教育為信仰，全心投入，犧牲奉獻，重視人格感化、自由獨立精神，強調互助勞動、儉樸勤實的作風，主張平民教育，關懷現

---

[33] 夏丏尊：《給青年的十二封信》，《夏丏尊文集·平屋之輯》（杭州市：浙江人民出版社，1983），頁112。

實，可以說是一群具教育理想與教育愛的文人；在文化上，他們致力
於落實自由的精神、獨立的思想，藉著對文化、時局的看法，表達出
知識分子的良知與見識，試圖為改造社會盡一份心力；同時，以一篇
篇生動介紹學術的文章，啟蒙大眾，普及知識，以文化的促進提升為
己任。不管是教育還是文化，其共同的理想是培養出既能「立己立
人」又能「達己達人」的具健全人格的人，也就是「立達」的人。

　　一九二〇年代的政局混亂，軍閥混戰，知識分子普遍有不知何去
何從的失落感與苦悶，在這樣的氛圍下，這群文人選擇自力辦學，獻
身教育，試圖從最根本的事業做起，沒有炫人耳目的形式口號，只
有腳踏實地的耕耘付出。表面上看，只是一群沒有太多資源與力量
的「一般」文人，但做的實在是不「一般」的事業。朱自清對一九二
〇年代的教育情況知之甚詳，他就曾經指出其中充斥的應酬、植黨、
諂媚官紳勢力、不學無術、蠅營狗苟等種種弊端，甚至激動地說出：
「總之，教育是到『獸之國』裡去了！」[34] 面對種種亂象、時弊，立達
文人群立足於民間教育，致力於文化傳播，關懷青年與平民，發出知
識分子的呼聲，這種態度與精神，在創辦《立達》季刊時，匡互生就
說得很透澈：「我們相信文化的發達，一定在思想學術都在自由獨立
的空氣中。思想學術上的皇帝和臣僕，簡直是文化的敵人……我們自
己以為應該說的話，即使反叛了政治的社會的歷史的學術的種種權
威者，我們也有所不顧，大膽的自由的說。」[35] 只有知道當時的嚴峻背
景，才會明白這群以「一般」自居、自勉的文人群，其心中的不滿、
激憤，以及真誠付出、全力以赴的難能可貴。從立達學會到立達學
園，從《立達》半月刊到《一般》月刊，我們可以充分感受到這群文

---

[34] 朱自清：〈教育的信仰〉，《朱自清全集》第4卷，頁139。

[35] 匡互生：〈立達、立達學會、立達季刊、立達中學、立達學園〉，《匡互生與立達學
　　園》，頁21。

人平實中有堅持、踏實中有理念、絕不「一般」的精神品格與文化理想。

附　錄

▲圖一：《立達》半月刊封面

▲圖二：《一般》月刊誕生號扉頁圖

贏疾者的哀歌

——「立達文人群」中的薄命詩人白采

一　前言

　　白采（1894～1926）是一位被文學史長期遺忘的詩人，也是一位才氣縱橫、正待起飛卻橫遭折翼的薄命詩人。在新文學萌芽的二〇年代，他以膾炙人口的長詩〈贏疾者的愛〉受到詩壇的矚目，被朱自清評為「這一路詩的押陣大將」[1]，並以小說、詩話等作品表現出自己鮮明的個性，同時又以隱密低調的行事作風疏離於人群，憑添幾分神秘色彩，可惜英年早逝，為文學史的發展留下一絲遺憾。本文將試圖鉤沉出這位特殊文人的生平事蹟、文學表現，以及隱藏在作品背後複雜的情感符碼、生命圖像。

　　在未踏入白采的精神歷程之前，有必要先針對和他關係密切的「立達文人群」做一解說。一九二五年二月，為了落實民間辦學的教育理想，匡互生、豐子愷、朱光潛等人在上海虹口辦起了一所私立的「立達中學」。所謂「中學」，其實只有兩三張板桌和幾張長凳，但由於校風自由，辦學認真，學生漸多，那年夏天，匡互生提議在江灣

---

[1]　見朱自清：〈導言〉，《中國新文學大系・詩集》（臺北市：業強出版社，1990年重印本），頁4。

自建校舍，並改名為「立達學園」。在匡互生的奔走籌備下，當時立達學園的師資陣容和一般中學相比，顯得格外堅強，有豐子愷、朱光潛、夏丏尊、陳望道、劉薰宇、劉叔琴、夏衍等。為了讓立達學園能正常運作，並有更好的發展，匡互生、夏丏尊、豐子愷等人於三月間發起成立「立達學會」，校內外知名的教育、文化界多人加入，如茅盾、劉大白、朱自清、胡愈之、陳望道、葉聖陶、鄭振鐸、章克標、章錫琛、朱光潛、周予同等[2]。學會的成立起初是為了支持學園的創辦、發展，它有點類似一般私立學校的董事會，但又不完全相同，這些人不是掛名，而是真正為追求一個共同的教育理想而結合，因此有人說它是「立達的母親與褓姆」[3]。但學會成立之後，它所扮演的角色並不侷限於教育事業，而是一個充滿人文色彩的文人群體，特別是一九二六年九月創辦了學會的代表性刊物《一般》，內容涵蓋面廣，有書報評論、文學創作、翻譯，也有學術研究、文化批判和時事介紹等，如此一來，它就成了一個不折不扣的文人群體，因此筆者以「立達文人群」稱之[4]。

立達文人群的構成除了立達學會會員之外，曾在立達學園任教過的文人也應納入此一範疇，本文所要討論的白采即是一例。白采雖非立達學會的正式會員，但曾在一九二五年下半年在立達學園任教，翌年三月才離開，期間與夏丏尊、劉薰宇、豐子愷、葉聖陶等人都有所往來；《一般》創刊前夕，白采突然病逝，因此在一九二六年九月創

---

[2] 學會成立之初，會員僅二十餘人，到一九二六年立達學會會刊《一般》創辦時增加為五十一人，以後陸續增為五十七人。

[3] 章乃煥：〈中國教育史的光輝篇章——試論立達學園教育改革實驗的思想與精神實質〉，收於北京師範大學出版社編輯組：《匡互生和立達學園教育思想教學實踐研究》（北京市：北京師範大學出版社，1993），頁48。

[4] 筆者於二〇〇五年至二〇〇六年的國科會研究計畫即是「從《一般》月刊看「立達文人群」的精神品格與文學風格」，這應該是學界首次以此名稱來概括這個文人群體。

刊號上臨時發表了他的詩詞和筆記三則，當作補白，編者並在〈編輯後記〉中特別說明：「很可替本誌幫忙的白采先生，竟於本誌將付印的時候，在由廣東至上海的船上病歿了。後事由同仁經紀，篋中遺稿很多，擬由同仁為之整理。」由此可見他和立達學會諸人關係之密切。接著，十月號的第二期《一般》特別製作紀念白采的專輯，由朱自清、夏丏尊、葉聖陶、劉薰宇、豐子愷、匡互生、章克標、周為群、方光燾等九人執筆，同時又將白采的《絕俗樓我輩語》分五期刊出，凡此均可證明白采在此一文人群中的地位。雖然他在立達學園只任教半年多，但在他三十三年的短暫歲月中，交往最多的即是這批文人。在立達文人群中，他的成就難與其他大家相比，但卻極具個人特色，不容忽視。

到目前為止，文學史書籍對白采不是隻字不提，就是幾語帶過，而且多半只提及新詩的成就，小說、隨筆等則完全不論，殊為可惜[5]。他的人與作品，知之者不多，透過網路搜尋，也不見一篇研究專論，正如他流星般消逝的生命，他的生平事蹟與文學表現一直掩埋在歷史的煙塵中。雖然一九八二年在臺灣有胡文彬先生自費編印了一冊《絕俗樓遺集》[6]，內容涵蓋了《絕俗樓詩詞》、《絕俗樓我輩語》、

---

[5] 在眾多文學史書籍中，有代表性的如錢理群等著：《中國現代文學三十年》（北京市：北京大學出版社，1998修訂本），在一二八頁中僅提到：「『五四』以來敘事詩僅有朱湘的〈王嬌〉、沈玄廬的〈十五娘〉、白采〈羸疾者的愛〉等可數的幾部。」未做任何說明；又如朱棟霖等主編：《中國現代文學史1917－1997》（北京市：高等教育出版社，1999），在七九頁對〈羸疾者的愛〉有兩行的分析：「通篇用對話體，分別寫出羸疾者與老者、母親、友人、少女的心靈交流，幻想代替敘寫，抒情強於敘事，體式特別。」此外，對白采的人與其他作品都未做交代。必須說，這樣的三言兩語和許多完全不提白采的文學史著作相比，已屬難能可貴。

[6] 此書由胡文彬編校、自費印行，一九八二年十二月出版。本文引用資料出自本書者，不再加註說明，而僅標明頁數。胡文彬的事蹟不詳，從書中的〈後記〉可知，其父親胡畏三與白采為知交好友，曾抄存白采遺稿，這也促成了他下決心蒐集白采

長詩〈羸疾者的愛〉、小說〈被擯棄者〉等六篇，以及白采致好友胡畏三的部分書信，關於白采的紀念文章、作品評論等，除了一些小說外，可說已將其代表性的作品搜羅齊備，但印數有限，流傳不廣，似乎沒有獲得太多迴響。筆者有幸獲見此書，並設法蒐羅書中未收的一些小說作品，幾番研讀之後，深覺有讓白采及其作品「浮出歷史地表」的必要。本文的研究將以白采及其作品為兩條主線，試圖讓這位「薄命詩人」的形象與成就不再模糊、隱沒，也讓文學史研究存在的許多縫隙與空白得到些許的填補。

二　白采：遺世絕俗的漂泊詩人

　　白采的一生幾乎都是在漂泊中度過，就連最後的死亡也是在旅程的輪船上。他的父母在他成年前後相繼過世，家族糾紛不斷，婚姻又以離婚收場，幾次隻身漫遊，過著「漂泊詩人」般的生活，這些不幸的遭遇，凝塑出他孤癖、寡言、離群索居、鬱鬱寡歡的性格，這樣的性格投射在作品中，使他的文學作品自然染上了浪漫、悲愁、殊異的色彩。由於他刻意隱姓埋名、獨來獨往的行事作風，使他的一生顯得神秘而少為人知，在他過世後，朋友們的追憶文章中，最常說起的就是類似「不可捉摸」、「不容易猜透」、「遺世絕俗」、「性情孤僻，不樂與人相接」[7]之類的形容語。在詳細閱讀並考證相關資料後，筆者將

其他遺稿合編成書。〈後記〉末寫道：「謹記於復興崗待歸樓」，推測胡文彬可能是政治作戰學校（學校坐落於復興崗）的教師，而且筆者所見的此書，書的扉頁有其贈給任卓宣先生的題字，以學生自稱，任先生長期在政治作戰學校任教，故胡文彬有可能也任職於該校，但有待查證。筆者得見此書，要感謝政治大學中文系名譽教授尉天驄先生，他是任卓宣先生的姪兒，家中藏書甚豐，他知筆者研究白馬湖作家群，故以此書影本相贈，謹此誌謝。

7　在《一般》第二期「紀念白采」專輯中，朱自清說白采是「一個不可捉摸的人」，

白采一生的初步輪廓整理成表如下：

一八九四　清光緒二十年，出生於江西高安。原名童漢章，一
　　　　　名童昭海，字國華，又字愛智、瘦吟。兄弟五人，
　　　　　他排行第五。

一九一一　清宣統三年，筠北小學畢業。

一九一二　民國元年，母親去世（一說一九一一年）。曾受教
　　　　　於廖少軒，尤得益於廖師母褚素筠的照顧和啟發。
　　　　　閉戶自修，專力為詩。

一九一四　民國三年，和王百蘊女士結婚（一說一九一三年）。

一九一五　民國四年，開始寫詩，並習繪畫。一九一五至
　　　　　一九一八年間，曾三次離開家鄉漫遊名山大川，過
　　　　　著「漂泊詩人」的生活。

一九一七　民國六年，十一月間曾生一女，但產下即殤逝。

一九二一　民國十年，充滿糾紛的家庭生活與不幸的婚姻使他
　　　　　深感痛苦。九月，父親病逝，享年七十餘歲。從
　　　　　此他對家庭不再留戀。創作第一篇白話小說〈乞
　　　　　食〉。

一九二二　民國十一年，二月離家再度過著「漂泊詩人」的生
　　　　　活。考進上海美術專門學校。客滬後，為隱其行
　　　　　蹤，變姓名為白采，號吐鳳、受之，自稱瞿塘人，
　　　　　不欲人知其身世。

一九二三　民國十二年，六月和王女士宣告離婚。從此益加漂

「賦性既這樣的遺世絕俗，自然是落落寡合了。」劉薰宇說：「白采在我認識的人
中，要算第一個不容易猜透的人！」方光燾則說：「據說他性情孤僻，不樂與人交
接。」

泊不定、心境苦悶。年底，畢業於上海美術專門學
校，在上海當過教員、編輯。

一九二四　民國十三年，作長詩〈贏疾者的愛〉（六千字），
　　　　　受到俞平伯、朱自清的推崇。由中華書局出版《白
　　　　　采的小說》，收短篇小說七篇。

一九二五　民國十四年，由中華書局出版詩集《白采的詩——
　　　　　贏疾者的愛》。下半年到立達學園擔任國文教師，
　　　　　翌年3月離開。

一九二六　民國十五年，三月轉到廈門集美學校農林部任教。
　　　　　七月暑假期間到兩粵漫遊。
　　　　　八月從香港搭「公平輪」返回上海，二十七日船將
　　　　　抵吳淞口前病死於船上，得年三十三歲。立達學園
　　　　　匡互生收其遺骸葬於江灣。

一九二七　民國十六年，由開明書店出版其遺著《絕俗樓我輩
　　　　　語》。

一九三五　民國二十四年，陳南士[8]刊其《絕俗樓遺詩》於
　　　　　江西南昌，錄詩兩卷，共五二五首；詞一卷，共
　　　　　四十六首。均為白采生前手定。

一九八二　民國七十一年，胡文彬編校之《絕俗樓遺集》出版。

8　陳南士（1899～1988），本名陳穎昆，江西高安人，為白采生前好友，在與胡畏三
　通信中多次提及。白采詩詞遺稿就是由他於一九三五年輯印。在朱自清編選的《中
　國新文學大系‧詩集》中曾收錄其新詩〈夢歌〉、〈寂寞〉二首，可惜生平未予介
　紹。據尉天驄先生告知，陳南士曾在政治大學中文系任教，講授詩選、杜詩等科
　目；又據政大中文系退休教授熊琬先生提供資料指出：陳南士於一九二二年畢業於
　武昌高等師範（今武漢大學前身）英國文學系，曾任江西省立二中教員、心遠中學
　校長、江西省政府秘書、安徽省教育廳秘書、湖北省教育廳秘書、國民黨中央宣傳
　部秘書、教育部主任秘書、國民大會代表等職。

白采簡要的生平大致如此。短暫的一生，留下許多精彩的作品，也留下了一些難解的謎團。生前出版的新詩集和小說集，使他成為新文學初期嶄露頭角的文壇新銳，死後出版的詩詞遺著，則讓人看到他兼擅舊文學的另一面才華。他失意苦悶的心理，透過特立獨行的生活方式和文學創作真實地表現出來，作品中強烈的靈魂拷問，個人氣質上的感傷色調，使得浪漫抒情的「白采風格」隱隱成形。

充滿矛盾與衝突，是白采生命型態與精神世界最動人也最鮮明的標誌，這使他的一生始終籠罩著挣不脫的愁苦情緒與揮不去的悲觀色彩。這種矛盾與衝突主要表現在現實生活與精神世界兩個層面。現實層面的矛盾，表現在對應人事的反覆態度上，他時而放言高論、激動熱情，時而孤僻寡言、行蹤隱密，在熱鬧與孤獨之間徘徊猶豫，這使他難於與人交際，並予人冷漠高傲之感，但知悉他真實內心世界的朋友，卻對他非應酬式、發自真心的情義印象深刻，也對他絕烈的潛隱生活有著同情的理解。周為群在紀念文章中就說：「我和他初見面時，雖不能說『一見如舊』，但不久就覺得他是一個富於情感的人，是一個好人。」（頁315）方光燾也指出：「初和他會晤的人也許要說他冷刻；其實他的情熱，真有使身受者的我，永不能忘懷的。」（頁318）朱自清也同意：「他是一個好朋友，他是一個有真心的人。」（頁296）在立達教書都是義務職，白采教了一學期後離開，又從廈門寄了五十元給學園，這讓夏丏尊在人品上對他有了新的認識。（頁305）方光燾因為窮困而兼任四校教課，往來凇滬間忙碌不堪，白采就主動替他在立達代授一班義務課程。（頁318）凡此均可看出他待友之真摯，以及內心對友誼的渴望與珍視。

但不可否認的，白采性格中異於常情的一面，使他遭致許多不解和誤解。在致胡畏三的二十三通手札中，他一再囑咐「所屆請勿告人」，「與弟通問，亦必屢易名者，非避弟也，避弟以外凡與弟有相

連之耳目也。」（頁211）「兄行蹤決請嚴秘勿宣，即南士處亦萬勿令知，為要。」（頁213）僅二十三通手札就用了國華、白受之、白渚虹、瘦吟、白瘦山等不同署名，其刻意隱姓埋名、不欲人知的用意明顯可知。推測其因，主要與家族分產後糾紛不斷，甚至同族有人具狀控告有關[9]，因此才會對胡畏三說：「兄厭故鄉深矣！」（頁211）家族糾紛，婚姻離異，導致他的心理異常痛苦而矛盾，在手札中他曾如此自剖道：「吾本狂人，文日益佳，行日益僻，將來結局茫茫，必使吾弟聞而咋舌大痛。」（頁199）「我諸事安之若素，且性喜放達，故無一事足以累心。乃至師長可叛之，父兄可疏之，擇期倜儻不群，可以想見。然悲哀之懷，終不消泯，乃知古人曠達，皆有至哀在心，如阮籍嵇康之倫，能狂笑者必能痛哭！而其笑時之可哀，則尤甚於其哭時也。十數年來，父兄師長舉不足以累吾心，既如上述；獨所耿耿於心者，吾蘊妹而已。」（頁196）蘊妹者，即白采之妻王百蘊。對愛情絕望、親情失望，使他對友情格外盼望，然因個性使然，一生知交甚少。

　　現實層面的拙於（或不屑於）應對，掩蓋了他心中的熱情，劇烈的衝突與掙扎，使他在精神層面上也透顯出對立的不安與痛苦，哀與樂，理智與情感，特別是在生與死的思索上，常常同時並存，激烈鬥爭。白采之死，非出於自殺，但劉薰宇對此有精到的觀察：「他的生活卻是有類於慢性自殺。書桌上陳著紅漆小棺材，床旁邊放著灰白人頭骨，都是他歡迎死神的表徵。他所以帶了病還從香港乘輪船搭統艙

9　在劉薰宇的紀念文章中，引用了白采朋友和弟兄的信，信中已透露端倪，如朋友信中寫道：「令三兄說，令姪將要拿你的店房出押，族中有一黨壞人扶助刁唆。……令大兄也被兒子趕得離居。」弟兄的信則說：「將我所收之租穀五石九斗二升概行搶去，並邀同族具狀控告。現以刑事起訴法庭，告家產尚未分均。……弟（按：指白采）即予歸來，若再延不歸，將來我之性命，都難保了。尚望俯念同胞，不辭勞苦……。」（頁302）

到上海終於死在船上，也未嘗不是不想避死的表現。」（頁304）基本上，白采是個悲觀的人，葉聖陶就說過：「他的詩與小說早使我認定他是骨子裡悲觀的人。」（頁311）因此，死亡意識經常縈繞於心，揮之不去，在立達教書時，方克標曾到過他的房間，印象最深的也是「擺在他書桌上的骷髏和小棺模型，這二件好像是他心愛的東西。」（頁307）在他的小說〈白瓷大士像〉中曾借「我」說出：「人生就是這樣的永不聯貫，一個個都要在這黑夜裡撒手了。」（頁277）在〈墮塔的溫雅〉中則借「他」做了一番更直接的表白：「他便想著只有脫棄了軀殼，方能免除罪惡。他這樣並不是頌揚死，他只是想跳出物質生活的重重苦惱，獲得人類最高精神的愉快。」（頁287）由此可推知，他在精神上的死亡威脅陰影多半來自於物質生活的窘困。

然而，對於生死，悲觀的白采有時卻又表現出重生惜命的積極態度，在致胡畏三手札中就寫道：「處在今日無聊之世界，只能以生命為第一，知識名譽，及其次耳。」（頁202）「吾儕愈宜自愛，而愈覺生命之可寶可喜也。」（頁209）「但望弟於世界，社會，人生種種，忘其可哀，咸覺其可愛而已！」（頁211）「人生最要緊處，即當此困辱中，謀己愈不灰心。」（頁212）在小說〈友隙〉中，他也不斷強調「人生方面的事實縱然是有限，希望卻仍可無限；而且說不定會有最後的希望成為事實。」（頁290）類此言論，很難讓人與漂泊、悲觀、喜愛小棺、人頭骨的白采聯想在一起，但這種矛盾心理的存在卻是白采精神世界最真實的寫照。

欲超脫紅塵俗世而不能，使他墮入現實生活的痛苦深淵中；對生命悲觀失望卻又未到絕望的地步，使他的精神世界分裂矛盾而糾葛難解。他試圖以漂泊來逃避，以狂行來掩飾，以絕世遺俗來對抗，甚至用文學創作來宣洩、排遣，但最終只有死亡，讓這個年輕的、騷動不安的生命得到永遠的安息。

三　羸疾者的哀歌：白采新詩中的自敘傳色彩

一如同時代的作家郁達夫（1896～1945）以許多小說生動刻畫出
「零餘者」、「孤獨者」的人物形象，白采也以他的詩與小說塑造了
「羸疾者」、「癲狂者」、「被摒棄者」的人物典型。郁達夫以《沉淪》
在二〇年代帶動「自敘傳」浪漫抒情小說創作浪潮的興起，這股浪潮
顯然影響了白采，他的小說〈被摒棄者〉即被論者視為此一小說流派
的代表作之一[10]。郁達夫筆下的「零餘者」，其共通點是：不甘沉淪
卻又無力自拔，憤世嫉俗，憂鬱感傷，內向敏感，有理想但幻滅，有
時孤傲不群，有時自卑自憐，他們往往身受經濟和精神的多重壓迫，
窮愁潦倒，因而總是被社會正統意識所輕蔑或排斥，成為被主流社會
所拋棄的邊緣人，正如論者所指出，這一系列「零餘者」人物，「同
現實社會往往勢不兩立，寧願窮困自戕，也不願與黑暗勢力同流合
污，他們痛罵世道澆漓，或以種種變態行為來表示反抗。」[11]白采筆下
的「羸疾者」或「被摒棄者」，和「零餘者」所特有的感傷、病態、
苦悶的形象、氣質相比，可說是完全相同。

白采與郁達夫年齡相仿，相同的時代背景與文學環境，相近的身
世背景與人格特質，使他們的作品風格也相去不遠。他們早年都曾在
家閉門自修，性喜遊覽山水，離家後長期為經濟貧困所折磨，與元配
的婚姻也都不幸；在文學上，同具古典詩詞創作的深厚根柢，慣以自

---

[10] 孔慶東：《一九二一：誰主沉浮》（濟南市：山東教育出版社，1998），頁72。文中
　　提到，那一時期和郁達夫浪漫抒情小說風格近似的有〈孤雁〉的作者王以仁、〈被
　　摒棄者〉的作者白采、〈壁畫〉的作者滕固等。

[11] 錢理群等著：《中國現代文學三十年》（北京市：北京大學出版社，1998修訂本），
　　頁74。

身遭遇、內心體驗為題材，小說常運用第一人稱，充滿鮮明的自敘傳色彩。我們知道，自敘傳體的小說並不等於自傳，郁達夫寫小說的目的並非想為自己立傳，而只是想「赤裸裸地把我的心境寫出來」，「只求世人不說我對自家的思想取虛偽的態度就對了，我只求世人能夠瞭解我內心的苦悶就對了。」雖說如此，但郁達夫在看自己書稿時，「眼淚竟同秋雨似的濕了我的衣襟」，並忍不住說：「即使這書的一言一句，都是正確的紀錄，你我有什麼法子，可以救出這主人公於窮境？」[12]這其實已經是取材自身遭遇的暗示。研究者早已指出，郁達夫的大部分作品「都直接取材於他本人的經歷、遭遇、心情。把郁達夫的小說連起來讀，基本上同他的生活軌跡相合。」[13]郁達夫如此，白采也是如此，「零餘者」與「羸疾者」，從某個角度來說，其實是他們面對自己精神困境的一種自述，也是他們對二〇年代知識分子精神世界的一種探索。郁達夫代表性的散文〈零餘者〉和白采的長詩〈羸疾者的愛〉都完成並發表於一九二四年，這個巧合說明了他們同時面對的是黑暗的病態社會，因此才有作品中同樣病態苦悶的人物出現。

先看〈零餘者〉。郁達夫描寫黃昏時茫然在街上漫走的「我」，喃喃念著詩句：「袋裡無錢，心頭多恨。／這樣無聊的日子，教我捱到何時始盡。／啊啊，貧苦是最大的災星，／富裕是最上的幸運。」心中產生了許多矛盾的意念，最後恍然明白：「我是一個真正的零餘者！」對世界、中國乃至於家庭，「我完全是一個無用之人，我依舊是一個無用之人！」他捏捏口袋裡僅剩的幾塊錢，覺得「我這樣生在

---

[12] 郁達夫：〈寫完了《蔦蘿集》的最後一篇〉，原載於《蔦蘿集》（上海市：泰東圖書局，1923），引自《郁達夫文集》（廣州市：花城出版社，1983）第7卷，頁155～156。此文作於1923年7月。

[13] 見錢理群等著：《中國現代文學三十年》，頁73。

這裡，世界和世界上的人類，也不能受一點益處；反之，我死了，世界社會，也沒有一點兒損害，這是千真萬真的。」胸前頓時「覺得有一塊鐵板壓著似的難過得很」，但意識模糊中跳上了一輛人力車後，又不自覺地發出「前進！前進！像這樣的前進罷！不要休止，不要停下來！」[14] 被現實生活擠出軌道的哀怨，夾雜著自身的孤淒悲涼，在窮困潦倒中卻又保有一絲追求理想生活的熱情，渴望突破生活重圍，這是郁達夫筆下自艾自憐、憤世嫉俗的「零餘者」，同時也是郁達夫真實生命的自傳剪影。這種強烈自我審視的幻滅感與危機感，不論在〈南遷〉、〈沉淪〉〈銀灰色的死〉、〈血淚〉中的「他」、「伊人」，或是〈風鈴〉、〈秋柳〉、〈茫茫夜〉中的「于質夫」等人身上，都可以清楚看到。

再看〈羸疾者的愛〉。羸疾者，指孱弱、疲憊、彷彿得病的人，在白采筆下，主人公「羸疾者」不僅是生理上的瘦弱，而且是心理上的懦弱、膽怯，靈魂上的受創、不健全，正如詩的結尾所說的：「我所有的不幸，無可救藥；／我是——／心靈的受創者；／體力的受病者；／放蕩不事生產者；／時間的浪費者；／——所有弱者一切的悲哀，／都灌滿了我的全生命！」（頁244）但這「羸疾」，其實是表面假象，白采想塑造的是一個過於憧憬美好理想而不容於污穢世界，渴望純潔、無私、對世界的大愛而寧願割捨個人情愛的「漂泊者」、「癲狂者」，當然，也就是另一個「零餘者」。這首六千字、近千行的長詩，全篇採用對話方式進行，分別描寫羸疾者與老人、母親、友人、少女四人的對談，藉著對話，構築了一個以愛的追求與失落為主軸的故事，抒情、敘事、說理兼具，體式上別樹一幟。故事大意是寫

---

[14] 郁達夫：〈零餘者的自覺〉，原載於《太平洋》第4卷第7號，1924年6月5日。引自《郁達夫文集》第3卷，頁84～90。此文作於1924年元月15日。

主人公「羸疾者」本來深愛這個世界，但因用情過度，反遭訕笑，因
此感到失望厭倦，他的心枯冷了，毀滅的念頭纏繞著他，他說：「已
不是純真的心，／我便不再持贈人。／現在的我，／既失去了本有；
／除了自己毀滅，／需要憐憫，便算不了完善。」（頁221）但在漂泊
的途中，偶然經過一個快樂的村莊，「遇見那慈祥的老人，／同他的
一個美麗的孤女；／他們是住在那深秀的山裡。」他們都把愛給他，
但他因自己是個羸疾者，認為「不配有享受的資格」（頁219），「只
願是村裡的一個生客」（頁220），而一一回絕了老人和少女的愛。

　　詩的開場，是老人向主人公表明他真摯的付託，以及少女的傾
慕。老人百般勸解，但主人公仍固執己見，堅持離去，因為他認為
「人們除了相賊，／便是相需著玩偶罷了。」（頁219）主人公回去見
了他的母親和伙伴，告訴他們在孤獨漂泊的旅途中「不能忘記」的奇
遇，以及他內心的憂慮和躊躇，他對母親直言：「母親：你該知道，
／你的兒子本是一個羸者！」（頁226）悲觀地認為「不可挽回的便
不可挽回，／人枉與命運爭！／無力的空想，『憤激』也是可恥！
／各人只憑著自己的微力，彌縫彌縫著，／都不過這樣度過了一輩
子。」（頁229）接著，他對伙伴說：「我想避免人間的愛，／常怕受
人的恩惠；／——我是心靈的虛弱者。」（頁230）最後，當愛他的少
女，撇下垂老的父親，不辭辛勞跋涉前來尋他，表達愛意，且體貼地
指出：「我心愛的人：／你的話太悲酸了！／你該自己平靜些吧。你
是太受了世俗的夾挾，／把你逼向這更偏激的路上。」（頁241）「自
示羸弱的人，／反常想勝過了一切強者。」（頁239）但顯然未能改
變主人公的心意，最後還是予以婉拒：「我將再向我渺茫的前途；／
我所做的，我絕不反顧。／請決絕了我吧！／我將求得『毀滅』的
完成，／償足我羸疾者的缺憾。」（頁244）正如朱自清所說：「他這
樣了結他的故事，給我們留下了永不解決的一幕悲劇，也便是他所

謂『永久的悲哀』！」[15]羸疾者的悲哀來自於對現代世界的不滿、憤懣
與詛咒，以及對未來世界的嚮往、憧憬與追求，也就是朱自清所分析
的：

> 主人公「羸疾者」是生於現在世界而做著將來世界的人的；他
> 獻身於生之尊嚴而不妥協的沒落下去。說是狂人也好，匪徒也
> 好，妖怪也好，他實在是個最誠實的情人！他的愛，別看輕
> 了是「羸疾者的」，實在是脫離了現世間一切愛的方式而獨立
> 的；這是最純潔，最深切的，無我的愛，而且不只是對於個人
> 的愛──將來世界的憧憬也便在這裡了。主人公雖是「羸疾
> 者」，但你看他的理想是怎樣健全，他的言語又怎樣明白，清
> 楚。……他一面厭倦現在這世界，一面卻又捨不得牠，希望牠
> 有好日子；他自己雖將求得「毀滅」的完成，但他相信好日子
> 終於會到來的，只要那些未衰的少年明白自己的責任。這似乎
> 是一個思想的矛盾；但作者既自承為「羸疾者」，「癲狂者」，
> 卻也沒有什麼了。

換言之，「羸疾者」絕非混沌頹廢、庸俗度日的平凡者，更不是心理
異常的病態者，相反的，他是眾人皆醉我獨醒，屈原筆下「漁父」式
的人物，忍受著被世俗誤解的痛苦，踽踽獨行於人間的邊緣處，清醒
地注視著世間的黑暗與苦難，甚至想用一己的毀滅、犧牲來喚醒世
人，保持自身的潔淨。詩中的羸疾者，處在現實與理想的矛盾中，想
愛而不能，想毀滅又不甘，對生命價值有著高乎常人、超出時代的憧
憬與堅持，他的價值在此，痛苦也在此。對照白采的一生，以及作品

---

[15] 以下所引朱自清評論白采此詩的看法均出自〈白采的詩──羸疾者的愛〉一文，發
表於《一般》月刊一九二五年十月號，頁268～279。

中流露出的思想，必須承認，這首長詩確實是其自身經驗的寫照及心境的投射。俞平伯對此詩的評價和朱自清一樣都很高，認為「這詩是近來詩壇中傑作之一」，而其特色之一正是「詩中主人個性明活，顯然自述其襟懷。」[16]

在詩中，白采還曾這樣自述其襟懷：「我不能談那離開人間的天國，／但也不能使人人更見有人間的／地獄！／我的工作，／只能為你們芟剔蕪穢，／讓你們更見喬皇璀璨。」（頁234）這是何等可佩的氣度！在情感的路上，白采結婚又離婚，並曾暗戀一位邂逅的女子長達十五年，終致孑然一身，浪跡江海，四處漂泊，為情所苦，抑鬱難解，最後可能得了肺病，經常吐血，這不就是詩中的「羸疾者」嗎？只不過，因為有愛，羸疾者不再是弱者，而是有著高遠懷抱的不得志者，現實中的白采也是如此，有論者就這樣概括他的一生：「白采是一個至性的人，所以他的思想很高超，抱負也很遠大；他不但要求人性的解放，掃蕩了舊社會的積毒，並且進一步要建立一個新的，美善的未來。故他一方面嚴厲的攻擊，破壞舊社會；一方面卻熱烈地頌讚建設新世界。」[17]

當郁達夫筆下的「我」，在心中喊著「前進！前進！不要休止，不要停下來！」時，「我」就不再是一個「零餘者」；當白采筆下的「我」，高喊「為你們芟剔蕪穢，讓你們更見喬皇璀璨！」時，「我」也不再是一個「羸疾者」。在他們充滿自敘傳色彩的作品裡，我們看到了同樣的年輕人，置身於那個混亂的時代，所共有的徬徨、失落、哀愁，以及真情、至性和勇氣。

---

[16] 俞平伯：〈與白采書〉，收於《雜拌兒》，原由上海開明書店於一九二八年九月出版，此處引自北京市開明出版社一九九二年重印本，頁140～141。

[17] 易笑儂：〈薄命詩人白采〉，原載《暢流》第40卷第10期，1970年1月，此引自《絕俗樓遺集》，頁356。

四　絕俗樓的獨語：白采古典詩詞中的情感密碼

　　想要進一步瞭解白采生活的片斷，特別是撥開其情感世界的迷霧，《絕俗樓遺詩》是關鍵的材料，相互參看，雖不能完全還原事實真相，甚至有可能更添幾分神秘色彩，但無論如何，透過這些舊詩詞的檢視，我們將可以更深入地走進白采的內心世界。這些白采生前手定的古典詩詞，由其好友陳南士於一九三五年輯印問世，自敘傳的寫作手法，使後人得以從中尋覓出其生前的行蹤、思想、生活與感情等方面的線索。

　　白采遺詩共二卷，分別為《自課草》、《跋珠草》，收一九一〇至一九二六年間作品共五二五首；詞一卷，合《高臥集》二十三首、《旅懷草》二十一首及輯外二首，共四十六首，為一九一二至一九二四年間所作。一九二五年作於漫遊途中的五言古詩〈古意〉三十首，充滿妙句奇想，對古代文人和文學有自己的追想和評價，格調清新，文氣跌宕多姿，被康有為譽為「如見嗣宗之淵放，太白之奇曠！」陳南士在〈題記〉中也稱許其詩說：「觀其所作，固未能脫去古人畦畛，而天才逸發，意境獨絕，中情鬱勃，故多真聲，其隸事遣辭，尤能自出新意。」（頁3）對於自己的詩作，白采顯然頗為自負，曾對作於一九二六年的〈高邱行〉一詩有如下的自評：「自唐李白以來九百年無此詩，迨後二百年亦當無知者。余詩不欲淺人讀，不欲妄人評。當世若無知者則已耳，古人不可見，留待後人耳！」（頁4）狂放之語背後實有知音難覓的慨歎。

　　至於詞作，白采則不甚滿意，甚至有「盡焚」的念頭，填詞之難，他說：「填詞尤妙在顧及音節，分劃方善，往往按律殊失謹嚴。」因此，這些詞編定之後，「益戒不敢妄作」（頁90）。可以說，舊學根

柢甚深的他，不論作詩填詞都有自己獨到的見解。對於詞的內容，他在跋中有所說明：「前卷《高臥集》大抵跌宕鄉里時所作；後卷《旅懷草》則羈遊湘、漢、吳、越間所作。」（頁90）他的詞與詩多以念友、寄懷、行旅見聞和抒情為主，其情感與生平行旅在這些作品中有婉轉細膩的紀錄與表現。

　　前面提到〈羸疾者的愛〉是白采一次邂逅經驗的表白，他的絕情其實是重情，如果細讀其詩作，對其多情、癡情的性格就能有所體認。在白采死後的遺物中，有四包女人的頭髮，和一些女人的通信（可惜已不存）（頁296），同樣令人好奇。在《絕俗樓遺詩》中，直接或間接透露感情生活的作品不少，特別是年輕時曾有過的一次不尋常的艷遇，似乎讓他終生不忘，寤寐思之，因而有多首詩作與此有關，尤其是十五年間陸續所作的〈憶花詩〉八首，更是他一往情深的明證[18]。〈憶花詩〉第一首寫於一九一三年，二十歲的白采記下了兩人邂逅的情景：「奇氣天教屬女流，飄零欲說漫含羞。逢春獨灑花前淚，蝶粉蜂黃恨不休！遙提重問舊遊園，指點珠塵宛尚在。門外如銀滿池水，匆匆曾照兩眉痕！」（頁7）但細加推敲，白采與〈憶花詩〉中女子相遇應是一九一一年，這一年他只留下一首詩〈惆悵詩〉：「一霎娜嬛夢可疑，人間無地著相思。風鬟雨鬢如曾認，月地雲階竟許窺。芍藥多情聊可贈，彤胡有意為親炊。好憑珍重千金貌，兩樂來迎自有時。滄桑漂泊兩悲酸，邂逅情深合更難。芳澤暫親偏語澀，艷容相見早心寒。欣逢洞口桃千樹，乞與仙人藥一丸。未遣梁清

---

[18] 根據《絕俗樓我輩語》第三卷所述，白采實際上寫的〈憶花詩〉共有十六首，棄去自覺不佳者，存者有十二首，但收在《絕俗樓遺詩》中的僅八首。他說：「余辛庚後，每歲有憶花詩，率二絕句以為常，弱冠前後，藉抒騷怨之作也。其詩瑕瑜互見，惟不忍盡棄，今俱存集中。……截至甲子，得詩十六首，存集者十二首。」見《絕俗樓遺集》，頁152。

同遯去，天風吹下太無端。」（頁6）描述的正是與那名多情女子偶然
邂逅又珍重分別的感傷。這段十八歲的暗戀，竟讓他痴纏於心十五年
之久，陸續寫下〈後憶花詩〉（1914）、〈續憶花詩〉（1915）、〈三續
憶花詩〉（1917）、〈四續憶花詩〉（1918）、〈五續憶花詩〉（1923）、
〈六續憶花詩〉（1923）、〈七續憶花詩〉（1924）、〈八續憶花詩〉
（1926），足見從十八歲到三十三歲過世前，他始終念念不忘於這段
舊情。在〈八續憶花詩〉中他寫道：「琪花瑤草散如煙，一去簫聲十
五年。莫向春波照雙鬢，海山愁思正茫然。處處春山聞鷓鴣，更無歸
處苦相呼。料催玉貌中年近，慚愧扁舟說五湖。」（頁78）道出思念
之苦的同時，也對自己已近中年卻仍浪跡江湖感到慚愧與悲哀。

　　這些詩寫得有些隱晦朦朧，一如李商隱的〈錦瑟〉詩，只知其中
有著離奇傷感的艷情故事，但真相究竟為何卻只能任由後人憑空猜
測。除了〈憶花詩〉，白采還有一些作品提及這段情感，如一九一五
年的〈自題寫照〉：「飄搖蹤跡幾年中，憶昔清狂自不同。曾有紅妝
解憐惜，鈔君詩句繡屏風。」（頁13）又如〈訴衷情〉一詞：「櫻花
時節記芳名，眾裡暗呼卿。猶憶香車初卸，妖艷動全城！人已遠，亂
難平；記前情，倉皇一別，無限哀憐，紅袖飄零！」（頁83）呼之欲
出的一場艷遇，直到白采在〈七續憶花詩〉前寫了一段不算短的題
記，才為這一系列的作品提供了較明確的線索：

　　　昔卓氏得尚相如，後世稱其放誕。夫父兄不能撓，困辱不能
　　屈，則其情豈易動者可比？抑放誕非不專一，明矣！往歲偶有
　　邂逅，其人甫卸香車，城中已遍傳其艷。僕因緣唔對，歷盡艱
　　辛；彼姝常自引為愧恨，每見輒涕零不已！余為譬解之再三，
　　終莫能戢其幽怨也。某先生者，方正老儒也，始一望見，亟
　　以莊麗許之，其不佻亦可知矣！孟子嘗喻少艾，某先生一顧之

言，固不累盛德，益徵漢皋解佩之事，迥非猥瑣儇薄者流所能喻耳！雖然余亦枯槁甚矣！今方孑然湖海，了無異處，若說當時曾為瀟灑少年，且得名姝垂睞如此，其誰信之！讀者第視為靖節閒情之辭可已！（頁66）

這段題記恰好為長詩〈羸疾者的愛〉和〈憶花詩〉系列中的神祕情感事件做了部分的解密。我們從中可以確定〈憶花詩〉的艷遇之情並非作者無中生有的浪漫幻想，〈訴衷情〉所記的情景也是寫實，顯然兩人曾相知相惜，而這名女子的貌美情深也深深打動了白采的心，但「她」是誰？是已婚的社交名媛？有何難言之隱？白采的離婚和這名暗戀的女子是否有關？這些謎團則沒有因此解開。題記中提到的「方正老儒」和「始一望見，亟以莊麗許之」的情節，不正是〈羸疾者的愛〉所述情景的縮影嗎？羸疾者就是白采的化身，這樣的推論在詩詞的相互印證下應該可以成立。

《絕俗樓遺詩》所收集的詩詞，除了感情生活的記載外，思友、遊記和抒懷也佔了大多數。思友之作主要收在《自課草》。一九一九年〈寄懷諸友〉一詩寫了羅杜芳、彭芙生、彭芸史、吳蘋青、陳蘭史（即陳南士）五人，大抵酬酢往來的知交同學不出這些人。一九一八年〈喜陳蘭史自南昌歸因念北京未歸諸友〉就很能看出白采對友誼的渴望：「喜君同握手，倍覺動離情。旅食多寒士，歸裝阻重兵。漸看俱壯歲，應厭為浮名。共有青鐙約，飄零笑此生。」（頁23）記遊之作主要收在詩卷《跋珠草》和詞卷《旅懷草》。一九二二年起，白采隱姓埋名浪跡湖海，〈遠別〉一詩即是當時心境寫照：「自摩雙鬢負韶華，作客從今不憶家。珍重海天相望意，詩人漂泊是生涯。」（頁48）此後，他四處漫遊，常熟、上海、杭州、虞山、洞庭湖、西湖、滕王閣、虎丘、烏衣巷、靈澤夫人祠、李白墓等，都曾遊歷盤桓，

並作詩詠之。作於李白墓下的〈古意〉三十首，可以看出他對李白的傾慕嘆服，引為同調，「絕俗樓」的命名，正是因為相傳李白曾於四川萬縣西山上讀書，石壁刻有「絕塵龕」三字（頁193）。抒懷之作在詩詞中俯拾皆是，對生活、美景、史事、生平懷抱等，都有具體體現，值得一提的是，一些以家國憂思為題材的作品，面對二〇年代混亂的時局，白采也曾寫下〈抱冰堂〉、〈望塵嘆〉、〈憂患〉等控訴戰爭、渴望和平的作品，如一九二〇年的〈憂患〉：「吮墨和鉛意萬千，鬢毛搔短託新篇。詩人終古傷漂泊，大陸於今劇變遷。事定漸看趨至化，才高豈敢詫諸賢。不妨憂患嬰懷久，愁望誰知感逝川。」（頁41）雖然這類作品數量不多，但顯露出白采關心現實的一面，而非只知浪漫談情的文人雅士。

　　《絕俗樓遺詩》之外，白采還有《絕俗樓我輩語》的詩話隨筆，以「白采遺作」的專欄形式發表於《一般》第一卷一號、二號、三號，二卷一號、二號。這些隨筆共分四卷，內容蕪雜，以文言筆錄，有論詩見解，讀詩雜感，也有詩作酬酢，輯錄他人詩句，或自道寫詩的背景、動機與得失優劣，或敘掌故、旅遊見聞，有時也評論時局，基本上，與其詩詞創作有相互闡發的功能，在一定程度上顯示出白采的詩歌理念與文學涵養。例如《卷一》提到：「夙昔自亦愛詠花，詠花尤喜絕句，又詩中往往書花名，其初寫生題畫而已，浸以成癖，近始稍稍革之。」（頁111）「余詠花絕句，棄稿甚多」（頁112），可以看出他詩詞創作題材選用上的偏好；對於當時以流行語言入詩的嘗試，他也深表贊同說：「近有人甫倡用流行語創為詩體者。此舉審為我國輓近詩學一大轉鍵，其勢必將浸盛銳甚莫可遏。待之百年，必有名世之作輩出，蔚為一代菁華者，惟非所語於頑鈍拘虛淺躁者耳。」（頁117）對作詩的體會，他也發表了不少看法，例如《卷二》提到：「幼時作詩，信筆塗抹，後始由七絕而七律五律，七古五古，

按年專致力一體，繩尺如此，本極可笑。獨五絕及樂府四言，雖常學步，殊鮮愜意，遑言天才逸發，變化自如耶。故當時自以為除樂府四言外，獨覺五絕為最難。」（頁135）自述學詩歷程。有些自覺不滿意的詩作，未收在《絕俗樓遺詩》者，白采往往以詩話隨筆的方式收錄在《絕俗樓我輩語》中，得失寸心知，他用這種方式對自己的作品做了嚴格的刪選。可惜到目前為止，無人對白采古典詩作進行全面探究，絕俗樓的「我輩」之語，只能是喃喃的獨語了。

五　被擯棄者的吶喊：白采小說中的理想追求與失落

　　詩人白采的另一個身分是小說家。早在一九二四年就由中華書局出版了《白采的小說》，收短篇小說七篇，除了處女作〈絕望〉是文言外，其餘六篇都是白話小說，分別是：〈乞食〉（寫於一九二一年五月五日，發表於《東方雜誌》第二十一卷十二號）、〈目的達了？〉（寫於一九二二年十一月十七日，發表於一九二四年九月十日《小說月報》第十五卷九號）、〈被擯棄者〉（寫於一九二三年八月十四日，發表於一九二三年十一月十八日《創造周報》第二十五號）、〈白瓷大士像〉（寫於一九二三年十一月一日，發表於一九二四年二月十日《小說月報》第十五卷二號）、〈作詩的兒子〉（發表於一九二三年十一月《民國日報·覺悟副刊》）、〈友隙〉（寫於一九二四年四月十一日，發表於《婦女雜誌》第十卷七號）。此外，未成冊的小說至少還有六篇，分別是〈微眚〉（發表於一九二四年一月六日《創造周報》第三十五號）、〈病狂者〉（發表於一九二四年一月二十日《創造周報》第三十九號）、〈我愛的那個人〉（發表於一九二四年三月十日《文學周報》第一一二期）、〈墮塔的溫雅〉（寫於一九二四年一月二日，發表於一九二四年三月十日《小說月報》第十五卷三號）、〈侮

辱〉（寫於一九二三年一月二十九日，發表於一九二四年六月二日
《文學周報》第一二四期）、〈歸來的瓷觀音〉（發表於《東方雜誌》，
時間待查）[19]。由此可以看出，離家漂泊後的白采，因生活困窘，不
得不積極撰稿以營生，寫作時間集中在一九二一至一九二四年間。

　　以目前十三篇小說來觀察，自敘傳的色彩仍是濃厚的，白采的真
實生活與思想透過體驗性的表達方式，假托於一個被損害、不安寧的
靈魂，寫出這個靈魂對現實、生命的詩化感受。死亡陰影的威脅與物
質生活的壓迫是這些小說共有的題材基礎，而在陰影下掙扎求生、維
持尊嚴、渴望超越，則是這些小說深刻的主題。和「五四」時期關心
被侮辱者、被損害者、被壓迫者的思潮一致，白采這些小說正是時代
的印記，同時，也是白采的理想追求與失落的痛苦呼聲。

（一）以女性視角抨擊封建禮教對婦女的迫害

　　以〈被擯棄者〉為例，透過一個未婚生子的少女淒涼無助的自
述，道出了被封建社會禮教迫害、扼殺的「被擯棄者」的痛苦心聲。
在男友要求墮胎下，少女看清了他所謂的「真愛」的謊言，堅持生下
孩子後，又要面對無處不在的仇視、侮辱與冷漠，她控訴：「我沒有
眼淚，我只是瞪目的直視，這世上到底是用什麼道理來統治的？他們
怎能有權侮辱人，並有權侮辱我純潔無垢的小生命！」（頁250）她
吶喊：「在男子是無妨的，社會對他，自有恕詞；不比我們女子，既
被擯棄了，便逃不了更多的督責，除非宛轉呻吟於悲運之下以覓死，

---

[19] 趙景深：〈讀白采小說偶識〉，《一般》1926 年 10 月號。此文作於 1926 年 8 月 29 日。
　　文中指出，未成冊的小說僅有五篇，經筆者查考還有〈侮辱〉一篇。此外，尚有一
　　篇〈一個銀幣〉，發表於《文學周報》第一〇二期，1923 年 12 月 24 日。此文以一枚
　　銀幣的自白，敘述經過政治家、教授、貴公子、乞丐、財主、宗教家之手的遭遇，
　　敘述方式介乎小說、寓言之間，暫時不列入小說討論。

是無第二條路可許走的。」（頁253）對於吃人的「禮教」，她更是忍不住再三抨擊，然而，這一切都挽不回她最終悲慘的下場：孩子被她從船上推下河淹死，而她精神錯亂，最後也跳河自殺了。這篇小說以少女第一人稱的日記形式呈現，只有在文末作者加了一段，表示「我拾得這一卷稿子，的確是女子寫的⋯⋯我不知道伊是誰？也沒有人知道伊流落的行止。伊或者已在上帝那裡得救了！聖處女瑪麗亞定然證明伊的聖潔，赦免伊的無罪。但這是一個何等悲慘的故事呢！」（頁259）以孤女之身對抗鋪天蓋地的封建網羅，其「被擯棄」的背後，實代表了無數同樣處境的婦女命運。

白采對婦女的命運有著極大的關心，他大部分的小說都以女性視角敘事，刻畫、反映的也是女性的心理，贏疾者、被擯棄者、病狂者、零餘者，從某個意義上看，都是他筆下當時女性的代名詞，這些不同女性的悲哀際遇，在二〇年代婦女解放的思潮下，顯得甚有時代性、現實感。〈我愛的那個人〉中裹小腳的薛姑娘，幼年訂親的丈夫長大後來信表示不能娶她，只寄給她一張照片，她竟斷指自誓絕不嫁人，她說：「他不愛我，只要我愛著他就是了。他是無從干涉我意志的自由，譬如我不能干涉他意志的自由一樣。」從此將這張照片「算是我一生的啞伴了」。〈微訾〉中已有三個小孩、丈夫又深愛著她的中年婦女，竟偷偷愛上了住在對面的一個年輕學生，從此「天天守住那個窗口，老是向對面偷望著」，並因此「始覺有了生的趣味」，但禮教的壓力使她不敢越雷池一步，且因此生起病來，直到有一天，「那對面的房間，忽然已空了出來，只剩了一間空房子。」她忍不住暗暗痛哭，為這段沒有開始即已結束的「精神外遇」。這一個個封建禮教下的犧牲者、「被擯棄者」，白采以滿含同情的筆觸為她們奏出了一闋無言的輓歌。唯一的例外是〈病狂者〉。中年夫妻「病狂者」和「長悲」，和鰥居很久的方偉及其女兒嬉平友好，經常往來，後來

病狂者被一所女校延聘去充當教席，應方偉之託，帶著也將上學的小女孩嬉平一同前往，結果方偉愛上了長悲，而嬉平也愛上了病狂者，透過一封吐露真情的信件，兩對戀人最後各自找到了自己的幸福。這個故事明顯違背了傳統禮教的要求，大膽而不可思議，但白采卻不忌諱地以此為題材，其不計毀譽、渴望追求真愛的強烈心理由此可以窺見。但這樣的例子畢竟不多，而且為免過於「傷風敗俗」，白采刻意採用朋友聚會聊天的方式，說著他人的故事，並以「病狂者」稱之，隱約也有向禮教妥協的意味。

（二）揮之不去的飢餓與死亡陰影

死亡的陰影在封建禮教的遮蔽下愈發幽暗逼近，除了禮教，白采感同身受的是時代亂局下無以維生的物質窮困，這讓死亡的陰影更加如影隨形，揮之不去。〈乞食〉描寫一家因欠債、子女眾多而天天捱餓，最後不得已放棄尊嚴，向施粥賑濟的財主討粥吃的故事，控訴現實的意圖鮮明，具寫實色彩。小說以一家之主的「我」為敘事者，說出自己即使天天辛勞做工，所得仍無法維持一家溫飽，甚至「一家人天天這般捱餓，簡直忘記了米飯是什麼味兒。」（頁262）大兒子偏偏性情執拗，「對著天天稀薄無味的菜羹，再不能下咽了。他寧可捱餓，往往隔兩三日忍著熬受。任你怎樣打，怎樣勸，他都毫不屈服。那一幅瘦瘠的面孔，也就夠你看見可怕！」（頁264）受他的影響，幾個孩子竟也跟著說：「媽媽！我也真不吃了。」幾個月內，家裡連死了兩個小孩，活著的也都病了，「我」不禁要感嘆：「世界永遠最難解決的，便是這餓肚子的問題了！」（頁268）當無力再支撐下去時，「我」只得讓大兒子到財主家去領碗粥回來吃，兒子知道這是羞恥的事，「我」也不願讓村裡的人看到，「必須等候遠村的人都走散

了，才覺丟得臉下。」小說描寫大兒子鼓起勇氣出門、母親含淚無語、「我」坐立不安的情景十分深刻，令人心酸：「我們唯一擔心著路上，怕碰見了人！恰好，那廣闊的路上，只見他一個小小的人在地上移動。他那膽小走不快的神氣，在我心上，只覺比鏽鈍的螺絲釘還難轉動。……我們的手還是一下一下揮著！我似狂人失去知覺一般，只看出那遠遠地遠遠地兩個大的眼睛，露出愁慘無告的光，貫射著使我不敢喘氣！」（頁271）直到孩子快走到財主家，再次回頭向「我」試探時，「我」終於不忍心地「高慌著兩手向他慌亂招著，巴不得一刻就攬住了他才好！」而孩子也「拔起腳步，似有無數的羞報，恐怖，侮辱，都追趕在他背後。」終於，孩子奔回家，投向母親懷裡，「我們同放聲大哭起來了。我們直這般痛哭了一天，再不提起餓不餓的事了！」（頁272）這樣的結局，至少說明了這一家人即使捱餓受飢，但起碼保住了一點做人的尊嚴，而恰恰是這樣嚴酷的考驗，更顯出保有一絲尊嚴的難能可貴。面對飢餓與死亡，白采以寧死也不乞食的態度表明了自己反抗的決心。

然而，在〈墮塔的溫雅〉中，白采以「少年溫雅」自況，寫其「一生的行蹤極詭祕，但人家都知道他是一個清高之士」，他與眾不同的思想，如何一步步「不能見諒鄉里，便終年漂蕩在外」，最後從一座有名的高塔上跳下自殺而死。小說明顯有作者的真實影子，至於溫雅之死的真正原因，文中寫道：「他常自己說道：『要從這萬惡的世界裡，要把自己的靈魂超拔出來。』」（頁284）「他便想著只有脫棄了軀殼，方能免除罪惡。他這樣並不是頌揚死，他只是想跳出物質生活的重重苦惱，獲得人類最高精神的愉快。」（頁287）物質生活重壓的夢魘，精神生活的無法實現，不論在白采真實或小說中的人生都是悲劇造成的主要原因，在他筆下，死亡最終成為解脫與自我救贖的手段。

(三)「哀其不幸，怒其不爭」的國民性批判

魯迅小說的深刻主題之一是對被侮辱者、被損害者的心理有尖銳而準確的剖析，尤其是「哀其不幸」的同時也「怒其不爭」，這個批判的角度對落後愚昧的國民性無疑是當頭棒喝，白采在這一點上也有相同的認知。〈目的達了？〉中的乞婆每天唱著自憐身世的曲子，「她因為習慣了，唱著很不費事；並且自己喜歡有得唱，差不多忘卻一切。只要她的歌聲，就夠安慰自己。」（頁274）乞婆的丈夫被拉兵不知去向，在流離的年代，她懷中抱著六個月大的小孩，小孩正吸吮著稀薄的奶汁，她坐在一富有人家後門，女主人輕聲罵著兩個小孩把未喝的牛奶打翻。兩個畫面的強烈對比，自會令人興起對乞婆的同情，但小說結尾的一幕卻更令人震撼：「『拿去！』僕婦高聲嚷著。她禁不住伸過手去，口中接著還唱了一個『他』字的時候，僕婦順著手把一個大錢擲在她掌心裡。」（頁276）乞婆成為一個「羸疾者」、「零餘者」、被侮辱者，雖是環境因素使然，但終日沉湎於過去，以歌聲自我麻痺的作法，將永遠無法擺脫這種生存困境，從這個角度看，不免要讓人「怒其不爭」了。

被侮辱卻不自覺，麻木而不思抗爭，在〈侮辱〉這篇小說裡，白采狠狠地撕裂開這些不幸者令人痛心、憤怒的人性傷口。〈侮辱〉中的「他」是「一個被人看作蠢材的奴僕」，愛打瞌睡且不易醒，曾被人用木板搬到遠遠的馬路邊，卻仍睡到天亮，大家都以取笑他為樂，可是，「他的意念是極易滿足的；在他的頭腦裡，從不覺自己也算是一個人類，所以他雖受了這樣慘刻的磨折，絕不計較及是有生命的危險。只當同伴都是比他聰明的人，便應該這樣玩玩罷了。」有一天，他白天又打瞌睡，同伴在他臉上畫黑圈，叫醒他，騙說主人找他，

結果主人一見愕然，打了他耳光，叫他去照鏡子，「這當他未照鏡子以前，自然是莫名其妙；但等他照過鏡子以後，卻又沒有什麼感想了。」小說的結尾令人好氣又好笑，但更多的是悲哀和憤怒混雜的複雜感受。

（四）帶著不絕的希望向人間告別

白采小說中的人物幾乎都以悲劇收場，字裡行間瀰漫的是一股對現實世界感到失望與悲觀的色彩，然而，在悲觀中似又未完全絕望，趙景深指出，白采對社會尚未至十分「絕望」，全靠他「悲觀中寓有萬分之一的希望」[20]。小說〈絕望〉描寫一個人在深山中見到「光明之神」，心想追隨，但身體已「疲茶莫狀」（頁342）！在黑暗中對光明雖有一些煩憊，但終將朝光明走去；〈友隙〉則描寫長年遠遊的虞邁倫，幼時在家鄉與友人因小事而衝突、猜忌，見解上不相諒解，於是忍痛離開，「開始過漂泊的生活」（頁291），但心中始終牽掛著這些朋友，尤其年紀越長，病痛纏身，他覺得「不甘心便這樣老死」，「他還是認為事實縱然有限，希望仍可無限」，「他不信世界是完全這麼淡漠的，他以為凡事都該有最後挽回的希望。」（頁292）於是，他決心回故鄉訪友，但所見都是不認識、不相干的年輕人，「他於是悵惘了，悲哀了，簡直是癲狂了！」（頁294）最後，他見到「一個白鬚的人跨在馬上跑來」，他一心認為這就是他幼時的玩伴，迎向前去，結果被馬踏死了！死前，他面露微笑，「躺在地上，帶著他不絕的希望，不再向世人作聲響了。」（頁295）因著不絕的希望，他還是微笑著向人間告別。

在另一篇小說〈白瓷大士像〉中，主人公「我」因為要展開漂泊

---

[20] 趙景深：〈讀白采小說偶識〉，《一般》1926年10月號。

的生活，不得不設法割愛唯一心愛的白瓷大士像，想找人代為寄藏，
思前想後，母親、母親的女友、曾愛過的伊、鄰村女孩等都有種種的
顧慮而無法託付，最後，「還是自己起來立定志願，帶著這可愛的大
士像，無論渡過荒山遠海，遇見驚飆駭浪，我絕不捨棄，一同去過漂
泊的生活罷。我並起誓：便是發生什麼危險，寧可先犧牲我自己，只
要保全我這唯一心愛的美術品，務須使伊得著我生命以上的永存。」
（頁282）然而，這原來只是「我」在酒後所做的夢罷了，是「我十
年前不曾真個買得的一件美術品，至今老是惋惜著。」於是，「我醒
了的空虛的心，正感著荒渺的前途」，看似絕望，但「我」仍決定
「從此只把這一個白瓷大士像，還存在我嚴閉的想像裡，一直向我永
遠漂泊的路上。」（頁283）假如將這白瓷大士像視為白采藝術理想的
化身、對純淨的美的永恆追求，那麼，小說要傳達的意旨就很耐人尋
味：一件不曾擁有的物品，是空虛，但卻又不曾失去，是空虛背後仍
存的一絲希望。看似絕望，卻又不是真正絕望，在現實世界與藝術理
想之間，作為一個漂泊者，白采的苦苦掙扎，確實有著令人感慨與思
索的深刻意義。

六　結語

只要曾經存在，只要還有想像，那麼，看似空虛，但並不完全空
虛；看似絕望，卻又不完全絕望。白采小說的深刻性，讓人不禁想起
魯迅在《野草・題辭》中所說：「過去的生命已經死亡。我對於這死
亡有大歡喜，因為我藉此知道牠曾經存活。死亡的生命已經朽腐。
我對於這朽腐有大歡喜，因為我藉此知道牠還非空虛。」在另一篇文
章〈希望〉中，魯迅也說：「希望，希望，用這希望的盾，抗拒那空

虛中的暗夜的襲來，雖然盾後面也依然是空虛中的暗夜。」[21] 明知是無謂的對抗，但對抗的姿態本身就是有意義的，即使看不到光明，仍要向光明走去。白采死於急症，而非自殺，正因為他對現實人世仍抱著萬分之一的希望。趙景深曾描述過在立達學園教書時白采房間裡的骷髏頭，說白采時常對著骷髏頭端詳許久，「你若在門隙看見他房裡墨墨黑的，一個黑影動也不動的坐在椅上，對著一個圓的東西，彷彿一個老和尚參禪，這又是他在那裡研究他自己的『白采哲學』了。」[22] 與死為伍，凝視死亡，白采似乎早已經看穿生死，看淡名利，但他並不因此頹廢消沉，作為一個羸疾者、漂泊者、零餘者，他有自己的捨棄，也有自己的堅持。

白采的作品充滿自敘傳色彩，新詩、舊詩、小說都有自己的身影。長詩〈羸疾者的愛〉道出他漂泊人世的心境，對愛情理想的態度；大量的舊詩更隱藏著他真實人生的情感符碼，其實白采主要的精力是放在舊詩上，其數量遠遠超過新詩，而這些詩詞之作記錄了他的生活、遊歷、思想與夢想；至於小說，他喜用第一人稱來寫作，〈我愛的那個人〉和〈被擯棄者〉表面上使用第三人稱，但作者的敘述語言極少，大部分仍是小說主人公在說話，用的還是第一人稱。至於〈墮塔的溫雅〉，可以說大半是他的自傳。透過這些作品，我們不僅看到白采短暫卻精采、複雜的一生，同時也看到一個近代知識分子面對時代、生活雙重煎熬下，徬徨無地的心情，浪跡人生的選擇，以及從中顯現出的坎坷、幽微、悲涼的精神歷程。

白采的一生，自逐於紛紜之外，如其作品所述，是個踽踽獨行

---

[21] 魯迅《野草》一書最早由北京北新書局於一九二七年初版。本文所引出自《魯迅全集》（北京市：人民文學出版社，1993），〈題辭〉見頁159，〈希望〉見頁177。

[22] 趙景深：〈白采之死〉，《我與文壇》（上海市：上海古籍出版社，1999），頁135。原載《文學周報》第238期，1926年8月15日，原題為〈白采〉。

的漂泊者，行盡天涯的異鄉人，也是四處尋夢的流浪者。在「立達文人群」中，他的作品數量不算多，但他為現代文學史的長廊，提供了「羸疾者」、「被擯棄者」、「病狂者」等別具典型意義的人物形象，也許藝術上還不夠成熟，但和郁達夫的「零餘者」一樣，都是在自己的切身體驗中輾轉賦形，充滿個人化的詩性象徵，同時也都由個人的苦悶反射出社會的苦悶，是新文學發軔期的時代產物。他的一生，早已被人遺忘；他的作品，也沉埋於歷史煙塵久矣。「羸疾者」成為「被遺忘者」，不論從文學的藝術或史料角度來看，這都是有欠公允的遺憾。

周作人與個人主義

一

　　在中國現代作家中，周作人是深具個人主義[1]思想的人之一。不論在對社會、政治、宗教、道德、風俗的評判中，他都表現出個人主義的強烈傾向。其人格的塑造，人生觀的形成，個人主義可以說產生了一定的影響。尋思他爭議不斷、榮辱浮沉的一生，雖有其自為的因素，但不可否認的，也有著無情的現實和歷史對於一個不合時宜的理想主義者的嘲弄。

　　周作人在《藝術與生活・自序》中，將自己的思想發展以一九二四年為界，認為一九二四年以前的自己是個理想派，對文藝與人生抱著一種什麼主義，一九二四年以後則有所不同，夢想家與傳道者的氣味漸漸淡薄，所愛的只是藝術與生活自身而已。這裡所謂的「什麼主

---

[1] 個人主義是一個有著多重涵義的概念，在此並不擬對其做專門的分析。在五四文學的啟蒙精神中，人道主義和個性主義是兩個重要的基礎。個性主義雖然通用，但此一概念在五四時期通常被譯為「個人主義」，本文遂以此為準，統稱為個人主義。其概念內容主要是指自我的確立，自我意識的增強，以自我利益為核心，為出發點，來判斷一切事物和行為。以自我的獨特方式來參與整個社會的創造活動，並共享社會的一切成果，特別是精神成果。這種要求自我意識的受尊重、充分表現的主張，即個人主義的內涵所在。

義」，指的是個人主義。一九二四年以前的周作人可說是個人主義積極的鼓吹者與實踐者，這點十分明顯地表現在他對日本新村運動的推崇上。一九一九年七月，他花了半個月時間，親自走訪日向（huga）的新村，覺得體驗了「正當的人的生活幸福」，是他「平生極大的喜悅」[2]，並寫了〈日本的新村〉、〈新村的理想與實際〉、〈訪日本新村記〉等文章，宣傳及肯定日本新村的主張和作法，甚至還加入成為其會員。

對周作人來說，他之所以認同新村運動，是因為「新村是個人主義的生活」，簡單的說，是人的生活。其「將來合理的社會，一方面是人類的，一方面也注重是個人的」[3]。換言之，個人與人類價值的等量齊觀，是周作人理想中的生活型態。在他看來，新村的精神是要「提倡協力的共同生活」[4]，既要盡對人類的義務，也要盡對自己的義務；既讚美協力，又讚美個性；既要發展共同的精神，也不能放棄自由的精神。這種共性與殊性的同獲尊重，周作人認為是缺一不可的。

正因為周作人主張每個人應承擔對人類和對自己的雙重責任，認為理想社會是建立在不僅以人類的發展而且以個人的發展為終結的基礎之上，因此，他對俄國大文豪托爾斯泰的「躬耕」感到不滿，認為那是一種「極端的利他」，抹煞了對於自己的責任，所以「不能說是十分圓滿」[5]。相反的，他對既為自己、又為人類的新村運動，則認為「實在是一種切實可行的理想，真正普遍的人生的福音。」[6]甚至於，即使新村運動萬一失敗，他也深信這並非理想的不充實，而是由於人

---

2 見周作人：〈訪日本新村記〉，收於《周作人先生文集・藝術與生活》（臺北市：里仁書局，1982），頁441。《周作人先生文集》以下簡稱《文集》。

3 見〈新村的理想與實際〉，《文集》，頁425。

4 見〈日本的新村〉，《文集》，頁401。

5 同上註。

6 同上註。

間理性的不成熟所致。

在個人與人類的關係上，周作人曾以一株樹與森林的關係來相比，認為各樹的茂盛與森林的茂盛息息相關。也就是說，個人與社會、與人類的關係是一致的；自我與社會，個性與群性，是可以相互交融，共生共長的。他的這種思考邏輯，清楚地表現在《自己的園地·文藝的統一》中，他說：

> 其實人類或社會本來是個人的總體，抽去了個人便空洞無物，個人也只在社會中才能安全的生活，離開了社會便難以存在，所以個人外的社會和社會外的個人都是不可想像的東西。

在這種推理下，周作人遂提出了人道主義是「一種個人主義的人間本位主義」的結論，並且強調「人道主義是從個人做起」[7]，如此一來，個人主義與人道主義便緊密結合在一起了。墨子說「愛人不外己，己在所愛之中」，或是耶穌說的「愛鄰如己」，他都極表同意，認為一個人要講人道，愛人類，必須先使自己有人的資格，佔得人的位置，如果不先愛自己，怎能「如己」的愛別人呢？

這種以個人主義為出發點的人性理論，自然便影響了其對人性道德標準的要求，以及文學主張的建立。

二

在人性道德標準的要求方面，個人主義的人性論，是周作人看問題的出發點。由於對人性本身的重視，他遂以極大的熱情去研究有關人類生理、心理方面的知識，特別是有關性的探討。這種傾向，可以

---

[7]　見〈人的文學〉，收於《文集·藝術與生活》，頁18。

從他對一系列關於人的問題、婦女問題、兒童問題等所發表的意見中明顯看出。

關於人的問題，周作人解釋說：「不是世間所謂『天地之性最貴』，或『圓顱方趾』的人。乃是說，『從動物進化的人類』。」[8]換言之，「動物」與「進步」是構成人的基本內容。他一方面承認人是一種生物，具有獸性、肉欲，與別的動物並無不同，不過這種生物本能並不醜惡，而是美和善，應該得到滿足；另一方面，他又認為人是進化的，具有與動物相異的神性、靈性，可以達到高上和平的境地。所謂人性，在他看來，包含了獸性與神性、肉與靈這兩個極端，因此，周作人既反對放縱人類本能的習俗道德，也反對割肉飼鷹、投身給餓虎吃的超人間的道德。他希望道德能合乎人性，使靈肉二重的生活都能得到滿足。

嚴格說來，周作人的上述思想並非十分新穎，然而，在中國現代史的發展過程中，他卻是少數清楚地運用人的靈肉二重性來反對封建文化對於個人的精神發展與肉體滿足的壓抑者之一。他努力追求的是「人」的生活，反對非人的生活。

至於性的問題，周作人也是從人的自然要求出發，他認為不僅縱欲是人性的一面，禁欲亦然。歡樂與節制二者並不衝突，可以並存，人之所以有禁欲的傾向，是用來防歡樂的過量，並且可以增加歡樂的程度。所以，他的結論是：「生活之藝術只在禁欲與縱欲的調和」[9]；「極端的禁欲主義即是變態的放縱」[10]。在五四思想革命的歷史潮流中，即使是「性」的問題，周作人也不視之為一純粹的理論，而認為是一「反封建」的實踐問題。以人性的自然發展為基礎，他毫不

8　前揭文，頁14。

9　見〈生活的藝術〉，收於《文集‧雨天的書》，頁136。

10　見〈重來〉，收於《文集‧談虎集上卷》，頁111。

留情地把批判鋒芒指向封建禁欲主義，也指向維護封建舊禮教的道學家。他甚至以少有憤怒的語氣說：「那最不貞潔的詩是最貞潔的詩人所寫，那些寫得最清淨的人卻生活得最不清淨」[11]，一針見血地抨擊了假道學的卑劣心理。因此，周作人主張「凡是人欲，如不是疏通而妄去阻塞，終於是不行的」[12]，所謂生活的藝術，其方法即在於如何微妙地混和並取捨縱欲與禁欲二者而已。

關於婦女、兒童的問題，在周作人的「人學」裡，也佔了重要的地位。他曾提到，歐洲關於「人」的真理的發現，早在十五世紀即已開始，但女人與兒童的發現，卻遲至十九世紀才萌芽，然而，在中國「人的問題，從來未經解決，女人小兒更不必說了」[13]，因此，他對婦女兒童的命運格外重視。

在婦女問題方面，周作人指出，那些以為女子是天生下來專做蛋糕的人，是「頑固的反動」思想作祟，他呼籲婦女們應知道「自己是什麼」[14]。這正是他個人主義思想下的具體主張。他不僅反對把女人當作傀儡，也反對把女人當作偶像，提倡「女人是女人」，同時「女人是人」的雙重自覺。他在一九二三年寫的〈婦女運動與常識〉一文中就明白表示，只有女子有了為人或為女的兩重自覺，才有婦女的解放。

一九二二年六月，周作人寫了〈北溝沿通信〉一文，提出了一項引人注目的觀點，他說：「想來想去，婦女問題的實際只有兩件事，即經濟的解放與性的解放」[15]。對於性的態度已如上述。對於經濟解

---

11 見〈文藝與道德〉，收於《文集・自己的園地》，頁115。
12 見〈讀欲海回狂〉，收於《文集・雨天的書》，頁282。
13 見〈人的文學〉，收於《文集・藝術與生活》，頁13。
14 見〈婦女運動與常識〉，收於《文集・談虎集下卷》，頁418。
15 見《文集・談虎集下卷》，頁428。

放的問題，周作人起初是從婦女特殊的生理出發，對當時所流行的女子解放運動必以女子經濟獨立為基礎的觀點提出了自己的質疑，認為妨害女子經濟獨立的一件根本難題，是女人所負的「生產」的「社會職務」。因此，他特別贊成英國赫本德（Edward Carpenter）和藹里斯（Havelock Ellis）的看法，認為女子在為母的時候不能去做活賺錢，最需幫助，因而社會應該供給養活她們。他引用藹里斯的說法，介紹「古時孕婦有特權，可以隨意進園圃去，摘食蔬果，這是一種極健全美麗的本能的表現。」他並贊同「女子的自由，到底須以社會的共產制度為基礎」[16]。

然而，到了一九二八年時，周作人已認為所謂純正的共產社會只能當作烏托邦來看，在當時要實現簡直是不可能。於是，他再度強調女性自覺的重要，他說：

> 女子的職業開放，權利平等，這自然都是很好的，一面是婦女問題的部分的改造，一面也確可以使婦女生活漸進於自由。但我所想說的，卻在還要抽象的一方面，雖是比較地不切實，其實還比較地重要一點，因為我覺得中國婦女運動之不發達實由於女子之缺少自覺，而其原因又在於思想之不通徹，故思想改革實為現今最應重視的一件事。[17]

由此可見，在周作人心目中，婦女的解放與人性健全發展是密切聯繫在一起的。他思考婦女問題的同時，其實包含了對於整個人性發展的思考。

在兒童問題方面，周作人也有其獨到的見解，他極力主張以小孩

---

[16] 見〈愛的成年〉，收於《文集・談龍集》，頁266。此文作於一九一八年。
[17] 見〈婦女問題與東方文明等〉，收於《文集・永日集》，頁216。

為小孩，要把兒童看作是完全的、有獨立的意義與價值的個人，而不是把小孩視為縮小的成人。他語重心長地說：

> 中國家庭舊教育的弊病在於不能理解兒童，以為他們是矮小的成人，同成人一樣的教練，其結果是一大班的「少年老成」……早熟半僵的果子，只適於做遺少的材料。到了現代，改了學校了，那些「少年老成」主義也就侵入裡面去。在那裡依法炮製，便是一首歌謠也還不讓好好的唱，一定要撒上什麼應愛國保種的胡椒末，花樣是時式的，但在那些兒童可是夠受了。[18]

因此，他對讓小學生參加政治運動，把政治意見強注入到頭腦中去的作法特別反感，也極力反對兒童文學的書報提倡這些事。當他看到許多小學生參加「示威運動」，在大雨中拖泥帶水的走，不禁傷心、氣憤地說「這樣的糟塌，可以說是慘無人道了」[19]；他看到《小朋友》雜誌出了一期「提倡國貨號」，便忍不住議論說，這不是兒童的書了，真不明白那些既非兒童的復非文學的東西有什麼給小朋友看的價值。凡此，均可看出周作人以人性為基礎的道德觀。

對兒童教育，他希望是把兒童養成一個正當的「人」，而不是一個忠順的國民。舉凡在詩歌裡鼓吹合群，在故事裡提倡愛國，專為將來設想、不顧現在兒童生活需要的辦法，他都認為是浪費兒童時間，殘害兒童的生活。周作人理想的兒童教育是「依了他內外兩面的生活的需要，適如其分的供給他，使他生活滿足豐富」[20]。在〈小孩的委

---

18 見〈讀《各省童謠集》〉，收於《文集·談龍集》，頁309。
19 見〈關於兒童的書〉，收於《文集·談虎集下卷》，頁468。
20 見〈兒童的文學〉，收於《文集·藝術與生活》，頁45。

屈〉一文中，他不斷強調「男人是男人，女人是女人，小孩是小孩，他們身心上仍各有差別，不能強為統一」[21]最後，他再重申：要「將人當人看」，要「知道自己是人」。

歸根究柢，不論是婦女問題、兒童問題，乃至於性的問題，他都是納入其「人學」的大體系中來看，以其個人主義的人性論，指出時弊，提供思考方向。在中國現代史上享大名的「周氏三兄弟」，魯迅揭櫫「救救孩子」的大旗，周建人則以婦女問題研究的先驅者角色而受人敬重，其「救救婦女」的口號也膾炙人口。周作人在這兩方面其實也投注不少心力，從以上的敘述中即可看出。在個人主義思想的引領下，他嚮往重視個人價值的新村運動，並能站在以人為本位的基礎上，關注婦女、兒童的身心發展，從現在來看，其用心之切，用力之深，和他的兄弟相比，實在是毫不遜色。

三

個人主義的人性理論的觀點，自然會影響到周作人的文藝觀。他所提倡的「人的文學」，即是他「人學」思想的具體呈現。他解釋說：「用這人道主義為本，對於人生諸問題，加以記錄研究的文字，便謂之人的文學。」[22]也就是個人主義的文學。從個人的需求出發，他既不同意以藝術為人生之僕役的「為人生」派，也不贊成以個人為藝術之工匠的「為藝術」派，而認為文藝是「自己的表現」，只是因為自己要說，自己這樣說了覺得滿足，如此而已。他始終承認文學是個人的，但因「能叫出人人所要說而苦於說不出的話」，所以他說文學

---

21 見《文集‧談虎集上卷》，頁75。

22 見〈人的文學〉，收於《文集‧藝術與生活》，頁19。

也是人類的[23]。這和他對新村運動的認同是一致的。

既然文藝只是自己的表現，周作人遂反對在創作上捨己從人去求大多數的瞭解，他說：

> 文學家雖希望民眾能瞭解自己的藝術，卻不必強將自己的藝術去遷就民眾：因為據我的意見，文藝本是著者感情生活的表現，感人乃其自然的效用，現在倘若捨己從人，去求大多數的瞭解，結果最好也只是「通俗文學」的標本，不是他真的自己的表現了。[24]

可見周作人的這種文學觀，是把藝術看作是個人生活的一部分，是為自己的藝術，不是為人生的藝術。

至於文藝批評，周作人也認為它不是對客觀的檢驗，而是主觀的欣賞。在「批評原來也是創作之一種」的認知下，他主張的仍是個人主義的觀點，他強調：「我們在要批評文藝作品的時候，一方面想定要誠實的表白自己的印象，要努力於自己表現，一方面更要明白自己的意見只是偶然的趣味的集合，絕沒有什麼能夠壓服人的權威；批評只是自己要說話，不是要裁判別人。」[25]因此他認為文藝批評者最應具備的兩個條件是「誠」和「謙」。

在批評理論方面，他標舉兩個大原則：「自由－寬容」、「個性－表現自己」。首先，他對批評的自由與寬容原則作了獨特的闡釋：「文藝以自己表現為主體，以感染他人為作用，是個人的而亦為人類的。所以文藝的條件是表現自己，其餘思想與技術上的派別都在其次……各人的個性既然是各個不同，那麼表現出來的文藝，當然是

---

[23] 見〈詩的效用〉，收於《文集·自己的園地》，頁17。

[24] 前揭文，頁21。

[25] 見〈文藝批評雜話〉，收於《文集·談龍集》，頁7。

不相同……文藝的生命是自由不是平等,是分離不是合併,所以寬容是文藝發達的必要的條件。」[26]所謂「寬容」,周作人的解釋是「不濫用權威去阻遏他人的自由發展」,當然,也不能任憑權威來阻遏自己的自由發展而不反抗,因為,服從權威會把個性泪沒,還談什麼發展[27]。也因此,他大力反對「統一文學潮流」,認為文學世界裡應該絕對自由,「文藝統一的空想」應該捨棄,大家去「各行其是」,才是充實的道路[28]。

以「人的文學」為武器,以反對既有勢力的權威為職志,周作人大大提高了五四文學的成長。譬如汪靜之因發表情詩〈蕙的風〉,受到封建衛道者的攻擊,周作人立刻提筆聲援,為愛情辯護,認為愛情不能排斥肉慾描寫。對「有不道德的嫌疑」的腐朽之論,他痛加駁斥說:「恃了傳統的威勢去壓迫異端的文藝,當時可以暫佔優勢,但在後世看去往往只是自己的『獻醜』」[29]。又如郁達夫發表小說《沉淪》,其中對性苦悶的描寫被舊勢力視為「驚世駭俗」,認為作品和作者都是不道德,周作人也不以為然地為文反駁,指出作者所表現的是「青年的現代的苦悶」,並強調《沉淪》「是一件藝術的作品」,它不是一本不道德的小說,反對封建文人「憑了舊道德的名來批判文藝」[30]。由此可見,他維護《沉淪》,主要是維護一切以「人」為中心的文學,透過他的鼓吹,個人主義觀念遂滲進了中國現代文學中。

「個性—表現自己」批評理論的提出,以及提倡主觀的鑒賞的、印象的批評,也是其個人主義思想下的產物。他提出「個性的文學」

---

[26] 見〈文藝上的寬容〉,收於《文集・自己的園地》,頁6。

[27] 同上註。

[28] 見〈文藝的統一〉,收於《文集・自己的園地》,頁29。

[29] 周作人:〈什麼是不道德的文學〉,原載《晨報副刊》1922年11月1日。

[30] 見〈沉淪〉,收於《文集・自己的園地》,頁80。

的概念，強調「文藝以自己表現為主體」，確定了作家的個性在文學創作過程中的作用，以及批評者的個性在文學批評活動中的作用，要求批評者「在批評文裡很誠實的表示自己的思想情感」[31]。不管是批評或創作，他認為都是主體的自我表現，在周作人的文藝思想中，「個性化」實佔有特殊重要的位置。正視自己的內心，讓自己的心靈充分自由地冒險，正是周作人對個人主義的體認與堅持。

從這樣的認識出發，周作人認為重要的是「個人對於自己有了一種瞭解，才能立定主意去追求正當的人的生活。」[32]也正是出於對每個人的意願、權力的尊重，周作人才會說：「我知道人類之不齊，思想之不能與不可統一，這是我所以主張寬容的理由。」[33]可以說，在周作人理想的道德世界中，是主張以一切人的意願為意願，充滿寬容精神的。然而，我們必須得說，周作人所提倡的寬容精神在現實生活中實在難以徹底實行，想要找到一塊屬於「自己的園地」亦屬不易。他在偽滿時期出任要職，被後人責為「叛徒」、「漢奸」，並因此受到唾罵與負面評價，這個生命中重大的關鍵決定，除了其與日本淵源甚早、甚深有關之外，個人主義所發展出的道德、是非判斷，恐怕也有極重要的影響。

一九二四年以前的周作人，確實是對人生充滿理想，這點從他對日本新村的嚮往即可看出。然而，一九二四年以後的周作人，思想與人生觀已逐漸改變，雖然在一九二七年寫的〈潮洲峰歌集序〉一文中，他仍認為「中國所缺少的，是澈底的個人主義」[34]，但他的內心世界確已有所不同。在當時政治局勢混亂，人心動搖，且戰火不止的

---

[31] 見〈文藝批評雜話〉，收於《文集·談龍集》，頁7。

[32] 見〈婦女運動與常識〉，收於《文集·談虎集下卷》，頁408。

[33] 見〈後記〉，《文集·談虎集下卷》，頁622。

[34] 見《文集·談龍集》，頁78。

情況下，人往往不易從外部或內部找到依靠，於是就退縮到自我構築的小天地中，企圖從自身尋找中心，卻發現自己並不瞭解自己。這種徬徨苦悶的煎熬階段，從五四時期開始，許多知識分子都曾經歷過，周作人也是其中之一。一九二五年的元旦，他就明白承認：「以前我還以為我有著『自己的園地』，去年便覺得有點可疑，現在則明明白白的知道並沒有這一片園地了。」[35]

　　雖然理想和希望已經幻滅，對體現個人主義生活的新村理想的追求也已放棄，但是，周作人並未與此同時放棄個人主義的原則，只不過，在方式上他做了另一種選擇：他開始通過審美的人生態度，使生活本身進入藝術，進入欣賞的領域，藉以淡化、調適其絕望的情緒，而通過這種態度，周作人不僅使生活審美化，也把理想審美化。於是「理想」就僅成為一種「愛好」和「趣味」而已。一九二五年五月，他在給友人的信中就曾說道：

> 我們的高遠的理想境到底只是我們心中獨自娛樂的影片。為了這種理想，我也願出力，但是現在還不想拚命。我未嘗不想志士似的高唱犧牲，勸你奮鬥到底，但老實說我慚愧不是志士，不好以自己所不能的轉勸別人，所以我所能夠勸你的只是不要太熱心……[36]

既然是個人的「趣味」，所謂國家民族的「是非」、「忠奸」，似乎不必太過執著了。

　　然而，不幸的是，北伐、五卅慘案、抗戰等攸關國家民族的事件不斷接踵而至，「主義」的力量高漲，「救亡」的呼聲四起。當面臨

---

[35] 見〈元旦試筆〉，收於《文集・雨天的書》，頁190。
[36] 見〈與友人論性道德書〉，收於《文集・雨天的書》，頁158。

一種主義、一種信仰來統一思想、行動的時候，周作人卻仍堅持個
人主義自我中心的原則，遂陷入了左右夾攻的困境。從一九二四年
以後，周作人一連發表了幾篇聲明自己抱持游戲人生態度的文章，
在〈沉默〉一文中他說：「其實我們這樣說話作文無非只是想這樣
做，想這樣聊以自娛，如其覺得沒有什麼可娛，那麼儘可簡單地停
止。」[37]在《陀螺‧序》中他說：「這一冊小集子實在是我的一種小玩
意兒……我本來不是詩人，亦非文士，文字塗寫，全是遊戲……或者
更好說是玩耍。」他強調說，他所謂的遊戲，不是多少含有不誠實的
風雅和故意的玩笑的意味，乃是兒戲、是玩。他更進一步說，除玩之
外別無工作，玩就是他的工作。他甚至把自己過去對於舊倫理道德
及其衛道者的批判也說成是玩，「好像是小孩踢球，覺得是頗愉快的
事，但本不期望踢出什麼東西來，踢到倦了也就停止，並不預備直踢
到把腿都踢折——踢折之後豈不還只是一個球麼？」[38]

　　從早期的尊重自己但不忘人類的積極個人主義，到後來在生活中
講究情趣和韻味，以「玩」為工作，周作人的思想確乎是經歷了一段
自我調適的轉折。傳統中國文人和名士的生活情趣，逐漸成為他的個
人主義的中心。就這一點而言，周作人和林語堂都很受晚明文人的影
響，而這也是他們在一九四九年以後受到批判的原因之一。有時，我
們不免覺得，他雖生在二十世紀，但卻在「自己的園地」裡追尋十
六、十七世紀的山人和名士的生活。換句話說，他在理智和知識上是
「現代化」的，但他對魏晉、晚明文人的生活方式，又有一種不能割
捨的依戀。這其中也包含了很大的「享樂」成分。

　　他的以「趣味」、「享樂」、「遊戲」為中心的生活方式、哲理，

---

[37] 見《文集‧雨天的書》，頁195。
[38] 見〈與友人論性道德書〉，收於《文集‧雨天的書》，頁158。

從他所提倡的「美文」（散文小品）可以得到部分的印證。他曾經將晚明散文看作五四散文小品及五四新文學的源流，對於公安派、竟陵派所主張的「抒性靈」及「立真字」大表贊同，認為是「真實的個性的表現」[39]，而這也是周作人自己遵循的創作原則。換言之，周作人的散文小品與晚明公安文人的小品，是有著創作觀念、創作精神上的共鳴與繼承。他自己就曾編了一本《明人小品集》，在序言中他說：

> 在他們的文章裡，有嘻笑，有怒罵，有幽默，有感慨，所謂文章的規律，所謂文學的道德，他們都一腳踢翻了，前人覺得有聊的，他們覺得無聊，前人覺得值不得歌詠描寫的，他們覺得值得歌詠描寫了。前人都是做那些忠君愛國的大文章，他們專喜做那些遊山玩水，看花釣魚，探梅品茗的小品文了。在他們這種文章裡，確實活現地表現了作者的個性。……我是一個不歡喜裝腔作調的人，因此也就不歡喜那種裝腔作調的文章。漢魏六朝文同韓柳歐蘇以至桐城派那種「文以載道」的文章，於我的個性不大相合，有時讀了要頭疼。但是明朝這一些向來被人輕視的小品文字，我卻愛不忍釋。[40]

由此可見，他對晚明文人富情趣、講享樂的生活型態，確實是心嚮往之。

然而，我們也不能忽視了他喜愛、推崇晚明文人背後的用心。誠如他在〈明人小品集序〉中所言，在那種只願「保全性命於亂世，不求聞達於諸侯」的生活裡，他們只好在山水蟲魚、琴棋書畫裏討快樂，只好在那種瀟灑自如的小品文裏討安慰了。在周作人看來，「小

---

[39] 見〈雜拌兒跋〉，收於《文集‧永日集》，頁172。

[40] 周作人所編之《明人小品集》，一九八七年臺灣金楓出版社曾重印，這段話即引自該書之周作人原序，頁36。

品文是文學發達的極致，它的興盛必須在王綱解紐的時代」[41]，而明末與五四時期，乃至二、三〇年代正是這樣的時代。因此，我們雖不能否認，晚明文人的生活型態，或許是他真心所喜愛的一種人生境界，但是，更真實的理由應該是，這是一種解脫、安慰，一種解嘲，也是為自己的選擇——不論是政治或生活——的一種辯護。他的內心絕不會像那些論「玩」的文字那樣輕鬆，而是有著無奈的難言之隱。處於左右夾攻的困迫窘境，以聲明自己玩世的態度，恐怕是用來做為擺脫一切社會糾紛的手段之一。

綜觀周作人的人格特質，我想可以這麼說：他是理想主義者，但是又未必有殉道的決心；他有入世的精神和言行，然而也只是淺嚐即止；他雖趨向於塵世的享樂，但也要求自己要精雅而有節制。這種人格特質的表現，個人主義的影響是很明顯的。

在五四時期的知識分子中，周作人的人生態度非常具有代表性，「以趣味為主」、「只要自己好好地受用」是當時的流行語。中國閒適文人的傳統人生觀受到個人主義精神的刺激、促進，儘管在當時高喊救亡、愛國、犧牲的大時代潮流下，顯得不合時宜，但是卻能在一部分文人中蔓延、流行，這並不是表示他們不「愛國」，只是人人都高喊愛國，在國家的概念下，個人的性格遭受到漠視、扭曲，周作人反對這種不平衡的個人／國家關係，遂以個人主義作為精神解脫的手段。

他提倡「趣味」、「閒適」，以「玩」來面對沉重的國家命運，這種心態的形成，實有其不得不然的背景因素。在客觀條件上，他赴日讀書、愛好日本文學的經驗，娶日本妻子的關係，這些都是他對日本懷抱深厚情感的原因，他日後之出任日本扶持的偽滿政權要職，不能

---

[41] 見〈冰雪小品選序〉，收於《文集・看雲集》，頁189。

忽略了這層淵源對他下決心的影響力。此外，個人主義思想的形成，
也是在主觀上決定他在政治上做選擇的重要原因。當我們瞭解了這一
層，對周作人長久以來所負的「漢奸文人」、「附逆」之罪名，或能
有一份同情的理解吧！

絕對個人主義的享樂
——林語堂的讀書觀

一 生活藝術化，讀書藝術化

　　正如中國現代文學史上許多知名作家往往也同時是學者、教育家、編輯／出版家一樣，林語堂的多重身分至少有作家、學者、教育家、編輯／出版家、翻譯家、發明家等。他的《剪拂集》、《大荒集》、《無所不談合集》等書，以閒談幽默的風格確定散文家的地位；《語言學論叢》、《中國新聞輿論史》、《蘇東坡傳》等書，則是他學者一面的表現；三〇年代創辦《論語》、《人間世》、《宇宙風》刊物及設立人間書屋，印行《人間叢書》，在編輯／出版上的貢獻已有定評；小說《京華煙雲》、《風聲鶴唳》等，刻畫人物悲歡離合，呈現時代風雲蕩漾，成為當時西方圖書市場的暢銷書。此外，他還潛心研究中文打字機，改良中國文字的排字術，發明中文打字機；擔任過北京大學教授、女子師範大學教育長、廈門大學文學院院長等職；將《浮生六記》等書翻譯成英文，將英國蕭伯納《賣花女》等書翻譯成中文。至於他編寫的《開明英文讀本》、《開明英文文法》、《當代漢英詞典》等教科書及工具書，更是影響了幾代人。這些不同的身分與優異的表現，使林語堂成為享有極高聲譽、揚名國際的傑出中國知識分子的典型代表之一。

　　然而，在以上多樣的頭銜之外，對林語堂更貼切的形容、更生動的稱呼，應該是「藝術家」，而且是「生活的藝術家」。一部《生活的藝術》成為一九三八年全美最暢銷的書，高居排行榜第一名五十二個星期之久，形成一陣「林語堂熱」，填補了西方讀者對中國認識上的空白，也確立了他在國際文壇上的地位。譯成中文出版後，同樣使國人對中國文化、文學、文人的本質、特性有更深刻的瞭解。總是銜著煙斗的林語堂、深諳生活情趣的林語堂、幽默大師林語堂的形象也就在一批批「林語堂迷」的心目中，日益清晰、壯大了起來。

　　這樣一位學貫中西、著作等身的豐富人物，其讀書之深、涉獵之廣是自不待言的。不過，他倒不像梁啟超慎重地開出《國學名著百種》，要求必讀；也不像胡適強調「越難讀的書我們越要征服它們，把它們作為我們的奴隸或嚮導，我們才能夠打倒難書，這才是我們的『讀書樂』。」[1]林語堂對讀書有其一套獨特的見解，旗幟鮮明地反對「勤研」和「苦讀」，認為「書不可強讀，強讀必無效，反而有害，這是讀書之第一義」[2]。他不把書當奴隸或嚮導，而是當成朋友、情人。這種將讀書藝術化的態度，其實完全與其生活藝術化的主張一致。在《生活的藝術》中，他張揚悠閒態度的重要、享受人生之必要、精神生活之可貴，對家庭、大自然、旅行、藝術、文化、宗教，他都能從欣賞、享受的角度來對待。對讀書也一樣。獲得智慧固然重要，享受樂趣更為重要，這種堅持，形成了他自成一格、不同流俗的讀書觀，令人心嚮往之。也許，從世俗、功利、實用的角度看，林語

---

[1]　胡適：〈為什麼讀書〉，《胡適演講集》，歐陽哲生編：《胡適文集》（北京市：北京大學出版社，1998）第12冊，頁474。此為胡適於一九三〇年十一月下旬對上海青年會演講內容。

[2]　林語堂：〈論讀書〉，收於林吶等主編：《林語堂散文選集》（天津市：百花文藝出版社，1987），頁73。

堂的讀書觀頗有可議不可行之處，但從當前臺灣閱讀市場上過於熱中實用與功利，追趕流行潮流的現象來看，或者肯冷靜想想何以資訊如此泛濫，知識取得如此容易的情況下，文化水準的提升反而令人憂心不已的話，林語堂「一家之言」的讀書藝術觀，或許有其值得思索玩味之處。

二　以自我為中心

　　林語堂讀書觀的建立，基本上都圍繞著「自我」為中心。他雖在國外多年，許多著作也以英文寫成，但這無礙於他做為一個純粹的中國文人。對「讀書」他有自己一套率真、任性、本我的看法。這不得不令人想起他對晚明文人生命情調的嚮往。三〇年代在上海，林語堂辦刊物、寫散文，滿懷理想熱情，林太乙對當時的林語堂有如下的描述：

> 他醉心於晚明獨抒性靈，不拘格套的散文，企慕公安的清新輕俊和竟陵的幽深孤峭，因而極力提倡袁宏道、中道兄弟、鍾惺、譚元春、王思任、陳繼儒、張岱、徐渭、劉侗以及清代的金聖嘆、鄭燮、李漁等人的文章，要從而開啟現代散文新的性靈文學的道路。[3]

對於什麼是「性靈文學」，林語堂曾清楚地解釋道：「性靈文學也可以說就是個人的筆調。」因此，在文學創作上，他主張「最重要的就是培養你個人的性靈，有了性靈，你的文章就有生命力，就有清新的、有活力的文學。……你必須有自己的見解，不怕前無古人後無來

---

[3]　林太乙：《林語堂傳》（臺北市：聯經出版公司，1989），頁83。

者，古人沒有這樣說過沒有關係，我看這樣就這樣說」[4]。這種「以自我為中心」的文學觀，和他留學歐美、接受當時歐美文學思想文化的核心——個性主義和自由主義的影響有關。以此鮮明的文學觀為基礎，與之相應的讀書觀也就自然應運而生。

在〈論讀書〉一文中，林語堂這種讀書觀有清楚的表白：「世上會讀書的人，都是書拿起來自己會讀」，「一人有一人胃口，各不相同」，因為各不相同，所以「不能因我之所嗜好以強人」。他特別舉英人俗語：「在一人吃來是補品，在他人吃來是毒質」來強調讀書也講究個別差異性[5]。並由此衍生出讀書要以趣味為主、不可勉強、自動學習、順勢而讀等一系列的看法。書要自己讀，且要讀出自己的見解，不管與前人同或不同，用自己的眼睛看，用自己的心體會，讓書為我所用，而非我為書所奴役，這種以自我為中心的讀書態度，林語堂有時以「膽識」稱之：「膽識二字拆不開，要有識，必敢有一自己意見，即使一時與前人不同亦不妨。前人能說得我服，是前人是，前人不能服我，是前人非。人心之不同如其面，要腳踏實地，不可捨己耘人。」要有自我的面目，就不能人云亦云，而是應「處處有我的真知灼見，得一分見解是一分學問，除一種俗見，算一分進步，才不會落人圈套，滿口濫調，一知半解，似是而非。」[6]對林語堂而言，閱讀行為的主體性超過一切，讀書人最重要的就是要敢於有己見，人云亦云、全盤接受，不能算讀書，只能算是會識字的鸚鵡罷了。

讀書要「處處有我」，寫作要「獨抒性靈」，林語堂一貫主張的正是個人主義式的讀書觀、文學觀。這不禁讓人想起哲學家叔本華（Schopenhauer）在〈讀書論〉中說的：「被記錄在紙上的思想無異在

---

[4] 林語堂：〈性靈文學〉，引自林太乙著：《林語堂傳》，頁8。

[5] 林語堂：〈論讀書〉，《林語堂散文選集》，頁69、73。

[6] 林語堂：〈論讀書〉，《林語堂散文選集》，頁77。

沙上行走者的足跡，我們也許能看到他所走過的路徑；而若要知道他
在路上看見了什麼，則必須用我們自己的眼睛。」[7]對讀書的理解，兩
人可謂東哲西哲，心同理同了。

三　以興味為格調

　　一如林語堂對文學（特別是小品散文）主張「以自我為中心，以
閒適為格調」[8]，且認為「閒適之筆調語出性靈」[9]一般，除了個人主義
色彩，他在文學上強調「閒適」，在讀書上強調「興味」，這種思想
可以「趣味主義」稱之。個人主義與趣味主義，是理解林語堂思想很
重要的兩個切入點。情趣興味，可說是林語堂讀書藝術的動機論。
〈論讀書〉中，他指出：「讀書的主旨在於排脫俗氣」，「讀書須先知
味。這味字，是讀書的關鍵。」黃庭堅說：「人不讀書，則塵俗生其
間，照鏡則面目可憎，對人則語言無味。」林語堂分析道：「黃山谷
所謂面目可憎不可憎，亦只是指讀書人之議論風采說法。」以此標準
來評說人，他有了自己的看法：

> 若《浮生六記》的芸，雖非西施面目，並且前齒微露，我卻覺
> 得是中國第一美人。男子也是如是看法。章太炎臉孔雖不漂
> 亮，王國維雖有一條辮子，但是他們是有風韻的，不是語言無
> 味面目可憎的。簡直可認為可愛。亦有漂亮政客，做武人的兔
> 子姨太太，說話雖然漂亮，聽了卻令人作嘔三日。

7　叔本華：〈讀書論〉，收於林衡哲、廖運範譯：《讀書的藝術》（臺北市：志文出版
　　社，1968），頁3。
8　林語堂：〈《人間世》發刊詞〉，《人間世》第1期，1934年4月。
9　林語堂：〈論小品文筆調〉，《一夕話》（臺北市：風雲時代出版社，1991），頁15。

為培植面目的可愛和語言的有味而讀書，林語堂認為這才是真正的讀書。可愛的面目不是由花粉胭脂塗抹而成，而是由思想力所華飾的面目。至於語言要有味，全看怎麼讀書：「一個讀者如能從書中得到它的味道，他便會在談吐中顯露出來。他的談吐如有味，則他的著作中便也自然會富有滋味。因此，我以為味道乃是讀書的關鍵。」[10]以《莊子》一書為例，雖是必讀之書，但若讀時覺得索然無味，他認為只好放棄，以後再讀，不必勉強，「對《莊子》感覺興味然後讀《莊子》，對《馬克斯》感覺興味，然後讀《馬克斯》」。讓自己的閱讀跟著興味走，這種閱讀方式符合學習心理。在某種意義上說，只有如此才能真切感受到讀書的樂趣。

想讀出書的真正味道，林語堂在〈讀書的藝術〉、〈論讀書〉二文中提到的一些方法與原則值得參考，歸納言之約有三點：一見傾心法、設身處地法、順勢自然法。所謂「一見傾心法」，是指讀書可以找一位與自己氣質相近、同調的作家，「因為氣質性靈相近，所以樂此不疲，流連忘返，流連忘返，始可深入，深入後，然後如受春風化雨之賜，欣欣向榮，學業大進。」一旦找到思想氣質相近的作家，林語堂形容那種興味就如找到情人一般：「必胸中感覺萬分痛快，而靈魂上發生猛烈影響，如春雷一鳴，蠶卵孵出，得一新生命，入一新世界。」只要找到這樣一位作家，自會一見如故，如蘇東坡讀《莊子》、讀陶淵明詩，似胸中久積之言被全盤道出；又如袁中郎夜讀徐文長詩，忍不住邊讀邊叫，自恨相見太晚。這就是找到了文學上的愛人，其興味「與一見傾心之性愛同一道理」，林語堂形容道：「找到了文學上的愛人，他自會有魔力吸引你，而你也自樂為所吸，甚至聲音相貌，一顰一笑，亦漸與相似。這樣浸潤其中，自然獲益不少。」

---

[10] 林語堂：〈文化的享受〉，《生活的藝術》（臺北市：遠景出版公司，1976），頁363。

否則讀書無遇知己、情人，東覽西閱，逢場作戲，就不能讀出心得，讀出興味，學問自不易有成就。

所謂「設身處地法」，林語堂舉例說，從前讀地理未覺興味，今日逢「閩變」事件，遂翻看閩浙邊界地圖，自會覺得津津有味；又如一人背癰，再去讀范增傳，必會覺得趣味。他還打趣地說：「叫許欽文在獄中讀清初犯文字獄的文人傳記，才別有一番滋味在心頭。」轉換情境，或與自己的情境相近時來閱讀相關的書，林語堂認為這樣才能讀出真興味來。至於「順勢自然法」，強調絕不勉強，因為讀書就如草木之榮枯，河流之轉向，自有其自然之勢，順勢易成，逆勢則不易有成就。對此林語堂有一段形象化的描述：「樹木的南枝遮蔭，自會向北枝發展，否則枯槁以待斃。河流過了磯石懸崖，也會轉向，不是硬沖，只要順勢流下，總有流入東海之一日。」因為講究自然順勢，所以要找與自己氣質相近的作家，他說：「只有你知道，也無需人家指導，更無人能勉強。」對「必讀之書」，他表示反對：「世上無人人必讀之書，只有在某時某地某種心境不得不讀之書。有你所應讀，我所萬不可讀。有此時可讀，彼時不可讀。即使有必讀之書，亦絕非此時此刻所必讀。見解未到，必不可讀，思想發育程度未到，亦不可讀。」所以他舉孔子說五十可以學易，即表示四十五歲尚不可讀。林語堂再三強調的正是循序而進、順勢而讀的順其自然法，只有這樣，才能含英咀華出讀書的箇中滋味。

找到自己性靈契合的作家，讀其書如觸電一般，這種精神上的融洽，林語堂稱之為「靈魂的轉世」。一見傾心之下，讀書精神自然百倍而不倦。設身處地，與現實貼近，讀書的效果自然大為提高。順其自然，不勉強，不為人，只求一己之興味，讀書之藝術方能臻於化境。這三個原則的掌握，將可以使讀書成為一件充滿樂趣的事，也能讓自己成為一個快樂的讀書人。林語堂說：「什麼才叫做真正讀

書呢？這個問題很簡單，一句話說，興味到時，拿起書本來就讀，這才叫做真正的讀書，這才是不失讀書之本意。」法國散文家、思想家蒙田（Montaigne）對讀書也有大致相近的看法，他說：「讀書，我只尋求那些能夠令人愉快且又樸實無華的篇章；學習，我只學習這樣的知識：它能夠告訴我，我當如何認識我自身，我當如何對待生和死。……當我在讀書中遇到某些費解的地方時，我從不一味冥思苦想；倘我嘗試一、二次後仍不得要領，我就把它甩開。」[11]這種態度也正是林語堂要提倡的。至於英國作家吉辛（George Gissing）說他能「只消將鼻子放在書頁中間，便可以回想起各種的事。」例如一部劍橋版的莎士比亞，他說：「它有一種味兒，能夠把我送回更早的生活史中去。」[12]這也是深得讀書滋味的經驗談。真正的讀書就是要讀出味來，讓自己成為一個言談有味的人，言談有味，面目即可愛，身心愉悅，生活自然充滿趣味。隨時讓自己散發出高雅不俗的生活格調，讓書中的興味盡為我嚐，林語堂認為，讀書的動機應該在此，而其魅力也在此。

四　以享樂為境界

　　讀書能夠讀出味道來，則讀書本身就已是充滿樂趣的享受。一卷在手，與書中人物、意境、思想交流、對話、共鳴，情投意合，一見如故，這種心靈的欣悅是難以言傳的境界，只有自己才能真體會。或謂讀書如探新大陸，可以發現新世界；或謂讀書是靈魂在傑作中的冒險、壯遊，這都是對讀書之樂有過切身感受者的見道之語。梁啟超在

---

[11] 蒙田：〈論書〉，收於辛貝、沈暉譯：《蒙田隨筆集》（臺北市：志文出版社，1990），頁40〜41。

[12] 吉辛著、李霽野譯：《四季隨筆》（臺北市：志文出版社，1991），頁66〜67。

〈論小說與群治之關係〉文中提到小說有四種「不可思議之力」：熏、浸、刺、提，這是文學的作用力，同時也是文學迷人的魅力。夏增佑寫於一九〇三年的〈小說原理〉，其中對讀小說的樂趣也有一段生動的描述：「一榻之上，一燈之下，茶具前陳，杯酒未罄，而天地間之君子、小人、鬼神、花鳥雜遝而過吾之目，真可謂取之不費，用之不匱者矣。」讀書享樂的境界不就是如此嗎？

　　林語堂〈論讀書〉中說：「視讀書為苦，第一著已走了錯路。」因為如果曾體會過讀書一見傾心的情人滋味，「便知道苦學二字是騙人的話」，「讀書成名的人，只有樂，沒有苦。」他對古人苦讀的行為深不以為然，認為「古人讀書有追月法、刺股法，及丫頭監讀法，其實都是很笨。」在〈讀書的藝術〉中，他強調凡有所成就的讀書人絕不懂什麼叫做「勤研」和「苦讀」，「他們只知道愛好一本書，而不知其然的讀下去。」津津有味，渾然忘我，能得此中之真味者，才是幸福的讀書人。一個人倘懂得讀書的享受，則不拘何時何地都可以讀書。歐陽修自承最佳的寫作時機有「三上」：枕上、馬上和廁上；張潮《幽夢影》中也指出：「善讀書者，無之而非書：山水亦書也，棋酒亦書也，花月亦書也。」他還直接比喻道：「文章是案頭之山水，山水是地上之文章」[13]，堪稱一語中的。余秋雨《文化苦旅‧自序》中自陳出門遠行的理由，是開始質疑：「我們這些人，為什麼稍稍做點學問就變得如此單調窘迫了呢？如果每宗學問的弘揚都要以生命的枯萎為代價，那麼世間學問的最終目的又是為了什麼呢？」在困惑中，他走出書房，出發去旅行。我想，余秋雨並非質疑讀書的作用與價值，而是要強調一種「遊於藝」的讀書境界，也就是，與其書齋苦

---

[13] 二則引文見張心齋著、王名稱校：《新校本幽夢影》（臺北市：漢京文化公司，1980），頁42、28。

讀，不如去讀自然山水，再進一步說，如果讀書已如遊山玩水般自在快樂，則讀書與旅行並無太大的不同。林語堂就說過，讀書「在心理的效果上，其實等於出門旅行」。

隨時隨地可讀書，書齋中，行旅上，只要他想讀書。若不想讀，或不懂讀書的樂趣，即使在書房中面對書一樣呵欠連連，所謂「春天不是讀書天，夏日炎炎正好眠。秋去冬來真迅速，一年容易又春天。」正是不知讀書樂者的自欺之辭。深悉讀書興味的林語堂，有一段對讀書享樂境界的傳神描寫，值得再三品味：

> 一個人儘可以拿一本離騷或一本奧瑪·迦崖（Omar Kyayyam），
> 一手挽著愛人，同到河邊去讀。如若那時天空中有美麗的雲霞，他儘可以放下手中的書，抬頭賞玩。也可以一面看，一面讀，中間吸一斗煙，或喝一杯茶，更可以增添他的樂趣。或如在冬天的雪夜，一個人坐在火爐的旁邊，爐上壺水輕沸，手邊放著煙袋煙斗，他儘可以搬過十餘本關於哲學、經濟、詩文、傳記的書籍堆在身旁的椅上，以閒適的態度，隨手拿過一本來翻閱。如覺得合意時，便可讀下去，否則便可換一本。（〈讀書的藝術〉）

這種自動、自由、自在的讀書境界，真是令人神往。一個人獨處，隨興地讀，是享受讀書樂趣不可少的兩個條件。林語堂在〈來台後二十四快事〉中，仿金聖嘆三十三個「不亦快哉」而有快事二十四條，其中第一條即是：「華氏表九十五度，赤膊赤腳，關起門來，學顧千里裸體讀經，不亦快哉！」這種「快」的樂趣，主要還是來自於一個人的自在閒適。換言之，以自我為中心，以興味為格調，自然能享受讀書的樂趣。一個人必須曾經享受過這種樂趣，才能算是真正讀過書，否則讀再多書也只是隔靴搔癢罷了。

　　單以讀書來說，稱林語堂是「享樂主義者」應不為過。他最推崇李清照及其丈夫趙明誠的享樂境界：「我們想像到他們夫婦典當衣服，買碑文水果，回來夫妻相對展玩咀嚼的情景，真使我們嚮往不已。你想他們兩人一面剝水果，一面賞碑帖，或者一面品佳茗，一面校經籍，這是如何的清雅，如何得了讀書的真味。」(〈讀書的藝術〉)他甚至於有感而發地表示，一個人若不能用看《紅樓》、《水滸》的方法讀《哲學史》、《經濟學大綱》，則是不懂讀書之樂，不配讀書，且終將讀不成書。這種以讀書為遊戲、為享樂的態度，林語堂奉行不渝，終生受用，且樂在其中。朱熹說：「書冊埋頭何日了，不如拋卻去尋春。」這不只是老實話，也是見道語。

　　強調讀書是個人享樂的事，不表示林語堂不聞世事，只知閉戶讀書。例如一九二五年封建衛道人士高喊學生應「勿談政治」、「讀書救國」的濫調，林語堂就筆帶激情地寫了〈「讀書救國」謬論一束〉，針對遺老遺少的論調，反覆批駁，散發極強的說服力與戰鬥力：「我們所以反對閉門讀書，非真反對閉門讀書，實反對借閉門讀書之名，行閉門睡覺之實。」此文是林語堂早期散文的一篇力作，也是《剪拂集》中較有代表性的一篇，既有情之感染，又有理的思辯，幽默諷刺中展現了林語堂關懷國是的殷情憂心。享樂不忘救國，救國不忘享樂；讀書不忘享樂，讀書也不忘救國。這才是對林語堂這位幽默大師的深刻理解。

五　有味的讀書，有味的人生

　　梁啟超自陳是主張趣味主義的人，如果用化學來分析「梁啟超」這個東西，把其中所含一種原素名叫「趣味」的抽出來，剩下的只有一個0而已。他強調：「凡屬趣味，我一概都承認它是好的。」(〈學

問之趣味〉）至於趣味之養成，梁啟超提出四個原則：無所為、不息、深入的研究、找朋友。他指的是學問的趣味，讀書的趣味、方法其實也一樣。讓讀書成為一件有味道的事，讓自己成為一個談吐舉止有味道的人，如此人生才是精彩，才是活潑。李清照、梁啟超、林語堂諸人，都可算是趣味主義者，也都是真懂讀書之樂者。

真懂得讀書，則書不必多。林語堂說：「我讀書極少，不過我相信我讀一本書得益比別人讀十本的為多，如果那特別的著者與我有相近的觀念，由是我用心吸收其著作，不久便似潛生根蒂於我內心了。」[14] 在《八十自敘》中，他對自己讀的書有較詳細的介紹：「他什麼書都看。希臘、中國和現代作家的作品；宗教、政治、科學，無所不包。愛讀紐約時報的『標題』欄和倫敦時報的第四社評；也愛看『花邊』新聞和科學、醫藥新聞。」[15] 林語堂生前好友徐訏在〈追思林語堂先生〉一文中，對林語堂讀的書則有另一番觀察：「在我的瞭解中，語堂所讀的關於文學文化思想的書實在可以說無所不窺，正統的學院的哲學著作他似乎沒有系統地閱讀，嚴密的邏輯與煩瑣的概念分析他沒有興趣，但對於希臘的思想家的學說他讀起來可脈絡清楚。他讀書絕不是『好讀書，不求甚解』，而是的確下苦功夫，他對於莊子、老子、墨子以及佛經這一類書，他都下過『譯成英文』的功夫。」[16] 很多人讀林語堂幽默的文章，誤以為他是一個不拘形骸、瀟灑放浪、隨便任性的人，其實他不僅生活規律，拘謹嚴肅，而且時時讀書、寫作，並沒有浪費時間在無謂的玩樂、瑣事上。他說自己書讀得不多，是相對的說法，因為面對古今中外汗牛充棟的著作，一個人一

---

14 林語堂：《林語堂自傳》（南京市：江蘇文藝出版社，1995），頁 35。

15 林語堂：《八十自敘》（臺北市：風雲時代出版社，1989），頁 2。

16 徐訏：〈追思林語堂先生〉，施建偉編：《幽默大師：名人筆下的林語堂，林語堂筆下的名人》（上海市：東方出版中心，1998），頁 7～8。

生能讀的確實不多，但和大多數人相比，他這句話謙遜的意味較濃。

　　林語堂曾做一對聯以自勉：「兩腳踏東西文化，一心評宇宙文章。」氣魄雄偉，自視亦高，觀察他八十一年精彩的一生，應當無愧於這番自勉。他讀書、寫書、教書、譯書，在現代文學、思想、文化、藝術、歷史等不同領域，都佔有其一席之地，既曾被美國文化界列為「二十世紀智慧人物」之一，又曾被提名為諾貝爾文學獎的候選人。他把中國文化介紹給了世界，又把世界文化介紹到了中國。這是可敬的林語堂。文學觀上，他鼓吹「以自我為中心，以閒適為格調」，讀書觀上，他主張以自我為中心，以興味為格調，以享樂為境界，以自動、自由、自在的態度來讀書，不僅是他個人一生讀書的心得呈現，也是他人生觀、文學觀的反映。啣著煙斗，爐邊喝茶，隨意地看書，且看得津津有味，這是可愛的林語堂。可敬復可愛，是這位陽明山上「有不為齋」的文化老人留給後代最鮮明的形象。

　　林語堂曾經如此描繪他心中理想的散文：「乃得語言自然節奏之散文，如在風雨之夕圍爐談天，善拉扯，帶情感，亦莊亦諧，深入淺出，如與高僧談禪，如與名士談心，似連貫而未嘗有痕跡，似散漫而未嘗無伏線，欲罷不能，欲刪不得，讀其文如聞其聲，聽其語如見其人」[17]，而他自己的散文也正是如此。如聞其聲，如見其人，其聲須有味，其人須有趣，文章才能讓人欲罷不能，欲刪不得。林語堂做到了這一點。他的作品，不論是散文、小說還是學術論著，讀過者總會覺得津津有味，而他的人，凡見過者也總覺得談吐不俗，優雅閒適。一部《生活的藝術》，活脫脫是夫子自道：一個有興味的人寫了一部有趣味的書，書中所言所敘，是他自己。

　　林語堂，一個個人主義者，自由主義者，趣味主義者，享樂主義

---

[17] 林語堂：〈小品文之遺緒〉，《一夕話》（臺北市：風雲時代出版社，1991），頁44。

者。讀書如此，寫作、研究、生活無不如此。讀書時，他興味盎然；寫作時，他痛快淋漓；不讀也不寫時，他是一個純粹的中國文人，如沐春風的親切長者，一個啣著煙斗、面帶微笑，流露智慧與情趣的幽默大師，生活的藝術家。

輯三
大陸當代文學

潛流下的伏動
——大陸九〇年代報告文學寫作趨向的考察

一　前言

　　從巔峰熱潮跌到平靜谷底，從掌聲如雷到相對冷清，九〇年代報告文學[1]似乎受到了不少的批評與責難。在二十一世紀初的歷史平臺，回頭去審視九〇年代這個不再是進行式的時態，雖然尚未有足夠的審讀時距，但相關的討論、自省與總結已經開始，全面而冷靜地加以檢視應該不算為時尚早，相反的，如果能夠及早對九〇年代報告文學的變遷作一番回望，認真反思其主題意向、審美型態、精神內涵，相信對其面向未來的跨世紀文化品格的建立將大有助益。報告文學從其誕生起就是充滿現實關懷精神的「時代文體」，它呼應了時代的要求，時代也造就了報告文學，從散文的領域獨立出來之後，經過無數作家的心血澆灌，它已從文體的附庸地位一躍而成二十世紀中國文壇上引領風騷、獨樹大旗的主流文體之一，八〇年代報告文學的興盛甚

---

[1] 對「報告文學」這一介乎文學與新聞之間的新文體，從三〇年代興起時的名稱就是「報告文學」，尤其是「左聯」的大力提倡，使這一文體的現實性、戰鬥性得到充分的發揮，而當時在文體觀念上主要受到的是德國式、俄國式的影響；臺灣則將「報告文學」稱為「報導文學」，明顯是受到美國新聞報導演變的影響。本文在指涉大陸作品時稱為「報告文學」，提到臺灣作品時則稱「報導文學」。

至有「世紀末的輝煌」之譽。然而,進入九〇年代以後,報告文學卻
逐漸失去了曾有的風采,影響及地位大不如前。為何有如此大的轉
折?九〇年代報告文學的表現真的如此「差強人意」嗎?在上承八〇
年代與下開二十一世紀的過渡階段裡,它的時代意義與文學價值在
哪裡?這些困惑與思考是本文企圖在對九〇年代報告文學現象的考察
中,嘗試釐清與說明的問題意識所在。

二 從春花怒放到雪落黃昏:兩岸報導(告)文學的相似處境

　這或許是一種巧合,兩岸在報告文學的發展路上竟有著神似的身
影與相近的命運。如果不健忘的話,臺灣在推動報告文學上最具歷史
象徵意義的《中國時報》報導文學獎,曾經在一九九八年破天荒地
以「從缺」的方式,來表達對入圍作品的不滿意,接著在十月八日的
《中國時報・開卷》專刊上就刊出了記者徐淑卿的一篇專文,題目很
聳動:〈報導文學死了嗎?〉,一時間檢討報導文學寫作風潮衰退的
聲浪四起。大陸上對自身報告文學現況的批評聲浪一樣刺眼難堪,吳
方澤在一九九七年十二月一日的《文藝報》上以〈報告文學之困境〉
為題,發出「報告文學還能重新崛起嗎?」的詰問;報告文學研究者
張春寧則在一九九五年第一期的《文藝評論》上語重心長地發表了
〈報告文學怎麼了──關於報告文學現狀和前景的一些認識〉,對報
告文學的從轟動歸於冷清、從巔峰跌落谷底的現象提出檢討。兩岸的
學者、作家、讀者,在進入九〇年代之後,不約而同地對曾經掌聲如
潮的報告文學發出了相同的關切、疑惑與焦慮,這種巧合,對報告文
學的發展而言毋寧是一記沉重的警鐘。
　集體性衰退的印象主要來自與前一時期繁榮興盛的鮮明對照,在

這一點上，兩岸仍然有著另一種相似規律的巧合。臺灣的報導文學寫作風潮始於《中國時報・人間副刊》主編高信疆在七〇年代中期的企劃推動，一九七五年「現實的邊緣」專欄掀起熱潮，一九七八年設立「報導文學獎」推波助瀾，一時間「報導文學」成了媒體的寵兒，作家紛紛投入，佳作不斷湧現，其他報刊也相繼設立相關獎項徵文，等到一九八三年高信疆離開工作崗位出國後，陳映真以《人間》雜誌接其薪火，圖文並茂的專題引起極大迴響，直到一九八九年停刊，報導文學的熱潮方始逐漸消退。可以說，從七〇年代中期到八〇年代末是臺灣報導文學的黃金時期，新聞媒介與文學寫作的攜手，締造了臺灣文學發展史上光彩有成的一章。正是曾經有過如此輝煌的表現，九〇年代以後歸於平淡的報導文學，才會被視為如淺灘行舟般地式微沒落。

　　大陸報告文學的寫作熱潮不像臺灣由媒體編輯人發起、提倡，或是文學獎的提攜、社會運動的激盪，而是源自於報告文學作家在文革結束、社會進入「新時期」[2]之後，以知識分子精神的復甦覺醒為動力，開始拾起此一最能反映現實的文學表現體裁，而有了前所未有的報告文學活躍時代。這股熱潮始於一九七八年徐遲的《哥德巴赫猜想》，這篇被稱為「報春燕」的作品，一發表就引起轟動效應，此後

---

[2] 「新時期」的時間概念一般是指鄧小平當政、實行改革開放政策以來的時期，通常從一九七七年，即四人幫被捕、文革結束的次年開始算起。嚴格的說法是一九七八年十二月中共十一屆三中全會鄧小平提出「實踐是檢驗真理的唯一標準」理論綱領以後算起。「新時期」的說法最早是由華國鋒提出，他在逮捕四人幫、宣佈文革結束的一次講話中說：大陸已進入一個「社會主義的新的歷史時期」，此後「新時期」一詞便流行開來。至於「後新時期」的概念，大陸文壇也未有統一說法，有主張從一九八六年算起，也有從一九九〇年開始，或主張從一九八九年算起。大陸學者王寧甚至主張分為前新時期（1976～1978）、盛新時期（1979～1989）、後新時期（1990～）。各種看法都有。筆者在本文中採取的是「前新時期」（1977～1989）、「後新時期」（1989～至今）的時間概念，通常也以九〇年代以後為「後新時期」。

報告文學作品就如春花怒放般迎來了她的春天，成為「新時期」文學的一個重要標誌，其影響之大、讀者之多、討論之熱烈，堪稱八〇年代文學界最亮麗的文學風景之一。一九八五年左右，報告文學茁壯成長，成為潮流式創作，締造了所謂「八五新潮」；從一九八六年七月到一九八七年八月，《中國青年報》和人民文學出版社聯合舉辦「火鳳凰」報告文學徵文活動，收到來稿六千多篇，規模盛大；一九八七年十一月，由《人民文學》、《報告文學》、《解放軍文藝》等一〇八家期刊又聯合發起以「改革」為主題的「中國潮」報告文學徵文活動，氣勢昂揚，盛況空前，成為文壇矚目的大事，一連推出了千餘篇作品，最後篩選出百篇獲獎作品。這次歷時兩年的徵文活動，將報告文學推到高峰，一九八八年因此被稱為「報告文學年」，但熱度只持續到一九八九年，隨著活動的落幕，報告文學卻明顯地轉入低潮。

同樣都在一九八九年，兩岸的報告文學寫作勢頭，不約而同地由轟轟烈烈轉為「雪落黃昏靜無聲」的局面[3]，顯然地，報告文學的發展遇到了侷限與困境。是什麼原因、背景導致這個現象的出現？兩岸的原因、背景有何異同？這個困境如何突破？在一片蕭條低沉中，是否仍有「於無聲處聽驚雷」的表現與希望？這一連串的疑問都是面對報告文學發展所不能迴避的課題，也是十分有趣的話題，但本文暫時無意也不能全面性地處理這些議題。關於臺灣報導文學的困境與危機，筆者已有一文討論過，此不贅述[4]，至於大陸報告文學在九〇年代固然面臨了嚴峻的困境與挑戰，但若深入觀察，也能看出危機中的一線生機，報告文學在九〇年代的平靜之流中，其實自有其具藝術生

3　引自丁曉原：〈論九〇年代報告文學的堅守與退化〉，《文藝評論》2000 年第 6 期。

4　請參見張堂錡〈潮起潮落──臺灣報導文學發展的困境〉一文，原發表於《空大學訊》1999 年 10 月號，後收於張堂錡《跨越邊界──現代中文文學研究論叢》（臺北市：文史哲出版社，2002）一書。

命力的審美轉型與創作契機，這一點則是本文所要討論與強調的重心。

三 從復甦到巔峰：大陸「前新時期」報告文學的寫作熱潮

在沒有進入九〇年代的討論之前，有必要對「前新時期」（1977～1989）報告文學的表現做一番回顧，然後再進一步分析「後新時期」（1989年～至今）報告文學的轉折變化。大體上，可以將「前新時期」的報告文學分為復甦期、巔峰期兩個階段，而「後新時期」九〇年代則是平靜期。

「前新時期」第一個階段是復甦期。時間約為七〇年代末到八〇年代初。隨著文革結束，政治束縛的解放，加上「人」的意識覺醒，整體文學創作（包括報告文學）都有了全面的復甦與繁榮，嶄新的文學時代來臨。頌歌型、問題型的報告文學是此一時期的主潮，這與文學界「傷痕」、「反思」、「改革」的思潮有密切的關係。狹窄、單一、八股、制式的文學樣板已被徹底揚棄，自由、寬鬆、多元的外在環境提供了報告文學作家勇於開發、創新、探掘的寫作條件，他們藉由報告文學這一現實性強的文體揭示現實存在的各種社會弊端、歷史錯誤，矯正過去只寫工農兵及英雄模範的政治宣傳策略，將關懷視野投向普通的人、知識分子、為國爭光的體育選手、教育界、企業界等不同領域的改革者，題材豐富，作者的思考力度與批判意識明顯增強，體現出對報告文學「現實主義」精神的回歸，在寫作藝術、文體意識上也有所突破。以頌歌人物為主的代表作有徐遲《地質之光》、《哥德巴赫猜想》，黃宗英《大雁情》，理由《她有多少孩子》、《揚眉劍出鞘》，柯岩《船長》，陳祖芬《祖國高於一切》，穆青等《為了

周總理的囑託》，魯光《中國姑娘》等；以平反冤案為主的有陶斯亮《一封終於發出的信》，王晨、張天來《劃破夜幕的隕星》，遇羅錦《一個冬天的童話》等；以改革開放為主旋律的作品有程樹榛《勵精圖治》，李士非《熱血男兒》等；以審視社會問題、揭露愚昧和醜陋的作品有劉賓雁《人妖之間》，孟曉雲《胡楊淚》等。這些如雨後春筍般湧現的佳作、力作，標誌著報告文學已擺脫了過去的僵化思維，並為下一階段的繁榮成熟做出了強有力的宣告。

但是在寫作熱潮背後，依然存在著一些難以避免的缺失，說「難以避免」是因為作者的思想觀念和思維方式不容易一下子完全擺脫五○、六○年代報告文學的思維與寫作模式，政治氣氛的相對寬鬆不代表寫作及言論上可以完全開放，隨心所欲，因此，有些作品的思想性較薄弱，對問題的回答過於表面，沒有把筆觸伸到生活激流的深處，題材上多以一人一事為主，生活表現領域較窄，缺少輻射面廣、氣勢恢弘的作品，在敘述上仍偏重典型細節、典型事件、典型人物的描敘塑造，敘述視角也集中在第一人稱正面敘述等等，都是這個階段報告文學的不足之處。當然，比起五○、六○年代，這個階段的表現已經能夠呼應時代的召喚，透過新時代新生活新人物的刻畫，使報告文學有了正確的起步。

第二個階段是巔峰期。時間約為八○年代中期到八○年代末。在經濟、文化、教育、社會等各方面的改革開放大潮衝擊下，加上國外各種思想觀念的蜂擁而入，潛藏在生活各個角落的問題、矛盾漸露端倪，就像潘朵拉的盒子一旦被掀開，所有陰暗面的弊病都開始攤在陽光下，難以遮掩或視而不見。這種氛圍給了報告文學作家們正面的激勵，他們嗅覺敏銳地率先將目光投入社會上的許多焦點、熱點、疑點問題，敢於以直接大膽的參與意識面對生活、剖析現實，使「問題型」報告文學在這個階段有更深刻而出色的表現。生活各領域所涉及

的題材幾乎都成為探掘的對象，不僅重大事件重要人物被深入報導，連乞丐、妓女、獨身子女或環保、炒股票、年輕人愛情、城市交通、供水、住房等也都成為關注的新對象。與前一階段明顯不同的還有寫作格局的擴大，從一人一事走向多人多事、全方位、多視角的全景式寫作，篇幅加大，容量擴充，動輒十萬字以上的作品所在多有，對這個轉變，學者張升陽有以下的說明：

> 如果說，復甦期報告文學是一種微觀、單一、為重要事件和優秀人物宣傳的「聚焦」式報告文學，那麼，這階段的報告文學便是一種吸收了多學科的思維理論形式，善於綜合地、立體地反映社會現象，掃描芸芸眾生的「廣角式」報告文學。也有人稱這種「廣角式」報告文學為「全景式」報告文學。「廣角」也好，「全景」也好，這裡均借用了新聞攝影方面的術語，來說明報告文學作品的視角與視野。[5]

可以這樣說，「問題型」的題材透過「全景式」的寫法，構成了八〇年代中期以後報告文學的寫作主流。在作者自覺宏觀把握、整體關照的思考下，作品的綜合性、思辯性與深刻性都大大增強了。這類代表作有反映生態環保意識的如沙青《北京失去平衡》，徐剛《伐木者，醒來！》，岳非丘《只有一條長江》等；反映人際關係的如蘇曉康《陰陽大裂變》，涵逸《中國的小皇帝》，孟曉雲《多思的年華》等；反映政治、社會、教育、文化等方面結構問題的如蘇曉康《自由備忘錄》，胡平、張勝友《世界大串聯》，張敏《神聖憂思錄》，趙瑜《強國夢》等；反映各行業出現的經濟問題的如李延國《中國農

5　見張升陽：《當代中國報告文學史論》（北京市：中國社會科學出版社，2002），頁124。

民大趨勢》，賈魯生《第二渠道》、《丐幫漂流記》，龍慶文《今日大慶》等；反映對中國前途思索的如霍達《國殤》，孟曉雲《尋找中國潮》，大鷹《誰來保衛 2000 年的中國》等。

　　巔峰期的報告文學，表現確實亮眼，作家透過一篇篇現實性強的作品，生動結合啟蒙意識與平民意識，開放運用了哲學、社會學、歷史學、心理學、經濟學、生態學、未來學、文化學等不同學科的內涵來發現問題、剖析問題，報告文學逼視現實的價值得到廣大讀者的肯定，社會功能得到強化，全景式的宏大敘事使報告文學的藝術性特質得到進一步的擴展，不同素材的作品一發表，就在社會上引起轟動效應，和七〇年代相比，氣勢如宏的報告文學充分發揮了主導時代風雲的作用。雖然有人批評部分作品仍存在著「急功近利、浮躁不安」的缺失，篇幅上以長取勝、堆砌材料的不良風氣[6]，但不能否認，這個階段的創作成果是空前的繁榮與豐收。報告文學作家徐遲就說：「它的領地越來越大，讀者越來越多。一切證明我們這個時代，可以說是報告文學的時代了。」[7]

　　從復甦期到巔峰期，「前新時期」報告文學寫作趨向的發展規律由單一、典型化表現型態向綜合、全景式表現型態傾斜，這是創作主體自覺、文體藝術規律衍變的進步發展。對於兩種報告文學寫作型態的差異，以下的整理對照可以清楚地區別：

6　如張升陽就認為：「它過分強調文學的社會功能和社會作用，有時不惜以犧牲文學為代價，以激進的態度和沉重的憂患意識干預政治、針砭生活，給人主題先行、急功近利、浮躁不安之感。……現在的報告文學越寫越長，而短小精悍的特寫速寫太少，也不能不為新時期報告文學創作中的一個缺陷。」見前揭書，頁133。

7　徐遲：〈報告文學的時代〉，《長江文藝》1984 年第 10 期。

特色 分期	敘事模式	敘事結構	題材	思維模式
復甦期 （1976～1985）	微觀、聚焦、單一性的典型化模式	閉鎖式結構	以一人一事為主	線性思維
巔峰期 （1985～1989）	宏觀、廣角、整體性的全景式模式	開放式結構	以多人多事為主	複合思維

必須得說，這種轉變一方面契合了時代社會的脈動，反映了社會大眾需求的心聲，另一方面也促成了報告文學這一文體自身的進步與昇華，尤其是作品中所蘊含著的對歷史、文化、社會的深入思考，對各種問題的整體觀照、掌握，系統追蹤、剖析，對歷史與現狀的關懷、審視，都呈現出一種開放思維方式和新的藝術視野。這是可喜的現象，也是可貴的轉變，更是報告文學存在價值的成熟表徵。

四　告別輝煌，轉入平靜：大陸「後新時期」報告文學的困境

當歷史進入九〇年代「後新時期」階段，報告文學逐漸趨於消退、冷寂，有人稱之為「衰退期」，但我認為以「平靜期」來描述更為客觀、科學，因為在衰退中其實有些作家依然堅守崗位，出色的作品在數量上雖然減少，但在品質上卻仍有向上提升的跡象，新的寫作趨向在潛流中隱隱而動，蓄勢待發，這也是不能輕易否定的事實，因此，「衰退」是對照下的印象，「平靜」或許才是報告文學真正的處境。不錯，即使是優秀的報告文學作品，也不容易再出現像八〇年代般掌聲如雷的轟動，高潮迭起的輝煌盛況失去了，部分作家曾有的鋒銳氣勢與創作活力淡去了，與八〇年代中後期相比，九〇年代（特別是中期以後）作品中明顯缺乏直面現實的勇氣與熱情，這都是九〇年

代報告文學陷入困境的徵兆，誠如張春寧所言，九〇年代的報告文學雖也有其成就，「但如果和七、八〇年代的奪目光輝相比，恐怕還是不得不承認它的光彩已變得黯淡，它在社會生活中的影響已大為縮小，它在讀者中的形象已不那麼令人肅然起敬。」[8]

面對從絢爛歸於平靜的事實，分析其原因，或以為與一九八九年天安門事件的政治動盪有關[9]，或以為市場讀者的興趣轉移，或歸結為作者的隊伍流散、文化品格下降等，這都有一定的正確性，但在我看來，更根本的因素是源自於社會經濟的開放轉型給文學帶來了前所未有的衝擊，以及電子媒介（包括電腦網路）強勢興起對讀者閱讀習慣的改變。在商業大潮與強勢媒體的雙重夾擊下，文學已不再居於社會的中心地位，作家不再被讀者們頂禮膜拜，作品也不再有洛陽紙貴的效應，文化也好，文學也好，面對商業操作、新興媒介時尚的沖洗，不得不在一片商業化、市場化、電子化、影像化的淹沒下，退守於邊緣的位置。報告文學其實是整體文學在經濟中心地位鞏固之後被邊緣化的一環，張升陽對此就一針見血的指出：「報告文學在九〇年代的文壇不再是被關注的焦點，它和商品經濟時代剛開始，知識文人躁動不安，被推到社會邊緣一樣成了一種邊緣化寫作。」[10]

報告文學在九〇年代逃不開被邊緣化的命運，經濟潮流全方位的

8　張春寧：〈報告文學怎麼了──關於報告文學現狀和前景的一些認識〉，《文藝評論》1995 年第 1 期。

9　例如陳信元、文鈺合著：《大陸新時期報告文學概述》（臺北市：行政院文化建設委員會，1996）一書中，對一九八九年以後報告文學發展概況的描述就是「動亂平復後的徬徨與沉寂」，文中提到：「不論是在社會歷程還是在文學發展上，一九八九年春夏之交發生的那場驚天動地的『六四』運動，都是一個具有重大轉折意義的事件。大陸新時期的報告文學至此脫離了原先的軌道，一時間變得茫然無主，不知所措。」見該書頁 76。

10　張升陽：《當代中國報告文學史論》，頁 134。

猛烈撞擊是最主要原因，由於這是九〇年代報告文學最受討論的議題之一，相關的文章自然較多，或憂心忡忡，或義正辭嚴，或冷靜以對，或強烈抨擊。在這些看法中，主要還是從市場強勢、文學退化的角度來立論，例如李運摶就提出三個原因造成報告文學的弱勢：一是文化商業化趨勢，使許多刊物靠發表「有償報告」或曰「廣告文學」來彌補經濟虧損；二是「政府行為」的強化，許多政府單位為了「宣傳任務」，出面組織人手集體寫作報告文學，從而使「政治報告」再度流行；三是報告文學創作隊伍的文化品格嚴重降低，一批寫作水準差的「廣告文學」謀利者反而能夠如魚得水，心中只有經濟意識，沒有文化獨立意識[11]。趙聯成也嚴詞批評報告文學「誤入歧途」、作家「下海」的不當表現：「近年狀物寫人的報告文學中，為數不少的作品實際上是小說創作中『廠長文學』和『經理文學』的翻版，是『廣告新聞』的變體。文學向金錢獻媚，新聞與真實疏離，有償報告文學的越演越烈，不僅嚴重悖離了報告文學的創作原則，損害了報告文學的聲譽，而且給精神文明建設帶來難以估量的負效應。」[12]作家喬邁來臺灣參加「二〇〇二年兩岸報導（告）文學的發展與未來研討會」的引言稿更是激動地表示，即使是廣告文學也「虛張聲勢，王婆賣瓜，是廣告而非文學。究其實，是經濟槓桿在起作用。你出錢，我寫作，大錢大作，小錢小作，無錢不作」，「它的一切『向錢看』和粗製濫造，損壞了報告文學和報告文學作家的名聲。」[13]

---

[11] 李運摶：〈與文化共舞的報告文學——對中國當代報告文學的文化思考〉，《當代文壇》2000年第6期。

[12] 趙聯成：〈升騰與沉落——論當代報告文學英雄主題的流變〉，《寧夏大學學報》1998年第3期。

[13] 喬邁：〈雙重衝擊，三向分流——報告文學現狀之我見〉，為臺灣佛光人文社會學院文學所於二〇〇二年十一月八日在臺北主辦之「二〇〇二年兩岸報導（告）文學的發展與未來研討會」引言稿。

　　對於這類只有「廣告」沒有「文學」的作品，有的學者稱之為
「偽報告文學」，這類「偽報告文學」的盛行，恰恰印證了報告文學
此一文體的退化與媚俗。說得更嚴重一點，是一步步的墮落。對此，
丁曉原的分析是發人深省的，他首先強調，報告文學是一種紀實性文
體，但「九〇年代的報告文學對一些重大題材在報導的廣度和深度方
面顯得明顯不夠」，因為作家們「在題材選擇上明顯地避重就輕，求
小棄大。」其次，和八〇年代相比，「不少報告文學作家社會焦慮心
明顯地釋然了，相應地社會責任感也淡化多了。這樣思想原創的思維
機能也就大為弱化了」，整體而言，九〇年代報告文學存在著「主體
意識淡化」、「主體思想貧乏」的重大缺失[14]。無論如何，當創作者的
思想洞察力大大遲鈍，作品缺乏思想深度，創作者對社會問題漠視，
作品缺乏高昂激情，對文體自身的發展來說都是一種退化，直接產生
的後果就是：日趨通俗、品級下降的「偽報告文學」受到歡迎，而嚴
肅的報告文學則顯得少人問津、曲高和寡了。

　　面對市場經濟對文學的大力衝擊，導致文學被拋離社會中心而邊
緣化的處境，以及媒體多元開放下，文字書寫日漸失寵的現實，予以
理性檢討是必要的，但過於激情的不平之鳴實可不必[15]。臺灣報導文
學早在八〇年代中期以後即失去了過去那種呼風喚雨的聲勢，平面媒

---

[14] 丁曉原：〈論九〇年代報告文學的堅守與退化〉，《文藝評論》2000 年第 6 期。

[15] 例如在「二〇〇二年兩岸報導（告）文學的發展與未來研討會」上，大陸報告文學
作家何建明的引言稿〈新世紀報告文學創作的興衰將取決於作家對動感時代的感覺
和把握〉中就有一段情緒性的看法：「現在在中國大陸經常有人評選什麼當代最優
秀的五十個作家、一百部最優秀的作品等等活動時，從來就不把我們報告文學作家
和作品放在裡面，我對此極為卑視這種行為，一個專門寫些個人隱私、個人小情調
的作家，其作品充其量也就是在幾本雜誌上發一發，老百姓根本沒有幾個人知道，
而這樣的作家和作品就可以成為大師名作、經典傳世之作，我因此而一直認為這是
文學界和社會對我們報告文學作家及其作品的一種不公平！必須改變！」我們可以
理解這種失落感，但這樣的情緒發洩恐怕還是於事無補的。

體不再大力支持，經費及版面減縮，文學獎停辦等，而電子媒體卻挾其更迅速的時效、更完整的報導、更生動直接的影像等優勢，很快地就讓報導文學從喧囂轉入沉寂，作家轉向，作品銳減。企業家、影歌星、政治人物等名人傳記大受市場歡迎，過去「上山下海」熱情投入的報導文學作品好像一下子就在市場競爭下銷聲匿跡了。大陸九〇年代以後報告文學的變化，在我看來，也正在重蹈臺灣報導文學八〇年代走過的足跡。當然，其社會背景、時代條件、作家心理、文化思潮等環境並不完全相同，臺灣似乎對此「資本主義競爭」現象較能接受，平靜以對；而大陸上大聲疾呼的聲音仍此起彼落，喬邁的說法就很有代表性：「我們看不上那兩種東西（按：指通俗報告文學和廣告文學），擔心它們弄髒了文學，攪昏了讀者的頭腦，我們尤其對那樣的東西居然能被市場接受感到不理解。我們大聲疾呼，不幸發現我們的聲音很微弱，有點底氣不足，以至於弄到連自己也搞不清報告文學到底應該是什麼樣子了。」[16]

　　不管是平靜以對，還是憤憤不平，報告文學在大陸、報導文學在臺灣，最輝煌的時期確實都已經過去了。站在文學的立場，不再轟動，不再引爆話題，或許才是文學的常態。文學邊緣化是正常社會的必然現象，即使是與社會現實關係密切的報告文學也不例外。激濤如湧固然壯觀，平靜的潛流何嘗不是另一種風景？這不是阿Q心態，而是真正回歸到文學的本位，讓這一文體的裂變演化不再擔負超重的功能與使命。報告文學作家劉元舉對此的反省雖然有些以偏蓋全，但卻提供了另一種不同的聲音，他說：「過去的所謂前沿的寫作，揭露式的勇猛，其實是一種幼稚與盲從，是一種集體無意識的躁動，是一個

---

[16] 喬邁：〈雙重衝擊，三向分流──報告文學現狀之我見〉，「二〇〇二年兩岸報導（告）文學的發展與未來研討會」引言稿。

激動的空殼，無血無肉，連筋骨都抹糊。是吶喊式寫作、口號式寫作。儘管那時的報告文學曾掀起過狂熱，但猶如繁榮的泡沫，沉靜下來的人們會看到摟抱的竟是一堆消失了的燦爛泡沫。」[17]

八〇年代報告文學的成就當然不是這樣簡單的概括意見可以抹煞的，但在激情之後，躁動之外，以一種冷靜、平實、沉穩的態度來重新思索報告文學的現狀與未來，確實是必要的。

五　困境下的堅守：九〇年代嚴肅報告文學作家的堅持與追求

假如我們可以拋開過於商業炒作的「廣告文學」及題材狹隘、缺乏思想深度的「偽報告文學」不論，而願意平心靜氣地觀察九〇年代以來報告文學的創作現象的話，我們將會發現，在商業大潮與強勢媒體的大軍壓境下，依然有為數不少的報告文學作家堅持在邊緣發聲、熱情不減地以文學的筆、新聞的眼在為時代變化留下生動紀錄，為社會萬象提供第一手的見證，默默創作著寄寓理想與批判、反思與探索、現實與美學的嚴肅報告文學作品。他們有許多是八〇年代巔峰期的代表作家，經過一段時間的沉寂、調整後，在九〇年代依然活躍；也有一批更年輕的報告文學新寫手，以自己犀利的新思維和新觀念，投入報告文學的寫作行列中。在九〇年代特殊的文學語境與生存環境下，這些作家與作品的存在，說明了報告文學這一文體的目標與追求並未完全失去。

有些觀察者便從這個角度表達了其樂觀的態度與高昂的信心，例

---

17 見劉元舉：〈我們進入了閱讀真實的年代〉，「二〇〇二年兩岸報導（告）文學的發展與未來研討會」引言稿。

如有人認為「九○年代的報告文學在認識和反映世界方面，在思維的敘述方面，都顯得更成熟了」，作家們「在對前一段報告文學承襲與批判中開始顯示自己的整體風格，體現了中國九○年代文學新觀念和創作思維新方式」[18]；也有人認為「進入九○年代，由於社會生活氛圍的變化，節奏的加快，人們的閱讀趣味有了很大的改變，各種純文學樣式相繼受到挑戰，報告文學卻一枝獨秀，仍然受到較大讀者群的歡迎」，分析其原因，「這與它能夠始終注意堅持其新聞性與文學性的良好結合，堅持直接敏銳地觸及人們普遍關注的社會重大題材、社會現象有著很大的關係」[19]。也有學者從八○、九○年代的傳承發展上肯定九○年代的報告文學「繼續保持良好態勢，且更加引起人們重視」，「不少作家在自己原有的創作基礎上，進一步發展了自己的風格特色，寫出了超越自我的代表性力作」，「九○年代的報告文學仍然保持了八○年代報告文學的那種理性精神，即仍然表現出哲理思辯精神，文化啟蒙精神，歷史反思精神與現實批判精神，同時也表現出學術性、資料性與知識性等特色。」[20]

他們的樂觀不是沒有理由的。以下的幾個數字與現象可以對此作出一些解釋。例如八○年代具有影響力的《報告文學》、《報告文學選刊》雜誌由於種種原因而停刊，但在九○年代末新的《報告文學》雜誌又創刊了；成立於北京的「中國報告文學學會」，在會長張鍥、副會長張勝友等人的用心經營下，展現了充沛的活動力，散佈各地的數百位作家會員即是一支堅強的寫作隊伍，即使其中有些人輟

[18] 楊穎、秦晉：〈不倦地探索與創造——報告文學面面觀〉，《光明日報》1996年12月19日。

[19] 張鍥、周明：〈導論〉，《中國當代文學作品精選・報告文學卷》（北京市：北京十月文藝出版社，1999），頁7。

[20] 章羅生：〈關於報告文學的回顧與思考——兼談90年代文學的發展走向〉，《湘潭大學學報》（哲學社會科學版），1995年第2期。

筆、改行或下海，但創作不懈、用心研究的會員還是佔大多數；此外，對報告文學發表一直不遺餘力的幾份刊物如《中國作家》、《十月》、《當代》、《人民文學》、《崑崙》等，在九〇年代仍一如既往地熱心支持。換言之，嚴肅的報告文學作品依然有一定文學地位與讀者的發表管道，當通俗、商業化的「廣告文學」氾濫於媒體之際，報告文學的生存空間雖被壓縮，但尚未到難以容身的境地；八〇年代巔峰期的報告文學徵文活動的確辦得風風火火，有聲有色，但在九〇年代也依然有不少傑出的作品產生自許多全國性的大型徵文競賽中，例如九〇年代初期的「一九九〇～一九九一全國優秀報告文學評獎」獲獎的作品就有八部長篇、二十五個中短篇；首屆「五〇五盃」中國報告文學獎也有五部長篇、十個中短篇獲獎；九〇年代中後期的「魯迅文學獎」，第一屆（1995～1996）和第二屆（1997～2000）就選出了全國優秀報告文學獎共二十篇。這些得獎作品有力地說明了報告文學不死、報告文學作家頑強的生命力與一貫堅持的文學使命。

配合在臺灣舉辦的「二〇〇二年兩岸報導（告）文學的發展與未來」研討會，主辦單位特別編印了一冊《海峽兩岸報導文學專題選刊》，其中有一份〈大陸「報告文學」精選書目〉[21]，對一九七八年至二〇〇二年的大陸報告文學書目作了分類統計表如下：

---

[21]《海峽兩岸報導文學專題選刊》由國家圖書館於二〇〇二年十一月八日編印，取材自二〇〇二年十一月號的《全國新書資訊月刊》。本書目由佛光人文社會學院文學所研究生吳正堂整理而成，資料則由該學院陳信元老師圖書室提供。

出版 類別	1978～ 1985	1986～ 1990	1991～ 1995	1996～ 1999	2000～ 2002	合計
個人創作	2	7	8	0	4	21
作品選集	5	13	4	13	8	43
理論批評	4	5	2	5	1	17
合計	11	25	14	18	13	81

　　這份書目收錄了一九七八年以來大陸地區（含少量臺、港出版）出版之報告文學作品共八十一種，雖然疏漏之處在所難免，但從統計分析表中可以看出，九〇年代之前的作品有三十六本，之後則有四十五本，即使扣除二〇〇〇年以後的十三本也還有三十二本，這些作品都是能兼顧現實性與藝術性的嚴肅之作，可見商業大潮並未完全沖垮報告文學作家們的理想與熱情。

　　九〇年代一些有理想、熱情的報告文學作家，並不因為金錢的誘惑而粗製濫造，也不因為媒體的需求而作假速成，更不會因為文學環境的不景氣、失去讀者的焦慮而放棄了對此一文體審美意識的追求與獨立品格的建立。以下幾位作家為報告文學所付出的心血就很令人動容。例如長期關心高教問題的何建明，著有長篇報告《龍門圓夢——中國高考報告》和探討貧困學生考得上大學卻讀不起大學現象的《落淚是金》，據作者發表於《報告文學》上的自述文章〈關注現實是報告文學創作的鮮活生命〉介紹，他為寫這兩部作品，曾先後採訪了七百多人，走訪一百多所學校，花了三、四年工作之餘的時間，為了《落淚是金》，他甚至還打了一場官司；以《「希望工程」紀實》、《中國山村教師》等作品令人印象深刻的黃傳會，為了寫這些作品，曾深入大陸二十一個省（區）的六十三個縣進行採訪，其中的艱辛不難想

像；為了替深受水污染之害的淮河兩岸百姓代言的作品《淮河的警告》，是陳桂棣一九九六年的代表作，他從淮河上游採訪到下游，歷時一〇八天，經過四十六座城市，走訪了上千人，才完成這部八萬多字的報告文學；又如全副心力投入到人與自然的研究及生態環境文學創作的徐剛，一九八八年曾以《伐木者，醒來！》受到文壇矚目，此後一直不斷到許多窮鄉僻壤去採訪，歷盡煎熬，在另一位報告文學作家胡殷紅筆下，徐剛的形象映射出許多認真、嚴謹的報告文學作家真實的身影：

> 徐剛已不再年輕。他為腰椎尖盤脫出困擾多年，左腿常常疼痛難耐，舉步維艱，但他仍在不停地走向荒漠、沙丘，走近江河湖海。徐剛由於長年寫作，視力已相當脆弱，讀書、寫作有時不得不被迫暫停，但他的眼前只要不是模糊一片，他就不停地讀，不停地寫。他一直以愛因斯坦喜歡的叔本華的兩句話警策自己：「你可以做你想做的，你不能要你想要的」。[22]

這樣的作家還有許多，這類交雜著作家血汗與使命感的例子也還有許多，它當然不能證明九〇年代報告文學因為這些作家的犧牲奉獻精神就具有崇高的藝術審美成就或成為時代潮流的中心價值，但設若缺乏這種關懷現實、干預現實、批判現實的知識分子精神，以及不計後果、勇於揭發社會陰暗、人性醜惡現象的反思力量，則報告文學的文體品格將蕩然無存，面對「作家光環黯淡」、「轟動效應失卻」、「文學聖殿傾斜」等有增無減、鋪天蓋地的衝擊，報告文學的明天也將不再充滿希望。

---

22 胡殷紅：〈就這樣滿目荒沙、濁流滾滾地跨進二十一世紀？〉，「二〇〇二年兩岸報導（告）文學的發展與未來研討會」引言稿。

　　整個「新時期」的報告文學，不管前期後期，也不管中心邊緣，巔峰還是平靜，令人慶幸的，恰恰是這種精神的不死，鬥志的堅持。這種精神與堅持，除了表現在作家身上，更重要的是，透過一篇篇擲地有聲的報告文學作品清晰地傳達了這個訊息。在九〇年代，這個訊息尤其顯得彌足珍貴。

六　新寫實・主旋律・史志性：九〇年代報告文學寫作趨向的三個主潮

　　多元格局、開放體系的形成，給九〇年代文學帶來一定的衝擊，但也帶來了一些新生的契機。八〇年代是中國二十世紀文學發展史上的一段活躍期、繁榮期，九〇年代承接其後，既有許多重要文學現象的順勢傳承，但也有新的發現與突破點。觀察九〇年代報告文學寫作、發表的情況，我們可以發現幾個突出的特點：一是八〇年代問題型、重批判的報告文學寫作潮流逐漸淡去，代之以重鋪陳、純狀態描述的新寫實報告文學；二是在歌頌與曝露中，以時代主旋律的張揚仍佔作品的多數；三是藉著述史寫志、寄寓現實意義的史志型報告文學成為一種新興寫作趨向。

（一）新寫實報告文學的興起

　　所謂「新寫實報告文學」是與九〇年代以後大陸文壇流行的「新寫實小說」相應的稱呼。根據唐翼明《大陸「新寫實小說」》一書的歸納，認為「新寫實小說」的文體主張如下：還原生活本相，表現生活原生態；不談理論；感情零度介入；避免做理性評價等[23]，這些細

---

[23] 唐翼明：《大陸「新寫實小說」》（臺北市：東大圖書公司，1996），頁21～24。

部的主張和報告文學不完全一致，但方向上有相近之處，因此我使用「新寫實報告文學」一詞。相對於八〇年代末期問題型報告文學作家那種充滿激情的尖銳批判，九〇年代的報告文學顯然有所冷卻與調整，張升陽指出這種趨向主要表現在以下兩點：一是「他們的作品更注重對實際材料的展覽和對現實狀態的描寫，而對現象背後的實質問題往往不作深刻的分析和過多的評判，即作家的主觀傾向不再直露表現」；二是「他們往往把批評與分析的對象泛化，即由具體的某人、某事擴大到普遍的一類人和事。」所以有些報告文學就在題目上加上「中國」二字，「以顯示作品所談問題是面向全中國的、典型的、類型化問題」，如《龍門圓夢──中國高考報告》、《中國知青夢》、《尋找中國農民的真理》、《中國人才大流動》、《中國山村教師》等。這類作品有人稱為「泛批判報告文學」或「狀態型報告文學」[24]。

　　新寫實報告文學仍然是直面人生、干預現實、探掘問題的，這只要從它的寫作題材上格外關注社會問題的呈現即可看出，例如探討教育改革、人才培養問題的有何建明《落淚是金》，黃傳會《「希望工程」紀實》，梅潔《西部的傾訴》等；關注農民生存狀態的有黃傳會《憂患八千萬》，周百義《變調的田野牧歌》，盧剛、張建剛等人的《尋找中國農民的真理──中國兩位農民命運的啟示錄》等；反映環保生態意識的有徐剛《長江傳》，張建《輝煌的悲愴》，馬役軍《黃土地，黑土地》等；揭露腐敗陰暗現實的有盧躍剛《以人民的名義──一起非法拘禁人民代表案實錄》，陳桂棣《民間包公》，吳海民《中國新聞警世錄》等；這一個個問題的提出，一樁樁案件的追蹤，說明了九〇年代報告文學作家文化批判角色的堅守，這種憂患意識、揭傷疤以引起療救注意的精神是繼承八〇年代的。不過，必須承認，

---

[24] 張升陽：《當代中國報告文學史論》，頁141。

這些作品在整體上的批判力度的確不如八〇年代末期的問題型報告文學，他們往往不直接、過多地表露自己的意見，而以現象的鋪陳渲染、真實狀態的呈現來巧妙地取代抨擊控訴的批判。這種寫作趨向的轉變，有人說是讓讀者有自己的思考空間，有人說是避免官司上身，不論如何，這和八〇年代的激情、規模相比，在創作心態與表現方式上確實是有所不同了。

（二）時代主旋律精神的張揚不減

所謂「時代主旋律」主要是強調報告文學應注重宣揚正面積極的人與事，多歌頌新人新事、好人好事，而不是一味曝露社會陰暗面，熱中於揭露醜陋，導致一些不良社會效應的產生。這種「主旋律」的基調，早在五〇、六〇年代就已有，但九〇年代畢竟不同以往，不可能再恢復到過去政策傾向明顯、宣傳意味濃厚、人物單一典型的文學水準，而是能在更寬廣的視角觀照，更成熟的藝術表現手法下，去塑造鮮活的人物，挖掘社會的問題，開發現實豐富的意義與啟示。這種時代意識，在九〇年代特別表現在以下兩點：一是歌頌某些崗位上的領導幹部、英雄人物，或是在不同領域中作出貢獻的無名英雄；二是報導改革過程的挑戰與成功事蹟。這兩點其實是大陸報告文學長期以來不曾偏離過的主線，九〇年代在這方面有一定的繼承，也取得了不錯的成績。

以歌頌幹部正面形象的作品不少，王宏甲的長篇《無極之路》是較早且有較大影響的作品，獲得一九九〇～一九九一年度全國優秀報告文學評獎。作品記述了河北省無極縣縣委書記劉日銳意改革、造福人民的許多動人事蹟，塑造出一個處處為人民著想、廉潔清明、思路新穎的好官形象，而且他能打破陳規，作風民主，具備現代管理才

幹,可說是新時代幹部的典型;賈宏圖《大森林的回聲》則是讚揚了
新上任的伊春市委書記楊光洪務實創新的工作精神,掃除積弊,體
察民情,迅速改善了伊春市的面貌;除此之外,歌頌縣農業銀行行
長鮑江兮的《鮑江兮》,讚揚大連市長薄熙來的《世界上什麼事最開
心》,肯定劉庄煤礦一班共黨黨員的《劉庄煤礦的紀實》等,都是這
類符合主旋律精神的作品。

除了對領導幹部正面形象的營造外,九〇年代以來也湧現了一大
批歌頌平凡、無名的英雄人物,將這些人在逆境、困境、險境中的堅
強意志、不屈鬥志,以及最後取得的成果作了平實生動的報導,必須
得說,這類作品對以改造人心、激勵民氣為目的的「時代主旋律」而
言,發揮了更直接有效的作用。例如一九九一年的江南水澇災害,一
九九八年長江、嫩江流域的大洪水,許多軍民合作英勇抗洪救險的事
蹟,便成為報告文學刻畫的素材,這類優秀的作品有江深、陳道闊
的《人民子弟——南京軍區部隊軍民抗洪救災紀實》,林謙《把我們
的血肉築成我們新的長城》,郭傳火《汪洋中的安徽》,徐劍、陳昌
本《水患成災》,李亞、趙建國、劉立雲《生死簰洲灣》等;「開發
西部」作為大陸重要政策,相關的題材也得到報告文學作家的重視,
如羅盤《塔克拉瑪干:生命的輝煌》把眼光伸向有「死亡之海」稱號
的塔克拉瑪干沙漠,寫一批石油地質工作者向不可能挑戰的頑強意
志與傑出貢獻;燕燕、劉衛明《雪域戰神》,徐志耕《莽崑崙》,王
戈《通向世界屋脊之路》,王守仁《青藏高原之脊》系列等,則將視
角對準了生活條件惡劣的青藏高原,寫出長年駐守在那裡的戰士、工
人、科技工作者的犧牲奉獻事蹟。這些看似平凡卻偉大的心靈,使作
品煥發出令人動容的精神力量。

另一類契合時代主旋律精神的作品,是對各項改革建設的深入報
導,這符合改革開放的一貫路線,特別是對一些成功改革經驗的正面

具體描寫，既能宣揚社會主義建設的成果，又能確定改革政策的正確性與必要性。這類代表作品有李存葆、王光明《沂蒙九章》，楊守松《昆山之路》、《蘇州「老鄉」》，葉鵬《希望在南方》，劉玉民《東方奇人傳》等。其中影響較大的是長達十三萬字的《沂蒙九章》，描寫沂蒙山區人民如何在改革開放時期實現富裕的夢想，找到人生的希望，全篇將歷史與現實生動穿插糅合，特別是對過去半個世紀的落後貧困、流血犧牲，與今日大廈村鎮的崛起、人民收入大增作對比，強力說明了改革不是夢的目標與追求；與《沂蒙九章》同獲一九九〇～一九九一年全國優秀報告文學評獎的《昆山之路》，也是強調改革實績與成就的突出作品。昆山縣地處江蘇省東沿，雖緊鄰上海，但長期以來只是一個封閉落後的小縣，改革開放後，昆山人自辦科技開發區，以新思維、新方法，吸引大量資金，迅速繁榮發展，並帶動整個蘇南地區興旺起來，「昆山之路」因此被稱為「開放改革之路」、「致富之路」，這種轉變的過程在楊守松的報告下，使昆山立刻成為全國經濟發展學習借鑑的榜樣。這些從不同側面報導改革現實狀況的作品，在九〇年代仍是一個持續受到關注的熱點。

（三）述史寫志成為熱門嘗試

隨著九〇年代報告文學的榮景不再，整體批判火力的降溫，有些作家投入歷史題材寫作，藉此來表達對現實的某些看法，這種報告文學作品在九〇年代一時興起，並被命名為「史志性報告文學」。除了報告文學作家有意藉述史寫志來曲折表達現實之思外，我認為其一時興盛和九〇年代以來散文界流行歷史文化「大散文」有關。「大散文」的特色是以敏銳的現代眼光去關照和思考歷史人物、歷史事件和歷史生活，從中尋求一種新的認識和詮釋，體現出作者因歷史而觸發

的現實感悟，因而呈顯出比較宏大的氣象和強烈的人文印跡，如余秋雨的《文化苦旅》，卞毓方的《長歌當嘯》，王充閭的《滄桑無語》，夏堅勇的《湮沒的輝煌》等作品，就是引人注目的「大散文」。這股以歷史精神體驗為主的「大散文」寫作熱潮和「史志性報告文學」同在九〇年代崛起，不能不說是時代與文學相互制約、影響下的一次呼應。

　　「史志性報告文學」這個概念首先由報告文學學者李炳銀提出，對此一名稱他有以下的詮釋：

> 「史志性報告文學」的思維核心是現實生活的敏感內容，只是借助了某些歷史的、行業和地域文化的資料，因此，這種類型的報告文學作品，在其思想內容方面對現實社會生活有著明顯地參與認識作用，在它的內容表現上又是有著突出地述史寫志的特點。「史志性報告文學」在歷史的有關領域尋求和報告對現實有啟發和參考的內容，試圖以史為鏡，更清楚地瞭解和把握現實。……如果說，大多以現實題材為對象的報告文學有著比較濃厚的現實生活氣氛的話，「史志性報告文學」因為是以歷史題材為對象的報告文學，就有著顯然的歷史內容和思辨力量了。[25]

換言之，明顯帶有歷史色彩和對現實生活的思考是「史志性報告文學」的品性和特點，它面對歷史，但思考現實，這使它同時具備了文學和歷史的雙重價值和意義。按李炳銀的說法，這種報告文學型態在二〇年代就已出現，瞿秋白記述自己在蘇聯生活見聞的《餓鄉紀

---

[25] 見李炳銀編選：〈序〉，《史志性報告文學》（北京市：北京師範大學出版社，1999），頁8。

程》、《赤都心史》就是一例，范長江出版於三〇年代後期的《中國的西北角》也是。八〇年代以來，徐志耕的《南京大屠殺》，錢鋼的《海葬》等都可算是具有史志性的內容，但作品數量不是太多。這種報告文學概念的明晰與確定是在九〇年代，作品的湧現也是在九〇年代，它成了九〇年代報告文學的寫作趨向之一。

九〇年代初期的「史志性報告文學」代表作有張建偉描述一九五二年兩位貪污犯被正法的《開國第一刀》，秦文玉等追述西藏解放歷史的《火、冰山、鴿子的壯歌》等；一九九五年則是這類作品聲勢最高漲的一年，湧現一批優秀的作品如李鳴生《走出地球村》，張建偉《溫故戊戌年》，楊道金《黃河魂》，徐劍《大國長劍》等。李鳴生的《走出地球村》是他「航天系列三部曲」的最後一部，透過《飛向太空港》、《澳星風險發射》、《走出地球村》這三部報告文學作品，可以說串連成一部中國航天科技工程史，其中對「亞洲一號衛星」、「澳星」、「東方紅衛星」的研製發射過程有兼顧歷史與現實的生動報導；張建偉的《溫故戊戌年》和他的另一部史志性作品《大清王朝的最後變革》，都以清末變法維新失敗的事件為素材，前者從不同角度談戊戌變法，沒有直接的是非判斷，而是儘可能呈現歷史，留待讀者去思索；《大清王朝的最後變革》寫清末新官制改革過程中，袁世凱與瞿鴻禨間不同立場的鬥爭角力，透過許多生動細節的描繪，將這場重大的政治體制改革下驚心動魄的歷史變數，以冷靜、含蓄的筆觸娓娓道出，讓人在歷史的感喟中不禁興起現實的思考。這些佳作與較早前寫清朝北洋水師從成軍到毀滅的《海葬》，或是麥天樞、王先明痛斥英帝國主義發動鴉片戰爭與大清王朝腐敗無能的《昨天——中英鴉片戰爭紀實》等作品一樣，都不是純粹歷史的追述，而是透射出作者對現實改革生活的嚴肅思考，正如李炳銀所說：「作者們的用意卻不全在於機械地再現歷史的本原，他們更多地慾望在於把歷史作為對

象，從中發現總結出對現實有用的內容。」[26]

　　由李炳銀於一九九九年編選出版的《史志性報告文學》一書，再一次確定了這種報告文學型態作為九〇年代文學潮流一環的歷史存在，此書為李復威主編的《九〇年代文學潮流大系》中的一本，內容收具明顯史志性作品六篇：《大清王朝的最後變革》、《長江三峽：中國的史詩》、《歷史，不會永久被淹沒》、《走出地球村》、《沙漠風暴》、《生死簰洲灣》。盧躍剛的《長江三峽：中國的史詩》無疑地是其中耀眼的一篇，以追溯的方式，詳細報導了長江三峽水利工程興建決策的複雜歷史，特別是對主張興建的代表人物林一山和反對興建的李銳等人間的觀點分歧與論爭，有清楚而細膩的介紹，幾個人物為真理而爭的形象突出而動人，全篇文學筆法時現，描繪深刻而鮮明，以下這段點題式的敘述就很能讓人感受到一種「史詩」的氣度：

> 半個世紀前，薩凡奇老人冒著挨日軍飛機轟炸的危險去勘查三峽工程壩址；三十四年前毛澤東順流而下，去圓那「高峽出平湖」的夢想。他們似乎都看到了生命的盡頭，看到歷史賦予他們的有限，看到了那不遠處可望不可即的三峽大壩。
>
> 中華民族是一個創造史詩的民族，它注定會不甘寂寞，繼萬里長城、大運河之後，為世界做出些驚天動地的事情來。
>
> 這是一個歷史的宿命。
>
> 在長江上航行，我被這種宿命感深深地籠罩著。[27]

就是這種史志性的探索，使這篇報告作品轟動文壇，也是這種史詩性的追求，使「史志性報告文學」在九〇年代報告文學平靜的潛流中，

---

[26] 李炳銀：《當代報告文學流變論》（北京市：人民文學出版社，1997），頁332。

[27] 李炳銀編選：《史志性報告文學》，頁132。

顯現出氣魄不凡的滾滾潮動。這類史志性報告文學作品最讓人震撼、動容，也最讓人期待的就是字裡行間湧動的史詩性，這種史詩性在現實的今天依然有其可貴的啟發意義。

九〇年代大陸報告文學的寫作趨向當然不只以上這三點，但這是主要的特色，在九〇年代有其自身發展的審美規律與獨特風貌。新寫實報告文學是對新變時代的調整與適應，主旋律報告文學使文體特徵與使命得到繼承與張揚，而史志性報告文學則在探索中走出了一條新路。不同的寫作趨向，或直接或間接，或委婉或強烈，都企圖與生活連結，與現實對話，即使是以歷史為鑑的史志性作品，所體現的仍是現實主義精神，在這一點上，我們可以說，九〇年代的報告文學並未曾失去其文體特徵與功能。八〇年代多方嘗試的文體與表現手法如口述實錄體、日記體、書信體、小說式情節、戲劇式對白、電影蒙太奇手法、大特寫、多元敘事等各種方式，在九〇年代依然被作家所採用，創作出許多成功的作品，這些優秀的作品，共同有力宣示了九〇年代報告文學依然是文壇上不容忽視的一道風景。

七　結語：一個階段的結束與開始

整體而言，不管報告文學在今天受到重視的程度是如何大不如前，還是自身發展遇到了難以突破的瓶頸，亦或時代社會環境的變遷需要新的文學型態來呼應，報告文學在兩岸都已進入一種平靜、沉潛，甚至冷寂的階段，這是不必爭辯的事實。九〇年代大陸市場經濟體制的全面確立，對圖書市場的競爭格局、作家寫作的生存策略、讀者文化需求與審美趣味，也就是整體的文學生態環境，都產生了一定的衝擊與改變，也制約了這十年文學的發展軌跡與架構。新舊世紀更迭，多元開放解構，其中的不穩定性與爭議、探索是無可避免的，這

種困惑與反思，無序與無奈，顯然的將持續到下一個世紀。報告文學在趨時應變中走過了蹣跚的十年，艱辛摸索了十年，在文學環境沒有全面提升的條件下，寬容與理解恐怕是評論九〇年代文學不得不有的一種態度。

　　基於這樣的理解，本文最後要強調的是，看似平靜、淺緩、混沌的九〇年代文學河流底下，其實有著一股蓄積的力量在醞釀、盤整，伺機破浪而出。平靜，是文學創造自己優勢的契機；平靜，也是作家審視和判斷自己存在價值的時刻。李復威對九〇年代文學的觀察就看到了這一點：「與八〇年代比較起來，九〇年代相當數量作家的心態得到了不同程度的調整……在適應多元格局的競爭態勢下，求得自我的定位生存和不斷發展。浮躁之氣漸少，平實之風益多；急功近利之態漸弱，潛心創作之心益強；玩文學的氣氛漸淡，職業的敬畏感益濃。」[28]從報告文學的角度，我們可以這樣說，九〇年代是一個輝煌階段的結束，也是一個蛻變階段的開始。在商業大潮席捲文壇、電子媒介來勢洶洶之際，我們看到作家們堅持追求文學志業的跋涉身影，也看到新寫實、主旋律、史志性報告文學在題材選擇、主題深化、審美意識、創作技巧上的自覺與突破。這就是九〇年代報告文學的價值所在，文體魅力所在，也是新世紀報告文學有可能從邊緣重回中心，從平靜再掀喧騰新潮的希望所在。

---

28 李復威：〈總序〉，《九〇年代文學潮流大系》（北京市：北京師範大學出版社，1999），頁7。

清唱的魅力
——論王堯的散文研究

一 詩性的存在，深刻的追求：關於王堯這個人

　　認識王堯的朋友大概都會同意，他是一位「安靜的學者」，在聚會笑談中，他的話不多，總是抽著菸，一派閒適地瞇眼聽別人說話，但他偶爾的幾句妙語，又讓人始終覺著他不可或缺的存在。聽過他講課或演講的人，也不難發現，他邊說邊思考的謹慎用心，偶爾的略事停頓，眼神不知飄向何方，聽者開始有些擔心之際，他又能立即接續話題，滔滔出另一番更深刻或更生動的言說。如果我的觀察不錯的話，當他於書齋中一個人寫作沉思時，是他最活躍的時刻，而當他在眾人掌聲與目光的注視時，卻是他最冷靜的時刻。他的這種人格特質，使他在學術研究與散文創作上，都呈顯出個人獨特的思維與風格，那就是：遠離喧嘩，安於邊緣，以樸素而自由的方式，在自己的園地上放歌，以功力深厚的清唱，建構起深具魅力的散文天地。

　　他的這種生命型態，主要源於自身的「散文化」氣質，是一種詩性的存在。常州師範學院學者蔣蘇苓就認為說，在九○年代的大陸學術界，「王堯博士的聲音是平靜而清晰的，這狀態頗如他惦念中的故鄉的小河，也如他現在生存的蘇州這座城市的水巷。也許這容易讓人忽略，而其不可忽略的學術意義正在平靜與清晰之中。」王堯是江蘇

東台人，後來一直在蘇州古城落腳、生活、教學、寫作，對於深受吳
文化影響的蘇州文人，王堯曾如此分析道：「吳文化之於蘇州作家如
同影子之於人。因此，審美化的人生成為蘇州作家最基本的存在方式
（也有少數例外），作為一種整體特徵它是非常鮮明的。詩性，仍然
存在於作家的心中與作品中。」（《把吳鉤看了・在邊緣處》）毫無疑
問，這詩性也存在於王堯的心中與作品中，這使他擁有極大的自由去
進行靈魂的冒險，也使他常保悠閒心情對待文學與歷史的風雲變幻。
這讓他體會更深，見人所未見，言人所難言。因此，要認識王堯，必
須同時認識蘇州的王堯與散文的王堯，這兩者是他精神和情感的存在
方式，缺一不可。

正如王堯自己所言：「偌大的中國現在已經放得下一張平靜的書
桌。心平氣靜，書桌也就穩當了。」他習慣（也喜歡）安靜地在書桌
前讀書寫作（當然，一手吸菸、一手捧書的姿勢是可想而知的），雖
然長期在行政職務上周旋，他卻毫無忙於應酬的心力交瘁，相反的，
他已培養出細心、穩健、看問題既深且廣的胸襟與眼光，這使他多年
來，在學術研究上累積出可觀的成果，同時又以優雅的文人筆觸寫
出一篇篇風格鮮明的散文。前者，他有《多維視野中的文學景觀》、
《中國當代散文史》、《鄉關何處》、《遲到的批判》等書，後者則有
《詢問美文》、《把吳鉤看了》等書。一九九八年《國文天地》曾有一
文介紹王堯，稱他為「散文研究新銳」，在我看來，他已是此一領域
的「中堅」學者，暫且不論他即將出版的《二十世紀中國散文史論》
（臺灣文史哲出版社），或是主編的十卷本《百年中國知識分子》（河
北教育出版社出版），還是關於文革文學研究的多本著作，即以其現
有成果來看，中國現當代文學研究的學術道路上，心平靜氣的王堯，
已經有了一張穩當的桌子了。

二 文化與審美的雙重視角：關於《中國當代散文史》

在王堯的學術道路上，《中國當代散文史》的寫作使學界看到了他的研究才情與獨到思維。雖然之前與人合寫的當代文學評論集《多維視野中的文學景觀》獲得了一九九三年「中國當代文學研究優秀成果獎」，已經初步體現出他深中見新、微中見著的學術潛力，但這些文章「大多寫於他由蘇州大學中文系畢業留校後的最初幾年」，因此「在今天看來多少有些稚嫩」（蔣蘇苓語）。一直要到《中國當代散文史》的出版，他力圖對二十世紀中國散文研究建立新範式的努力才有了具體成果。

年輕的王堯（當時三十四歲），為年輕的當代散文寫史，除了需要才識，還得有膽識才行。他的老師、同時也是散文研究專家范培松教授（著有《中國現代散文史》、《中國散文批評史》）在序中開頭就說：「要為中國當代散文寫史，是要有一點膽略和蠻勁的。」勇於追求學術個性的王堯，清楚地意識到自己這項嘗試背後所可能的意義與侷限，他說：「我不敢企求別人完全贊同，但我渴望理解我對藝術的真誠，渴望在學術世界中少些塵世的紛爭」，「渴望自己的這部史和其他學人的散文研究成果一樣，為改變散文研究現狀而有所奉獻，並以此與關注當代散文發展命運的人們作一次對話。」在這樣清醒的認知下，他對當代散文歷史的描述與析論，採取了文化與審美的雙重視角，觀照並把握當代散文的發展進程與規律，不隨過去從一般寫作學層次來研究散文的「傳統」，也拋開意識型態窠臼而回歸藝術本位，因而使這本「初試啼聲」之作，得到了同行的肯定與讚賞，如范培松說：「這樣寫史，是一種有意義的嘗試，對當代散文的研究頗具啟發

性，應該受到讚賞。」蔣蘇苓也認為：「從史的角度研究中國當代散
文，是八、九〇年代散文理論批評的一個新趨向，而真正具有文學史
份量的便是王堯著《中國當代散文史》。」這部二十多萬字的史論，
是大陸第一部相關著作，令同樣研究現代文學的欒梅健教授「不由得
產生了幾分驚喜與驚嘆」。

在這部散文史中，處處可以看到王堯精心的論證與新穎的史觀，
如文革前十七年的散文史，他撰寫了七章，文革後的新時期有十章，
而文革十年只有簡短兩章，其學術立場不言可喻。對於不同時期、作
品與作家，他總能找到一個恰當的切入點來論述，從中顯示出他對研
究對象的精準把握，如從「士大夫情趣」來談汪曾祺散文，從「新的
美學品格」來談賈平凹散文，從老年人的文體特徵「回憶」來談孫犁
散文，從「文化人格」談余秋雨散文等；對於散文本體論部分，他也
多有留意，如對散文發展中「大文體」傾向的考察，以及將美學觀念
與文體特徵聯繫在一起討論的必要性等。

對文體特徵與美學原則的諸多議論，在我看來，既是本書不同於
一般散文史的特色之一，而且也表現出王堯對散文本體論的情有獨
鍾，他後來的散文研究不以「寫作學」為滿足，而從「文體學」入
手，其實在此已初現端倪。這方面的看法頗有可觀者，如對楊朔把散
文「當詩一樣寫」的美學觀，他的看法就很有見地：「強化散文的詩
的意境的創造是散文藝術的一條審美途徑，但不是唯一的途徑。意境
使散文優美，明理使散文深刻，情趣使散文親切。當散文失去後兩者
時，一個抒情的時代就會失去思想，失去自然的生命天性。這妨礙散
文形成多樣化的審美格局。」又如在談汪曾祺散文時，他說：「散文
中的『傷感主義』其實是浮躁心態的表徵。何以去浮躁而趨寧靜？與
世隔絕的寧靜是死的寧靜，不避生活而又能在淨化中擺脫世俗功利的
困擾才是生的寧靜。散文需要的是生的寧靜，寧靜的心態即是淡泊的

人格。」類此直指文體與美學的議論，散見於各章節中，而未構成一完整與系統的理論，個人以為有些可惜，還好，接下來《鄉關何處》一書，讓我們看到了他在這方面進一步且較為系統的發揮。

三　自由與樸素的存在方式：關於《鄉關何處》

　　真正代表王堯散文研究的宏觀視野與深厚功力的著作，我認為是《鄉關何處──二十世紀中國散文的文化精神》。這本以知識分子的心靈滄桑與文化扣問為主體的百年散文回顧研究，最大的特色是提出並論證了一個重要命題：散文是知識分子精神和情感最為自由與樸素的存在方式。這個思路的形成與展開，顯示出王堯對百年來文學歷史發展規律的充分掌握，他以下的這段話清楚地說明了他的深意所在：

> 如果說散文創作是知識分子精神和情感最為自由與樸素的存在方式，那麼二十世紀中國散文則是知識分子審美化的心靈史。作為知識分子的幾代作家，以生命的個體形式和獨特的話語，詢問自我與民族的精神去路。這一在世紀初的晨曦中便開始的詢問，沒有隨著世紀末的黃昏降臨而終結。二十世紀中國散文存活著一個民族百年的夢想。在夢想的牽引下，對經典作家和作品的回顧、選擇與解析，便是對精神家園的又一次詢問。

這個命題的提出，超越了文學寫作美學技巧層面的枝節，直接觸及文學／文化（作家）的精神人格與人文關懷，因此，他宏觀地從百年歷史變遷、人格選擇、審美人生、人文關懷、話語方式等不同角度，對二十世紀中國散文進行全面而深刻的探勘。他企圖透過這樣具綜合、交叉學術特徵的研究，以思想文化史的深度，建構審視二十世紀中國文化與散文的新範式。

這個命題的提出與闡示，是王堯對現當代散文研究的一次理論建樹。過去許多散文作者及研究者，曾經提出了一些具理論價值的說法，主要針對散文文體來立論的有周作人「美文」、蕭雲儒「形散神不散」等；強調弘揚「自我」的有林語堂「以自我為中心」、朱光潛「（散文）最上乘的是自言自語」、李廣田「散文中就藏著一個整個的『我』」、鄭明娳「散文當以『有我』為張本」等；從寫作美學風格及心理來命題的有林語堂「以閑適為格調」、梁實秋「散文的美，美在適當」、楊朔「（散文）當詩一樣寫」、巴金「（把散文）當作我的遺囑寫」等。而王堯的說法，既強調散文文體的自由與樸素，又能抓住作家自我樸素而自由的生命存在方式，二合一地對散文進行準確的觀察與分析，單以這個命題的揭示，王堯在散文研究領域已有其一席之地了。

由於能抓住知識分子心靈的基本線索，他對散文史的變化發展，作家的人格、心理、話語方式特別能掌握，且有精彩的論述與洞見，例如在戰鬥的雜感與閑靜的小品散文之外，他對一些處於「中間狀態」的作家，像朱自清、豐子愷、梁遇春、錢鍾書、張愛玲等也同樣重視；也是從文化關懷的角度，他注意到了一般散文史所忽略的費孝通的訪外散文；還原歷史情境，注意作家生存方式選擇，使他的評論客觀而有說服力，如對楊朔以「國家話語」為中心的寫作模式，他批評道：「『楊朔模式』所留給我們的遺憾是：熱情的高漲導致了理性的喪失。在主流意識型態規範下作家失去了以個體的真實體驗去表現時代側影的機會。藝術才華因此在誤區中蒙上了陰影。」但他也不忘提醒人們：「我始終認為，我們不能否定楊朔反映時代的熱情。」對梁實秋被簡單化地批評「與抗戰無關論」，他幾乎動了氣地指責：「說這樣似是而非的話，真讓人懷疑他是怎樣讀懂《雅舍小品》的。」但在肯定梁實秋散文之餘，他同樣也指出其侷限：「他的散文有書卷

氣，少生命血脈；有學養，少個人體溫；有趣味，少蘊藉。這都不能不說是一種缺憾。」在對魯迅《朝花夕拾》的論述中，他也是從心態與價值取向的變化指出：「『紛擾』出雜文，『閒靜』寫美文，文化精神深刻影響著審美選擇」，並進一步分析道：「在弔唁中緬懷逝去的『童心』、『天性』、『愛』和『人情』，從而表現出一種失落的情懷與悵惘之美，這與其說是一種審美筆法，毋寧說是情感方式。」類此的分析，可以說深掘出了《朝花夕拾》在文體上與文化精神上的獨特意義。

從作家／作品內在的人格選擇、審美意識，到表現於外的人文關懷、話語方式，王堯在方法上的突破，為散文研究拓展了學術視野，也基本完成了他在《中國當代散文史‧後記》中追求學術個性，擁有自己園地的學術理想。

四　以美文注美文：關於《詢問美文》

王堯對散文的理解，不僅表現在他的散文研究上，也體現在他獨樹一格的散文經典書話寫作上。《詢問美文──二十世紀中國散文經典書話》一書的出版，是又一次印證並闡發其「散文是知識分子精神和情感最為自由與樸素的存在方式」的一貫思路。照他自己的說法，這本書讓他體味到「微觀研究的自由。從一部具體的作品進入一個心靈的世界是那樣的直接和親切」，「在寫作時能夠和自己的研究對象『交心』未嘗不是一種幸福。」換言之，在對一部部經典散文的自由書寫背後，他力求表達的不僅是散文的詩心，散文的情理，散文的文字美學、歷史語境，還有著他心靈的扣問與文化精神去路的追尋。捧讀此書，既可以看到這些經典散文的生動風貌，又可以觸探到王堯的心靈世界，二者再一次做了微妙的融合。

在現代文學史上，「書話」體的寫作不是新鮮的嘗試，當代作家體例不一、風格殊異的各種書話也時有所見，但像《詢問美文》這樣專「話」現代散文者前所未見。這四十七篇書話，涵蓋了現當代的時間跨度，而且在精挑細選經典文集的過程中顯示了作者的史識眼光，這本書話既可以當作一篇篇有見地、有才華的學人小品來閱讀，也可以視為一部具體而微的現代散文史書。書人書事，掌故版本，以散文筆法來寫，加上精緻的插圖，精美典雅，山東畫報出版社出版後，讀者反應熱烈，臺灣的讀冊出版社因此引進，沈謙教授在序中稱譽此書為「以悠閒的心境品嘗二十世紀中國小品散文的精緻藝術」，確非虛語。

《詢問美文》的特色之一，也是個人最欣賞之處，在於以美文注美文的嘗試。王堯在寫作的過程中，有意識地強調審美分析與性情感悟，希望藉此寫活作家心態，再現作品精神，因此，修辭之美與靈性感悟，使他的這些書話本身也成了美文。這類例子俯拾皆是，如：讀過（冰心）《寄小讀者》，被愛滋潤過，又記住了愛並且去愛的人，是幸福的；（林語堂）《剪拂集》的蓬勃氣象已是昨日黃花，但色澤並未褪盡，我們由此仍然可以聞到當年知識界思想的芬芳；談唐弢《落帆集》時他說：「作為一個尋路者和尋夢者的夢想，他在黑暗中打開過仰望天空的窗戶，但他隨即又發現風暴沖破了窗玻璃，發現夢一般的童年已經在寂寞的心底埋葬。我不知道他那時是否已經問過：那天上的花園已荒蕪到怎樣了？」又如論張中行《負暄瑣話》：「張中行就這樣曬著太陽，說著閒話，我們於是有緣傾聽到文化血脈的流淌之音；我們也在『感傷』之中聽雨打枯荷，聽蛙聲、蟬鳴；我們也在沖淡雋永之中咀嚼一種苦味，那苦味和周作人的相似嗎？」對於沈從文自稱是「鄉下人」，王堯說：「我想，『鄉下人』的角色只有在歸家之後在精神落實之後才不是一種扮演，而是生命之本色。在現代文

明更為發達的今天，我們還有沈從文的那種感覺麼？那浮動的櫓歌還能夠讓我們靈魂輕舉讚美不盡麼？」這樣的「用心」解讀散文，以生命本質相詢問，以美文來注解美文，實是此書迷人之處。

在《詢問美文・跋》中，王堯曾提到為何會選擇書話形式來寫作，主要是希望「能夠尋找到發揮學識與才情的結合點」，而「書話，是我在尋找的一個結合點之一」。從書中篇什看來，他的學識與才情確實透過「書話」做了一次精彩的發揮與演繹。在閱讀張中行《負暄瑣話》時，他曾深有所感地說：「有一個人站出來，如數家珍地說著文人的性情，說著文人的人格，說著學問的意義，那是一種美麗。」他在《負暄瑣話》中看到了這份美麗，而我要說，在《詢問美文》中，我們同樣看到了這份美麗。

五　邊緣的位置，清唱的魅力：關於王堯的下一步

《中國當代散文史》、《鄉關何處》、《詢問美文》堪稱王堯的散文研究三書，目前他正全力將這三本書重新整合刪修成一部《二十世紀中國散文史論》，據他表示，這部書完成出版後，他的散文研究將告一段落，未來將不再從事這方面的單一研究了。那麼，告別「散文的王堯」之後，他的下一步是什麼呢？其實，在散文研究的同時，他早已涉足其他領域多年，例如「文革文學」的思索。他以堅持歷史原則、學術立場的態度，完成博士論文《「文革文學」研究》（蘇州大學，1998年12月），又以《遲到的批判》一書作為博士論文的補充和延伸，書中對新時期一些重要作家在文革時期創作而又多年來不被注意的作品加以評論，如余秋雨與《胡適傳》、賈平凹與〈彈弓和南瓜的故事〉、陳忠實與〈無畏〉、胡萬春與〈走出「彼得堡」〉等。一些為人疏忽的現象、刊物、事件，他也有著言說的興趣。面對文學史對

文革文學長期刻意冷淡的現象，他並不企圖去推翻，而是深入其中，掌握材料，進而思考知識分子的文化境遇、思想命運與文學創作的關係。除了這兩本書，他於二〇〇二年還將在上海三聯出版社出版《文革文學史論》、《文革文學年表》、《文革文學史料選》三書，這是他深耕文革文學多年辛苦的成果，我們相信，其中所處理、呈現的題材與文化思考，將會是人類文化史上一個重要的典型，對當代文學史而言，也將填補一個空白。

除了文革文學的研究，他這些年來斷斷續續也寫了一些散文。源於自身「散文化」氣質與學術工作的背景，他的散文接近於學人小品或哲理性隨筆，代表作是《把吳鉤看了》，這讓我們同時看到了散文的王堯與蘇州的王堯。書分三輯：「此岸彼岸」談家居生活、城市印象；「鄉村修辭」談兒時趣事；「硯邊點滴」談讀書、學術、教學的心得感觸。沒有一般散文家的賣弄、俗套，他只是誠懇如老友般傾訴多年來零散的思想和情趣，例如喝茶，他看出了「喝茶也就是在喝自己」的深意；對蘇州園林，他說：「人塑造了園林，園林又在塑造著人」，「蘇州的文人圈是本世紀最後一個傳統文化的村落」；對於讀書人，他說：「沒有書房夢的人不是真正的文人」，「愛書的人未必都在雨天到書店挑書，但是不愛書的人肯定不會在雨天到書店來。」這些觀察與體會，總是讓人會心，感到悠遠的情趣。深受吳文化薰陶的王堯，文字底下都是委婉、靜定的情思。他說：「當我偷閒坐在草坪上，或者在大街上驀然回首時，我覺得了世界的嘈雜和喧鬧，我感到了傾聽自己心靈的必要。於是我選擇了散文」，這些散文的書寫，成了他「生命過渡狀態時靈魂的起承轉合」，也就是說，這些年來，在詢問美文的同時，他已然用美文試圖來詢問生命，詢問文化，詢問這俯仰其間的城市。

告別了散文研究，告別了文革文學，王堯的生命狀態將過渡到當

代學術史的研究，對一九四九年以來一些學術個案如「紅樓夢批判」等進行解析。此外，他還將主編年底創刊的《當代文學研究》雜誌，也計畫創辦寄寓知識分子理想的《邊緣》雜誌，當然，他還得教學、指導研究生，以及繁重的行政工作……。王堯的朋友都知道他超重的負荷，但他總是吸著菸，不疾不徐，意態悠閒。對知識分子地位的邊緣化，他安靜以對；對喧鬧的學術市場，他以清唱的形式，保持自己的清醒。這就是王堯，一個樸素而自由的安靜學者。

少了王堯，散文研究的天地肯定將冷清許多，但他在散文研究道路上跋涉的身影，精彩的言說，將不會被人遺忘。

從小巷走向大院
——陸文夫小說藝術追求的變與不變

一　前言：小巷深處美食家

　　以書寫蘇州閭巷中的凡人小事、展現吳越文化地方特色而在當代大陸文壇奠定突出地位的小說家陸文夫，不幸於二〇〇五年七月病逝於蘇州，享年七十七歲。一九二八年生於江蘇泰興的陸文夫，自一九四五年考入蘇州中學後來到蘇州，一待就是六十年，他住蘇州、愛蘇州、研究蘇州[1]，筆下盡是蘇州民風與世情，從水碼拱橋到石路牌坊，從吳儂軟語到評彈說唱，從老虎灶、澡堂子到雜貨攤、大餅店，他寫活了蘇州的市井文化、小巷風情，蘇州的地域文化特徵因他而顯揚、鮮活，在許多作家和讀者的心目中，他已經成了蘇州的一個象徵。一九八四年在蘇州召開的「陸文夫作品學術研討會」上，「陸蘇州」之名不脛而走。一篇篇表現出姑蘇風采、文化韻味的小說，使他被視為「小巷文學」的代表作家。如今，他鬆開了幾十年緊握蘇州的

---

[1]　陸文夫自一九八八年底《蘇州雜誌》創刊時即擔任主編工作，直到二〇〇五年過世，共主編了十七年，出刊了一百期，透過這份雜誌，陸文夫對蘇州的人文歷史、文化掌故有了深刻的認識和研究，他的好友范伯群教授就說：「他熱愛蘇州，研究蘇州，熟悉的程度可謂瞭如指掌，嫻熟於心，比老蘇州更懂得蘇州。」參見范伯群：〈小巷散文中的大千世界〉，收於范伯群編選、陸文夫著：《夢中的天地》（臺北市：幼獅文化出版公司，1995），頁2。

手，為文壇留下了許多具藝術典型的小巷人物，不論是蘇州文壇還是中國文壇，都將不會忘記這位別具風格的「小巷作家」。

　　小巷中確實有大千世界，尤其是蘇州的小巷，陸文夫自稱在這個「夢中的天地」中悠遊、吟詠，流連而不知返，他說：「我也曾到過許多地方，可那夢中的天地卻往往是蘇州的小巷，我在這些小巷中走過千百遍，度過了漫長的時光。」面對一條條深邃曲折的小巷，他總是放慢步調，「沿著高高的圍牆往前走，踏著細碎的石子往前走，扶著牌坊的石柱往前走，去尋找藝術的世界，去踏勘生活的礦藏，去傾聽歷史的回響……」[2] 就這樣，一幅幅市井生活的圖畫在他面前展開，情感與巷弄的縱橫交錯，文學與歷史的探尋開掘，織就了〈小巷深處〉、〈小販世家〉、〈圍牆〉、〈井〉、〈美食家〉等一批中短篇精品力作，《小巷人物志》兩冊的問世，讓小巷人物成為當代小說藝術審美風格中具典型意義的形象創造，他的小巷情結因此有了最生動的落實與演繹，而他具個人獨特美學風格的小說世界也由此牢牢建構。尤其是〈美食家〉，不僅讓他享譽海內外，受邀到各地品嘗美食，成了名符其實的美食家，更使蘇州飲食文化有了美學、哲學藝術高度的展現，至今依然「膾炙人口」。

　　從小巷深處走來，最終又走回夢中的小巷天地，美食家的背影看似飄然遠去，實則清晰如在目前。一如風光秀美的蘇州古城，陸文夫已是蘇州文學中不可不看的一道風景，他的小說作品中那許多生動的人物形象，富有人生啟發的智慧話語，對市井小民的人性刻畫，以及優美如詩的風光素描，都已經是蘇州文化重要的一部分，可以說，他用作品和深情，讓自己成為了古城中眾多小巷人物中的一個，且將長久地散放出溫暖的光。

2　陸文夫：〈夢中的天地〉，《小巷人物志》（北京市：中國文聯出版公司，1984）第 1 集（代序），頁 1、9。

二　從盆景到園林：《小巷人物志》的美學特色

　　陸文夫「小巷文學」的發軔之作，是創作於一九五五年的〈小巷深處〉，這篇初期的創作，已經充分顯現出他後來一貫追求的美學特色，包括貼近生活、反思文化、挖掘人性的強烈現實主義風格，悲喜交集、笑中帶淚、雋永幽默的語言藝術，以及關注蘇州小巷中凡人的生存狀態、人生遭際與命運浮沉的題材意識。在當時文壇盛行寫正面英雄人物、歌頌光明的氛圍中，他卻以人道主義的精神，將飽含情感的筆觸對準一個在舊社會中失足為妓女的紡織女工徐文霞，寫她對真正愛情的渴望，以及在其中受到的痛苦、折磨，最後決定將屈辱的身世向深愛的張俊傾吐，勇敢地掙脫封建觀念的枷鎖，而張俊在真情的打動下，也終於戰勝傳統觀念，鼓起勇氣跑去敲響徐文霞的大門。徐文霞和張俊的勇氣，其實就是陸文夫的勇氣，在五〇年代出現這樣說真話、講真情的作品，果然立刻引起轟動，而這也成為陸文夫的成名之作。〈小巷深處〉的結尾寫道：「蘇州，這古老而美麗的城市，現在又熟睡了，只有小巷深處傳來一陣緊似一陣的敲門聲。」這急切而勇敢的敲門聲，讓他風光地踏入了文壇的大門，也開啟他此後一系列小巷人物寫作的序幕。

　　《小巷人物志》共收十八篇中短篇小說，是「小巷文學」的代表作，每一篇作品都像是精緻如畫的蘇州盆景，體物入微，小中見大，頗有方寸田園的美學效果，而這些或雅或清，或奇或趣，姿態各異的小盆景，一旦收攏合觀，卻儼然是一座曲徑通幽、峰迴路轉的蘇州園林，讓人流連不已。在這座藝術園林裡，有著工人、小販、賭鬼、妓女、游方郎中、小知識分子、小地方幹部、教師、吃客等三教九流的人物，上演著周遭生活常見的悲喜劇，也因此，有人稱他的小說是

「市井文學」、「市民文學」，而陸文夫也欣然接受[3]。

在人物選取上，陸文夫表現出鮮明的平民意識；在主題構思上，他表現出鮮明的生存意識；至於在場景描寫上，蘇州景物成了不可少的背景。這些因素組合交織，「小巷文學」的特色於焉形成。例如〈小巷深處〉中徐文霞受朱國魂的恐嚇勒索，最後決心為自己的幸福做出反擊；〈牌坊的故事〉中那不知名的老頭將畢生心血寫成的醫方傳給主人公的祖父，要求不計診金、不置田產，一心行醫救人的囑咐，在蜚短流長的小巷中顯得溫暖而珍貴；雖然只是車間廠的工人，但〈葛師傅〉中為了不要停工造成損失，葛師傅小心翼翼地動手「落車」的緊張過程，將小人物的存在價值作了高度的肯定；又如〈特別法庭〉中一生行事謹小慎微、前顧後慮，沒有特別作為卻一路升官的汪昌平；〈圈套〉中因怕死而鬧出一場痰盂罐套頭鬧劇的趙德田；〈小販世家〉裡挑餛飩攤的朱源達，因被視為小資本主義而慘遭抄家，最後決心讓孩子都進工廠去捧鐵飯碗，自己則到車間掃鐵屑；還有不識字的紗廠女工唐巧娣，在幾次政治運動中幸運躲過，脫口說出：「識字好是好，就是惹禍的根苗！」（〈唐巧娣〉）這些民間社會裡為生存而苦苦掙扎、受盡折磨的小人物形象，在陸文夫筆下成了一個時代的生動記憶。

小巷人物中也不乏對小知識分子的描寫，也許是身為知識分子的一員，陸文夫對他們的觀察和理解特別能「感同身受」，寫來格外深刻突出，在筆者看來，小巷人物中刻畫最成功的正是這些小知識

3　陸文夫在一九八六年接受訪問時提到：「因為我的小說中大都是些普通的人物，家在小巷中住，有的做工，有的做小販，有的不幸而當過妓女，實屬三教九流。因此有人名之曰市井文學、市民文學，或寫小人物等等。這些名稱我都樂於接受……。」見〈就八四、八五兩年的近作同何鎮邦的對話〉，收於陸文夫：《藝海入潛記》（上海市：上海文藝出版社，1987），頁56。

分子的群像[4]。陸文夫對這些小知識分子因物質生活上的匱乏所遭遇
的危機苦難總是充滿同情，但對他們在精神生活上的失範與失衡卻
也不留情地予以批判。〈美食家〉中好吃成家的朱自冶，在經過多次
「有吃」、「無吃」的奇特過程，竟成了烹飪學會會長，被封為「美食
家」，對這個嗜吃如命的食客典型，作者在心酸又滑稽的筆調背後，
有著深沉的諷喻。還有文中的敘述者、後來成為飯店經理的高小庭，
因受極左路線的影響，竟將天下聞名的蘇餚美食，視作資產階級生
活方式而加以漠視甚至破壞。朱自冶與高小庭，一右一左，知識分
子扭曲的心靈透過對「吃」的不同心態有了傳神的揭露。這不是一篇
寫「吃」的小說，而是寫「人」的小說，更準確地說，是寫「人類生
活史」的小說；又如〈圍牆〉中借建築設計所辦公室外的一道圍牆倒
塌引起的風波道出知識分子只會清談而不務實的弊端，對於怎麼修圍
牆，一開會就分三派：現代派、守舊派、說不準是什麼派（最後往往
表現為取消主義），當這些人還在議而不決時，科長馬而立已經連夜
造好，一旦造好，又引來一些批評，最後是外地學者專家表示讚賞，
這些清談者才趕緊搶功。在拆牆／砌牆間，知識分子的一些陳規陋
習、保守心態等被暴露無遺。其他如〈門鈴〉中那位在長期政治風浪
下嚇得裝上用和尚法器做成的門鈴，以便隨時拿起報紙假裝在學習的
徐經海；〈臨窗的街〉中的汪局長為了讓領導班子的平均年齡下降，
起用年輕的范碧珍出任副局長，兩人在「有為」與「無為」之間尷尬
徘徊，一切講政治的「老經驗」最終壓倒了充滿創意的「新構想」，
而寫劇本的姚大荒，在「落實了知識分子政策」後分得了「十二扇長

---

[4] 「知識分子」的定義可以嚴謹地指具有批判性、歷史傳承使命感、甚至是與當道不
　合、風骨嶙峋的讀書人，但筆者在此的定義比較寬泛，只要具有一定的知識水平者
　均可，因此，寫劇本的姚大荒、女工程師徐麗莎、小學教師汪百齡等固然是知識分
　子，朱自冶、飯店經理高小庭、馬科長、汪局長等也可視為小知識分子。

窗連成一片」的房子，從此「像個大袋鼠關在籠子裡」；還有被陳腐
的世俗觀念一步步逼向死亡之「井」的女工程師徐麗莎（〈井〉）；文
革期間被迫害得妻離子散的盧一民（〈獻身〉）；三次擇偶失敗的小學
教師汪百齡（〈清高〉）等，陸文夫寓莊於諧地寫出了這些知識分子
被命運捉弄的無奈沉重，在逼逼仄仄的小巷裡，迴盪的是一闋知識分
子的哀歌。

當陸文夫將筆端投射向各類大大小小的幹部和知識分子，這些人
物的生活場景也不限於那「深邃而鋪著石板」的蘇州小巷時，在我看
來，這正意味著他在創作藝術上的一次蛻變。自一九五五年發表短篇
小說〈榮譽〉獲得肯定，得以出席全國第一次青年作者代表會，然後
又寫了〈小巷深處〉，聽到一片讚揚聲，「從此便走上了文學之路，
那是一九五七年的春天，一個開滿鮮花的季節。」[5]這段時期，他出
版了《榮譽》、《二遇周泰》兩部作品集，所寫都為蘇州小巷中的小
販、工人和各種小市民，宛如一個個精雕細琢、別具風貌的小盆景，
雖然姿態、造型、意趣均有可觀，但是生活面和社會面稍嫌狹隘，格
局也不夠開闊。至於現實生活的陸文夫，才剛踏上文學之路，不料這
條路卻是坎坷難行的，此後的二十年間，兩次被批判，一次批鬥，三
次下放，作了七年的車工和機務工，文革期間舉家到蘇北農村落戶九
年。直到一九七八年「粉碎四人幫」後，陸文夫重拾近乎荒廢的筆，
開始發表一系列帶有反思意味的小說，如〈唐巧娣〉、〈小販世家〉、
〈特別法庭〉、〈井〉、〈美食家〉等，不論是對生活現象的透析和關
照，人物典型形象的表現和塑造，還是作品主題思想的力度和所展示
的信息量，都比過去豐富、深化和複雜，換言之，不再是精妙畢肖的
盆景小品，而是有著更深的歷史底蘊和強烈文化精神的藝術園林。

---

[5] 陸文夫：〈自傳〉，《藝海入潛記》，頁8。

　　陸文夫在「粉碎四人幫」後的八年間，發表了近四十萬字的小說，三次獲得全國優秀短篇小說獎，一次中篇小說獎[6]，然而他卻表示：「我每次到北京領獎時，心裡總有點難過，總覺得有許多朋友沒有能來，他們有的在苦難中不幸去世，有的在苦難中把才華磨滅。因此我總覺得負有一點什麼歷史的責任，有義務寫出各種人生的道路和社會的變遷，把自己的心血和曾經流過的眼淚注入油盞內，燃燒、再燃燒，發出一點微弱的光輝……」[7]正是這樣的自覺，他的小說有了一次較大的突破，對知識分子的命運有更大的關注，對文革的悖理與荒謬有深刻的反思，對時弊的針砭從過去點到為止的帶有隱喻性轉為更強烈的現實感，從過去慣用的喜劇表現轉為悲喜劇交融滲透，將笑中帶淚、酸中有甜的「糖醋現實主義」藝術風格發揮得更淋漓盡致。

　　舉例來說，〈井〉中寫試製成功一種新藥的知識女性徐麗莎，卻長期受到極左的政策和封建傳統勢力迫害，最後被具象徵意義的「一口古老而又很難乾涸」的井吞噬；〈臨窗的街〉寫假改革的汪局長，開會時不置可否，遇改革則敷衍以對，有功勞卻又不落人後；〈圍牆〉裡對開會者故作姿態、有事則推、有功則搶的醜陋嘴臉，有入木三分的觀察。這些對時弊的剖析直接而深入，具有強烈的警示作用。而〈獻身〉中的盧一民，整天在土壤研究所埋頭研究，犧牲享樂，卻在文革時被誣陷為「盧一民反革命事件」，導致妻離子散，直到「粉碎四人幫」後才破鏡重圓，小說中曾書記的話：「哭吧，哭個夠；然後再笑，笑個夠！」令人鼻酸；〈美食家〉中菜館的小伙計包坤年，在文革期間以極左的觀念協助經理高小庭改革蘇州飯菜，其心態和舉止都令人嘆為觀止：「他不是服務員，而是司令員，到時候哨子一

---

[6]　關於陸文夫的作品發表及其得獎情形可參看本文的附錄。
[7]　陸文夫：〈微弱的光〉，《夢中的天地》，頁73。此文寫於一九八五年。

吹,滿堂的吃客起立,跟著他讀語錄,做首先敬祝,然後宣佈吃飯紀律:一號窗口拿菜,二號窗口拿飯,三號窗口拿湯;吃完了自己洗碗,大水槽就造在店堂裡,他把我當初的改革發展到登峰造極!」[8]其他如說謊、出賣、誣告、冷漠等人性卑劣的描寫處處可見,陸文夫的憤怒、不滿、焦慮藉著一個個看似有趣的故事、一個個不失幽默的反諷,串成一個瘋狂時代被損害、被扭曲的奇特景觀。對這一點,陸文夫自承道:「實在沒有辦法,我對封建、半封建、真封建假馬列的東西恨之已久,千百萬人的眼淚和痛苦因之而起,千百萬人的生命都葬送在它的手裡,它根深柢固,無往不在,搖身一變又把列寧裝穿得整整齊齊。所以我對那些穿著列寧裝坐在太師椅上的人就不那麼寬厚,不那麼客氣……。」[9]

雖然在針砭時弊、反思文革上,陸文夫有不小的火氣,但他的文字和表現手法還是溫和的,沒有過激的言辭和激憤的情緒宣洩,而是善於選擇一些可笑的細節,以喜劇的嘲弄對醜惡的現實予以否定或諷刺,希望引起療救的注意。這種如實寫出、讓讀者去體味和感悟的敘述方式和蘇州文化的品格神韻是相契合的,在幽默風趣的批判時帶有睿智的微笑,筆調輕鬆巧妙的創作個性,說到底也還是和蘇州文化所陶冶出的溫文儒雅氣質特徵有關。這種笑中帶淚、悲喜交集的風格構成被稱為「糖醋現實主義」,對此陸文夫做過解釋:「我和高曉聲同志,和已故的方之同志,都有著大體相同的藝術見解,都是盯住生活的底層和深處,搞現實主義的。方之同志曾經開過玩笑,說他的現實主義是辛辣的現實主義,高曉聲同志的現實主義是苦澀的現實主義,我的現實主義是糖醋現實主義,有點甜,還有點酸溜溜的。」[10]不辛

8　陸文夫:〈美食家〉,《小巷人物志》第1集,頁250。
9　陸文夫:〈就八四、八五兩年的近作同何鎮邦的對話〉,《藝海入潛記》,頁55。
10　陸文夫:〈過去、現在與未來〉,《藝海入潛記》,頁78。

辣，不苦澀，而是酸甜，把沉思和嘲弄、莊重和戲謔和諧地統一在作品之中，出之以語言的幽默感和哲理性，使悲喜劇融合交織，這就形成其「糖醋風」的獨特藝術品格。

時而嘻笑，時而怒罵，時而同情，時而諷刺，陸文夫善於調配糖醋滋味的高明手法，使他的作品充滿了高度的可讀性。例如〈圈套〉中庸人自擾的趙德田，最後在醫生協助下終於把痰盂罐拔出，重見天日之際，他看到的是「各種人的嘴，各種形狀的嘴，每張嘴都咧得很大，不停的抖動，像無數的汽笛在鳴奏，笑聲是具有爆炸性的！」這就讓趙德田不由得毛骨悚然：「病倒是沒有了啊，可這往後的日子怎麼過哩？！」又喜又悲的矛盾心理躍然紙上；〈美食家〉裡的朱自冶，其一生際遇便是一齣滑稽喜劇，從「愛吃鬼」變成「美食家」，讀者捧腹之餘，對歷史的愚弄真有無言之嘆，而老廚師楊中寶所言：「蘇州的『天下第一菜』，聽起來很嚇人，其實就是鍋巴湯」，「有些名菜一半兒是靠怪，一半兒是靠吹。」嘻笑中不也戳破了許多名實不符的假相嗎？在「反物質」、反資本主義的年代，陸文夫藉著〈美食家〉微笑著和「過去」告別，其深意與價值不容低估。〈唐巧娣〉中的唐巧娣以不識字為榮，所謂「一字不識，工資八十」，令人啼笑皆非；〈門鈴〉中的徐經海利用門鈴來自我防護、偽裝，「二十六年來徐經海內防外守，苦苦修煉，把一個人修煉成一個影子；你說他不存在卻無處而不在，你說他存在卻又沒有任何實質性的東西。他說的話和沒有說是一樣，他做的事如果不做也沒有多大的關係。」其心態可笑亦可議；〈臨街的窗〉中姚大荒本來要寫關於西施的歌舞劇，卻被領導們集體創作成打擊經濟犯罪的題材：「姚大荒聽得眼直翻，他沒有想到西施斃了以後又轉世為人，繼續施展美人計。范蠡有點冤枉，成了搞經濟犯罪的，但也不能排除這種可能，根據歷史記載，那范蠡後來是作生意去了，很可能是倒賣糧食的。」戲謔式的劇本編寫過

程，最後竟得了獎，對現實的嘲諷可謂一針見血；還有〈井〉中東胡家巷以水井為「信息中心」的三姑六婆們，以窺探他人隱私為樂，唯恐天下不亂的小市民習氣，讓人生厭，但又不能不承認，這種卑劣的國民性至今仍存在，揮之不去。這就是陸文夫的作品讓人既愛且恨之處，這種愛恨交織的心情果然像極了糖醋的酸中帶甜、甜中有酸的複雜滋味。有論者就指出：「當幽默變得更深刻，而且確實不同於諷刺時，它就轉入悲愴的意境，而完全超出了滑稽的領域。」[11] 可以說，陸文夫作品最顯著的美學特色就在於幽默與悲愴交織、諷刺與滑稽結合的悲喜劇風格。

假如說五〇、六〇年代的陸文夫在小說天地裡努力經營的是一個個有蘇州地域文化色彩的盆景藝術，那麼，文革結束之後，陸文夫為「新時期」的文學所貢獻的成就之一就是建構了一座小說藝術的蘇州園林。從歷史、社會、文化、政治、人生等各個不同的角度，描寫生存在小巷中的人物命運、世俗的生活百態，並且不忘與幾十年來的政治風雲變幻相聯繫，為我們描繪了一幅以蘇州文化為背景的市井風俗畫。陸文夫曾說：「一個人在創作上的提高，某一個時期的突破等等，都不完全是在藝術的求索中獲得的，都和他的生活思想、社會變革有關係。」[12] 和許多「新時期」的作家一樣，陸文夫也是在歷經文革十年的下放、批鬥之後，思想與觀察有了明顯的成長，對此他有自己的解釋：「從藝術表現的功力上來講，那十年肯定是荒疏的十年……從思想上來講，那十年肯定是個深思、探索、覺醒的十年。所以一旦讓他們拿起筆來，讓他們寫出自己真實的感受，能夠『一吐為快』的

---

[11] 區雅紅：〈含淚的笑——論陸文夫小說的美學特色〉，《南京理工大學學報》（哲學社會科學版）1994 年第 3 期，頁 15。

[12] 陸文夫：〈窮而後工〉，《藝海入潛記》，頁 179。

時候，大量的好作品便會同時湧現。」[13] 八○年代的陸文夫就用他一篇篇具美學厚度、思想深度與生活廣度的小說，征服了讀者，為自己迎來了文學真正的春天，也成了新時期文學復甦的眾多報春燕之一，甚至被稱為「新時期小說界的大腕」[14]。

三　從小巷到大院：《人之窩》的美學特色

平心而論，陸文夫小說創作的巔峰期應該是在一九八○年到一九八五年間，〈圈套〉、〈唐巧娣〉、〈美食家〉、〈圍牆〉、〈門鈴〉、〈臨街的窗〉、〈井〉等佳作都完成於這一時期，也得到讀者和文評家一致的肯定。脫去〈小巷深處〉（1955）的失真[15]、〈有人敲門〉（1962）的生澀、〈獻身〉（1977）的教條，陸文夫在這段時期的寫作熱誠和藝術才華都充分迸發。一九八四年召開關於他的作品的研討會上，陸文夫不失豪情地提出要建造小說藝術「蘇州園林」的計畫，準備「今天挖一個池塘，明天造一座頗具規模的廳堂，後天造點兒小橋、小亭，再後天疊起一座假山，山中有奇峰突起……若干年後形成了一座園林。」[16] 這是一座富有蘇州風味的藝術園林，在八○年代中期時，雖然還未建成，但看來已安排就緒，初具規模。在筆者看來，〈美食

---

[13] 前揭書，頁178。

[14] 此語出自姚思源：〈小巷的歌──陸文夫作品散論〉，《西華大學學報》（哲學社會科學版）1994年第1期，頁50。

[15] 陸文夫在一九八二年寫〈《小巷深處》的回憶〉一文時，自認〈小巷深處〉不是什麼上乘之作，以文學的三個標準「真、善、美」來衡量，「老遠就能見到它的一塊大癩疤：失真」，原因是「說到底我對妓女不熟悉，徐文霞到了我的筆下便成了小知識分子，連語言也是學生腔，幾乎看不出她是沒有文化而且是曾經做過妓女的。」見《藝海入潛記》，頁33。

[16] 陸文夫：〈造園林與造高樓〉，《藝海入潛記》，頁205。

家〉和〈井〉是這座園林中的兩座「奇峰」，前者幽默詼諧，輕鬆歡快中有著洞察世情的理性高度；後者激憤批判，鞭撻嘲諷中不失對社會現實的清醒自省。一笑一淚，醒目的立在陸文夫試圖建構的小說藝術園林裡。

然而，正當我們期待陸文夫能「奇峰迭起」，早日將這座藝術園林完成的時候，他卻開始沉默了。八〇年代中期以後，他的小說創作步伐似乎慢了下來，原因可能是寫散文和創作經驗談佔去了不少時間，也可能是創辦和主編《蘇州雜誌》花去了他不少的精力，「下海」開張「老蘇州茶酒樓」讓他傷透了腦筋，還有蘇州市文聯、江蘇省作家協會、中國作家協會、連續三屆全國人大代表等接二連三的社會活動與付出，他的小說創作進入了減產的平靜期。直到一九九五年長篇《人之窩》問世，大家才恍然大悟，原來他不曾停下腳步，而是埋頭於更艱鉅的挑戰：長篇創作。[17]十年磨一劍，陸文夫的慢工出細活自有其對藝術的堅持，在散文集《夢中的天地》裡他多次談到「緩慢」的重要，如寫小說的人想要突破，「我覺得第一是不能性急」（〈窮而後工〉），在追求藝術的過程中，「別著急啊，讓我慢慢地往前走」（〈夢中的天地〉），這就構成了他個人獨特的「緩慢美學」。

《人之窩》是陸文夫唯一的長篇小說，是他生前蓄積已久的一次思想與情緒的集中體現，也是他想完成一部宏篇巨製夙願的實現。

---

[17] 這段期間，陸文夫還曾在《小說界》發表中篇小說〈享福〉（1993），描寫年逾古稀的馬老太太想自食其力，拉板車運煤，存錢為孫子建一所房子，被退休幹部劉一川發現而到法院控告其兒子、兒媳不孝，最後法院判決兒子要付給老人生活費，老太太也不能再拉煤。看來馬老太太要開始享福了，但不讓拉煤卻使她有一種沉重的失落感，第二年就死去了。這裡面牽涉到人的自尊、要面子、人道主義等問題，但孰是孰非卻又讓人深思不已。這個中篇維持了陸文夫一貫的寫作風格，雖然在探討蘇州傳統文化精神對蘇州人的心理性格塑造上有較以前更深入的挖掘，但還稱不上有明顯的風格蛻變或突破，因此暫時不論。

〈美食家〉談「吃」，《人之窩》談「住」，人類生存的兩大支柱在他筆下都有了生動淋漓的展示。正如〈美食家〉不在寫「美食」，而在寫「人」一般，《人之窩》也是借「窩」寫「人」。陸文夫強調「文學要寫人」，因為「世界上最新穎，最活潑，最豐富多彩的是生活。最不會雷同，不會重複的是人。從生活出發，著重刻畫人物的作品，往往都有新意。」[18] 從短篇〈小巷深處〉到中篇〈美食家〉再到長篇《人之窩》，陸文夫始終沒有離開過對人性深層內涵的探索，以及對人物不同歷史命運的關注，但在不同階段，他的審美創造都有新的突破，《人之窩》代表著他在小說藝術境界上的再一次自我超越與蛻變。有論者就指出：「如果把他筆下的小巷文學比作一座文學大廈，那麼〈小巷深處〉便是鋪下的基石，〈美食家〉便是豎起的支柱，《人之窩》便是構築的殿堂。」[19] 的確，《人之窩》的出版，陸文夫的小說藝術園林裡，除了有盆景與奇峰，從此多了一座引人入勝的藝術景觀：「許家大院」。

　　《人之窩》透過許家大院的歷史變遷，反映了一群青年學生的人生歷程。作品分上下兩部。上部寫小說的主人公、許家後裔許達偉和他的一些同窗好友，群聚在許家大院，試圖過一種大家庭、小社會的美好互助生活，卻被告密為共產黨地下小組而不得不四散紛飛，黯然離開大院；下部的故事背景已是十七年後，人物的主要活動舞臺仍是許家大院，幾番掙扎與離合，最後因文革動亂、下放農村而不得不再次分手，各走異鄉。國共內戰、文革動亂的特殊背景，和許家大院內為爭奪住房而展開不曾間斷的爾虞我詐相互襯映，院外的大社會和院內的小社會一樣進行著血與火的廝殺，歷史的欲望、鬥爭被陸文夫巧

---

[18] 陸文夫：〈要有點新意〉，《藝海入潛記》，頁95。

[19] 吳海：〈審美視點：對人性深度的探尋與開掘〉，《江西社會科學》1997年第12期，頁49。

妙地濃縮在「人之窩」的搶奪中。然而，平民畢竟是平民，不管如何
折騰最後仍難逃歷史無情的作弄，小說的結尾，敘述者「我」感慨
地問說：「達偉，我們這些年來到底在幹些什麼，到底又做了哪些貢
獻？」許達偉回答得很乾脆：「鋪路，作鋪路的石頭，讓沉重的歷史
的車輪從我們的身上輾過去。」（頁496）[20]這句話沉重得讓人心驚。
一代知識分子的生存與命運，陸文夫以「平民歷史」的審美視角加以
揭示和描繪，使小說具有深厚的意蘊和內涵。

從陸文夫的小說藝術追求來看，《人之窩》寫的仍是蘇州小巷中
的凡人小事，他畢竟長期生活在那個環境中，對那些小巷人物在時代
風雲中所留下的歷史印記特別熟悉，也自有一個獨特的觀察視角，他
所採用的也還是現實主義的創作手法，有鮮明的故事性，透過人物的
命運來概括複雜的社會內容，而他慣有的雋永幽默口吻、濃烈的蘇州
風味，在這部長篇中也都「原味十足」地保留。喜歡他過去中短篇作
品的讀者，展讀《人之窩》會有一種「集大成」的滿足感，因為陸文
夫式的招牌特色沒有減少，而歷史跨度更大，社會背景更開闊，人物
臉譜更多元，涵蓋的歷史內容更豐富，作家的人生體驗也更深刻更成
熟了。陸文夫以孱弱的病體埋首於長篇的寫作[21]，在筆者看來，有他
對蘇州小巷文學的使命感，也有對自己創作藝術提升的期許，《人之
窩》的完成是他在審美藝術追求的另一座里程碑。

在這部長達三十六萬字的長篇中，陸文夫以一座「大觀園」式的
大宅院，容納了改革與保守、理想與現實、天真與污垢、光明與黑暗
等不同勢力，寫出彼此間的明爭暗鬥，最後不敵政治運動的一聲令

---

20 以下引自《人之窩》的原文，將直接註明頁數，不另加註。
21 據范小青在哀悼陸文夫的短文〈永不離去〉中透露：「在創作長篇小說《人之窩》
的時候，陸老師的身體已經不行，因為喘不過氣來，寫作時已經不能直坐，《人之
窩》的後半部分，他是趴在電腦的鍵盤上寫下的。」見人民網。

下，一切希望化為烏有。從解放前到解放後，許家大院除了剛開始組織烏托邦式的「小社會」，八位年輕人加上燒飯的阿妹，洋溢著一股清新的氣息之外，驚心動魄的陰霾始終虎視眈眈地籠罩在大院的上空，爭房奪房的鬥爭也一直或明或暗地進行著。「恐怖平衡」的戲碼，在擺不平的「房事」上頭赤裸裸地上演，就如許達偉所說：「房子是紛爭的根源，是釜底的火焰。」當「我」問說：「還要搶房子？」張南奎回答：「要搶，要永遠地搶下去」（頁264）時，陸文夫想借「人之窩」來寫欲望永無止盡的「人之惡」的企圖已是昭然若揭。大院藏污納垢的陰暗小角落，一如流言蜚語不斷生長的小巷井邊，陸文夫想披露的絕不僅僅是許家大院的醜陋，而是對人類整體歷史的有力還原。

《人之窩》中有名有姓的人物多達四十八人，有許多是過去《小巷人物志》不曾看到的，如熱血青年許達偉和他的一群好友、一輩子守著房子的母親費亭美、鄉下來的阿妹、埋頭寫《欲海通鑑》的王知一、「破舊立新」戰鬥隊的朱老頭、居委會主任林阿五等。即使有些人物的角色和身分看來有點類似，但其性格特點和賦予的內涵仍很不相同，如小說中的胖大嫂，年輕時當過妓女，但作惡多端，和〈小巷深處〉走向新生的徐文霞有本質的不同，而和徐文霞較類似的柳梅，其形象的血肉豐滿、栩栩如生，也有異於稍嫌平面的徐文霞；又如專門用小本子偷記下別人把柄的尤金，和〈門鈴〉中精於用運動來記人、記事、記年，頭腦裡有一本厚帳的徐經海相似，但徐經海只是自保，讓人感到可笑，而尤金卻用來鬥爭，令人感到可恨；再如小說的敘述者高孝悌，和〈美食家〉裡的敘述者高小庭相似，但一右一左，思想行徑大不相同。

小說的主人公許達偉，是接近於巴金《家》中高覺慧式的人物，他擁有數不清的房子，但熱切追求自由、平等，心中的理想是「總有

一天我要散掉這廣廈千百間，庇得數百寒士俱歡顏！」（頁9）面對
大院住戶擁擠、死氣沉沉，像塊巨大磐石壓得人喘不過氣來的現象，
許達偉常慷慨激昂地吶喊：「等著吧，總有一天我要把這些牢房拆得
精光，讓它充滿陽光，變成一片樹林，一片草地！」（頁16）這場
景讓人不禁想到覺慧相似的控訴：「家，什麼家！不過是一個『狹的
籠』！」「這種生活我不能過下去了。我覺得在家裡到處都是壓迫，
我應該反抗到底。」[22]連小說上部的結尾，許達偉、柳梅坐船離開的情
景，也讓人有和《家》的結尾覺慧坐船離開的安排產生雷同之感。然
而，巴金只處理到覺慧堅決離家的那一刻，至於未來的前景如何並
未觸及，《人之窩》的時間跨度，使我們看到了十七年後許達偉和他
的好友們令人感嘆的命運發展：「二十年前我們八個人都滿懷信心地
展望著未來，還有點志在千里。到如今一個生死不明，兩個當了右
派，一個在幕後操琴，一個死不吭聲。一個是工廠的會計，還有一個
是有家難歸。」（頁495）[23]當最後許達偉全家要下放到海邊成為真正
的「寒士」時，他苦笑地說：「安得茅屋千萬間，大庇下放人員俱歡
顏！」（頁496）這句話的背後真有著難言的人生況味。

　　陸文夫在小說下部用了較多的篇幅刻畫了汪永富、尤金這兩個反
面人物，尤其是汪永富，為了出人頭地，也為了博得陶伶娣的歡心，
實現其「先要有黃金屋，才能有顏如玉」的美夢，他使盡各種卑劣手
段，造反奪權，寫大字報搞革命，最後自食惡果，人去房空；夏書記
的秘書尤金，靠著口袋裡的小本子，反右鬥爭和文革期間大顯神威，
挖人隱私，揭人老底，藉此升遷發達，這種人的可怕已到令人毛骨悚
然的地步，有論者就指出：「只要經歷過幾次政治運動，稍有一點閱

---

[22] 巴金：《家》（北京市：人民文學出版社，1981），頁66、84。

[23] 八個人中還有一位馬海西，被迫搬出小洋房，全家也被下放，曾經是出入舞場和情
　　場的花花公子，現在也一無所有，且「變得如此猥瑣」。見《人之窩》，頁495。

歷的人，對尤金或類似尤金這樣的人物恐怕都不會陌生，都會有幾分
警惕之心。陸文夫在小說中寫出了這個人物，應是《人之窩》的一個
貢獻。」[24]也許是為了降低小說中壓抑人心的沉重氛圍，也為了和巧取
豪奪的惡劣行為有所對照，陸文夫刻意設計了兩個純潔動人的愛情穿
插其間，一個是許達偉和柳梅，一個是朱品和阿妹，前者如火山爆發
的激情，後者似細水長流的柔情，最後都有美滿的結局，讓人對人性
保留了一絲希望與憧憬。當然，幾個結拜兄弟間的關懷、照顧與理
解，不隨歲月的流逝而改變，也說明了人性良善的一面。也許，面對
「失真」的現實，平凡的人們只有愛情的美、友情的善可以與之抗衡
吧。

　　對人性美的謳歌，對人心醜惡的寬容，對人生理想的不放棄，對
生活百態的幽默以對，是陸文夫在文學／現實世界共同追求的藝術／
生命境界，從〈小巷深處〉到《人之窩》，陸文夫的藝術操作愈發嫻
熟老練，但奠基於蘇州傳統文化積澱的審美追求卻沒有改變過。不論
是描寫政治運動還是爭權搶房的風潮，陸文夫都刻意避開血淋淋的場
面，代之以具象徵意味的幽默或諷刺，有人便指出：「在《人之窩》
的『小巷深處』世界裡，即便是權力的角逐，財富的追蠅逐臭，『搶
房子』等都只是暗奪而非明搶。我覺得這大概也和蘇州獨特的文化傳
統有關。……我不得不拈出整個一本《人之窩》所體現出的濃郁的民
間寬容精神。寬容既是蘇州人日常的生活信念，也是陸文夫創作的精
神哲學。」[25]從深層的蘇州傳統文化底蘊，到表象的蘇州自然景觀，陸
文夫將他的筆深入到小巷大院的每一個角落，可以說，自他創作的第
一天起，他就一直在進行著具有蘇州風味與人情的小說藝術園林的構

---

[24] 同註16，頁52。

[25] 夏一鳴：〈陸文夫筆下的蘇州和民間社會──兼評長篇小說《人之窩》〉，《作家與
作品》，參考自《中國期刊網》。

建。

　　當一九五五年〈小巷深處〉的張俊跑過蘇州小巷去敲徐文霞的門起，再到一九六二年的〈有人敲門〉中十七歲的施丹華、尤琴珍，她們的足跡跑遍蘇州的大街小巷，留園、獅子林、虎丘、玄妙觀，還有石子馬路、石庫門房，然後看到一九八二年〈美食家〉中的朱自冶，正坐著黃包車趕去朱鴻興吃頭湯麵，和一群吃客在蘇州的茶館酒樓澡堂中吆喝穿梭，當然還有一九八四年〈臨街的窗〉中的十二扇長窗，東六扇窗裡有唱戲的范碧珍，西六扇窗裡腰背佝僂的姚大荒正在埋頭寫劇本……所有這些人物形象、生活場景、社會百態，最終都被陸文夫一一收攏在《人之窩》的許家大院裡。讀《人之窩》，很大的享受就是彷彿見到曾經熟悉的人物在一個更寬闊的大舞臺上和我們照面，上演著一齣更複雜、更生動、更有社會意義、審美價值的人生悲喜劇，如果沒有四十年艱難的藝術摸索，沒有長期在各種運動中的親身體驗，沒有經歷幾番大起大落的生活衝擊，我們可以肯定，陸文夫將無法為我們鋪展出這一幅具時代性、史詩性、文化性的蘇州市井風俗畫卷。

　　從小巷寫到大院，有了《人之窩》，陸文夫對蘇州可以無愧，對文學可以無悔，對屬於他的時代也可以無憾了。

四　結語：從小巷看世界

　　陸文夫說，一個人想寫小說，原因有很多，但最核心的理由是「想唱歌」，所以小說是一種「無聲的歌」[26]。雖是「無聲的歌」，卻可以讓人有「於無聲處聽驚雷」的審美震撼，陸文夫就是這樣用他獨特

---

[26] 陸文夫：〈無聲的歌〉，《夢中的天地》，頁147。

的唱腔唱出了一個時代，唱出了一種在小說藝術世界裡深具美學意義
的「小巷文學」。他的「小巷文學」始於〈小巷深處〉，一變於〈美
食家〉、〈井〉，再變於《人之窩》，但不變的是始終以蘇州小巷為背
景，寫出生活其間的各種小人物的平凡人生。

　　對自己計畫構建的小說藝術園林，他曾提到：「亭臺樓閣，花木
竹石，小橋流水，豐富多彩而又統一，把一個無限的大千世界，納入
一個有限的園林裡，這就是我們常說的，一個人的作品，應當是他那
個時代的縮影。」[27]陸文夫作品最可貴的地方或在於此，他一直把人物
置放於時代起伏的大背景底下，賦予和蘇州這個古老的文化城市相應
的深厚歷史內涵，在含蓄清雋、詼諧幽默的語言所創造的輕喜劇背
後，其實有著不可輕忽的沉重感。和陸文夫有過長期交往、同時也是
擅長描寫蘇州小巷世俗生活的蘇州作家范小青就認為：「蘇州只是他
觀察世界的窗口，只是他通向更廣大境界的出發地。在蘇州韻味的背
後，始終有一個宏闊的歷史的大背景存在。前景是吳越美食，是市井
小巷，但因為深厚歷史背景的存在，使得他的作品有一種獨特的穿透
力，在他作品輕鬆幽默的背後，有一種『重』的力量。」[28]這種「重」
的力量，是他的作品在國內外產生影響的原因之一。

　　陸文夫的小說在歐洲的影響之大，出乎翻譯者和出版商的意料，
尤其是〈美食家〉，據說巴黎許多餐館老闆都很熟悉，曾先後被翻譯
成英法日等語言出版，享有世界性的聲譽，主要的原因之一，就是他
透過蘇州飲食的興衰變化，向世界展示了鮮活的中國形象。從小巷、
大院走出去，蘇州文化園林的地域特徵、風俗民情和雅俗兼具的美學
底蘊，隨著陸文夫的小說，進入了世界文化園林。作為透視時代變

---

[27] 陸文夫：〈造園林與造高樓〉，《藝海入潛記》，頁205。
[28] 楊少波：〈陸文夫：握著蘇州的手〉，《人民日報》2005 年 7 月 15 日。

遷、社會生活的窗口，陸文夫把幾十年的人生風雨、歷史劫難和新時期的新變化都濃縮在市井小巷中，可以肯定的說，陸文夫為「小巷文學」所建立起來的美學境界和思想價值，將會是當代文學／文化史上精采的一頁，而屬於他個人的精神品格和藝術魅力，也將不會隨著他的離去而淡化、消逝。

　　小巷深處有人家，他的文章就像一條條小巷，扎進了蘇州的深處，也恰似行雲流水的蘇州評彈[29]，響在市井小民的心底，「陸蘇州」的手，畢竟還是緊緊地握著蘇州。

---

[29] 陸文夫的作品，特別是小說的語言，受到蘇州評彈很大的影響，論者指出：「在陸文夫的小說中，蘇州地區的曲藝明珠——蘇州評彈，對其小說語言產生了很大影響，使得作家在語言藝術上注重說唱的音樂性，不自覺地融入評彈唱詞的體裁和韻律，顯示獨特的語言風貌。陸文夫的小說語言趨於音樂化，主要體現在小說語言押韻、音節調配和節奏感諸方面完整和諧地達到統一，令人享受到蘇州評彈藝術的音樂美感。」至於進一步的舉例說明，可參見姚思源：〈小巷的歌——陸文夫作品散論〉，《西華大學學報》（哲學社會科學版）1994年第1期，頁51～52。

附錄　陸文夫主要著作年表

一九五三　處女作〈移風〉完稿

一九五五　短篇小說〈榮譽〉　發表於《文藝月報》1955年第2期

一九五六　短篇小說集《榮譽》　新文藝出版社出版

　　　　　短篇小說〈小巷深處〉　發表於《萌芽》1956年第10期

一九六一　短篇小說〈葛師傅〉　發表於《人民文學》1961年第1、
　　　　　2期合刊

一九六三　短篇小說〈二遇周泰〉　發表於《人民文學》1963年第1
　　　　　期

一九六四　短篇小說集《二遇周泰》　上海文藝出版社出版

一九七八　短篇小說〈獻身〉　發表於《人民文學》1978年第4期，
　　　　　獲一九七八年全國優秀短篇小說獎

一九七九　短篇小說〈崔大成小記〉　發表於《鍾山》1979年第1期

　　　　　短篇小說〈特別法庭〉　發表於《上海文學》1969年第6
　　　　　期

　　　　　〈小巷深處〉、〈平原的頌歌〉收於上海文藝出版社編輯
　　　　　出版的《重放的鮮花》

一九八〇　短篇小說集《小巷深處》　上海文藝出版社出版

　　　　　短篇小說〈小販世家〉　發表於《雨花》1980年第1期，
　　　　　獲一九八〇年全國優秀短篇小說獎

一九八二　文論集《小說門外談》　花城出版社出版

　　　　　短篇小說集《特別法庭》　花城出版社出版

一九八三　中篇小說〈美食家〉　發表於《收穫》1983年第1期，獲
　　　　　第三屆全國優秀中篇小說獎

　　　　　短篇小說〈圍牆〉　發表於《人民文學》1983年第2期，

　　　　　　獲一九八三年全國優秀短篇小說獎

一九八四　小說集《小巷人物志》第一集　中國文聯出版公司出版

　　　　　短篇小說〈門鈴〉　發表於《人民文學》1984年第10

　　　　　期，獲《小說月報》首屆百花獎

　　　　　短篇小說集《圍牆》　百花文藝出版社出版

一九八五　中篇小說〈井〉　發表於《中國作家》1985年第3期

一九八六　小說集《小巷人物志》第二集　中國文聯出版公司出版

一九八七　文論集《藝海入潛記》　上海文藝出版社出版

一九九三　中篇小說〈享福〉　發表於《小說界》1993年第1期

一九九五　長篇小說《人之窩》　上海文藝出版社出版，獲江蘇省

　　　　　首屆紫金山文學獎

　　　　　散文集《壺中日月》　春風文藝出版社出版

　　　　　散文集《夢中的天地》　臺北幼獅文化公司出版

一九九七　《陸文夫中短篇自選集》　上海文藝出版社

一九九八　散文集《秋釣江南》　東方出版社出版

二〇〇一　散文〈姑蘇之戀〉　發表於《北京文學》2001年第10

　　　　　期，獲新世紀第一屆《北京文學》獎、江蘇省散文佳作

　　　　　一等獎

二〇〇五　散文集《深巷裡的琵琶聲》　上海文藝出版社出版

　　　　　《美食家》圖文本　古吳軒出版社出版

詩意與政治的悖反
──析論「散文三大家」的文體特徵及其得失

一　前言

　　在一九四九年至一九六六年文革開始的「十七年」文學階段中，致力於散文創作並取得重大成績、在當時產生極大影響的是被稱為「散文三大家」的楊朔、秦牧、劉白羽。這三位散文家的創作不僅成為五、六〇年代散文審美傾向的代表，他們所建構的散文寫作模式，也影響了一批文學青年[1]，成為當代散文史上一個特殊的文學現象。

　　五〇年代的政治氛圍，使散文不可避免地陷入了對「時代主旋律」熱烈追求的文學風潮中。國家大事取代身邊瑣事，群體意識壓過個性意識，功利觀念削弱審美觀念，主觀抒情性讓位給客觀實用性，散文從原本的多元、小我、自由轉變為單一、大我、工具，「時代精神」成為這個時期散文的共同取材趨向，也成為散文藝術價值的評判準則。如此一來，以「歌頌」的心態、「戰鬥」的激情、「政治」的立場為出發點的創作傾向，也就成了「十七年」散文的整體基本狀況。以「三大家」為代表的散文實踐，可以說是和時代政治的發展共

---

[1] 當時形成一個追隨這三人「釀造詩意」風格的散文作家群體，包括陳殘雲、楊石、林遐、魏鋼焰、郭風、柯藍、華嘉、碧野、何為、菡子等。參見沈義貞：《中國當代散文藝術演變史》（杭州市：浙江大學出版社，2000），頁76。

同前進，在反映時代生活面貌的同時，他們也完成了散文創作的使命與任務。他們的作品，在文學史上的價值就在於貼近時代、反映時代，但他們在文學藝術價值上的缺失與不足，也同樣在於以「時代精神」畸形地壓制了「審美精神」，他們在散文寫作上所形成的模式與窠臼，使散文特性加入了許多藝術惰性。然而，他們的成就與侷限卻深刻地影響著當時和後來的散文創作，這是此一階段其他散文作家都無法比擬的。

本文將從這三人的文學立場、散文創作實踐及其文體特徵入手，析論其在政治方向的一致性之下，各自形成的藝術風格多樣性，並在指出其散文特色、成就的同時，分析其詩意為表、政治為裏，詩意為形、政治為神的缺陷與不足。這三人的散文寫作，已然是當代散文發展中的重要環節，雖然秦牧、劉白羽在進入「新時期」之後仍持續創作，作品數量也不少，但因無法突破自己的模式，除了少數幾篇外，影響不大。可以說，這「三大家」的散文光芒在「十七年」之後，已隨著時代悄悄逝去。

二　寫時代風雲，唱革命贊歌：「三大家」的散文創作理念及實踐

作家的品格決定著作品的風格。作為「十七年」散文的代表作家，楊朔、秦牧、劉白羽三人有著相近的文學理念，也走著相同的創作道路。他們的生命氣質，首先是一個戰士，然後才是一個作家。楊朔（1913～1968）與劉白羽（1916～2005）都曾奔赴延安，並參加毛澤東「延安文藝座談會」，受到深刻影響，以後則隨部隊作戰或採訪，經受戰火的考驗，革命鬥爭的激情使他們自覺追求文學的時代性與政治性。秦牧（1919～1992）雖無從軍作戰的實際經驗，但長年從

事文化活動，對革命理想的一腔忠誠，使他的散文雖以知識性、趣味性為「形」，卻仍以政治上的思想性為主導的「神」。大致上看，楊朔的散文注重詩意的釀造，秦牧的散文充滿知識的趣味，而劉白羽則偏向革命戰鬥的豪放，三人風格雖有「小異」，但為新中國唱贊歌、為革命事業寫歷史、為時代精神下註解的文學立場則是「大同」。

（一）楊朔：做「階級戰士」的革命激情

楊朔以其「以詩為文」的藝術主張、詩化散文的創作風格，奠定了他在當代散文史上的地位。有論者指出：「他寫於一九五六年的〈香山紅葉〉被看作是當代散文中文體轉化的一個標誌。自此開始，五〇年代末至六〇年代初的散文創作絕大部分都納入了『政治＋詩意』這樣一種創作格局。」[2]

楊朔的文學創作歷程可以分為三個階段：第一個階段（1937～1949），以通訊特寫為主，是創作初期；第二個階段（1949～1955）以小說為主，是創作中期；第三個階段（1957～1968）以散文為主，是其創作的後期，也是他創作的成熟期。不管哪個階段，他並沒有中斷過散文創作，前中期的特寫、小說等創作經驗，實際上為他在散文上的大放異彩積累了豐富的藝術經驗。他的散文集有《亞洲日出》、《海市》、《東風第一枝》、《生命泉》等。人民文學出版社曾在一九七八年出版《楊朔散文選》，山東文藝出版社也在一九八四年出版了三冊的《楊朔文集》，為這位在文革期間遭迫害致死的作家留下了完整的文學成果。

楊朔筆下的「詩意」，不僅是指生活中細小、美好的事物、景

2　王萬森等主編：《中國當代文學50年》（青島市：中國海洋大學出版社，2006修訂本），頁104。

物，他說：「不要從狹義方面來理解詩意兩個字。杏花春雨，固然有詩，鐵馬金戈的英雄氣概，更富有鼓舞人心的詩力。你在鬥爭中，勞動中，生活中，時常會有些東西觸動你的心，使你激昂，使你歡樂，使你憂愁，使你深思，這不是詩又是什麼？」[3]所以他的詩意來自生活，也反映生活，他說：「散文常常能從生活的激流裡抓取一個人物，一種思想，一個有意義的生活斷片，迅速反映出這個時代的側影。」[4]廣義的「詩意」，在楊朔刻意的運用下，沾染上濃厚的時代精神、政治色彩，「政治＋詩意」的自覺追求，成為他散文藝術的一大特色。

楊朔的這種反映現實、貼近時代的文風，源自於他在延安時期整風之後的思想心態，他服膺於毛澤東「文藝必須為政治服務」的文化政策，這使他從事文學創作時也時刻不忘祖國與人民，導致他以革命立場、戰士姿態的思想為情感抒發方式，正如王堯所言：「如果說楊朔當年的詩心是孕育於作為自然的山水和作為藝術的詩詞，那麼一九四二年以後楊朔的詩心則附麗於社會本體而成為一種人文精神。在這一變化中，楊朔完成了歷史讓他無法迴避的選擇，他後來執著於描寫生活的詩意，其精神源頭即在此。」[5]對此，楊朔寫於一九六〇年的〈應該做一個階級戰士〉中有清楚的自剖：「應該首先是一個階級戰士，然後才可能是一個好的作家。這個道理是千真萬確的。……只有一面參加人民的鬥爭和生產勞動，一面學習，文藝工作者才能正確地反映時代，反映歷史；只有這樣，文藝工作者才能生動地、有力地塑造具有時代精神的光輝的人物；只有這樣，我們的作品才能有高度的

---

[3] 楊朔：〈《東風第一枝》小跋〉，《楊朔文集》（濟南市：山東文藝出版社，1984），頁646。

[4] 前揭書，頁642。

[5] 王堯：《中國當代散文史》（貴陽市：貴州人民出版社，1994），頁67。

思想性；也只有這樣，才能使我們的作品具有準確性、鮮明性、生動性。」[6]不管是早期描寫抗美援朝志願軍鬥爭精神的〈萬古青春〉、〈英雄時代〉等作品，還是後來以表現新中國革命與建設、歌頌勞動人民的〈海市〉、〈香山紅葉〉、〈荔枝蜜〉、〈茶花賦〉、〈泰山極頂〉、〈雪浪花〉等作品，都是這一思想指導下的創作實踐。

在〈茶花賦〉中，他描寫普通勞動者犧牲奉獻的高尚情操，養花人名叫「普之仁」，其實就是普通之人。楊朔先用美麗的畫筆描繪昆明梅花之美，「遠遠就聞見一股細細的清香」，但「這還不是最深的春色」，筆鋒一轉，茶花出現，「油光碧綠的樹葉中間托出千百朵重瓣的大花，那樣紅艷，每朵花都像一團燒得正旺的火焰。這就是有名的茶花。」在這種情景交融的詩的藝術氛圍中，養花人出現了，一番問答後，作者有了這樣的領悟：

> 我熱切地望著他的手，那雙手滿是繭子，沾著新鮮的泥土。我又望著他的臉，他的眼角刻著很深的皺紋，不必多問他的身世，猜得出他是個曾經憂患的中年人。如果他離開你，走進人叢裡去，立刻便消逝了，再也不容易尋到他——他就是這樣一個極其普通的勞動者。然而正是這樣的人，整月整年，勞心勞力，拿出全部精力培植著花木，美化我們的生活。美就是這樣創造出來的。[7]

顯然，楊朔是藉著詩化的手法來描寫養花人（普之仁、勞動者）對祖

---

[6] 楊朔：〈應該做一個階級戰士〉，《楊朔文集》，頁644。

[7] 本文在引用三位作家作品的文本方面，楊朔是以《楊朔文集》（濟南市：山東文藝出版社，1984）為主，秦牧是以《秦牧全集》（北京市：人民文學出版社，1994）為主，劉白羽是以《劉白羽散文四集》（重慶市：重慶出版社，1989）為主。除非必要，為節省篇幅，文中引用文本部分僅註明篇名，不一一標明頁數。

國、人民默默無私的奉獻，揭示獻身國家建設事業的熱忱與節操，才
是作者選材、構思的重點。詩意和政治巧妙地混合在一起，這正是楊
朔散文文體的特徵。養花人的身影，在〈雪浪花〉中的「老泰山」也
可以看到，在文章結尾寫道：

> 西天上正鋪著一片金光燦爛的晚霞，把老泰山的臉映得紅通通
> 的。老人收起磨刀石，放到獨輪車上，跟我道了別，……推著
> 車慢慢走了，一直走進火紅的霞光裡去。……我覺得，老泰山
> 恰似一點浪花，跟無數浪花集到一起，形成這個時代的大浪
> 潮，激揚飛濺，早已把舊日的江山變了個樣兒，正在勤勤懇懇
> 塑造著人民的江山。

臨走前，問起這位老泰山的名字，卻笑笑地說：「山野之人，值不
得留名字。」這不就是「普之仁」嗎？〈荔枝蜜〉中的養蜂人老梁，
〈漁笛〉中的翠娥，〈石油城〉中的王登學、劉公之，〈海市〉中的老
宋，都是這樣的人物典型。當老宋說出：「一鬧革命，就是活地獄也
能變成像我們島子一樣的海上仙山。」或是老梁說蜜蜂：「它們從來
不爭，也不計較什麼，還是繼續勞動、繼續釀蜜，整日整月不辭辛
苦……」，其實都是身為文藝戰士的楊朔在為新中國的建設謳歌，為
社會主義新生活讚頌，這是特定歷史時期下的產物，也是楊朔一貫的
創作心理定勢，同時也是無法避免的侷限。早在一九五三年的〈投進
生活的深處〉一文中，楊朔的革命激情與政治立場就已經充分流露：
「生活是一片大海，跳進去吧，跳進去吧。我將永遠追隨在我們人民
的後邊，做一名毛澤東時代的小工匠，用筆，用手，甚至用生命，來
建設我們色彩絢爛的好生活。」

（二）秦牧：在談天說地中傳遞知識與思想

在「十七年」散文中與楊朔齊名的是秦牧，時有「北楊南秦」之譽，這兩人的散文「像兩股清新的春風，吹進了沉悶已久的散文園地，給散文創作帶來了新的生機。其後出現的一九六一年的『散文年』和散文創作的空前繁榮，這與楊朔、秦牧的藝術開拓和積極影響，無疑是有著密不可分的關係。」[8]和楊朔不同的是，他並不刻意追求詩的意境，在結構上也沒有固定格式套用的傾向，而是以內容題材豐富的知識小品著稱，在談天說地、道古論今中表現出具知識性、思想性、趣味性於一爐的藝術風貌，夾敘夾議中，帶給讀者知識的滿足與哲理的啟示，這種文體風格是秦牧最拿手、最突出的特色。五〇年代起，他致力於散文創作，先後出版了《花城》、《潮汐和船》、《星下集》、《貝殼集》、《秦牧散文選》等書，以及文藝隨筆集《藝海拾貝》，在文壇上佔有重要地位。

秦牧的散文創作以知識性、趣味性、思想性見長，要達到這種境界，寬廣的題材、淵博的知識，就成為基本的要求。秦牧對五〇年代散文題材範圍的狹窄深不以為然，他曾指出：「談天說地談得遠一點的，像知識小品、旅行記，三言兩語的偶感錄，私人的日記書簡之類，就幾乎沒有。這種情形，不能說是很妥當的。這會在一定程度上削弱了散文應有的新鮮耀目的光彩。」因此，他主張「除了國際、社會鬥爭、藝術理論、風土人物誌一類散文外，我們應該有知識小品、談天說地、個人抒情一類的散文。通過各種各樣的內容給人以思想的啟發、美的感受、情操的陶冶。」[9]必須說，這種看法是對的，事實

8　吳周文：《楊朔散文的藝術》（上海市：上海文藝出版社，1984），頁14。
9　秦牧：〈海闊天空的散文領域〉，《中國當代文學研究資料：秦牧專集》（福州市：

上，秦牧也以大量的作品實踐了這個散文觀念。

秦牧嚮往海闊天空的散文領域，強調在談天說地、論古道今中傳遞知識與思想，因為豐富的知識「不僅在於它可以幫助作者說明道理，而且這些材料還能夠滿足讀者的求知慾，使人們在閱讀的時候獲得新鮮感。」[10]這類百科全書式的知識小品，在當時概念化、貧乏的散文中顯得獨樹一幟，因而贏得了廣大的讀者，並有多篇作品入選為教材，產生一定的影響力。對他散文中知識豐富、內容廣博的特點，有論者如此介紹：

> 他的散文被讀者稱作知識的「花城」，敘述著為人鮮知的掌故、軼聞、趣談、傳說、故事以及中國和世界各地的風物人情。古今中外，天上人間，鬼怪神仙，飛禽走獸，花卉蟲魚，山川勝景，總之，從宏觀世界到微觀世界，從自然科學到人文科學，各門各類的知識在他的筆下得到廣泛的普及性的傳播，充滿了奇異的、誘人的知識趣味，青少年讀者可以把他的散文當做百科知識的教科書來讀。[11]

在作者筆下，各種繽紛的事物、深刻的哲理、思想的火花都巧妙結合在一起，使人如同走進視野開闊、色彩斑斕的世界。

在〈古戰場春曉〉中，他以豐沛的詩情描寫廣州北郊三元里出色的景致，以及沿途所見鄉間人民勞動的情形，進而聯想起鴉片戰爭時三元里人民英勇對抗英帝國主義入侵的悲壯史實，原來這裡是一百多年前的古戰場，在憑弔的時候，他不禁有了懷古的想像：

福建人民出版社，1981），頁40～41。

[10] 秦牧：〈思想和感情的火花〉，前揭書，頁52。

[11] 朱棟霖等主編：《二十世紀中國文學史》（臺北市：文史哲出版社，2000），頁695。

我彷彿看到一百多年前戰爭的情景：那時，螺號嗚嗚，鑼聲噹噹，滿山旗幟，遍地人潮，一支「黑底牙邊白三連星」神旗迎風飄動，指揮著戰陣。在「三元古廟」點了香燭，向這面旗宣誓過「旗進人進，旗退人退，打死無怨」的三元里的憤怒群眾，以及鄰近一百多鄉的戰友，抬著各式各樣的原始武器：刀、矛、藤牌、三尖槍、長棍、抬槍、撓鉤追殲著敵人；隊伍中甚至還有兒童和婦女。這時天彷彿也憤怒了，狂風暴雨，閃電雷霆。

對歷史事件加以形象化的描寫，給人逼真的史實感受。接著，他走進三元古廟，介紹了被保存下來的許多武器、旗幟等歷史文物，在古今場景虛實穿梭中，他帶領讀者進行了一次知識的遨遊。最後，他則由景悟理，「想著帝國主義已經日近黃昏了」，於是感嘆道：「呵，我們美麗的土地，英雄的人民！」可以想見，這樣的作品風格與五〇年代的時代氛圍是多麼契合了。

和楊朔的名篇〈荔枝蜜〉一樣，他也寫過蜜蜂，在〈花蜜和蜂刺〉中，他展現出與楊朔不同的寫作傾向，不以詩意描寫見長，而是傳達了相關的生物知識，以及由此聯想的人生啟發。他先是提到：「人們讚美蜜蜂，總是著眼於它所釀造的蜜糖，而很少去讚美它的刺。……蜂刺和蜂蜜，實際上都同樣值得讚美。」從這個不落俗套的視角出發，他逐一說明了「一根蜂刺，究竟有多大的威力呢？」浙江養蜂人告訴他「當一匹馬碰倒一個蜂箱的時候，整群蜂的威力，竟然把那匹馬活活螫死。」江西一個採藥人則告訴他被土蜂攻擊的驚險經過，以及事後與同伴放火焚燒蜂窩以報復的情景，頗為生動而有趣，至於作者自己也有一次親身經歷：「有一次，我在海南島吊蘿山的原始林區裡訪問，突然聽到一陣悶雷般的聲音，忙問旁人：『這是

什麼？』當地的人們指著天空道：『你看，一群野蜂正在搬家。』我
抬頭一看，果然看到一陣雲霧似的東西從天空掠過，威武的野蜂，成
群飛行時的氣概，也給人留下了很深的印象。」他最後領悟道：「刺
和蜜這兩樣東西都有，蜜蜂才成其為蜜蜂！」全篇富有趣味性和知識
性，新穎奇特中富有可讀性，充分發揮了秦牧博學多聞、妙趣橫生的
特長。

（三）劉白羽：與時代同呼吸，為革命擂戰鼓

正如劉白羽自己所言：「我覺得，一個作者的風格取決於作者的
經歷、修養、人格以及美的欣賞的能力。」[12]他的散文風格正與他長年
參與革命戰爭的戰士形象相一致，以飽滿的政治熱情投入時代的火
光中，同時又以鮮明立場的政治抒情散文為自己在當代散文中找到位
置，為自己的政治立場、時代感受找到最合適的宣洩口。和楊朔、秦
牧不同的是，他的散文熱烈奔放、壯懷激烈，雖然也注意到詩意的
重要，但在時代精神與政治要求的前提下，他自覺地服從於時代的需
要，努力做一名革命戰士型的作家，為時代歌唱，成為他的責任和使
命。在一九五八年以前，他一直致力於通訊報告的寫作，這是他最擅
長的文體，也為他贏得了一定的聲譽，代表作有《延安生活》、《游
擊中間》、《世界新面貌》、《朝鮮在戰火中前進》、《早晨的太陽》、
《萬砲震金門》等。

但是，一九五八年後，劉白羽有了轉變，他開始嘗試抒情性散文
的創作。在《劉白羽散文四集·前言》中他說：「我走向文學的道路

---

12 劉白羽：〈天涯何處無芳草——《芳草集》自序〉，原載《散文》1981年第9期，引
　自孟廣來、牛遠清編：《中國當代文學研究資料叢書：劉白羽研究專集》（北京市：
　解放軍文藝社，1982），頁84。

是從散文開始的，但真正形成我散文創作的高潮，還是一九五八～一
九八八這三十年間。」[13] 以一九五九年寫的〈日出〉為標誌，他的散文
風格有了較明顯的變化，注重情感的抒發與意境的構思，藝術色彩開
始濃厚起來。一九六二年出版的《紅瑪瑙集》可以視為分界點，收
入抒情散文〈日出〉、〈長江三日〉、〈燈火〉、〈秋窗偶記〉、〈紅瑪
瑙〉、〈櫻花漫記〉等十四篇，代表了他政治抒情體散文的確立，也
奠定了他在當代散文文壇的地位。一九八九年出版的《劉白羽散文四
集》收錄了《紅瑪瑙集》、《芳草集》、《海天集》、《秋陽集》，是他
抒情體散文的集中呈現，展示出他的散文審美風格與藝術風貌。

　　由於從一九三八年奔赴延安參加革命工作起，劉白羽的人生歷程
幾乎是與中國革命的歷程相一致，戰火錘鍊出他戰鬥的性格，濃厚
的軍人氣質使他對時代脈搏、社會現實特別留心。對他而言，首先
是一個軍人、革命者，然後才是一個作家。他喜歡以戰士的身分觀
察生活，感受生活，並從中思索人生、革命的道理。他對革命立場
的堅持，在多篇文章中有清楚的表達，如〈創作我們時代的新散文〉
中，他對散文的使命有明確的揭示：「我們應當把時代最先進的革命
思想、最生動的藝術形象，引進文學作品中來，給散文以新的生命、
新的青春，使它更光輝燦爛，蓬勃發展。」而且，「抒人民之情、抒
革命之情、抒時代之情，這種感情便是最美的。」[14] 他也強調：「我們
是這個偉大時代的人，唱歌要唱我們人民的歌，要唱我們時代的歌，
要唱我們人民與時代革命前進的歌。」他始終把散文當作壯麗生活的
贊歌，戰鬥生活的號角，「我堅決認為與時代鬥爭同呼吸，是文藝最

---

[13] 劉白羽：〈前言〉，《劉白羽散文四集》（重慶市：重慶出版社，1989）。此文寫於
　　1988年4月29日。

[14] 劉白羽：〈創作我們時代的新散文〉，孟廣來、牛遠清編：《中國當代文學研究資料
　　叢書：劉白羽研究專集》，頁47。

需要的特色。」[15]他的散文反映了時代，而時代也造就了他的散文，正如論者指出的：「他和這戰鬥的時代是聲息相通、結為一體的。」因此，「他創作中的全部優長及缺憾，都是時代的準確反映和真實紀錄——瞭解這一點，是瞭解劉白羽創作『奧秘』的一把鑰匙。」[16]

在這樣的創作思想指導下，他的散文大都有明確的主題，為凸顯主題，在題材上多選取震撼人心的場面，描繪祖國的崇高偉大，讚美生活中勇敢的戰士與英雄，以高亢的聲音，謳歌社會發展的種種面向。

例如〈日出〉，藉著描寫日出的壯麗景觀，象徵新中國光明的前景。文章先寫在印度、黃山兩次不能看到日出的遺憾，引出這次終於看到日出的震撼與感動：「我卻看到了一次最雄偉、最瑰麗的日出景象。不過，那既不是在高山之巔，也不是在大海之濱，而是從國外向祖國飛航的飛機飛臨的萬仞高空上。現在想起，我還不能不為那奇幻的景色而驚異。」接著，他用大量的篇幅描繪所見日出的情景，先是「黑沉沉的濃夜」，繼而「黑夜還似乎強大無邊，可是一轉眼，清冷的晨曦變為磁藍色的光芒。原來的紅海上簇擁出一堆堆墨藍色雲霞。一個奇蹟就在這時誕生了。」對於日出的剎那，劉白羽用浪漫的筆調、強烈的情感來刻畫：「如同沸騰的溶液一下拋濺上去，然後像一支火箭一直向上衝」，「幾個小片衝破雲霞，密接起來，溶合起來，飛躍而出，原來是太陽出來了。它晶光耀眼，火一般鮮紅，火一般強烈，不知不覺，所有暗影立刻都被它照明了。一眨眼工夫，我看見飛機的翅膀紅了，窗玻璃紅了，機艙座裡每一個酣睡者的面孔紅了。這時一切一切都寧靜極了，寧靜極了。」末尾，他發出了由衷的感歎：

---

[15] 劉白羽：〈《時代的印象》序言〉，前揭書，頁6。
[16] 王萬森等主編：《中國當代文學50年》，頁108。

這時，我深切感到這個光彩奪目的黎明，正是新中國瑰麗的景
象；我忘掉了為這一次看到日出奇景而高興，而喜悅，我卻進
入一種莊嚴的思索，我在體會著「我們是早上六點鐘的太陽」
這一句詩那最優美、最深刻的含意。

這是一篇巧妙融合描繪、抒情與議論於一體的作品，詩意的語言包裝
了時代的主題，在五〇年代的散文中，這篇作品以角度的新穎使日常
的題材有了新的意境，詩化政論的文體特徵有了生動的演繹。

〈長江三日〉也是歌頌時代、祖國之情的佳作。劉白羽採日記的
形式，描寫他乘「江津」號輪船自重慶出航，順江而下，經三峽至武
漢這段航程所領略的風光，並由三日見聞中引發出對生活與人生的思
索，揭示「穿過黑夜走向黎明」的哲理。在第一日的航程中，他一貫
的革命激情就已充分流露：

水光，風霧，渾然融為一體，好像不是一隻船，而是你自己正
在和江流搏鬥而前。「曙光就在前面，我們應當努力。」這時
一種莊嚴而又美好的情感充溢我的心靈，我覺得這是我所經歷
的大時代突然一下集中地體現在這奔騰的長江之上。是的，我
們的全部生活不就是這樣戰鬥、航進、穿過黑夜走向黎明的
嗎？現在，船上的人都已酣睡，整個世界又都在安眠，而駕駛
室上露出一片寧靜的燈光。想一想，掌握住舵輪，透過閃閃電
炬，從驚滔駭浪之中尋到一條破浪前進的途徑，這是多麼豪邁
的生活啊！我們的哲學是革命的哲學，我們的詩歌是戰鬥的詩
歌，正因為這樣——我們的生活是最美的生活。……「江津」
號昂奮而深沉的鳴響著汽笛向前方航進。

這是典型的劉白羽散文風格，為時代唱贊歌，把江輪作為革命事業的

象徵,表現出他鮮明的「時代感」。這種時代精神,從許多作品的題
目中就可以感知,如〈青春的閃光〉、〈延河水流不盡〉、〈光明與黑
暗的大搏鬥〉、〈火鳳凰〉、〈泥土氣息與石油芳香〉、〈火一般熾烈的
歌手〉、〈海峽風雷〉、〈偉大的創業者〉、〈雷電頌〉等,都有著理想
化的色彩與浪漫的革命情懷。

三　詩化‧閒話‧政論:「三大家」的散文文體特徵

楊朔與劉白羽在從事抒情散文創作之前,都有豐富的通訊報告寫
作經歷,通訊報告文體的時效性、現實性與時代性,顯然對他們散文
的藝術風格有著不可忽視的影響,他們在散文創作時也自覺追求貼近
時代現實的作用,以詩意＋政治的文體形塑出自身的藝術個性。楊
朔的詩人氣質較強,作品強調「詩心」;劉白羽的軍人氣質較強,作
品鼓吹戰鬥。兩人將詩意與政治的對立悖反巧妙地融合在一起,透
過「三段式」結構的精心設計,形成政治抒情風格的文體特徵。和前
面兩人稍有不同,秦牧有豐富的報刊編輯經歷,這使他具有編輯人知
識寬廣、手法多變的性格,加上他是由雜文轉向抒情散文寫作,「雜
文」文體包羅萬象的特點,使他的散文充分展現其淵博的學識經歷,
也造成他的作品有一種三五好友談古論今的閒話風格,這成為他突出
的散文文體特徵。

(一) 楊朔:以「詩心」釀造詩化散文

楊朔散文的最大成就是提出了把散文「當詩一樣寫」的理論主
張,並努力實踐,創造出他以「詩心」建構的獨特的「詩化」文體。
這個「以詩為文」主張的形成是他多年藝術實踐後的領悟與自覺追

求，寫於一九五九年的〈《海市》小序〉中他簡單地提到：「我素來喜歡讀散文。常覺得，好的散文就是一首詩。」到了一九六一年的〈《東風第一枝》小跋〉時，他的「詩化」理論就比較具體而清晰：「我在寫每篇文章時，總是拿著當詩一樣寫」，之所以如此的原因是：「我向來愛詩，特別是那些久經歲月磨練的古典詩章。這些詩差不多每篇都有自己新鮮的意境、思想、情感，耐人尋味，而結構的嚴密，選詞用字的精煉，也不容忽視。我就想：寫小說散文不能也這樣麼？於是就往這方面學，常常在尋求詩的意境。」這裡提到的意境、結構、用字等，正是其詩化散文藝術的核心。在這個理論的指導下，他說：「動筆寫時，我也不以為自己是寫散文，就可以放肆筆墨，總要像寫詩那樣，再三剪裁材料，安排佈局，推敲字句，然後寫成文章。」[17] 顯然，「詩」已成為他散文創作的藝術目標，是他對藝術審美的最高理想。

雖然自「五四」以來，一直有許多作家探討過抒情散文中的詩美問題，如朱自清、郁達夫、冰心等，但都不夠明確，而楊朔是第一次明確地提出「以詩為文」的藝術主張，有論者就指出：「在我國當代文學史上，是楊朔繼朱自清等作家之後十分明確地提出詩化散文的藝術主張和美學見解這個創作的理論問題。」而在這個主張下的創作實踐，「使其作品在意境創造、藝術構思、人物描寫、結構藝術、文學語言和個性風格等方面，形成與眾不同的藝術個性，比較完整地構成他的散文美學。」[18]

---

[17] 楊朔：〈《東風第一枝》小跋〉，《楊朔文集》，頁647。

[18] 見吳周文：《楊朔散文的藝術》，頁9。散文研究者王堯在其《中國當代散文史》中也認為：「楊朔散文『詩化』理論可以簡要地表述為：把散文當詩一樣寫，尋求詩的意境、結構和語言。確立自己的美學原則，並在文壇產生廣泛影響，楊朔是當代散文史上第一人。」見頁70。

　　楊朔詩化散文的作品不少，他總是能純熟地運用情景交融、借景抒情、托物言志的表現手法，釀造出詩意美感的思想意境，如〈香山紅葉〉、〈海市〉、〈荔枝蜜〉、〈茶花賦〉、〈雪浪花〉、〈泰山極頂〉等作品即是代表之作。以〈雪浪花〉為例，一開頭的描寫就充滿詩意：

> 涼秋八月，天氣分外清爽。我有時愛坐在海邊礁石上，望著朝漲潮落，雲起雲飛。月亮圓的時候，正漲大潮。瞧那茫茫無邊的大海上，滾滾滔滔，一浪高似一浪，撞到礁石上，唰地捲起幾丈高的雪浪花，猛力沖激著海邊的礁石。那礁石滿身都是深溝淺窩，坑坑坎坎的，倒像是塊柔軟的麵糰，不知叫誰捏弄成這種怪模怪樣。

以海邊浪花擊石的景物描寫，將自己的感情體驗和外在景物聯繫在一起，醞釀一種歲月磨練和執著人生的氛圍，營造出象徵的詩境。又如〈漁笛〉描寫海邊漁村一個有喪父之痛女子的往事，起首仍以抒情詩意手法製造一種懸念的意境：

> 隔一天黃昏，我撲著那棵紅樹走去，走進一個疏疏落落的漁村。村邊上有一戶人家，滿整潔的磚房，圍著道石頭短牆，板門虛掩著，門外晾著幾張蟹網。那棵紅樹遮遮掩掩地從小院裡探出身來。院裡忽然飄出一陣笛子的聲音，我不覺站著腳。乍起先，笛子的音調飛揚而清亮，使你眼前幻出一片鏡兒海，許多漁船滿載著活鮮鮮的魚兒，揚起白帆，像一群一群白蝴蝶似的飛回岸來。

這特殊的笛音，使作者不禁想知道：「這是個什麼人，吹得這樣一口好笛子？」然後，「笛音斷了，門打開，站在我眼前的是個二十來歲

的女孩子，手裡拿著隻古舊的橫笛。」然後開始敘述笛音背後的故事。這樣的抒情筆法，帶有詩意的引導讀者進入他所描繪的意境裡。有景，有情，有人，他總是能讓這些動人的因素融為一體，呈現出詩意的藝術境界。

　　為了打動讀者，楊朔在用詞鍊字上特別講究，對語言的精心錘鍊遂成為其詩化散文文體特徵的生動體現，如〈秋風蕭瑟〉中的「登上箭樓，但見北邊莽莽蒼蒼的，那燕山就像波浪似的起伏翻滾；南邊緊鄰渤海，海浪遇上大風，就會山崩地裂一般震動起來。」以海喻山，以山寫海，構思新穎，語言靈動。又如〈雪浪花〉的「是叫浪花咬的」，這個「咬」字使浪花的神態活靈活現；〈金字塔夜月〉的「月亮一露面，滿天的星星驚散了。」〈茶花賦〉的「一腳踏進昆明，心都醉了。」〈蓬萊仙境〉的「扒著扒著，一隻小螃蟹露出來，兩眼機靈靈地直豎著，跟火柴棍一樣，忽然飛也似的橫跑起來，惹得我們笑著追趕。」〈泰山極頂〉的「顏色竟那麼濃，濃得好像要流下來似的。」類似的例子，在他的散文中是屢見不鮮的，遣詞的精確，形象的鮮活，情愫的蘊蓄，想像力的豐富，構成了一幅幅有詩意的境界，使他的散文煥發出強烈的詩意。

　　這樣的散文風格與抒情文字，在五〇年代充斥大量標語口號式作品的文壇，顯得獨樹一幟，清新優美，對當時浮誇說教的八股文風，也是一個鮮明的對照、有力的批判，所以這些散文一問世，立刻吸引了廣大的讀者，連冰心都肯定地說：「作者的文筆，稱得上一清如水，樸素簡潔，清新俊逸，遂使人低迴吟誦，不能忘懷。」[19]

　　楊朔散文的藝術表現被稱為「楊朔模式」，這是推崇，也是批

---

19 冰心：〈《海市》打動了我的心〉，《文藝報》1961 年第 6 期。引自卓如編：《冰心全集》（福州市：海峽文藝出版社，1994）第 5 卷，頁 635。

判。楊朔散文的詩化藝術境界表現在不論是題材剪裁、構思、意境創
造或人物描寫等方面,都能像寫詩一樣反覆琢磨,經營佈局,以成熟
的筆法建構整體的藝術之美,這就決定了他在結構上必須有所用心與
創造。一篇散文的開頭、發展與結尾,楊朔總是設法讓它成為詩的意
境的組成部分,結構的細密精美,已經成為楊朔散文鮮明的特色之
一。

　　楊朔在散文結構上多採峰迴路轉、曲徑通幽的方式,且有著「寫
景或狀物——記事或寫人——議論說理」的三段式架構,先設計欲揚
先抑的開頭,中間再轉彎,最後點題,「卒章顯志」。這種結構是楊
朔的藝術創造,有人稱許這是「別出心裁的轉彎藝術」[20]。這樣的特
點在他的代表作中尤其明顯,如〈泰山極頂〉一開始先寫景,敘述自
己去爬泰山,想到極頂去看日出,沿途看到許多美麗的景致,中間忽
然一轉,滿懷著希望卻因為天候不佳而無法看到,然後安排一位「鬚
髯飄飄的老道人」無法給他們燒水喝,因為其他的道人都到公社去割
麥子了,於是,結尾不禁領悟到:「有的同伴認為沒能看見日出,始
終有點美中不足。同志,你還有什麼不滿意的?其實我們分明看見另
一場更加輝煌的日出。這輪曉日從我們民族歷史的地平線上一躍而
出,閃射著萬道紅光,照臨到這個世界上。偉大而光明的祖國啊,願
你永遠『如日之升』!」前面的詩意描寫,其實是為結尾的政治心聲
鋪陳,其審美活動是循著定向的思路而行的。

　　〈荔枝蜜〉也是典型的三段式架構。文章開始採用欲揚先抑的筆
法,寫「我」因為小時候曾被蜜蜂螫了一下,從此看見蜜蜂「總不
怎麼舒服」,今年四月來到廣東從化溫泉小住幾天,發現滿野的荔枝

---

20 周小纓:〈楊朔的散文與轉彎藝術〉,《散文創作藝術談》(南京市:江蘇文藝出版
　　社,1984)。

樹，吃著新鮮的荔枝蜜，因此想去看蜜蜂。筆法一轉，他遇到養蜂人老梁，老梁告訴他蜜蜂的許多特性：「蜜蜂這對象，最愛勞動。廣東天氣好，花又多，蜜蜂一年四季都不閑著。釀的蜜多，自己吃的可有限。每回割蜜，給牠們留一點點糖，夠牠們吃的就行了。牠們從來不爭，也不計較什麼，還是繼續勞動、繼續釀蜜，整日整月不辭辛苦……」於是，「我」又領悟到：「蜜蜂是在釀蜜，又是在釀造生活；不是為自己，而是在為人類釀造最甜的生活。蜜蜂是渺小的；蜜蜂卻又多麼高尚啊！」然後，他看到在水田裡工作的農民，不禁聯想：「他們正用勞力建設自己的生活，實際也是在釀蜜——為自己，為別人，也為後世子孫釀造著生活的蜜。」議論完後，「我」在當天晚上「做了個奇怪的夢」，「夢見自己變成一隻小蜜蜂」。從不喜歡到變成蜜蜂，作者寫了一個思想起伏變化的過程，起承轉合間有著精心的結構安排。

再舉《香山紅葉》為例。「我」想去看香山的紅葉，路上遇到一位老嚮導，「鬍子都白了，還是腰板挺直，硬朗得很。」老嚮導說現在不是看紅葉最好的時候，但「南面一帶向陽，也該先有紅的了。」這又是楊朔慣用的「欲揚先抑」的技巧。沿途聽了老嚮導精彩的景物介紹，可是卻沒看到紅葉，但接著筆鋒一轉，看到路邊的紅樹，葉子發出「一股輕微的藥香」，有位同伴說：「怪不得叫香山。」於是結尾作者寫道：「也有人覺得沒看見一片好紅葉，未免美中不足。我卻摘到一片更可貴的紅葉，藏到我心裡去。這不是一般的紅葉，這是一片曾在人生中經過風吹雨打的紅葉，越到老秋，越紅得可愛。不用說，我指的是那位老嚮導。」將久經風霜的老嚮導，與香山紅葉交融在一起，呈現出生活的詩意。從寫景起，再帶出人物，中間轉彎，結尾生發議論，引出一個崇高的思想主題，這就是三段式的藝術結構。

從上述例子可以得知，楊朔對散文結構的用心經營，使文章有了

固定的寫作章法，這對於散文教學以及青年學習散文創作提供了條理
分明的模式與方法，於是他的散文獲得了廣泛的迴響。當然，這樣的
固定模式也帶來了一些不好的影響，從而使「楊朔模式」受到後來文
論界的否定與批判。

（二）秦牧：林中散步、燈下談心的閒話風格

秦牧的散文雖以題材的海闊天空、文體的廣泛博雜為特點，但面
對大量的知識訊息，秦牧純熟地運用結構加以貫串、組織，使其在一
個主題、思想的主導下，如眾星拱月般圍繞著既定的中心命題開展，
這種看似「跑野馬」卻又控制得宜、游刃有餘的寫法需要才情與技
巧，無疑的，秦牧的許多散文傑作即表現出這樣的駕馭能力。對於結
構的重要性，他曾提出：「散文雖『散』而不亂，全靠思想把那一切
材料統一起來，用一根思想的線串起生活的珍珠，珍珠才不會遍地亂
滾，這才成其為整齊的珠串。」[21] 有人認為他在結構上採用的是「滾雪
球」的形式，「一個事例接著一個事例，一個意象聯著一個意象。」[22]
不過，最常見、也較準確的概括應該是「形散神不散」，有論者就指
出：「秦牧的創作為六〇年代風靡一時的『形散神不散』的散文寫作
模式提供了最成功的範例。」[23]

在他的名篇〈土地〉中，他先拋出「不知道你曾否為土地湧現過
許許多多的遐想？」的問題，然後就以「土地」為中心，展開自由的
聯想，從古到今，從國內到國外，縱筆寫去，《左傳》記載晉國公子
重耳在逃亡途中的一幕怪劇、古代皇帝封侯的儀式、殖民主義者強迫

---

[21] 秦牧：〈散文創作談〉，《中國當代文學研究資料：秦牧專集》，頁68。

[22] 王萬森等主編：《中國當代文學50年》，頁108。

[23] 李曉虹：《中國當代散文發展史略》（臺北市：秀威資訊公司，2005），頁49。

被征服者投降的儀式、海外華僑珍重收藏「鄉井土」的心情、湛江的「寸金橋」寓有「一寸土地一寸金」的意義、許多歷史上流傳的保衛土地的愛國故事，在他的筆下一一登場，不論如何神思飛越、旁徵博引，「土地」這個核心概念始終如一條紅線串起以上事例的「珍珠」。〈花城〉描寫一年一度廣州年宵花市的盛況、風俗由來、年節的熱鬧場景、各式各樣特有花種的美好，看似拉雜寫來，實則都能扣住「花市」這個中心主線，只不過最後他在花市裡「不禁會想到各地的勞動人民共同創造歷史文明的豐功偉績」，「聽著賣花和買花的勞動者互相探詢春訊，笑語聲喧，令人深深體味到，億萬人的歡樂才是大地上真正的歡樂」，不免又落入「時代病」的窠臼裡。

秦牧散文中有許多異國風情的題材，也都能掌握住「形散神不散」的原則，以〈在澳門噴水池旁〉為例，他要表達的是澳門受到殖民統治的屈辱史實，提到了澳門著名的媽祖閣、大三巴牌坊、葡京酒店、東望洋山等，但最後來到「澳門市政廳前的噴水池邊，在矮矮的石圍欄上坐下來」，望著水花，他想起在這裡發生的故事：「從一九四〇年到一九六六年，二十六年之間，這裡矗立著一個葡萄牙軍曹的銅像。這軍曹狀貌凶悍，拔劍鷹視。一九六六年底銅像被澳門的中國群眾推倒以後，這裡變成了花圃，以後又改建成噴水池。」至於這個軍曹的故事，「要追溯到一百多年前的歷史了」。於是，文章的後半部分就從鴉片戰爭談起，談到一八四九年澳門農民沈亞米擊斃澳門總督亞馬勒的歷史，以及葡萄牙砲兵軍曹美士基打為了報復，率部隊攻打清朝守兵，甚至割取清朝守臺軍官的首級，耀武揚威而還。這個軍曹竟成了殖民主義者心目中的「英雄」，為他在市政廳前立了銅像。秦牧將這段歷史生動敘述，自然有其知識性與趣味性，同時，整篇文章的「神」是對殖民者的批判，於是文末再度發出感慨：「試想在飽受侵凌的日子裡，祖國曾經蒙受過怎樣的恥辱。」但慶幸的是：「現

在，中國的確像巨人一樣屹立起來了。」

　　秦牧的散文敘述方式接近於周作人的「談話風」，追求一種閒話趣談、娓娓道來的境界，他曾對自己的行文風格剖析道：「每個人把事物和道理告訴旁人的時候，可以採取各種各樣的方式。這裡採取的是像和老朋友們在林中散步，或者燈下談心那樣的方式。……我認為這樣可以談得親切些。」[24]即使是談文藝問題的《藝海拾貝》，他也嘗試要「寓理論於閒話趣談當中」[25]，使人從中得到有益的啟發。這種自然、親切的語言風格，靠的是作者夾敘夾議、直抒胸臆的筆法，貼切生動的譬喻，尤其是生動運用口語、諺語、成語、名言等，使文章在充滿情趣、理趣的同時，也具有雋永含蘊、平易近人的風格。對秦牧散文語言的特色，王堯有準確的描述：「這樣一種『林中散步』的敘述方式，打破了起承轉合的文章秩序，形成了一種舒捲自如的結構型態。如果說楊朔的散文結構是人工的『蘇州園林』式的，那麼秦牧的抒情小品則是自然的叢林；如果說秦牧是在林中散步，那麼楊朔則是在園中吟誦。」[26]既然是散步閒談，就必須有趣味、有譬喻，不能沉悶；必須有海闊天空的內容，不能枯燥而單調；必須貼近生活，而不能過於玄虛；必須家常口語，不能雕琢賣弄。秦牧的散文大致上做到了這些要求。

　　〈麵包和鹽〉就是從生活中取材的例子。透過外交禮儀，秦牧發現「最隆重的贈禮，並不是什麼金銀寶物，而往往是一種最平凡的東西。」他提到蘇聯民間傳統習俗，最尊貴的禮物就是麵包和鹽；非洲有些地方以玉米和鹽為最高貴禮物；緬甸潑水節以水表示美好的祝願；藏族的「獻哈達」贈送一塊普通的布帛做為最隆重的禮節，等

---

[24] 秦牧：〈《花城》後記〉，《中國當代文學研究資料：秦牧專集》，頁17。

[25] 秦牧：〈《藝海拾貝》跋〉，前揭書，頁19。

[26] 王堯：《中國當代散文史》，頁100。

等。他以聊天的口吻、日常的語言，娓娓訴說這些事例，告訴讀者「平凡的東西，常常就是最崇高最寶貴的東西。」而這個「偉大就寓於平凡之中」的道理，秦牧形象化地譬喻說：「正像種籽就藏在果實之中一樣。沙粒構成了山，水滴匯成了海，平凡孕育了偉大。」深入淺出的說理，看似談天說地，卻有著潛移默化的感染力。

〈潮汐和船〉的結尾，秦牧的談話風更是明顯：

> 我並不想在這兒告訴你某一次潮汐，某一個海港，某一艘船，某一個人的故事。我只想談談我看到船和潮水搏鬥的時候，它們揚帆遠征時候，自己的微妙的感受。像一個無知的小孩試圖去捉住蜻蜓來縛在線上一樣，我試圖把那種微妙的思想感情捕捉來貼在紙上。如果你在這兒看到有些話好像是一個醉漢的囈語，那是自然不過的事。

這篇散文不像是醉漢的囈語，反而像是知識淵博的學者在滔滔不絕地說著許多與海、船有關的故事。他以熱情的筆調讚美著船：「船，像一根小小的鑰匙卻能夠打開大鎖似的，它打開了海洋的門戶。船，像閃電劃破了黑夜的長空一樣，它劃破了海洋的胸膛。船記錄了人類的勇敢、智慧、毅力和許許多多艱苦的鬥爭。」同時，他又清晰地傳達出獲得的領悟與思想：「一艘艘的船又是多麼使人想起一個個的人呵！沒有龍骨，船就拼不起來了；沒有腰骨，人就站不起來了。……一條不能下水航行的船，即使如何精美，是毫無價值的，一個始終不能勞動創造的人，也是一樣。」思想與趣味，抒情與議論，在秦牧流暢、樸質的語言中有機地融合在一起，給人啟發，給人聯想。

在〈雄奇瑰麗的中國山水〉中，秦牧像個導遊一般，問一聲：「你攀登過這樣的大山嗎？」然後介紹了名山大川的奇景秀色；再問一聲：「你喜歡在湖上和江上泛舟嗎？」然後將美麗的湖光山色、江

面麗景也寫在你眼前。這真像是三五好友在天南地北地「神遊」了；〈菱角的喜劇〉中，他以輕鬆、自然的口吻談到菱角的多樣性，有兩個角、三個角、四個角，還有一種圓角菱是沒有角的，由此而聯想到：「是不是只有生物界有這種情形呢？不！一切事物都有複雜性、多樣性。搞化學的人告訴我們，碳水化合物有幾千種。搞物理的人告訴我們，同一種元素在各種各樣的條件下有千奇百怪的型態。醫生會告訴我們，人的體質有各種各樣的不同，有些患『過敏症』的人喝一杯咖啡就要死要活，有些人裝一肚子咖啡卻仍舊可以酣然大睡。有些人牙齒不夠一般人的二十八枚，個別的人卻可以長出三十六枚……我的天，複雜性、多樣性的事物原是這樣無所不在的。」透過口語化的包裝，在不說教的姿態下，知識與趣味就已經生動傳達給讀者了。也許就是這種融文化心態、審美情趣、生活哲思於一體的「談話風」，使秦牧的散文有了自己的美學品格，並擁有廣大的讀者。

（三）劉白羽：「時代精神」飽滿的詩化政論

在「三大家」中，劉白羽的「時代精神」最為強烈飽滿，他始終以革命戰士的眼光來觀察和表現生活，為新中國社會主義建設「奉獻」的心態使他的作品富於激情，恢宏的氣勢有時確實能激動人心，但在「概念先行」下，他的許多作品流於誇飾、濫情，也是常見的弊病。他的主觀色彩鮮明，力圖透過散文創作將自己塑造成政論色彩突出的抒情詩人。他曾自剖：「我穿過激流，越過險灘，衝過硝煙戰火，闖過暴雨狂風，那驚心動魄的大時代能不濡染我嗎？回憶是美麗的，在炮火連天的戰場上，我曾經為我看見的那芬芳的花朵而陶醉過，但經過大浪淘沙，我愛的不僅是梨花的潔白素雅，更愛火一般濃

烈的紅薔薇了。」[27]這種美學理想構成了他文體上的壯美風格。雖然在語言上，有些失敗的作品過於粗疏、直白、散漫，但具代表性的作品則體現其文體特色，即語言壯麗華美，講求修辭鋪排，加上強烈的節奏、高亢的情感，整體呈現出一種豪放壯美的文體藝術風格。為了呼應時代的需求，他刻意追求磅礡激越、汪洋恣肆的氣勢。和楊朔相比，他熱情如火，楊朔優美如詩；他接近鐵馬金戈，楊朔接近杏花春雨。

在〈崑崙禮讚〉中，劉白羽就用他最擅長的絢麗語言，簡潔有力的排比句法，增強文章的節奏感。當他從空中鳥瞰崑崙極峰的雪白冰川時，他寫道：「這種潔白，使你心靈感到無比純淨，這種氣魄使你胸襟頓然開闊。這俯瞰世界的帕米爾高原上的喀喇崑崙山呀！何等雄壯，何等神奇，茫茫宇宙，浩浩天風，一切莊嚴靜穆。你的心不跳了，你的血不流了，你失去了你，你和這一切偉大的偉大渾然凝為一體。」飛過極峰後，他看到巨嶺、湖泊、森林的壯麗神奇，不禁發出以下的感喟：

> 它長期經歷著狂風的鞭撻，暴雪的搏擊，而它堅貞不屈、屹然挺立，它是永恆的戰鬥者。
> 它那樣聖潔，如潔白蓮花；山崩地裂，飛沙走石，它永遠亭亭玉立。
> 它凝聚在冰川雪窟之中，封鎖在凜冽嚴寒之下，但它的心永遠跳盪著火的熔焰，噴吐出溫暖的大河。

善用排比、譬喻、擬人等修辭手法，將崑崙山形象化，其不屈的精神

---

27 劉白羽：〈形象之花是不會枯萎的〉，《紅瑪瑙集》新序，收於《劉白羽散文四集》，頁4。

也在作者酣暢的筆墨下栩栩如生。只可惜，他接著寫道：「啊，崑崙的形象，不就是我們黨的形象嗎！」以下許多充滿政治意識的描寫，雖然作者想以詩意的語言加以烘托，但其不協調與做作說教也是顯而易見的。

〈雪〉也是劉白羽詩化政論散文中較突出的一篇。文章從一個落雪的日子開始寫起，「今天，這雪下得多好啊！」但是，「不知怎麼回事，二十幾年前的一段往事，在今天這場大雪下，陡然回到我的心間，它呼喚我回到那偉大而莊嚴的時代，我感到熱血沸騰，自己彷彿又變得年輕起來了。」接著，透過種種和雪有關的回憶，逐漸擴大到與革命鬥爭的讚美連接在一起，最後與部隊在雪地中前進的形象重疊：「我覺得，今天還跟從前一樣，後續部隊不斷湧上來，而前頭部隊早已消失在那白茫雪天遠處。」以雪不斷落下的氣勢，襯托革命部隊奮勇前進的氣勢，這時的雪地雪景已經轉換成另一種更深遠更雄偉的思想和情感的境界了。

我們還可以從以下的片段描寫中認識劉白羽的修辭特色與豪邁的情感，如〈崑崙山的太陽〉中描寫黃河之水從溢洪道口噴射而出的情景：「如烏雲亂捲，如怒火，如狂飆。這些烏雲先是從下面向上噴射，噴到半空，又跌落下來，化成茫茫銀霧，這一卷卷雲霧，給陽光照得閃亮，又飛上高空，烏雲白霧，上下翻騰，再向上，如濃墨，如淡墨，直聳高空，像原子爆炸的磨菇雲，亭亭而上，巍然不動，這場景真有點驚人。」〈石油英雄之歌〉：「從黎明到夜晚，從大陸到海洋，在華北石油會戰遼闊的前線上，展現了一幅火紅動人的景象。陽光燃燒，紅旗飛舞，鑽塔像鋼鐵巨人一樣聳立雲天，電機轟鳴，鑽桿飛旋，聚精會神緊握煞把的石油工人的心呀，隨著鑽頭一道在地心深處旋轉、旋轉。這裡一簇簇帳篷，那裡一排排板房，地面鋼管堆山，空中電線織網。朝霞中鑽塔如林，夜幕上燈光似火。運輸車成群結隊

捲起的灰塵，像旋風沖天而起，像急雨驟然而落。這一切使你感到會戰生活是何等繁忙、壯麗、雄偉、飛躍……」可以看出，動詞的靈活運用，句法的豐富多變，短句簡潔有力，長句勢如奔馬，錯落有致的節奏感，鏗然有聲的音樂性，充分顯現出作者揮灑自如、跌宕有致的文字修辭功夫。

　　劉白羽的散文結構和楊朔一樣，也有三段式的傾向：一般先從現實入手，進而回溯歷史，最後從歷史與現實的聯繫中表達思想或抒發情感。〈青春的閃光〉是典型的例子，他先從天安門工地上一個早晨寫起，接著「一個回憶像閃電一樣掠過我的心靈」，於是他回憶起「二十二年前一個狂風暴雨的夏季」，日軍坦克進入天安門的情景；接下來，「又一個回憶像晨風一樣吹醒我的心靈」，遂又想起新中國成立初期在天安門召開政協會議的莊嚴時刻；然後，「再一個回憶像鼓聲一樣震動我的心靈」，於是描寫十年來在廣場上慶祝國慶的艱難與歡欣，最後他體會出：「是的，是我們走過了十年，是我們創造了今天。而這閃光正是我們整個社會主義祖國發射出來的無比明亮的青春的閃光。」慶祝「新世界」的到來是其主旨，歷史與回顧只是他深化中心題旨的過程，三段式結構轉折有條不紊。又如〈紅瑪瑙〉，在前往延安的路上，看到牆上「地球是顆紅瑪瑙，我愛怎雕就怎雕」的標語，不禁想起「當我還是二十歲剛出頭的青年時」，如何投向延安，以及在延安生活的激動情景，今天再次踏上這塊土地，「眼淚又一次溢滿我的眼眶」，「那真是令人永遠振奮的年代」，「那是一九四二年大生產運動的春天。我記得……」在他深情的筆下，現實與歷史交會，「今天的延安已經是一個新的延安了」，最後再做個「漂亮」的總結：

　　　　是的，正是在這裡，正是在那莊嚴、艱鉅的時代，我們的黨，

我們的毛主席就一步進一步地雕著這一個晶瑩、透明、通紅、
發光的紅瑪瑙的新世界了。……讓延安這個燈塔永遠在我記憶
中閃光吧！要創造一個紅瑪瑙一樣鮮紅、通明的新世界，那就
先努力把自己鍛練成為永遠鮮紅、通明的紅瑪瑙一樣的人吧！

把紅瑪瑙與中國革命、戰鬥的形象連接在一起，即使劉白羽的心
是熾烈的，情感是真實的，但「三段式」結構下過多制式思維的重複
也使他的情感變成矯情而不真實，畢竟情感不等於美感，它需要藝術
中介的昇華。將「小我」之情膨脹成「大我」之思的公式套用，他的
散文結構和楊朔一樣也逐漸模式化，進而使作家的「個性」與「面
目」也逐漸模糊化，這是他們這一代作家共有的精神特徵下所產生的
特殊文體特色。

四　結語：「三大家」散文藝術的得與失

在「三大家」中，楊朔的成就與影響力相對突出。「楊朔模式」
那種從物及人，最終發展出一個政治命題的寫法，成為他鮮明的藝術
風格，也構成那個時代的一種「頌歌」文體模式。但是，這也為他的
散文帶來了雷同、單一、重複的缺失，讀一篇覺得清新可喜，但讀下
去發現千篇一律，這種思維的僵化、抒發感情的平面化，與文學的自
由創造本質是背道而馳的。有人批評這是「散文新八股」[28]，有人指
出「這樣的寫法，人工斧鑿的痕跡太重，真實性則受到損害。……同
時，當一種具有獨特性的散文主張被推向唯一性時，也同時走向難以
擺脫的悖論。」[29]甚至於有人從他「作品的材料可以重複拆解、組裝，

28　黃浩：〈當代中國散文：從中興走向末路〉，《文藝評論》1988年第1期。
29　李曉虹：《中國當代散文發展史略》，頁41。

因而同樣屬於文學的『複製』而非創作」的角度，認為「楊朔的散文創作從總體上看，可以說是完全失敗的。」[30]

說「楊朔模式」完全失敗是過於嚴苛的指責，但它帶來的負面影響也是顯而易見的。在五〇年代特殊的文化背景下，楊朔「詩化散文」的主張其實是對藝術本質的回歸，這樣的藝術表現已是難能可貴，楊朔的侷限其實是時代社會的局限，在沒有更多元的選擇範本與機會時，楊朔富有詩意地表現生活的寫法確實帶來清新的氣息，他既能與政治文化氛圍合拍，又避免了宣傳說教的空洞現象，這一點還是值得肯定的。只不過，缺乏對現實生活真誠的感受，無病呻吟的虛假，創作手法上的雷同，也是「楊朔模式」失去生命力的原因。

秦牧先後寫過五、六百篇散文，輯為十餘部散文集，不可否認地，其中有著廣闊的知識天地，思接千載，視通萬里，大至宇宙穹蒼，小至草木蟲魚，他展示出百科全書式的博學文采。雖然秦牧的散文有這樣的優點與特色，但難以避免地，其文學思想與表現和楊朔、劉白羽都同樣受到時代與政治的制約，有著明確的思想目標，注重時代精神與頌歌功能，政治的氣息在字裡行間可以輕易嗅出。「形散神不散」作為一種藝術表現方式本身並無不妥，以思想來主導作品的知識與趣味的主張也是正確的，但秦牧散文的缺失就在於這個「神」與「思想」在大量複製後，形成公式化的思維，而且再「散」的題材也會在時代與政治韁繩的控制下收攏在一起，如此一來，他追求藝術個性的自由，實際上是一種「不自由的自由」，「不充分藝術的藝術」。此外，在海闊天空中，在談天說地時，有時事例舉證重複，有時文句欠缺修飾，有時抒情性不足，也令人有美中不足之憾。

在寫於一九七九年的回顧文章〈三十年的筆跡和足印〉中，秦

---

[30] 沈義貞：《中國當代散文藝術演變史》，頁90。

牧這樣說道:「我以為文學作品應當宣傳真善美,反對假醜惡。所謂『真』,就是要闡發生活的本質,要本著現實主義的態度寫作,反對弄虛作假,反對粉飾昇平,反對掩蓋矛盾,反對誆誆騙騙。所謂『善』,就是宣傳共產主義的道德品質,反對剝削階級的腐朽事物。所謂『美』,就是藝術要有強烈的藝術特徵,通過藝術手段表現生活,看了一般能夠給人以藝術的美感。」[31]他這種戰士姿態與革命熱情幾乎一以貫之,我們輕易就可以看到類似的主張:「我希望能夠更多寫些小文章,用這麼一種文學形式從各個角度反映我們奔騰澎湃的生活,謳歌我們壯麗的時代。」(《花城・後記》)「我們這些從事文學藝術工作的人,在政治方向一致的前提下,不是應該竭盡所能來推陳出新,酣暢淋漓地來發揮己見嗎?」(《藝海拾貝・跋》)「我以為我們的文學要不斷謳歌無產階級的英雄人物,宣傳共產主義思想,為社會主義因素的成長擂鼓吶喊。」(《長河浪花集・序》)難怪作家司馬文森後來評論秦牧時會說出:「他是以打手的姿態進入文壇的」[32]。這句話並不一定公允,但多少反映出秦牧在文學思想和文學道路上的若干特色。

劉白羽散文的缺失和楊朔、秦牧一樣,甚至更為嚴重,有時感情過於奔放,缺乏節制;有時主題明露,欠缺含蓄;有時流於說教,牽強八股;有時題材重複,題旨單調。有人曾不滿地指出:「認真辨析一下劉白羽散文中的所謂『革命激情』,其實並沒有多少實質內容,嚴格地說只是一種披著革命詞藻的小資產階級知識分子的狂熱的大發作罷了。可以肯定,劉白羽之所以能與秦牧、楊朔並列為『三大家』,雖不一定是中國人出於某種『十景病』心理的生硬拼湊,至少

---

31 秦牧:〈三十年的筆跡和足印〉,《中國當代文學研究資料:秦牧專集》,頁9。

32 引自張振金:〈論秦牧的創作思想〉,《秦牧論散文創作》(廣州市:暨南大學出版社,1990),頁161。

也是一個誤會。」[33] 這種否定性的批判確乎是過於嚴苛了。在時代精神的引導下，自我個性被黨國共性給取代，審美情趣被政治思想所置換，這是「十七年」社會歷史客觀制約下的侷限，也是「散文三大家」為文學史所留下的深深遺憾。然而，將他們所努力過的痕跡一筆勾銷，建構的文學模式予以全盤否定，這也是一個不合乎文學史實的誤會。劉白羽晚年有一段自述是值得思索的：「如若說一滴水可見江河，我只是江河的一滴水，也許不能從它聽到時代的濤聲，但它畢竟不能不反映出時代的光影。如果我能做到了一點點，這一點點便是我的心靈的自白，我願讓它在書頁上靜靜地留存下來，作為我一生經歷的隻光片羽。」[34] 這裡說的「不能不反映出時代的光影」，其實就是「三大家」散文的成就與價值所在。

「散文三大家」都具備豐富的寫作經驗及才情，他們也深切瞭解文學審美的必要，也因此，追求詩意才會成為他們藝術創作的共同心理定勢，他們許多成功的作品不論在當時或以後都仍有一定的示範意義，只不過，特殊的時代召喚特殊的文學，現實生活的鬥爭性，政治思想的時代性，使他們在創作過程中時刻不忘革命的「立場」、「任務」與「目標」，他們努力地將這些「立場」與「目標」以文學的手法修飾，以詩意的語言包裝，試圖尋求二者之間的平衡點，但這樣的努力大多是失敗的。在「十七年」特殊的文學語境中，他們的失敗竟成為成功的樣板，一時蔚為風潮，但新時期之後，那樣的成功卻成為被批判的缺陷。省思此一複雜的詩意與政治的悖反現象，「散文三大家」的創作道路，確實為我們提供了意味深長的啟發，以及不無遺憾的警惕。

---

[33] 沈義貞：《中國當代散文藝術演變史》，頁92。

[34] 劉白羽：〈形象之花是不會枯萎的〉，《紅瑪瑙集》新序，收於《劉白羽散文四集》，頁4。

輯四
臺灣文學

跨越邊界
——臺灣現代散文的裂變與演化

一　文體：沒有邊界的邊界

　　散文與小說、詩、戲劇並列為現代文學「四大家族」的文類定位，似乎已是現代文學創作者與研究者的「共識」，然而與小說、詩、戲劇顯赫的中心地位相對照，散文長期以來以背景身分存在的邊緣性現實，卻又是難以掩飾的。陳幸蕙在編選九歌版《七十五年散文選》時曾說：「由於散文與人世相親，與生活格外貼近的特質，因此，仍是擁有較多文學人口的一種作品形式；被讀者接受的程度，似也超過了小說與詩。」她的觀察，可以從一九八三年起豎立於大型連鎖書店金石堂內的暢銷書排行榜上得到印證。以一九九八年度其文學類暢銷書前二十名為例，若不論外國譯作，則清一色都是散文作品，作者有劉墉、光禹、戴晨志、吳淡如、吳念真（《台灣念真情》）等（參見一九九九年二月號《出版情報》）。散文作品受市場肯定的現象，事實上已是臺灣圖書市場持續有年的一個特色，張曉風就曾指出：「臺灣書市中散文作品暢銷且長銷，這與歐美圖書市場中小說經常高掛榜首的現象大異其趣，讀者決定買下來細讀而珍藏的是散文而非小說」（《中華現代文學大系散文卷・序》）。

　　但是，從現代文學研究的成果來看，卻又是另一番景況。以一九

八八年至一九九六年為時間跨度，相關的研究專書（含學位論文）方面，小說有一〇六部，詩三十五部，散文十部，戲劇九部；單篇論文方面，小說有四三二篇，詩三八一篇，散文五十一篇，戲劇十一篇（參見羅宗濤、張雙英著《臺灣當代文學研究之探討》）。很顯然，散文在讀者消費與學界研究上一直是處於失衡狀態。何以學界對散文此一甚受歡迎、作品廣眾的文類會有如此漠視的現象呢？不止一端的原因不是本文要處理的重點，筆者要探討的是其中一項根本性的因素，即文體邊界的模糊。自五四新散文誕生以來，這個根本性的癥結始終如影隨形，它對現代散文的創作、研究與發展，都有決定性的影響。散文的擴張／侷限在此，衰落／新生也在此。

　　身為現代文學四大文類之一，百年來對現代散文的文體義界始終模稜含混，莫衷一是。郁達夫說它是「除小說，戲劇之外的一種文體」（《中國新文學大系散文二集·導言》）；葉聖陶也曾下定義說：「除去小說、詩歌、戲劇之外，都是散文」（〈關於散文寫作〉）。現代散文誕生初期的看法如此，到了世紀末依然沒有太大改變。舉例來說，鄭明娳在《現代散文類型論》中提到：「現代散文經常處身於一種殘留的文類。也就是，把小說、詩、戲劇等各種已具備完整要件的文類剔除之後，剩餘下來的文學作品的總稱，便是散文」；大陸作家王安憶在〈情感的生命──我看散文〉中，開篇即解釋說：「我說的是我們通常意義上的散文，那種最明顯區別於小說和詩的東西。它好像沒什麼特徵，我們往往只能用『不是什麼』來說明它是什麼。」類此否定性的定義，似乎也就決定了散文不可改變的邊緣性地位。它「不拘一格」、「法無定法」的文體特徵，使它的邊界完全撤除，既可以是序跋書信，也可以是傳記銘文；既可以具備論文的雄辯，也可以兼納詩的成分，小說的片斷。沒有框架的自由天性，沒有邊界的邊界特質，使得多種文類都可能以不同的變異棲居在散文天地中。這

也是大陸學者南帆所說的：「散文的首要特徵是無特徵」（《文學的維度》）。這是現代散文的宿命。無怪乎陳義芝在歷數一長串三〇年代的散文作家名單之後，會感慨地說：「他們大都拿著小說家或詩人身分證，而不標榜散文家。可見散文的藝術性格不完全鮮明，不像詩與小說有較極端的藝術潔癖」（《散文二十家・序》）。以臺灣當代散文的研究為例，不論是文學史論述，還是個別作家研究，身兼詩人身分者（如楊牧、余光中等），反而較受矚目；鄭明娳在《現代散文縱橫論》一書中，分論了九位散文作家，但其中的木心、余光中、林燿德、羅青、林彧，更顯著的身分還是詩人。

可以說，一個世紀的生成發展，現代散文的身分仍然相對模糊，人們仍無法在文學的疆土上找到散文的固定界石，這使得現代散文百年來的演化變異，充滿了不確定感。即使散文有源遠流長的優異傳統，百年來也佳作紛呈，但似乎並未建立起正宗文類的權威，這使得批評家或學者長期以來較少將注意力放在現代散文上，在審美藝術評論上，它始終缺乏小說、新詩般的龐沛陣勢。由於沒有形成一個嚴密系統的文類理論，而多半流於一鱗半爪，散文就不易衝破其他顯赫文類的強大聲勢，脫穎而出。這不能不說是一種侷限。然而，弔詭的是，正因為它文類邊界的模糊，也同時開啟了多種可能性的空間，而使這種邊緣性文體，在現代文學分流裂變的歷史舞臺上，吸引了眾多注目的焦點，甚至，有時候還能搶登文壇制高點。魯迅曾指出，五四時期「散文小品的成功，幾乎在小說戲曲和詩歌之上。」這就說明了，散文這種邊緣性文體是擁有向中心挑戰的足夠實力。當它能躋身於文學殿堂，與小說、詩、戲劇相提並論時，它看似瑣細卻巨大的動能，看似淡雅卻輝煌的光亮，確實是不能被忽視的。

二　類型：跨／次文類的滲透紛呈

　　散文的文類邊界模糊，來自於「散」的先天本質。「散」意味著自由、開放、多維度、多面向，不拘格式，不泥套法。它的園地無限開放，百花齊放是恆常的景觀；它容許混合雜揉，且迴避陷入單一模式；它追求混聲合唱的寬廣音域，也欣賞個人獨唱的聲色多變。因為「散」，因為邊界防線的敞開，散文巧妙扮演了「文類之母」的角色，別具特色的散文體裁只要發展成熟，就會從散文的統轄下脫離獨立，自成一個文類（如報導文學）。鄭明娳曾對「散」的特性有以下的說明：「散文之名為『散』，不是散漫，而是針對其他文類之格律而言，詩、小說、戲劇各自發展成充分必要的嚴謹條件，已走進一個有負擔和束縛的發展軌跡，而散文仍然能保持它形式的自由，也因此，散文的伸縮非常大」。大陸作家憶明珠在〈破罐——我的散文觀〉中，將散文比喻成「破罐」，因為「破罐可以容納各種雜物而無所顧忌」，指涉的仍是散文此一文類在形式、內涵上揮灑自如的本質，以及具備各種裂變基因的無限可能性。

　　散文，就在這種文體的幅射開放、多元交融之下，成了可以任意進出的文學場域，人人都可以在此大顯身手，詩人、小說家、理論家可以輕易跨越自己的邊界踅到散文之中。詩人余光中右手寫詩，左手寫散文，稱散文是「左手的繆思」；大陸詩人周濤則對散文的開放性有一形象的比喻：「在文學這個公寓裏，各種文學的形式都有各自的居室，被牆隔開；只有散文沒有自己的居室，它是客廳。誰都可以到客廳裏來坐坐，聊聊天，包括文學以外的人，但是客廳不屬於誰，客廳是大家的，它的客人最多，主人最少。」（〈散文的前景：萬類霜天競自由〉）換句話說，在散文的王國裏，不需身分證，有定居的自

由，也有遷徙的方便，不同的句法、詞彙、語境、表述方式等，都可以在散文的地域內交流、重組，而嶄新的文類也可以借助散文來加熱升火，另起爐灶。

正因為各種領域的人（文學／非文學）都可以進入文學樓房的「客廳」，以各種話語方式交談各種話題，遂使得現代散文在跨文類／次文類上產生了比詩與小說駁雜歧異的現象。舉例來說，楊牧在《中國近代散文選》中，將散文歸納為小品、記述、寓言、抒情、議論、說理、雜文七類；鄭明娳在《現代散文類型論》中，將散文分成主要類型與特殊結構類型兩種，前者分情趣小品、哲理小品、雜文三類，後者包括日記、書信、序跋、遊記、傳知散文、報導文學、傳記文學七種；而楊昌年《現代散文新風貌》中，則歸納出十一種「新的風貌」：詩化散文、意識流散文、寓言體散文、揉合式散文、連綴體散文、新釀式散文、靜觀體散文、手記式散文、小說體散文、譯述散文、論評散文。分類標準不一，歸納依據不同，理論系統未密，使它們的分類結果呈現「自圓其說」的困窘，原因仍然是出在散文的形體未定，定義難下。不過，在它們出入頗多的分類中，跨文類現象卻得到相同的重視。

散文與其他文體交融的嘗試，可以說自其誕生初期即已開始。像魯迅的《野草》、許地山的《空山靈雨》、朱自清的〈匆匆〉等，都是詩意盎然的散文，也是散文化的新詩。許地山的名篇〈讀芝蘭與茉莉因而想及我底祖母〉，擺盪於小說、散文之間，難下定論；賴和的散文處女作〈無題〉，也是「一半散文一半新詩」（葉石濤語）。類似的「變體散文」，從五四時期至今始終不絕如縷。像七〇年代余光中的〈聽聽那冷雨〉、八〇年代楊牧的《年輪》，即是令人印象深刻的名作。九〇年代以後，實驗性更強，從語言、內容到結構、題材，都與其他文類進行大幅度的融合，像林燿德的《鋼鐵蝴蝶》即具備了散

文的形式、詩的思維以及小說的敘述趣味；簡媜《女兒紅》中有多篇
已是散文與小說的混血體；余秋雨的散文集《文化苦旅》中的〈信
客〉一篇，被收入《八十一年短篇小說選》（爾雅版）中；杜十三
《新世界的零件》一書，更是詩、散文、小小說與寓言的大融合，成
為一難以歸類的新文體，而被稱為「絕體散文」。跨越文類邊界的後
果之一，就是如上述的文類「誤認」、「誤讀」的爭端難以避免。

　　除了文體之間的交互影響，散文也和非文學類的其他領域結合，
如報導文學，它是散文與新聞學交融下的產物；又如傳記文學，它是
散文與歷史學的結合體。必須說明的是，魯迅、朱自清、許地山、賴
和等人「變體散文」的出現，是一種「不自覺的跨越」，而余光中、
楊牧、林燿德、杜十三等人，則是「自覺的跨越」，他們有意識地、
主動積極地要打破文類的限制，希望能出現更繁複的風格，追求種種
新的可能。簡媜的觀察正是如此：「我想，我們沒有辦法再要求涇渭
分明了，創作行業詭奇之處，在於作者的筆總是帶刀帶劍，不斷劈
闢新的可能。假使，把文類比喻成作品的性別，我們顯然必須接受雙
性、三性的存在了」（《八十四年散文選・編後記》）。

　　至於「次文類」的概念，則是借用文化／次文化的觀念，強調在
文類概念之下出現具獨特性格及集體發展潛力的微型文類。這是文類
本身的進一步裂變與演化，與時代環境、作者自覺、文體發展有關，
如都市文學、情色文學、同志文學等。它在語言、題材、書寫習慣
上，勇於跨越與嘗試，八〇年代以來，這些在邊界開放的散文地域上
逐漸圍籬起自己邊界的營寨堡壘，相繼出現，呼應並參與了整體文學
發展的前進大勢。不過，類型本身本就帶有不周延性與不確定性，因
此，要描述散文次文類的諸般存在，也自然帶有無法周延的權宜性，
畢竟，文類是會互相影響，互相滲透的。以題材、形式的開發為基
點，筆者曾在《現代文學・現代散文的新趨向》（空中大學出版）中

提到：環保散文、山林散文、都市散文、旅遊散文、運動散文、女性散文、佛理散文、族群散文等八種，以及「其他如正在摸索中的方言散文，將來可能出現的電腦網路散文新題材，都是九〇年代散文各自殊異的新路向」；鄭明娳在〈臺灣現代散文現象觀測〉中，則針對八〇年代末期散文界在意識型態的主題取向，歸納出山林／鄉土散文、生態環保散文、政治散文、私散文等新的面貌。這些次文類的歸納標舉，仍有助於我們把握現代散文在當代的探索軌跡。除此之外，還有一些出現／討論過的散文次文類（名詞／內涵與上述幾類或異或似），如少兒散文、海洋散文、原住民散文、自然寫作、性別散文（男／女性）、飲食散文、音樂散文、記憶書寫等（相信未來還會出現如軍事散文、電影散文等小眾／專業但不能忽視的次文類吧？）。文類的自身繁殖、分裂、異化，是當代文學整體發展趨勢，散文在此也展現出其因邊界自由所帶來的蓬勃生機與繼續深化的豐富性。

三　作者：由博返約的身分轉換

　　文類的裂變與演化，作者的自覺追索與專業墾拓是加速完成的主要動力。前述各種因專業題材的書寫所形成的類型，一方面演示了散文寬廣腹地的文體事實，一方面卻巧妙地完成了散文作者由博返約的身分轉換。簡媜在《八十一年散文選・編後記》中有一段發人深省的話：「如果允許我從歷史的角度來臆測九〇年代的散文作者，我想有一天，評論者在提到散文作家時，除了藝術層面的品評，會清晰地畫分他們所屬『類型』的不同。換言之，相異於過去散文前輩們廣涉生活風貌的題材選擇法，現代散文作家有意識地尋找自己的焦點題材，並且以接近專業的學養做深層耕耘，有計畫地撰寫一系列連作，為自己定位與塑型。」對照於當前散文書寫的走向，相信這種專業類

型寫作，會在作者心理進一步跨越之後，持續在下一世紀有更成熟的表現。

　　過去的散文作者形象，接近於經驗豐富、知識淵博、談笑風生、親切慈靄的長者。他們幾乎是上知天文，下知地理，又深諳人間百態、社會萬象，因此，涉筆為文，總能隨手拈來，面面觀照。學者、文人、長者三合一的身分，是讀者／作者自覺與不自覺地長期編織而成。與這種形象相襯映的，是他們書寫散文時習慣採取「閒話」的敘述方式。「閒話」與「獨白」這兩種方式，是現代散文發展歷程中最基本的話語方式。大陸學者王堯在〈「美文」的「閒話」與「獨語」〉一文中，指出這兩種方式在現代散文史上的意義：「簡單地說，魯迅和周作人，在確立了兩種話語方式的同時，也就確立了他們在二十世紀中國散文史中的地位。『閒話』與『獨語』成為兩種最基本的話語方式，深刻地影響著當時與後來，作為一種傳統、綿延、斷裂、變異，我們可以從各種寫作狀態中發現魯迅和周作人的影響」（《中國現代文學理論季刊・第11期》）。經過半個多世紀無數寫手的投入耕耘，散文的敘述方式仍以此為主流，而作者身分／角色的形塑，也因此而少有變異地延續至今。

　　「閒話」這種敘述方式是指散文作者在敘述時採用一種「任意而談，無所顧忌」（魯迅語）的談話語氣，彷彿在與知己好友縱意交談任心閒話。在二〇年代至四〇年代的散文史上，採用這種敘述方式的作品構成了散文創作的主體。「閒話」出自魯迅所譯、日本文論家廚川白村《出了象牙之塔》書中介紹英國隨筆的一段話：「如果是冬天，便坐在暖爐旁邊的安樂椅子上，倘在夏天，則披浴衣，啜苦茗，隨隨便便，和好友任心閒話，將這些話照樣地移在紙上的東西就是 Essay。」這段話呈現出一幅悠閒家居的畫面，充滿了澹淡鬆散的氣氛和怡然自得的心境。至於閒話些什麼呢？廚川白村說：「興之

所至，也說些不至於頭痛為度的道理罷。也有冷嘲，也有警句罷，既有 Humor（滑稽），也有 Pathos（感憤），所談的題目，天上國家的大事不待言，還有市井的瑣事，書籍的批評，相識者的消息，以及自己的過去的追懷，想到什麼就縱談什麼，而托於即興之筆者，是這一類的文章。」怡然自得的人生觀察與智慧體悟，透過「宇宙之大，蒼蠅之微，皆可取材」（林語堂語）的不拘題材，娓娓道來，充滿了感染力。這段話經魯迅譯後即被當時的散文作者和評論者一再引用（至今仍是論者描述散文特質的經典名言），「閒話」這種敘述方式便一直被散文創作者奉為典範。早期的周作人、夏丏尊、豐子愷、林語堂等人，來臺後的梁實秋、吳魯芹、思果、琦君、張秀亞、陳之藩、子敏、亮軒等人的散文創作，也大都採用這種親切有味如話家常般的敘述方式。

與「閒話」方式同時存在的是「獨白」，以此方式書寫的散文，自「五四」以來也不乏先例，像二〇年代出版的魯迅《野草》、三〇年代出版的何其芳《畫夢錄》以及四〇年代先後問世的馮至《山水》、張愛玲《流言》等均是獨白式散文的傑作。雖然他們的聲音與「閒話」主調相比稍為微弱，但隨著時間的流逝，這種聲音越來越清晰。余光中的《聽聽那冷雨》、楊牧的《搜索者》、蔣勳的《島嶼獨白》、成英姝《私人放映室》、羅智成《夢的塔湖書簡》以及楊照、林燿德、簡媜等人的許多作品中，都可以輕易地看到他們迷戀「獨白」的言語姿勢。簡媜在《夢遊書》中形容自己是「住世卻無法入世，身在鬧紛紛現實世界心在獨活寂地的人」，她寫《夢遊書》是要讓讀者看到那種「多年來在四處盪秋千」，「終於回歸內在作繭的人」的姿態。讀這樣的散文，讀者可以看到作者個人內在的探索，以思維的持續不斷的進程取代敘述體慣用的形式，毫不隱蔽地開展自我，自由而隨性。被魯迅稱為「自言自語」的獨白方式，強調的是「心理現

實」的呈現,而無意經營一個完整的事件或場景。「閒話」式的散文背後隱藏的是全知觀點,而「獨白」式的散文更注重讀者自由參與,企圖打破帶有獨斷性封閉式的敘述方式,向讀者開放了一個更大的想像空間。一九九七、一九九八年度的《臺灣文學年鑑》(文訊雜誌社編印)都特別提到這種敘述方式是散文創作上的主要現象之一,我們相信這種現象將繼續延伸到跨越新世紀之後。

假如「閒話」方式在無形中建立起作者角色的全知導向與權威性格,那麼「獨白」方式恰好相反地企圖保有內斂私密的個人性格。八〇年代中期以後,散文創作的敘述方式出現了一些改變,在「閒話」與「獨白」之外,一種專業化但不帶說教的權威性,個人化但不流於迷離難解的寫作方式,逐漸興盛,有人稱此為「專業散文」,我稱之為「術語」式散文。「閒話」式的作者像長者,像朋友;「獨白」式的作者像鏡子,讓讀者照見自己;「術語」式的作者,則像民間學者,像導遊,帶你進行知性的冒險,深探專業領域。這種散文書寫近年來形成一股潮流,在作家們的銳意經營下,前述的次文類遂隱隱成形,來勢洶洶,壯大了散文隊伍,開拓了散文新疆域。和過去散文形式不同的是,他們富專業素養,題材的選擇有計畫,有系列,有焦點,以長期的經營潛入與中心主題相關的每一處切面,追索探尋,提供了完整、深入的知識理論與審美體驗,有時介乎論文與散文之間。術語的靈活運用,使這些主題明確、類型突出的作品,呈顯出與以往散文不同的面貌。如陳煌、劉克襄的專業介紹鳥類知識;莊裕安、呂正惠、周志文等談論古典音樂;唐魯孫、林文月、逯耀東等的飲食文化散文;廖鴻基的海洋散文;或者是將「服裝」從單純的裝扮功用發展到深刻文化意涵的張小虹,一方面在大學開設「服裝學」的通識課程,一方面以散文探討服裝性別文化/美學等,將專業散文推向更細緻、特殊的境地;至於不再僅是「遊記」,而可以建立自主的美學基

礎的旅行文學，更是熱度熾烈，蔓延程度令人驚訝。

術語式的專業散文作者，雖然和閒話式散文作者一般具有知識的背景，但不同的是，作者不再談天說地、以廣博經歷取勝，而是系統、專業、深入，致力於新類型的開發，建立以理性、客觀思維為基調的灘頭堡，有意識地向散文審美感知的藝術高峰勉力以進。他們以接近撰寫學術論文般的毅力，廣搜資料（或多方感受），系統論述，以一連串的作品深入議題核心，樹立起個人類型突出的書寫風格。綜言之，閒話、獨白、術語三種話語方式，構成現代散文史發展的基礎，也型塑出散文作者的不同面目，和上一節散文類型的深掘互為表裏，共同為散文文體裂變演化的燎火之勢，添了薪加了柴。

四　時代：翻轉的年代，純美的凝望

散文的邊界開放，腹地無限，文體的自由流動，無所依恃，在在是對散文作者的嚴酷考驗，因為「別以為這是自由，這更是無所依從，無處抓撓」（王安憶語）；梁實秋對此也深有體會：「散文是沒有一定的格式的，是最自由的，同時也是最不容易處置，因為一個人的人格思想，在散文裏絕無隱飾的可能，提起筆便把作者的整個性格纖毫畢現的表現出來」（〈論散文〉）。作者們面對無物不可成文、無事不可成篇的散文，只能更加腳踏實地，用心經營，全力以赴於題材的開發，兼納各種類型的話語，從遣詞、用字到見識、器宇，都不能馬虎以對，如此多方嘗試，才能在散文迷宮裏走出自己的一條路來。

當時代與社會多元化、全方位開展的同時，散文作家們總是能以生動的篇章為時代留下生動的記錄，以強烈的情感尋問整體族群的共同記憶，以各種類型的深挖廣織，為時代豐富變貌刻畫出第一手的見證。簡媜這位秀異的散文家，不多的散文觀察常常能一針見血，她對

散文與時代的密切關係就曾表示說：「散文比其他文類擁有較寬闊的腹地涵攝現代社會每一寸肌理的變化：開放探親後，以探親、大陸遊歷為題材的散文一時眾聲喧嘩；自從環保意識蔚為主流，有關生態保育等反思社會發展與自然倫理的文章蜂擁而至。散文作者以警敏的眼光體察社會脈動，搜攫題材，反映現實，在速度與產量上一直具有旺盛的活力。」檢視時代衍變的脈絡，一直是散文的主要內容，這一方面歸因於散文表達方式的直接，具有與時代脈搏同步的便捷性；另一方面也肇因於作者對「時代」這本大書的勤於翻閱。社會環境的新演變，生活的新感受新體驗，為現代散文圖譜帶來了涵蓋著現代意識的新意象，而新意象的傳達描繪，靠的是作家們與時俱進的學養，以及衝破藩籬、勇於創新、敢於跨越的心理。

從文體／類型的跨越與裂變，作者身分的轉換，以及敘述方式的衍化，我們可以觸摸到本世紀以來現代散文蛻變的軌跡，成熟的脈絡；而從時代社會變遷的角度來觀察，也可以反思散文的本質、特性與歷史發展，同時看出作家的思想與社會情態、文風演變之間的密切關聯。所謂「文變染乎世情，興廢繫乎時序」，社會環境的改變，必然會衝擊到文學生態，也影響到文學題材的轉變。從日據時期到當代臺灣的散文發展，毫無疑問的，正是一個世紀以來臺灣政經環境、社會風貌、文化思潮、文學規律變遷演化的縮影。

當五四新文學／文化運動在大陸轟轟烈烈地展開之際，臺灣的作家們也立刻熱情地為五四新思潮擂鼓助威，例如張我軍發表於一九二五至一九二六年間的《隨感錄》，就與魯迅的雜感文章遙相呼應，剴切張揚科學精神與戀愛自由等個性解放思想；賴和的〈無題〉與〈忘不了的過年〉，也緊扣著科學啟蒙與個性解放等主題。蔣渭水發表於一九二四年的〈入獄日記〉，揭露了異族壓迫下不願臣服的決心，這與楊逵寫於一九三七年的〈首陽園雜紀〉，異曲同調地表現出崇高

的人格與民族氣節。四〇年代的臺灣散文界，雖然作品數量依然不多，但在創作技巧與藝術質量上已有明顯躍進，如吳濁流的〈南京雜感〉，一方面介紹了汪偽政權統治下的南京現況，一方面則探究了所謂的「中國的性格」，將社會實錄與文化思想以生動描寫和反諷筆調夾敘夾議地呈現，成就可觀。吳新榮發表於一九四二年的〈亡妻記〉，為吳新榮悼念亡妻毛雪芬之作，被黃得時稱為「臺灣的浮生六記」，全文三萬餘言，寫得哀婉感人。整體來看，不論是對日本統治者的抨擊，還是文化的關注、人性的挖掘、風俗民情的刻畫，日據時期為數不多的散文，都作了明顯而生動的體現。特殊的時代召喚特殊的題材，這一階段的散文確實有其獨特的視野與現實的意義。

五〇年代的散文，則以懷鄉、反共為主要題材，呈現出略嫌單一且蒼白的色調，不過，有些散文「描寫親情和大自然風光，進而借景抒情」，「這些溫馨親切的作品，表現出這個年代純樸敦厚的風格」（林錫嘉語）；六〇年代則以留學、西化、現代主義的思考為主流，西方的文學觀念、技巧大量引進，但主要是對新詩、小說產生影響，散文界流行的仍是「冰心體」的抒情風。鄭明娳指出，冰心式的文藝腔主要有以下幾個特質：從日常生活事物中的片斷來取材，讚美親情母愛、兒童、大自然，尊敬生命，熱愛民族國家，文字淺白清麗，態度親切誠懇，情感溫柔真切等。她還具體點名如張秀亞、張漱涵、琦君、胡品清、白辛、林文義、林清玄等人的散文，即是「承此流亞，具有以上大部分特色的散文」（〈臺灣現代散文現象觀測〉）。整體來看，五、六〇年代的散文「幾乎全是回顧式作品，內容相當質樸」（齊邦媛語），因為當時對應的是一個貧困、克難、沉默的社會環境，不免制約了作家們在創作時的心理跨越。

七〇年代，則是臺灣從素樸年代跨入多元化社會的分水嶺。本土意識的萌發，政治力的釋放，經濟起飛後的物質富裕，以及中國時

報、聯合報文學獎的成立，高信疆率領一批年輕寫手鼓動出「報導文學」的風起雲湧，「五小」出版社的成立，現代民歌運動，鄉土文學論戰等等，啟動了文學由西化轉向鄉土、由現代轉向寫實的文壇大勢。散文作家們懷抱淑世熱情，一起捲入了翻轉時代下的漩渦中。林錫嘉對此有精要的描述：「作品的精神於是從人與自然的和諧中出走，代之而來的是太多的自我意識，語言充滿批判性，描寫更見細微辭詳，使整個七〇年代以後的文學精神起了極大的改變，也影響了現代散文的表現形式。而臺灣近年社會的變遷，使臺灣成為一個比較容許自我自由表現的社會，也形成了現代散文多元化寫作的可能性」（《八十三年散文選·編後記》）。七〇年代，在臺灣散文發展的歷史進程中，今日看來，確乎是有著分水嶺式的界碑地位。

八〇年代起，臺灣逐漸走向後工業社會，文學作品也隨之進入商品化的多元時代。八〇年代後期，兩岸關係產生新的互動，返鄉探親散文應時而生。解嚴後的開放出國觀光，促成旅行文學的一時風行。政治運動與鄉土意識相生相長，更全面的本土化傾向，使族群關係、國家定位、語言政策、環保議題等都進入散文領域，而被討論、書寫。然而，輕薄短小的消費模式，也使字數越來越少的札記、筆記、手記體散文大行其道，至於散文與影像、有聲書結合，也是商業化社會下的產物。此外，一些只求華麗包裝的淺俗之作，也大為暢銷，可說是追求「速成」心理的直接投射。鄭明娳對八〇年代興盛的散文消費性格歸納出以下五個特點：短短的篇章、甜甜的語言、淺淺的哲學、淡淡的哀愁和帥帥的作者，堪稱一語中的。

一九八四年一月，臺灣唯一的一本純散文雜誌《散文季刊》創刊，不料竟於七月出版第三期後即停刊，令人遺憾一個能締造「經濟奇蹟」的地方，竟不能植灌出一座純散文的園圃。不過，從一九八一年起，每年由九歌出版社支持的《年度散文選》，至今已有十八本，

正如編者之一的簡媜所言：「這條路不算短，正好見識一個社會從沉默到吶喊，自綑綁而騰躍的歷程，也體驗文學從長江大河漸次瘦成喘息溪流的過程」（《八十四年散文選・編後語》）。十八年的堅持，無形中建立起當代臺灣散文具體而微的文學史典律，其中作品題材包羅萬象，風格煥然多變，適足以彰顯臺灣散文眾聲喧嘩的樣貌。跨越新世紀，希望這個現代散文的歷史工程能熱度不減地辦下去。陳義芝認為：「散文真正人才輩出的年代，還要推遲至八〇年代以後，工商活動日繁，社會活力日盛，資訊解禁，新的思想萌生激盪，一個類似先秦諸子的時代終於來臨了！」（《散文二十家・序》）這個看法可以從年度散文選集中的如林佳作得到印證。

　　進入九〇年代以後，新的題材，新的類型，使散文的天地更廣，路向更寬。面對跨越的年代，作家們企圖跨越文類，跨越政治立場之爭，跨越寫實與現代之爭，跨越新舊世代的努力歷歷可見。主流與非主流，中心與邊緣，經典與另類，強勢與弱勢，不同的美學觀點，不同的藝術品評，各類作家各擁自己的讀者，各類文評各說各話，雅俗完全可以自賞。傳統散文習以為常的邊界瓦解了，跨越邊界的文學多元時代開始了。大陸學者王宗法在〈論八〇年代臺灣文學的走向〉一文中曾提到：「幾十年來那種脈絡分明的階段性『主潮更迭』，已經讓位於同樣分明的『多元發展』，不再有那一種文學高高雄踞於文壇之勢了。而是你中有我，我中有你，多少年來涇渭分明的創作面貌，被互相認同，互相滲透，互相吸收的『融合』趨勢所取代，出現了一個嶄新的歷史階段。」這段話大致說明了九〇年代明顯的文學形勢。尤其在網路媒體活躍的今天，迥異以往的書寫／閱讀形態、遊戲規則，正營造出一種新的文學生態。「當舊媒體仍執著於散文家、小說家的分野時，網路世界那兒是否已出現人面獸身，冶各文體於一爐，全方位地揮灑其專業或專題？」（簡媜語）媒介的跨越，是否正蓄勢

待發地在醞釀一場文學革命？而現代散文的裂變與演化是否也將進入一個新的階段？值得我們拭目以待。

回顧本世紀以來的散文發展路程，以救亡為主調的吶喊（如魯迅「投槍」、「匕首」式的雜文；五、六〇年代的反共懷鄉之作），以啟蒙為宗旨的呼籲（如三〇年代的報告文學或臺灣七〇年代的報導文學），以及以純美為中心的吟哦（如林語堂「以自我為中心，以閒適為格調」的主張），始終是散文的三條主線道。當救亡壓倒一切的三〇年代，純美意識的提倡曾被圍剿抨擊過。到了九〇年代，拜政經條件的穩定所賜，純美的凝望再度復甦，飲食、服裝、情色、旅行等等，不僅大受歡迎，甚至有的還建構起強而有力的類型體系（如旅行文學體系就包括了：旅行專業雜誌，以旅行為主線書系的出版社，旅行相關的電視／電台節目，甚至還有旅行文學獎、研討會、文藝營等）。正如前面所述，散文沒有邊界的開放性，類型裂變的豐富性，在在說明了散文此一文體是「強悍而美麗」（劉大任語）的。

九〇年代的大陸文學界，散文熱成為一種文學現象，論者且稱九〇年代是「散文時代」。王安憶還提到：「新時期曾經有一度，主張小說向散文學習，意思是衝破小說的限定，追求情節的散漫，人物的模糊，故事的淡化，散文的不拘形骸這時候作了小說革命的出路。」這似乎又證明了散文這一邊緣性文體所具備的向中心地位挑戰的實力。九〇年代的臺灣文學界，並未出現「散文時代」的說法，但不論在五十多年的時間跨度，散文創作的數量規模，或是藝術表現的美學維度上，臺灣當代散文早已擁有成為一部承載文學斷代史或散文美學論的完備材料。跨越新世紀之際，希望針對本世紀散文成果的評論能逐漸增加，而散文家們，在純美意識抬頭、實驗場域大開之後，也能夠戮力於營造新的魔幻驚奇，記憶一個時代，輝煌一個世紀。

雙重失落
——論龍瑛宗的原鄉意識

一　在沉默中叩問：原鄉在那裏？

　　龍瑛宗是一個寡言沉默的人。「內向與口吃」似乎是他給許多文人朋友極深刻的印象之一[1]。雖然周芬伶指出：「事實上他與知交談話時滔滔不絕，表達流暢，當年吳濁流先生就常到他家聊天，兩人常為文學之事爭論不休」，但是，她也不忘強調「平常他總是沉默的」[2]。作為日據時代戰爭期的代表作家之一，龍瑛宗孤獨、陰鬱、多感、不被理解，卻又堅毅、真摯、自律甚嚴、勇於剖析自己內心世界的文人

---

[1] 日據時期與龍瑛宗同為《文藝臺灣》編輯委員之一的池田敏雄在〈《文藝臺灣》的苦澀——記龍瑛宗氏之事及其他〉一文中提到，龍瑛宗因身為《改造》徵文之入選作家，相當有名，頗受尊敬，但「其本人卻是相當不顯眼的存在，集會時也總是很客氣，再加上『極為內向與口吃』，在人前面不能順暢的談話。」原載《臺灣近現代史研究》第3號，1980年，此處轉引自羅成純〈龍瑛宗研究〉，收於張恆豪編：《龍瑛宗集》（臺北市：前衛出版社，1991），頁258。另外，張恆豪在《龍瑛宗集·序》中說他「靦覥內向」；葉石濤在〈論龍瑛宗的客家情結〉中說他是「極端內向的人」；陳萬益在〈蠹魚與玩具——龍瑛宗紀念〉文中也有一段生動的描述：「他總是靜靜地坐著，和他搭訕，也難得開口，有時面帶微笑，瞧著你，目光閃閃。」由此看來，龍瑛宗因口吃而不擅言詞，因內向而不多話的個性，已成為他性格中鮮明的標誌。

[2] 周芬伶：〈靜靜流動的長河——採訪龍瑛宗先生印象記〉，《聯合報》副刊，1999年11月14日。

形象，隨著近年來相關研究的重視與深化，已日漸清晰、巨大起來。
這位在文學路上勤懇耕耘、默默跋涉的苦行者，因著命運的多舛、性
格的內向、語言的隔閡以及政治上無情的捉弄，曾經長期保持沉默，
對誤解不加申辯，甚至停筆埋入為稻粱謀的合庫工作中，閒時以讀書
自娛，做一個安安靜靜的讀書人，在書齋中，維持著他一貫近乎「被
遺忘的存在」的沉默姿勢。

　　然而，不擅應對，不代表沒有生命熱情；不與人爭，不表示缺乏
理想追求；不擅言辭，也不意味著對人生百態、世間萬象沒有看法。
相反的，在錯逆乖訛中，龍瑛宗對文學的信仰，從來不曾動搖過。陳
萬益的比喻十分貼切，他說龍瑛宗的一生「猶如蠹魚，孜孜矻矻的以
文學餵食自己的靈魂，排解自己的孤獨」，他並舉了一個實例：「有
一次，知甫將龍先生的手稿攤在桌上絮絮地談，不意間龍先生竟然淚
珠漣漣，不能自已，令在座所有的人感動莫名」[3]。文學是他負荷人生
重擔時唯一的避風港，一輩子心靈的歸屬，在現實世界裏沉默，這位
「戰鼓聲中的歌者」，卻在文學天地裏，透過一篇篇小說，向生命的
本質意義展開一連串強而有力的叩問，在社會的邊緣，以血淚交織的
發聲，讓人不能忽略他的存在。他的聲音，是如此靜默，卻也如此高
亢；是如此低調，卻又如此嘹亮。「於無聲處聽驚雷」，龍瑛宗小說
冰山下的深層意蘊，才是更值得玩味的。

　　龍瑛宗潛藏於沉默表面下的內在熱情，一如他對日本殖民政府採
取表面忍從、內心抵抗的態度一般。葉石濤說：「他的根本思想是反
抗、叛逆和前進的，可是在現實生活中，他被逼不得不妥協、退卻

3　見陳萬益：〈蠹魚與玩具——龍瑛宗紀念〉，《聯合報》副刊，1999 年 11 月 13 日。
　　文中將龍瑛宗比喻為「蠹魚」是出自龍氏於一九四三年出版的文學論集《孤獨的蠹
　　魚》一書。

和躲避」[4]。那麼，龍瑛宗心中的叩問是什麼？他的感傷與落寞緣何而生？處於殖民統治之下，他苦悶心靈的巨大、複雜陰影是什麼？在反抗與躲避之間，在熱情與沉默之間，他為何做出忍從、退卻、妥協的選擇？在我看來，他安靜心靈中不斷翻騰的質問，主要是原鄉意識的歸屬問題。從思索與追尋中，他散發出強烈的人文關懷與知識分子的淑世性格，但在失落與妥協中，他又流露出遭受歧視的憤懣與被壓迫的屈辱。「世紀末蒼白知識分子濃烈的哀傷和絕望」[5]，主要來自於他原鄉意識的失落與異化。這裏的「原鄉意識」有二：一是對大陸祖國故土的文化原鄉情懷，二是對處於弱勢的客家身分的族群原鄉情結。前者來自於對殖民政權的反抗，後者來自於對移民歷史現實的反省。這兩種原鄉意識的追索，使他成為特定歷史階段的代表性作家，但兩種意識的雙重失落，則使他的作品「充分顯露出世紀殖民地智識分子『美麗與哀愁』的思考角度」[6]。

在纖細唯美的書寫色調背後，積澱著無比沉重的心靈內省與生命質疑，是龍瑛宗小說不分戰前或戰後的共同特色。不論是反封建、反戰或反日本殖民統治，還是渴求族群融合、渴求愛情、渴求掌握自己的命運，都與以上這兩種原鄉意識有關。作為殖民統治下客家籍知識分子，龍瑛宗的文化原鄉與族群原鄉意識，有非常鮮明的表現。他在現實生活中的沉默與沉重，在小說世界中的感傷與灰暗，都來自於他不斷追問「原鄉在那裏」後的失落與挫敗。因此，若要充分掌握龍瑛宗及其小說的思想與風格，這兩種意識的深入認識與探討是有其必要

4　葉石濤：〈論龍瑛宗的客家情結〉，收於龍瑛宗：《杜甫在長安》（臺北市：聯經出版公司，1987），後改題為〈苦悶的靈魂──龍瑛宗〉，收於葉石濤：《走向臺灣文學》（臺北市：自立報系出版社，1990），頁112。

5　葉石濤：《走向臺灣文學》，頁110。

6　張恆豪：〈纖美與哀愁──龍瑛宗集序〉，《龍瑛宗集》，頁10。

的。以下即針對這兩點分別加以論述。

二　文化原鄉：陌生而遙遠的中國想像

龍瑛宗自一九四九年轉入合作金庫工作，至一九七六年退休，幾乎處於停筆狀態，沒有一篇小說發表[7]。退休後開始專事寫作，完成一些自傳式作品，但都以日文寫作。直到一九八〇年才透過苦修，終得跨越文字書寫工具的障礙，而寫出第一篇中文小說〈杜甫在長安〉，一九八七年於聯經出版公司出版的小說集，即以此篇為書名。龍瑛宗以〈杜甫在長安〉為其首篇中文小說題材，其深意至少有二：一是藉此表達出對年華老去，自覺一事無成的悵惘；二是透露出其對中國文化原鄉的嚮往。前者以杜甫心境自況，後者則以長安為陌生而遙遠的中國想像。二者透過小說做了生動的結合，成為理解龍氏中國情懷很具代表性的作品。

龍瑛宗對杜甫的崇拜，顯然超過他對巴爾札克、果戈里、魯迅、島崎藤村、石川啄木等人的喜愛。杜甫一生有志難伸，且遭逢戰亂顛沛之苦，卻不忘文學志業，也可稱之為「戰鼓聲中的歌者」，兩人的生命情調接近，無怪乎龍氏會以杜甫作為寄託自我生命的人物典型。小說中寫道，當杜甫在登大雁塔拾級而上時：「由於今年的秋雨，特別淅瀝了很久，泥濘遍地長著蓬蒿，胡雁也看不見，恐怕翅溼難以飛翔哪。」寫的是杜甫，說的卻是自己「翅溼難飛」的困境。而開篇在大雁塔中對玄奘從天竺帶回佛像的感慨：「斯時玄奘已經五十歲，今年杜甫才是四十三歲，倒是同年時的玄奘，卻做出了曠世的大事業

7　這段期間除了發表〈左拉的實驗小說論〉、〈日人文學在臺灣〉、〈從加尼福尼亞談到臺灣〉、〈瞑想——悼吳濁流〉等四篇隨筆、評論外，無小說作品發表。見龍瑛宗編：〈龍瑛宗生平寫作年表〉，收於《龍瑛宗集》，頁335。

了。」對照著龍瑛宗七十歲才寫出這篇中文小說，其老驥伏櫪卻時不我予的無奈感，不言可喻。杜甫面對玄奘，龍氏面對杜甫，撫今追昔，異代同調的悵惘，是如此強烈地傳達出來。「潦倒的窮詩人，以敏銳的直觀在他的詩裏表現其快悒的憂心」，杜甫如此，龍瑛宗何嘗不然。

明乎此，才能理解何以龍瑛宗的兩個兒子──文甫與知甫，名字中皆有一個「甫」字。龍瑛宗顯然認為自己對「文」學杜甫是真「知」的。也因此，他對大雁塔就有了深深的嚮往，且有親臨其地的渴盼：

> 在〈杜甫在長安〉文中幾度出現的場景：大雁塔，這個傳說中杜甫也曾登臨的高塔，乃成為龍瑛宗一生必欲窺臨的聖地。帶著年老行動不便的龍瑛宗前去大陸的，是二兒子劉知甫。那是一九八八年時的事。前一年，龍瑛宗因為動了大手術，有兩度因出血病危的情況發生，待病情轉趨穩定，劉知甫說什麼也一定要帶父親到大陸，去完成他一輩子的心願。[8]

杜甫的貧窮、不得志，龍瑛宗感同身受，但比起杜甫在長安時的已有文名，龍瑛宗顯然寂寞許多，所以他才會在〈七封信〉中傷感地說：「我被環境所迫，沉默了二、三十年，懦怯地爬出文壇時，讀者們已經忘掉了老頭子作家。天哪，天哪！」[9]

年華已逝，青春不再，不論功名或文名都無大成就，龍瑛宗對殖

8　見葉昊謹：〈願做父親知己──龍瑛宗之子劉知甫〉，張堂錡、樂梅健編：《現代文學名家的第二代》（臺北市：業強出版社，1998），頁51。

9　龍瑛宗的短篇小說集只有兩本：《午前的懸崖》（臺北市：蘭亭書店，1985年）、《杜甫在長安》（臺北市：聯經出版公司，1987），〈七封信〉收於《杜甫在長安》書中。以下本文徵引龍瑛宗小說作品將只列篇名，而不再交代書名。

民統治下，臺灣青年的苦無出路遂有著深沉的不滿。在〈月黑風高〉
中，他藉日據時代一位綽號「黑狗」的時髦少年之口，提出了憤懣的
控訴：「我們的時代，給殖民時代破壞了。我要輓歌著：還我青春，
還我青春。」然而，青春已誤。臺灣光復後，青年已漸垂老，濕翅已
難高飛，只能徒留憾恨與悵惘了。

　　身為日本殖民地的知識分子，對現狀不滿的龍瑛宗，自然對祖國
及其文化產生精神上的歸屬。文學上的杜甫，中國歷史上輝煌的長
安，恰好成為治療他文化鄉愁的藥方。龍瑛宗在《杜甫在長安》的
〈自序〉中直言，他的一些自傳性小說中的主角杜南遠，就是他的化
身。而在許多自傳性小說中，龍瑛宗經常提到他對祖國文化的嚮往，
以及無法接受祖國文化教育的失落。例如〈夜流〉中，少年杜南遠
曾經在彭家祠唸過《三字經》，但不久這私塾教育即被日本警察禁
止，「從此以後，杜南遠再也沒有跟彭老師學習漢文了。在彭家祠以
臺灣語唸了一半的《三字經》，竟與祖國文章的永別了。」杜南遠長
大後，只能以日文來讀中國作品，但他讀到杜甫〈春望〉中的詩句：
「國破山河在，城春草木深。感時花濺淚，恨別鳥驚心」時，「這個
古代中國人的感懷，也令杜南遠憶起在彭家祠與祖國文永別的事，有
些黯然神傷了。」將杜甫與祖國文化聯繫在一起，再參照他對杜甫的
引為知己，龍瑛宗深刻的文化原鄉情懷已表露無遺。

　　必須說明的是，日據下的臺灣人民，對「祖國」有一種民族主義
心理的嚮往，是很正常的現象，尤其越是受到殖民者的壓迫，這種心
理就越是強烈。同樣的，如果本來就在殖民中成長、受教育，因而對
日本文化熟悉、習慣，而對自身文化產生疏離的心理，也是值得同情
的諒解。對文學、歷史現象的解讀，還原情境恐怕是較為公允的方
式。只有抱持這種態度，才能對龍瑛宗在一九四〇至一九四四年間活
躍於殖民下臺灣文壇，或者是在八〇年代寫作〈杜甫在長安〉的表

現，不會流於意識型態下無謂的糾葛。晚年的龍瑛宗，在意識中存有文化中國的情懷（不是中國情懷），應是不爭的事實，但如果要以此來臆測他的政治立場，就是庸人自擾的無聊之舉了。

除了〈杜甫在長安〉外，龍瑛宗的其他小說中，也經常出現他對中國原鄉的親切想像。如〈夜流〉中，描寫來臺移民者「自從離開了像母親懷抱般的大陸，渡洋越海開拓新天地，歷盡了千辛萬苦，才有了自己的新田園。」杜南遠家中「藏有一本祖國的小學讀本」，「在杜南遠來看，祖國的小學讀本卻是覺得有親切感。因為語言的構造同樣了」；〈從汕頭來的男子〉刻畫一位在抗戰期間被迫自汕頭撤退返回臺灣的青年周福山，對這位青年，龍瑛宗的描述是「他的容貌和舉動摻上了大陸的色彩和香味」；在〈月黑風高〉中，龍瑛宗塑造一個已死去的鬼魂，透過他的一生自述，道出對日本殖民統治的沉痛指控：

> 我的生涯極短暫，生於清朝時代，而死於日本統治的時代。究竟我是中國鬼，抑是日本鬼？如果，讓我自由選擇的話，我寧願不做大日本帝國的三等國民，而甘心做個中國鬼。

當「大陸的半壁河山陷入大洪水，老百姓流離失所嗷嗷待哺，帝國主義者利用這個機會，在東北地方偷偷地偽造了傀儡國家」，「杜南遠氣憤得渾身發抖了」（〈斷雲〉）；和大多數臺灣人民一樣，杜南遠「在家裏過新春、清明掃墓、迎接媽祖娘、中元祭典等，是完全沿襲祖國樣式。另如於學校，紀元節、天長節等，是異國樣式」（〈勁風與野草〉），這種矛盾的生活，使杜南遠對「祖國」益發產生如對母親般思念、依戀的情感想像。在龍瑛宗一篇小說未刊稿〈瞭望海峽的祖墳〉[10]中，以堂兄弟錦雄、錦群從日據到光復後的際遇，來襯顯

---

[10] 見〈戰鼓聲中的歌者──龍瑛宗紀念專輯〉，《聯合報》副刊，1999 年 11 月 13 日。

出時代的變化與臺灣人的命運，兩人於光復後的一次清明節一起去掃
墓時，有以下一段對話：

> 「雄哥，祖先來臺以後，與大陸的羈絆好像斷了線索。」
> 「祖墳做在這裏，是由這裏瞭望唐山故土。」

凡此均可看出龍瑛宗對唐山故土強烈的認同與嚮往。當然，這些
異族統治下心向祖國的情懷，或源自民族情感，或源自文化認同，交
融雜揉成龍瑛宗對中國故土的文化原鄉意識。也因此，在他近八十歲
高齡之際，仍抱病前往大陸遊長江三峽，登大雁塔，甚至展開「絲綢
之旅」，若非此文化原鄉意識的撐持，孰以致之？

不過，對文化原鄉的想像固然有著血濃於水的親近與熟悉，但對
龍瑛宗來說，未曾踏上故土之前，對祖國的想像其實是非常陌生而
遙遠的，這種陌生使他自然對故土也會產生一種隔絕與斷烈之感，
如〈青天白日旗〉中，面對臺灣光復，重回祖國懷抱，主角阿炳卻產
生一種奇異的心理：「中華民國！在阿炳來說，好像陌生的遙遠的祖
國。爺爺奶奶跟爸娘經常掛在嘴上說的祖國，而祖先們於往昔，便
居住在那裏大地上，然後，渡過驚濤駭浪來到了臺灣。」換言之，這
「祖國」是祖先的祖國，對龍瑛宗來說，只能是隔絕的想像，斷裂的
拼湊。〈斷雲〉中的杜南遠，返鄉探視重病的父親後，必須赴南投日
本人的銀行任職，在火車上，他的感慨油然而生：

> 火車在竹南附近的海邊疾駛著，越過灌木叢林的那邊是一片臺
> 灣海峽，蒼蒼的海色不斷地蕩漾著，在海上還飄浮著老父的淚
> 痕。杜南遠想拂去淚痕的幻影，但幻影一直苦苦地纏繞著他。
> 由於父親的幻影自然而然地拖出杜南遠的遐想，飛越海浪晃蕩
> 晃蕩著臺灣海峽的那邊——那是未曾看過的祖先的大地。

此處將父親的形象與祖先、祖國三位一體地重疊呈現，完全是龍瑛宗原鄉意識的強烈流露。但是，祖國終究是「未曾看過」的「幻影」罷了。似近實遠，似真實假的「遐想」，說明了隔絕之下的陌生與失落，而這種隔絕，追根究柢，仍是日本政權的侵略殖民所致。〈夜流〉中的杜南遠，為了考師範學校而從「北部一寒村」和同學一起到州廳所在地的新竹城，然後才「初次看到中國城門」，而且，「同樣在那個時候，中國近代革命之父，孫中山先生逝世了。這個影響中國歷史至巨的大事件，生存於閉塞的殖民地少年，杜南遠也一無所知。」可以說，歷經日據時代皇民化運動與戰後白色恐怖陰影的龍瑛宗，對中國的想像主要是（也只能是）來自於文化原鄉的認同，只是連這種文化原鄉的追求，都殘缺不完整，甚至被扭曲、壓抑，其內心的失落感也就不意外了。

杜甫在大雁塔上看到安祿山宅，他想到「這個便便大腹的胡人，懷著什麼鬼胎呢？他的邸宅裏鬼鬼祟祟的人影出沒著，對唐室來說，恐怕是一場的兇夢罷。」這「胡人」就是暗寓日人；當杜甫爬登大雁塔，眺望長安這座「人口一百數十萬，在當時世界最強也是文化最高的皇城」時，與一日本留學僧在樓梯擦身而過，龍瑛宗在序中聲明只是「作者獨個兒的幻影罷了」，不過這個安排正再一次巧妙透顯出龍瑛宗對中國（特別是強盛的中國）的嚮往。唐朝國勢顯赫，日本遣留學生來中國，這與當時臺灣青年想到日本留學的現象恰成一對比，龍瑛宗藉小說傳達的「微言大義」正在於此。

只不過，長安已遠，杜甫已逝，對「祖國」這個來自文化原鄉意識的想像，始終是陌生而遙遠的。日據時代的隔絕、斷裂，戰後白色恐怖陰影下的壓抑、苦悶，龍瑛宗必須沉默，也只能沉默了。

三　族群原鄉：挫敗與壓抑的客家情結

　　龍瑛宗的中國原鄉意識，一方面來自他對中國文化的嚮往，另一方面則是源於客家原鄉情感的牽繫。這種源遠流長的血緣族群意識，使他將中國與臺灣自然地聯繫起來。出生於新竹縣北埔鄉、祖籍潮州饒平縣的龍瑛宗，對自己客家族系的身分是有著深刻自覺的，在他的部分作品中，即充滿了濃厚的客家風味。不論是對客家語言的適時運用，還是對客家山歌的描寫，都可看出客家族群身分對其作品的影響。例如客家語言中的「轉」在龍瑛宗作品中常出現，像〈貘〉：「不久，我就得回轉長山了。這是每個人都免不了的命運。」〈勁風與野草〉：「……歇一歇！我去溪澗弄點水來。姑娘無氣力地說：快去快轉來呀！」等。又如客家話中罵人的常用語偶爾也會出現，像〈邨城故事〉：「房子內三郎的聲，誰呀？奴家啦。前村的彭姐姐麼？夭壽子，不是啦。再敲著門篤篤……。那麼，後村的尉小姐麼？夭壽子、短命子、絕代子。連奴家的聲音，竟也忘掉了。」類此的例子還有許多。

　　至於對客家山歌、童謠的描述就更多了。如〈貘〉：「他拉絃仔，唱起了採茶歌。一年轉瞬即過，再次上考場，仍然失敗」、「徐青松向老闆娘叫了兩盤炒麵，一樣牛蛙料理，外加一瓶『福祿』酒。有點醉意以後，徐青松一支一支地唱起我們地方的民謠『山歌』來。」〈濤聲〉：「魏進添和伙伴們喝得好快活，末了是大聲地唱起山歌來、採茶歌來。」〈夜流〉中的杜南遠，常被杜玉娘揹著，在村裏徘徊，杜玉娘「以清脆的細聲唱『月光光，秀才郎』的童謠」，並且說：「阿遠，長大了做個秀才郎嘞。」這一類的描寫，可以看出龍瑛宗受客家族群生活、文化的薰染。不僅如此，他對故鄉北埔小鎮的客

家生活、習俗、信仰、景觀等，也都有生動的記載，如〈黃家〉中的「枇杷莊」就是北埔，慈雲宮就是慈天宮，還有〈七封信〉中對「大隘」的介紹，〈貘〉中對姜家「天水堂」的描繪等，在他筆下，充滿了濃郁的客家風情。可以說，客家意識在龍瑛宗的小說中是不可忽略的一個重要成分。

　　正因為他有著客家族群身分的自覺，使他面對閩客兩族系長久的歷史現實糾葛感觸甚深，而這種感觸給他帶來的多半是挫敗、屈辱與壓抑的無奈。葉石濤〈論龍瑛宗的客家情結〉一文對此有精到的剖析：

> 臺灣社會本來是「漢蕃雜居」的移民社會，先到的福佬系移民佔盡了土地和水利之便，後到的客家系移民也就在爭取土地和水利之便上，受盡剝削，起而抗之，自然福佬與客家之間也就械鬥不輟了。當然受盡委屈的是客家這一方，因此客家人心裏對福佬有某種「屈從和傾斜」的意識陰影是不能否認的。然而此種「情結」在龍瑛宗的心靈上特別顯著，在他的眾多作品上留下了痕跡，幾乎構成了他底作品的某種特色。這是在別的客家系作品是看不到的。[11]

　　和以出身客家而自豪的另一位日據時期新文學作家吳濁流相比，葉石濤認為龍瑛宗作品充滿「複雜的心理陰影：屈辱、傷感和落寞」。這種失落感，有一大部分來自於「福佬系作家有形無形的歧視」。靦腆內向的個性，加上出身於「行商之子」的小資產階級，使他的性格趨向於妥協、謹慎與保守。伴隨著福佬人在政經社會等各個領域的發展優勢，福佬話也成為臺灣強勢語言，但龍瑛宗自幼生長在

---

[11] 葉石濤：《走向臺灣文學》，頁108～109。

客家庄，不懂福佬話，而且生來口吃，拙於抒發意見，這對他的心理
和文學寫作都產生了一定的影響。

　　羅成純〈龍瑛宗研究〉一文，曾提到客家籍的他與福佬籍的另一
作家張文環之間的一場誤會，這個誤會正可以說明這種語言障礙帶給
他的困擾：

> 　　龍瑛宗之未加入《臺灣文學》一事，一直為人所不諒解，為何
> 他未加入該誌呢？據日後他滿腔苦澀的回憶，其原因乃《臺灣
> 文學》之創刊人張文環對他持有「某種偏見」之故。龍瑛宗出
> 身客家，是臺灣漢民族中的少數派，不精閩南語，再加上「極
> 為內向與口吃」之故，在一般同時操閩南語與日語之福建系作
> 家的集會上，一直是寡口無言，引起張氏之誤會。此誤會一直
> 到日後二人同出席大東亞文學者大會，得到互剖心腹對談的機
> 會後方釋然。[12]

即使是戰後，他也停筆了三十多年，一部分的原因仍是不懂福佬話的
語言鴻溝。雖為臺灣第二大族群，但龍瑛宗的客籍身分，使他融不進
戰後文壇的主流──不論是外省作家或福佬作家所操控──而沉默於
文壇的邊緣一隅，直到一九七七年才恢復寫作。葉石濤就感慨地認
為：

> 　　如果他不是客家人，不是出身於小資產階級，不具有內向的個
> 性，以他的文學天才而言，他很可能成為日據時代最有世界性
> 規模的作家；因為他的現代人知識分子的氣質和敏銳的思考，
> 在那時代是獨樹一幟的罕有資質，臺灣新文學因他的出現而開

---

[12] 羅成純：〈龍瑛宗研究〉，《龍瑛宗集》，頁264。

闢了更前衛而深刻的境界。[13]

龍瑛宗對客家原鄉有一種族群天性的認同，在一些自傳性作品中，他總不忘提到祖先渡海來臺前的客家原鄉，如〈夜流〉中描述杜南遠的爹在照顧患嚴重氣喘的杜南遠時，想起過去的苦難日子：「他的祖父從廣東省與福建省交境的饒平縣的寒村帶三個外甥來了臺灣。登陸地點是淡水港北方三芝鄉的海濱。由這裏沿著淡水河一路南下，暫且落腳於新莊小鎮。這個地方的原野已經被先來移民的福建人佔據了，而且言語不通，他們更向人煙稀疏的邊地，最後歇腳的地方，就是近於蕃界的臺灣北部。」在〈斷雲〉中又再次重提此事：「聽說杜南遠的曾祖父，帶著三個外甥徒手空拳搭乘著戎克船跨過怒濤洶湧的一望無垠的臺灣海峽。但平地已為閩南人佔據，所以才落腳於臺灣北部與泰耶爾族接界的土地。」對客家／福佬互動的歷史處境再三著墨，其自覺的用心可見一斑。

〈斷雲〉中的杜南遠，雖然在日本人的銀行做事，但他受到殖民地人民屈辱的排擠與對待，使他深刻感受到臺灣人不過是次等公民的殘酷現實。不僅如此，不會講閩南話的他，在一次無法翻譯閩南話給主辦放款的日本人聽時，遭到斥責，並傳為笑柄：

> 況且客家人的他更翻譯不出閩南話來，使得頓時赧顏不知如何是好，手忙腳亂起來了。就在這時候，洪鐘似的經理的大聲音怒吼著：
> 「喂！不會講臺灣話的臺灣人在銀行沒有用，即刻辭職好了。」
> 從此杜南遠變成不會講臺灣話的臺灣人，聲名遠播到東京的分行，成為人們茶前飯後閒聊的笑柄。

---

[13] 葉石濤：《走向臺灣文學》，頁113。

在日本人心目中，所謂的「臺灣話」是指閩南話，客家地位的被
漠視可想而知。這對龍瑛宗來說，無疑是在殖民統治下又一種被歧視
的壓迫，造成他族群原鄉意識的失落。雙重壓迫，雙重失落，龍瑛宗
文學中複雜的心理陰影的原因正在於此。

前述龍瑛宗與張文環的誤會，在龍瑛宗〈張文環與《臺灣文
學》〉中有所說明，其中敘及客家身分帶給他的屈辱不免令人震撼：

> 有一天，在臺北勤務的大阪朝日新聞社藤野桑，他是張文環的
> 好友。他的臉上泛酒味，對我說：「張文環是個作家，也是臺
> 灣的代表的智識人，他竟以龍某某是漢民族的エク（穢多），
> 少於與他往來較好。」我雖然是不會閩南語的客家人，但是變
> 成漢民族的下賤民族，連做夢也做不到。[14]

這篇回憶文章發表於一九九一年，對一生寡言內斂的人來說，會有如
此強烈的屈辱感流露，顯見是積累已久，不得不發。這種挫敗與壓抑
的客家情結，不可否認的，有一部分來自不會閩南語的社會現實壓
力，當然，更重要的，是來自於對日本殖民統治下，臺灣人被歧視的
憤懣不平。只不過，身為客家族群，似乎在被歧視的臺灣人中，地位
又更加低一等，這確實令龍瑛宗「做夢也做不到」，因此晚年仍耿耿
於懷。至於葉石濤〈論龍瑛宗的客家情結〉（1987）一文，其後並未
見龍氏持有異見，顯然這種客家情結的存在，在龍氏生命史中已是不
爭的事實。雖然在他的小說中對此著墨不多，但〈張文環與《臺灣文
學》〉一文所透露的信息很能發人省思。

有趣的是，正因為親身體驗了被視為少數族群的痛苦，龍瑛宗對
山地原住民採取了較寬容、同情的態度並藉此勾勒出「族群融合」的

---

[14] 龍瑛宗：〈張文環與《臺灣文學》〉，《客家雜誌》第14期，1991年2月，頁36。

美好願景[15]。羅成純指出，龍瑛宗對山地原住民的關心，「在當時的
臺灣人作品中堪稱異例」[16]。特別是一九四一年調往花蓮港，與山地
原住民多所接觸後，原住民即在他的作品中出現，如隨筆〈薄薄社
的饗宴〉、〈時間的遊戲〉以及詩〈花蓮港的回憶〉中，即不斷提起
與一位山地青年拉賓的純真友誼；小說〈崖上的男人〉（1943）、〈濤
聲〉（1944）中也有對山地原住民的正面刻畫，如〈崖上的男人〉：
「杜南遠想起了幾年前在這裏遇見的山裏的少女。圓圓的黑眸、挺直
的鼻子、豐腴的雙頰，那被曬成小麥色的肌膚，更顯現出清純的健
康」；〈濤聲〉描寫杜南遠坐船赴臺東一小鎮的「會社」工作，不久
意外和公學校時代的老同學碰面，兩人聚餐閒聊分手後，杜南遠在沿
海公路旁的沙地上坐下看海聽濤：

> 不一會，一群阿美族人來到。他們一面撒播著夕闇一面走過
> 來。他們是精雕細琢而成的青銅般的雄健漁人。
> 夕照益發地濃了，海變成暗葡萄色。

不論對山地少女或阿美族人，龍瑛宗都刻畫以健康、單純、熱情
的正面形象，這種尊重、欣賞少數族群的精神，其實是來自對弱勢者
的感同身受。和客家族群相比，原住民的處境更加堪慮。龍瑛宗藉這
些作品想鼓吹的，正是族群平等、融合的理想。只可惜，現實終究是
令他沮喪的。他時刻不忘自己來自客家原鄉的族群身分，但在政治力

---

[15] 根據羅成純〈龍瑛宗研究〉中所言，龍瑛宗於一九四三年十二月在《臺灣藝術》上
發表〈回顧與內省〉一文，主張「東亞十億的諸民族非相互的作靈魂上之接觸不
可，而靈魂與靈魂上接觸的文學，有助益於東亞諸民族融合的一日必將來到。」羅
成純認為，這段話乍看之下是協力戰爭的口號，「但對於出身客家，嚐過被視以少
數民族，而為臺灣人作家所疏外之痛苦經驗的龍瑛宗而言，這該不只是應時局而叫
嚷的口號而已。」見《龍瑛宗集》，頁302。

[16] 同上註。

的壓抑、福佬族系的強勢，以及自身性格的內向等因素支配下，他的客家情結不免蒙上了挫敗、屈辱的陰影。這種客家族群原鄉意識的痛苦經驗，加上殖民統治下文化中國原鄉意識的壓抑，對他敏銳多感的心靈產生巨大的衝擊，從而形成他充滿哀傷、孤獨、虛無與內斂的文學風格。

四 削瘦的靈魂：龍瑛宗的沉默與苦悶

葉石濤以「苦悶的靈魂」一語來形容龍瑛宗，指出其身為殖民地客家知識分子的不自由、不得志與不快樂。羅成純〈龍瑛宗研究〉中將龍氏小說中敗北的人物分為破滅型與妥協型兩種，顯然的，龍瑛宗自己就可以被歸入命運、現實的妥協者行列，一如〈植有木瓜樹的小鎮〉中的陳有三，原本滿懷理想，最後墮落沉淪一樣。現實的力量使人不得不低頭，不得不妥協，龍瑛宗不像陳有三的墮落，他選擇的是沉默。

口吃加上氣喘的羸弱體質，使杜南遠自幼即有「極端的自卑感」（〈夜流〉），面對未來，也是茫然無知，因為「人們總是有了希望，日子過得起勁且才有生存的意義的。但殖民地的少年們，從幼苗就被奪去，前途塗抹了一層灰色」（〈夜流〉）。即使長大後，靠自己的努力難得地進入日本人的銀行工作，仍不斷受到歧視與打壓。有一次，杜南遠晚上獨自在辦公室加班，日本副理卻趕他離開，令他悲憤不已：「你們日本人看作臺灣人是小偷麼？想起來委實令人氣憤的」（〈斷雲〉）；與日本女醫師兵藤晴子的愛情，也遭到阻止、訕笑，連兵藤晴子都忍不住嗟怨地說：

　　我問過父母親，假使我嫁給臺灣人，父母親的意見怎麼樣？父

> 母都大加反對。我們讓妳讀到醫學院，竟嫁個清國奴，不但鬧
> 成大笑話，而且是日本人的奇辱，我們沒有面子見親戚朋友
> 了，尤其父親已暴跳起來。（〈斷雲〉）

杜南遠只能沉默以對：「赧了顏笑一笑，心中在想，這是所預測的結
果。」沒有向命運抗爭的勇氣，他只是默默嚥下這苦果，強顏歡笑
的背後，是無止盡的質疑、怨嘆與認命，甚至於對自己的「表裏不
一」，也不禁產生一種自謔式的嘲諷：

> 杜南遠在夜晚徘徊於小鎮的公園，他是日本國民，流著的卻是
> 中國人的血。在日本人面前高喊著「日本萬歲」，其實肚子裏
> 流著暗淚。噢！猛然想起了，小丑在舞臺上做出滑稽動作，但
> 在背後卻暗吞辛酸淚。
>
> 我就是小丑，杜南遠這麼想著……

在〈斷雲〉的結尾，杜南遠望著火車外的天空，看到「青藍色的綿亙
山峰上有一大堆烏雲，徐緩地在移動，距離很遠的地方一朵斷雲也孤
單地飄流。」然後，「他驟然地想到，我好比亦是那朵斷雲啊。」孤
單的一朵斷雲，不知飄流的方向，杜南遠的茫然前程，龍瑛宗的感傷
人生，正像那朵迷失的斷雲啊！

　　在日本殖民壓迫下，龍瑛宗必須扭曲自己的人格；在戰後白色恐
怖的陰影下，他必須隱藏自己的人格；面對客家族群弱勢的處境，他
必須壓抑自己的人格。在沉默中想像文化原鄉，杜甫在長安的中國，
在孤獨中接受客家族群非主流的社會現實，苦悶與削瘦，是這位雙重
失落者必然的命運了。

　　龍瑛宗的小說，筆法犀利，思慮複雜，早期作品具有現代主義的
心理分析手法，後期作品寫實風格鮮明，為時代做了生動見證，也為

自己的青春過往留下曲折的印記。作為日據時代即已揚名的作家,不知是時代之誤,還是性格所致,他是沉寂太久了。一如杜甫在長安的撫首歎息,從杜甫到杜南遠(龍瑛宗),我們看到同樣的知識分子在悲歌,同樣的邊緣文人在低吟,以及同樣削瘦的靈魂,在時代動亂錯置的大喧嘩中,沉默以對。

體系化的探索、建構與可能
——臺灣報導文學理論研究綜述

一 前言：起步與回眸

　　嚴格來說，臺灣的報導文學研究才剛起步。

　　「起步」是個相對性的詞彙。首先，相對於臺灣上世紀七○、八○年代在報導文學提倡、創作、發表的熱潮，相關的研究確實顯得滯後而沉寂。除了陳銘磻在一九八○年將報章雜誌上零星討論的近四十篇文章編輯整理成《現實的探索》一書外，系統的理論研究一直要到一九九九年楊素芬撰寫的碩士論文《臺灣報導文學研究》才打破沉悶的局面，這部學位論文在二○○一年以《臺灣報導文學概論》一名出版時的封面上寫著：「第一，也是唯一的臺灣本土報導文學研究」，這句話的另一層涵義是：上個世紀的臺灣報導文學研究在理論專著方面基本上是交了白卷。這樣的成績是令人困惑且汗顏的。其次，相對於中國大陸在報告文學研究方面的理論深化與成果豐碩，臺灣的相關研究明顯落後與不足。大陸上從上世紀七○年代末期開始，一批年輕學者即涉足於報告文學理論的研究，二十多年來，不論是文體論、歷史論、創作論或作家作品論，都有全方位的探索與建樹，已初步形成了較完備的理論格局。從以上這兩個角度來看，臺灣在報導文學理論的體系性建構與整體性探索方面都還有極大的拓墾空間。

　　「起步」不盡然是個貶抑的詞彙，它更多的是對未來的期待以及可能性的追求。當報導文學在上世紀八○年代中期，原本風起雲湧的

騷動漸趨平靜以後，對此一文類進一步的思考遂在沉潛中開始，這原也是文學發展的自然現象，因為文學理論的建構是需要從大量創作文本中加以歸納分析的。在這方面作出貢獻的研究者有高信疆、李瑞騰、林燿德、鄭明娳、向陽（林淇瀁）、須文蔚、陳光憲、陳映真等，他們比較有學術份量的研究成果，是報導文學研究初期重要的收穫，也是他們許多獨到的見識，讓報導文學研究的起步穩健而充滿活力。然而，在尚未醞釀出完備體系性的研究成果時，他們已然成為更年輕一輩學院研究人力的指導者或評論者，而年輕一輩的學位論文式的思維與寫作訓練，仍然缺乏成熟、深化的理論陳述與富創造性、新維度的見解闡釋，這使得報導文學研究在過去一段長時間內只能有積累性的成長，而未能有飛躍性的突破，這是十分可惜的。因此，不論從文類的可探掘性還是學科的成熟度來觀察，臺灣目前的研究成果只能說是「起步」階段。

　　對於才剛發展起步的文類研究進行「回眸」式的檢視，似乎有些操之過急，然而這正是臺灣「報導文學」這個邊緣性次文類的侷限與困境。即使有研究者欣喜地找到楊逵在一九三五年就寫下「臺灣文學史上最早的報導文學作品」——〈臺灣震災地慰問踏查記〉[1]，也發現楊逵早在一九三七年就陸續發表了〈談報告文學〉、〈何謂報告文學〉、〈報告文學問答〉等理論性的文章[2]，但就如陳映真所分析的：

---

[1] 楊逵：〈臺灣震災地慰問踏查記〉發表於《社會評論》第1卷第4號，1935年6月。收入彭小妍主編：《楊逵全集·詩文卷（上）》（臺南市：國立文化資產保存研究中心籌備處，2001年12月）第9卷，頁204～217。譯者邱振瑞譯成〈臺灣地震災區勘查慰問記〉。須文蔚在《中央日報》副刊的「書海六品」專欄中針對此文寫了一篇〈臺灣文學史上最早的報導文學作品〉加以介紹，2003年11月13日。

[2] 這幾篇文章都收入彭小妍主編：《楊逵全集·詩文卷（上）》第9卷。〈談報告文學〉原發表於《大阪朝日新聞》臺灣版，1937年2月5日；〈何謂報告文學〉原發表於《臺灣新民報》，1937年4月25日；〈報告文學問答〉原發表於《臺灣新文學》

「報導文學的進步傾向性和改造論固然不見容於反共戒嚴體制的意識
形態，報導文學干預生活、改造生活的特質，自與倡言反對文學表現
任何思想、內容和意義，一味追求技巧的玩弄的現代主義格格不入。
自一九三七年楊逵倡導報導文學以來，由於這些特殊的時代、歷史和
政治條件，臺灣的報導文學的作品和理論，呈現長達三十餘年的極度
沉寂、不發達和荒蕪的景況。」[3] 這種沉寂與荒蕪的景況，一般論者均
同意要到上世紀七〇年代中期高信疆在《中國時報・人間副刊》大力
提倡後才開始甦醒、繁榮，並一度引領文壇風騷，然後在陳映真創
辦《人間》雜誌四年，於一九八九年停刊之後，報導文學再度轉趨沉
寂。換言之，報導文學在臺灣的「黃金歲月」大約在二十世紀七〇年
代中期到八〇年代末期，前後不過十餘年光景。面對這樣短暫的一頁
「文類興衰史」，許多研究者早就迫不及待地想給予文學史的定位、
討論與蓋棺論定，事實上，當第一本學位論文以總結、概論式的筆調
論述臺灣報導文學的發展時，不難看出此一文類已被納入階段文學史
視閾下的思考與論斷。

　　當高信疆在一九七八年於政大新聞學會演講〈永恆與博大──報
導文學的歷史線索〉時，他對此一文類的榮景充滿了信心；當陳銘
磻於一九八〇年編輯出版《現實的探索》一書時，報導文學還在文

第 2 卷第 5 號，1937 年 6 月。見《楊逵全集》頁 466～468、500～502、512～521。
這幾篇文章原用日文發表，也都使用「報告文學」一詞，但《楊逵全集》的譯者可
能是鑑於「報導文學」一詞較為臺灣讀者和學界熟悉，因此將「報告文學」都譯成
「報導文學」，但「報導文學」一詞是在臺灣七〇年代中期以後才普遍使用，而「報
告文學」一詞則在三〇年代的中國已十分流行，因此本文採用原始的「報告文學」
譯名。向陽在其文章〈擊向左外野──論日治時期楊逵的報導文學理論與實踐〉
（2004）中就運用「報告文學」，而陳映真可能一時不察，在其〈臺灣報導文學的歷
程〉（2001）一文中竟推論出：「引起人們注意的是，楊逵把法文的 reportage 同時譯
成『報導文學』和『報告文學』」，事實上楊逵一直使用的就是「報告文學」。

3　陳映真：〈臺灣報導文學的歷程〉，《聯合報》第 37 版副刊，2001 年 8 月 18 日。

壇弄潮的勢頭上。但是，當林燿德寫〈臺灣報導文學的成長與危機〉（1987），《中國時報》因一九九八年報導文學獎的從缺而在版面上寫著怵目驚心的「報導文學死了嗎？」幾個大字時，此一文類的衰退現象已經浮現，其如淺灘行舟的疲態也已盡顯，而當陳映真於二〇〇一年發表〈臺灣報導文學的歷程〉文章時，已是在歷史的回眸中提出自己的反省思考與暗暗追憶消逝不再的理想與風光。既然此一文類的創作歷程早已經可以做「回眸」式的觀察，那麼，針對已有的、剛起步的相關理論、批評、研究成果進行檢視與探討，應該不算是操之過急了。

雖然已有的報導文學研究成果，和散文、小說等龐大而成熟的理論系統相比，只能說是基礎工程，但它畢竟有著自身演進路徑的歷史，分析與檢視這段理論發生與發展的歷程，將有助於更完善地掌握報導文學研究的變化規律及其動向，也有助於從中獲得新的啟迪。大體來說，臺灣報導文學研究經歷了四個主要時期：二十世紀三〇年代的萌芽期，八〇年代的豐收期，九〇年代的平靜期以及二十一世紀的深化期。以下即按照歷史發展的進程，對報導文學進行回顧性的檢視，並試圖提出一些未來發展的可能性。

二 〈何謂報告文學〉：楊逵的呼喚與理論的萌芽

楊逵發表於一九三七年的三篇文章不僅具有史料意義，也有理論價值，是臺灣報導文學研究萌芽的標誌。一九三七年二月五日發表的〈談「報告文學」〉是楊逵談報導文學的第一篇文章，文中強調「乍看之下，這種小兒科的文學好像是沒水準的文學形式，卻和社會有最密切的關係。」他從「文學的社會性」出發，認為報導文學的基礎穩固，「無疑是臺灣新文學將會結出好果實的前提」，指出了此一文類

的重要性，同時，在關心臺灣文學整體發展的考量下，他呼籲「我們必須致力於報告文學」，因為「對目前的我們來說，連要放眼看整個臺灣也似乎範圍太大。我們深深感覺到，應該從我們眼前、從我們週遭，踏實穩健地一步步邁出步伐才行。」他的這個與土地、現實結合的觀點，在接下來發表於一九三七年四月二十五日的〈何謂報告文學〉一文中有進一步的發揮。在該文中，楊逵首先對此一文體下了較明確的定義：「報告文學顧名思義，是筆者以報導的方式，就其周邊、其村鎮，或當地所發生的事情所寫下來的文學。」而它與一般文學不同之處有三：「第一，極為重視讀者（閱讀報導的人）。第二，以事實的報導為基礎。第三，筆者對應該報導的事實，必須熱心以主觀的見解向人傳達。」在「文學」與「新聞」、「真實」與「虛構」、「主觀」與「客觀」的對立矛盾與相容共生的概念處理上，他明確地指出：「報導文學雖然允許對事實做適度的處理與取捨，但絕不允許憑空虛構。報導文學也不能像新聞報導，不能以事實的羅列始終其事。因為缺乏作者感情的新聞報導，不算是文學。沒有讓讀者感受到作者的氣氛情感之作，絕非藝術。」可以看出，楊逵對此一文體的定義與期待都以文學為中心，並突出其與一般文學不同的特質。在第三篇文章〈報告文學問答〉中，他一開始就把報導文學置於臺灣「新文學」而非「新聞學」的基本領域，並再度強調其間的差異：「新聞報導只要羅列事實就夠了，但是報告文學要作為文學的話，必須要有某種程度的形象。將某一事實或事件以生動的姿態，讓讀者深刻地印在腦海裡，這就是文學的生命。此處報導的性質和文學的性質必須渾然成為一體。」可以看出，楊逵一貫主張的是文學的本位，重視文學的結構形式，反對虛構，並且要立足於週遭的生活和土地，關懷地方與大眾。正是這樣的報導文學觀，使他在一九三五年就寫出了〈臺灣震災地慰問踏查記〉、〈逐漸被遺忘的災區——臺灣地震災區劫後情況〉

這兩篇充滿人道關懷色彩，並且「足以光照臺灣文學、歷史與社會的
報導文學作品」[4]。

可惜的是，他想要掀起的、帶有思想啟蒙與社會革命的文學主張
並沒有得到徹底的實現，陳映真分析道：「楊逵對報導文學的認識和
理論，特別是放在一九三七年的時代背景下來看，是獨一的、宏亮的
高音。但是回答他的，竟是漫長的沉默。一九三七年以後，日本在臺
灣殖民統治全面法西斯化，並且隨著日本侵華戰爭的展開而加劇。而
逐漸強化起來的『皇民文學』風潮，使臺灣新文學被迫組織到侵略戰
爭體制，在嚴格思想控制和壓迫下，報導文學所不可少的思想性、
傾向性、批判鬥爭性是和日帝侵略戰爭意識形態完全牴觸的。楊逵
苦心呼喚和啟蒙的報導文學論終於胎死夭折，是必然的結果。」[5]雖然
如此，在三〇年代的臺灣文壇，楊逵的「報告文學」論述就能如此清
楚、直接地將報導文學的定義、功能、使命及寫作手法等加以宣揚，
並從理論上強調其對臺灣文學發展的重要性，同時，又在《臺灣新文
學》雜誌、《力行報》的《新文藝》副刊上公開徵求報導文學作品[6]，
不論在創作還是理論上，楊逵都堪稱為「呼喚臺灣報導文學的第一
人」。

在楊逵提倡報導文學的十年後，劉捷也在一九四七年二月五日出

4　語見林淇瀁：〈擊向左外野──論日治時期楊逵的報導文學理論與實踐〉，《臺灣史
　　料研究》第23期，2004年8月，頁143。

5　同註3。

6　楊逵在一九三七年六月《臺灣新文學》上不但發表了〈報告文學問答〉一文，同時
　　也刊登公開徵求報導文學作品的啟事，可惜刊物只出了幾期就停刊了，沒有看到具
　　體的創作成果。一九四八年十月，楊逵在《力行報》的《新文藝》第十一期副刊上
　　發表〈「實在的故事」問答〉，同時也公開徵求「實在的故事」作品，並獲得一些反
　　應，他還寫文章評論了兩篇來稿。見彭小妍主編：《楊逵全集・詩文卷（下）》卷
　　10，頁259～262。

版的《臺灣文化》月刊第二卷第二期中發表一篇〈關於報告文學〉，這也是早期難得的相關文獻。劉捷在這篇短文中對西方及中國興起的報導文學有簡要的歷史介紹，並主張報導文學寫作者應該「像新聞記者式的採訪」，因為要「依據事實」，但同時「作者必有強力的社會情感，沒有社會情感的描寫，它只可以說是平面的新聞記事，而不能表現出重輕濃淡。」他對報導文學有自己的定義：「報告文學作品是藝術家所寫的新聞記事，它有過濾藝術家強烈之主觀，然後以藝術之形式形象出來的。」[7] 對報導文學的理論推介，此文雖晚，但和楊逵的文章同具史料文獻價值[8]。

三 《現實的探索》：初步的檢視與豐收

楊逵在一九三七年倡導的「報告文學」沒有得到預期的迴響與成績，一直要到一九七五年，高信疆在《中國時報》的《人間》副刊上開闢「現實的邊緣」專欄，接著又設立「報導文學獎」，有計畫地大力鼓吹並刊登一系列報導文學作品，這個文類才真正獲得廣泛的注意，並在創作和理論上有了初步的建樹。在創作上，有高上秦（即高信疆）主編的《現實的邊緣》（時報，1975）、《時報報導文學獎》（時報，1979）等作品集；在理論上，則有陳銘磻主編的《現實的探索——報導文學討論集》一書。《現實的探索》在一九八〇年出版，

---

7 劉捷：〈關於報告文學〉，《臺灣文化》第2卷覆刻版，第2期，1947年2月5日，頁15。

8 鄭梓發表於一九九七年五月《臺灣史料研究》第九期上的文章〈二二八悲劇之序曲——戰後報告文學中的臺灣「光復記」〉，文中提到劉捷〈關於報告文學〉是「首度將此文學體裁引進戰後臺灣的文壇」，由於當時楊逵的文章尚未翻譯，所以才有這個錯誤的推論。

是報導文學正處於熱潮階段的產物,也是臺灣報導文學理論初步的成果展現,因為直到一九九九年才有楊素芬的學位論文出現,這本書在近二十年的時間裡成了唯一的理論文本,其代表性不容忽視。

　　陳銘磻本身是報導文學創作者,缺乏學術理論的訓練,因此這本討論集只是三十六篇文章的彙編,沒有體系架構的編排,殊為可惜。書前有一篇由他執筆的序言:〈打開一個新的文學領域〉,一開始就提到,自一九七五年高信疆的提倡之後,「『報導文學』這個名稱才開始出現臺灣文壇」[9],這個看法其實是錯誤的。根據資料,早在一九六六年,第二屆「國軍文藝金像獎」(國防部舉辦)及「嘉新新聞文藝創作獎」(嘉新水泥和《臺灣新生報》共同舉辦)就不約而同地設立了「報導文學」獎項,前者的首屆得獎作品是〈勇士們〉、〈枕戈待旦〉,後者的首屆得獎作品是鍾梅音的《海天遊蹤》[10]。換言之,不論是報導文學獎項或「報導文學」這個名詞都在六〇年代就已出現了。不過,或許是這些作品並未加以推廣,也或許是報導文學的普及性及特殊性尚未被「發現」,這些獎項似乎未能在文壇掀起報導文學熱潮,開始正視此一文類的價值並熱情投入於創作與理論場域,仍得等到七〇年代中期高信疆的登高一呼。

9　陳銘磻:〈打開一個新的文學領域──《現實的探索》編輯記實〉,《現實的探索》
　　(臺北市:東大圖書公司,1980),頁1。

10　長期以來,認為「報導文學」是在七〇年代中期或由時報文學獎首度設立而新創者
　　不乏其人,例如李瑞騰:〈從愛出發──近十年來臺灣的報導文學〉,(《文藝復興》
　　第158期,1984年12月)說:「從七〇年代中期開始,『報導文學』這個文學術語
　　開始出現在臺灣的文壇」;彭家發:〈細說新新聞與報導文學〉,(《新聞鏡》第263
　　期,1993年11月22日)中也認為:「民國六十年代中葉之前,在臺灣是聽不到這個
　　名詞的。」又如記者徐淑卿:〈報導文學死了嗎?〉,(《中國時報》第43版,1998
　　年10月8日)中提到:「第一個設立『報導文學』獎項,而於七〇年代掀起紙上風
　　雲的時報文學獎」。因此,陳銘磻的誤解並不顯得突兀。

（一）一本專著與三場座談：理論豐富性的探掘與呈現

　　相應於許多年輕作家的積極參與，媒體版面的推波助瀾，相關作品的陸續結集出版，對於報導文學的討論與研究在二十世紀七〇年代中期以後開始出現，《現實的探索》正是七〇年代後半期一些關心其發展的學者、文化人士與實際參與寫作的報導文學工作者意見與經驗初具規模的呈現。編者陳銘磻在序言中坦承：「曾經也為了它的定義和型態困惑過」，而書中幾位學者的意見不一，也讓他不得不說：「報導文學究竟是一種怎樣型態的文學，到目前為止是沒有一定的看法」，因此，這本討論集的目的與功能不在於試圖解決此一文體令人困惑的許多疑點，而只是將這些言人人殊、觀點歧異的文章集中呈現，「藉著這些學者、工作者的探討，報導文學能更澄明一些，意義更深一些。」[11]在三十六篇文章中，大約一半是討論文體特性、功能、起源的短篇評論，一半是對報導文學作家作品的採訪評介。高信疆是臺灣報導文學運動的旗手，他的觀念直接影響和啟發了包括林清玄、古蒙仁、陳銘磻、李利國等報導文學的中堅寫作者，因此書中共收了三篇與他有關的文章。第一篇是在理論上為報導文學尋根溯源的文章〈永恆與博大——報導文學的歷史線索〉，在諸多有關報導文學起源的說法中，一般歸納成古代說、近代說、三〇年代說等三種，高信疆一方面主張古代說，認為中國的第一個報導文學家是司馬遷，而報導文學的濫觴是《詩經》，但另一方面，他也從西方新聞報導歷經客觀報導、綜合報導、解釋報導、深度報導、調查報導幾個階段，最後發展到「新新聞學」的歷史演變，為報導文學如何從新聞領域「向文學借火」的過程中，找到近代理論的依據與定位。他的說法涵蓋了

---

[11] 同註7，頁5、6。

中西古今,從古代一路論述到近代、當代,思路清晰,主線分明,可以說,後來研究者在「起源說」的探討基本上都沒有脫離高信疆的範疇。第二篇是高信疆接受李利國專訪而成的〈從擁抱自己的土地開始——高信疆先生談報導文學〉,這篇文章除了前言是李利國的說明外,全文以高信疆第一人稱的語氣敘述,從報導文學是什麼、報導文學工作者的條件,到報導文學的意義、歷史回顧等,都做了清楚的闡釋,是高信疆報導文學理論比較完整的表達。第三篇是林清玄的採訪文章〈報導文學的根與果——高信疆的心願〉,泛論式的介紹,多取材自〈永恆與博大〉。

如果扣除掉一般作家作品的訪談介紹、文學獎的評審意見,書中屬於理論層次的文章不到十篇,而且以泛論、概論、經驗論的內容為主,整體來說缺乏理論的深度與系統性。荆溪人〈泛論「報導文學」〉、何欣〈報導文學與文學創作〉、尹雪曼〈從報告文學到報導文學〉等文泛論了文體、源流、功能與寫作特色等;周錦〈新文學第二期的報告文學〉一文節錄自其《中國新文學史》一書,簡要介紹了三〇年代報告文學萌芽期的幾篇作品;朱俊哲〈現實的探索〉則主要論述報導文學的社會功能與價值;向陽〈呈現以及提出〉從社會性的角度,指出報導文學創作者「不僅欲求將一真實事件或對象呈現給讀者,也在有意無意間,提出了對於該事件或對象的遠景,來取得讀者的認可或參與。」對報導文學的功能與使命做了切中肯綮的定位。

較特別的是,編者刻意選了林清玄的〈竹筍與報導文學〉,以及讀者白冷針對此文提出質疑的〈報導文學是竹筍嗎?〉,讓我們嗅到了一絲當時不同見解間筆戰交鋒的煙硝味。林清玄透過形象化的比喻,以「竹筍」來闡發他個人對報導文學的三個理念:第一、「報導是竹筍出青的部分,文學是竹筍埋在地底的部分」,地底的是「白筍」,而「白筍」比「出青筍」更重要;第二、「報導是挖竹筍,文

學是煮竹筍，兩者互為因果。」強調既要有好題材，也要有好的廚師；第三、「好的報導文學工作者不是天生的，像不是人人生而可以成好的筍農一樣。」強調要長時間經驗的累積。林清玄是散文創作者，他的看法偏向文學性，他說：「一篇成功的報導文學作品，它的文學性一定要強過報導性，在這裡，事實的時地人事物並沒有絕對的價值，人物的姓名不必全真，時地不必全真，只要反映出一個問題、一個意象、一種理念的癥結所在，便可以成為一篇優秀的報導文學作品。」這段話使讀者白冷質疑「他說人物以及人物的經歷都可以由作者玄想假設。這樣的作品，和小說還有什麼分別？」加上以挖竹筍、煮竹筍來比喻，白冷認為「風馬牛不相及」，經過一番推論，他認為林清玄「意念模糊，前後矛盾而似乎不自知」[12]，並在文末再度強調了報導文學「真實性」的必要。其實林清玄想表達的是對報導對象應進行勘察和精選，擇取有新意的材料加以深度的挖掘，同時在表現手法上不妨寬容而不自我設限的態度。這裡涉及的仍是報導文學文體本質的問題，對「真實」與「非虛構」的定義，「新聞」與「文學」的比重等，這些問題在當時所引起的熱烈討論與困惑，於此可見一斑。

不論如何，書中的每一篇文章都是早期對報導文學思索的印記，為報導文學的發生、發展做了不同角度的紀錄，在理論貧乏的年代，這本書的出現意味著對新的文學領域的墾荒與耕耘，對報導文學理論研究的深入開展奠定了良好的根基。陳銘磻作為報導文學的創作者，〈賣血人〉、〈鷹架上的夕陽〉、〈最後一把番刀〉、〈最後的妝扮〉等報導文學作品，已為他贏得不小的喝采，這本書的編選充分顯現出他對此一新興文體的真誠投入與持續不懈的關注。

除了《現實的探索》的問世，這個階段在報導文學理論探討方面

---

[12] 以上林清玄、白冷的文章見《現實的探索》，頁95～103。

值得觀察的還有以報導文學為討論主題的大型座談會，在八〇年代共舉辦了三場，分別是：一九八〇年十月二十六日由文建會主辦、高雄《臺灣新聞報》承辦的「文藝主流座談會——報導文學何去何從？」座談會，由沈岳主持，出席者有尹雪曼、趙滋蕃、公孫嬿、陳銘磻、李牧、胡有瑞、簡靜惠、呼嘯、臧冠華等；一九八二年十月二十二日在中國電視公司會議室舉辦的「報導文學的現況與未來」座談，這是文建會「文藝季」的活動之一，由耿修業、潘霖主持，高信疆、尹雪曼、孫如陵、周錦、徐佳士、陳銘磻、劉紹唐等二十三人出席；一九八七年三月七日在《文訊》月刊編輯部舉辦的第二場「當代文學問題討論會」，由李瑞騰主持，與會者有林燿德、古蒙仁、李利國、心岱、陳銘磻、潘家慶。這三場座談之後，類似的較大型的討論會要到二〇〇一年才出現，整個九〇年代似乎不再把目光注視這個逐漸失色的文類上，分析其原因，主要與一九八八年一月一日報禁解除，報紙增張，副刊優勢不再，報導文學逐漸失去媒體寵兒的地位有關。參加座談者多來自新聞界與文學界，特別是具報導文學寫作經驗者也在受邀之列。由於報導文學的理論尚缺乏一致的共識，對此一新興文體的定義、源流、特性、功能等仍存在著莫衷一是的分歧現象，三場討論的意見不免流於各陳己見，但在理論起步階段，這些不同觀點的衝撞與交流還是為理論的充實與發展做出了一定的貢獻。

　　這個階段報導文學面臨的困境，以及理論方法的不足，高信疆在「報導文學的現況與未來」座談會上的發言較具代表性，觸及的層面較廣，提出的問題也都能切中問題核心，例如在學院教育方面，他提到文化大學中文系文藝組和新聞系分別創設「報導文學」課程，但遺憾不久就取消了，因此，「基於我們對報導文學的期待，我們希望學術界能夠重視這一個問題，無論新聞系或中文系，都應該加強、加重有關它的教育和研究。」他進一步呼籲：「我們今天並沒有一個報導

文學的正式團體，是不是我們也可以結合一些同道，創立一個『報導文學學會』的組織呢？我們是不是也該有一本探討報導文學理論與實際的刊物呢？」至於既有的創作成果，他也不滿地指出其瓶頸：「在題材上，過分的貴遠而抑近，重奇特而疏忽了平凡的事物；在表現上，則浮面的涉獵多，深沉的掘挖少；有的是資料多而消化不了，有的是根本忽略了資料的搜集與印證。有的太冷靜，像一篇論文；有的又太熱情，混亂了報導的主體……而更多的是，抓不住他所報導事物的內在肌理，掌握不住它們的意義，無法說出事件以外更深刻、更久遠的恆久諦旨。」作為臺灣報導文學最重要的推手，高信疆的評論是一針見血且又語重心長。對於報導文學方法論問題，他也提到：「今天的報導文學不但沒有它足以依恃的理論，也缺乏相關的方法的研究。而史學研究法、社會學研究法、人類學的田野調查……都可以補充它的不足並有所發揮。」[13]他的感慨、觀點與期待，基本上代表了八〇年代臺灣報導文學理論研究的中心與方向。

由於報導文學的新穎性與不確定性，這三場座談會所觸及的議題大部份關注的焦點仍集中在文體論的辨證、創作論的探索、歷史論的溯源以及未來發展的可能性。在文體論方面，主要討論「新聞」與「文學」的對立統一，「主」與「從」的矛盾，文體的功能與使命等，如李明水〈從新聞學觀點探討所謂的「報導文學」〉、葉建麗〈淺談報導文學的屬性〉、趙寧〈水火同源〉、盧幹金〈因時代而生，為時代而作！〉、潘家慶〈社會責任·報導文學〉等；在創作論方面，主要討論「光明面」與「黑暗面」的題材爭論，作家「心態」與作品「型態」的分析，如劉毅夫〈報導文學之我見〉、陳銘磻〈報導

---

[13] 以上高信疆的說法均見其在「報導文學的現況與未來」座談會上的發言，以〈試探·問題與可能〉為題收錄於文化建設委員會：《中華民國七十一年文藝季座談實錄》，1983年，頁432～437。

文學的兩面觀〉等；在歷史論方面，主要探討與西方「新新聞學」、三〇年代中國興起的「報告文學」間複雜的關係，如楊月蓀〈淺談報導文學寫作〉、尼洛〈淺析「報導文學」〉、尹雪曼〈論報導文學的寫作〉等；在未來發展方面，有馬驥伸〈如何提高報導文學的水準〉等。

　　值得一提的是，《文訊》所舉辦的討論會是由林燿德提交論文〈臺灣報導文學的成長與危機〉，再由古蒙仁、李利國等人針對論文提出質疑與意見交流。林文是一篇綜論式的作品，從名詞的界定、臺灣發展的情形、與「報告文學」的差異比較到文體本質的矛盾、自身背負的危機等，都做了精要且有創見的梳理與析論。透過不同背景、不同區域、不同時段的對照比較，林燿德對臺灣報導文學做了大體上符合實情的觀察與歸納，對於林清玄、古蒙仁等的報導文學觀也提出了他的見解與批評，表現出一定的思辨能力，例如林清玄的「竹筍論」，他認為這將「使得報導文學塗抹上了一層玄學色彩，但卻無法拭去報導文學作品實證上的危機。」從方法論上，他也指出「在同一文學體裁中報導語言和文學語言之間的結合顯然是一大難題」，這是報導文學本質上的矛盾，許多的爭議均由此而生。林文同時列舉報導文學所面臨的六項「普遍缺憾」：過度的適用性、氾濫的抒情性、牢固的意識形態、浮誇的說教心態、因襲的舊觀念、難產的新生代，均能切中問題的要害。

（二）單篇論文：多重視角的借鑑與觀察

　　從七〇年代中期到八〇年代末期的理論豐收期，除了以上一本專書、三場座談外，還有幾篇單篇論文值得一提。李瑞騰〈從愛出發——近十年來臺灣的報導文學〉發表於一九八四年十二月一日《文藝

復興》第一五八期，論述了七〇年代中期到八〇年代中期近十年間臺灣報導文學發展的概況，介紹了高信疆與報導文學興盛的原因，強調七〇年代臺灣文化界普遍存在著覺醒與理性的批判精神，加上新聞事業的空前發展，為報導文學的蓬勃發展提供了條件，同時又以「臺灣本土現實的探索」來概括這十年的創作主流，而文末對報導文學界新生代如林清玄、古蒙仁、翁台生、陳銘磻、李利國、邱坤良、徐仁修、馬以工等八人的推介，也有為這十年報導文學發展的成績做階段性總結的意味，全文以「愛」為題，基本掌握了此一新興文體的特質。尹雪曼〈報導文學與報告文學〉發表於一九八九年四月《中華文化復興月刊》第二十二卷第四期，以中外報導文學的興起與代表作品介紹為主。尹雪曼對名稱的分析頗有見地，認為「導」比「告」深入，如果報告文學是平面的，報導文學就是立體的，有「指導」、「引導」的意思，而報告文學僅著重於某一事件或某一人物的說明。在西方，不論新聞界或文學界都沒有「報告」與「報導」之分，都是 reportage，但尹雪曼主張報告文學可稱為 reportage，報導文學則應稱為 feature，「因為我們主張的，或理想中的報導文學，文學性要勝過新聞性，而主觀性也絕不低於客觀性。因此，相當接近於『專欄』與『特寫』。『專欄』與『特寫』，英文上都可以 feature 這個字來代表。」他的說法對報導文學名義的釐清可以提供一些不同的思考。陳飛龍的〈論報導文學——兼談司馬遷的史記〉發表於一九七九年十二月的《國立政治大學學報》第四十期，算是較早的一篇學術論文，他認為「報導文學原本是土生土長的，也就是所謂的『道地土產』。」沒有必要去「貼用外國商標」，而且報導文學之所以令我們產生「親和力」和「好感」，正足以說明「報導文學在我們的傳統文學中，不獨真正的出現過，而且，它是根深柢固、源遠流長的。」然後他就從《史記》中舉例取材加以論證，得出「太史公實在道道地地

的是一位撰寫報導文學的高手」的結論[14]。這個觀點當然會令人聯想
到前一年（1978）高信疆在〈永恆與博大〉中所提出類似的說法。
高信疆將《史記》視為報導文學源流的見解，顯然影響了許多人，詩
影的〈《史記》是報導文學初論〉即是一例。此文發表於一九八九年
八月《文藝月刊》第一七〇期，對《史記》何以是報導文學作了析
論，主要論點有二：「報導文學非虛構文學，所報導之人或事，必須
是事實。《史記》的內容合乎此。」「報導文學須有作者自我的表現，
即『有限度的筆鋒自由』、『有限度的筆鋒感情』等等，《史記》一書
也都具備。」這些論點和陳飛龍的論文相近，而且基本上都是高信疆
〈永恆與博大〉的延伸與發揮。

　　以散文理論研究見長的鄭明娳，對報導文學理論的研究也致力甚
深，在一九八七年四月舉行的第一屆「科技整合研討會」上發表〈報
導與文學的交軌──報導（告）文學初論〉，接著七月舉行的「抗戰
文學研討會」上又發表〈三、四十年代報告文學論〉，同時在其初版
於一九八七年二月的《現代散文類型論》中也有一節專論報導文學，
可以說，她是八〇年代學界對報導文學研究致力最多的一位。〈報導
與文學的交軌〉主要討論「報導與文學寫作的分立性」，認為「這是
三、四十年代的理論家及創作者從來沒有意識到的。在臺灣被提出
來，是因為對新聞寫作更進一步的研究以及文學理論的發達而產生科
技整合的一個難題。」她主張應從語言角度來破除這個問題，但她也
承認「目前我們幾乎找不出文學與報導語言都很平衡穩當的作品」，
因此，她呼籲「我們應該調和報導文學的危機，發展新的方法論，才
能整合溝通文學與新聞間的橋樑。」[15]此文指出了許多問題的癥結，對

---

[14] 見陳飛龍：〈論報導文學──兼談司馬遷的史記〉，《國立政治大學學報》第40期，
　　1979年12月，頁178、194。

[15] 鄭明娳這篇論文在第一屆「科技整合研討會」上宣讀後，發表於《臺灣新聞報》，

解決之道也有一些想法，可惜僅在結尾匆匆敘述，未能進一步申論。
此文與林燿德〈臺灣報導文學的成長與危機〉同時發表，但兩人都未
提及陳映真於一九八五年創辦的報導文學雜誌《人間》，則有研究者
對此表示不解[16]。至於《現代散文類型論》中的〈報導文學〉一節，
因為側重討論結構的類型，因此鄭明娳依據「報告者參與報導客體的
狀況」將報導文學分成兩類：直接經驗的報導文學（也稱經驗式）和
間接經驗的報導文學（也稱考證式），並舉了一些文例加以說明。在
間接經驗的報導文學範疇界定上，她主張基於「報告人處於彙整資料
及查訪考證的立場」，因此「田野調查報告、口述文學與通訊稿的彙
編也都可以歸納入報導文學的範疇」[17]。

　　以上這幾篇論文有的從創作現象立論，有的追溯歷史源流，有的
從科技整合角度提出看法，有的討論文體分類，不同視角探討與思索
的成果，顯示了這一時期對臺灣報導文學理論的充實成熟所做的努
力。

　　《西子灣副刊》，1987年4月16、17日。後收於其《當代文學氣象》（高雄市：春暉
　　　出版社，1988），再收於《現代散文現象論》（臺北市：大安出版社，1992），改題
　　　為〈新新聞與現代散文的交軌〉。本文所引出自《當代文學氣象》一書。
[16] 楊素芬在《臺灣報導文學概論》第三章就指出：「還有另一個奇怪的現象，林燿
　　　德、鄭明娳兩人的論文發表於一九八七年，陳映真創辦以報導文學及攝影為主的
　　　《人間》雜誌，在一九八五年十一月創刊，兩人的論述文章均不曾提到《人間》雜
　　　誌，照理說《人間》作為一份完全以報導文學為主的專門性雜誌，應佔有一席之
　　　地，林燿德、鄭明娳兩人有默契似的隻字不提，這樣的遺漏相當怪異，顯示文評家
　　　所關注的僅集中於某一時期的特定作品。」
[17] 見鄭明娳：《現代散文類型論》（臺北市：大安出版社，1987），頁258。

四 〈報導文學死了嗎?〉:創作沉潛、理論沉寂的九〇年代

當一九八九年九月《人間》雜誌黯然停刊之際,事實上正意味著七〇年代中期在臺灣掀起的報導文學熱潮已經逐漸消歇,曾經引領文壇風騷的榮景已經不再,報導文學在臺灣的黃金時期也已然過去,從這個角度看,一九九〇年出版、由陳銘磻編選的《大地阡陌路——臺灣報導文學十家》也就有了文學史的階段意義。作為臺灣報導文學第一個選本,陳銘磻對此一文類的持續用心明顯可見。他在編者的序言中說:「我希望藉著他們十位的十篇作品,讓讀者略窺報導文學發展近十五年來的成就之一斑。」現在看去,這十位作家及其作品確實有一定的代表性,代表了創作蓬勃期的突出表現。值得觀察的是,序言中花了不少篇幅討論「光明面與黑暗面」的問題,這是報導文學寫作者在題材選取上面臨的困擾,序言中引用荊溪人、何欣、黃春明、尹雪曼、高信疆等不同見解來申論,最後指出:「道德與良知,是文學創作的基本知識,報導社會陰暗面,不以建設、改善或喚醒人心為著眼點,勢將污衊社會,破壞文學本質;報導社會光明面,如若阿諛超過真實,那將使我們的社會陷入不忠不義、虛假無知的境地。」[18]對如何在二者之間求取平衡做了清楚而適切的註腳。

和前期創作的蓬勃繁榮相比,九〇年代雖然在《聯合報》、《中國時報》兩大報的文學獎仍設有報導文學獎項,中國文藝協會的文藝

---

[18] 見陳銘磻編:《大地阡陌路——臺灣報導文學十家》(臺北市:業強出版社,1990),頁8。此書於二〇〇〇年九月易名為《臺灣報導文學十家》。這裡的「十家」是指:心岱、古蒙仁、李利國、林清玄、徐仁修、馬以工、陳銘磻、眭澔平、翁台生、楊憲宏。

獎章和中興文藝獎章、中山文藝創作獎等也有報導文學類，但不容否認地，整體的創作聲勢已日漸下滑，前期的代表作家如林清玄、古蒙仁、馬以工等人均淡出此一行列，在創作發展上步入了瓶頸與低潮的沉潛期，一直到一九九八年第二十一屆《中國時報》的報導文學獎竟然全部從缺的震撼，正如張大春所言：「是一個重大的遺憾和警訊」，他相信這個挫折「正是此間文學表現及創作活動的一個集體性衰退的癥狀」[19]。記者徐淑卿對此做了一個聳動標題的報導：「報導文學死了嗎？」令人訝異、震驚不已，而決審會議紀錄的標題「驟然消逝的雷聲」，則給人不勝唏噓之感[20]。相對於創作的沉寂，理論研究也隨之沉潛，到一九九九年為止的十年間，相關論文不到十篇，且都以回顧性質的探討為主，這是否預示了才興起的報導文學就已急速沒落了呢？我們知道，文學理論的建構必須從經典或大量創作文本中加以歸納分析，只有持續性的創作才能提供文學理論成長的養分，雖然在媒體經濟奧援不再、網路媒體興盛的困境中，由各縣市主辦的地方性文學獎徵文活動對培養報導文學寫作的新生代具有積極的鼓勵意義，與社會／社區運動結合也使報導文學找到一條新的出路，但寫作熱潮的消退、閱讀人口的銳減、題材的枯窘、獎項光環的褪色等，確是不爭的事實，如此一來，理論研究的貧乏自是合理的現象。

　　楊素芬在《臺灣報導文學概論》中說，至一九九九年為止，單篇論文方面僅有四篇，而且九○年代只有一篇，這個論斷過於草率[21]，

---

[19] 張大春：〈尋找發現的刻度——對報導文學獎從缺的說明〉，《中國時報》第37版，1998年12月23日。

[20] 徐淑卿：〈報導文學死了嗎？〉，《中國時報》第43版，1998年10月8日。〈驟然消逝的雷聲〉是第二十一屆時報文學獎報導文學類決審會議紀錄，由陳大為記錄整理，《中國時報》第37版，1998年12月23日。

[21] 楊素芬在《臺灣報導文學概論》第七十四頁中提到，至一九九九年為止，單篇論文僅有四篇：李瑞騰〈從愛出發〉（1984）、林燿德〈臺灣報導文學的成長與危機〉

雖然成績不盡令人滿意，但至少九○年代就有以下幾篇相關論文具有一定的學術價值。彭家發的〈細說新新聞與報導文學〉與蔡源煌的〈報導文學與新新聞〉同為探討文類源起的文章，彭文雖不長，但指出臺灣報導文學的源起主線有二：抗日時期報告文學、反越戰興起新新聞。他強調「新聞體的困境舉世皆然」，對於報導文學定義的莫衷一是，他認為是使發展陷入瓶頸的主因，因此建議「改名」或能突破困境，例如「紀實文學」、「新聞文學」，或者基於兩岸三地的文學整合，不妨統稱為「報告文學」，這些建議應該有進一步討論的空間[22]。蔡文的理論性強，針對美國「新新聞學」的興起與發展做了詳盡的說明，並反省臺灣報導文學在受到「新新聞學」啟發鼓勵的同時，似乎未深究其寫作方式的一些侷限，例如美國「新新聞」的作者寧可稱自己的作品是「非虛構小說」，當「面對新聞界的指責，這些作家就標榜自己的作品是小說，而非報導；面對文學評論家的排擠，他們則反過來強調歷史事實和新聞性。」因此，他主張用「主觀的寫實」來詮釋較為恰當，因為要求作者毫無預設立場，做到「零度詮釋」並不容易，但若只是「徒託報導的形式」，刻意「突顯作者的立場」，那也是「無可救藥的單薄」[23]。對於報導文學的本質與創作手法問題，此文所論一語中的。

須文蔚發表於一九九五年的〈報導文學在臺灣，1949～1994〉，

（1987）、鄭明娳〈報導與文學的交軌〉（1987），以及須文蔚〈報導文學在臺灣〉（1995），顯然不符事實。

[22] 彭家發是政大新聞學者，此文發表於《新聞鏡》第263期，頁30～33，1993年11月22日。在文中他說，要解決報導文學的諸多問題，「關鍵性問題，似乎首在文體定義及『名稱』方面，則回過頭來，思考一下『改名』的可能性，或許可收舉重若輕之效。」

[23] 蔡源煌：〈報導文學與新新聞〉，《當代文化理論與實踐》（臺北市：雅典出版社，1996），頁63～74。

對報導文學的源起、衝擊、爭議與式微、展望，做了全面的介紹與評論，雖然無法深入，但觸及的都是此一文類無可迴避的核心議題。該文較有新意的是拈出報導文學的兩大「爭議」：第一、「強烈的目的性」，「違背了文學所強調的藝術自主與創意，違背了新聞或社會研究所強調的客觀與真實，而使它招致各方的責難。」但須文蔚認為「上述的責難似乎忽略了報導文學的特殊性格」；第二、「方法論的欠缺」，解決之道是「以一套新的標準來詮釋這個新文類」，「要在方法上找出報導文學的出路，無庸膠著於『文學』與『報導』，乃至於『主觀』與『客觀』的對立，論述的重心應當轉向社會研究方法論的領域，思索報導文學特有的地位。」他認為社會學研究中的民俗誌法（ethography）將會是一套「具有效度的方法和理論」，有助於「提升作品在資料蒐集與印證事實的確實與深刻」。基於這樣的認知，他在文末呼籲：「理論界應當拋棄單純援引附會純淨新聞寫作的標準，才有可能鬆開報導文學創作者的束縛，還原此一文類原始的面目。」[24] 此文精準掌握了一個獨立文體的特性，也能在現象剖析之外，提出可行的方法論，發表以來，受到不少後來者的引用與討論。楊素芬曾質疑其強調「1949～1994」，但「細看全文卻找不出從一九四九年開始的線索」，文中所參酌的報導文學作品也幾乎都是一九八七年之前，「完全忽略了報導文學的寫作發展是動態在前進的，而不是靜止於前十年的黃金期。」[25] 對於《人間》雜誌的忽視就使這篇以斷代視角的討論為主的論述顯得不足。

鄭梓發表於一九九七年五月《臺灣文學史料》第九期的〈二二八悲劇之序曲──戰後報告文學中的臺灣〉，對戰後臺灣初期報導文學

---

[24] 須文蔚：〈報導文學在臺灣，1949 ── 1994〉，《新聞學研究》第 51 期，1995 年 7 月，頁 121～141。

[25] 楊素芬：《臺灣報導文學概論》，頁 75～76。

的史料蒐集與解讀很下了一番工夫,爬梳了所謂「光復元年」期間
兩報(《民報》、《臺灣新生報》)、兩刊(《新新》雜誌、《臺灣文化》
月刊),以及兩位來臺採訪新聞的記者(特派員)李純青、蕭乾筆下
的報導文學作品,讓我們回到當年現場,感受歷史實況,並對當年的
政治悲劇有所省思。作者並不企圖界定報導文學,而是以寬泛的報導
文學認知進行史料的分析,認為這些作品「至少在形式及內涵上皆已
為那個鉅變的『光復元年』遺下了既寫實又藝術的多元見證」[26]。尤其
李純青將近一個月的全島旅行、採訪,相繼撰成的〈台北一月〉(又
名〈台北散記〉)、〈二十三天的旅行〉(又名〈在愛國熱潮中訪問臺
灣寶島〉)等七篇報導,以及蕭乾距離二二八事件僅月餘的報導〈冷
眼看臺灣〉,都是筆冷心熱的出色報導文學作品。鄭文述多論少,對
史料的處理細膩且能掌握重點,像這樣的論文對報導文學的深化研究
是很有助益的。

　　陳光憲對報導文學的研究、教學多年,也寫了許多相關的論文,
發表於一九九九年八月《市立師院應用語文學報》創刊號上的〈二十
世紀報導文學的回顧〉,回顧了世界、中國與臺灣報導文學的興起、
發展,並對二十世紀具有代表性的相關名作加以評析。全文主要集中
在世界報導文學部分,中國與臺灣部分則相對薄弱。他將世界報導文
學分成戰爭報導、災難報導、內幕報導、社會事件報導四類加以介
紹,內容詳盡豐富,但臺灣部分只有三頁簡要的介紹,不過,他將臺
灣報導文學作品依題材分成六類:成功人物的歌頌、國家建設的描
述、戰地生活的報導、鄉土文化的關懷、弱勢族群的關懷、生態環境
的關懷,有自己的觀察與歸納。此外,陳映真發表於一九九六年一

---

[26] 鄭梓:〈二二八悲劇之序曲——戰後報告文學中的臺灣「光復記」〉,《臺灣史料研
　　究》第9期,1997年5月,頁48~81。「光復元年」是指一九四五年十月二十五日
　　(即「光復節」)起,至一九四七年春二二八事件爆發前的年餘期間。

月六日至九日《聯合報》第三十四版的長文〈臺灣文學中的環境意識〉，雖然是以生態環境意識的探討為主，且論及散文、小說，但其中一節專談報導文學，主要討論女作家心岱《大地反撲》和《回首大地》這兩本報導文學作品的環境意識，兼及馬以工、韓韓兩人。陳映真認為，直到今天報導文學的定義還是曖昧不明，「這主要是因為在臺灣文壇一直未見眾所公認，影響深廣的報導文學典範性作品。」因此，「一直到今天還普遍存在著無法區別深度報導、新聞特寫、專題報導這些篇幅較長，敘寫比較深入生動的新聞寫作與報導文學的具體差異的問題。」從這個角度看，陳映真認為心岱的作品「正好可以看出文學環境比較特殊的臺灣，報導文學如何先從新聞寫作逐漸另結新胎而緩慢成型的過程。」在作家創作論的背後，其實有著陳映真一以貫之的報導文學理念。

這六篇直接或間接觸及臺灣報導文學的文章，在近十年的時間裡顯得孤單而寂寥，九〇年代創作的式微以及評論研究的沉寂，兩者互為因果地宣告了報導文學的高峰已過。它曾經是文壇矚目的新寵，如今卻被冷落於主流之外，安守於邊緣一隅，做著猶如困獸之鬥的轉型努力，前景如何，很難令人樂觀。對於研究者而言，則似乎覺得對此一文類「蓋棺論定」的時刻已經悄然到來。

五 《臺灣報導文學研究》：理論的總結與深化

從理論上對風光不再的報導文學進行總結與深化的嘗試，在上個世紀結束的時刻應運而生。學院內的學位論文開始將視角朝向報導文學。繼第一本學位論文之後，至二〇〇五年止，相關的學位論文幾乎是以一年一本的速度出現，這和一般零星、單篇的發表型態迥然不同，雖然學位論文多半未能正式出版，但其系統、深入、專論的研究

成果仍值得參考。在資料的整理、議題的開發、作品的解讀與歷史意
義的詮釋上都有著令人眼睛一亮的出色表現。

　　作為「第一，也是唯一」出版的臺灣報導文學研究專著，楊素芬
的「起步」是成功的。這本約二十萬字的《臺灣報導文學概論》（原
名《臺灣報導文學研究》）在熟悉報導文學發展的李瑞騰教授指導
下，不迴避關鍵但難解的問題（如文類界定、特徵的分析等），對歷
史線索也做了必要的勾勒（如三種源流說、臺灣報導文學興盛的原
因與思潮演變等），同時在資料的爬梳掌握上花費不少心力（如對相
關文學獎資料的彙編、大事年表的呈現等），在文本解讀與現象論述
上也都要言不繁地重點探討（如對寫作題材的分類研究等），整體來
說，已能從點到面地窺見出報導文學在臺灣二十餘年間發展的重要現
象。更可貴的是，在佔有資料的基礎上，她能有自己的歸納與觀點
表達，例如在寫作方法論方面，她提出四點：向新聞學借火、向歷史
學求佐證、田野調查找線索、照相攝影窺真相，條理分明，具參考價
值；能從社會、媒體與文學思潮三方面來論述興盛的原因，符合此一
文類的特殊性與現實性。全書對相關議題本身及周邊的細節都能擇其
大要地關照與論析，由於這是第一次系統而具體地研究臺灣報導文學
的理論著作，走向系統，就成為這部著作最重要、最有價值的特徵。
楊樹清在序言中則肯定此書「在『報導』與『文學』的模糊、弔詭、
爭議、不確定地帶，提供了一個較具包容性的對話、討論空間。」[27]
不過，作為一本「概論」性質的專著，其不足也是顯而易見的，如
對早期文獻的掌握不足（楊逵、劉捷等理論資料未見），源流說、題
材分類介紹過於簡要（西方報導文學有哪些代表性的作品應該略加
提及），《人間》雜誌的重要性未被突出，以及理論論述的相對欠缺

---

[27] 楊樹清：〈序〉，《臺灣報導文學概論》（臺北縣：稻田出版公司，2001），頁18。

等，都是尚待開拓的空間。

　　楊素芬畢業於中央大學中文研究所的碩士論文《臺灣報導文學研究》完成於一九九九年，第二年七月，由張雙英教授指導、劉依潔撰寫的東吳大學中文研究所碩士論文《〈人間〉雜誌研究》完成，這份專論《人間》雜誌與創辦人陳映真理念的學位論文，擺脫過去臺灣報導文學研究過多集中於高信疆與《中國時報》的模式，探討了《人間》雜誌創刊的背景與過程、陳映真在《人間》雜誌中表現的媒體觀點與實踐方式、《人間》雜誌中的主要題材與涵義、時代性與世界觀等，對於一九八五年十一月創刊到一九八九年九月停刊的《人間》雜誌，做了開放、整合、批判性的評介與論述，填補並強化了解嚴前後臺灣報導文學發展的現實情況與文學史意義，對之前許多論文疏略的提及或浮光掠影式的評論，本論文的價值不容忽視。尤其是第五章討論《人間》的時代性與世界觀部分頗有可觀。在時代性上，作者指出《人間》一方面結合鄉土文學運動發展歷程中的三項主流：回歸本土、左派階級意識和臺灣文學本土化，另一方面也沿襲了《文季》集團那股強烈的社會意識與批判風格，在融合傳統理念之後，又能突顯獨特的面貌，可說是一份思想狀態非常複雜的刊物；在世界觀上，指出《人間》「在處理任何題材時，均會詳加思考國家、政治、經濟、被殖民等因素與陳述主題間的關聯，並會參酌國際情勢予以分析，因而在報導作品中展現出臺灣『中心──半邊陲』的被殖民性格。」《人間》「在本土化與國際化兩者界線逐漸消融的八〇年代，既沿襲了臺灣文學傳統中寫實、反帝的臺灣意識，也吸納了第三世界反殖民的論調」[28]，從而建構起其獨特的世界觀。《人間》雜誌是陳映真人格

---

[28] 參見劉依潔：《〈人間〉雜誌研究》（臺北市：東吳大學中文研究所碩士論文，2000），頁87、91。

力量、人文理念、媒體觀點、報導文學觀的具體實踐,全部四十七期中都可以感受到陳映真堅持的信念,這一點在論文後面所附錄的〈陳映真訪問稿〉中也能得知。這部論文當然也存在著一些缺失,但在刊物定位、創辦理念與實踐結合的掌握上都有不錯的成果。

由陳光憲教授指導的臺北市立教育大學應用語言文學研究所碩士論文有兩部:林秀梅的《臺灣原住民報導文學作品研究》(2001年6月)和張明珠的《〈中國時報〉與〈聯合報〉報導文學獎得獎作品研究(1978——2000)》(2004年6月)。前者共分六章,主要從文本解讀入手,依寫作內容題材的不同分成原住民處境作品、傳統民俗作品、尋根作品、社會問題作品四大類、共十四篇作品逐章介紹評述,涉及的作家有浦忠成、曾月娥、王蜀桂、鄧相揚、劉還月、古蒙仁、陳銘磻等十餘位,分析方式稍欠變化,論述少而背景資料多;後者也是六章,但不論資料、架構與書寫都較前者出色,但探討「臺灣報導文學發展的時代背景」不出楊素芬論文的內容,對「兩報報導文學獎的創設與演變」則敘述條理井然,對發展狀況的觀察也有己見,如「時報報導文學獎」的發展如同人生,有生(出發)、老(停辦)、病(從缺)、死(消失),而「聯合報報導文學獎」雖是「從平穩中求成長,仍抵不過社會的快速變遷及報導文學的式微,終究還是走到了盡頭。」[29]論文的重心擺在第四、五章得獎作品的析論,分成教育類、原住民、生態環境、醫療關懷、生活人文、民俗歷史、城市風貌、海外作品八類,其中以原住民十四篇最多,海外(包括大陸、泰棉、非洲)十三篇次之,最少的是生活人文類的六篇,較特別的是,文本析論過程中不時有對標題、語句、修辭的分析,這或許和「應用語言文

---

[29] 張明珠:《〈中國時報〉與〈聯合報〉報導文學獎得獎作品研究(1978~2000)》(臺北市:臺北市立師範學院應用語言文學研究所,2004),頁95。

學」研究所的訓練有關吧。

　　蔡豐全畢業於政治作戰學校新聞研究所的碩士論文《國軍文藝金像獎報導文學獎得獎作品分析》（2002 年 5 月），由林元輝教授指導，大量採用表格方式整理資料，幾乎是以資料的介紹為主，其優點是對過去研究者長期忽略的這個獎項進行了詳細的搜羅與分析，指出其特殊背景下的特殊表現型態與成果，甚具參考價值，但全篇敘述凌亂，目次安排與一般學術論文的習慣略有出入，看不出論文的構想與突顯的重心，頗為可惜[30]。謝明芳《當代臺灣報導文學的興起與發展》是二〇〇三年六月南華大學文學研究所的碩士論文，陳章錫教授指導，共分六章，除緒論、結論外，分別探討「報導文學之源起」、「報導文學的角色定位」、「報導文學的分期」、「報導文學的發展」，架構與內容都不離楊素芬的論文，開創性不足，雖然在其結論時有自覺地提到：「綜觀臺灣報導文學的研究面向，仍然將重心放在理論基礎之探討，反而忽略了整體的論述，是為缺憾。」但事實上，整體概論性的介紹並不缺乏，理論基礎的探討才是應該致力的重心，如能有所突破或深化，才有研究的價值。至於結論的建議：「未來如能針對兩岸之間的報導（告）文學的差異性，做出分析與探討，相信對此等文類的具體研究成果將會更為豐碩。」[31]這項建議很快就有所落實，吳薇儀二〇〇五年畢業於臺灣師範大學國文研究所的碩士論文《兩岸當代報導文學比較研究（1976 — 2004）》即是首部將兩岸當代的報導文學發展、現況進行比較分析的作品，從發展歷程、文本創作到理論批

---

[30] 論文共分五章：一、緒論；二、文獻探討，但所論卻是報導文學的歷史、軍中的文藝工作推展、文學獎相關理論探討；三、研究方法之使用及介紹，有歷史分析法、類型分析法、敘事分析法、深度訪談法、訪談簡表；四、資料與作品分析，本章對得獎作品類型、敘事及訪談資料進行分析，看似正要進入正題，卻接著就是最後一章的結論。七十幾張表格穿插文中，不免顯得凌亂。

[31] 以上謝明芳的結論見其論文《當代臺灣報導文學的興起與發展》，頁 126。

評都做了詳盡的比較研究,文末的附錄有兩岸報導文學大事紀、重要作家生平簡介及獲獎篇目資料匯編,都具有一定的參考價值。作者的企圖心不小,對兩岸相關的資料也盡力蒐羅,當然不免落入「詳臺灣、略大陸」的困境,同時對具體文本的分析比較稍嫌不足,但觸角廣、視野寬,知難而進的勇氣還是值得肯定的。其結論所條列的十點異同,涵蓋了文學現象、思潮、傳播、網路、創作世代、題材取向、篇幅結構、藝術表現、理論視角、批評特色等,具有參考價值[32]。

在學位論文方面,還有一部東華大學民族發展研究所的碩士論文《原住民報導文學與原住民運動之聯繫──從公眾行動的角度探討報導文學的社會功能》(2004 年 7 月),須文蔚、孫大川兩人共同指導,作者陳震將報導文學視為原住民運動公共關係中的一環,分析原住民運動中幾個重要議題的相關書寫作品,並從分析中得知,原住民報導文學書寫者常是站在運動者或行動者的立場來進行書寫,此外,論文利用後殖民理論中幾個重要的指標概念,如混種(hybridity)、融合(syncretism)、流離(diaspora)等與遷徙、跨越和邊界等隱喻,與原住民運動中的認同、族裔等概念對話,探討這些觀念與時代變遷的關係,至於作品內容的分析,計有一三一篇,採數據、表格量化、交叉分析等方法,顯現一定的思辨力與解釋力。在前人研究的基礎上,這部論文在議題選定、研究方法上都有後出轉精的出色表現。

以上八部學位論文,有的全景綜論,多面考察,有的精選議題,深入辨析,涵蓋了報刊雜誌、原住民題材、文學獎現象與兩岸異同的

---

[32] 以藝術表現及美學特質為例,吳薇儀的結論是:「臺灣報導文學重在敘事,表現手法較為單純,反觀大陸報告文學,借鑑小說、散文、電影文學等多種文體的藝術方法,顯現出豐富多彩的創作面貌。臺灣報導文學較多展現了真實美,而大陸報告文學則在典型美有較為突出的藝術追求。」類此的見解多是符合實情的精準評價。這部論文由張素貞教授及筆者共同指導。

比較等，相對於之前理論批評的散文化、作家化，逐漸走向學術化、學人化，研究的質與量都有可觀，對現象的總結與理論的深化，使報導文學研究進入新的境界，這些年輕研究人力的加入，將可充實和壯大臺灣報導文學的研究隊伍，加速拓展報導文學理論批評的空間。

　　在深化期這個階段，另一個突出的指標是大型報導文學研討會的舉辦。佛光人文社會學院文學所陳信元教授是主要的推手，在他的規劃下，分別於二〇〇一、二〇〇二年舉辦了兩場「兩岸報導（告）文學的發展與未來研討會」，分別邀請了包括張鍥、周明、李炳銀、陳祖芬、張勝友、喬邁、長江、涂懷章等大陸報導文學作家來臺，和臺灣學者作家陳映真、陳銘磻、古蒙仁、黃春明、李利國、楊樹清、陳光憲、須文蔚等人進行學術交流，別具意義。二〇〇一年研討會集中探討了兩岸報導文學發展歷程、創作特色及發展趨勢等課題，二〇〇二年研討會則以作家自身創作經驗交流為主，同時也暢述了對報導文學的認識、憂心與期待，兩岸學者對報導文學這個文體都表現出高度的關切與使命感，相互激盪的思想火花將可為未來更具規模的學術交流、理論切磋奠定良好的基礎。在二〇〇一年研討會上，陳映真應邀演講〈臺灣報導文學的歷程〉，全文後來在《聯合報》副刊發表，對臺灣報導文學自楊逵開始提倡的發展歷程，做了具個人觀點的理性回顧，特別對七〇、八〇年代的分析以及《人間》角色的定位等，言之有據且獨到深入，結尾對報導文學的瓶頸與生機也有深刻的建議，作為臺灣報導文學發展過程中的「參與者」與「倡導者」，他的觀察總能抓住此一文體與時代變遷的脈動。

　　這個階段和陳映真的文章同樣具有理論價值的還有：陳光憲的〈論報導文學的樣式〉（《臺北市立師院語文學刊》第4期，2000年6月）、〈論報導文學的時代性〉（《語言文學之應用學術研討會論文集》，2000年11月）、余昭玟的〈當前的報導文學與《史記》〉（《中

國現代文學理論》季刊第18期，2000年6月）、顏秀芳與傅榮珂合撰
的〈陳銘磻報導文學之研究〉（《嘉義大學學報》第74期，2003年4
月）、向陽的〈擊向左外野──論日治時期楊逵的報導文學理論與實
踐〉（《臺灣史料研究》第23期，2004年8月）、王文仁的〈從「幌馬
車之歌」看藍博洲的報導文學創作──兼論臺灣報導文學的幾個文
類問題〉（《東華中國文學研究》第3期，2005年6月）等幾篇學術論
文。陳光憲的兩篇論文並不全然針對臺灣報導文學，而是概論此一文
體的時代性、特質、興起與樣式，蒐集諸家的說法，仍屬鳥瞰似的述
介，但其中也提及臺灣報導文學。所謂「樣式」，包括了題材與寫作
手法、呈現方式等，共分成六類：危險的文學樣式、重現史實的樣
式、災難報導的樣式、歌頌英雄的樣式、弱勢關懷的樣式、環境保護
的樣式，和已有研究成果的說法並無太大出入。余昭玟的論文仍是為
高信疆早期的源流說下註腳，分從以下四個角度立論：作者的基本修
養──實地考察，多聞闕疑；描繪人物的藝術──開展視野，傳神寫
形；歷史的深度──鑑往知來，歷久彌新；文學價值的提升──善用
想像，辨而不華。以這四點來論證《史記》堪為報導文學的典範。

　　至於專論陳銘磻、楊逵、藍博洲的三篇論文，都能言之有物、論
證有據，展現了學院訓練的一定水準，理論的深度與思辨的力度都能
代表這個時期的研究水準，尤其是向陽試圖釐清楊逵的「報告文學」
理論與中國左翼「報告文學」無關的論述十分精采，他指出：「作為
左翼作家，楊逵不是教條主義者，他的心中存在著作為讀者的大眾，
也為作為大眾的讀者而寫。他的提倡並從事報導文學創作，是在這樣
的理論基礎上出發，而非全然為了政治與階級鬥爭。」因此，與同年
代中國左翼作家的「報告文學」並非同源，也找不到與中國左翼作家
或批評家類同的用語或語境。他認為楊逵之提倡「報告文學」，主要
是「受到日本媒體、批評家的啟發」，同時在美學、方法論、目的論

上，都比較接近馬克思、恩格斯的文藝美學理論。他的結論揭示了楊逵理論的重要性與特殊性：「他的『報告文學』論述無一字及於階級鬥爭，只強調『從眼前、從周遭』寫起，以真相為念、以大眾為師、以歷史為鑑；同時強調媒體的傳播與運用──在這個部分，『報告文學』因此也被他當成提升臺灣文學水準、深化臺灣文學大眾化的工具或技藝。他的『報告文學』書寫與理論的倡議，從這個部分來看，更靠近臺灣的土地和大眾，更具有鮮明亮燦的『臺灣味』。這是他的『報告文學』理論最特殊之處，也是日治年代臺灣報導文學與當時的中國報告文學最殊異之處。」[33] 在楊逵談報導文學的史料「出土」之後，向陽此文堪稱是最具深度的一篇論析文章。

　　學位論文的相繼投入研究，大型研討會的舉辦（可惜只有兩屆），加上學院中不少學者兼具犀利文采與獨到洞見的理論文章，新世紀的開始，報導文學研究已經累積了卓然可觀的成果，對報導文學理論批評的許多重要領域都有深入的探索，可以說已為報導文學文體理論的發展構築了一個雛形的框架。除了陳映真、陳銘磻偶有相關文章發表，這時期的研究人力幾乎都是學院內的學者，如果他們願意持續、專注於這個領域研究的細化、深化工作，則新世紀報導文學理論的向前發展才能樂觀期待。

六　結語：問題的呈現與可能性的提出

　　對於「報導文學」這個似已漸失舞臺、卻又尚在成長之中的年輕文學樣式，在寫作方面，它所遇到的困境與瓶頸，已經透過許多學者

---

[33] 向陽（林淇瀁）：〈擊向左外野──論日治時期楊逵的報導文學理論與實踐〉，《臺灣史料研究》第 23 期，2004 年 8 月，頁 148。

的研究分析得出一定的共識，包括：文類定義的模糊不明、媒體應用
性的過度干涉、意識形態的僵化牢固、題材的未能推陳出新、媒體氾
濫下影像取代文字、新生代的參與意識低落等[34]。和向陽一樣長期研
究報導文學的須文蔚，在二〇〇二年時與向陽共同編選了《報導文學
讀本》，這是繼陳銘磻《臺灣報導文學十家》後的第二個選本，書前
由須文蔚執筆的長篇導論〈再現臺灣田野的共同記憶〉，是一篇立論
札實、角度多元，同時又有自己立場的文章。在文中，他也指出臺灣
報導文學長期以來所面臨的瓶頸與迷思有三：一、強調報導的絕對客
觀化；二、過度表彰「學術化」的書寫框架；三、忽略散文以外的文
學體式。針對這些困境，他提出報導文學的「鬆綁論」以去除迷思，
具體的作法有四：一、主張報導文學的任務是「再現」田野，「借用
新聞寫作的聲調，但是讓報導文學『姓文不姓新』，回到文學傳統
中。」二、回歸「實在的文學」的報導傳統，鬆開「學術化」書寫框
架的限制；三、採用散文以外的多元化文體，但內容仍以紀實為主；
四、等待更多來自現場的聲音，「相信只要社會運動不停歇，人文關
懷不停歇，報導文學工作者就有豐厚的田野可投身。」[35]如能朝這個方
向努力，展望新世紀的報導文學書寫，他認為實不必悲觀。對於報導
文學的作者與讀者來說，或許只有這樣寬容、鬆綁、開放與多元的態
度和視野，才能重新喚回上個世紀曾有過的高亢熱情與潛藏的活力。

　　至於在理論研究方面，筆者以為，至少有四個困境是必須面對
的：第一、文體定義、本質、特性的莫衷一是，導致研究者各說各話
的混亂，這個問題存在已久，而且是所有研究者無法迴避卻又感到棘

---

[34] 參見張堂錡：〈臺灣報導文學發展的困境〉，《空大學訊》第 242 期，1999 年 11 月，
　　頁 47〜51。
[35] 以上須文蔚的說法引自〈再現臺灣田野的共同記憶〉，《報導文學讀本》（臺北市：
　　二魚文化出版公司），頁 32〜39。

手、不易釐清的難題。楊樹清二○○一年在為《台灣報導文學概論》寫的序中說：「報導文學的文類歸屬、『報導』與『文學』的定義，卻依然未有定論。」而陳映真在二○○一年的演講〈臺灣報導文學的歷程〉中也有相同的憂慮：「一直到今天，報導文學的定義、報導文學的歷史發展過程、報導文學的特色、世界和中國重要報導文學作家論和作品論等，至今還十分混亂、空白，往往在課堂上教報導文學的教師、報導文學徵文評審者的認識都言人人殊，甚至還分不清楚報導文學與一般其他形式文類的文學的差別、分不清楚報導文學與一般新聞寫作的差異……這問題是比較嚴重的。」第二、方法論的欠缺。這個問題高信疆很早就揭示，他提出史學、社會學、人類學的田野調查；鄭明娳提出文學與新聞的科技整合，楊素芬則提出新聞學、歷史學、田野調查、照相攝影等方法，須文蔚曾提出民俗誌、社會運動，這些方法論的進一步整合歸納與分析，也是當前必須著手的。

　　第三、典範性力作的缺乏。理論來自經典文本，但「廣為讀者所難忘的典範性力作」、「引人注意的、長篇報導文學作品」，陳映真認為尚未出現，而大陸上「有定評的報導文學傑作」卻多不為臺灣所知，導致「對報導文學十分缺乏感性的、思想的和審美的體驗。」[36]不必諱言，即使是七○、八○年代具代表性的作品，今天看去，不論在語言、結構、思想、技巧、風格等方面都仍嫌粗糙、平面、單薄，離經典性的作品還有一段不小的差距，這個存在的事實，導致文學史對報導文學有意的忽視[37]。報導文學雖然只是「次文類」，而且很長一

---

[36] 本小節中所引陳映真的說法均見其〈臺灣報導文學的歷程〉一文。

[37] 葉石濤的《台灣文學史綱》，在談七○年代文學時，只有鄉土文學，完全不提報導文學，而談八○年代的文學時，也不提《人間》雜誌，寧可介紹大眾文學，也無一字論及報導文學，彷彿並不存在。而據臺灣文學史的研究者與寫作者陳芳明教授向筆者表示，由於在審美意義上臺灣報導文學缺乏出色的作品，他也只能簡要提及有此寫作風潮，但不會多加介紹。大陸上也存在類似的情形，但原因不盡相同，主要

段時間是邊緣性文體,但它曾經存在的影響與文學意義,和文學史的
對待卻是不相稱的;第四、研究人力的不足。正如向陽的感慨:「臺
灣報導文學最主要的困境是沒有寫手。寫作者的生活無法受到保障,
也沒有地方發表。」[38]在研究方面也面臨同樣的困境。目前這一領域的
研究者以碩士研究生居多,李瑞騰、陳光憲、向陽、須文蔚等早期的
研究者已經成為新一代研究人力的指導者,雖然他們偶有相關研究成
果,也具備進行系統理論研究的能力,甚至於可以期待他們寫出內容
豐富、涵蓄中外、理論體系完備的學術專著,但因著種種原因,這樣
的期待終究落空。相對於大陸上自八〇年代初在中國社科院新聞研究
所招收第一代報告文學研究方向的碩士生起,至今已培養出二十多屆
碩士生,蘇州大學還培養了首屆博士生,我們的研究陣容、梯隊都尚
未達到成熟的階段。研究人力的單薄,與報導文學的學科化尚未完成
直接相關。根據許多學者的看法,一門學科的確立應有三個標誌:一
是要有專門的學術園地;二是要能登上大學講壇;三是要有全國性的
學術組織。這三個條件,除了第二項部分實現外,其餘均遙遙無期,
而大陸上在八〇年代末就已具備。組織、課程、發表園地的不足,使
報導文學難以成為研究者持之以恆的學術標的。

　　看來,不管是創作還是研究,臺灣報導文學都陷入了難以克服的

是研究者仍有文學定位的困惑與考量,認為這只是「亞流」而有意忽視。大陸報告
文學研究者尹均生就指出:「最近出版的《中國當代文學史》(洪子誠著)和《中國
當代文學史教程》(陳思和著),被視為當代文學教材的權威之作,教育部認定為全
國教材,其中寧肯對『朦朧詩』、『先鋒小說』闢專章論述,而對報告文學僅在行文
中以數行文字帶過……這裡有意的忽視也是頗為明顯的。」見尹均生:〈報告文學理
論的形成、拓展與前瞻〉,《廣播電視大學學報》,2002 年第 1 期,頁 31。

[38] 向陽的說法見詹宇霈:〈刻畫黑暗的臉——「從災難看報導文學」座談會紀錄〉,
《文訊》第 245 期,2006 年 3 月,頁 85。這場座談會於二〇〇五年十二月二十三日舉
行,由臺灣文學發展基金會主辦,《文訊》雜誌社等執行,由李瑞騰主持,大陸報
告文學作家錢鋼和臺灣學者、作家林雲閣、楊渡、向陽、阮桃園與會。

困境中。大陸報告文學作家錢鋼於二〇〇五年底應邀來臺訪問一個月，他在一場座談會上很訝異地表示：「報導文學卻不見了，我想問的是報導文學去了哪裡？」而主持人李瑞騰的開場白是：「國內報導文學似乎式微久矣。」[39]創作的式微直接影響的是理論的貧乏，只有質量俱豐的作品才有理論的說服力。面對新世紀的報導文學研究，若要突破或成長，必須寄望於創作的突破與成長。在「起步」之後，更困難的是「起飛」。「起飛」需要許多條件的成熟，例如：在從事報導文學的理論批評時，擁有自身的學術操作話語，有學者就建議不妨用「非虛構性」取代「真實性」，用「可傳播性」取代「文學性」等[40]，類此的術語革命值得思考；研究方法的理論參照應該深化，除前述一些理論的借用外，西方敘事文學理論、文藝社會學等，都可以運用以強化這門學科的廣度和深度；對報導文學理論的體系建構，也是這門學科擺脫「起步」邁向「起飛」的重要標誌，如報導文學的創作特徵、審美規律等都應該作體系性的闡論，中外經典報導文學作家與作品也要進行理論上的總結，如何將報導文學這種特殊的文類納入整個文學系統，如何從全球化視野審視臺灣報導文學的生存與發展等，都需要報導文學理論工作者去開拓，去探索。這些可能性的存在，正意味著臺灣報導文學研究的空間尚待開拓，期待不久的來日，《台灣報導文學發展史》、《報導文學寫作理論》、《報導文學文體學》、《報導文學文藝學》、《報導文學美學》這一類體系化研究的專著得以出版，因為，只有這些著作相繼完成，報導文學的學科化工程才算是擺脫了稚嫩、起步的階段。

回顧這段報導文學發展的歷程，令人百感交集，因為許多問題至

---

[39] 同前註，頁81、82。

[40] 參見丁曉原：《20世紀中國報告文學理論批評史》（合肥市：安徽大學出版社，1999年12月），頁18。

今仍未解決；前瞻報導文學在臺灣的未來發展，則令人難以樂觀，因為還有一段漫長的路要走。正如向陽所說，報導文學的功能是「呈現以及提出」，而非解決問題，作為一個研究者，筆者也只能同樣遺憾地試圖做到「呈現以及提出」，許多問題的解決，必須更有耐心地，等待更多創作者、研究者的投入才能克竟其功。

附錄　臺灣地區報導文學研究情形一覽表（依年代排列）

一九七八年　四月二十九日～三十日　〈精神的關照‧文學的感染──評古蒙仁的報導文學集《黑色的部落》〉　沈謙　《中國時報‧人間副刊》

一九七九年　十二月　〈論報導文學──兼談司馬遷的史記〉　陳飛龍《國立政治大學學報》第40期

一九八〇年　四月　《現實的探索》　陳銘磻編　臺北市：東大圖書公司

一九八〇年　十一月二十日～二十一日　〈報導文學往何處去〉　陳慧華紀錄　《臺灣新聞報》第12版

一九八二年　一月　〈報導文學的興起〉　趙滋蕃　《湖南文獻》第10卷1期

一九八二年　十月二十二日　〈報導文學的現況與未來〉　馬星野等　收於《中華民國七十一年文藝季座談實錄》（臺北市：文化建設委員會，1983）

一九八四年　十二月　〈從愛出發──近十年來臺灣的報導文學〉　李瑞騰　《文藝復興》158期。收於《臺灣文學風貌》（臺北市：三民書局，1991）

一九八五年　十二月　〈幾番阡陌草率行——馬以工的報導文學成
　　　　　　績單〉　張大春　《文訊》第21期

一九八六年　二月　〈近三十年來報導文學選集提要〉　鐘麗慧
　　　　　　《文訊》第22期

一九八七年　二月　〈報導文學〉　鄭明娳　此為其《現代散文類型
　　　　　　論》（臺北市：大安出版社）中的一節

一九八七年　四月　〈臺灣報導文學的成長與危機〉　林燿德　《文
　　　　　　訊》第29期。收於《重組的星空》（臺北市：業強出
　　　　　　版社，1991）

一九八七年　四月　〈報導與文學的交軌——報導（告）文學初
　　　　　　論〉　鄭明娳　發表於第一屆科技整合研討會，後收
　　　　　　於《當代文學氣象》（高雄市：春暉出版社，1988），
　　　　　　再收入《現代散文現象論》（臺北市：大安出版社，
　　　　　　1992），改題為〈新新聞與現代散文的交軌〉

一九八七年　七月　〈三、四十年代報告文學論〉　鄭明娳　發表於
　　　　　　「抗戰文學研討會」，後收於《當代文學氣象》（高雄
　　　　　　市：春暉出版社，1988）

一九八九年　四月　〈報導文學與報告文學〉　尹雪曼　《中華文藝
　　　　　　復興月刊》第22卷第4期

一九八九年　八月　〈「史記」是報導文學初論〉　詩影　《文藝月
　　　　　　刊》第170期

一九九〇年　九月　《大地阡陌路：臺灣報導文學十家》　陳銘磻編
　　　　　　臺北市：業強出版社。二〇〇九年九月易名《臺灣
　　　　　　報導文學十家》出版

一九九三年　十一月　〈細說新新聞與報導文學〉　彭家發　《新聞
　　　　　　鏡週刊》第263期

一九九三年　九月　〈有關「人物報導」的書目提要〉　邱佩文
　　　　　　《文訊》第95期

一九九三年　十月十六～十七日　〈期待報導文學再出發〉　李利國
　　　　　　《聯合報》第25版

一九九五年　七月　〈報導文學在臺灣（1949——1994）〉　須文蔚
　　　　　　《新聞學研究》第51期

一九九六年　一月六日～九日　〈臺灣報導文學中的環境意識〉　陳映
　　　　　　真《聯合報》34版

一九九六年　三月　〈論「報告文學」〉　方祖燊　《中國現代文學理
　　　　　　論》季刊第1期

一九九六年　九月　報導文學與新新聞　蔡源煌　收於《當代文化
　　　　　　理論與實踐》（臺北市：雅典出版社）

一九九七年　五月　〈二二八悲劇之序曲──戰後報告文學中的臺
　　　　　　灣「光復記」〉　鄭梓　《臺灣史料研究》第9期

一九九八年　十月　〈報導文學死了嗎？〉　徐淑卿　《中國時報》
　　　　　　第43版

一九九八年　十二月　〈「有怪獸」──看報導文學的式微〉　馬以
　　　　　　工　《中國時報》第37版

一九九九年　六月　〈二十世紀報導文學的回顧〉　陳光憲　臺北市
　　　　　　立師範學院《應用語文學報》創刊號

一九九九年　六月　《臺灣報導文學研究》　楊素芬　中央大學中國
　　　　　　文學研究所碩士論文。後以書名《臺灣報導文學概
　　　　　　論》出版（臺北縣：稻田出版公司，2001）

一九九九年　十一月　〈臺灣報導文學發展的困境〉　張堂錡　《空
　　　　　　大學訊》第242期。收於《跨越邊界：現代中文文學
　　　　　　研究論叢》（臺北市：文史哲出版社，2002）

二〇〇〇年　〈族群的傷痛：以1978──1995年時報報導文學獎得獎作品為例〉　江育翰　《南師語教系學刊》第4期

二〇〇〇年　六月　〈論報導文學的樣式〉　陳光憲　《市立師院語文學刊》第4期

二〇〇〇年　六月　〈從《人間》雜誌及其創始歷程探陳映真的人文理念〉　劉依潔　《中國現代文學理論》季刊第18期

二〇〇〇年　六月　〈當前的報導文學與《史記》〉　余昭玟　《中國現代文學理論》季刊第18期

二〇〇〇年　七月　《「人間」雜誌研究》　劉依潔　東吳大學中文研究所碩士論文

二〇〇〇年　九月　〈大陸報告文學在臺灣的出版〉　朱嘉雯　中央大學中文系主辦兩岸文學發展研討會論文

二〇〇〇年　十一月　〈論報導文學的時代性〉　陳光憲　《語言文學之應用學術研討會論文集》

二〇〇一年　六月十五日　《2001年兩岸報導（告）文學的發展與未來研討會》　三場引言及一場綜合座談

二〇〇一年　六月　《臺灣原住民報導文學作品研究》　林秀梅　臺北市立師範學院應用語言文學研究所碩士論文

二〇〇一年　八月十八日～二十日　〈臺灣報導文學的歷程〉　陳映真　《聯合報》第37版

二〇〇二年　五月　《國軍文藝金像獎報導文學獎得獎作品分析》　蔡豐全　政治作戰學校新聞研究所碩士論文

二〇〇二年　八月　〈再現臺灣田野的共同記憶〉　須文蔚　《報導文學讀本》（臺北市：二魚文化出版公司）

二〇〇二年　十一月八日　《2002年兩岸報導（告）文學的發展與未來研討會》

二〇〇二年　十一月　〈鬆綁論下的臺灣報導文學讀本〉　須文蔚　《全國新書資訊月刊》

二〇〇二年　十一月　〈尋找失去的熱情──關於臺灣「報導文學」精選書目〉　吳正堂　《全國新書資訊月刊》

二〇〇三年　四月　〈陳銘磻報導文學之研究〉　顏秀芳　傅榮珂　《嘉義大學學報》第74期

二〇〇三年　七月　《當代臺灣報導文學的興起與發展》　謝明芳　南華大學文學研究所碩士論文

二〇〇三年　十月三十日　〈臺灣報導文學誕生的歷史線索〉　須文蔚　《中央日報》副刊

二〇〇三年　十一月十三日　〈臺灣文學史上最早的報導文學作品〉　須文蔚　《中央日報》副刊

二〇〇四年　六月　《中國時報與聯合報報導文學獎得獎作品研究（1978──2000）》　張明珠　臺北市立師範學院應用語言文學研究所碩士論文

二〇〇四年　七月　《原住民報導文學與原住民運動之聯繫──從公眾行動的角度探討報導文學的社會功能》　陳震　東華大學民族發展研究所碩士論文

二〇〇四年　八月　〈擊向左外野──論日治時期楊逵的報導文學理論與實踐〉　林淇瀁　《臺灣史料研究》第23期

二〇〇五年　六月　〈從「幌馬車之歌」看藍博洲的報導文學創作──兼論臺灣報導文學的幾個文類問題〉　王文仁　《東華中國文學研究》第3期

二〇〇五年　六月　《兩岸當代報導文學比較研究（1976～2004）》　吳薇儀　國立臺灣師範大學國文研究所碩士論文

二〇〇六年　三月　〈刻畫黑暗的臉──「從災難看報導文學」座談會紀錄〉　瞻宇霈　《文訊》第245期

從《異域》到《金三角‧荒城》
──柏楊兩部異域題材作品的觀察

一　奇人奇書：柏楊與《異域》

　　柏楊是個奇人。他的一生歷練豐富，既曾為火燒島中的階下囚，又曾為總統府中執手笑談的座上賓。令人訝異的，倒不是他際遇起伏的傳奇色彩，而是他在文學大地上縱橫馳騁，全方位出擊所煥現出的驚人意志力，以及令人折服的等身著作中處處流露的非凡史識與洞悉人性的深入觀照。捍衛言論與人權自由的耿介不群，以雜文嘻笑怒罵、行走文壇的健談善辯，加上出入古今、評點史事的學深才厚，共同構建了「柏楊」這個在臺灣現代文學史、出版史、文化史中響亮發光的名字。

　　在柏楊令人歎服的豐富著作中，《異域》可稱得上是一部奇書。平原出版社於一九六一年以「鄧克保」筆名出版後大為暢銷，「它在只有一千八百萬人口的臺灣，十五年間，銷出一百餘萬冊」[1]，而且「一直是在默默的發行，從沒有一位作家寫過評介，也從沒有在報上

---

[1]　見林蔚穎：〈出版緣起〉，收於柏楊著《金三角‧荒城》（臺北縣：躍昇文化公司，1988），頁2。此書原名《金三角‧邊區‧荒城》，於一九八二年五月出版，後由躍昇文化公司以「柏楊書」系列重新出版書名改為《金三角‧荒城》。本論文所引所論皆以躍昇版為準。

刊登過廣告，而完全依靠讀者先生的口碑」[2]，竟成了「二十世紀最暢銷的報導文學」[3]。隨著作品的暢銷，它發揮了廣遠的社會影響力，例如一九七七年大專聯考的作文題目是「一本書的啟示」，而《異域》最受學生的重視，「竟名列前茅」[4]。出版後的十餘年間，經常還「有人寫信來問如何可以去滇緬加入反共游擊隊的行列」[5]。更有趣的是，在一片《異域》熱潮下，至少有七種與《異域》同內容的書籍在香港和臺北出版。馬克騰的《異域下集》、卓元相的《異域烽火》上下集、于薁的《滇緬邊區游擊隊》以及胡慶蓉的《滇緬游擊史話》、李利國編著的《從異域到臺灣》等書，都可以視為《異域》一書的變形、延伸或補充。如果沒有《異域》一書的巨大影響力，柏楊也不會於一九八二年在中國時報的提議下，親臨《異域》現場，而完成《金三角‧荒城》一書。

　　當然，換個角度來說，柏楊的泰北邊區之行，如果沒有高信疆的有心推動，以及中國時報系的大力配合[6]，恐怕也難以成行。更重要的是，他所寫的《金三角‧邊區‧荒城》專欄，在中國時報《人間》副刊上醒目地連載月餘，並且隨即由時報出版公司印行，再一次掀起

2　見鄧克保：〈《異域》重印校稿後記〉，收於柏楊著：《異域》（臺北縣：躍昇文化公司，1988），頁272。《異域》一書原於一九六一年由臺北平原出版社出版，一九七七年改由臺北星光出版社印行，一九八八年再改由躍昇文化公司印行，本文所引所論以躍昇版為準。

3　同註1。

4　同註2。

5　見李利國策劃整理、馬以工訪問：〈訪「孤軍的精神領袖」丁作韶夫婦〉，收於李利國編著：《從異域到臺灣》（臺北市：長河出版社，1978年），頁236。

6　在《金三角‧荒城》書中的首篇〈出發〉中，柏楊寫道：「今年（1982）元月初，中國時報副總編輯高信疆先生問我，是不是有興趣訪問一下遠在泰緬邊區，《異域》一書殘留下來的孤軍苗裔？……更鼓勵說，時報董事長余紀忠先生及總編輯張屏峰先生，都很支持這個計畫……」，見該書11頁。

了「異域」風潮。如果加上李利國在時報雜誌上連載《我在人類文明的生死分水線上》，後由時報出版公司出版；還有曾在泰北難民村教書、寫作的曾燄，她的《美斯樂的故事》、《滿星疊的故事》等書，都在時報出版公司出版。以高信疆與時報媒體為中心，一股「送炭到泰北」的風潮於八〇年代中期以社會運動的形式熱熱鬧鬧地開展，民間甚至成立了「中華民國支援泰北難胞基金會」。這種種的活動與報導，一方面固然是對應著中南半島政治情勢的演變，一方面是傳播媒體的推波助瀾，但如果追根溯源，柏楊《異域》一書所深入人心的潛在影響力，恐怕也是國內社會如此激昂關懷泰北難胞的動因之一吧[7]。一本十二萬字左右的作品，能生發如此廣大的力量，不能不說是一種異數。

二 《異域》中「難言的隱痛」

然而，如果深入閱讀本書，再對應五、六〇年代的特殊時空環境，則此書之暢銷與深遠影響力，其實也是不足為奇的。王德威有一段評論指出了此中的癥結：

> 鄧克保的《異域》敘述大陸淪陷後，自黔滇撤退至緬北的一批孤軍，如何在窮山惡水的異域裏，繼續抗爭求存的經過。退此一步，即無死所，此書所展現的孤絕情境，扣人心弦；而部分角色知其不可為而為之的悲劇意識，比起彼時一片鼓吹反攻必勝的作品，誠屬異數。在反共文學式微之後，此書仍能暢銷不

---

[7] 當然，我們也不能忽略其他作家和傳媒的「共襄盛舉」。如張曉風與宇宙光雜誌的大力推動，該雜誌社出版的《鄉音千里——宇宙光泰北送炭行紀》，即為這場運動留下了生動的紀錄。

輓，除了得力於討好的戰爭場面及異鄉風情外，恐怕也正因其
觸動了一輩讀者難言的隱痛吧？[8]

這「難言的隱痛」，這濃厚的悲劇意識，其實是可以析而言之的。從
一九四九年反共文人孫陵在其主編的《民族報》副刊上率先喊出「反
共文學」的口號起，反共抗俄、勝利成功的戰鬥意識，在文宣機器
的全面啟動下，迅即成為五、六〇年代文藝思潮的「主流」，一九五
五年由蔣中正總統提出的「戰鬥文藝」號召，更成為「整個反共文
化的終極意識型態依歸」[9]。五〇年代前期在臺灣島內進行的「清共」
和「肅清」，形成白色恐怖，單一思想，統一口徑。中國文藝協會以
「促進三民主義文化建設，完成反共抗俄復國建國任務為宗旨」的宣
示，加上一九五〇年爆發的韓戰，一九五八年的金門炮戰，臺海情勢
的危急，使被納入政治反攻一環的文藝政策必須強調反攻必勝、建國
必成的「心理建設」，而「反共」則是一切政策的中心指標。五、六
〇年代湧現成千上百這類控訴「共匪」暴行，高呼反攻勝戰的作品，
完全反映了政治控制力下的文化現實。

　　《異域》書中即有不少反共、愛國的描述。如「我們不是替別人
反共，而是為我們自己反共，一片血海深仇，和人性上對專制魔王
的傳統反抗」（頁83）；描寫孤軍中的史慶勳「膀臂上刺著自己的姓
名，以及『反共抗俄』四個大字，和水手們驕傲他們的刺花一樣，他
每殺一個共產黨，便在他背上刺下一個五星。」（頁197）反共與愛國
在當時是同義詞，因此我們看到這樣的場面：「國旗在軍號聲中，飄
揚著，一點一點爬上竿頭，從薩爾溫江上晨霧中反射出的一道陽光，

8　王德威：〈五十年代反共小說新論〉，張寶琴、邵玉銘、瘂弦主編：《四十年來中國
　　文學》（臺北市：聯合文學出版社，1997），頁74。

9　同前註，頁69。

照著旗面，眷屬們都默默的注視著，孩子們也把手舉在他們光光的頭上，我聽到有人在啜泣，接著是全場大哭，國旗啊，看顧我們吧，我們又再度站在你的腳下。」（頁99）因為愛國而反共，因反共而必須戰鬥，書中對異域孤軍退此一步即無死所的戰鬥意識，也有多處直接的敘述，如「我們從沒有和緬軍作戰過，不知道他們的戰鬥力如何，但，事已如此，除了勝利，便是戰死，我們已沒有第三條路可走了。」（頁106）；中緬第二次大戰時，孤軍為了趕到緬軍迂迴部隊的前頭，以強行軍偷渡薩爾溫江向拉牛山急進的場景，也讓我們深深感受到孤軍以意志作戰的驚人毅力：「我們已經四天四夜沒有休息，弟兄們的眼睛佈滿了紅絲，一半以上的嘴唇都因缺少水分和蔬菜而寸寸崩裂，有的雙腿已經浮腫，但大家仍拚命的狂奔，我不知道世界上有沒有比我們更悲壯的戰士」（頁225）。這種強烈的反共意識，使《異域》輕易被貼上了「反共小說」的標籤。

「反共」是可以義正詞嚴高喊的口號，《異域》一書最大的成功，並不在此，而是與當時複雜的政治處境、軍事態勢、人事鬥爭糾結在一起的「難言的隱痛」。一九四九年的大逆轉，有人含冤孤絕，悲憤莫名；有人誓死效忠，板蕩忠貞；有人晚節不保，變節叛降；有人見風轉舵，名利照收。而更多的是妻離子散，顛沛流離，隨著時代的動盪，身不由己的飄泊，落難，甚至命喪異地。異地絕域裏的孤軍，在柏楊的筆下，恰恰成了以上各種人物類型、際遇的縮影，從中而生的是非正邪，褒貶美刺，也成了離亂百姓心中真實感受的投射。而這些感受評騭，並不一定就是「官方說法」，也不一定就不是歷史的真實。相反的，它可能直接道出了大多數人所不敢言、不能言、不願言，可能觸怒當道的一些想法與看法，這些「難言的隱痛」，透過孤軍的悲慘遭遇，都赤裸裸地呈現出來了。這才是《異域》感人的力道所在。

　　舉例來說，孤軍的一切苦難，都來自於「孤」的身分，被遺棄的孤兒意識，可說貫穿了整部作品，如「你要知道，我們是一群沒有人關心的棄兒，除了用自己的眼淚洗滌自己的創傷外，用自己的舌頭舔癒自己的創傷外，誰肯多看我們一眼。」（頁16）「我們真正是一個沒有親生父親的孤兒，在最需要扶持的時候，每一次都遭到悲慘的遺棄。」（頁212）這棄兒的命運是誰造成的呢？堂皇的說法是「共產黨」，但真正讓他們心碎、心冷的是「祖國」的撒手不顧，或者是心有餘而力不足的坐視不管，因此，我們不斷地看到孤軍們的吶喊：「世界上再也沒有比我們更需要祖國了，然而，祖國在那裏？」（頁11）「我不是說過我們是孤兒嗎？是的，民國三十八年我們便開始嚐到孤兒的味道了。」（頁27）「難道國家就只剩下我們這一千多人嗎？我們反攻，我們死，是義不容辭的，但我們覺得我們的擔子是太重了，不是我們挑得動的。」（頁135）對在臺的國民政府，他們是絕對誓死的效忠，但是，這被棄不顧的隱痛，卻也是真真切切的啊！特別是當生死交關之際，對「祖國」愛怨交織的情緒就會不自禁地流露出來，如「我不知道身在臺灣的袍澤和我們的長官們，可曾思及我們的弟兄，他們的部下，在含著眼淚，一步一滑，一步一跛，眼中佈著紅絲，身上發著高燒，卻始終不肯放下武器。」（頁92）這字字帶淚的呼號，確實能觸動讀者對當時臺灣所扮演的無力角色的失望與不平。

　　對比著棄／孤兒意識，「絕不背棄」便成為孤軍相濡以沫的求生法則：「這支孤軍所以能屹立不搖，那是即令在最危急的時候，我們都不出賣我們的朋友，都不背棄我們的弟兄。」（頁167）「任何人都可以在重要關頭遺棄我們，我們自己卻不能遺棄我們自己。」（頁220）棄與不棄，也成為異域孤軍評量一個人忠貞與否的重要準則，例如元江大潰敗後，孤軍撤退入緬的一段敘述，即對背棄弟兄的「長

官」憤憤不滿：

> 他們是二十六軍九十三師和二七八團的弟兄，在元江大軍潰敗
> 後，他們突圍的突圍，潛逃的潛逃，向滇西盲目的摸索，一路
> 上，大家稍稍的集合起來，可是，等到發現大局已不可收拾的
> 時候，和他們同時逃出來的高級將領，包括他們的師長、副師
> 長、團長，統統的走了，像一個父親在苦難時拋棄了他的親生
> 兒女一樣，他們拋棄了那些為他們流血效命的部下，輕騎走了。
> 「他們走到那裏去了呢？」
> 「到臺灣去了，」傷兵們衰弱的答，「他們是不愁沒有官做
> 的。」（頁81）

這樣的例子當然還有，如一九五三年薩爾溫江大戰初起，孤軍幾乎
全軍覆沒之際，「李彌將軍飛返臺灣，其他高級官員都去了泰國和香
港，幸虧有李則芬將軍和我們全軍衷心信托的杜顯信將軍，親率援軍
增援拉牛山，寫到這裏，我有說不出的積鬱和憂傷，我們真正是一個
沒有親生父親的孤兒，在最需要扶持的時候，每一次都遭到悲慘的遺
棄。」（頁211）這「說不出的積鬱和憂傷」，正是「難言的隱痛」，
這心中淌血口難言的無奈、悲苦與蒼涼，是《異域》一書的基調，在
一片反共必勝的文學氛圍中，它確實道出了許多人不敢／欲言的真
相。

這個真相的揭露與痛陳，尤以對幾位相關人物的褒貶評價最為直
接而「大膽」。在抨擊某些長官的志節不堅之際，作者也毫不掩飾地
對許多同生死、共患難、大義凜然、節操不移的孤臣猛將大加讚揚、
推崇。這種「忠臣意識」在《異域》書中濃厚而突出，它一方面說
明孤軍對祖國的犧牲奉獻，一方面也藉此對比出變節者的「不義」，
正如作者所言：「當一個人發現用效忠的表情可以獲得很多利益，誰

不表示效忠呢？但是，當他發現繼續效忠便有危險，那就要考驗他一向是不是真心了」（頁64）。板蕩識忠臣，「打出另一個比臺灣大三倍的天地，遍插青天白日旗幟」（頁54）的李國輝將軍；石建中將軍在全軍覆沒時自殺，「是大陸最後一戰中唯一的一位壯烈成仁的將領」（頁37）；只要再往前走二十分鐘，便可進入泰國「享受舒服安全生活」（頁97）的譚忠團長，卻自願留下來與孤軍受苦；中緬大戰時，負傷高喊「向前衝，我們死也要死在那裏！」的張復生副團長（頁113）；還有，反攻雲南時，被共軍俘擄的陸光雲，「那位莽張飛型的忠臣義士，在大街上被燒的滾來滾去」（頁155）；負傷於二次中緬大戰時，以肉搏戰擊敗緬軍的劉占副營長，作者回憶說：「任何時候，一談起薩爾溫江和拉牛山，我都想到那山岳震動的砲火，和劉占副營長那孤忠的和寂寞的背影。」（頁229）孤忠與寂寞，葛家壁、罕裕卿、田樂天……一連串的名字，就是一連串孤臣孽子的身影。是他們，成就了孤軍的輝煌，也襯映了孤軍的淒涼。

　　孤軍的淒涼，不僅是在戰場上屢遭孤立無援的處境，也表現在來臺後的老驥伏櫪，壯志難伸：「是也在養雞，或是也在做小本生意」（頁66）的田樂天團長；「在臺灣靠養雞為生」（頁54）的李國輝將軍；還有，「劉占副營長回到臺灣，聽說他在中興村當砍竹子的苦工，一天收入二、三十元，艱苦的維持生活」（頁229）；在反攻雲南戰役中立下功勞的李泰興，「在臺灣中壢做漿糊生意」（頁201）。這就難怪作者要感歎，這些對國家有貢獻的愛國志士們，「淒苦的老死窗牖，實在是一個悲劇，國家並不擁有用不盡的人才，不是嗎？」（頁201）「戰死沙場，固然淒苦，而一定要回到臺灣，老死窗牖，又有什麼光榮，只不過多一個治喪委員會罷了」（頁83）。類此的不平之鳴，在六〇年代的威權時代，不僅是逆耳忠言，簡直是刺耳的牢騷了。在一片歌功頌德的「反共八股」浪潮下，自屬罕見。《異域》一

書成功的因素很多，將這個真相以及難言的隱痛不避諱地忠實寫出，
肯定是此書暢銷不衰的原因之一，當然，這也是它後來成為「禁書」
的原因所在。

三 《異域》的定性：小說還是報導文學？

　　本文副題是「兩部異域題材作品的觀察」，而不隨俗逕稱其為兩
部「報導文學作品」，自有筆者對「報導文學」此一文類本質的考
量。躍昇出版公司所重編出版的《柏楊書》系列，將《異域》與《金
三角・荒城》二書列為「報導文學」；李瑞騰先生在一篇論報導文學
的專文中，有如下一段敘述：

> 關心臺灣文學發展的人都知道，在六〇年代初期，一本由鄧克
> 保署名的《異域》一書，曾引起極大的震撼，影響歷久不衰，
> 該書的作者「以生花之筆，寫下他和他的妻子兒女以及伙伴們
> 輾轉入緬，和歷次戰役的經過」，毫無問題，那是一本報導文
> 學的佳作。雖然《異域》流傳甚廣、甚久，可惜的是文學評論
> 家卻未曾對它加以討論，一般讀者在感動之餘也未曾更進一步
> 思考它的文類歸屬。不過，《異域》的出現，充分顯示出成功
> 的報導文學作品必然具有強大的社會功能。[10]

　　他認為《異域》的文類歸屬應是報導文學。然而，葉石濤在《臺

---

10 李瑞騰：〈從愛出發——近十年來臺灣的報導文學〉，《臺灣文學風貌》（臺北市：
　　三民書局，1991），頁98。不過，據李瑞騰先生告知，幾年後在一次接受電視訪談
　　《異域》一書時，他已改變將此書視為報導文學作品的看法，最根本的理由即在於
　　作者並未到現場採訪。

灣文學史綱》中論及柏楊時,卻說他「小說有《異域》較著名」[11]。到底《異域》一書的文類定性為何,的確是值得加以思考的。

在討論《異域》之前,我想先談談另外兩部異域題材作品:一是《異域下集》,一是《異域烽火》。前者為馬克騰著,後者為卓元相著,但其實這兩書都是作家姜穆所寫。《異域下集》的封面設計、字體、內頁版型(一行四十六字,一頁十八行)、篇幅(二書都差不多十二萬字)、故事情節的發展、人物的安排等,都承繼了《異域》原來的面貌。尤其是封面,與《異域》極為類似,明言是「下集」,雖用「馬克騰」筆名,卻讓人產生與「鄧克保」為同一人的錯覺。在鄧克保署名的〈《異域》重印校稿後記〉中,曾提到對《下集》的看法:

> 而《異域下集》,就分明的是合而為一。在美國的徐放博士,曾在紐約星島日報上作了一篇考據文章,肯定《異域下集》作者馬克騰先生是我的筆名。這使我驚愕和慚愧。驚愕的是,世界上竟有這麼多故意混淆,難以分辨的事。慚愧的是,我實在只寫了一本《異域》,既沒有上集,更沒有下集。我覺得《下集》寫的很好,但我不敢掠美。[12]

姜穆根本沒有去過泰緬邊區,更非孤軍之一員,他是應當時星光出版社老闆林紫耀先生之邀,花了二個多月時間,根據新聞剪報資料,加上自己的想像編寫而成。唯恐以真名「姜穆」發表,讀者會對書中內容不相信,遂取筆名「馬克騰」。至於《異域烽火》上下冊,「上冊從一九五三年敘述至一九六一年的第二次撤退為止,下冊

---

[11] 葉石濤:《臺灣文學史綱》(高雄市:文學界雜誌社,1987),頁102。

[12] 見鄧克保:〈《異域》重印校稿後記〉,收於柏楊著:《異域》(臺北縣:躍昇文化公司,1988),頁272。

是從一九六一年之後至一九七五年，前後歷時約二十年。」[13]姜穆以筆名「卓元相」出版，理由仍如前述，是一種「偽裝的魔術」。《異域下集》銷售情形不佳，這或與出版社不敢大肆宣揚有關，但《異域烽火》則銷了六、七版，成績不惡。

對於《異域下集》與《異域烽火》二書，姜穆認為絕不是「報導文學」，也談不上創作的小說，而是一種「新聞的重現」，是新聞體寫作。這個觀點，拿來說明《異域》一書的性質，應該也是恰當的。柏楊寫《異域》時，並未到過泰緬邊區，更非孤軍，他任職於自立晚報，由於孤軍於一九六一年三月在國際壓力下被迫第二次全面撤退到臺灣，相關新聞報導甚多，也掀起了一陣熱潮，柏楊以其新聞工作者的敏感度，遂在自立晚報上以「血戰異域十一年」為名，以連載專欄形式出現，為增加其「可信度」，而以「鄧克保」假名發表。推測其動機，不外是對孤軍處境的同情，新聞工作的需求（刺激銷路）。事實上，從書中附錄所言：「自立晚報按：本報自連載鄧克保先生《血戰異域十一年》後，接到不少電話和不少信件」（頁184），足見此一專欄的策略成功。報導文學在題材上所應有的新聞性（時效性），以及表現手法上所需的文學性，《異域》一書無疑是具備的，然而，它終究不能算是報導文學。

德國的報導（告）文學作家冀希（E.E.Kisch）曾對此一文類提出四點規範：一、必須嚴格的忠實於事實；二、應該有強烈的參與情感；三、題材應與大眾有密切的關係；四、應該具有藝術的水平（指技巧和處理手法等）[14]。《異域》借一虛構人物鄧克保（同時兼作者與

---

[13] 見丁作韶：〈序〉，《異域烽火》（臺北縣：躍昇文化公司，1993），頁3。

[14] 轉引自文訊雜誌社所舉辦之「當代文學問題討論會」第二場，討論林燿德論文〈臺灣報導文學的成長與危機〉紀錄，由馮景青撰。參加者有古蒙仁、李利國、心岱、陳銘磻、潘家慶。此處所引冀希的說法，參考自李利國的發言。見《文訊》第29

主人公兩角色）來進行敘述，自然不是「嚴格的真實」，而較接近於
西方六〇年代興起的「新新聞學」的報導寫作手法，而非報導文學。
新聞寫作方式經歷了客觀報導、綜合報導、解釋報導、深度報導、調
查報導等階段，於六〇年代中期出現了「新新聞學」，強調可以「容
納一切可能的形式：時空跳接的手法，第三人稱的敘述，對話體，細
部描寫，心理刻畫，個人感覺⋯⋯都是可能的。」[15]「新新聞學」的興
起，和美國前鋒論壇報新聞增刊的編輯湯姆・伍爾夫（Tom Wolfe）
所編選、於一九七三年出版的《新新聞學》（*The New Journalism*），
以及楚曼・卡波提（Trumer Capote）於一九六六年出版的「非虛構
小說」──《冷血》（*In Cold Blood*）有關。尤其是《冷血》一書，
楚曼・卡波提「以五年的時間跟犯人一起生活，作了無數的訪問資
料、刑事檔案，在任何相關的細節都不曾放過下，他以一種抽離了訪
問者身分的『新聞體』形式，完成了它。」[16]此書的寫作方式，與《異
域》或《異域下集》、《異域烽火》相近，但不完全相同。楚曼・卡
波提雖有赴現場實際採訪的「親歷性」，但在表現上則以「抽離了訪
問者身分」的方式，並自稱此為「非虛構小說」，而《異域》等書，
作者柏楊與姜穆都沒有親歷現場採訪，採用的是史料彙整、資料剪輯
的方式，在表現上當然無法有訪問者的身分，而必須虛構人物來進行
敘述。因此，就寫作的方式而言，二者略有不同，但就其所呈現出
來的形式而言，卻又相近，都屬於接近新聞體寫作的「非虛構小說」
──雖是有人物、情節虛構的小說技巧，但內容、題材則求其忠於真
實，這與以想像創作為寫作基礎的小說是不一樣的。在缺乏對報導客

期，1987 年 4 月，頁 184。

[15] 見高信疆：〈永恆與博大──報導文學的歷史線索〉，收於陳銘磻編：《現實的探
索》（臺北市：東大圖書公司，1980），頁 47。

[16] 同前註，頁 46。

體、現場的親自採訪條件下，我們對《異域》一書的定性，也只能說它較接近於「新新聞學」的寫作方式，是一種「非虛構小說」，而難以逕稱其為「報導文學」作品。

四　《金三角‧荒城》：報導文學的精彩演示

　　有了《金三角‧荒城》這部貨真價實的報導文學作品來做對比，《異域》的定性就更為清楚了。《金三角‧荒城》是有計畫的系列寫作，在高信疆的推動下完成，先在中國時報《人間》副刊上連載一個半月後，由時報文化公司出版。由於柏楊的親赴現場，所寫的每一篇報導，都是其親身經歷，或有自己觀點的資料解讀，讓讀者隨著他的行蹤、思想，一步步走進金三角神秘的世界裏。這種臨場感正是《異域》以小說人物觀點為敘述策略所不及的。例如敘述泰國政府以軍事行動大規模肅毒，引起坤沙反撲的〈三次反撲〉文中，有一段寫道：

> 我和嚮導曾到焚車地點憑弔，車骸已被運走，只看見一片被烤焦了的泥土路面。泰國政府副發言人哇尼拉集曼女士發表談話說：「此次截劫上述車輛和民眾財物的坤沙武裝人員，看來非常疲勞，由於他們非常缺乏糧食。」不過據我所知，他們並不缺少。（頁53）

又如〈危險的趨勢〉中，第一手的採訪，精神上的介入，使柏楊的報導真實而富情感：

> 現在的滿星疊，平靜如水，除了街頭上的黑豹軍，其他一如往昔，只多了幾棟焚毀的房舍，佇立在殘瓦斷垣之前。一個幼兒

彳于的走過來，村人告訴我，他的雙親被一顆子彈，從丈夫心
臟穿出，再從妻子的心臟穿入。我不敢詢問有沒有人收養他，
怕的是聽到「沒有」。（頁 121）

類此的描述還有很多，充分顯示出柏楊走訪當地的親歷性。報導主體
的隱晦與突出，正是《異域》與《金三角・荒城》最大的差異點。

　　彭歌說：「我想報導文學所要求的，首先是事實」[17]，《金三角・
荒城》的內容確實是可信的。柏楊一方面寫出自己走訪滿星疊、美斯
樂、清萊等泰北邊區的觀察實況，一方面查考相關史料，多方求證，
二者交互運用，再配以地圖，使這部報導文學作品深具客觀的可信
度。他自己曾說：「我這次泰北之行，因受到駐泰國外交（商務）官
員們抵制，所以無法獲得官方資料，一切都是千辛萬苦在最低階層摸
索中得到的。」（頁151）這種客觀的真實性，柏楊透過以下五個方
式來凸顯：第一、對數據資料的重視。如〈下臺階梯〉中，對泰國
征剿坤沙之役雙方的死傷人數，〈武裝基地和難民村〉中，對現存難
民村的實際數目的分析等；第二、佐以地圖解說。如用四種不同符
號來標示滿星疊、普通城市、孤軍軍部、難民村，繪製出〈孤軍基地
及泰北難民聚落〉圖；第三、以歷史考證來說明背景，強化說服力。
如〈歷史的回溯〉、〈毒潮直撲中國〉、〈第一次鴉片戰爭〉到〈自食
其果〉、〈第二次鴉片戰爭〉，柏楊闡述了中國、英國、法國及東南亞
鴉片的複雜發展史，讓讀者明白金三角的特殊性；第四、僅就所知敘
述，不妄加猜測。如〈〇四指揮部〉中，他指出，泰國政府批准孤軍
改組，稱為「泰北山區民眾自衛隊」，「在這裏，有一個我迄今都沒
有弄清楚的事，就是他們的武器如何處理，只有一點可以肯定的，他
們仍擁有武器，但彈藥如何補給，新武器如何更換，因為每個人的說

---

[17] 彭歌：〈必須深入人性〉，收於陳銘磻編：《現實的探索》，頁118。

法都不一樣，使我無法分辨什麼是真的事實。」（頁195）完全是有幾分證據說幾分話的實證態度；第五、柏楊有時也直陳此行所寫為「報導」，如「我們曾報導過」（頁123）、「現在，讓我們的報導轉向孤軍苗裔和他們所居住的難民村」（頁150）等，都清楚說明了其為真實新聞報導的本質。

但是，報導文學「不是單純的新聞採訪，並不以堆積真實材料或報導事件經過為滿足」[18]，「報導文學的層面與基礎有二：一是報導，要建立在真實的材料上；二是文學，它容納多種表現方式和文學寫作的技巧。」[19]《異域》的文學性表現在小說形式的發揮，《金三角・荒城》則偏重於雜文筆法的刻畫，它可以隨時宕開，補充資料或另起話頭，完全是順手拈來，揮灑自如，卻又不失主題的掌控。例如探討了羅星漢的姓氏、家世及其傳奇故事後，他可以筆鋒一轉說：「現在，讓我們回到正題」（頁207）又談起了段希文將軍；也隨時可以中斷敘述，改成對讀者來信的解釋，這種議論橫生、不拘結構的筆法，和《異域》較嚴謹的小說結構不同。不過，為了因應報紙連載之所需，他在寫法上有一點章回體的味道，經常在文末出現論斷式的評語，或者是歇歇唱歎，以牽引下文的開端，這使得書中四十三篇雖各自獨立，但讀來卻又呵成一氣。

在文學技巧上，柏楊也善用情境的對比來塑造氣氛，如〈解除武裝〉中寫道：

> 孤軍可以說一直在「撤退」「再撤退」中掙扎求生，戰敗固然死亡，無聲無息的死亡，全世界沒有人紀念他們。就在我伏案為文的時候，新聞報導，美國「越戰紀念堂」已在華盛頓破土開工，

---

[18] 張系國：〈歷史、現實及文學〉，收於陳銘磻編：《現實的探索》，頁71。
[19] 黃年：〈報導文學的兩個層面〉，前揭書，頁151。

越南戰場上殉職者五萬餘人的姓名，都將刻在上面。（頁171）

用越南美軍的建堂紀念，反襯出異域孤軍與草木同朽的命運，對比十分強烈。此外，對人物的塑造、情節的安排、場景的描寫等文學手法，柏楊都有老練的表現，限於篇幅，不再舉例說明。

至於報導文學所具有的時效性，《金三角‧荒城》更是明顯，這與報紙連載的要求有關，因此，我們很容易可以看到柏楊對當時現況的最快速報導，如「要注意的是，直到我執筆寫這篇報導時為止，沒有查獲一星點鴉片或其他毒品，泰國政府大規模的『肅毒』軍事行動，出現師出無名的尷尬現象。」（頁48）又如「當我和老妻訪問美斯樂期間，中國電視公司正在臺北放映他們實地所拍攝的美斯樂，和其他難民聚落群的影片。」（頁161）類此均可看出此書扣緊現實、反映現實的時效性，報導文學所強調的「此時此地」特性[20]，此書有生動的呈現。

報導文學除了上述的真實性、文學性、時效性之外，具人文關懷精神的批判性，也是檢驗報導文學此一文類的切入點。誠如張系國所言：「它不僅是客觀的報導，作者個人的哲學觀、人生觀、政治觀⋯⋯都會表現在報導文學的作品裏面。」[21]《金三角‧荒城》對此也發揮得淋漓盡致。他對孤軍過去的奮鬥與今日的艱辛，泰北難胞落後、悲情的境遇，他由衷敬佩，也不時流露悲憫的情緒，如「寫到

---

20 報導文學最早被稱為「速寫」、「通訊」，即可說明其重視時效的本質。報導文學作者大部分也都在媒體工作，媒體強調的新聞性、時效性，明顯的投射在報導文學的題材選擇、發表時效上。向陽在〈呈現以及提出〉一文中，對報導文學下的定義是：「一種以此時此地為背景，經之以真實事件或對象，緯之以文學技巧和手法的作品，一般稱之為『報導文學』。」（收於陳銘磻編：《現實的探索》，頁105）也強調了「此時此地」的必要性。

21 張系國：〈歷史、現實及文學〉，《現實的探索》，頁71。

這裏，美斯樂哭聲仍響耳際，停筆嘆息，彼蒼蒼者天，曷其有極。」
（頁272）經營美斯樂二十年，成為孤軍精神領袖的段希文將軍，柏
楊說他就住在美斯樂，真正「與士卒共甘苦」，柏楊接著寫道：「這
種口號喊起來比打哈欠都容易，我們聽到的也太多了，多到足以把耳
朵磨出老繭，可是有幾個做到？」（頁167）即使是面對被控以「販
毒」罪名的坤沙集團，柏楊也都能從歷史成因、現實條件等因素來分
析，並以一種「同情的理解」心態來評論，如對泰國政府的軍事征
剿行動，他批評說：「當一個政府或國家，因政治緣故誘人販毒時，
就很難理直氣壯的再站在法律立場，取締販毒。」（頁29）而對西方
國家所種下的禍根，他也不客氣地說：「追根溯源，今日橫眉怒目，
努力肅毒的國家，正是往昔販毒的罪魁禍首。」（頁65）柏楊從愛出
發，以理服人的批判態度，使這部報導文學作品也發揮了一如其雜文
般啟人深思的精神效果。

從以上的論述可知，《金三角‧荒城》確實是一部文學與新聞結
合的傑出報導文學作品。它既是新聞專欄的產物，又能運用文學的技
巧，作有系統、有目的、有結論的報導。透過柏楊的匠心安排，理性
的思考與感性的抒情，有著巧妙的融合。他的身影處處出現，他的觀
點時時流露，柏楊的行文風格使本書彰顯出獨樹一幟的新聞價值與藝
術特徵，而為人稱道。

五　從《異域》到《金三角‧荒城》：不變的入世　情懷

柏楊文學人格的本質是雜文，他自己就曾明白說過：「對我來
說，寫雜文比較簡單。寫雜文可以不受任何限制，你甚至可以把它
寫成小說、寫成詩，我有很多詩就是雜文詩。你也可以把它寫成散

文，天地非常的廣，同時我的性格也可能比較接近於雜文。」[22] 他所寫
的《柏楊小說》就是雜文小說，他說：「我想，雜文式的小說，即令
不是我首創的，也是我把它發揚光大。它是可以把時空打碎、雜文體
的小說，目的在表達某一種理念、觀點，或是某一種感情。」[23] 這也提
供了我們理解《異域》與《金三角‧荒城》的另一角度：《異域》這
部以真實素材為基礎的「非虛構小說」，在柏楊的性格與文學的雜文
天平上，向小說傾斜，而《金三角‧荒城》這部親臨現場的一手採
訪，則是向報導文學傾斜。仔細閱讀這兩本書，雜文式的結構、筆法
的確不時出現，構成二書的共同特色。

　　柏楊作品的一貫基調是感時憂國、愛憎分明，直探核心、尖銳犀
利則是行文手法，這就形成他以雜文為主要表現文體的文風。他寫戰
役，寫人性，寫政治鬥爭，寫亂世兒女情，始終是以寫史的嚴肅心
情，積極入世，力爭是非與公道，這也是柏楊人格上不畏強權、追
求真理、熱愛家國的具體表徵。因此，我們看到他在《金三角‧荒
城》中，毫不掩飾地流露出對我國駐泰的官方機構「遠東商務代表
處」的代表（大使）的不滿，他寫道：「代表沈克勤先生每次都抱怨
孤軍為他增加太多麻煩，他宣稱他很忙，他在曼谷不是專門為孤軍當
差的」（頁250），更直言沈克勤先生「只是一個官場上得心應手的人
物……僅只服侍國內的高官巨賈，就使他忙碌不堪。」（頁277）愛深
責切，他心念孤軍悲慘的命運，痛恨自私圖利的官僚，如果不用「投
槍」與「匕首」般的雜文手法，他是不能一吐為快的。然而，也正因
為如此，他的《異域》被禁，《金三角‧荒城》在連載期間也引起一

---

[22] 見鄭瑜雯採訪、紀錄的〈情愛掙扎——柏楊談小說〉，收於李瑞騰著：《情愛掙扎：
　　柏楊小說論析》（臺北市：漢光文化公司，1994），頁146。
[23] 同前註，頁151。

些誤會[24]，二者都遭逢了被誤解的相似命運，實令人感慨繫之。

　　不過，對照柏楊後來的入獄、被抹黑、受打擊，以及近年來為爭取人權而汲汲奔走的身影，作為一個感時憂國的知識分子，一個以文學為職志的創作者，二書的被誤解，不過是其後一連串噩運的開端而已。然而，一如孤軍總是在絕地異域中突圍重生，柏楊多年來堅持不變的理念，也在奮鬥多年後得到了應有的掌聲。正如他在《金三角‧荒城》結語所言：「我不氣餒，愛心可以改變一切，只看我們是不是付出愛心。」（頁277）柏楊的愛，柏楊的筆，柏楊的人格力量，柏楊一以貫之的入世情懷，確實改變了很多很多……

---

[24] 在〈孤軍危機〉中，讀者王克志女士對柏楊的指責，就是一例。柏楊不得不提出解釋說：「從王克志女士的語氣看來，從泰北回來的人，好像只能報導使人憂傷的『異域』孤軍難民村，不能報導『金三角』。報導孤軍難民村，才算正統。報導『金三角』，就是邪門歪道了。」不僅如此，「聽說一位自封為地位很高的人士，曾憤怒的宣稱，他要打電話給中國時報，不准刊載這種『打擊士氣』的文章。這消息使我沮喪，而且百思不得其解，直到看了王克志女士的信，才發現發生誤會的原因。」（頁139）

略論王鼎鈞與中國現代作家的文學因緣

一　兼類主義：王鼎鈞散文的深、厚、重

　　從「當代十大散文家」到「文壇三大男高音」，從「散文大國手」到「文壇長青樹」[1]，寫作超過一甲子、出書超過四十本的當代重量級作家王鼎鈞，以其堅持不懈的創作力、風格多樣的文體試驗、情理兼具的豐富題材，特別是對人生、文學、宗教的智慧體悟，使他在當代文壇中獨樹一幟，備受推崇，不僅獲得「兩岸掌聲」，恐怕大部分的「海水天涯中國人」，都曾在王鼎鈞作品中得過心靈的啟發或慰藉。臺灣散文作家陳幸蕙以其為「效法學習的一個標竿」；張曉風則感性地說：「對於這樣的作者，除了謝天，你還有什麼可說的？」柯

---

[1] 一九七七年，由管管、菩提編選的《中國當代十大散文家》（臺北市：源成文化圖書供應社），王鼎鈞被列入十大之一；一九九四年，陳義芝主編：《籲夢春雨：當代臺灣十二大散文名家選集》（臺北市：朱衣出版社），王鼎鈞又被列入「當代散文大國手」，同時也被列入當代新十大散文家；一九九九年，由文建會主辦的「臺灣文學經典」評選活動，選出三十本書，王鼎鈞以《開放的人生》入選；至於「文壇三大男高音」，是爾雅出版社隱地先生在二〇〇九年出版的《文學江湖》書末廣告頁上的用語，他將王鼎鈞、余秋雨、白先勇三人合稱為「文壇三大男高音」。

慶明更以令人驚詫的「奇蹟」來概括王鼎鈞跨越傳統與現代、寫作歷經大半個世紀而生生不息的驚人成就[2]。大陸學者同樣重視王鼎鈞在散文上的意義與地位，古遠清稱他為「臺灣一流散文家」[3]；樓肇明則指出：「人們熟悉作為散文革新家的余光中的名字，而另一位也許藝術成就更大、意境更為深沈博大的旅美華人散文家王鼎鈞，則是為大陸讀者所知不多和相當陌生的了。」然而，他認為王、余二人「可謂珠聯璧合，共同為完成對現代散文傳統的革新，奠定了堅實穩固的基石。」[4]他甚至形象地稱許余、王兩人是「臺灣散文天宇上的雙子星座」[5]。

　　這些肯定與讚譽，證明了王鼎鈞在文學上不凡的成就，即使不是一個「奇蹟」，至少也是當代文學的一頁「傳奇」，一頁深、厚、重的「傳奇」。他的文化厚度、抒情深度，以及「重量級」的文學成就，主要來自他的涉獵廣、格局大、形式自由。沒有廣博就沒有深厚，沒有自由就不會有如此創作之豐所積累出的「重量」，王鼎鈞以其創作為這個觀點作了最生動的詮釋，而他也以這個觀點的實踐成了一代作家的典範。

　　仔細推敲王鼎鈞少年失學、青年逃難、中年流離的坎坷際遇，不禁令人好奇，是什麼成就了他的廣與大、厚與重？他擅長小說、散文、劇本、文藝批評、作文指導等多種文體，其中以散文成就最高，藝術表現手法嫻熟而多變，是什麼讓他在失學與逃難的環境中得以自

---

[2] 以上陳幸蕙、張曉風、柯慶明的說法，見王鼎鈞：《風雨陰晴》（臺北市：爾雅出版社，2000），頁4、18、19。

[3] 古遠清：〈王鼎鈞：臺灣一流散文家〉，《名作欣賞》2009年7月號，頁21。

[4] 樓肇明：〈談王鼎鈞的散文〉，《王鼎鈞散文》（杭州市：浙江文藝出版社，1999），頁1～2。

[5] 樓肇明：〈穿越臺灣散文50年——序《1945年至2000年臺灣散文選》〉，《海南師範學院學報》（社會科學版）2004年第5期，頁53。

學有成，卓然成家？這是一個令人好奇但也不難理解的問題。我們知道，一個作家的成長與成熟，必然有著諸多條件與因緣的會合，王鼎鈞豐富的人生閱歷，造就他不拘一格、多方轉益的嘗試精神，在摸索中，他不斷突破自己，勇於創新，終於練成一代大家的不凡身手。也就是說，他先從「雜」入手，透過「雜」的吸納與互滲，才逐漸提煉出「純」的文學。最能表現出他這種「雜」的精神是他的「兼類」主義[6]，也就是魯迅的「拿來主義」。但凡能為其所用者，他都盡量融會一體，不同文體的界限，在他有意的實驗下被打破，被跨越，我認為，這正是形成王鼎鈞散文氣度恢弘、視野寬闊、質地厚重風格的主要原因。

王鼎鈞在一次接受訪談時提到：「我一生都在學習。從讀中國古典起步，後來經歷新文學的寫實主義、現代主義，到後現代。經歷左翼掛帥、黨部掛帥、學院掛帥、鄉土掛帥，到市場掛帥。每個時段都學到東西。在思想方面，從孔孟、耶穌基督、馬列、佛陀面前走過，都沒有空手而回。能融會貫通，生生不息，所以一直能寫。」[7]這種從思想到創作都能廣納百川的學習心態，奠定了他的文學走向雄渾壯美的基礎，在高度創作自覺意識的驅使下，他力求打破既有陳規，脫胎換骨，開創新局。他對自己不斷嘗試「兼類」寫作，是有著文學理論的支撐，他說：「詩、散文、小說、劇本，是那棵叫做文學的大樹上的四枝，是文學大家族中的四房，並非像動物和礦物截然可分。……為了便於觀摩學習，必須誇張四者相異之點，尋求它們個別的特色。這以後，層樓更上，作家當然有不落窠臼的自由，兼採眾體的自

---

6 散文研究者喻大翔說王鼎鈞是「兼類」作家，其作品是「兼類」散文。在此借用為「兼類主義」。見喻大翔、谷方彩：〈散文世界的「兼類」作家──論王鼎鈞的散文藝術〉，《名作欣賞》2009年7月號，頁14。

7 李曄：〈海外著名散文家王鼎鈞訪談錄〉，《當代文壇》2006年第4期，頁21。

由。」[8]在〈王鼎鈞自述〉一文中,他就自豪地說:「在臺灣為及早力行將小說戲劇技巧融入散文之一人」[9]。一個真正具有創作力的作家,必然知道文學裡沒有絕對的文體,更沒有絕對的分類。王鼎鈞的散文創作很早就跳出了文體界限,因而成就了他獨特的兼類文風。

文體形式的兼類跨越,加上宗教思想的兼類混融,王鼎鈞的散文因此顯得大氣。他深知自己的才學有限,因此特別用心學習吸收各種文學養分,在模仿中創新,在摸索中前進。只要被他「拿來」,他總能推陳出新,另闢蹊徑,這是他的才氣,也是他的勇氣。本文所要探討的中國現代文學作家[10],就是被他拿來所用的許多材料中的一部分。這批從五四到三〇、四〇年代的文學作家包括了夏丏尊、冰心、許地山、魯迅、沈從文、林語堂、胡適等,他們的思路與作品,都曾經或多或少地影響過他,給他人生的啟發,給他寫作的靈感,給他思想的啟蒙,也給他在寂寞道路上堅持下去的力量。

二 從《文心》到《文路》:夏丏尊

王鼎鈞在自傳體(回憶錄)散文集《昨天的雲》中提到,在讀小學時曾受到一位蘇姓國文老師的指點和啟發,從而認識了夏丏尊及其作品,在寫作上給他極大的影響。蘇老師在一次講文章作法的課堂上指出:「同樣一件東西,同樣一片風景,張三看見了產生一種感情,李四看見了產生另一種感情。」接著舉例說:「同樣是風,『吹面

---

8 王鼎鈞:《文學種籽》(臺北市:爾雅出版社,2003),頁74~75。

9 王鼎鈞:〈王鼎鈞自述〉,《千手捕蝶》(臺北市:爾雅出版社,1999),頁181。

10 本文的「現代」指涉的時間範疇是指一九一七年胡適發表〈文學改良芻議〉揭開新文學序幕,至一九四九年大陸政權易手為止。一九一七年以前的「近代」與一九四九年以後的「當代」,暫不在本文討論的時限內。

不寒楊柳風」是一種感情，『秋風秋雨愁煞人』是另一種感情。」聰慧的王鼎鈞立即表示質疑地說：「春風和秋風不是一樣的風，是兩種不同的風，人對春風的感覺和對秋風當然不同。」蘇老師一聽，微笑點頭，表示認同地說：「我們另外找例子。我們不要一句春風一句秋風，要兩句都是春風，或者兩句都是秋風。」自小作文即受到賞識的王鼎鈞，下課後，蘇老師叫他去辦公室，送他一本夏丏尊專為中學生寫的書《文心》，表示期許和肯定，王鼎鈞回憶說：

> 我一口氣讀完它，蘇老師舉的例子，是從這本書中取材。雖然
> 書中偶有不甚精密的地方，但我非常喜歡它，它給我的影響極
> 大，大到我也希望能寫這樣的書，大到我暗想我也將來做個夏
> 丏尊吧。[11]

《文心》由夏丏尊與葉聖陶合著，一九三四年由開明書店出版，全書採用說故事的體裁來介紹或討論有關國文的知識，是兩人運用多年教導中學國文的經驗所寫成，在當時產生了很大的迴響。朱自清對這本「讀寫的故事」深表讚賞，認為是對青年寫作的「一件功德」，「書中將讀法與作法打成一片，而又能就近取譬，切實易行。不但指點方法，並且著重訓練。」以故事的方式呈現，「自然比那些論文式綱舉目張的著作容易教人記住——換句話說，收效自然大些。至少在這一點上，這是一部空前的書。」[12]夏丏尊還曾和劉熏宇合寫《文章作法》，和葉聖陶合寫《閱讀與寫作》、《文章講話》，加上他所翻譯的《愛的教育》風行久遠，使他的青年導師、開明教育家的形象深入青年人心中。早慧且對寫作充滿熱誠的王鼎鈞，顯然在《文心》這本書

---

[11] 王鼎鈞：〈我讀小學的時候〉，《昨天的雲》（臺北市：作者自印，1992），頁69。

[12] 朱自清：《文心・序》，《夏丏尊文集・文心之輯》（杭州市：浙江文藝出版社，1983），頁171～172。

中得到很大的啟發，因而對夏丏尊的文學事業充滿了敬意，於是，後
來的王鼎鈞寫了一系列與寫作指導有關的作品，包括《文路》、《講
理》、《靈感》、《作文七巧》、《文學種籽》、《作文十九問》等。特
別是《文路》與《講理》，明顯是夏丏尊啟發下的成果，在《文學江
湖》中他提到，一九六一年在育達商業職業學校及一九六二年在汐止
中學擔任國文教師時，他利用作文課以學生為實驗對象，進行作文教
學，然後將這些經驗與心得陸續寫了這兩本書，他說：「《文路》的
體例仿照《愛的教育》，偏重記敘文、抒情文的寫法。我想再寫一本
書，體例模仿夏丏尊的《文心》，內容專門討論議論文。」[13]這本討論
議論文的書就是《講理》。

　　夏丏尊在《文心》中塑造了一位國文教師王先生的角色，他不僅
親切和藹，而且對學生的讀書寫作都認真指引、熱情鼓勵，是一位
充滿教育愛的典型良師形象。在王鼎鈞的相關著作中，並沒有塑造
出這樣一位人物典型，因為他自己就扮演了「王老師」的角色。對
於一系列談作文的書，王鼎鈞和夏丏尊有著同樣的理想和體認，他
曾說：「既然談的是『方法』，就得注重『可行』，就得找出『程序』
『步驟』供人練習，這種書就要寫得既具體又實際。你得在書中指出
一些目標，讓凡是照著書中規定去做的人果然可以達到，不能讓『目
標』可望不可即。我在這方面算是盡了力。」[14]他教導如何培養和積累
靈感的方法（《靈感》），介紹直敘、描寫、演繹、歸納、綜合等技巧
（《作文七巧》），告訴初學寫作者如何一步步從教室走向文壇（《文
學種籽》），透過對話方式探究創作方法、釐清創作脈絡（《作文十九
問》），還有以小說的手法來教導如何寫論說文（《講理》）等等，都

---

[13] 王鼎鈞：〈我與學校的已了緣〉，《文學江湖》（臺北市：爾雅出版社，2009），頁
　　442。
[14] 王鼎鈞：〈答問（代序）〉，《作文七巧》（臺北市：作者自印，1984），頁3。

能寫得深入淺出，活潑生動，難得的是提出具體實用的步驟方法，層次井然，由近及遠，許多看法都別有見地，且可即學即用。

王鼎鈞和夏丏尊一樣，都是自學有成，或許是這個緣故，他對青年（特別是失學青年）的自學格外重視，他在這方面投注的心血，長期努力經營的成果，我認為完全不輸給夏丏尊，也就是說，他已經做到了小學時「將來做個夏丏尊」的夢想，而且有過之而無不及。

三　宗教情懷與寓言人生：許地山

楊牧在〈中國近代散文〉一文中，將王鼎鈞歸入許地山的「寓言散文」一派，他指出許地山「博學沈潛」，能「深入梵文舊籍，結合中國傳統的象徵筆法，作品充滿寓言點化的技巧，神韻無窮。」[15] 王鼎鈞的部分散文如寓言體的《開放的人生》、《人生試金石》、《我們現代人》（合稱「人生三書」）、《千手捕蝶》，以及宗教色彩較明顯的《心靈與宗教信仰》（原名《心靈分享》）、《黑暗聖經》（原名《隨緣破密》）等，確實讓人有許地山風格的聯想。王鼎鈞很早就讀過許地山的作品[16]，雖然他沒有進一步說明許地山對他的影響，但他深具宗教情懷與寓言人生的寫作傾向，和許地山確有相近之處。

許地山的一生和宗教結下不解緣，除了教學工作和文學創作外，他花費很多時間研究、撰寫宗教比較學和宗教史，還研究印度宗教、哲學、人類學，基督教、佛教與道教，都曾進入他的心靈。因為宗教信仰，他早期的作品遂流露出濃厚的宗教色彩，小說〈命命鳥〉、

---

[15] 楊牧：〈中國近代散文〉，《文學的源流》（臺北市：洪範書店，1984），頁56。

[16] 王鼎鈞：「我憑六冊文選初步認識中國的新文學，我得以知道山東出了王統照、李廣田，臺灣出了許地山。」見〈左翼文學薰陶記事〉（上），《聯合報》副刊，2004年2月7日。

〈商人婦〉、〈綴網勞蛛〉等即是反映其厭生樂死宗教觀的代表作，帶
有消極的心態；散文集《空山靈雨》中多篇作品也是以佛教出世思想
為基調，在〈弁言〉中，他就宣示「生本不樂」，認定人生多苦，例
如短文〈蟬〉寫道：「急雨之後，蟬翼濕得不能再飛了。那可憐的小
蟲在地面慢慢地爬，好容易爬到不老的松根上頭。松針穿不牢的雨珠
從千丈高處脫下來，正滴在蟬翼上。蟬嘶了一聲，又從樹底露根摔
到地上了。雨珠，你和它開玩笑麼？螞蟻來了！野鳥也快要看見它
了！」呈現的是生物界險象環生的處境，同時也揭示了這個充滿苦難
危機的人世間，帶著消極的色彩。不過，他前期的散文中還是有一些
能積極面向現實人生的思考，如〈海〉中寫道：「我們坐在一隻不如
意的救生船裡，眼看著載我們到半海就毀壞的大船漸漸沈下去。」這
船就是人生的寓寫，即使不如意，即使終將下沈，也不能放棄，他鼓
舞大家一起划槳：「在一切的海裡，遇著這樣的光景，誰也沒有帶著
主意下來，誰也脫不了在上面泛來泛去。我們儘管划罷。」還有著名
的〈落花生〉，以物喻人，指出花生不炫耀自己、埋頭實幹的特性，
希望能像花生一樣，「人要做有用的人，不要做偉大、體面的人。」[17]
充分顯現他務實入世的精神。宗教的觀點和現實的感受，在他的筆下
自然激盪，從而發展出屬於他個人特有含蓄雋永、意味深長的藝術風
格。

　　王鼎鈞的一生也和宗教結緣甚早、甚深，少年受洗為基督徒，但
對佛教道教也不排斥，表現出兼取各家所長的「拿來主義」務實精
神，他說：「我是基督徒，坦白地說，佛教道教對我仍然有吸引力。
我對這三家的內涵都有取捨。……我覺得宗教信仰是混血的，佛徒心

---

[17] 以上〈蟬〉、〈海〉、〈落花生〉三篇文章，引自周俟松、向雲休編：《中國現代作家
　　選集・許地山》（臺北市：書林出版社，1992），頁6、26、78。

中不止有佛，耶徒心中不止有耶，儒釋道耶俱在，你我每個人自己調一杯雞尾酒。」[18]這種多元混合的宗教信仰，被稱為「雞尾酒」式的信仰。和許地山的宗教義理研究不同，他是「一種在實用原則指導下的選擇結果」，為了洞悉人性、解決人生問題，他向不同宗教尋找秘方和解答，體現的是一種「儒家用世精神的靈活性」[19]，而非追想彼岸式的出世寄託。這就決定了他比許地山更為樂觀、積極的哲理思考與精神追求。他曾這樣比喻文學與宗教的關係：「音樂是上帝的語言，美術是上帝的手巾，文學是上帝的腳印，我們順著腳印，尋找上帝，想像上帝」[20]。於是，我們在他的作品中看到「仁者的獨照、智者的透闢和文者的生動」[21]。隱地甚至以「聖歌」形容王鼎鈞的散文。[22]

以《千手捕蝶》為例，多篇源自基督教義的啟發與聯想，如〈聖經？〉寫道：「起初，上帝造人。他造了兩個男人，又造了兩個女人。人類的歷史從這兩對配偶開始。不久，其中一個男子，殺了另一個男人，把另一個女人也據為己有。這個勝利的男子搜遍樂園，把另一個男子留下的痕跡完全消滅，使後之來者完全看不出還有一個人在這裡生活過。他又對兩個女子洗腦，使她們把某些事情忘得乾乾淨淨。然後，他坐下來寫《創世紀》，他是上帝所造唯一的男人，是人類的始祖。」這是王鼎鈞所「創造」的人類起源，對於「聖經」，他提供了另類的思考，帶有反諷權威的意圖；又如〈創世外記〉所說：「或者並不是上帝照自己的形象『拷貝』了人類，而是人『盜用』了

---

[18] 王鼎鈞：〈關於宗教的反思〉，《心靈與宗教信仰》（臺北市：爾雅出版社，1998），頁153。

[19] 語見趙秀媛：〈論王鼎鈞散文的精神品格〉，《名作欣賞》2008年9月號，頁58。

[20] 王鼎鈞：《心靈與宗教信仰》，頁1。

[21] 高彩霞：〈踏著「上帝的腳印」追尋永恆〉，收於黃萬華主編：《美國華文文學論》（濟南市：山東文藝出版社，2000年），頁154。

[22] 隱地：〈王鼎鈞的聖歌〉，《千手捕蝶》，頁165。

上帝的版權。蚌類或許是模仿上帝的保險箱。」幽默的顛覆許多既有
的定見；還有〈感恩節〉、〈面具人間〉、〈奉獻〉等也都是從宗教題
材中所提煉出來的人生哲理。在寫作《黑暗聖經》一書時，他甚至效
法《聖經》的結構，開卷似創世紀，終篇似啟示錄，中間則經歷紛紜
世相。至於《心靈與宗教信仰》一書更是明顯的宗教思索之作，談宗
教情操、多元信仰、生死之謎、宗教與文學創作關係、教會、人間大
愛與小愛等，是其多年鑽研宗教奧義（特別是基督教）的集中呈現。

　　如果只是對宗教信仰有同樣的興趣，王鼎鈞和許地山的文學「相
似度」將不會如此之高，必須加上對創作「寓言散文」的同好，兩人
的牽連才因此緊密、合理。許地山的寓言散文取材自日常生活、宗教
信仰、歷史素材，體悟深刻，寓理於事，平易中娓娓道來，具有哲思
的感染力。例如〈暗途〉寫吾威在夜裡不點燈走山路回家，因為他認
為：「不如我空著手走，初時雖覺得有些妨礙，不多一會，什麼都可
以在幽暗中辨別一點。」於是，「那晚上他沒有跌倒；也沒有遇見毒
蟲野獸；安然地到他家裡。」對人的本能回歸、自立自強的精神，做
了生動的詮釋；〈蛇〉寫「我」在樹林見了一條毒蛇，趕緊逃開，而
蛇也逃走了，返家後對妻子提起此事，疑問道：「到底是我怕牠，還
是牠怕我？」妻子說：「若你不走，誰也不怕誰。在你眼中，牠是毒
蛇；在牠眼中，你比牠更毒呢。」[23] 由此體認到相對立場的不同看法，
富有人生哲理的寓意；其他如〈萬物之母〉、〈美底牢獄〉、〈補破衣
的老婦人〉、〈公理戰勝〉、〈處女的恐怖〉等，都是文筆洗鍊、構思
新穎的寓言之作。

　　王鼎鈞的寓言散文在質與量上都不遜於許地山，其「人生三書」

---

[23] 以上〈暗途〉、〈蛇〉兩篇文章，引自周俟松、向雲休編：《中國現代作家選集・許
　　地山》，頁23、7。

多以小故事代替說理，巧用隱喻，給人咀嚼不盡的知性啟悟，如〈大漠弱者〉寫人性的軟弱，那位不能等待同伴提水回來的人，以最後一顆子彈結束生命，使得同伴只能看著屍體反覆追問：「你為什麼不堅忍到底？」〈六字箴言〉以一位離鄉年輕人和族長的互動，提醒我們：「人生在世，中年以前不要怕，中年以後不要悔。」這「不要怕，不要悔」六字箴言的奧義，是人生經驗的提煉，也是生命智慧的濃縮；又如〈鎖匠和小偷〉寫鎖匠因賣鎖而致富，拿出財產來設立特殊學校，幫助小偷洗手轉業，有人提醒他，小偷少了，鎖的銷路就不好，這不是自己搬石頭砸自己的腳嗎？鎖匠的回答令人深思：「不會，完全不會。仍然有人甘居下流，人仍然要小心保管自己的財物，小偷不會絕跡，甚至也看不出顯著的減少。」鎖匠努力減少盜竊人口的結果是使自己升高，因為「有些人自己沈淪的結果是把別人墊高，這幾乎是命中注定。」這實在是洞察人性的推論；和許地山〈海〉的寓意接近的是〈水族啟示錄〉，王鼎鈞寫道：「有些魚，尾部的骨骼折斷了，死在沙灘上，那些倖而生還的，也難保不被鯊魚吃掉，雖然如此，牠們仍然全力歸海，因為牠們是水族，對海永遠有幻想。」[24]接受現實，勇敢面對，即使徒勞無功，也無怨無悔，這是許、王兩人共同追求的生命態度。

可以說，一九四九年以前的寓言散文以許地山最為突出，一九四九年以後則以王鼎鈞最為用心，兩人在宗教領悟上各有所長，在文學創作上相互輝映，以寓言說人生，都是析事說理的大家，也是理性感性兼具的智者。

---

[24] 〈大漠弱者〉見《人生試金石》（臺北市：爾雅出版社，2002），頁229；〈六字箴言〉見《開放的人生》（臺北市：爾雅出版社，1975），頁35；〈鎖匠和小偷〉見《人生試金石》，頁231；〈水族啟示錄〉見《有詩》（臺北市：爾雅出版社，1999），頁95。

四 曾經是「小讀者」：冰心

對於新文學第一代的女作家冰心，王鼎鈞經歷了由喜愛到批評的心理轉折。在〈我的一九四五呢〉中他提到：

> 我們曾經是冰心的小讀者，因冰心愛海而嚮往海，因冰心憐憫老鼠而喜歡老鼠。我們幻想如何像冰心一樣站在甲板上，靠著船舷，用原來裝照相底片的盒子裝些詩句丟進海裡，任它漂，任它被一個有緣人揀去。想想想，我把眠牀想成方舟，把家宅想成一片汪洋。[25]

可見他曾經對這位以小詩《繁星》、《春水》，散文《寄小讀者》風靡無數讀者的作家有著發自內心的崇拜，幻想自己也能和她一樣寫詩、愛海。但是隨著自身文學素養與寫作經驗日漸豐富後，他對「冰心體」的散文開始有所質疑，在寫於二〇〇四年的一篇文章中他分析道：

> 我小學時代親近冰心，後來覺得她的語言夾生，節奏紊亂。我到臺灣後一度主編《中國語文月刊》，該刊的主要讀者是中學的國文教師和學生，我曾經想開闢專欄，選擇「臺灣能夠容忍的三十年代作家」，刊出他們的舊文，加以注釋分析，幫助學生提升寫作的水平，這時才發覺許多前賢修辭馬虎，有時造句也不通順，儘管留下「傑作」，卻不能作學習的範本。我把這個發現告訴某一位大教授，他「順藤摸瓜」，尋找病人，羅列

---

25 王鼎鈞：〈我的一九四五呢〉，《左心房漩渦》（臺北市：爾雅出版社，1988），頁143。

病例，寫了一篇「無情」的論文，我確實嚇了一跳。[26]

從「親近」、「嚮往」到「嚇了一跳」，冰心和王鼎鈞的文學因緣漸行漸遠，理由是「語言夾生，節奏紊亂」。冰心是用情感寫作的作家，五四初期，她的散文開啟「美文」之風，細緻委婉，優美清新，成了一種典範。在語言修辭上，偏向明麗清新，「滿蘊著溫柔，微帶著憂愁，欲語又停留」[27]，成了她的作品風格。為了營造詩情畫意的美感，冰心喜用古典詩詞入文，濃抹重彩地運用各種修辭手法來描摩對象，好處是形象清晰在目，但不免有堆金砌玉、文勝於情之憾，文白夾雜，有時生動，有時則牽強。例如〈往事〉（二之三）：「往者如觀流水——月下的鄉魂旅思：或在羅馬故宮，頹垣廢柱之旁；或者萬里長城，缺堞斷階之上；或者約旦河邊，或在麥加城裡；或超渡萊茵河，或飛越洛磯山；有多少魂銷目斷，是耶非耶？只她知道！」[28]修辭重複堆砌，顯得逞才使氣。當然，回到五四時期的文學語境，冰心的散文已經算是明白曉暢，具體可感，和同時期的作家相比，文字語病其實是相對較少的。

在題材內容上，冰心喜歡描寫山海自然，母愛親情，關注家國命運，思索宇宙人生，在這一點上，王鼎鈞也是如此。冰心和王鼎鈞都是基督徒，終生信仰「愛的哲學」，認為「有了愛就有了一切」，這使她的散文富有人生義理的闡發，且總是微笑看世界。雖然，沒有太多生命周折的冰心，她的「泛愛主義」，和歷經紅塵人世複雜糾葛的王鼎鈞有很大的不同，王鼎鈞致力於「黑暗聖經」的挖掘，冰心則是

---

[26] 王鼎鈞：〈左翼文學薰陶記事〉（上），《聯合報》副刊，2004 年 2 月 7 日。

[27] 這是冰心〈詩的女神〉一詩中的句子，拿來形容她自己的文風頗為貼切。見卓如編：《冰心全集》（福州市：海峽文藝出版社，1994）第 1 卷，頁 313。

[28] 冰心：〈往事〉（二），最初發表於一九二四年七月《小說月報》卷 15 第 7 號。引自《冰心全集》第 2 卷，頁 186。

沈醉於「光明聖經」的歌詠。但只要讀讀王鼎鈞寫母愛的〈一方陽光〉，寫淡淡初戀的〈紅頭繩兒〉，寫繞樑不去的二先生的〈哭屋〉，或是〈失樓台〉中的心情：「以後，我沒有舅舅的消息，外祖母也沒有我的消息，我們像蛋糕一樣被切開了。但是我們不是蛋糕，我們有意志。我們相信抗戰會勝利，就像相信太陽會從地平線上升起來。從那時起，我愛平面上高高拔起的意象，愛登樓遠望，看長長的地平線，想自己的樓閣。」[29] 和冰心所刻畫的溫暖人心、光明世界其實是十分接近的。還有〈唯愛為大〉、〈愛孩子〉、〈成全母親〉、〈人，不能真正逃出故鄉〉、〈中國在我牆上〉、〈瞳孔裡的古城〉等有關親情、家國的作品，都讓人看到了與冰心相似的身影。

有趣的是，王鼎鈞寫了一篇散文〈分〉，特別提到冰心寫的小說〈分〉[30]，同題之作，足見王鼎鈞對冰心的作品還是熟悉的。在這篇敘述兩岸因戰火隔絕，導致童年摯友即使聯絡上也不能再像以前那樣無話不談的傷感之作，王鼎鈞具體而微地寫出了時代的無情與個人的無奈：

> 分字底下一把刀，有形的刀之外還有無形的刀。你還記得吧，冰心有篇文章題目就是「分」，在婦產科醫院的嬰兒室裡，人和人都差不多，進了幼稚園就顯出許多差別，以後年齡長大境遇各殊，人啊人就截然不同。那時，冰心的想像力還不足以「假設」兩個人分別在兩種相反的社會制度裡生活四十年，她的那篇文章已經令人夠傷感夠無奈了。[31]

於是，「記得當時年記小，我們談天可以由早晨談到中午，又由中午

---

[29] 王鼎鈞：〈失樓台〉，《碎琉璃》（臺北市：作者自印，1978），頁86。

[30] 冰心的小說〈分〉寫於一九三一年八月，發表於一九三一年《新月》第3卷第11期。

[31] 王鼎鈞：〈分〉，《左心房漩渦》，頁138。

談到晚上。」「當初我們一面談天一面發現我們所知道的完全相同」，然而，戰亂使人分離，從形體、思想到感情，「而今我們讀過多少有字無字之書，我們一年的見聞抵得上前人一世，我們多少感觸、多少激盪、多少大澈大悟、多少大惑不解，三山五嶽走遍，欲言又止。」王鼎鈞的〈分〉比起冰心的〈分〉，剖析更為深刻，描寫更為細膩，令人感喟的力量也更強烈，這是因為王鼎鈞「碎琉璃」（流離）的生活和對人性的體驗，比起「燦若繁星」的冰心更為豐富而坎坷的緣故。

五　不能欣賞，不敢親近：魯迅

作為新文學的奠基者，魯迅「世紀冠軍」的不凡成就與巨大形象，但凡中國作家很少有不受其影響的。王鼎鈞和中國現代作家的淵源極早，接觸亦多，十三歲時就在外祖母家遇到一位二表姊，這位二表姊給了他在新文學新思想方面的啟蒙，讓他「開始夢想有一天能做作家」[32]。對新文學作品涉獵甚廣的二表姊，借給他許多新文學作品，有蘇雪林的《棘心》、沈從文的《從文自傳》、巴金的《家》、茅盾的《子夜》，以及郁達夫、趙景深等人的文集，其中還有魯迅的《野草》。

《野草》是魯迅個人隱密心理有意識或無意識的表露，揭示出魯迅內心情感與道德的激烈衝突，這些被視為散文詩的作品，是進入魯迅內心世界的幽徑。在這本書中，跳動著作者誠摯而痛苦的靈魂，正如他自己所言：「大半是廢弛的地獄邊沿的慘白色小花，當然不會美

---

[32] 王鼎鈞：《昨天的雲》，頁122。

麗。」[33] 這樣深刻的作品，少年王鼎鈞恐怕很難有感同身受的體會，他
之不喜魯迅大約也是正常的。魯迅的文名主要建立在小說及雜文上，
主題則集中於抨擊封建傳統的壓迫性、曝露落後愚昧的國民性、刻畫
知識分子的虛偽性上，為了引起療救的注意，他以戰士的姿態，試圖
喚醒鐵屋中沈睡的人們，於是，他吶喊，他徬徨，他以文筆為匕首，
刺向陰暗人心，刺向不義社會，加上他個人成長過程中面臨家道中
落、出入當鋪與藥店的不愉快經驗、父親早死、婚姻不諧等因素，使
他有著猜疑、孤獨、陰暗、虛無的心理層面，這也決定了他的作品偏
向詛咒、諷刺、批判、揭露、不平的風格。魯迅死前表示「一個都不
寬恕」的苛刻態度，對於懷有宗教之愛、信仰寬恕美德的王鼎鈞顯然
是不能認同的，他說：

> 我不喜歡魯迅，那時我從未說出口來，即便是今天，說這句話
> 還有些膽怯。我知道陳西瀅、梁實秋、胡秋原、蘇雪林也不喜
> 歡魯迅，但是我那時並未讀到他們的評論，我的耳目所及盡是
> 高度稱頌。我不喜歡他大概是氣性使然，我欣賞文學固然有偏
> 限，魯迅恐怕也未能把他的氣性完全昇華轉化。現在詩人楊澤
> 說，魯迅是「恨世者」，哥倫比亞大學教授王德威說，魯迅刻
> 薄寡恩，散發毒氣與鬼氣，他們展示多元的看法，先獲我心。
> 瞿秋白和魯迅同世為人，他說魯迅是狼族，有狼性。羅馬神
> 話：萊漠斯出生後吃狼奶長大，不離狼群。這話我到八十年代
> 才讀到，相見不恨晚。如果說讀書變化氣質，我拒絕變成這樣

---

[33] 魯迅：〈《野草》英文譯本序〉，《魯迅全集》（北京市：人民文學出版社，1981）第
　　4卷，頁356。

的人，我也不能欣賞、不敢親近這樣的人。[34]

不能欣賞，也不敢親近，魯迅成為他映照人世、探索人生的反面鏡像。和魯迅相比，王鼎鈞的寬厚恕道精神給人正面的力量，他曾說過一段令人動容的話：「作家可以愛仇敵。誰來造就一個作家？第一是情人，第二是敵人。沒有情人，沒有敵人，他都不能成為好作家。情人使他愛他所能愛的，仇人使他愛他所不能愛的。如果他對仇敵有恨，他仍然難成最好的作家。」[35]這也許是宗教信仰給王鼎鈞的啟示，一種崇高的人生境界在這位「愛世者」的心中成為一生牢不可破的信條。

王鼎鈞曾在一九四六年抗戰勝利後，到瀋陽擔任日軍投降後的接收工作，偶然發現一套六冊中國當代文學的選集，他搶救下來，仔細讀了魯迅的〈狂人日記〉。唯恐被連隊長官發現他閱讀左翼作家的作品，他把六冊文選寄放在一家中藥鋪，抽空才到店裡看書，他記得在中藥鋪裡讀到魯迅的小說〈藥〉，「感受特別深刻」，「我覺得『人血饅頭』如能治病，烈士在天之靈也會贊成，可惜它只會傳染疾病。」[36]看來，對於魯迅的「不親」，並不代表他的「不見」，而是有己見的接受，有批判的回應。

這六冊文選顯然對他產生了很大的影響，他說：「我眼界大開，立刻覺得長大了，比起同儕，我算是見多識廣。」只是，這些作品中不斷出現的「壓迫」、「剝削」、「受侮辱的和受損害的」等口號，使他不自覺中被灌輸了左傾的意識型態，文學上則接受了寫實主義的創作立場，對此，他反省道：「那時寫實主義的詮釋者和鼓吹者，只談

---

[34] 王鼎鈞：〈左翼文學薰陶記事〉（上），《聯合報》副刊，2004年2月7日。

[35] 王鼎鈞：〈感恩見證〉，《心靈與宗教信仰》，頁192。

[36] 同註32。

意識型態，不談藝術技巧，作品有沒有價值要看站在什麼立場、為什麼階級說話，要看揭露的是什麼、控訴的是什麼。……對我的影響是：幾乎不知道有『形式美』。」[37] 這個弊病，直到一九六〇年代，臺灣提倡流行「現代主義」，才糾正了他。透過魯迅、巴金、茅盾、郭沫若、丁玲等左翼作家的作品，王鼎鈞曾經受到啟蒙，但人生觀與文學觀的根本差異，使他很快放棄了這種主題先行、革命為先、政治為準的文學思潮。

不過，在王鼎鈞的一些帶有諷刺性與批判性的散文中，我們還是可以看到「魯迅風」雜文的展現，這不是有意的模仿，只能說是部分性格的巧合，例如〈給我更多的人看〉：

> 人啊人，人字只寫兩條腿。左看像門，右看像山，另有一說是像倒置的漏斗，總之站得牢。人為萬物之「零」，符號十分簡單，人字只兩劃，你看馬牛羊雞犬豕多少劃！門供出入，人分內外；山有陰陽，人感炎涼；漏斗倒置，天地否極，看誰來撥亂反正旋轉乾坤。啊，人啊人。[38]

一針見血，洞明世事，有魯迅的犀利，也有魯迅的機鋒。又如他的〈哭屋〉，寫一個舊式讀書人追求、失敗、懸樑自盡的悲劇故事，有論者就指出，「與魯迅的《吶喊》、《徬徨》中知識分子的遭遇與心路歷程有著極大的相似性」，「這是繼魯迅的寂寞悲涼之後對讀書人寂寞情懷情結的另種書寫。」[39] 雖說不喜歡魯迅，但王鼎鈞的散文有時譏刺人性，有時暗喻時局，有時同情弱小，有時感慨世事，其實在不自

---

37 王鼎鈞：〈左翼文學薰陶記事〉（下），《聯合報》副刊，2004 年 2 月 8 日。

38 王鼎鈞：〈給我更多的人看〉，《左心房漩渦》，頁 155。

39 熊小菊：〈解讀《哭屋》的寂寞情結——與魯迅的《吶喊》、《徬徨》比較〉，《美與時代》2006 年 3 月號，頁 82。

覺中可能還是受到了魯迅潛在的啟發與影響。

六　人性的善與美：沈從文

　　在二表姊給王鼎鈞的文學啟蒙書籍中，有一冊沈從文的自傳，對這本書，少年王鼎鈞有一種特別的體會：「書很薄，讀的時間短，想的時間長，依書中自序和編者的介紹，沈氏生長於偏僻貧瘠的農村，投軍為文書上士，憑勤苦自修成為有名的作家，最後做了大學教授。這個先例，給籠中的我、黑暗貼在眼珠上的我很大的鼓舞。這本書展現了一個廣闊的世界，人可能有各種發展。」[40]那是一九三七年，抗戰爆發，整個民族陷入血和火的洗禮，在烽火連天之際，他從沈從文二十歲以前的自傳中看到了自己，也渴望未來有各種廣闊的可能性。這是他和沈從文的第一次接觸，人性的善與美，從此進入了他審美化心靈中。

　　後來，他又讀了《邊城》，「我喜歡沈從文，他的名作《邊城》，寫一個老人和一個孫女相依為命，使我想起老父正帶著幼女流亡，難以終卷，三歲定八十，我始終很難從純粹審美的角度接受文學。」[41]沈從文筆下人性的美給他鼓舞的力量，殘酷的戰爭現實則使他暫離純美的追求，但即使在「社會」這部「大書」中，王鼎鈞和沈從文一樣，從來不曾忘記對人性的善、人情的美、人生的愛的堅持。王鼎鈞在部隊中的經歷並不遜於沈從文，他對文學的愛好與追求也不亞於沈從文，兩人自學成家的背景，看來也很類似。在《從文自傳》中，沈從文多次提到水對他的重要，他說：「我認識美，學會思索，水對我有

---

40 王鼎鈞：《昨天的雲》，頁 120。
41 王鼎鈞：〈左翼文學薰陶記事〉（上），《聯合報》副刊，2004 年 2 月 7 日。

極大的關係。」[42] 當部隊駐紮在龍潭，沈從文幾乎每天都去河邊「聽水吹風」：

> 那地方既有小河，我當然也歡喜到那河邊去，獨自坐在河岸高
> 崖上，看船隻上灘。那些船夫背了縴繩，身體貼在河灘石頭
> 下，那點顏色，那種聲音，那派神氣，總使我心跳。那光景實
> 在美麗動人，永遠使人同時得到快樂和憂愁。當那些船夫把船
> 拉上灘後，各人伏身到河邊去喝一口長流水，站起來再坐到一
> 塊石頭上，把手拭去肩背各處的汗水時，照例總很厲害的感動
> 我。[43]

沈從文對河流的愛與想像，行吟江畔的王鼎鈞也在〈讀江〉中有著相近的感受與描繪：

> 城外碼頭，很寬的水面，很小的船，船夫是個中年的漢子，他
> 說的話我只能聽懂一半。船往水窄處走，不久，──也許很
> 久，──兩岸就是層層疊疊的水成岩，就是亂峰，就是飛魚般
> 的落葉。城中的擁擠燥熱恍然是隔年的事了。
> 回想當年經過的山山水水，都成了濛濛煙雨中的影子，像米芾
> 的畫，唯有這條江一根線條也不失落。船是溯江而上，我坐在
> 船頭仔細讀那條江。江上秋早，寒意撲人，江水比烈酒還清，
> 水流很急，但水紋似動還靜，江面像一張古代偉人的臉，我仔
> 細看那張臉，看大臉後面排列的許多許多小臉，以他們生前成
> 仁取義的步伐，向下游急忙奔去。[44]

---

[42] 沈從文：《沈從文自傳》（臺北市：聯合文學出版社，1987），頁9。

[43] 前揭書，頁96。

[44] 王鼎鈞：〈讀江〉，《左心房漩渦》，頁45。

經過二十年的人生歷練,「每天讀那條江如讀一厚冊哲理」,王鼎鈞說:「後來,很久以後,我忽然靈機頓悟,一切豁然。我明白了,我瞭解人,也瞭解你。」來自湘西的沈從文,來自山東的王鼎鈞,兩人在江河船岸上的身影同樣寂寞,也同樣豁達。

沈從文說:「我願意在章法外接受失敗,不想到章法內得到成功。」[45]王鼎鈞跨越文類、打破陳規的努力正是基於這樣的信念;沈從文說:「我只想造希臘小廟」,「這神廟供奉的是『人性』」[46]。在中國現代文學史上,像沈從文那樣高揚人性旗幟的作家似乎並不多見,他往往被視為人性論者,是「人性的治療者」。對於《邊城》,沈從文說是要「為人類『愛』字作一度恰如其分的說明」,要表現一種「優美,健康,自然,而又不悖乎人性的人生形式」[47]。談人生論人性,我們在王鼎鈞的作品中看到了同樣的思維與關懷,從「人生三書」到《黑暗聖經》,就如王鼎鈞自言:「作家把人生經驗製成標本,陳列展覽,供人欣賞批評,給人警誡或指引。作家取之於人生,又還之於人生,和廣大的讀者發生密切的關係。」[48]考察人性一直是王鼎鈞創作的思想核心,透過人性的解碼,對人性或溫暖或冷峻的剖析,他應該是想為人間的「情」作一生動的說明,就如他所言:「固然『無情不似有情苦』,但『無情何必生斯世?』願我們以有情之眼,看無情人生,看出感動,看出覺悟,看出共鳴,看出希望!」[49]

《邊城》在沈從文人性抒寫的長河中,無疑是最具代表性的作品,最為集中地呈現出他的生命理想與人性觀點,然而他所構築的人

---

[45] 沈從文:〈《石子船》後記〉,引自劉洪濤、楊瑞仁編:《沈從文研究資料》(天津市:天津人民出版社,2006),頁29。

[46] 沈從文:〈《習作選集》代序〉,前揭書,頁51。

[47] 前揭書,頁53。

[48] 王鼎鈞:〈人生〉,《文學種籽》,頁190~191。

[49] 王鼎鈞:《情人眼‧自序》(臺北市:作者自印,1990),頁12。

性神廟，多少帶有理想化的烏托邦色彩，王鼎鈞雖然喜歡《邊城》田園牧歌情調的單純與天然，但是具有強烈現實感的他也不禁要說：「很難從純粹審美的角度接受文學」，這是因為時代的鼓聲、生存的艱難、歷史的命運對他的生命理想強力擠壓、衝擊，使他一直保持著「山雨欲來」的憂患意識，也使他的筆觸指向了整個民族的生存狀態與精神風貌。從《左心房漩渦》、《碎琉璃》到《海水天涯中國人》、《看不透的城市》，乃至於自傳散文《怒目少年》、《關山奪路》等，表現出的整體意蘊，是個人在時代變動中心靈與精神的變異與掙扎，是時代巨變所引起的生命焦慮與文化困境。也許可以這樣說，沈從文是從「善」的角度看待人生，而王鼎鈞則是從「真」的角度剖析人性。他在沈從文身上看到了向上的力量，在《邊城》中看到了廣闊的世界，並且在日後複雜坎坷的生命流轉中，憑自己的韌性與才情，走出了一條和沈從文相似但又不盡相同的文學道路。

七　完全的自由：胡適、林語堂

　　感性文學因緣以外，有些現代作家在理性思想上對他產生過較大衝擊，例如林語堂與胡適，在他的人生思考與個性凝塑上也有過潛移默化的作用。在《心靈與宗教信仰》一書中，王鼎鈞有一章專談林語堂與基督教、教會、儀式、中國文化等相關問題，流露出他對林語堂強烈的認同感，在末尾時還誠摯地呼籲：「我們應該慶幸基督教有林語堂，一如慶幸佛教中有王維。我很盼望教會正式樹立『林語堂模式』，接納更多的王維。」[50]一個開放、自由的林語堂，是他心目中理想基督徒的典型。不過，他和林語堂的淵源，可以追溯到更早的抗戰

---

[50] 王鼎鈞：〈信仰者的腳步〉，《心靈與宗教信仰》，頁137。

時期，在《怒目少年》中，他回憶抗戰期間曾偶然讀到林語堂《生活的藝術》下冊，非常喜歡，但一直沒找到上冊：

> 因為耳目閉塞，《生活的藝術》上冊沒看過，不知道到哪裡去找，我們非常喜歡林氏的文筆，可是談到生活，他那致命的精緻實在叫吃「抗戰八寶飯」的人受不了。例如他推許明代文人屠隆的生活：焚香時「慢火隔紗、使不見煙」，香薰透衾枕，「和以肌香，甜豔非常」。那種生活似乎很「可怕」。常聽會戰發生，我們一個個變成斯巴達人，有人跑了七十里路弄到「上冊」，問我要不要看，我竟擺一擺手，算了。
>
> 我這個輕率的決定大錯特錯。多年後讀到「上冊」，才知道和下冊不同，下冊談的是技術細節，上冊談的是人生哲學，在斯巴達之外，人對生活對社會還可以有另一種態度，實在是我老早應該知道的。斯巴達式的人生觀可以用於戰時，不能用於平時，可用於工作，不能用於閒暇，可用於青壯，不能用於終生，而我只知其一，不知其二，後來環境改變，這苦頭可就吃足了！[51]

這次的經驗顯然讓他茅塞頓開，他走出了狹隘的慣性（或是惰性），不再只讀「半本書」，也不只讀「一本書」，而是體認到「該融匯各種不同的學說，欣賞不同流派的藝術，承認不同地域的風俗，容納各種不同的個性，讀各種政治立場的報紙。」[52]對於「斯巴達」式的專制政治體制、高壓生活方式和僵化思考模式，他已經有所質疑和反思。

---

[51] 王鼎鈞：《怒目少年》（臺北市：作者自印，1995），頁104～106。斯巴達是古代希臘城邦之一，以其嚴酷紀律、獨裁統治和軍國主義聞名，其政體是寡頭政治，和當時雅典的民主制度形成對比。

[52] 同上註。

　　這次的思想啟發和後來與胡適的一段因緣有著相似之處。王鼎鈞提到，一九五八年時，臺北的中國文藝協會開大會，邀請胡適演講，胡適講〈人的文學〉、〈自由的文學〉，其中一段話讓王鼎鈞印象深刻：

> 政府對文藝採取完全放任的態度，我們文藝作家應該完全感覺到海闊天空，完全自由，我們的體裁，我們的作風，我們用的材料，種種都是自由的，我們只有完全自由這一個方向。[53]

這其實是王鼎鈞一生服膺與嚮往的文學境界：「要有人氣，要有點兒人味，因為人是個人。」[54]只有完全的自由，才是個「人」，寫作的文學才是「人的文學」。胡適在專制政治環境下鼓吹獨立思考的精神，對他性格、觀念的建立有著直接的影響，「訓練我對人生世相的穿透力」，「並且有可能成為一個夠格的作家」[55]。王鼎鈞後來說：「我寫散文是因為愛好自由——文學形式的自由，題材選擇的自由。」[56]這種文學的自由觀，不能說沒有受到一點胡適「完全自由」主張的影響。

　　思想之外，這位白話文學的提倡者與實踐者和王鼎鈞在文學寫作上也有一次獨特的「空中互動」。由於胡適經常應邀到各地演講，美國之音駐臺北的單位都派人錄音。大部分錄音都交給中廣節目部一份，節目部再交給任職於中廣的王鼎鈞聽一遍，他的任務是斟酌是否適合播出，或者摘出一部分播出。這是他和胡適一種極特殊的文學因緣，他說：「我在工作中深受胡適語言風格的薰陶，他使用排比、反覆、抑揚頓挫，常使我含英咀華，他有些話含蓄委婉，依然震撼人

---

[53] 王鼎鈞：〈我從胡適面前走過〉，《聯合報》副刊，2006 年 2 月 16 日。
[54] 同上註。
[55] 王鼎鈞：〈胡適從我心頭走過〉，《聯合報》副刊，2006 年 4 月 23 日。
[56] 見陳義芝編：《散文教室》（臺北市：九歌出版社，2002），頁 64。

心，他明白流暢而有回味。我只能跟他學敘事說理，學不到抒情寫景，他畢竟只是廣義的文學家。」[57]對胡適「重實用，不重文學藝術性的拓植」[58]的文學特質有著精準而深刻的體會。

　　許地山、林語堂、胡適等人在宗教、思想上對王鼎鈞的影響，使得他在散文作品中以說理見長，錘鍊出情、事、理交融的散文風格，筆鋒凌厲，思辨精微，常能從現實生活中汲取靈巧的機智，深遠的洞見，給人雋永的哲思，不愧為「講理」的高手。王鼎鈞說：「我的寫作秉持一個信念：『要給讀者娛樂，給讀者知識，給讀者教訓。』這些話說來似平淡無奇，像『教訓』這樣的字眼也易引起讀者反感，其實這話並沒有什麼錯。我希望讀者讀到我的作品，能多瞭解些人情世故，讀完之後，多了一些智慧。」[59]深諳人情世故與開發生活智慧，王鼎鈞透過一則則生活的小故事，靈光乍現的生活化語言，議論風生出理趣與哲思兼美的文學光芒，讓人省思，更讓人回味。

八　在「風雨陰晴」中成就「一方陽光」

　　王鼎鈞與中國現代作家的文學因緣，除了上述幾位外，其實還有一些，他曾說：「我也喜歡朱自清、周作人、趙景深，還有丁玲。」「我喜歡曹聚仁、蕭乾，他倆和報館淵源深，作品帶報導文學風格，也許暗示我和新聞有緣。我喜歡麗尼，也許伏下我對『現代文學』的欣賞能力。」[60]至於同為山東老鄉的作家王統照、李廣田，他也很早就

---

[57] 同註51。

[58] 楊牧：〈中國近代散文〉，《文學的源流》，頁57。

[59] 趙衛民：〈磨劍石上畫蘭花──訪第二屆聯副「每月人物」王鼎鈞先生〉，《聯合報》副刊，1989年7月31日。

[60] 王鼎鈞：〈左翼文學薰陶記事〉（上），《聯合報》副刊，2004年2月7日。

讀過其作品。三○年代具代表性作家茅盾的《子夜》、老舍的《牛天賜傳》，也曾在他文學養成階段給過他許多養分。這些作家中除了沈從文後期作品帶有現代主義風格外，多以現實主義為主要創作傾向，王鼎鈞浸淫其中，多方體會，日求精進，奠定了穩固的文學根基，以及關注現實的創作理念。其後雖歷生活的顛沛流離，異鄉漂泊，不論在創作上或閱讀上，終身自學不輟，博採眾家，廣泛吸收，終能成其博大。來臺後，眼界日開，對包括現代主義、意識流等各種文學思潮、敘述方式，不斷琢磨實驗，使其作品呈現出令人眼花撩亂的多重樣貌，正如大陸研究者方方所論：「王鼎鈞的文學生命豐富。論時代，他歷經抗戰、內戰、臺北時期和紐約時期，經歷了『寫實主義』──現代主義──後現代』輪流坐莊的文學潮流演進。文學發展的道路曲折，兼收並蓄，取精用宏，頗耐時潮淘洗。」[61]

然而，與其說是文學因緣造就了王鼎鈞這位當代重量級的散文作家，不如說是時代的「風雨」、人性的「陰晴」提煉了他，是血肉硝煙、背井離鄉的滋味豐富了他。沒有天才，沒有運氣，就像他在〈舊夢〉中那切膚之痛般的自白：「我們二十世紀五十年代的人物，同睹過一個世界的破碎，一種文化的幻滅，痛哭過那麼多的長夜，這隻手還不是產生名著的手嗎？無疑的，這身體，從頭頂到腳底，每一寸都是作品！」[62]亮軒說得沒錯：「是躲也躲不掉的使命感推動他成為一個作家」[63]。

從大時代中走來，又從大變動中走過，昔日的「怒目少年」，今

---

61 方方：《妙手文心──王鼎鈞創作心理及寫作理論探析》（臺北市：爾雅出版社，2009），頁127。

62 王鼎鈞：〈舊夢〉，《情人眼》，頁14。

63 亮軒：《風雨陰晴王鼎鈞：一位散文家的評傳》（臺北市：爾雅出版社，2003），頁115。

日的「海水天涯中國人」，王鼎鈞歷經「關山奪路」之糾結驚危，「文學江湖」之滄桑流轉，使「昨天的雲」成為文壇今天耀眼奪目的「一方陽光」。他與許多作家的文學因緣只是一個引線，一個觸機，歷史命運與時代風雲才是真正讓他躍上文學舞臺的背景與動因。他說：「人，不能真正逃出故鄉」，其實，人，也不能真正逃出時代。

張堂錡
作品出版編目

一　專著

一九九一　《黃遵憲及其詩研究》（臺灣師範大學中國文學系研究所碩士論文）
　　　　　臺北市　文史哲出版社

一九九三　《智慧的光穿越千年》（勵志小品）
　　　　　臺北市　中央日報社

一九九四　《讓花開在妳窗前》（小說、散文合集）
　　　　　臺北市　幼獅出版公司

一九九六　《從黃遵憲到白馬湖：近現代文學散論》
　　　　　臺北市　正中書局
　　　　　《域外知音》（人物報導）
　　　　　臺北市　三民書局

一九九八　《文學靈魂的閱讀》（論述）
　　　　　臺北市　三民書局

一九九九　《清靜的熱鬧：白馬湖作家群論》　東吳大學中國文學系研究所

博士論文

臺北市　東大圖書公司

《舊時月色》（散文）　臺北市　三民書局

二〇〇〇　《生命風景》（人物報導）

臺北市　三民書局

二〇〇二　《編輯學實用教程》

臺北市　業強出版社

《現代小說概論》

臺北市　五南圖書出版公司

《跨越邊界：現代中文文學研究論叢1》

臺北市　文史哲出版社

二〇〇八　《追想彼岸：現代中文文學研究論叢2》

臺北市　文史哲出版社

《嬗變中的光影：現代中文文學研究論叢3》

臺北市　文史哲出版社

二〇一〇　《黃遵憲的詩歌世界》　臺北市　文史哲出版社

《精神家園：現代中文文學研究論叢4》

臺北市　文史哲出版社

二〇一一　《個人的聲音：抒情審美意識中國現代作家》

臺北市　文史哲出版社

二〇一三　《清靜的熱鬧：白馬湖作家群論》（增訂本，出版中）

上海市　復旦大學出版社

二 合著

一九九七 《現代文學》
臺北縣　空中大學出版部

二〇〇〇 《文學創作與欣賞》
臺北縣　空中大學出版部

二〇〇一 《臺灣文學》 臺北市　萬卷樓圖書公司

二〇〇二 《中國現代文學概論》
臺北市　五南圖書出版公司

二〇〇八 《大陸當代文學概論》
臺北市　五南圖書出版公司

三 主編

一九九四 《中學課本上的作家》
臺北市　幼獅出版公司

一九九五 《拿到博士的那一天》
臺北市　幼獅出版公司

一九九七 《印象大師》
臺北市　業強出版社

一九九八 《現代文學名家的第二代》
臺北市　業強出版社

二〇〇一　《大學短篇小說選》
　　　　　臺北市　業強出版社

二〇〇二　《中國現代文學名家傳記叢書》　全十五本
　　　　　臺北市　文史哲出版社

二〇〇六　《二十世紀文學名家大賞：夏丏尊》
　　　　　臺北市　三民書局

二〇〇七　《百年文心：政大中文學人群像》
　　　　　臺北市　文史哲出版社

國家圖書館出版品預行編目(CIP)資料

現代文學百年回望 / 張堂錡著. -- 初版. --

臺北市 : 萬卷樓, 2012.09

面 ; 公分. --（文學研究叢書）

ISBN 978-957-739-761-4(平裝)

1. 中國文學史 2. 近代文學

3. 現代文學 4. 文集

820.907　　　101015353

現代文學百年回望

2012 年 9 月 初版 平裝

ISBN 978-957-739-761-4　　　　　　　　　　定價：新台幣 680 元

作　　　者	張堂錡	出　版　者	萬卷樓圖書股份有限公司
發 行 人	陳滿銘	編輯部地址	106 臺北市羅斯福路二段 41 號 9 樓之 4
總 編 輯	陳滿銘	電話	02-23216565
副總編輯	張晏瑞	傳真	02-23218698
編　　　輯	吳家嘉	電郵	editor@wanjuan.com.tw
編　　　輯	游依玲	發行所地址	106 臺北市羅斯福路二段 41 號 6 樓之 3
封面設計	斐類設計	電話	02-23216565
		傳真	02-23944113
		印　刷　者	百通科技股份有限公司

新聞局出版事業登記證局版臺業字第 5655 號

網 路 書 店　　www.wanjuan.com.tw
劃 撥 帳 號　　15624015